记刘帅

李普 著

上海文艺出版社

序　言

刘太行

　　1992年11月,在纪念我的父亲刘伯承诞辰100周年之际,上海文艺出版社出版了《记刘帅》一书,这是我父亲逝世后第一部公开出版的,比较全面、翔实地追述我父亲一生的专著。作者李普先生当年作为中国人民解放军第二野战军的随军记者,曾多次采访过我的父亲,并为二野的征战写下了许多重要的军事报道。因此,《记刘帅》一书正如李普先生在《致读者》的序中所述:是他"致力于有根有据的事实",是"在采访和阅读中得到的领悟和逐渐形成的浅见","这是记者笔墨,不是小说,不是学术著作"。也正因为如此,我的家人,特别是我的母亲汪荣华老人看过了《记刘帅》后,感到书文中所引用的一些资料和素材,均言必有据,是一部"力求凭事实来表达"刘伯承传记的信史。

　　《记刘帅》一书出版后,著名哲学家和作家吴江、香港《大公报》资深记者和著名作家高旅、知名的文艺评论家和翻译家冯亦代、《羊城晚报》副总编和老报人周敏、岳麓书社的总编和著名历史学家钟叔河等学者,先后在《瞭望》周刊、《大公报》、《解放日报》、《羊城晚报》等报刊杂志上发表了重要的书评,给予了各有卓见的评价,在出版界、学术界引起了很大的反响。在近二十年前,这些知名学者的秉笔直言,不仅仅是对《记刘帅》这部书稿的评论,也不仅仅是对刘伯承跌宕一生的评论,而是对中国革命历史的一种真知和点评。我认为,这些真知灼见留驻笔端,在今天看来,对中国革命历史乃至当今一些人物传记、文学现象的评论,依然振聋发聩,令世人感悟自省。

如今,快20年的时间过去了,这期间社会上陆陆续续也出版了不少反映刘伯承的书籍,包括一些影视作品。但从我所看到、听到的一些情况看,我和我的家人仍然认为:《记刘帅》是一部历史的实录,对刘伯承的革命一生,有一个比较全面、真实、客观的历史评价和反映,其历史的真实和细节的真实,都堪称目前史记刘伯承最好的书稿之一。

当年《记刘帅》一书出版后,在全国广大读者群中,引起了很大的反响。据说,新书4 000册问世不到一个月就销售一空,随后在1993年又多次加印发行。1997年,纪念中国人民解放军建军70周年之际,《记刘帅》一书经李普先生充实修订后,改名为《一代军事奇才——刘伯承元帅传》,由上海文艺出版社作为《中华将帅书系》的第一辑第一本再版发行,同样受到了广大读者的欢迎和好评,多次再版仍然供不应求。我认为,这种现象反映的不仅仅是一部书稿的市场效益,更重要的是反映了人们渴望通过《记刘帅》,走进中国革命历史,读懂中国革命历史的一种真实。2012年12月4日,是刘伯承诞辰120周年的日子,在这个诞辰纪念之年即将到来之际,上海文艺出版社决定再次修订出版《记刘帅》一书,我想这不仅仅是我们家人的一种心愿,也会是广大读者的一种期盼。为此,我和我的家人向上海文艺出版社表示深深的谢意。

写到这里,我的心中突然涌起一种隐隐作痛的感觉,我想到了我所敬重的李普前辈。去年的11月8日,他在度过92岁高寿之日不幸故去。对于他的故去,我和我的家人都感到一种悲痛和遗憾。悲痛的是我们无缘再与他共叙对往事的追踪和回顾;遗憾的是去年10月的一天,我在电话中曾和他有约,希望在纪念刘伯承诞辰120周年的时候,能够看到《记刘帅》一书的再版和发行,并请他身体可行的时候能够参加纪念的活动。他很高兴地答应下来。没有想到此后不到两个月,他便因病不幸辞世,无缘看到《记刘帅》一书的再版问世,也给我留下了一个相约未了的遗憾。

今年3月的一天,上海文艺出版社的郏宗培总编辑专程来到北京,与我的家人共同探讨了《记刘帅》一书再版的事情,并邀请我为《记刘帅》一书的新版写一个序言。我推辞再三,主要是顾忌我为《记刘帅》新版写序会有捧尊之嫌疑。但是在郏总的盛情相约之下,我还是答应下来,并在《记刘帅》此次新版付梓之际写了以上的话,不知是否可为序也。

2011年5月28日于北京

致 读 者

李 普

刘伯承是"军事的奇才"。这是总司令朱德对他的评价。他满五十岁的时候,陈毅赋诗祝寿,有"论兵新孙吴"之句,将他同中国兵家的老祖宗孙武和吴起并称。

本书就他的韬略和风格、计谋和品德,画了一些速写,讲了一些片断的故事,致力于叙述有根有据的事实。我从采访和阅读中得到的领悟和逐渐形成的浅见,都力求凭事实来表达;在这个基础上,间或发几句议论。这是记者笔墨,不是小说,不是学术著作。

新闻记者这个行业,被要求向最广大的读者,谈论各行各业的事物。因此有人说记者是外行中的内行,内行中的外行。这话有道理。

我期待各界读者和将军们、专家们,多多批评指正。特别是刘邓大军的老将士,必能指出许多差错和不足之处。我愿在再版的时候作一次修订,或者另外再写一点什么。

我敢说,关于刘帅,不论我或别人,不论当代和后世,都大有文章可做。人们不是至今还在研究孙子、研究拿破仑,甚至还有人从《三国演义》之类作品中寻求经济竞争中的制胜之道和事业的发展战略吗?

如果没有几位老朋友的督导,我不会决意写这本书。从1986年开始,断断续续好几年,如果没有几位年轻朋友的支持,不知道还要拖到何年何月。同龄朋友和忘年之交的这种情分,远不是说声谢谢的事。同时,我应当致谢的还有好多位。所以我想,我最好不开一张长长的名单,向读者呈献。

这是我和老伴沈容共同劳作的产物。她参与了从采访、阅读资料到立意和写作的全过程。但是她坚决不肯署名为作者。我只好遵从人们称道的那种"家庭宪法"：意见一致的时候听我的；意见不一致的时候听她的。作者在书中的出现，有时候称"我"，有时候称"我们"。称"我们"，也还是一家之言，毫无代表任何他人之意。

1992 年 3 月 10 日于高风山庄

目　　录

序言 …………………………………………… 刘太行 *1*
致读者 ………………………………………… 李普 *4*

一、老师与长者
  1. 机缘 ………………………………………… 1
  2. 大雪纷飞 …………………………………… 2
  3. 前线指挥所 ………………………………… 4
  4. 鲁迅的《推背图》 ………………………… 5
  5. "啊?! 大知识分子!" ……………………… 7

二、四川人
  1. 蜀道难 ……………………………………… 10
  2. 善吹唢呐的铁匠 …………………………… 11
  3. 启蒙老师有来头 …………………………… 13
  4. 考秀才是欺君辱圣 ………………………… 14
  5. 汉西书院 …………………………………… 15
  6. 开县三才子 ………………………………… 17
  7. 口头娱乐家 ………………………………… 20

三、警棍和洋枪
  1. 新与旧 ……………………………………… 22
  2. 金开银万 …………………………………… 23

3. 求剑 ································· 26
　　4. 春雷 ································· 28
　　5. 投军 ································· 30

四、失去的和得到的
　　1. 在孙中山旗帜下 ······················· 33
　　2. 秘密团体 ····························· 35
　　3. 讨袁 ································· 37
　　4. 右眼珠打飞了 ························· 39
　　5. "七十余刀,小事耳!" ··················· 40
　　6. 那位"军神"在哪里? ···················· 42

五、名将和名花
　　1. 驰骋贯全川 ··························· 45
　　2. 恨铁不成钢 ··························· 48
　　3. 何处神医 ····························· 52
　　4. 武侯祠前告别 ························· 54
　　5. 五通桥下读书 ························· 57

六、三人行
　　1. 考察旅行 ····························· 61
　　2. 吴玉章 ······························· 63
　　3. 杨闇公 ······························· 65
　　4. 周恩来 ······························· 68

七、起义者
　　1. 拉队伍,占地盘 ······················· 74
　　2. 朱德 ································· 79
　　3. 挑粪夫扬鞭快马 ······················· 83

八、南昌、莫斯科、瑞金
　　1. 教训 ································· 90

2. 把单词写在手掌上的将军 ·················· 91
　　3. 死理论和瞎实际 ························· 94
　　4. 林植木教授 ····························· 95
　　5. "创编" ································ 97

九、三参总戎幕
　　1. 站在首长的荫影里 ······················ 101
　　2. 同洋人吵架 ···························· 104
　　3. 李德 ································· 108
　　4. 剑与笔 ······························· 111

十、奇才
　　1. 从敌人鼻子底下通过 ···················· 116
　　2. 首长的第一代理人 ······················ 119
　　3. 水打千斤石 ···························· 122
　　4. 这就需要多用智慧了 ···················· 123
　　5. 娄山关下第一根电话线 ·················· 125
　　6. 鸡鸣三省 ····························· 129

十一、神龙
　　1. 金沙江 ······························· 134
　　2. 化装 ································· 135
　　3. "张松献图" ··························· 137
　　4. 诸葛亮五月渡泸之处 ···················· 138
　　5. 六只破船 ····························· 140
　　6. 毛泽东 ······························· 142

十二、天时地利人和
　　1. 又是五月 ····························· 146
　　2. 聂荣臻 ······························· 147
　　3. "倮倮国" ···························· 148

3

4. 剥得一丝不挂的好汉们 ……………………………… *151*
　　5. 大渡河 ……………………………………………… *152*
　　6. 石达开之谜 ………………………………………… *155*
　　7. 泸定桥上的灯光 …………………………………… *156*
　　8. 舌战张国焘 ………………………………………… *158*
　　9. 又译又写 …………………………………………… *161*
　　10. 伍修权这句话分量不轻 …………………………… *163*

十三、换帽子
　　1. 大雨滂沱 …………………………………………… *166*
　　2. 牛皮不是吹的 ……………………………………… *170*
　　3. 五十五把刺刀 ……………………………………… *171*
　　4. 二十四架飞机 ……………………………………… *173*
　　5. "草船借箭"和"空城计" ………………………… *175*
　　6. 中学生的地图 ……………………………………… *178*
　　7. "重叠的待伏" ……………………………………… *180*

十四、玩一点新花样
　　1. 吃屎的狗记吃不记打 ……………………………… *184*
　　2. 美国海军部观察员 ………………………………… *186*
　　3. 卡尔逊成了将军 …………………………………… *190*

十五、打惯了大仗的人们
　　1. 转变 ………………………………………………… *192*
　　2. 育种 ………………………………………………… *195*
　　3. 好猫 ………………………………………………… *197*

十六、黄蜂阵和麻雀战
　　1. 坐骑狂奔 …………………………………………… *199*
　　2. 首创 ………………………………………………… *201*
　　3. 实干家 ……………………………………………… *203*

4. 孙膑赛马 ································· 205

十七、山地和平原
　　1. 政委邓小平 ······························ 209
　　2. 不赚钱的生意不做 ···················· 211
　　3. 神头岭上 ································· 213
　　4. 只有这一篇标明"论"字 ·············· 217
　　5. 独到的机动 ····························· 222

十八、黄猫和黑猫
　　1. 火光下的几个空罐头 ················ 224
　　2. 从急袭到收兵的瞬间 ················ 228
　　3. 地图上的经纬线 ······················ 232
　　4. 太行山的《论持久战》 ················ 235

十九、百团大战前前后后
　　1. "待决之囚" ····························· 240
　　2. 日军的走马灯战术 ··················· 243
　　3. 一百零五个团 ·························· 245
　　4. 论交通战 ································ 249
　　5. 巧妙的《大公报》 ······················ 252
　　6. 彭德怀 ··································· 254

二十、敌进我进
　　1. 应当摸敌人的屁股 ··················· 259
　　2. 再退，就只有退到太行山上去吃石头了 ··· 260
　　3. 上中下三策 ····························· 263
　　4. "刘伯承到哪里去了？" ··············· 265
　　5. 因为人的眼睛长在前面 ············· 269
　　6. 差一点儿见了马克思 ················ 271
　　7. 提着一篮子电灯泡赶集 ············· 275

5

二十一、又一个敌进我进

1. 天外来客 ························· 281
2. 冈村宁次 ························· 282
3. 面临被消灭的危险 ················· 283
4. 敌后之敌后 ······················· 285
5. 共同哄鬼子 ······················· 286
6. 邓小平作主旨报告 ················· 288
7. 知识分子和开明人士 ··············· 289
8. 战术乎？战略乎？ ················· 290
9. 战火中的学者 ····················· 292
10. 计谋与算计 ······················ 294

二十二、守门员

1. 蒋介石 ··························· 299
2. 阎锡山 ··························· 302
3. 上党是插在背上的刀 ··············· 304
4. 打惯了小仗，又仓促打大仗 ········· 307
5. 攻城乎？打援乎？ ················· 309
6. 险情！险情！险情！ ··············· 311
7. 邯郸——大门洞开！ ··············· 314
8. 摆好口袋阵 ······················· 315
9. 猫捉老鼠，盘软了再吃 ············· 317
10. 马歇尔来了 ······················ 319

二十三、狼的战术

1. 新乡火药味很浓 ··················· 322
2. 停战停战，停停再战 ··············· 324
3. 冒冒失失的王牌中将 ··············· 326
4. 五个字的电话 ····················· 330

5. 大杨湖引发的议论 ················ 332

二十四、回马枪与虎口拔牙
　　1. 教师爷打架 ···················· 336
　　2. 摸摸老虎屁股 ·················· 338
　　3. 又像押宝一样 ·················· 342

二十五、猛虎掏心与《合同战术》
　　1. 一份"极机密"的文件 ············ 345
　　2. "我们的打法也怪" ·············· 346
　　3. "五行术" ···················· 349
　　4. 寒夜高脚菜油灯 ················ 350
　　5. 锅中点水，不如釜底抽薪 ········· 352
　　6. 守门员将转任中锋 ·············· 355

二十六、中锋
　　1. 黄河水面上，将军们纳闷 ········· 357
　　2. 一连串猜不透的谜 ·············· 360
　　3. 古今长蛇阵 ···················· 363
　　4. 上帝庇佑吾弟 ·················· 368
　　5. 何来鲁西会战 ·················· 370
　　6. 拿得起，放得下 ················ 373

二十七、冒天下之大险
　　1. 跃过相持阶段 ·················· 377
　　2. 真难啊！ ···················· 378
　　3. 给蒋委员记一功 ················ 381
　　4. "饭馆子战术"和"葡萄战术" ····· 384
　　5. 谁得中原，谁得天下 ············ 386

二十八、利剑
　　1. 欺山莫欺水 ···················· 389

7

  2. 狭路相逢勇者胜 …………………………… 392
  3. 看不见的较量 ……………………………… 396
  4. 小故事和大故事 …………………………… 398

二十九、脱险

  1. 中国人的幽默 ……………………………… 400
  2. "品"字形阵势 ……………………………… 403
  3. 包围与反包围 ……………………………… 406
  4. "天助我也" ………………………………… 407
  5. 又是兵家妙用 ……………………………… 411
  6. 钻空子投篮 ………………………………… 413

三十、点睛之笔

  1. 遥想公瑾当年 ……………………………… 416
  2. 取宿县斩断徐蚌 …………………………… 419
  3. 一箭双雕,满盘皆活 ……………………… 421
  4. 总前委刘、陈、邓 ………………………… 423
  5. 吃了黄百韬之后吃谁?谁吃? …………… 425
  6. 吃一个,夹一个,看一个 ………………… 428
  7. 黄维这个十二万人的大家伙 ……………… 431
  8. 这边从零打碎敲开始,那边以零碎应付告终…… 433
  9. 杜聿明走出蒋氏密室 ……………………… 436
  10. 交通是胜败的枢纽………………………… 439

三十一、大迂回

  1. 又一次缩短了历史的进程 ………………… 442
  2. 长江天堑死蛇阵 …………………………… 443
  3. 曹操吃了不识水性的亏 …………………… 445
  4. 不取南京城,长驱追敌
    切断浙赣线,先发制人…………………… 447

8

5. 兵不厌诈 ································· *450*

　　6. 川康滇黔——一张大网 ················· *452*

三十二、昼夜不息

　　1. 从辛亥到解放 ···························· *454*

　　2. 几番心血一堂课 ························· *454*

　　3. 萧克 ······································· *455*

　　4. 巨人打不倒 ······························· *458*

　　5. "刘学" ··································· *460*

一、老师与长者

1. 机缘

1946年冬天，一个不曾预期的机缘，把我带到了刘邓大军。11月21日，我第一次访问了刘帅。然后作为随军记者，在刘邓野战军中工作了近两年。

那年6月，蒋介石发动了全面内战。美帝国主义帮助蒋介石完成了"剿灭"共产党的军事部署，8月，最后揭下了在国共两党之间斡旋和平、进行军事调处的假面具[①]。国内和平已经无望。抗日战争时期我们党在重庆出版的《新华日报》准备出上海版的计划，已经完全不可能实现。11月，我被派到华东解放区采访，我和我的妻子沈容从上海经南京、北京，飞到邯郸，准备由晋冀鲁豫解放区走到华东去。

日本投降以后，邯郸曾经是晋冀鲁豫解放区的首府。我们到达邯郸的时候，晋冀鲁豫中共中央局和军政领导机关又搬回了农村——太行山东麓的冶陶镇，那时属河南省武安县，在邯郸西侧约60公里。我们到了冶陶，从中央局听说前方马上又要打大仗。作为新闻记者，我们

---

① 1946年8月10日，马歇尔和美国驻华大使司徒雷登发表了一个联合声明，宣布美国已不能调处中国内战。但是马歇尔继续留在中国，直到1947年1月，以支持蒋介石"剿共"、召开"国大"、通过"宪法"。参看美国国务院《美中关系白皮书》，1949年7月30日艾奇逊致杜鲁门的信。

当然首先去抓这条大新闻。这里所说的将在前方打大仗的,就是刘邓大军。那时候它的正式名称是晋冀鲁豫野战军,后来改称第二野战军,刘(伯承)是它的司令员,邓(小平)是它的政治委员。讲到这支部队的活动和业绩,他们两位是分不开的。他们的两位老部下说得很形象:"刘邓就是刘邓。这两个字中间,顿点都加不进去。"

许多年后我才知道,正是我第一次访问刘帅的那一天,1946年11月21日,毛泽东在中央会议上讲到这次战役,讲到了刘和刘邓。那天会议的主题是讨论周恩来关于国共谈判最后破裂的报告,他刚从南京撤回延安。毛泽东在会上说:刘邓19日已经开始反攻了,我们有办法,是半年到一年的问题。已经过了五个月(6月到11月),还有七个月。将来问题的解决,还是靠刘伯承。再打几个胜仗,事情就好办。今后半年到一年,再消灭它七八十个旅,两党力量就平衡了。达到了平衡,要超过它就比较容易。我们第一年内线作战,第二年就可以到外线去——安徽、湖北、河南和四川的一部分。

毛泽东这样讲刘伯承,显然绝不是指刘伯承一个人,也不是仅仅指刘邓两人和那一支部队,而是指整个人民解放军,指还是只能靠武装斗争解决问题。不过,刘帅在解放战争以及在他革命的一生中,作出了自己应有的和独特的伟大贡献,也是确凿无疑的。对于我来说,正好碰上这一天,却实在是太凑巧了。

2. 大雪纷飞

我们登上一辆运载弹药的大卡车从冶陶镇出发,在大雪纷飞之中去前方,去刘邓野战军总部。

这次采访是不期而遇,我事先毫无准备。我们党的许多高级领导人和高级将领,大多充满传奇故事,为人们津津乐道;而那时我对刘帅的经历,仅仅知道在1927年南昌起义和后来红军的长征中,他是总参谋长。此外，日本投降以后，他和邓政委指挥晋冀鲁豫军民打了两次大胜仗，两个月之内粉碎了蒋介石的两次大规模进攻，对于当时国内形势的发展起了巨大的作用。这点，我和当时重庆新闻界某些人一样，倒是多少注意到了。

第一次是上党战役。1945 年 8 月日本投降以后，蒋介石为了抢夺胜利果实，向各解放区大举进攻，9 月间蒋介石命令阎锡山进攻晋冀鲁豫解放区腹地的上党地区，刘邓在 9、10 月之交当头一棒，全歼了他 13 个师，共 3.5 万多人。那时候毛泽东、周恩来正在重庆和国民党谈判，这一仗迫使蒋介石同意在 10 月 10 日签订了《国共会谈纪要》。这个又被称为《双十协定》、以"坚决避免内战"为核心的文件，实际上是这样打出来的①。

第二仗是平汉战役。平汉铁路贯穿于晋冀鲁豫解放区。蒋介石极力要占领华北，抢夺东北，必须打通平汉铁路。因此，他在这里下的本钱极大，晋冀鲁豫解放区又首当其冲，在 10 月间爆发了平汉战役。刘邓大军激战 10 天，全歼蒋介石两个军共 2.3 万多人，同时争取了高树勋将军 1 万多人起义。

蒋介石又一次全军覆灭，这才迫使美蒋认识到他还没有准备好，只得再施权宜之计。这样便出现了有美国政府特使马歇尔五星上将参加并作为主席的"三人委员会"及其下属的"军事调处执行部"，出现了 1946 年 1 月 10 日签订的两党"停战协定"，然后出现了大约半年之久的国内和平。

我们当然不能说当时形势的这种发展，全是刘邓大军这两仗打出来的。这种形势的出现，还应当归功于其他解放区军民的胜利，特别是党中央和毛主席的领导和决策，以及全国人民厌恶内战、许多有识之士赞同和平民主建国的意愿。但是刘邓大军处身于自古以来号称"四战

---

① 毛泽东高度评价了上党战役。见《毛泽东选集》四卷合订本第 1156 页。

3

之地"①的这个重要的战略位置,使它承受了当时极大的压力,迫使它打了整个解放战争中最初的两次大仗,从而对当时形势的发展,作出了决定性的贡献。这些,当时我还没有认识得这样清楚,只能说多少注意到了而已。现在再回头一看,如果这两仗没有打好,打败了,特别是如果刘邓没有当机立断,报经中央批准先打上党一仗,一开首就去迎击平汉之敌,整个形势的发展恐怕会是大不相同的。

3. 前线指挥所

在前往刘邓大军野战总部的途中,我模模糊糊、断断续续地想,功勋卓著、叱咤风云的刘伯承将军,究竟是怎样一位人物呢?我想象不出来。几个月前,我随军事调处执行小组到过临沂,见过陈毅将军。他器宇轩昂,豪气吞云,才华横溢,谈笑风生。刘伯承将军是否也是这样的呢?

我们到了总部,政治部的几位部长,不待我们发问,很自然地便向我们介绍起来。他们都称他为"师长",或者"我们刘师长"。远在1937年"七七"事变以后,为了推动全民族的抗日统一战线,经过二万五千里长征的红军改编为国民革命军第八路军,下辖三个师,刘伯承将军是一二九师师长。这些我是知道的,但是现在他早已不是师长了。他的老部下、老红军、民运部长穰明德同志向我们解释说:"现在再这样叫,意思不同了。'师'是老师,'长'是长者。"又说:"师长和蔼可亲,像大家的妈妈。大家听从他、尊敬他、爱他,却不怕他。"

那天刘师长不在总部,正在前线指挥作战。果然,一次新的战役已经打响了。这就是滑县战役,又称濮(阳)滑(县)战役。刘师长同意我们到他的前线指挥所去看他,那是在抵近战场的地方。

---

① 这是《后汉书·吕布传》中陈宫对陈留太守张邈说的话:"君拥十万之众,当四战之地,抚剑顾眄,亦足以为人豪。"

第二天下午我们从总部前往,小吉普的行程约近两个小时。

那是滑县战役的第三天。这次战役历时四天,共计歼灭蒋军两个旅,11 800多人,其中生俘旅长杨显明以下8 000多人。

刘师长的前线指挥所设在一个小村子里。我们走进村边他的临时办公室。大概是刚下过雪的缘故,房间不大,却很敞亮。他站起来迎接我们。屋里生着一盆炭火,他叫我们一起围炉而坐。

我们也叫他"师长"。最初,显然是受了同志们中间那种气氛的感染,同时大概也多少带有入境随俗的意味。但是经过这次访问,我就深深感觉,对我们革命队伍中这位老前辈,没有比"师长"更贴切的称呼了。越到后来,我对这点体会越深,至今回想起来仍是这样。

那年他54岁,在刘邓全军各级领导人中,年事最长。他身材略高,微胖,显得很结实,比我从照片上看到的和想象中的形象年轻得多。他穿着一套崭新的蓝布棉军装,戴着棉军帽,动作矫捷而又稳重,气宇不凡,显出大将军的风度。他戴着眼镜,我看不清他的眼睛,只见他脸上带着微笑。是那种慈祥的微笑。

那种慈祥的笑容一下子把我吸引住了,使我感到很亲切,竟像见到了自己家里的长辈一样,沈容的反应尤其如此。我们竟没有很快提出事先拟好的问题,却像向家里的老人那样诉说起自己的心事来,说我们是第一次上战场,不懂得军事,不知道打仗是怎么回事。后来谈话转入正题,当他回答我们提问的时候,我们又冲口而出,问了一些很外行的问题。他一面不厌其烦地解答,一面微笑着鼓励我们说:"不要紧,慢慢来,有许多事到现场一看就明白了。"他那语气使我感到他十分体贴人——当他鼓励你的时候,也不着痕迹。

4. 鲁迅的《推背图》

我们第一个问题是请他谈谈这次战役。这样很自然地说到了当时的整个形势。

1946年上半年那将近六个月的和平时期，蒋介石在美国政府特使马歇尔全力支持之下，积极调兵遣将。6月间，他认为已经部署完毕，首先向中原解放区大举进攻，揭开了全面内战的序幕，迫使李先念将军突围到豫陕边境。蒋介石得意洋洋，又公然撕毁前此各党派达成的政协协议，于8月13日宣布在11月12日召开"国民大会"。按照政协协议，国民大会应该由各党派组成的联合政府召集，而不能由国民党一党召集。为了施放和平烟幕，并且点缀这个所谓的"国民大会"，蒋介石在11月8日颁发了一个停止冲突的命令："自11日正午12时起，全国军队一律停止战斗，各守原防。"在此之前20多天，10月12日，蒋介石军队侵占了晋察冀解放区的首府张家口，特别露骨的是，几天以后，10月17日，他的参谋总长陈诚在北平又一次向中外记者宣布：在军事上消灭中共完全有把握，"三个月，至多五个月便能解决"。而且正是在这个所谓停战令应当生效的时候，滑县战役爆发了。

刘师长说："他想以他的停战令麻痹我们，可是我们不上当。他越下令停战，我越当心他吃我。对蒋介石这种人，鲁迅的《推背图》说得好，他说什么话，你要从反面想。"

在这次消灭的杨显明一〇四旅旅部，我军缴获了蒋介石的一个密令，命令他的部队在停战令以后继续进攻，但是严禁发表新闻。后来我们看到了这个题为《停战令颁发后宣传指导及控制计划》的"极机密"文件。《指导要纲》中说："自本（十一）月十一日后，我军如有新占领的据点，不得发表。如我军被袭击时，则应迅速发布，并相机扩大宣传。"[①]刘师长在谈到这个密令的时候，又一次说："对蒋介石，你不能以人情常理来推断他。你要学《推背图》。"我在当晚关于这次访问的报道中写道："这时候，这位老革命家的表情是很复杂的：有勇者的愤慨，智者的

[①] 参阅拙作《开国前后的信息》第145页。

鄙夷,和仁者的热忱,热忱地教人不要上当。"这次访问距今已近40个年头,他那种表情给我的印象如此之深,至今依然历历在目。

近年来,我对这位老师和长者的一生,对他的事业和品德,了解得多了一些。这位伟大的革命军事家,首先是一位大仁者。他爱祖国,爱人民。虽然"慈不掌兵",作为一位统帅,他爱护士兵。这是古往今来那种仁人志士之仁,那种大仁、大智、大勇之仁,那种见义勇为、舍生取义之仁。

1942年他满50岁的时候,朱德总司令写了一篇《祝刘师长五十寿辰》的文章,文中说:"他具有仁、信、智、勇、严的军人品质,有古名将风,为国内不可多得的将才。"[①]这五个字,是两千多年以前我国历史上第一位伟大军事家孙武首先提出来的将帅的条件,对后世影响很大,为历代许多军事家所引用。《孙子兵法·计篇》中说,将帅如不具备"智、信、仁、勇、严"这五个条件,就不能打胜仗。在孙子的整个学说中,"智"显然是第一位重要的。朱总司令在评价刘师长的时候,也引用了这五条,却调动了次序,把"仁"提到首位。我认为这绝不是随便说的。一般说来,无产阶级的军事统帅应当如此。而这点在刘帅身上表现得十分鲜明,贯彻着他的一生。这两位伟人的经历和品德有一些相似之处,他们早年相识,后来生死与共,不愧是知己。

5. "啊?! 大知识分子!"

在那次访问中,刘师长回答了我们所有的问题。他详细解说了那次战役的经过和战略上的意义,评论了蒋介石——他的战略战术,他的为人,他政治上、军事上致命的弱点,阐明了我党我军必胜的依据。

[①] 《朱德选集》第87页。

对于所有这些重大的、复杂的,有的很抽象、有的很专门的问题,他都讲得十分简明易懂,生动有趣。他语言丰富,谈笑风生,上下古今,挥洒自如,使我们听得入了迷。他说一口浓重的四川话。四川土话常常随口而出,像他随口引用鲁迅的文章一样。鲁迅在那篇文章里说:他用"推背"的意思,是说"从反面来推测未来的情形"。①

他那样熟悉鲁迅,使我很吃惊。他几十年来戎马倥偬,何况早在24岁的时候就在讨袁战争中失去了一只眼睛。他从小好学,一生治学勤谨,在征战中照样手不释卷。青少年时期博览书史,对中国旧学很有根底。早年从军,钻研《孙子兵法》。30多岁到苏联学军事,经过苦学,学通了俄文。几十年来,日复一日,从孙子到拿破仑和苏沃洛夫,从古代战史到中国革命战争和第二次世界大战特别是苏德大战,他都作过深刻的研究,了如指掌,著译很多。这些,我当时几乎全不知道。因此这次访问以后不久,有一天我对邓小平政委说:"啊,刘师长原来是知识分子。"邓政委立即以他那特有的敏锐和斩钉截铁的口吻回答道:"啊?!大知识分子!"他睁大了眼睛,显出十分惊异的神色,特别着重那个"大"字。显然,他对我的无知比我对刘帅的博学更吃惊。

我们那次访问将近三个小时。虽然刘师长谈兴很浓,毫无倦意,但是暮色已降,我们不得不告辞。临别的时候,他又对我们这两个新兵叮嘱道:"现在你们先去吃饭,然后抓紧时间睡觉。在部队里,叫你们吃饭就赶快吃饱,叫你们睡觉,就赶快睡觉,因为不知道下一顿饭和下一次睡觉在什么时候。"当晚我在菜油灯下写了第一篇稿子,睡下不久,果然半夜里就被叫起来,出发到战场去。为了避免蒋军空袭,必须在夜里走,越临近战场,越要当心。

访问了战场,当天我们就回到野战军总部。我们是随政治部行动的,我写完那批稿子的第二天,副政治委员兼政治部主任张际春同志带

---

① 见《鲁迅全集》第5集第73页。

领我们到司令部去,那是在另一个村子里,相隔不到一里路。

这时,刘师长也已经回来了。

邓政委要我们留在这里工作,不要走了。我一时转不过弯子来,说了一些原来决定去华东的理由,说得乱七八糟,还傻乎乎地说这是周恩来同志决定的。我们离开南京之前,恩来同志分别和我们几个记者谈话,问我愿意到哪个解放区,当面认可我再去华东。所有我说的那些,虽然都是事实,但是作为不可更改的论据,却确实站不住脚,何况在那么睿智敏决的邓政委面前呢。所以,这件事就这样三下五除二,定下来了。然后,邓政委走到桌子面前,从一个袋袋里拿出两个苹果来给我们,又笑着说:"地道的烟台苹果,华东送来的。你们吃吧,就算到了华东了。"

刘师长一直微微含笑地看着我。这时候,他说话了。我注意到他收敛了笑容,但是神色慈祥,语气深沉。他说:"李普,留下来。我们这里知识分子太少。华东靠着上海,知识分子多。我们这里十分需要知识分子。"

后来,特别是进入老年以来,我常常想起那天的情景。刘邓那些话和说那些话时的神情,无数次地在我脑子里跳出来,每次都使我非常感动。

二、四川人

1. 蜀道难

四川是一个很有特点的省份。新中国1955年第一次实行军衔制，授衔的十位元帅中，竟有四位是土生土长的四川人——朱德、刘伯承、聂荣臻、陈毅。当然，这有很大的偶然性。因为几十年间，在监牢里和战场上，牺牲的英雄豪杰、才智超人之士，其数不可胜计，各省籍的人都有。还有一种情况，比如刘邓大军的邓小平政委，也是地地道道的四川人。他和毛泽东、周恩来一样，既是大政治家，又是大军事家，却没有授军衔。

本世纪初，留学成风，主要是到日本。1907年在日本留学的中国人，总数达到万人以上，四川人竟占了两三千之多[①]。如果我们注意到蜀道之难难于上青天，人们出川东下，那时全靠乘木帆船通过险峻的三峡，这个数字更显得惊人。这里讲到的这五位川籍革命家，都留过学，不过时间晚些，也不是到日本，而是去欧洲。其中有三位是在"勤工俭学"中出去的。朱帅略晚些，是自费，刘帅更晚一点，是由党组织送到苏联去的。

讲到四川的特点，曾经有这样一句话："天下未乱蜀先乱，天下已治蜀未治。"我不知道这话是什么时候什么人最先说的。不过，从清朝末

―――――――――
① 见吴玉章《辛亥革命》第60页。

到民国初年，情况确实是这样。民国初年四川省的军阀们彼此混战，没有哪一个省打得那么凶，那么久。辛亥革命的武昌起义，组织得既不好，又是仓促发难，结果却真是所谓一声喊就推翻了清王朝。直接的原因是清军守备空虚，镇守武汉的清军大部分调到四川镇压那里的保路风潮去了。四川在辛亥革命中起了助产士的作用，四川人引以为荣，倒也并不过分。

2. 善吹唢呐的铁匠

刘伯承1892年出生于四川开县的农村。他第一个老师时间很短，真正的启蒙老师是个叫花子。不过这个叫花子非比寻常，他是太平天国翼王石达开的部下。1898年夏天，有一位老人来刘家要饭，自称湖广人氏，姓任名贤书，出身贫贱，屡试不第。因为替人打抱不平，触怒了官府，逃跑出来，漂泊天涯多年了。刘帅的父亲刘文炳见他谈吐文雅，穷而不俗，同病相怜之感油然而生。

原来刘文炳也曾考中过秀才，却因为刘帅的祖父刘四铁匠吹过唢呐，被本乡的豪绅富户告了状，说他"出身贫贱，违典应试"，犯了"欺君辱圣"的大罪。按清朝的规定，"倡、优、皂、隶"的子孙，三代不许应考。这样，刘文炳的秀才资格便被褫夺了；还花了好几百两银子，才免掉了牢狱之灾。刘四铁匠是从云阳流落到开县来的，除了开荒种地，还是个干铁活的好手。他又会吹唢呐，邻里中有婚丧祭祀，常常请他帮忙。这种吹唢呐的司乐人，当时叫做吹鼓手。虽然他并不以此为业，依然被人家当做把柄，把他列为"优人"。刘四铁匠靠着多才多艺，起早贪黑，好不容易在六个儿子中培养了一个儿子念书。在那个社会，贫苦农民是翻不了身的。结果反而惹了这场大祸，欠了一身债，更弄得一贫如洗。

刘文炳和任贤书渐渐成了好朋友，便留他在家里住下来。这时刘四铁匠已经去世，几兄弟分了家。刘文炳四处张罗，给任贤书组织了一个私塾馆。刘帅6岁了,这位老人便成了他的启蒙老师。

这位任贤书是随石达开的部队来到四川的。这个秘密,当时只有刘伯承的父母两人知道。其间必定经过了许多时日,任贤书信得过刘文炳夫妇,才敢以生死相托,因为这对双方都是性命攸关的事。按照清皇朝的律令,"窝藏皇犯",是要满门抄斩,甚至诛灭九族的。1856年"天京内讧",石达开愤而独自率领10万大军西去,1863年剩下不到4万人,经黔滇边境进入四川,在大渡河边全军覆灭。据清朝官方的记载,那次杀戮了3 000多人。逃散的人必定很不少,任贤书便是其中之一。

朱德元帅是川北仪陇人,他小时候也遇到过一位太平军。朱德家也是贫苦农民,种粮食、种棉花。每年冬天有一位老织匠自带织机来他家织布,那位老织匠便是太平军的战士。史沫特莱在她的《伟大的道路·朱德的生平和时代》一书中,用了5 000多字,记述了朱帅对他的回忆。

那位老织匠却毫不隐晦自己的经历和观点。他居无定所,可能是原因之一。朱德那时候已经到了记事的年龄,一面在织布机旁边观赏老人灵巧的动作,一面就说:"织布爷爷,给我摆段龙门阵吧。"织布老人便滔滔不绝,讲起太平军的故事来。他年年来,年年讲,朱家的人年年听不够。他歌颂太平军,仇恨"满清鞑子"和官府。他说:"石王爷的部队在大渡河边垮了,我没有跟上。我跟着插进川南从东面包围成都的队伍。"太平天国失败以后,他才重操旧业,再当织匠。他见多识广,并且依然关心政治。他说:"满鞑子知道怎样压榨老百姓,可是我们要教训他们。教训他们不要把老百姓当做大豆,随便拿来榨油。"接着又说:"比起我们打起红旗打仗的时候,大家现在更穷了。现在只要谁能拿出两万两银子,就可以当县官,自称为民之父母。仪陇县每年要往成都送五万两银子,可是知县搜刮的还要多十倍。"[①]

[①] 见史沫特莱《伟大的道路》第28—29页。

3. 启蒙老师有来头

　　刘伯承父母掩护任贤书老人八年之久。1906年，他被一个下江来的人接走了，说是他的"徒弟"，也许是他在太平军的部下或者是他的家属吧。直到辛亥革命推翻了清王朝以后，刘伯承的父亲已经去世，他母亲才公开了这个秘密。不久以前，我问刘帅的夫人汪荣华大姐，那位任老师究竟是什么人，她说："听刘老说过，是太平天国的一个下级军官。"

　　单凭这件事，我想我们可以试着来推测刘帅的父母和任贤书大致是怎样的人物吧。刘帅曾经向家里的人说，任老师教学认真，又会武术，懂军事，刘伯承跟他就学六年，从1898到1904年，从6岁到12岁，学了文化，也学了武术。有那样的父母和老师，我们可不可以说，刘伯承幼年在德智体三方面都受到了良好的教育呢？

　　前两年有一张报纸上说：解放军有许多将领，原来识字不多，参加革命以后才学了文化。这种说法有一定的根据，但是说刘帅也是这样，却未免离事实太远了，我光讲一件小事："文化大革命"初期，刘帅把儿子刘蒙叫到南京身边，给他规定功课，内容之一是读《古文观止》。刘帅给他讲解，一共讲了三四十篇，天天要儿子背诵，他自己篇篇背得。那时候他剩下的那只眼睛也接近失明。他一面背，一面讲解，那都是小时候背得滚瓜烂熟的。

　　任老师认为他这个学生将来会有出息，值得送去深造。1904年，本县有一位同族的乡绅刘华英在家乡创办了一所汉西书院，除了培养本家的少爷们，也接纳少许贫穷的刘氏优秀子弟，膳宿学杂一概免费。刘帅沾了这个光，在那里读了两年。刘氏宗族是西汉王朝皇室的后裔，这所书院取名汉西，后来有人说其中含有反满复汉的意思。从当时的政治潮流看，虽然不能说完全没有可能，恐怕主要的还是变法维新、学习西学，在这个基础上光宗耀祖。现在让我们先略微看看那个时代。

1894年中日甲午之战,中国大败,第二年订立马关条约,割地赔款,全国群情激愤。那时各省的举人们齐集北京考进士。在康有为、梁启超等人的策动下,1 300多名举人联名上书光绪皇帝,要求抵抗倭寇,拒签条约,变法维新,改革图强。这就是有名的"公车上书",是中国近代史上知识分子爱国运动的第一次。赴试的四川籍举人也参加了这次运动,其中开县有六人。他们把这股新风带了回来,宣传变法维新,最具体的内容是办学堂,兴实业。1898年6月,光绪皇帝下诏变法,包括改革考试制度,废除八股文,改试策论,派人出国留学,各地设立中小学堂,提倡学习西学。这就是"戊戌变法"的几项革命性的新政。虽然这次"变法"只存在了103天,被称为"百日维新";但是全国各地,学堂却确实逐渐多了起来,并未因变法失败而停顿。刘华英创办汉西书院以前,开县城乡已经有了许多学堂。

然后是1900年义和团起义,八国联军进入北京大肆烧杀。慈禧太后逃到西安,直到再一次摇尾乞怜,卖国求和,签订了"辛丑条约",才重新爬上她紫禁城里的宝座。这个条约使大清帝国作为一个独立主权国家的属性所剩无几。先进分子对清廷的仇恨更加激烈。其他稍稍动动脑筋的人也能看到,中国再不改变不行了。刘华英本来是个廪生,在这个时代背景之下,他放弃仕途,改而从商。由于经商,他经常往来于重庆、汉口、上海之间,又接触了一些新思想,创办了这个书院。

4. 考秀才是欺君辱圣

这期间发生了一件事,很值得我们注意。刘伯承考过秀才,结果同他父亲一样,被人举发为"倡优之后",遭到斥革。后来他在革命生涯中讲到旧社会的不平,多次提起过这件事。

那是在哪一年呢?清朝的科举考试,从1905年起就终止了。1905年,刘帅才13岁。因此我曾经怀疑这也许讲的是他父亲的事,人们听错了。刘蒙告诉我，没有错，刘帅跟他讲过，而且父子俩一起参加了那次考试。每次考试要考五场，第一场最重要。第一场考下来，刘伯承名列第二团第一名，父亲列在第十四团，儿子的文才似乎胜过了老子。刘伯承在榜上看到了自己的名字，高兴得当场又跳又喊，但是马上被父亲厉声喝止了。他不明白父亲为什么要生气。回到客栈，却又大出他意料之外，一进房门，父亲就把他抱起来，又亲又拍，又笑又流眼泪。他从来没看到父亲对他这么亲热，这么高兴过。然后父亲才说：做人要沉得住气，要喜怒不形于颜色；刚才看榜那样子，太毛躁了，要不得。——可是尽管如此，他们依然被取消了资格。第二场考试，他们连考棚也没有进得去。

我至今弄不清楚，他父亲为什么要考第二次，难道第一次的屈辱还不够？究竟他看到了时世的什么变化，使他产生了幻想？不过由此也可以看出，对他们两父子，对他们一家，这个打击多么沉重！这件事发生在刘伯承13岁前后。可以庆幸的是，当他那么幼小的时候，生活就那么严酷地教育了他，教他懂得，像他们家那样的人，在那个社会永无出头之日！国家民族的命运和一家一身的前途，两者这样鲜明地联在一起，摆到一个小孩子面前，难道对他的一生不会发生重大的影响吗？他一生中多次说起这件事，对旧社会那样的不公平，到老了有时候还不禁怒形于色。

5．汉西书院

他在汉西书院读了两年多，1907年，开县办起了一所高等小学堂。入学考试中，他的作文考了个第一。那时他已经念过八年书，从《三字经》、《幼学琼林》开始，还读了《四书》、《古文观止》、《史记》、《汉书》、《纲鉴》等等。他课外还看了《三国演义》、《水浒》之类小说，已经以善于讲故事受到家乡小朋友们，甚至大人的欢迎。

他在那所高等小学堂读了一年，又入夔府中学一年。因为父亲去世，在家里他是老大，底下有三个弟弟，最小的一个还没有出生。虽然他还只有17岁，却不能不帮助母亲来撑持家庭了。

这三个学校，在当时都是新事物，使他开阔了眼界。例如以前他读过《三字经》，开头两句是"人之初，性本善"。在汉西书院他读到了《新三字经》，其中有"东半球、西半球、亚细亚、欧罗巴"，内容大不相同了。那高小和中学，无论在思想和文化两方面，当然比汉西书院水平更高一些，内容更新一些。不过那时最先进的思想也还是所谓"中学为体，西学为用"，课程主要还是老一套。增加的西学是史地、数学、外文（英文和日文）、格致、体操。所谓格致，根源于儒家的说法——格物致知，内容包括物理、化学、生物学的一些常识。而体操课竟也是西学之一，现在的人们可能难以理解。当时四川有些高等小学堂的体操课，是请日本人来教的。朱德比刘伯承大六岁，1908年他和几个同学在仪陇县城办了一所高等小学堂，朱德担任体操教师。竟有一些豪绅到县衙门告状，说所谓体操课是叫书香子弟们赤身露体，动作猥亵，有伤风化。学堂一度被查封，这是罪状之一①。

不过新学毕竟逐渐站稳了脚跟，刘伯承日益受到了新思想的熏陶。开县高等小学堂和夔府中学的教师中，有了一些新派人物，主要是从日本回来的留学生。他们大都是康梁的信徒，讲述在日本的见闻，宣传变法维新。甚至有个别激进分子，主张反清革命。关于新学和维新思想在四川的传播和兴盛，吴玉老和聂帅的回忆录中都讲到一个故事，可以让我们从中窥见当时四川知识界思想面貌的一斑。

四川号称天府之国，地方富庶，历史上文化发达。清朝以来却日趋衰落，标志之一是两百多年没出过一个状元。外省人讥讽说："你们四川人想中状元，除非石头开花马生角。"但是清朝最后一科乙未科

---

① 见《解放军将领传》第1集第180页。

（1895）的状元竟被一个四川人考中了。这人名叫骆成骧。"骆"字拆开来是一个"马"，一个"各"，四川话里"角"和"各"同音，那么真正是"马生角了"。骆成骧算是给四川人争了一口气，使四川人大为高兴[1]。

骆成骧是怎样中状元的呢？当时的传说是，殿试对策的时候，光绪皇帝要大家不拘陈例，直言无讳。这人拾掇了一些变法维新的词句，而且打破了以往对策文章的规格。光绪一看，认定是康有为写的，便把他点为状元。等到打开密封，才知道不是广东的康有为，而是四川的骆成骧。吴老在回忆录中说："骆成骧中状元的传说，助长了新学在四川的流行。不但那些真正热心于维新的志士较前更为积极了，就是那班追逐利禄之徒从此也不得不学些新东西，以便猎取功名富贵。从前的尊经书院是最尊崇汉学的，现在却大讲其新学了。以后在戊戌政变中牺牲的所谓'六君子'中，就有杨锐和刘光弟两个四川人（虽然他们两个的思想在维新派中最为保守），这并不是偶然的。尊经书院是张之洞任四川学政的时候（1873—1876）办的，中状元的骆成骧，入军机的杨锐，都出身于这个书院[2]。"

6. 开县三才子

刘伯承从十三四岁到十六七岁那些年，读了维新派许多出版物。特别是笔底常带感情的梁启超，他那汪洋恣肆的文章风靡一时，刘帅晚年还谈到，印象深刻。孙中山先生1905年在东京创立同盟会，章程中明确规定以"驱除鞑虏、恢复中华、创立民国、平均地权"为宗旨，又在《民报》的发刊词中首次提出三民主义。这股新风很快刮入国内，传进四川，吹到开县。

---

[1] 见《聂荣臻回忆录》第3页。
[2] 见吴玉章《辛亥革命》第69页。

那时许多省籍的留日学生纷纷出版杂志。四川籍留学生出版了《鹃声》，1907年下半年由吴玉老主持接办，改名为《四川》。它旗帜鲜明，宣传革命，销路很广，每期出版不久又再版。虽然只出了三期，就被日本政府封闭了(第四期被没收)，但是影响很大，特别是在四川省。它反对帝国主义侵略中国，揭露清朝政府卖国残民的罪恶，鼓励人民起来争铁路主权，进行革命斗争。即使是诗词小品，也大都是沉痛的忧时爱国之声，而绝少无聊的吟风弄月之作①。这些报刊，当时刘伯承都看到了。对于他这样一个少年来说，如同前面所述的他的身世和遭遇，学识和才华，这股新思潮不正是黑暗中的一盏明灯吗？难怪1911年武昌反清起义一声炮响，他立刻丢下锄头，到革命军队中当兵去了。这时候他不到19岁，辍学在家，除了自家的农活，还给一家地主打短工。这是后话，暂且按下不提。

这里再讲两个故事，看看他当兵之前的见闻和他那幼小的心灵，看看他怎样愤世嫉俗，怎样用含泪的微笑来表达他的愤懑。

1907年，开县发生了红灯教起义。为首的是一位外地人，人称余老师父，大概是1900年华北义和团起义失败以后逃到开县来的。义和团起义的原因之一是反对帝国主义利用宗教进行侵略。1840年鸦片战争以后，清朝政府害怕洋人，中国人中信奉基督教、天主教的许多无赖之徒依仗帝国主义的势力，勾结官府，欺压善良，无恶不作，激起善良的中国人群起反抗。他们砸毁教堂，打杀那些假洋鬼子和外国传教士。这样的事件全国各地都有发生，清朝政府称之为"教案"。早在咸丰同治年间，洋教已经传入开县，开县县城和较大的乡镇都有了教堂。1907年5月，那位余老师父和当地一位农民、一位布贩，聚集几千名红灯教徒，在开县跳蹬场设立神坛，公开打起了反清灭洋的旗帜，毁教堂，诛恶霸，砸开和洋人勾结的富户的粮仓，拯饥济贫。这场起义，不到一个月

---

① 见吴玉章《辛亥革命》第91—92页。

就被镇压下去了。

那一年刘伯承15岁,正在开县高等小学堂。教师中除了新派人物,也还有老顽固。最顽固的是一个姓邵的体操教员,是开县知县的同乡。他自恃会武术,懂军事,以为升官的机会到了,自请充当知县的师爷,随同进剿,不料第一仗就送了性命。直到起义被镇压下去,他的尸体才运回县城,棺材停放在忠烈祠里。知县老爷兔死狐悲,亲临祭奠,仪式很是热闹。

祭奠的时候,官员和乡绅们纷纷致送挽联。刘帅在这个学堂里交了两个好朋友,一个叫邹靛澄、一个叫谢南城,三人结拜为兄弟。这三个小朋友也各人做了一幅挽联,还做了横批,刘帅晚年还背得出来。他们确实做得巧妙,既有弦外之音,又叫人抓不住把柄。他们当然不能对起义者表示同情,但是也完全没有歌颂清朝政府。死者是湖南人,他们三人中有两人提到这一点。三幅挽联的命意相同,都是嘲弄那个邵师爷活该,该死,死得好!妙就妙在任何人都不敢说他死得不该。

刘做的挽联是:

战马长嘶,浦里河畔,湘楚壮士八面威风;
昏鸦悲啼,凤凰山麓,洞庭孤魂四季寂寞。
横批:呜呼哀哉

邹做的是:

保大清效尽犬马劳;
报皇恩流干奴才血。
横批:死得其所

谢做的是:

19

屈子放声长笑,频频鼓掌,喜送邵公魂归西土;
怀王嚎啕恸哭,连连颔首,悲迎壮士驾临黄泉。
横批:荣归故里

这三幅挽联与众不同。据说因此,他们三人便被人们称为开县三才子,或开县三怪。不过刘蒙说:"我父亲可没有跟我说过这个话。"

7. 口头娱乐家

另一个故事是:

"子"在中国历史上是对男子的美称,主要是指博学多闻而又道德高尚的人,后世几乎为儒家所专用。那天开县这三个小学生在忠烈祠里看到:像邵师爷那样污七八糟的人都立有牌位,称为"子"或"公"。三人中有一个,很可能是刘伯承自己,对两位好朋友说:"他们当他们的'子',我们当我们的'子',我们来起个带'子'字的诨名吧。"当然,其他两人都赞成。

刘伯承便说:"我家祖祖辈辈贫穷如洗,启蒙老师又是个讨口要饭的。我起个单名,叫刘贫,诨号讨口子。"

邹靛澄说:"那我就叫邹贱,诨号邹戏子。"因为他喜爱水墨丹青,吹拉弹唱。每逢年节庙会,都要去凑凑热闹,人们骂他下贱。那时和现在不同。以绘画为业的人被称为画工;演员和吹鼓手一样,也是"优人";两者都属于卑贱的行业。

谢南城起名谢丐,诨号叫花子。他说:"我家几辈子都是塾师,我这一生也只好以此为业,衣食来源全靠学生,吃百家饭,穿百家衣,与乞丐何异!"

他们处于社会的底层。小小年纪便明白了:命中早已注定,他们没有前途,没有出路。他们还只有十四五岁,还能,也只能,以玩笑来面对自己的命运,来表达内心的苦痛和抗议。不过,所谓"他们当他们的子,我们当我们的子",这句话却似乎颇为耐人寻味。在他们幼小的心中,是不是已经多少萌发了一点儿叛逆的倾向呢?这种倾向,多半他们自己也还没有觉察到。

  刘伯承一生爱说笑话。如果不能说这是与生俱来的天性,恐怕可以说是从小养成的嗜好吧。我用"嗜好"这个词,因为工作之余,除了看书和说笑话,他再无别的嗜好。他不抽烟,不喝酒,不下棋,不打球,不玩牌。偶尔看看电影,看看戏之外,没有任何娱乐。陈帅深知他这一点,送了他一个雅号,叫他"口头娱乐家"。他和邓(小平)、陈(毅)在一起的时候,谈笑得最投机。他们三位四川人,都说满口四川话,说得妙趣横生,十分热闹。淮海战役中,中央指定由他们三人组成总前委常委,他们身边的人常看到他们三个人哈哈大笑。

三、警棍和洋枪

1. 新与旧

刘伯承多次说他自己是旧军人出身。我们也听他这么说过。

他1926年入党,那是中国共产党建立以后的第六个年头。他已经34岁,并且是川中名将了。1985年我们到成都访问,比刘伯承小14岁的老革命家任白戈说:"我十一二岁念私塾的时候就知道他的名声。人们叫他刘瞎子,有的称他独眼龙,说他打仗最厉害。这在我们四川是妇孺皆知的。"

他在川军中身经百战,当过好几年团长。后来叫做第一路指挥,依然隶属于一个旅,实际上还是个团长。任白戈对我们说:"他那个旅是混成旅,特别大,最能打。每次打起仗来,临时给他个名义,叫他指挥整个旅,还统一指挥另一个旅。打完了仗,还是叫他当团长。人家忌才。这在我们四川也是妇孺皆知的。"

他入党的第二年,参加了南昌起义,担任总参谋长。共产党领导的中国人民解放军从此诞生。刘帅是它的缔造者之一。这支军队是人民的子弟兵,目的是消灭阶级,实现共产主义的理想。这是中国历史上前所未有的完全新型的军队。

在这个意义上,说刘伯承是旧军人出身,是完全符合实际的。

但是人世间的事物,包括人们的思想言行,在后世被视为旧者,在当时却可能是新的。时过境迁,一切随之变化。现在我们回头一看,刘伯承青少年时期一开始踏入社会,他所寻求的,就是当时的一条新路。

为了探寻他早年的足迹,1985年10月,我们专程拜访了他的故乡开县,瞻仰了他的旧居。开县没有名气,有些四川人也不知道它在哪个方向,许多久住四川的外省人甚至没听说过有这么一个县。

它在万县正北。两县紧邻,在长江北岸,都属于下川东。万县却大大有名,是由长江出入四川必经的大码头之一。我们乘轮船在万县上岸,改乘汽车去开县。出了万县县城就爬山,一上一下50多公里,才到了刘伯承的老家。从那里到开县县城大约还有30公里,也要翻山越岭,不过那座山比较小。

他的旧居在浦里河边,有两处,相距约一千多米。一处在山坡下面,是他的出生地,现在还有刘家的后人居住。一处在山坡上面,他5岁的时候,随他父亲分家搬过来,直到19岁,他从这里出发去当兵,开始了他一生的事业。刘帅旧居陈列馆的筹备机构,正在把这一处按当时的形状修复,供人们瞻仰。我们拜访的时候,已经基本完工,只差内部的陈设了。

两处旧居都是山乡的那种独立的农屋,毗邻没有房子。前一处有点像一个四合院,后一处有点像一个三合院。所谓有点像者,是因为都没有院墙,没有大门,是十分简陋的农舍。那里离公路大约两三公里,正在修一条马路。修路的人们把它叫做"刘帅大道"。出了这么一位伟人,家乡的人们很自豪,今后也许就会这么叫下去。

2. 金开银万

到了开县才知道,开县早先也很有名,至少不亚于万县。旧社会官场上有"金开银万"之说,意思是说,开县县官的缺,比万县的更肥。甚至还有一种说法,说在"天府之国"的四川省,开县是小天府。它肥在哪里呢?原来开县除了有粮食外运,还盛产井盐。《旧唐书》上说:唐代已经在这里设有盐官。据清朝咸丰三年(1853)修的县志记载：井盐的赋税每年两千六百多两，比田赋多一倍。从那以后，咸丰、同治年间，盐业更是兴盛，那是因为战乱频仍，海盐内运受阻，不仅陕西，就连湘鄂等省也都赖川盐接济，称之为"川盐济楚"。它还产煤，产柑橘、药材等等山货。它是柑橘之乡，近年的产量在全省各县中居第一位。刘帅老家那一带的柑橘，品种特别好，大而味美，至今远销国外。至于煤，我们来回两次在公路上都看到有卡车和拖拉机运煤到万县方向去。

更重要的是开县离长江比较近，曾经是水陆要道。它有一条大路通万县。我们此行在迂回曲折翻越那座大山的时候，几次看到用大石板铺成的"千步梯"，虽然每一段都十分陡峭险峻，但是每一步都还算宽阔平整。这是汽车路出现以前的大路，说不定在一千多年甚至两千年间大体上就是这个样子。特别是开县还有三条河，汇合后经云阳县境的双江镇直通长江，远达武汉，那就更是得天独厚了。交通的便利带来了经济繁荣，还带来四面八方的信息。昔日的开县并不是我原来想象的那种穷乡僻壤，刘帅也不是在我原来想象的那么闭塞的环境中长大的。

这条交通要道，可以远溯到秦汉隋唐。大巴山脉把汉中盆地和四川盆地分隔开来。从汉唐时的京城长安入川，有三条大路翻过大巴山脉南下。西路经剑门天险到成都。中路经汉中(今陕西南郑)到巴州(今巴县)再到重庆。东路经安康到万源。再从万源往南到长江，有两条路：左边一条到重庆；右边一条经开县，从这条路到长江要近得多。历史上漫长的岁月里，中国西北部陕西等省和长江中下游之间的货物往来，很大一部分走开县这条路。

前面说过开县到万县那条陆路，这里再说说那条水路。四川宜宾至湖北秭归一带的木帆船，在光绪年间结成川楚帮，在长江沿岸各重要城镇辟有码头，建有会馆。川楚帮之下，又按船籍分别结为八大帮。云阳和开县航行长江的船只合成云开帮，在川楚帮中实力雄厚。无论船只的数量和吨位,云开帮在八大帮中都名列前茅。刘伯承青年时期,开县三条河中,每天有几百甚至上千条船只往来。陆路上的挑子每天至少在一千担以上。水陆两条路上,有撑船的,挑担的,做买卖的,也有为官作宦的。旧社会匪盗多,长途运输和官员往来,还得有保镖的。沿途各个水陆码头,旅馆、饭店林立。刘帅老家对岸的浦里场就是水陆码头之一,曾经有两百多家店铺,比现在还热闹①。

在蜀道之难难于上青天的时代,开县在交通方面占了大便宜。在过去十分闭塞的四川省中,开县并不那么太闭塞。全国解放以来,四川有了四条铁路,公路更多,交通日益发达。相对说来,开县却反而显得闭塞了。

人们当然不埋怨铁路和公路。现在开县的柑橘,用汽车送到它西面的达县上火车,一直运到苏联,这有什么不好?可惜的是那条水路!解放之初全县通航的里程共计近三百公里,现在却不到一百九十公里。植被破坏,河流淤塞,是一个重要的原因。更直接的原因是它被一座水坝拦腰斩断了。七十年代在云阳县境修了一个小江电坝,发电量比原来计划的小得多,却使泥沙堵塞,河床增高。刘伯承当年可以从他家乡乘船到长江,现在却已经不能通航。

这条水陆交通线的"故事",使我此行得益不浅。我是为了寻找刘伯承19岁离家以前的足迹,专程来开县拜访的。不料除了两处旧居,几件器具,其他文物荡然无存。他小时候的课本、作文、日记、书信,他写的字,他看过的书,片纸只字也没有了。他30岁左右在重庆的住处藏有两三千册图书,刘伯承曾经叮嘱他弟弟务必保存好。1946年全面内战爆发以后,他弟弟为安全起见,把那批书运回开县,有二十挑之多,五十年代还有人见过几本。两年来旧居陈列馆筹备办公室的同志们费了很大的劲,至今一本也没有找到。我在刘邓大军的时候,刘帅曾经拿

---

① 以上所述,参阅开县《县志通讯》和《四川开县航运志》(未定稿)。

出一本毛主席的《论中国革命战争的战略问题》叫我读,上面有他用毛笔写的多处眉批。要是能找到他早年读过的书,哪怕是一两本,哪怕是一两条眉批,那该多好!更不用说他的书信、日记和作文了。

万幸的是我"找到了"这条交通要道,特别是这条水路!人是环境的产物。任何人的成长,离不开他的环境,大环境和小环境,时代的全局和他所处的局部。古人说某某人之所以出类拔萃,乃钟毓某某山水的灵秀之故,现代人说祖国的大地母亲养育了她的儿女。这次到了开县,我才知道哺育了少年刘伯承的,还有那条交通线,特别是他家门前那条通达长江的浦里河。

3. 求剑

刘伯承15岁的时候,父亲去世,家境更艰难了。他勉强读了一年中学,不得不辍学回家。他能读那一年中学,也主要是靠那位创办汉西书院的乡绅刘华英资助的。刘华英是个立宪派,这时候当了四川省咨议局议员。另一个立宪派人士奉命在开县开办警政。刘伯承辍学不久,由刘华英保荐,应募进巡警教练所受训,然后被分配到开县巡警分署当巡警。那是1909年到1910年初,他18岁前后。他当巡警约半年稍多一点。

现在的人们可能认为,堂堂的无产阶级革命家刘伯承元帅曾经当过旧社会的巡警,岂非太不光彩!然而,这在当时却是新事物。巡警教练所的教官中就有一位革命派——同盟会会员王春廷。刘伯承很尊敬他。警察是法治国家的执法者之一,是西方资产阶级取得政权以后的产物。在中国近世历史上,自从天朝帝国的大门被帝国主义的大炮轰开之后,先进的人们也经历了一个逐渐觉醒的过程。最初只看到西方船坚炮利,应当学;然后才看到人家的政治法制也有长处,也必须学。1898年的康梁"百日维新"失败以后,所有新政都被取消,唯独设警察和兴学校保留下来了。1906年宣布"预备仿行宪政"的谕旨，再次规定设置巡警。刘伯承这个失学的小青年是奔着这个新事物去做巡警的。

开县至今还流传着这个青年巡警除暴安良的一些故事。比如他在一条小巷子里碰到一个县衙师爷的小舅子调戏一个卖菜的农村少妇，他当场就给了那个小舅子一顿警棍。但是这样的事他不可能做很多。稍大一点的事，就做不成了。

有一个书铺老板，每年腊月三十下午出卖一种所谓的《鲁班书》，用红纸包着，每本售价银洋一元。那家伙装神弄鬼，说这本书记载着鲁班祖师的种种绝技，读了它就能尽得传授，但是必须按照一定的仪式顶礼膜拜之后才能开读，而且既要心诚，还得有缘分，否则一个字也看不见。刘伯承等到那年除夕下午，跑去当场拆穿了这场骗局；逼着那人把那些"无字天书"烧了，又把他带回警署押了起来。不料县衙门差役当晚就来提人，说是县大爷要亲自审理。刘伯承第二天才知道，那人一到县衙门，马上就被释放了。显然，人家买通了关节。

刘伯承怒不可遏。恰恰在这个时候，他所尊敬的那位王教官在大竹县被官府杀害了。噩耗传来，我们可以想象刘伯承多么悲愤。他立即脱掉警服，扔掉警棍，辞职回家去了。

那时候中国需要的是一场政治和经济的大革命，把旧社会彻底粉碎。否则它就如同一个大魔窟、大染缸，从西方引进来的任何新事物，一下子就变成了旧中国的旧事物。法治国家执法的巡警依然是旧中国官衙的差役。穿着引人注目的新式警服的人，同原来穿衙役号衣的人并没有别的不同。生活的现实给了这个小青年很大的打击，也给了他很深刻的教育。

这个年轻人的作为引起了人们的敬重。那时开县有一个大药材商，拥有正直和厚道的名声。他在长江沿岸设有店铺，以优厚的条件邀请辞掉了巡警职务的刘伯承去主持一个分店。刘伯承辞谢了。他说：

"大丈夫当仗剑拯民于水火，岂为一身之富厚邪！"[1]根据当时和以后其他许多事实，我相信这句话是符合他的思想实际的。中国的读书人历来鄙视商业。然而问题还不在这里。这个贫穷的年轻知识分子虽然前途茫茫，却已经胸怀大志了。当时国家贫弱腐败，外侮日亟。富国强兵、救国拯民的思想十分普及，何况是已经读了许多从康梁维新派到孙中山革命派书刊的刘伯承。

他50多岁的时候，我才第一次见到他。他给我的第一个印象是儒将和学者，却绝不是一个文弱的书生。开县传说他武功如何如何高超，"刘帅旧居陈列馆"还从他的老家找到了几件他幼年习武的器械。我想，"仗剑拯民于水火"这句话，并不仅仅是表达一种少年的豪气，并不仅仅是他鸿鹄之志的抒发。

我无法知道他是否曾经把在中国土地上刚刚出现的那根警棍真正看成剑。无论如何，那段经历至少使他看清楚了，那根警棍绝对不是他所企求的那把剑。但是，那把剑在哪里呢？他怎样才能举起那把剑来呢？

人们传说：他回家以后，常常坐在他家旁边的山头上，面对着帆樯如织的浦里河似痴似醉。他母亲喊着走到他身边，而他竟不闻不见。老太太惊恐得不得了，一再向左邻右舍诉说，担心这孩子是得了什么病。

4．春雷

仗剑的机会终于到来。那是1911年冬天，他19岁。给清王朝敲响丧钟的辛亥革命，10月10日在长江沿岸的武昌爆发。中国历史揭开了新的一页。刘伯承很快就投身到时代的激流中去了。

---

[1] 见《刘伯承回忆录》第2集第73页。

自从1900年八国联军进北京大肆烧杀的庚子之役以后,举国共愤,趋向反清。清廷自知卖国求和犯了众怒,被迫宣布立宪。各省成立咨议局,中央设资政院,从此出现两大政治潮流:一派主张革命,一派主张立宪。立宪派以各省咨议局为据点,在全国范围内展开了风靡一时的立宪运动,广泛地提高了人民的民主主义觉悟。

　　革命派以孙中山为首,以"驱除鞑虏,恢复中华,建立民国,平均地权"为纲领。反清革命,逐渐成了时代思潮的主流。孙中山连续组织了十次武装起义。这些起义都是在南方沿海发动的,每次都失败了。特别是1911年4月的广州起义(又称黄花岗之役),如孙中山所说的,是"吾党第十次之失败",革命党的精华几乎丧失大半。从那以后,同盟会总部才有一部分人开始注意在内地发动起义的可能性。不久,同盟会在上海成立中部总部,以发展长江流域各省革命为主要任务,并派专人负责湖北的工作。

　　可是事实上,1911年,湖北省革命力量之雄厚,已经为其他各省所不及。湖北的革命党人多年坚持在本地区从事革命的宣传和组织工作。他们是很早注意在清廷的新军中发展革命力量的人。这些青年知识分子,有的是同盟会员,有的不是。他们亲自投身行伍,在士兵中发展组织。为了避开清廷的追缉,他们几次更改组织的名称。1911年初,他们建立了一个叫做"文学社"的组织,除了在学生中做工作,依然主要在新军士兵中发展。此外,湖北会党首领焦连峰等到东京成立的共进会,于1909年在武汉成立了湖北共进会分会,也进行了积极的工作。究竟发展了多少人,各种记载不一。有一种说法是,到1911年7月,文学社员已有5 000多人,而当时湖北新军总共不过1.6万人左右。另一种记载是武昌起义之前,湖北新军共1.3万多人,其中文学社社员和共进会会员至少占了一半。惊天动地的武昌起义,就是由这两个组织联合发动的。

　　这里有必要对共进会作点介绍。这是各地会党联合建立的反清革命组织。十七世纪中叶,我国东北的少数民族之一满族灭掉了明王朝,人主中原。以后各地陆续出现了许多秘密会党,以反清复明为宗旨。虽然经过清王朝两百多年的统治,这种反清的政治意识逐渐衰微了,但是火种依然存在,时机一到,很容易燃烧起来。同盟会领导的各次武装起义,主要靠的就是这些会党。

1907年,各地哥老会、孝友会、三合会、三点会等等会党的许多首领,由于起义失败,先后逃亡到了日本。经过一些同盟会员策动,他们终于在那年下半年在东京结成了这个统一的组织——共进会。吴玉章是这件事的实际组织者。他大哥在四川哥老会中有相当的地位,他这时已由大哥介绍加入了同盟会。为了做组织共进会的工作,他又由他大哥介绍加入了袍哥。筹备会上,他大哥年纪最大,被推举为临时主席——"坐堂大爷",吴玉章由"老幺"升为"管事"。他在回忆录中说:"由于四川孝友会的首领张百祥在下川东一带拥有相当多的会党群众,而且在会党中的资格最高,对各地码头最熟,所以被推为共进会的共同领袖。"

开县正好属于下川东。我们这次到开县,几位50多岁的同志告诉我们,他们年轻的时候都参加过袍哥。他们说:"解放以前,我们开县的成年男人没有一个不是袍哥的。"据说开县的会党"堂口"有93个之多。

少年刘伯承是否也参加过袍哥,这点无关紧要。重要的是,由于水陆两路交通线,武昌起义那声春雷以及在各地引起的回响,很快就传到了他的家乡赵家场,也许比传到开县县城还要早。

5. 投军

1911年10月10日的武昌起义,史称辛亥革命,在一夜之间取得了胜利。这件石破天惊的大事业成就得这般容易,是同全国,特别是四川的保路运动分不开的。当时赵家场上流传的种种激动人心的新闻,既有从下水湖北武昌来的，也有从上水四川各地来的。

那几年遍及全国各省的保路保矿斗争，在1911年达到高潮，又以四川省最为广泛深入。四川保路同志会中的激进分子，包括一些会党首领，决定进行武装斗争，纷纷成立同志军，有的也叫学生军。成都四周各县的同志军很快就对成都形成了包围之势。清廷慌了手脚，令端方从武汉领兵进川镇压，更加激起了四川人民的仇恨，斗争更为激烈。鄂军西调，导致武汉空虚，四川同志军确实给武昌起义帮了很大的忙。端方率领的部队中革命党人很多，11月25日在四川资州起义，杀掉了端方。这时候，刘伯承大概已经到了万县，参加学生军了。

刘伯承究竟是哪一天投身军伍的，现在无法考查。武昌起义后，万县于11月宣布独立。刘伯承投军，大致就在这前后。那时候赵家场上天天沸沸扬扬，天天有保路运动和"反正"的新闻——当时人们把推翻旧政府叫做"反正"。赵家场上的人们天天像一群出窝的蜂，熙熙攘攘，奔走相告。后来还陆续有一些行客说：他们看见万县城里到处是剪了辫子的同志军和学生军，臂上扎着白布。还有人说：革命党正在万县县城招兵，好多青年人剃了辫子去报名。刘伯承坐困家乡，度日如年。这时候他打听到了实讯，万县的确在招募学生军。他和几个好朋友立即剪掉辫子到万县投军去了。

他在万县学生军当兵的时间不长。原来在端方被杀的前三天，1911年11月22日，重庆宣布独立，成立了蜀军政府。蜀军政府创办了蜀军将弁学堂，在川东各县招生。刘伯承徒步六百华里赶到重庆考进了这个学堂。开学不久，蜀军政府组建了以同盟会会员为骨干的蜀军第一师，急需干部。将弁学堂挑选了一批成绩优秀的学员成立速成班，刘伯承亦在其内。

1912年元旦，中华民国在南京成立，孙中山就任临时大总统。成都也已宣布独立，成立了"大汉四川军政府"。4月，重庆和成都的两个政府合并为中华民国蜀军政府，蜀军第一师改为四川陆军第五师，师长仍然是熊克武,他是有名的同盟会会员。刘伯承从速成班毕业分配到这支部队,很快由司务长改任排长。1913年夏,他所在的部队开到重庆附近的綦江县剿匪。这是他第一次作战。他后来回忆说:"当时我是有勇无谋,只管一个人冲在前面,没有组织好一排人。已经和敌人接上火了,士兵还没有跟上来。这一仗没有打好。"那时候,他将近21岁。

这个立志"仗剑拯民于水火"的青年,终于拿起剑来了。时代已经不同,冷武器发展成了热武器。他拿起来的是一支有来复线的步枪。那也是从西方引进的,当时在中国还叫做洋枪。

四、失去的和得到的

1. 在孙中山旗帜下

刘伯承早年在川军中的威名，1985年我在四川听到许多故事，其中一个与解放后四川省政协常委中两位过去川军的高级将领有关。当年，其中一位曾率一旅之众和率一个团的另一位对阵，省政协有一次开会的时候，他对那另一位说："那次我上了你的当。你打着瞎哥的旗号，我以为真的是瞎哥来了，只得赶快撤走。"

这位"瞎哥"，就是刘伯承。西方记者称他为"独眼将军"。他在川军中多次负伤，24岁时被打掉一只眼睛，31岁右腿大动脉中弹，失血过多，几乎丢了性命。这两次重伤的治疗都是富有传奇性的故事。不仅如此，这两次负伤又是他思想发展和生活历程中重大的转折点。治疗眼睛的奇闻传播了他的声名，眼睛受伤以后的经历，在思想上给了他很大的启迪。后一次由于伤势过重，他得到了一个静下来思索和读书的机会，特别是得到了充分的时间和吴玉章、杨闇公这两位马克思主义者密切交往。他从此脱离了川军，逐步探索一条新路，三年以后加入了中国共产党。

十几岁就立志仗剑拯民于水火的刘伯承，究竟是在什么时候成为三民主义的忠诚信徒的？我至今没有找到确凿的材料。但是自从他19岁投军，后来成了川中名将，直到31岁脱离川军，这整整12年时间里，他始终在孙中山的旗帜下冒险犯难、出生入死，这却是明白无误的。

33

前文谈到，每次打起仗来，叫他指挥一个旅两个旅，打完一仗下来，还是叫他当团长，连普通老百姓也为他不平，他自己却并不计较。有识之士称赞他淡于名利，这是确实的。读者可以从我以后的记述看到，他一生都是如此。但是，如果他不是胸怀某种理想，如果他没有坚强的精神支柱，如果他仅仅是淡于名利，他何必那么不辞艰险，何必那么甘冒矢石，何必那么置死生于度外呢？他究竟是所为何来呢？请读者原谅我在这种记叙体的文章中发议论，我是情不自禁，在十分感动之中写下这几句话的。

辛亥革命前后短短的一段时间内，全国各地组建起来的革命军队名号很多，在四川和其他某些省份，有一支叫同志军的，由保路同志会的名称而来。这些同志军多数是以两百多年来秘密会党的力量为基础组织起来的。另有一支叫学生军的，虽然恐怕也离不开会党，我却还不能肯定它是不是主要由革命党人领导的。少年刘伯承到万县参加的，就叫学生军。那时反清革命的团体很多，都被称为"革命党"，孙中山和黄兴两人为首的同盟会是其中之一，影响最大。

刘伯承在川军12年中，主要是在熊克武、但懋辛、张冲三人领导的部队里。这三位都是老资格的同盟会会员，都曾留学日本。他们三人又是三级。熊克武名气最大，地位最高；在他下面是但懋辛，再下一级是张冲。张冲是刘伯承的顶头上司，是刘伯承当团长的那个旅的旅长。有不少人说张冲是个"长衫军人"，不会打仗，甚至还有说他们三位都是"长衫军人"的。当然也有人不同意这种说法，这点我们可以存而不论。但是张冲倚重刘伯承作战，却是千真万确的。这次我在开县看到张冲给刘伯承的几件亲笔信和电报，说的是把整个旅交给他指挥，还鼓励他放心统一指挥另一个旅。熊克武老先生晚年的回忆录中，干脆说"刘伯承指挥的第二混成旅"如何如何，而不说旅长张冲指挥，这倒是实实在在的话。这次我还看到一封但懋辛、余际唐和张冲三个人联名并盖有各人私章的信，要刘伯承火速从前线回师驰援，"否则辛等死于此矣"。

这些暂不多说。

这里顺便说说另一件事。这次我到开县寻找刘帅早年的墨迹，看到的唯一的一件是他31岁写的一张便条。内容无关紧要，是要他部下集合大操场听候训诫的。署名为"昭"，他在川军一直是用他的本名"刘明昭"，"伯承"是他的别号。使我十分感兴趣的是那一笔字，随手写来，神采奕奕，既健劲，又潇洒，看来是学的王羲之。学得很有功夫。熊克武在回忆录中说，当初刘伯承刚分配到第五师来的时候，他就知道刘伯承"文学基础好"，想来这也包括他那一手好字在内吧。他的字，当年在他家乡是很有名的。

2. 秘密团体

孙中山当了三个月临时大总统，1912年4月1日宣布辞职，让位给袁世凯。原来辛亥革命爆发以后，清廷任命袁世凯为内阁总理大臣，要他率清军南下攻打革命军。袁世凯看到窃国的机会已到，便左右开弓，一方面利用南方各省的革命力量逼清帝退位；一方面利用他手中的清军武力逼革命党向他屈服。对革命党，他又有两手：一手是发动军事进攻，以武力相威胁；另一手是施放"和平"烟幕，表示愿意和革命党议和。此外，帝国主义也支持袁世凯，甚至声言如果议和不成，就要进行干涉。这时革命党中混入了许多官僚政客，内部成分日益复杂，于是南北和平统一之声大起，逼孙中山让位。

孙中山当大总统，军力薄弱，财政尤其困难，薪饷都发不出。更糟糕的是他竟认为民族主义和民权主义已"因清廷退位而付之实现"，当前的任务是"社会革命"——实现"民生主义"。他在辞职的同时，宣布"十年内不问政治"，以在野身份专门从事社会实业建设。现在我们看来，他的幼稚天真，简直到了可笑的程度。后来他自己也认识到他的辞职"是一个巨大的政治错误"。但是，不论我们怎样苛求前人，孙中山先生视禄位和权势如敝屣，一心关注民瘼和国家的繁荣兴盛，他这种高风亮节，却是使善良正直的爱国者们衷心景仰的，当时如此，现在如此，我深信将来也会如此。

1912年8月，同盟会的实际负责人宋教仁企图以发展政党的力量来加强国会的作用，并力图用责任内阁来限制总统的权力。他以同盟会为基础，联合了几个官僚政客的党派组成国民党，推举孙中山为理事长，果然在国会中取得了多数。袁世凯当然不能容忍，派人于1913年3月把宋教仁刺杀了。接着，袁世凯又从英、法、德、日、俄五国银行得到了一笔2500万英镑、数额空前巨大的所谓"善后"大借款，准备用武力解决南方的国民党势力。孙中山这才醒悟过来，于7月中旬发动"第二次革命"，又称"讨袁之役"。熊克武被任命为四川讨袁军总司令。刘伯承作战有功，由排长升为连长。

各省讨袁军在不到两个月之内相继失败。刘伯承那个连东冲西突几个月，最后也被打散了。他左脚负伤，辗转潜回家乡，衣衫褴褛，形同乞丐。他在家乡也不能安身，因为他曾率领他那个连转战几个县，他这个小小的连长已被目为"附逆要犯"，列名在通缉令之中。他躲藏起来，养好了伤，然后从云阳乘一条木船东下，逃亡上海。这是1914年春天。他在上海找到了熊克武部下的一些人，同他们住在一起，并由他们介绍加入了孙中山新建的秘密团体中华革命党。

这个党是孙中山1914年7月在日本东京组织的，目的是恢复同盟会时期的精神以继续反袁。当时，孙中山并没有真正总结出以往失败的教训，不懂得袁世凯之所以能够得胜，是因为有帝国主义作后台和中国社会封建主义基础根深蒂固之故。他规定党的宗旨是"实行民权民生两主义"，竟不再提民族主义了。而民权主义呢，连党内生活的民主原则也不在考虑之列。他只从表面上看到国民党那样的政党成分复杂、涣散无力，因此，他强调这个新党"为秘密团体，与政党性质不同"，要有严密的组织纪律。党章中规定入党者必须立誓约、按指印，绝对服从总理,也就是绝对服从他个人。他还把党员分为三种:"首义党员"有参政执政的优先权;"协助党员"有选举权和被选举权;"普通党员"有选举权。所以,这个党自始至终只是一个反袁的狭隘小团体,在反袁斗争中也没有起到领导作用。

3. 讨袁

刘伯承这次在上海一年有余。他自幼好学深思,又是个踏踏实实埋头苦干的人,这些日子他绝不会白过。不过他究竟读了些什么书,现在无可查考。他结识了一些老同盟会员并且加入了中华革命党,究竟进行了一些什么活动,我也还没找到确凿的材料。现在能够看到的是他的一首七律,大概是在前往上海的船中写的:

> 微服孤行出益州,
> 今春病起强登楼。
> 海潮东去连天涌,
> 江水西来带血流。
> 壮士未埋荒草骨,
> 书生犹剩少年头。
> 手执青锋共和卫,
> 独战饥寒又一秋。

这首诗这么沉郁苍凉,是他躲在家乡山中养伤那几个月,胸怀壮志,处境孤独的反映吧。开县的老人们说刘伯承少年老成,看来是可信的。这时候他22岁。从这首诗看,他确实和一般的毛头小伙子大不相同。

这次是他第二次来上海,前一次,是他和他那两个好朋友——三个十七八岁的少年到上海觅知音、找出路，结果只是在街头瞎撞了几天。而这一次，他已经是个青年，带过兵，打过仗。可惜我们现在无法知道更多的情况。不过显而易见的是，他这次到上海以后，所处的环境改变了，而且是他有生以来前所未有的大改变。以前的环境是农村、学校、军队和几个好朋友的小圈子。这次在上海住的时间相当长，交往的又是一些激烈反袁的革命者，后来又成了孙中山秘密团体的一个成员。这一切，对于他的眼界和胸襟，特别是对于他思想上、政治上的成长，不可能不发生重大的影响，虽然我现在无法说得更具体。

他到达上海不久之前和以后，国内和国际上大事迭起，这不能不引起他和他的朋友们深切的关注。1914年1月，袁世凯下令解散国会，5月宣布废除《临时约法》。8月，第一次世界大战爆发，日本趁机武装侵略中国，9月出兵山东，11月侵占青岛。到了1915年，形势更紧张了。亡国的危险日益逼近，袁世凯企图当皇帝的野心日益公开化。那一年1月，日本向袁世凯提出把全中国变为日本殖民地的"二十一条"，作为支持他当皇帝的条件。5月，袁世凯接受了"二十一条"，他的宪法顾问美国人古德诺公然发表文章鼓吹中国应当实行帝制。然后，袁世凯果然称帝，改国号"中华民国"为"中华帝国"。于是，老同盟会员李烈钧、熊克武等人到昆明，准备武装起义；蔡锷逃出北京到云南，宣布组织护国军讨袁；孙中山发表《讨袁宣言》，讨袁护国战役从此开始——这些，都是1915年12月的事。

大概就是在这个月或者略早一点，刘伯承等几个人奉中华革命党之命，化装回四川组织武装起义。他们一行从宜昌换乘川江小轮入川，在沿途各码头联络革命党人和会党首领。1916年初，他们在涪陵新庙场起义，组成川东护国军第四支队。刘伯承指挥这支部队在涪陵、丰都一带侧击北洋军。他的一只眼睛，就是在一次和溯江西上的北洋军作战中失去的，那是1916年3月20日，在丰都城下。

4. 右眼珠打飞了

丰都县城位于长江北岸，上连长寿通重庆，下邻忠州接万县，是北洋军从水路入川的必经之地。那时，蔡锷率护国军由滇入川，正在川南的泸州棉花坡一带和北洋军激战。为了控制长江通道，阻滞北洋军西上增援，刘伯承攻取了丰都县城。正当他在小西门外追击船上的敌人，回头关照身后士兵的时候，他连中两弹，倒在血泊之中，一颗擦过颅顶，伤势不太重；一颗从右太阳穴穿眼而过，把他的右眼珠打飞了。

待到苏醒过来，他发现自己躺在死人堆里。有些人匆匆来查看，那些人显然是北洋兵，说他死了，便又匆匆离去。等到天黑，四周寂静无声，一个老人路过。他请那老人帮忙，老人竟认得他是打北洋军的刘队长。其实他并不是队长，不过这支队伍实际上是由他负责指挥的。老人应他之请，把他背到丰都城里在邮局做事的一个朋友家。他把身上仅有的两块银洋作为酬谢，那老人谢绝了。那位邮局的朋友请了一位中医来，用中草药给他止了血。那朋友出门的时候告诉他，为了安全起见，在外面把门锁上。这时北洋军还在继续打炮。那是一所两层的木屋。刘伯承躺在床上，迷糊中忽然感到四周灼热，这才发觉木屋已经着火。他把一条被子和浑身上下用冷水淋湿，砸开窗户顶着被子爬了出去。

关于这一段，刘帅给他儿子刘蒙讲过一个小插曲：那朋友跑回来，看到屋子已经烧光，认为刘伯承无疑是烧死在里面了。他悲痛万分，深悔不该锁上门。他给刘伯承修了坟墓，有一天正当他上坟的时候，刘伯承突然出现在他面前，把他吓了一大跳！刘伯承一辈子多灾多难，真是九死一生。以后几十年间，他在国民党中央通讯社的新闻中，不知被宣布"阵亡"过多少次，不过每次都不如这一次具有这么浓厚的戏剧性。

那天他跳下窗户，只见街上全是逃难的人。他随着人流跑到了郊

39

外。力气已经用完,他又倒下了。忽然听得一片乱嚷,说是土匪来了。果然,有几个人来到他身边,他不知道那些人说了些什么,只依稀感觉到人们用那条被子把他裹起来,把他抬着走。直到他被放下,又一次苏醒过来,才知道来到了他预定的集结地。那是涪陵鹤游坪,已在距丰都约五十公里之外了,是他的战友们用箩筐把他抬来的。他这支部队剩下的人已经很少。他在鹤游坪召开了阵亡官兵追悼大会。当这个重伤、死而复生的人裹着绷带在会场上出现的时候,人们惊呆了,不少人流下泪来。

他指挥这支小部队,在这段作战中,痛击了进占丰都的北洋军第八师,截断长江交通一个多星期之久。著名的抗日将领冯玉祥当时也在北洋军中,他在他的《我的生活》一书中写道:"那时候自重庆以下,宜昌以上一段江面,每有船只经过,两岸山上即开枪射击,而忠县一带尤为剧烈。过往军队吃了不少的亏。人们揣测不定,有的说此事是熊克武部队所为,又有说是蔡松坡早先埋伏的奇兵。"蔡松坡就是蔡锷。显然,对于在川南作战的蔡锷护国军,这是很有力的支援。但是,由于刘伯承重伤,这支队伍不久就瓦解了。

刘伯承在涪陵隐蔽了一个多月,只留下和他一同由沪回川的同志康云程随身护理。他几乎两三天就得换一个地方,但是到处都得到了人们的掩护。其中有老同盟会员、哥老会的一位首领罗云章,也还有许多其他普通老百姓。这使他念念不忘。33年以后,1949年,刘伯承担任西南军政委员会主席的时候,特地写了一封信给涪陵县人民政府,对涪陵人民表示他深切的感谢。

5. "七十余刀,小事耳!"

等到对革命党人的清查逐渐松下来,他才由康云程护送,到重庆就医。重庆的一家医院治疗无效,然后找到一位德国医生阿大夫,此人曾任德军军医,这时在重庆开了一间诊所。刘伯承的右眼眶已经腐烂化脓,必须开刀。他为了避免损害脑神经,坚决拒绝用麻醉药,局部麻醉也不允许。双方都不肯让步,他又纠缠不休,弄得那位阿大夫怒气冲冲,认为这是异想天开,无理取闹,最后他说:"我没做过也没听说过不用麻醉药能做这样的手术。即使我敢做,你也受不了。"后来刘伯承对人说:当听到那位洋医生说出这句话来,他立即抓住话柄,用激将法激他说:"敢不敢做是看你有没有胆量,受不受得了是看我能不能忍耐。让我们两人来比赛一下。你们西方人受不了的,我们中国人未必受不了。"激将法果然灵验。那位阿大夫被逼上了手术台,做了他不曾听说过的不用麻醉药的手术,而且是做了两次。两次手术的情形,当时在场的王尔常老先生在1978年写的《回忆将军早年之革命事业》中做了如下的记述:

"第一次手术只割去腐肉,理顺血管,费时尚不久。数月后阿医生自德国为将军配制之假眼带来时,伤眼重生腐肉,较前尤多,乃动二次手术。更因须配合假眼,故二次手术历时近三小时。当时将军拒绝施行麻醉,曰:'救国救民,来日方长,安能损及神经?'阿医生既系名医,骄傲自大,又秉军国主义恶习,平素对病人有畏痛呼喊者,每打骂随之。将军在第一次手术中即安然稳坐,阿医生已连连点头,口称'好!好!'二次手术为时既久,将军仍肌肤不跳,面不改色。包扎既毕,阿医生见将军手捏之椅柄已汗水下滴,诧曰:'痛乎?'将军笑曰:'些须七十余刀,小事耳!'阿问曰:'何由知之?'将军曰:'每割一刀余暗记一数,定无误也。'……昔华佗之疗关羽也,服以全身麻醉之'麻沸散',仅施刀于臂耳。将军两次疗伤,余皆亲侍左右,目睹其沉雄坚毅,令西医瞠目,军国主义者咋舌,非超关羽千百倍乎。"

我多次听人说过这件事,但是没听到刘伯承自己说过。我不能轻易怀疑目击者的记述,但是总不大放心,总觉得这件事不大好理解。因此,1985年我特意问他的夫人汪荣华大姐:刘帅治眼睛不用麻药是真的吗？她说："是真的。刘老多次说过，他要保护他的脑神经。"我又向著名医学专家吴阶平教授请教。那也是在1985年，我们一同在沈阳参加一个集会。我的问题是："尽管刘帅能忍住疼痛，总难免要颤动。这点无论一个人的意志怎样坚强，也是他自己控制不了的。眼睛的手术不同寻常，这是可能的吗？"吴教授答道："可能的。因为那次刘帅只是割去腐肉，不是通常那种细致的眼科手术。"我又问，目击者回忆说刘帅知道医生动了七十多刀，这也是可能的吗？吴教授答道："那也是可能的。他是用这个办法来分散注意力，减轻痛感。至于他默记的数目，不过是他自己感觉如此罢了。他是完全可能那样感觉的。"

6. 那位"军神"在哪里？

当初刘伯承找医生，不能用真姓名，也不能说致伤的真实情况。后来，大概是他同阿大夫交上了朋友，特别是护国军占领了重庆以后，用不着再保密了，人们才让阿大夫知道了真情。我不知道那位德籍军医是不是个普鲁士军国主义者。但是看重军人，以戎马生活自豪，在普鲁士民族中很普遍。刘伯承这位青年军官如此坚毅，特别使作为普鲁士军医的阿大夫折服，是在情理之中的。难怪他到处宣扬，说他从来没见过这么勇敢坚强的人。他以普鲁士军人的神气，特别是以当时西方人在中国人面前那种无上权威的口吻说道：这位刘明昭不仅是个标准的军人，而且简直可以说是个军神！熊克武当了重庆镇守使以后，有一次大宴宾客，阿大夫也在被邀之列，他又当众这样宣扬。据说，这才引起熊克武注意刘明昭，当时就下命令，叫人赶快查找这个刘明昭现在在哪里。

这个故事流传很广，无疑增加了刘伯承生涯中的传奇色彩。但是刘伯承自己的收获，却恐怕是人们不一定能想象得到的。这次负伤的经历，在他思想上引起了极为重大的震动，使他得到了一种十分重要的领悟。有几位同志告诉我，后来刘帅说过这样一段话：那次我失去了一只眼睛，但是我得到的却更多更宝贵。我开始认识了人民，认识了人民的力量。那位把我从死人堆里背出来却不要报酬的老者，那些用箩筐把我抬了一百多里路的人们，以及在涪陵各处冒着生命危险掩护我的人家，他们都是些普通的人，默默无闻的人，但是他们却有着多么高尚的品质，多么巨大的力量。我几乎失去了生命，他们给了我生命；我失去了一只眼睛，他们给了我千百只眼睛。我从此开始懂得，永远不要脱离人民。一个革命者，不论他个人有多大本领，离开人民群众便将一事无成。

我在不同场合多次听他说过相似意思的话，不过每次都没有谈到他的眼睛。那是战时，在会场上或在驻地他的屋子里。有时候他说得很激动，那多半是在集会上；有时候说得很平静，但是很恳切，使我深深感到那是出自他内心的，虽然当时我完全不知道他早年这段经历，完全不知道他思想发展的这段脉络。

最近我得到一张复印的1942年12月15日《新华日报》华北版特刊，那是专为祝贺刘伯承五十寿辰组织的。首先赫然映入眼帘的是一幅大字："勉作布尔塞维克。必须永远与群众站在一起！"这是刘伯承的亲笔题词，我感到格外亲切。那后半句"必须永远与群众站在一起"，早在他24岁的时候，就已经植根在他心里了。

这期特刊还登有一篇《刘伯承将军略历》。执笔者李庄同志告诉我：当初刘伯承既拒绝给他祝寿，更不肯谈自己的历史。后来只好由邓小平同志出面，把他们几位记者带到他面前，说这是组织上的意见，刘伯承才讲了他的略历。那幅题词也是那时写的。可惜那时只能木刻了来印刷，笔意韵味全失了。

《略历》中讲到，1907年开县红灯教起义，皇帝下旨清剿，离刘伯承家二十里一带，就是清剿的地区。刘伯承目睹遭到屠杀的人，大多数是和他一样贫苦朴实的农民，深感自己的命运和他们完全一样，后来他又受到《民报》等报刊反清革命、要求民主的影响,等到保路运动波动全川,他便在宣统末年离家投军。这样说来,他从感到自己跟那些贫苦农民一样只能由官府任意宰割开始,到经过这次作战和失去一只眼睛,他初步看到了人民群众包括自己在内的巨大力量,这无疑是一次飞跃,一次升华。不过,准确一点说,这还依然是刚刚开始。他那只眼睛换来的那个大道理,还需要他花好多年工夫来逐渐消化和深化。

等到装上假眼,他顾不得休养,便又急急忙忙赶到壁山指挥起义军,继续和旧势力作战去了。

五、名将和名花

1. 驰骋贯全川

在刘伯承阻击北洋军作战中失去右眼的第三天，1916年3月22日，北洋军头子袁世凯被迫宣布取消帝制。他做了83天皇帝梦，始终没敢正式登基；直到再也混不下去了，只好仍称大总统。6月6日，这个窃国大盗在众叛亲离中死去。恰巧在那天晚上，刘伯承指挥璧山护国义勇军经过彻夜激战，占领了来凤驿，那是成都和重庆之间的一个交通要口，在重庆西面约50公里。

7月，随蔡锷护国军回川的熊克武出任重庆镇守使兼五师师长，刘伯承率领他的游击队编入第五师，被任命为营长。从此，在熊克武"一军系"部队中，他无役不从，直到1923年以名将的声威退出川军。

刘伯承那几年在川军中的奋斗，王尔常老先生在他的回忆文章中作了一些简要和生动的记述。他哥哥王旭东曾任重庆将弁学校的大队长，后来升任学监（校长），是少年刘伯承的恩师。王旭东十分赏识刘伯承，常常在星期天带他到家里去，叫弟弟王尔常照刘伯承的榜样为学和做人。刘伯承1916年潜赴重庆医治眼伤，就隐藏在王旭东家里；两次动手术，王尔常随侍在侧。1920年刘伯承当了团长，王尔常当他的代理军需官，从此追随在刘伯承身边八年之久。他们之间的关系远非一般的上下级可比，因此他特别了解当时的情况。他说刘伯承早"已慨然有以身许国之志。忆昔将军眼伤之后在渝疗养，余言谈中偶叹息失目之可痛,将军笑曰:脑壳落了都不怕,丢个眼睛算得啥。一叶知秋,可为佐证。"

怀着救国拯民的理想,刘伯承在征战中尽心竭力,不辞艰险。同时,连年马不停蹄的作战,使他的军事才能得到了很好的锻炼和发挥。他早年当排长第一次作战的时候有勇无谋,这时候却已经智勇双全了。这里,抄摘王尔常的两段回忆如下:

延至民国十二年(1923年)之际,北洋军阀曹锟、吴佩孚调赵荣华、卢金山、于学忠等大举寇川,命川边镇守使陈遐龄及刘湘为内应,以驻湖北之四川军阀杨森为前锋,避开巫峡天险,由恩施、利川直趋四川,来势迅猛,第一师告急。将军遂进驻川鄂要道龙驹坝,向铜锣方向增援。战事激烈,营长黄维统殉难,将军乃亲率一部绕道磨刀溪攻其侧翼,敌遂败退。方此敌人攻势少杀之际,我驻丰都一军六师之旅长杨春芳,原出身绿林,见北洋军阀势大,竟叛投杨森,乘虚攻向万县。将军侦知,不待奉命即回师救万,军行至马头场,天已入夜。将军励众曰:"我军明日到万县,敌已入城,若今夜袭击之,敌必不备,'攻坚城'与'奇袭敌',其弊其利诸君自择之"。众皆请行,于是一夜跑步九十里,拂晓猛攻敌后,杨春芳溃不成军。

将军正谋联络一师,迎击杨森,而陈国栋、何金鳌、邓锡侯、田颂尧等作乱军阀已攻临成都。熊克武急电将军西上解危,乃弃万县,循长江而上,中途已闻成都失守,熊退川北。

斯时但懋辛亦弃重庆,亲率六师大部向成都进军,委将军为指挥官,率二混成旅及部分一师,由川北堵截北洋军,以防北军与敌军联合。但懋辛军路近,攻抵成都近郊石板滩时,成都军阀倾全力攻但(懋辛)。但军正苦战之际,川边镇守使陈遐龄部,素称精锐之三个团来援敌,双方鏖战两天两夜,但部伤亡极大,危在俄顷。时将军已绕道川北,沿途转战,经中江,击溃广汉、新都敌军,敌人向德阳方向逃窜。谍知成都方激战,部署未完,即聚商议出援之策。将士中有曰:"阻断北洋军之任务已达,上峰只令我警戒,长途劳顿,亟待休整。"或曰:"我军久战之余,难操必胜,赖心辉近在简阳,以逸待劳,增援之责在赖,而不在我。"将军曰:"夫战,勇气也。敌已占领四川省城,复以数倍之兵攻但(懋辛),意在必胜。敌人之气盛矣,胜负之势明矣。待敌胜而图我,我受敌军及北洋兵夹击,将何以应之。诸君血战川东,转战川北,挫强寇,克险阻,无不以一当十,所恃者讨贼救民之盛气耳。今临战而踟蹰者,盖累战之后未励其气而气馁,非讨贼军不能战胜军阀也。兵法云:出其不意,攻其不备。我军远绕川北,敌料我不能即至,我今击之岂非出敌不意乎!敌之意在歼但(懋辛),倾全力向东,北面必虚,我从北袭之,岂非攻其不备乎!趁此良机,何敌不摧。"并起立挥臂呼曰:"余意火速进击,到蓉(成都)庆功!"将士闻之,无不踊跃,争请力战。乃挥军南指,斩贼将刘荫西旅长于二台子,而歼其军,当日乘胜包围陈遐龄,除陈率一个团逃脱外,全缴两团川边军枪械。但(懋辛)部乘机反击,敌人大溃,四散奔逃,遂收复成都。将军此役,驰骋贯全川,连捷四五战而遭遇逾万之敌,乃能审时度势,当机立断,振臂一呼,疲兵复勇,克十倍之敌,复省会名城,故威名不胫而走,从此全川父老及工农兵学商皆知有刘将军矣。

当年夏,吴佩孚督责北军帮助杨森进犯成都,赖心辉不敌,已退至龙泉驿,见北洋军势大,请求向成都撤退。熊克武不允。赖曰:欲守山顶非二混成旅来不可,刘将军不来,明日必败。时将军方随但懋辛追击陈国栋、何金鳌,闻赖败退,正日夜兼程回师,已达简阳、养马河。熊飞骑调将军先来助赖防守,当日由午及夜,成都总部及山上前线无不延颈注望将军,无不屏息静候将军,讫夜半将军到达龙泉驿之电话传来,全军皆额手称庆,喜形于色,总部幕僚皆通夜未睡,等候将军战果。可见将军当时众望之盛,已隐然全军之砥柱,身负全局之安危矣。

这时候刘帅31岁。难怪他后来在解放战争中,指挥千军万马,用兵如神!

2. 恨铁不成钢

刘伯承能征善战,屡建奇功,熊克武、但懋辛少不了他,他的顶头上司第二混成旅旅长张冲尤其少不了他。尽管如此,他的日子却过得并不顺遂。一方面是内部的问题,另一方面是外部的问题。这两方面凑在一起,并且互相交错,终于使他离开了熊克武。

先说内部。王尔常的回忆中提到这样一种情形:

二混成旅辖三个团,刘伯承任第一团团长,另外还有两个团。"每临战争,张(冲)即委将军(刘伯承)为前敌指挥官,指挥全旅作战。""将军恒以本团独任巨艰,刘、鲁二团又难免妒忌,因而时有烦言。将军左右于笑谈中亦有胜则功属全旅,败则旁人讪笑之议。将军闻之,正色戒曰:'革命旨在救民,救民当不复顾身;一身且不顾,况复身外之毁誉乎。'"

这是他告诫部属的话,从他一生的处世为人来看,可以肯定也是他的真心话。但是,除此之外,恐怕也还有难言之隐。或者,开头完全是这样,后来时间长了,矛盾越来越发展,问题越来越复杂,他就不能这么处之泰然了。

我在开县刘帅旧居陈列馆筹备办公室看到1923年4月14日他给

但懋辛的一份辞职报告,从中可以窥见他那复杂的处境和心头的烦恼。这个报告说的是那次战役他打了三仗,一仗是他单独动作,打胜了,两仗配合友军作战,打了败仗。"厦之将倾,独木难支,以致败北,"而责难集中于他一身。因此,他"谨恳立予褫职,交旅部看管,静候彻底查办。"全文如下:

> 呈为呈请撤差查办,另简贤能,以利前途事。窃昭(刘帅本名刘明昭)为庸材,多病,早甘雌伏。此次奉委斯职,即恐陨越,迭辞未蒙允许,不得已始尽绵薄,至于今兹。每念无补时艰,无任内疚。溯此次战事,职所经计三役,除万县团寨子一役系单独动作未遭失败外,磨刀溪寸滩两役均系奉令协同友军实行任务,卒以当时首当其冲,伤亡过大,厦之将倾,独木难支,以致败北。各方不谅,交相责备,谓昭为全军失败之大罪人。以军人不能致胜疆场,信有罪矣!然视所属官兵伤亡之众,武器损耗之多,神明负过,已属难堪;而败北之咎,复集于昭。心中彷徨,莫知所措!往者人地尚可查考,是非不难分别。未来前途,关系本军生存。如不另委贤能,以资挽救,则何以收军事最后之胜利,而拯人民于水火!谨恳立予褫职,交旅部看管,静候彻底查办;并简贤能,接任指挥官职务,以资进行。明知战时去职,遗羞军界;然计军事前途之利钝,有不容一人留位之苦痛。再四思维,始得出此。临呈无任屏营待命之至。

这个报告最后写的是"谨呈督办但"。当时但懋辛是四川东防督办兼川军第一军军长。刘伯承的第一路指挥官职务,属于第二混成旅建制。他奉令"协同友军"作战的友军不属于二混旅,大约是因此之故,他这个报告越级打给但懋辛。不知但懋辛是否有何答复,显然,结果是不了了之。因为刘伯承供职如故，依然积极作战，并且如上文所引述的，战功越来越大，声誉越来越高。

这个报告把问题说得这么坦率，特别是措辞这么激烈，粗粗一看，虽然他那时才31岁，血气方刚，也似乎和他那少年老成的性格不大符合。不过照我看来，这正好反映出他是个血性男子。他一生顾全大局，谦虚谨慎，埋头苦干，却绝不是个随大流、和稀泥的滥好人。义之所在，他敢于挺身而出，是既不辞艰险，也不怕得罪人的。试看这几句："往者人地尚可查考，是非不难分辨。未来前途，关系本军生存。如不另委贤能，以资挽救，则何以收军事最后之胜利，而拯人民于水火！"可见他多么热切地关怀"本军"的生存和前途，关怀最后之胜利，关怀拯人民于水火的责任。他自己的遭遇固然使他气愤难平，更重要的是，他显然有意不避嫌疑，偏要趁机借这个题目做文章，向但懋辛特别是熊克武大敲警钟。一方面，他恨铁不成钢；另一方面，对大局的那种无可奈何的焦灼心情不是跃然纸上吗？

这种失望乃至近乎绝望的心情，除了熊克武一军系内部的原因之外，还有着更为重要的外部的原因。这就不仅是对熊克武，而是对整个孙中山的主义和事业了。中国共产党已经在1921年成立，但是这件大事，连吴玉章也到1925年才知道。吴玉章是老同盟会员，比刘伯承更早从事革命活动，各方面联系很多，在四川名气很大。刘伯承后来加入共产党，吴玉章是第一个引路的人。吴玉章尚且不知道这件事，更不用说刘伯承了。吴玉章在回忆录中记述了那几年他自己的心情："参加'护法'，使我十分深刻地体会到中山先生所说的'南与北一丘之貉'的名言……从辛亥革命起，我们为了推翻清朝而迁就袁世凯，后来为了反对北洋军阀而利用西南军阀，再后来为了抵制西南军阀而培植陈炯明，最后陈炯明又叛变了。这样看来，从前的一套革命老办法非改变不可，我们要从头做起。但是我们应该依靠什么力量呢？究竟怎样才能挽救国家的危亡呢？这是藏在我们心中的迫切问题。这些问题时刻搅扰着我,使我十分烦闷和苦恼。"

刘伯承打辞职报告的时候,是不是已经想得这么多,这么深,我们现在不得而知。不过吴玉章接着回忆了当时四川的混乱情形。那种混乱局面,刘伯承却是亲身经历了的。因此我们可以说,四川那个局部在刘伯承心中产生的烦闷和苦恼,可能比吴玉章更具体、更痛切。吴玉章写道:"当时四川情形也十分混乱。1920年2月,属于国民党的四川省长杨庶堪及谢持等为了争夺权力,联合了滇军、黔军,攻打同属于国民党的督军熊克武,熊败退去保宁。下半年熊克武又联合旧川军刘湘、杨森等部进行反攻驱逐杨庶堪等。胜利后熊发表了解除四川督军职务的通电,经协商后分为三军,以但懋辛、刘湘、刘成勋为一、二、三军军长,协同维持川局,使局面暂时安定下来。但刘湘及其所属的杨森又各抱野心,随时企图夺得全省政权,结果弄得四川全省四分五裂,动荡不安。北洋军阀的军队这时驻扎在陕南、鄂西,注视着四川的形势,随时准备大举入川。"

所谓北洋军,是袁世凯在清朝末年奉朝命编练的新军,是当时全国最大的反动武装。袁世凯凭借着这个力量,成为帝国主义列强共同的走狗。袁世凯死后,直到蒋介石登台,中国没有一个人能够充当这个角色。各个帝国主义便分别在北洋和各省的军阀中培植自己的势力。在这个大背景之下,北洋军阀分裂成几派,各有各的外国主子。暂时占优势的一派继续控制着北京政府,照样出卖国家主权,照样有钱,有军火,可以收买地方的军阀。四川的杨森和杨森的上司刘湘,乃至熊克武的个别直接部属,便先后被收买过去了。因此那许多年,四川省依然战火不断。刘伯承在熊克武军中,参加了所有那些战役。1924年夏天,熊克武大败,终于不得不转移到贵州,经湖南到广东,遭到汪精卫和蒋介石忌恨,身陷囹圄,全军瓦解,不过这时刘伯承已经离开了。

3. 何处神医

刘伯承在1923年4月打了那样一个满怀忧愤、措辞严厉的辞职报告之后,依然舍生忘死,积极作战,很有点像晚年的诸葛亮。刘伯承也是知其不可为而为之,"鞠躬尽瘁,死而后已"的吧。

在当时的形势下,并不是人人都能这样的。例如他的顶头上司二混旅旅长张冲,看到升官的机会成了问题,便表现消极。1923年5月24日但懋辛给刘伯承的信上说:"闻亚光(张冲)甚灰心,弟深知其意。然势已至此,总望兄为之鼓慰,努力撑此一篙。如蒙天佑善人,过此难关后,锦公(熊克武)必有以慰诸将士也。不然杨森横恶,此时又无转舵之法。且人格上又说不过去,盖不战必降也。救兵如救火,望兄持此最后五分钟,激起亚光猛向前途一拼也。"所谓"锦公必有以慰诸将士",是明明白白地说,熊克武必定会给张冲升官的。还有一个身为前敌总指挥的赖心辉,只顾保存实力,拥兵自重,公然向熊克武说龙泉山守不住,除非调刘伯承来。刘伯承果然来了,守住了龙泉山,并且取得了龙泉驿的大捷,解除了成都之围。

刘伯承作战,极其注意敌情。除了十分重视谍报之外,据王尔常回忆,每次临敌,他又必亲到前线视察地形,"然后迫敌阵而指挥,故情况明了,临战多捷。余曾虑及凶危,尝劝以自重。将军曰:国事垂危,人民倒悬,彼辈军阀实为厉阶,余恨不能一扫凶顽,以清华夏,故当敌情不明,克敌乏术之际,心何能安?必待心中有数,余怀方释。"

这样做当然十分危险。1923年9月10日,当他由内江进击大足,在前沿视察阵地的时候,右腿中弹倒地,血涌如注。但懋辛赶来组织抢救,然后,刘伯承由王尔常护送,三日三夜兼程六百多华里到成都,由法籍医生艾毓梅诊治。

如同八年前治眼伤拒绝那位德国医生用麻药那样,这一次,他拒绝那位法国医生给他截肢,甚至拒绝用拐杖。他倔得出奇,又给了这位法国医生一个惊奇不已的病例。王尔常回忆了这个有趣的故事,他这样写道:

开刀之后仍无好转之迹,盖大血管既断,加以气候炎热,长途耽误。伤者最忌之肿、红、烧,虽然开刀,仍未减轻。民(国)初(年)无青霉素等特效药物,故艾毓梅医生曰:"此病例常须截肢。以免血液中毒危及生命。"岂料不久之后,逐渐肿缩、红退、烧降。一日正常换药,艾医生称奇不已,谓将军曰:"病情不如君者往往锯腿,岂非上帝降福,创此奇迹?君当不忘上帝之恩,终生祝祷。"将军莞尔曰:"上帝岂爱余无神论者,余腿之见好,乃余终日凝精聚神,默注伤处并鼓气暗令之曰:'你要好!你要好!'方克至此耳。"艾医生虽不完全信服,但内心敬佩,自此对将军益恭矣。

讫成都情况变化,伤未痊而出院。艾医生来送别,并携一伤员所用之拐杖相赠。将军谢曰:"余尚不能步行,需此何用。"艾医生曰:"君伤不久当愈。然余视肌肉短缩,愈后必曲腿,故赠此为君终身之侣。"将军大笑曰:"世岂有挟杖而行之斗士乎!请留此别赠他人。"艾医生唯耸肩摇首而已。

及将军自嘉定回,特徒步往谢,艾医生一见大惊曰:"何处神医,竟直君腿!"将军指鼻曰:"余自医耳!自余伤愈,腿果不直。乃每日于精神饱满之时延伸之,虽疼痛难当,额上汗出如豆,仍坚行之。初期功效尚显,及脚尖着地能行时竟无进展,乃放枕头于凳,置脚枕上,嘱余卫士猛坐膝部,当时余虽痛昏,事后伤又烧肿,然毕竟又能战斗之人矣。"

4. 武侯祠前告别

刘伯承在成都养伤的时候，吴玉章正在成都当高等师范学校校长，常去看他。他们是1920年在重庆相识的。通过吴玉章的介绍，他又结识了另一位马克思主义者杨闇公，三人成了最知心的朋友。杨闇公也是个非常了不起的人。他早年因为策动江阴炮台官兵起义反袁，遭受追捕，被迫东渡日本，学习军事，接受了马克思主义。1920年冬回国，是四川共产党组织的创建人之一。他积极物色同志，是一位十分活跃，既热情又严格的党的组织家。1925年正式成立中共四川地方委员会，他当选为书记，吴玉章为宣传部长。1927年蒋介石阴谋叛变革命，杨闇公在重庆被捕，宁死不屈，英勇就义，年仅29岁。吴玉章极其称赞杨闇公有知人之明，说杨闇公很强调"不宜滥收同志"，"对人要考察过去的历史，和他目前的动作和人格"。因此，"他能识别好人和坏人，能选择优秀的中坚骨干"。吴玉章举出的突出的例证就是他对刘伯承的观察和评价。

《杨闇公日记》得以保存下来，实在是一件大幸事。对于今日了解刘伯承那一段历史来说，这是最可珍贵的第一手资料。这本日记始于1924年1月1日，1月2日就有刘伯承出现。从此到1月24日送别刘伯承前往犍为五通桥，他们两人几乎天天相会，你来我往，有时候一天见两次，有时候从白天谈到深夜。

两人分别以后，继续有书信往来。3月14日杨闇公送别另外几个朋友的时候还念念不忘刘伯承，那天他写道："七时许与尔常赴书丹寓，为他们送行。……我返川迄今，今日为第二次与人送别，但不如第一次生强烈的离别观感那样甚。因伯承乃我最折服的朋友，聚首之时虽少，分离时却较与家人离别为尤苦！书丹等不过普通的朋友耳，非我心目中认为有益于世的人啊！"

这些日记使我们可以想见这两位革命伟人的胸怀和风采，不禁肃然起敬。我们从头读几段吧。

1月2日第一次的记载，显然不是第一次相识。刘伯承之不同凡响，已经深深印入他心中。大概既有别人如吴玉章的介绍和评价，然后又有他亲身的接触和验证。他这样写道："伯承确是不可多得的人才，于军人中尤其罕见。返川许久，阅人不可谓不多，天才何故如此罕出。"

第二天，1月3日，上午"往访伯承不晤。因熊（克武）近日即促其任职，"刘到熊寓所去了。

第三天，1月4日，上午11时许"与伯承遇于途"。膳后，一同到刘寄住之处"谈至9时许始归"。接着记道："伯承机警过人，并且很勤学的。头脑也异常清晰，不是碌碌者比，又兼有远大志向。得与之交，我心内是很快活的。目前我们虽说不上深厚的情感来，但我决意与渠长久交好，因他堪当益友之列，并可同行于一个道路。十年来的友人，有才识而抱大志者，不过四人而已，今得伯承，又多一良友，真是可喜！"

1月7日："昨日伯承约了来吃早饭，殊待至11时还未来。……刚吃完的时候，他与尔常才来，因有他故，所以来迟。"饭后一同外出，入夜又同到刘的住处，"谈至9时半始归，心内犹不忍遽去。因伯承谈战事经过，使我有动于中。若能朝夕晤谈，甚所愿也。"

1月8日："伯承正写字中，可见其有恒心，每日必写数页。未几俗客满室，我遂默无一言，听他们犬吠，真令人闷不可忍。……饭后又与伯承论时局。他真是天才，颇有见解。使此人得志，何忧乎四川。"

吴玉章于1922年夏出长高等师范学校，那是当时四川的最高学府。吴玉章以此为基地，传播马克思主义，组织学生运动和工农运动。由于他和杨闇公等人都不知道中国共产党已经成立，1924年1月他们在成都建立了一个青年共产主义组织，名为"中国YC团"。1月13日，杨闇公和另一个人到刘伯承处，和他谈入团的事，不料刘伯承竟拒绝了。而杨闇公呢，不仅不感到沮丧，反而极为赞赏。杨闇公记载了刘伯承的答复，也记载了他自己的反应，使我们看到他们两人都是一心追求真理，崇信真理，在真理面前毫不含糊的人。请看：

"……他的答复，最足使人起敬：'见旗帜就拜倒，觉得太不对了，因我对于各派都没有十分的研究，正拟极力深研，将来始能定其方道。'这是何等直切，何等真诚哟！比起那因情而动，随波而靡的人来，高出万万倍，此后拟设法使其从本方向走。若能达目的，又多一臂助。"——真是好汉爱好汉，英雄敬英雄，使我们如闻其声，如见其人。

可是，对于这样一位罕见的天才，熊克武却不予重用。在杨闇公的日记中可以多次看到这样的记载："伯承不愿与亚光（张冲）合作，""伯承急欲摆脱亚光而谋独立位置，"故不愿再与熊克武见面。而熊克武"必欲促其出而任职，劝驾的使者日必数至"，张冲也跑来看望刘伯承。刘伯承为了躲避他们的纠缠，搬了一次家。劝驾的人跟踪而来，刘伯承便装病不见。

这时，战事发展日益对熊克武不利。看来，刘伯承已经胸有成竹，是能够帮助他摆脱困境的。8日杨闇公和刘伯承论时局，日记中又一次称赞"他真是天才"，还说："使此人得志，何忧乎四川。"可见刘的谈话和杨的赞叹都非泛泛之词，刘伯承必定详述了他对全局的分析和策划。因此，杨闇公满怀信心，很希望熊克武能够放手让刘伯承来挽回危局。请看杨闇公1月21日的记载："与子鱼赴伯承处，与他遇于途间。同归他的寓所，谈及他的情形和近日的现状，都很抱悲观。唉！忌才二字的关系，从古至今不知湮没了多少智能之士哟！二时许，黄君呈祥来访伯承，劝驾而来，促其赴但（懋辛）处，共扶危局。我也从中怂恿其往教，于是他与黄君同去"。

上引文中"我也从中怂恿其往教"这句话，特别是"往教"这两个字，很值得注意。次日，杨记道："十时许赴伯承处。所得消息仍不见佳。这些外强中干的幸运儿，完全没得统筹的计划，好像在凭他们的福命一样，着实气人，笑人！"可见"往教"的内容必定与此有关。无奈熊克武始终执迷不悟,既不重用刘伯承其人,显然也不接受他的谋略。刘伯承此后又去找过但懋辛,没有结果,便决心去犍为五通桥,"藉此休息"。临走的那天,他一早还去找但懋辛,没有见着,他只好走了。

那是1月24日,杨闇公送他出南门,至武侯祠略谈少许而别。送别归来,杨闇公记道:"熊(日记中写的是日文)他们都是志大才小,刚愎自用,不能容纳时俊之士。如像伯承这(样)的人,实不可多得的了,他们对他还不能放手地扶持,逐处加以限制。真是目小如豆,乌足与谈天下的大事啊!我看这些幸运儿,用不着许久的时间,连立锥的地方都会没有的。看,看!"

不出所料,刘伯承去后刚刚两个星期,2月7日,杨森的炮弹就飞入成都,熊克武弃城而去。熊克武从此退出四川,果然连立锥之地也没有了。杨闇公这样准确的预料,如果不全是从刘伯承那里来的,刘伯承的估计至少是主要的根据之一。刘伯承那样急于离开成都,不能说与他对战局发展的洞察无关。

2月2日杨还曾记道:熊克武"此次所受损失甚大,实由若辈毫无统筹计划所致。唉!形势虽占胜利,其如他们不计及何呢?"紧接着,他在日记中又一次嘲笑道:"这般幸运儿,真是在凭他们的福命吗?哈哈!"杨闇公那样一再强调"统筹计划",那样喜欢跟刘伯承谈论战事和时局,那样高度评价刘伯承为天才,我们可以想见那时刘伯承已经不仅善于驰骋疆场,能征惯战,而且已经站在战略的高度,高瞻远瞩,总揽战争全局了。因此我们不妨稍涉遐想,如果熊克武能像刘备倚仗诸葛亮那样倚仗刘伯承,他的结局将会怎样呢?

5. 五通桥下读书

熊克武不能用刘伯承,作为总指挥的赖心辉却派人追到五通桥来。王尔常回忆说:他和吴玉章到五通桥,"遇熊晓岩先生亦在将军处来

57

往。闲谈之间熊语余曰：风闻赖心辉因仰慕将军，拟请将军往任要职，未悉将军动向如何。余偶以此询问将军，将军曰：与汝相处有年矣，尚不知余之志乎！岳武穆云，文官不要钱，武官不怕死。余素家无私蓄，遇敌不顾身者，盖恐内忧外患，国将不国，官压兵扰，民将不民，非为博虚名及显荣也。彼辈军阀若以爵禄相诱，可谓有眼无珠矣。余意已决，定随玉章出川，一息尚存，革命不止。"

但是，究竟怎样继续革命，这条路该怎样走，他还没有弄清楚，让我们看看他在五通桥写的一首诗。

五通桥山环水绕，风景优美，有小西湖之称。他幼年的同学和盟弟邹靛澄来信探问，他写了这样一首诗作答：

园林春色满，
仕女踏青时。
独恐名花落，
匡扶不上枝。
峨山沉雪里，
欲往滞犍为。
君自家山问，
琅琅回有诗。

这首诗在闲适中流露出深深的忧国伤时，又回天乏术的心情。最触目的是"独恐名花落，匡扶不上枝"这两句。"独恐"和"匡扶"的人自然是作者刘伯承自己，"名花"是谁呢，何所指呢？研究者们议论纷纭，有的认为可能是指邹靛澄，意在规劝这位盟弟慎重选择生活的道路，担心他"扶不上枝"。但是，邹靛澄岂可比拟为"名花"，所以这一说很难成立。另一说认为"名花"是指熊克武或熊和熊的"一军系"。熊克武很有名，这一说颇有道理。不过，熊之所以有名，主要是由于他追随孙中山，熊老先生本人也是以此自许的。从刘伯承这方面说，他1914年在上海加入了孙中山新建的秘密团体中华革命党，那是要在不仅要接受党的宗旨，还必须绝对服从孙中山的条件下立誓约、按指印的，是很严肃、很虔诚的一件事；从此他在孙中山的旗帜下，忠心耿耿，一往无前。所以，这"名花"，我以为指的是孙中山，是孙中山的主义和事业；可以说在某种程度上包括熊克武在内，却不能说指的就是熊克武。否则，他何以毅然离开了熊克武呢？况且，熊克武拒绝他扶持，已经败落了。

前文引述过的王尔常在他的回忆文章中说到刘伯承在战争中无敌不摧，名震巴蜀以后说："将军此际特蔑视荣名，反而痛心时局之纠争，哀伤生民之涂炭，已觉孙中山先生领导之旧民主主义革命有希望成空之势。"这句话我认为可以看作这首诗最好的注释。"已觉孙中山先生领导之旧民主主义革命有希望成空之势"，不正是"独恐名花落，匡扶不上枝"吗？

吴老晚年的秘书王家柏同志在他的《刘伯承与吴玉章》一文中说：后来刘和吴谈起在犍为五通桥那一段经历，刘说："那时我实际上是在闭门思过。"这是自谦之词。我想，他闭门思过的那个"过"，与其按通常的用法理解为"过错"，不如按实际的情况理解为"过去"。他那时确实是在深思既往，探索将来。他看到熊克武已不足与有为，但是孙中山如何？他只感到"有希望成空之势"。"峨山沉雪里"一句，也隐含神州陆沉的忧虑，但是怎么办，却还没有得出结论，因此诗中流露出深深的迷惘心情。

在五通桥，他有了充分的时间，每日勤奋读书，思索救国拯民的方道。杨闇公说过："伯承对我说，他身负重伤，因祸得福——在养病中得到读书和思索的时间，看到了拯救中国的新希望。我想他一定会走上共产主义者的道路。我相信，只要他弄清了主义的真谛，就一定会献身给无产者的事业。"

他在五通桥，多次渡茫溪河，跨涌斯江，走到八里之外的竹根滩王家去借读《二十四史》。(参见《刘伯承早期戎马生涯》190页)这种读史的兴趣,一直保持到晚年。著名报人兼作家夏衍在《懒寻旧梦录》中说,建国之初,在上海,陈毅元帅有一天在家里请刘帅吃饭,夏衍、潘汉年在座,饭后谈天,刘帅说到想买一部开明书店出版的《二十五史》,问问价钱,买不起。我们从夏公《懒寻旧梦录》中读到这件事,曾经问夏公,后来呢?夏公说:"我是开明书店最早的股东之一,可以半价买开明出的书。我送了他一部。"夏公又说:"那天他还讲到孙子,讲孙子以柔克刚,讲得精彩极了。他是真正读书的,是位儒将。"(参看夏衍:《懒寻旧梦录》612页)

六、三人行

1. 考察旅行

　　刘伯承1924年1月离开多事的成都,到了山水如画的犍为五通桥,过着隐居一般的生活。他在房间中央铺上大席子,穿一件日本和服坐在席子上,四周都是书。他每天读书写字,扶杖爬山,一方面继续养伤,一方面探索今后的方道。前一件事,只花了几个月,他那重伤的右腿很快就恢复了。后一件事,却花了两年多时间,包括出川考察,直到1926年5月,才由杨闇公、吴玉章介绍,加入了中国共产党。

　　他在离开成都之前说过:"我对于各派都没有十分的研究,正拟极力深研,将来始能定其方道。"所谓各派,指的是当时的几种思潮:三民主义、无政府主义、马克思主义、实验主义、国家主义等等。这三位好朋友都参加过孙中山建立的革命组织,信奉过三民主义,然后选择了马克思主义。在刘伯承这方面说来,吴、杨是他的引路人。另一方面,他们三人又属于同一个时代,都是在第一次国内革命战争(通常叫做"大革命")时期加入共产党的。这同他们三人那几年都蛰居在四川这个边远的闭塞的省份有关。所以,吴、杨两人入党,也仅比他早一年。这时,孙中山已经在迭遭失败、走投无路之中得到了苏俄和中国共产党的帮助,改组了国民党,重新解释了他的三民主义,并提出了"以俄为师"的口号。第一次国共合作出现,从而发动了轰轰烈烈的"大革命"。这个革命的任务是反对帝国主义和封建主义,具体目标是打倒帝国主义豢养

61

的北洋军阀。当时革命势力所到之处，流行着一首歌，通俗地说明了这一点："打倒列强，打倒列强！除军阀，除军阀！国民革命成功，国民革命成功！齐欢唱，齐欢唱！"我当时正在湖南的家乡念初小，至今记得这首歌。

刘伯承是怎样找到马克思主义的呢？他50岁的时候，人们要求他讲自己的经历。关于这一段，他说：那次负伤之后，他继续怀抱着富国强兵的思想。看到在孙中山同盟会旗帜之下成立的军队也日益腐化起来，残害民众，甚至强迫老百姓种鸦片烟，他十分愤慨。国事日非，他为革命而奋斗的意志虽然没有稍减，怎么个革法却不知道，内心很苦恼。大革命初期，在川中与老同盟会员吴玉章同志相知日深，读《向导》周刊和各种革命书籍，思想发生了很大变化，不能见容于当时。随后，他和吴玉章赴上海、北京等地考察，了解全国政局。这样，才对中国共产党和中国前途问题有了明确的认识。民国十五年（1926年）春，四川正式成立党的省级组织，他便入了党，负责士兵运动（参阅《刘将军伯承略历》，见1942年12月15日《新华日报·华北版》）。

这段话很扼要，但是太简略了，有必要做一些诠释和探讨。

1917年俄国十月革命一声炮响，给中国送来了马克思列宁主义。最初在中国宣传马列主义的是李大钊、陈独秀，他们是在报刊上发表文章。马克思主义名著的中文译本，到1920年前后才出现。毛泽东在延安向斯诺说："1920年，我热心地搜寻那时候能找到的、为数不多的用中文写的共产主义书籍。有三本书特别深刻地铭刻在我心中，建立起我对马克思主义的信仰。这三本书是：《共产党宣言》，陈望道译；《阶级斗争》，考茨基著；《社会主义史》，柯卡普著。"（见斯诺《西行漫记》131页）。据李锐在其所著《毛泽东的早期革命活动》一书中说：这三本书，以及恩格斯的《社会主义从空想到科学的发展》和列宁的几种著作，也是当时湖南"新民学会中积极分子的必读书"（见该书298页）。也许是由于四川太闭塞的缘故，上述《阶级斗争》这本书，杨闇公是直到1924

年夏天去上海见了恽代英以后才阅读的。这是恽代英翻译的，原名《爱尔福特纲领解说》，恽代英译出时改名为《阶级斗争》。这时杨闇公还读了《〈唯物史观〉的浅释》，不知是不是《科学的社会主义与唯物史观》，这是恩格斯《反杜林论》第三篇一部分的中文译本，早在1921年已经出现了。1926年刘伯承在他的《军事报告》中说到"按唯物史观说来"如何如何，不知道他读的是哪些书。

现在我们只得先来看看吴玉章是怎样找到马克思主义的，因为只有他写了较为具体的回忆。

2. 吴玉章

吴玉章早年留学日本，是同盟会最早的成员之一，深得孙中山倚重。在日本期间特别是辛亥革命以后留学法国，接触了形形色色的社会主义，他很喜欢。在法国，对无政府主义发生过兴趣。他本来是一位全国性的知名政治活动家，1919年，被西南军阀排挤，退出在广州的军政府，离开广东回到四川，从此僻处于四川一隅。就在那一年，他读了一本日文的名叫《过激派》的书，所谓"过激派"，是对俄国布尔什维克的贬称。然而这本反面的书，却使他受益匪浅，使他初步认识了马列主义。他在《六十自述》和《回忆录》中一再讲到这本书。他说："一个人读一本书，通常总是根据自己过去的思想认识和生活经验来吸收书中的内容，作出判断和选择。所以同样一本书对于不同环境中的个人，往往会发生不同的影响。当时中国革命已走到山穷水尽的地步，革命实践的发展使我日益明确地感觉到旧民主主义道路走不通。十月革命和五四运动的发生给我启示了一个新的方向和新的途径。我渴望了解苏俄革命的经验，《过激派》这本书，恰恰满足了我的需要。"

吴玉章"反复地阅读"这本书，"结合着过去自己的经历，认真思索，把以往自己的思想和行动作了一次详细的批判和总结。"他列举了"体会最深刻的"几点,然后说:"这些体会当然是很笼统肤浅的,但却形成了我的新道路的起脚点。说起来真是可怜,我那时渴望能够看到一本马克思或者列宁的著作,但是我东奔西跑,忙于应付事变,完整的马列主义的书又不易得到。所以只好从一些报纸杂志上零星地看一点关于马克思主义的介绍。……重要的是要把这些知识贯彻到行动中去,身体力行,为革命作一点贡献。"他作贡献,主要是宣传马克思主义,他是自觉地做这项工作的。他说:"1920年南方各省掀起的'自治运动'的潮流,给我提供了初步宣传马克思主义的机会。"正是在这个时候,他认识了刘伯承,那时两人都在重庆。1923年秋,刘伯承重伤到成都治疗,碰巧吴玉章也在成都,当高等师范学校的校长。两人重逢,相交渐深。在他们的交往中,吴玉章那些体会,在刘伯承心中不可能不产生强烈的共鸣。因为两人虽然是一文一武,有些经历却是接近的。恩格斯说得好:"无论从哪方面学习,都不如从自己所犯错误的后果中学习来得快。"(见《马克思恩格斯选集》第4卷,285页)好比干柴已经堆好,只需要一个火种,于是乎烈焰熊熊。吴玉章、刘伯承思想的发展,可以说都是这样。吴玉章读这本书,念念不忘辛亥革命以来的教训。这一段历史,也是刘伯承经历过的。自从刘伯承投身辛亥革命,立志拯民于水火,企求富国强兵,十几年来入世日深而离目标日远,越殊死战斗越深陷泥潭。症结何在?出路何在?刘伯承所要寻找的答案,不正是吴玉章所寻找的吗?他们交谊日厚,成了知己,绝不是偶然的。

吴玉章又介绍杨闇公跟他相识。前文说过,杨闇公对他极为敬佩,极为仰慕。那时刘伯承在养伤,杨闇公没有职业,因此两人有可能天天在一起。刘伯承在纪念这位挚友的文章中说:"1924年我在成都经常与杨闇公同志一起,可以说朝夕不离,论说当时局势。后来,我入党是闇公介绍的。"

3. 杨闇公

《吴玉章回忆录》中叙述了当时成都乃至四川省革命运动的一些情况。刘伯承就是在那个环境中探索新路的,因此这里有必要多引用几段。

吴玉章1922年夏接长成都高师以后,高师很快成了进步势力的大本营。"五四以来,四川省的新文化运动很快地就开展起来。除了成都高师学生创办的《星期日》等刊物鼓吹新文化、新思潮以外,许多外地的新书报也纷纷传入,先进的马克思主义者恽代英等都曾到四川进行宣传活动,我对马克思主义的理解也随着形势的推移而逐步发展深入。"1922年,恽代英在泸州被川军赖心辉部所扣押,吴玉章打电报去泸州把他保释出来,并请他到高师任教。"恽代英同志是最受学生们欢迎的教师,他在成都高师期间,把马克思主义的宣传活动推向一个更高的阶段。"吴玉章在这个期间写了题为《马克思主义派社会主义的势力》的长篇论文,在《国民公报》上连载时改题为《马克思主义的势力》。他回忆说:

"在这时,我们还派人深入到工人和农民中去做宣传和组织工作。……当时成都经常发生罢工事件,我的一个老朋友跟我开玩笑说:'只要把吴玉章捉来杀了,罢工就不会发生了。'"

"当宣传和组织工作开展到工人、农民中去以后,成立无产阶级政党的要求也就愈来愈迫切。这时成都高师内已有社会主义青年团的组织,我当时年已44岁,当然不能参加,于是与杨闇公同志等二十多人秘密组织了'中国青年共产党',作为领导革命斗争的机构,并发行《赤心评论》,作为机关报。由于四川地处僻远,一直到这时候,我们还不知道中国共产党已经成立……"其实当时四川也已有了中国共产党的秘密的党小组,吴玉章他们当然更不知道了。

吴、杨建立的这个组织,吴在《回忆录》中称它为"党",杨的日记中称为"团",称为"YC",有时候也叫"CY"。有些研究者考证,在《赤心评论》上出现的名称是"中国 YC 团"。这个组织于 1924 年 1 月 12 日成立。他们并不回避刘伯承,从酝酿到成立,他都是知道的。第二天,杨闇公和陈子鱼到他住处,"子鱼与他谈及入团事",刘伯承谢绝了。前文说过,杨闇公在日记中记下了他的答复,敬佩得不得了。

恰在这个月的下旬,1924 年 1 月 20 日至 30 日,孙中山在广州主持召开了中国国民党第一次全国代表大会,提出并确立了"联俄,联共,扶助农工"三大政策。大会通过了共产党员和社会主义青年团员以个人资格加入国民党的议案,中共领导人、著名的思想界先驱李大钊教授和林伯渠、毛泽东等人被选入了国民党中央的领导机构。

中国现代史上这件大事,迟早总会传到四川来的。4 月下旬,杨闇公决定到上海去找恽代英、找党组织。那时恽代英很有名气,在上海主持社会主义青年团中央的工作。杨闇公此行,对他自己的革命生涯关系十分重大;对吴、刘两人也应当说发生了很大的影响。

杨闇公由童庸生写信介绍,于 6 月下旬在上海见到了恽代英,谈话的时间虽短,给杨闇公的印象却很深。他在日记中写道:"此君谈话,很有一部分真理存在。他研究的方法,都是从实际入手,不像他们光唱高调,漠视一切,故我很有动于中。他非常注重向民间去的工作,与我所主张的很相同。"又说:"有研究的人,开口就看得出来的。代英对于现实社会的情形一定了解无余,故很重视行动的工作。只唱高调是无益的哟!浅学的(人)哪能梦见呢?"

杨闇公是个勤于读书的人。见了恽代英之后,他又读了一些马克思主义的书。他的思想在这段时间里发生了一个飞跃。他乘轮船回四川,在船上天天读书。启程次日记道:"午后阅《唯物史观》的浅释,始知马克思学说真谛所在。回忆从前自命为马氏的信徒,心内一无所有,真当愧死!"读完《唯物史观》,接着读《阶级斗争》,又接着读《社会政策讲义》。每天在日记中记下书中的要点和体会,写了许多赞叹的话。抵达重庆以后,日记中有两次记载他阅读《中国青年》的感想,这是中国社会主义青年团中央的机关刊物,1923年10月创刊,这时候由恽代英主编。杨闇公认为这个刊物"确是应运而生的大需要品,吾国青年界的思想或能因此起一大变动"。从这些话看来,在此之前,杨闇公似乎不知道有这个刊物,至少是还没有看到过。

杨闇公这次到上海,确实是不虚此行。他回到重庆就给两位好友写信,给吴玉章的信容易写,首先是:"将此行及见闻,作了一个简略的记事给他。"他见了恽代英实际上是找到了共产党,跟党中央取得了联系,他回到重庆,跟萧楚女一起着手筹建党在四川的组织。不久,又给吴玉章一封信,告诉他在重庆组织C.P.(共产党英文首字母缩写)的经过。

可是,给刘伯承的信就难写了。第一次动笔竟没有写成。"欲与伯承一函——此人我敬佩已极!他不时地关切我,而我以没给他信,心歉已极!"可是没写到一半,就写不下去了。他天天想着这件事,直到一个星期以后——9月2日:"午后与伯承一信,时刻不去怀的事,今日始了。他接着此信,或将产生一种感觉,向本道来也,……与伯承信后,心内生了无限感想。"显然,他认为对于刘伯承那样一位了不起的人物,他负有道义上的责任,要促使他快快接受马克思主义的真理,为共产主义事业发挥他那非凡的大才大智。可见杨闇公写这封信很用了心思,绝不只是介绍此行的见闻而已。

杨闇公写信以后不久,就在9月份这个月里,刘伯承和吴玉章离开四川,到上海去了。所以,如果不能说他们此行全是杨闇公促成的,至少,杨闇公通报的见闻和心得起了很大的作用。刘、吴两人是从五通桥出发的,早在这年2月杨森攻占了成都以后,派人接管了高师,吴玉章交卸离校,五一劳动节成都举行了盛大的追悼列宁的群众大会,杨森认为这是要夺取他的政权,扬言要捉拿吴玉章。吴玉章被迫回到了家乡荣县。杨闇公写信以后,吴玉章由王尔常陪同来到五通桥。刘伯承拒绝到四川军阀那里去当师长,对王尔常说:"余意已决,定随玉章出川,一息尚存,革命不止。"

刘伯承和吴玉章这次到上海,同杨闇公到上海一样,对他们的一生发生了决定性的作用。这是他们毕生事业的重大转折点,对吴玉章是这样,对刘伯承尤其是这样。吴玉章回忆说:"到上海一看,全国工人运动的浪潮汹涌澎湃,国共合作已经开始,广州革命政府日益巩固,革命局面蒸蒸日上,真是感到无比的兴奋鼓舞。当时孙中山先生为召开国民会议的事已赴北京。我也于1925年2月赶到北京去。本拟见孙中山先生,他因病重不能接见,不久他就逝世了。"吴玉章到北京以后,见了中共北京市委的负责人之一赵世炎,才了解到中国共产党成立的经过和活动情况,随即入了党。

4. 周恩来

吴玉章在北京入了党,然后南下上海、广州,最后又回四川。刘伯承始终同行,却没有入党,他是做了一次考察旅行。现在让我们琢磨一下他50岁时那段回忆。关于他思想的发展变化,他指明了三个因素:一是结交了像吴玉章那样的知己,二是阅读革命书刊,三是同吴玉章出川考察全国政局,认识了共产党和革命前途。这种对于社会实际情况的考察,在刘伯承思想上的成长中,无疑起了极其重大的作用。其实,他所考察的并不限于政局,而且早在隐居五通桥的时候就已经开始了。

他在五通桥几个月,开头住在一位同学家里。后来租了一所房子,前门面临涌斯江,他和渔民交朋友。出后门上山,便是星棋罗布的盐井。五通桥盛产井盐,清朝乾隆年间以来就很有名。他在那里考察了盐工的生活。他出身贫农,种过田,挑过煤炭,后来当过兵,当过下级军官,这时候又考察了渔民和盐工,人民群众处于怎样的水深火热之中,他的体验更丰富,更深刻了。但是四川毕竟只是中国边远的一角,他还需要作更大范围的考察,还要考察全国政局,于是"决意随玉章出川"。

他们取道贵州遵义,见了败退到那里的熊克武。当初熊克武不肯重用刘伯承,也不采纳他的计谋,结果被杨森赶出四川。看来这次刘伯承又给他出了些主意,谈得比较深,无奈熊克武依然听不进去,很可能是不欢而散。我们从杨闇公1925年1月27日的日记中看到,那天他收到了刘伯承的信:"伯承与熊(日记中写的是日文——引用者)不和了,有今后不谈冯妇之语——他的来信。此公已被玉章收入矣!可喜。"刘伯承这封信肯定是在到达上海以后写的。因为他们2月间就离开上海到北京去了。刘伯承写这封信,不过是通报熊克武已经不可救药,今后不再管他的事;同时说明此行决心随吴玉章到各地考察的打算。有些研究者曾经认为"此公已被玉章收入",是指刘伯承由吴介绍入了党,显然是弄错了。或者是杨闇公写这段日记的时候,也弄错了。

关于这个时期特别是到北京以后他的思想,刘伯承晚年曾给他的儿子刘蒙讲过两点:

一点是他想研究社会科学,到北京以后很想进清华大学。考虑到钱不够,只好作罢。这个愿望后来由这个儿子完成了一半。刘蒙进清华大学是爸爸的主意,不过念的是无线电专业。

另一点是想从事群众运动,只有把群众发动和组织起来,革命才有力量。他说:后来又干起军队来,是革命的需要,特别是见了周恩来,当面受到周恩来鼓动的结果。通观刘伯承的一生,这些思想的发生是合乎逻辑的。试看那次他们到上海的观感,《吴玉章回忆录》首先讲的就是"全国工人运动的浪潮汹涌澎湃"。中国共产党于1921年成立,第二年便掀起了全国的工人运动。第三年,1923年2月,在中共组织和领导下,京汉铁路工人总罢工,使京汉全线交通陷于瘫痪。全路工人最初在"争自由、争人权"的政治口号之下开始总罢工,后来发展到一万多人在武汉游行示威,喊着"打倒军阀","全世界劳动者"联合起来"的口号。这是一次旗帜鲜明的政治大罢工,而且规模这样浩大,在中国历史上是前所未有的。这次大罢工虽然失败了,但是它第一次在中国土地上显示了工人阶级在共产党领导下具有何等雄伟的力量。刘伯承是个有一股子钻劲的人,他看到这样一种了不起的现象,想深入加以钻研,并且想投身于群众运动,这是并不奇怪的。

吴刘两人到北京以后不久,3月12日,孙中山逝世了。追悼这位伟人的活动,在北京和全国许多城市形成了又一次群众运动的高潮。他们参加了追悼,受到了一次革命群众运动的洗礼。5月初,吴玉章奉党的命令从北京去上海,刘伯承同行。吴玉章回忆说:"那时上海的形势,真是山雨欲来风满楼,进步的报刊上登载着青岛纱厂工人大罢工和福州军阀枪杀学生的消息,登载着许多庆祝'五一'、纪念'五四'、'五七'的文章,上海日商纱厂工人也在酝酿罢工,我们的同志为了迎接一场新的战斗,正在紧张地工作着。"5月15日,上海日商枪杀了共产党员工人顾正红,5月30日,两千多名学生到上海租界游行,号召收回租界。英帝国主义巡捕又逮捕学生一百多人。这时群众队伍扩大到一万多人,聚集在南京路捕房门口,高呼打倒帝国主义,要求释放被捕学生。不料巡捕竟然开枪,打死示威群众十多人,打伤几十人,这就是震动全国的五卅大惨案。那天下午吴玉章到南京路买衣料,准备做换季的衣服,目击了这场惨案。他在《回忆录》中满怀激情地记下了这段经历,接着写道:"我的心中交织着愤怒和悲痛,很久不能平静下来。一直到傍晚,我才带着沉重的心情回到寓所。"刘伯承是跟吴玉章住在一起的,难道他的心情会不同吗?很可能他一同去了南京路,也是目击者之一。

吴玉章到上海以后,找到了党的总书记陈独秀和秘书长王若飞。鉴于他与国民党和孙中山有着深厚的历史关系,党中央决定他留在国民党内,便于做统一战线的工作。他很愿意去做基层工作,并希望党中央派他回四川去,把四川的国民党组织整顿好。党中央表示赞成,要他先去广州,与国民党中央取得联系,然后再回四川。刘伯承跟孙中山的事业和国民党也有着很深的关系,特别是在四川军队中声望很高,吴玉章要回四川完成这项任务,当然少不了刘伯承。吴玉章受命以后的"20多天内,一直在上海和许多同志研究情况,商讨工作步骤"(见吴《回忆录》)。刘伯承必定是其中之一。现在人们公认刘伯承在入党以前就已经在党领导下工作,这是对的,并且至迟是在上海这段时间开始的。他的政治身份是国民党"左"派,当时这样的人很不少。有人说刘伯承这次在上海,曾由吴玉章介绍会见了陈独秀,这很可能,虽然我们至今还没有找到证据。吴玉章回忆入党以后的心情说:"这时我已经没有以前那种单枪匹马地搞革命的感觉了,在我的背后,有着马克思列宁主义政党的领导和工人运动的支持。当我看到上海的许多同志在工人群众中忘我地进行组织和宣传工作的时候,我对于自己的工作抱着更大的勇气和信心。"(同上书)刘伯承的经历没有吴玉章那样长,不也是单枪匹马吗?而且,十多年来,地位日高而日与军阀官僚为伍,越拼命奋斗而越孤立无援。现在,他参加了有科学理论作指导的真正革命工作,看到了坚苦卓绝的真正的革命者,看到了拯救中国的新希望。真是"山重水复疑无路,柳暗花明又一村",这个完全新型的革命党对他内心的吸引和召唤,必定与日俱增。但是,他不急于入党。他参加了工作却不急于加入组织。他的格言是"慎思断行"。一定要彻底想好了才走这一步,一开步走就走到底,百折不回。他对打仗也是这样。他说他赞赏程不识的"刁斗谨严",不赞成李广的"浪战"。

1925年6月下旬,刘伯承随吴玉章从上海去广州,经过香港。"这时香港的工人已经开始罢工,许多工人挤在轮船上,要回广州去。码头上的货场堆积如山,无人搬运。"6月24日到达广州。"这天正是广州发生沙基惨案后的一天,群众都走上了街头,抬着血衣,高喊反对帝国主义的口号。'五卅'的影响是这样的深刻和广泛,全国人民的反帝怒潮像火山一样爆发出来了。"(同上书)

刘伯承在纪念杨闇公的文章中说:"1925年闇公同志叫我到广东去看一看,到黄埔军官学校去当教官(我在广东曾与吴老和谭延闿去会蒋介石)。"黄埔军校是在中共和苏联帮助之下,于1924年建立起来的。蒋介石是校长,周恩来是政治部主任。周恩来极力鼓动刘伯承再搞军事,想必是在这个时候。刘伯承晚年有一天,聂荣臻为了写回忆"八一"南昌起义的文章去找他。两人交谈中,刘伯承说:"从方向上说,'八一'起义是抓到根本上了。"然后又说:"陈独秀当时在北方,广东都不要,军队、枪更不要。真正要的是周恩来同志,及早地注意到了武装的问题。"(见《刘伯承回忆录》第2集第276—277页)这时他脑子里泛起的,是当年在广州第一次见周恩来的谈话吧。关于那次会见,我们没有找到别的证据。但是,说周恩来"及早地"注意到了武装的问题,显然不是指直到"八一"起义前夕他们在武汉见面的时候。其次,大革命期间,陈独秀先是在上海,末期才到武汉。刘伯承说"陈独秀当时在北方",把上海和武汉都看成"北方",是广东人的观念。因此可以推断,刘伯承晚年说这段话,心里想的是当年在广东。周恩来那次谈话促成了他一生的事业,难怪他印象这么深刻。

吴刘两人8月中回到重庆。刘伯承以国民党"左"派身份协助吴玉章在国民党四川临时省党部工作,负责军事运动。吴玉章就住在刘伯承家里。

"左"派省党部设在莲花池,被称为莲花池省党部。"左"派一方面从事统一战线工作,一方面致力于群众运动——农运、工运、兵运和学运。刘伯承回忆说:"农运工作首先就从菜园坝搞起来。我把成都刀子巷的房子卖了,在菜园坝买了一个住房。"当时四川军阀刘湘最反动。""刘湘也知道我们的力量是有群众,所以刘说:'莲花池这一批人很厉害,他们是要彻底挖我们的墙脚呀!'"(见《刘伯承回忆录》69页)

1926年2月,中共重庆地方委员会正式成立,杨闇公担任书记。刘伯承经过长时间的思索和实践，终于决定了他一生的方道，由吴玉章杨闇公介绍，在5月间加入了中国共产党。杨闇公早已说过："我相信，只要他弄清了主义的真谛，就一定献身给无产者的事业。"

这三位好朋友，的确是知己。

七、起义者

1. 拉队伍，占地盘

刘伯承入党以后做的第一件大事，是以国民革命军川军各路总指挥的名义，指挥了"顺泸起义"。泸是泸州；顺是顺庆，后来改名南充。参加起义的是六个旅，一万二千人枪。起义坚持了167天，从1926年12月1日，到1927年5月16日。泸州城的守卫战，坚持了将近半年之久。起义失败，刘伯承从泸州突围，两个多月以后辗转到了江西南昌，又参与领导了"八一起义"。

顺泸起义的六个旅是泸州两个旅，起义以后编为三个旅；顺庆两个旅；还有合川一个旅，旅长黄慕颜。黄旅属于四川江防军。江防军的防地只在江上，抽船舶捐过日子。黄慕颜是起义军的副总指挥，他回忆说：他那时29岁，在大革命潮流激荡之下，倾向革命。特别是萧楚女主编的《新蜀报》，给他的影响很大，他在合川实行了几条规定：不拉夫，不住民房，不预征，在农忙季节还派部队帮助老百姓栽秧、打谷。在部队内部，规定士兵可以请假，请假三次未准可以自由离开，不当作逃兵受惩罚。他受了童庸生的影响，经童庸生、杨闇公介绍加入了中国共产党。顺庆的旅长之一秦汉三也是共产党员。泸州的旅长之一袁品文曾经是刘伯承部下的一名连长，起义前童庸生拿着刘伯承的信到泸州去向他做工作，起义中表现比较好。

黄慕颜说：起义以后，"路上我坐轿子，我要伯承同志也坐轿子，他坚决不坐,始终和部队一道步行"。"有天晚上,我们在一个农民家宿营,卫士跟我铺了一张床,我叫人去找总指挥来睡,到处都不见人,最后才发现伯承同志睡在灶房的柴草堆上。"刘伯承在熊克武军中当团长兼第一路指挥官的时候,如果不坐轿子,至少也是要骑马的。加入了共产党的刘伯承好像换了一个人,以一种崭新的姿态出现了。(引文见《刘伯承回忆录》第2集,黄慕颜《回忆顺泸起义》)

这次起义是中国共产党独立领导的第一次规模最大的军事行动。刘伯承晚年说到:起义是利用四川军阀的矛盾,在战略上是"前面抵,后面拉"。一方面牵制四川军阀,以利国共合作的国民政府北伐;一方面培养自己的实力,建立革命根据地。起义虽然失败了,但是,"在挽留(意思是抑留、牵制——引者)四川军队出川去威胁武汉和给四川革命运动以影响方面是起了作用的"。(见《革命回忆录》之17:刘伯承《顺泸起义和吴玉章同志》)

1926年5月,共产党员叶挺当团长的国民革命军第四军独立团首先进入湖南,揭开了北伐的序幕。7月,国民革命军大举出师北伐。中共中央号召各革命阶级巩固统一战线,积极参加北伐,推翻帝国主义和军阀在中国的统治。7月12日召开的中共中央第三次扩大执行委员会专门做了一个《军事运动决议案》。决议虽然指出"本党……是随时都须准备武装暴动的党",着重点却仅仅是"准备",并且是"使本党获得有条理的准备武装暴动的经验"。中央的决议不过如此,四川的党组织却积极动手干起来了。

8月初,四川党组织(中共重庆地方工作委员会)向中央呈送了两个报告:《四川各派军阀的动态》和《四川军事调查》。这是根据杨闇公、吴玉章、刘伯承、童庸生等人的调查写成的。报告发出之前,由于当时四川的头号军阀刘湘下令通缉吴玉章,吴玉章和刘伯承经上海去广州,在上海向党中央提出了在四川举行"兵暴"的设想。8月下旬,中央回了一封信,指示对四川军阀之态度及工作方针。这封信开头说:"8

月3日来书收到。川中现实局面非常复杂,前者玉兄过沪时曾细谈及。"最后说:"我们自然很希望川中发生一个'左'派军队,发生自己的武力,但这不是能勉强速成的。"

四川党组织为了说服中央,并且要求中央在干部、枪械、军饷方面给予帮助,立即派童庸生再去上海汇报。汇报的记录保存下来了,登在当时的《中央政治通讯》上。

中央显然被说服了,当场做了八点结论。虽然没有讲立即组织起义的话,但是肯定"四川工作现在十分可以发展","在军事运动上亦有造成自己一种局面之可能"。同时答应派干部,只是枪械和军饷暂时还办不到。十天以后,中共中央局的报告中说:"我们还要注意四川,因为那个地方的军人现倾向国民政府……可以容许我们活动。在军队中我们有几个高级军官同志及一部分K. M. T(国民党)'左'派,也可以发展成一种局面。"并以赞许的口吻说:"川省现时是最好工作之地,四川工作同志有其刻苦奋斗的精神,更有为别省所不及者。"(1926年9月20日中共中央局报告,转引自陈石平著《泸州顺庆起义》)

很值得注意的是童庸生在汇报中说:在川中"我们要扶起朱德、刘伯承同志,造成一系军队是可能的"。又一再说:"守住五县防地","占住几县",等等。这些想法很不寻常。我们看,既造成自己的部队,又占住一块地盘,这不是跟毛泽东在井冈山提出的,在农村实行"武装割据",建立革命根据地的思想很接近吗?

当然,这是整个重庆地委的意思。但是可以肯定,其中刘伯承必定起了重要的作用。他在熊克武军中跟各系军阀混战十多年,当然深知占据一块地盘的重要性。每个军阀都懂得既要拉队伍,还必须占地盘。只有占了地盘,才有粮饷,才有兵源,才能生存下去,才能发展壮大。刘伯承在实际生活中所受的这种教训够深刻了。但是他不愿当军阀,他要革命。而在这方面,他又跟那些光从书本子上学得马克思主义的人不同,特别是跟那些深深地囿于苏俄十月革命经验的人不同。那种经验是工人阶级拿起武器来在大城市起义，首先夺取大城市。刘伯承接受马克思主义比较晚，刚刚加入共产党不久，因此那种经验在他脑子里所起的框框的作用也就比较小，这是很自然的吧。

刘伯承晚年讲到这次起义的时候，无意中一再讲到当时的意图是建立革命根据地，可见这在他脑子里印象十分深刻。一次是1959年3月他到了成都，有人请他回忆"三·三一"惨案和杨闇公，杨闇公是在那次惨案中牺牲的。那次谈话后来由访问者整理成文，题为《纪念杨闇公同志》。他讲到顺泸起义的计划是："利用川军矛盾，在顺庆起义，以为根据地；在泸州起义，互相策应。"又一次是1962年在北戴河，他读了四川省文史馆雷云仙写的《顺泸起义记》，很可能这是经过吴玉章送请他看的。他向秘书口授了一封信给吴玉章，指出这篇记事没有抓住要点。

他说：这件记事收集的材料比较丰富，甚至有的事情他也还不知道。"但总的说来，雷云仙还不知道，顺泸起义一直是在我们共产党中央和四川省委、军委直接领导之下，特别是经过吴老从中经手和指导这一关键性的问题。"为了说明这个关键，他列举了三点情况，实际上是说明了起义的主要目的是"在川北建立我们自己的根据地"。

在第一点中，他说：1926年夏，他随吴老经上海到广州，吴老同各方面接触，了解和判断冯玉祥将由五原出陕西，进军河南；而国民革命军则由广东北伐，进军武汉，出河南与冯玉祥会师。根据这个"前景"，"我们党就开始拟定在四川北部建立我们的革命根据地"。

"顺庆原来是吴老同志做革命工作的地方，泸州是恽代英同志做革命工作的地方，都有一些共产党和群众组织；加之当时在顺庆、泸州军队中也有党的工作，故省委和军委决定在顺泸起义而以川北为我们的革命根据地。"这是在第三点中说的。

但是顺泸起义还有一个更直接的任务，就是牵制川军东下威胁武汉。这是这封信的第二点，全文是："第二，国民革命军由广州进据武汉后，蒋介石策动四川杨森军威胁武汉，邓演达要我们党帮助制止。此时

77

我们党中央代表遂决定成立四川军委,以杨闇公(省委书记)、朱德(二十军党代表)和我三人组成之,杨为书记。第一个任务就是防止和挽留(抑留)四川军队出川东下,以免威胁武汉的侧背。这个任务为后来策动在鄂西之川军向时俊、帅公安等师归附武汉和顺泸起义的张本。当时,为了执行上述任务,我们党在武汉的中央代表曾派欧阳钦同志同我一起到四川去。"

这段话说的是配合北伐,没有说建立革命根据地;但是言外之意,反而把当时建立革命根据地的思想表述得更明白了。让我们看:配合北伐只是起义的"张本",是起义的"第一个任务";显然,起义还有第二个任务,还有更根本的目的和意图,那不恰恰是这封信里上下文所说的建立革命根据地吗?

第一个任务完成了,建立根据地这个根本的目的和任务却没有实现。也许是由于这个缘故,这一重要之点往往被人们忽视了。

这里顺便讲一个小插曲:顺泸起义时打算消灭掉并夺取其地盘作根据地的那个小军阀刘存厚,据说斯大林也知道,并曾举以为例,证明"苏维埃和红军可以在偏僻的地方生存下去"。这是大叛徒张国焘说的,不知是不是他捏造的,姑且摘引几句。因为他讲的是中共第六次全国代表大会的事,那是1928年,刘伯承已经到了莫斯科列席了大会,并在会上作了《军事问题补充报告》。张国焘说:"在这次代表大会前,据说斯大林曾指出:……中国不统一,而交通又极不发达,苏维埃和红军可以在偏僻的地方生存下去;四川的刘存厚,帝制余孽,守旧的军阀,弄到形单势孤,还能凭藉少数兵力在四川绥定地区盘踞了十几年直到现在,就是一个明显的例子。"张国焘接着说:"从斯大林这些话看来,可以看出他对中国苏维埃运动之缺乏信心,简直是近于悲观程度了。他不敢提到孙中山曾据广东一隅反抗北京,甚至没有提到其他许多割据称雄的事例,却举刘存厚处在极偏僻地区的最反动割据以为例,实在耐人寻味。"(见张国焘《我的回忆》385页)

张国焘反对斯大林,反对在农村建立根据地等等,不值得一提。耐人寻味的倒是,如果这段话并非捏造,斯大林是怎样知道这个小小刘存厚的呢?如果确属捏造,刘存厚这个小角落里的无名之辈,张国焘本人又是怎样知道的呢?是不是南昌起义以后刘伯承到了莫斯科,谈论了顺泸和南昌这两次起义,讲到了刘存厚,然后传到斯大林或者张国焘耳朵里去了呢?可惜现在已经无法查证,只能猜想。

2. 朱德

现在再讲当时刘伯承的活动。

1926年9月在广州,他以国民党四川省党部特务委员会的名义,主持了同四川各军阀代表的谈判,签定了《六条协定》。所谓特务委员会,意思是军事委员会。那时北伐军节节胜利,势如破竹,国民政府声威大振。四川各系军阀纷纷派代表到广州,输诚纳款,表示愿意参加国民革命。《六条协定》的内容是:"川军将领为救国计,愿一致加入国民党","国民政府对川军将领须应给以相当名义","川军将领应实行出兵,以共同扫除反革命势力","川军应一律施行政治训练","川当局应予人民以集会、结社、言论、出版之自由"等等。刘伯承实际上是凭藉他过去在川军中的声名,代表国民政府和国民党中央行事的,而不仅仅是四川省省党部的代表。

随后,他经中共推荐,被委任为国民政府特派员。全权处理四川军事。从广州返川途经上海、武汉,他向中共中央汇报了广州之行的情况,进一步商讨了在四川组织起义的事。党中央派欧阳钦随同他到四川工作。他们在四川万县上岸,会见了朱德。护国战争时期,他跟朱德各自代表川军和滇军在泸州进行谈判,现在走到一起来了。朱德在德国经周恩来介绍加入了共产党,刚回国。朱德救过杨森的命,杨森曾经劝朱德不要出国,留下来当他的参谋长。杨森这时候已经表示脱离北洋政府,归顺广州,经广州国民政府任命为国民革命军二十军军长。朱德由中共推荐,由国民党中央任命为二十军党代表。三十年代,朱德在延安向史沫特莱叙述了两人这次重逢。史沫特莱写道:

  朱德对这次会见记得很清楚。因为刘伯承一头冲进他的办公室,把共产党的证件往桌上一抛,走过来就在他背上给了他一巴掌,几乎把他打倒地上。
  "记得我吗?"刘伯承叫道:"几年前我们在川南见过面……"
  "刘伯承这个人一时一刻都不能站稳坐稳,"朱将军说。"他对我讲他怎样放弃军阀生活追随孙中山,又怎样成为共产党员。我们谈了个通宵,彼此述说怎样经过长期的探索而终于找到共产主义的道路。……这个人有组织和领导的天才。没几个月,他就把四川南部的进步力量全都组织起来,并且领导他们举行了一次反对军阀的暴动。刘湘派来强大的部队打败了他,杀死好几千人,其中也有我的两个侄子,他们是从大湾去找刘伯承的。"

  朱德这段回忆,给我们留下了刘伯承当时的风貌。找到了共产主义道路的刘伯承,何等意气风发,神采飞扬,生龙活虎。
  那时中共四川省委的正式名称是中共重庆地方委员会,书记是杨闇公。刘伯承回到重庆之前不久,杨闇公已经召集六个旅长或他们的代表开了一次会,初步讨论了起义的计划,并推定刘伯承为国民革命军川军各路总指挥,黄慕颜为副总指挥。刘伯承回到重庆,传达了中共中央关于在重庆地委之下成立一个军委的决定,军委由杨闇公、朱德、刘伯承三人组成,杨兼任书记。军委最后确定了起义的方案:驻在合川的黄慕颜旅以换防的名义移师顺庆,协同顺庆的两个旅宣布起义。泸州的两个旅起义响应,改编为三个旅,开到顺庆会师;然后进军绥定地区，消灭刘存厚，建立根据地。吴玉章的回忆大体相同：起义后，"如果能在四川立足，便在川北建立根据地；如果不能在四川立足，便拉到川陕边境，策应武汉，或北进西安与冯玉祥军配合"。（见《吴玉章回忆录》165页）

起义计划确定之后，杨闇公、刘伯承专程到合川黄慕颜处，检查起义的准备，并作最后的部署。刘伯承叮嘱他："要抓紧学生队的训练，要筹集一定的经费，要作好战前思想和组织准备工作。至于起义时间，等准备好了再定。"（见《刘伯承回忆录》第2集90页）

杨、刘两人随即返回重庆，参加国民党四川省第一次代表大会。这次大会是由包括共产党人在内的国民党左派主持召开的，是起义的重要准备工作之一，是从政治上配合武装起义的一次大行动。重庆举行了庆祝代表大会召开的群众大游行，参加者达五万人之多。在杨闇公向大会作了政治报告之后，刘伯承作了军事报告。

刘伯承的这篇报告登载在当时的"会刊"上面，不知道是他的原稿呢，还是别人的记录。这是他入党以后，也是迄今我们所能见到的他第一篇公开发表的文章。他高度赞扬民众的力量，强调民众是革命的基础。他说："国民政府成立不到两年，竟能将全国三分之二的地面划入革命势力的范围，这实在是一件大可庆幸的事"。但是，"老实说，此次北伐的胜利，不完全是革命军本身的力量，而是民众拥护本党（指经过改组以后国共合作的国民党）的力量要占大多数。"因此，我们的同志务须"切实从组织民众、训练民众方面下一番苦功夫，将革命基础筑稳才是"。

这是一篇很不好做的文章。它固然是直接讲给"左"派听的，但是许多军阀已经"一致加入国民党"，成了党员，不可能看不到。第一部分讲全国北伐军事大概，困难还不很大。最难的是第二部分，讲四川的军事局面。看来他费了很大的脑筋。一方面他必须让"左"派尽可能多了解一些情况，思想上有所准备，提高警惕。另一方面，对那些军阀们也不能不有所表示。他的办法是又打又拉，拉多于打。无论打和拉都是"攻心"，他是按照我国古代大军事家的原则行事的。

他说："四川军事情形非常复杂。就是伯承在当中混了十多年，有人若问我现在军队的番号如何，我也不能一口答出这个简单的问题。因为某师、某旅、某司令的番号，都是重复至三五个不等。"所以，他说他只好以形式上能发号施令的将领为纲："据去年将领会议统计，四川枪支在军队手中的，约有十七万余支，分隶于九个将领之下。九个将领者，即刘湘、杨森、刘文辉、邓锡侯、赖心辉、刘成勋、田颂尧、何光烈、刘存厚是也。"然后他列举各人的兵力，这些都是公开的秘密。最妙的是接下去那些话：

"这九个将领的思想，都想做一个统一四川的英雄。因此所用的手段都是纵横捭阖，或以同学相联合，或以同乡相联合，或以亲戚骨肉相联合，以求达到统一四川之目的。无如四川只有一个四川，在一个四川之内互争雄长发生的事实，就不免有同学自残、同乡自残、亲戚骨肉自相携贰的故事，层见叠出。到现在都一致感觉统一四川之困难、失同情于民众之危险。且加以自己部队又发生无数裂痕，自趋于崩溃之境，或者他们心坎中都出现了'此路不通'四个大字。"行文至此，说的都是事实。接着笔锋一转，更进一步，虽然依旧没有招惹谁，但是无论"左"派还是右派，恐怕都得仔细思量一番。我们看：

"按唯物史观说来，四川是一个封建社会，很容易养成英雄思想；四川尚在农村经济组织时代，又很容易发生小团体的组织。这都是环境烘托出来的事，毫不足怪的。决不能因此就说他们不爱国，故意蹂躏老百姓。如像我遇着的将领，谈到民间领受军人的痛苦，大多都现出悲悯的自失的状态来。现在本党在全国军事上，已占了很大的胜利。四川在革命军势力包围之中，成了瓮中之鳖。四川将领只有两条路可走：一条是反革命，就是立刻放弃四川地盘，冲出此包围圈，而与破裂有痕之奉系联络，以救须臾之死；一条是革命，不但可以保持固有地位，且可以图未来之发展。就是非说,他们自然该革命;就利害说,他们尤其要革命。他们一齐来革命,这种事实,在不久之将来,一定可以实现的"。

这些乐观的、既宽容又严峻的话,看来主要是说给"右"派、说给军阀们听的。于是他马上提醒"左"派:"但是他们不认识本党革命的理论,我们的同志不可不认识环境可以转移他们。如果他们都插了青天白日满地红的旗子,我们同志更应该加倍努力于民众运动,使民众能确实地监督军人日趋真实,革命之途才有结果。否则单靠军事运动,是根本危险的。"这里讲到插旗子的事,是讲当时全国军阀中出现的一种现象,即所谓的"易帜"。北洋政府从袁世凯开始,打的国旗是红黄蓝白黑五色旗,表示五族共和。孙中山领导的国民政府以青天白日满地红的旗子为国旗,青天白日是国民党党旗。军阀们改换门庭,表示归顺国民政府,便换上旗子,叫做"易帜"。改换旗帜而已,本质是不变的。也有的还在继续观望,连旗子也还不肯换。泸州的部队属赖心辉,顺庆的部队属何光烈。这两人就属于还没有易帜的一类。这一点,也便利了他们的部下起义。

起义的准备正在加紧进行。这次大会还没有结束,起义却提前爆发了。而且是泸州先动手,把原定的计划打乱了。

3. 挑粪夫扬鞭快马

1926年12月1日,泸州的袁、秦两旅宣布起义。12月3日,顺庆的两个旅也宣布起义。这时最紧迫的问题是合川的黄慕颜旅怎么办?刘伯承已经不便公开行动,他秘密只身乘船赶到合川。黄慕颜正在着急。因为预定要等他开到顺庆,顺庆才起义,然后泸州响应。现在不仅泸州先动了手,顺庆也动了手,而且顺庆发来了明码电报,催他赶快去会合。黄慕颜问道:"情况变了,是不是还按原计划办?"

"计划不变。"刘伯承回答:"我们固然觉得突然,对反动派来讲,他们更觉得突然。我们要尽量做到不露声色,能争取多少时间就是多少时间。"

于是仍按原定计划。黄慕颜早已扬言奉命向成都方向移防,这时正式向各界辞行,各界联合举行大会欢送。同驻合川的军阀陈书农师果然不敢贸然动作,也派了代表来出席欢送大会。刘伯承、黄慕颜率领部队往西向成都方向走了一天,突然改道向北,直奔顺庆而去。陈书农部曾派人尾随侦察,等到他们发觉上了当,已经来不及了。

黄慕颜回忆说:"到了顺庆才知道,不但情况比预想的复杂,而且形势相当危急。"原来,顺庆的起义部队没有把他们的反动上司何光烈逮住。何光烈逃了出去,喊着"杀回顺庆报仇",四出求援。绥定的刘存厚也属于没有"易帜"的一类,便给了他一个师长名义。别的几个军阀想乘机捞一把,以"援何"为名出兵,向顺庆围攻而来。刘伯承对黄慕颜说:"目前敌强我弱,顺庆孤城难守。"他说上策是趁几路敌人立足未稳之际,放弃顺庆,北取绥定。绥定刘存厚人枪不多,可以一举而下,然后等泸州起义军到来。刘伯承接着又说:"问题是秦、杜两部官兵,本地人多,此次一些人不受约束,发了横财,不愿离开老窝的人不在少数。所以既要尽量向他们做工作,还要有两手准备。果然不出刘伯承所料,两部许多团、营长以种种理由,力主坚守顺庆。恰在这时,杨闇公着人送来密信,说已严令泸州起义部队迅速向顺庆集中,要求刘伯承、黄慕颜等同志原地坚守。这样一来,那些不愿意放弃顺庆的人更加有了理由,更不肯走了。"(参阅《刘伯承回忆录》第1集,黄慕颜:《军旅琐闻》)

刘伯承不得已提出第二个方案:集中兵力攻破来犯之敌的一路,争取逐步改变不利态势。刘伯承亲临前线指挥,一连几天,打退了敌人的进攻。黄慕颜说:"一连几天都不见泸州起义军到来,真是心急如焚。后来传来可靠消息,泸州的几支起义部队,贪图那里膏腴之地,每年有大量盐税和其他税款的收入,他们不肯挪窝。会师顺庆的计划无法实现了。这一消息犹如一声晴天霹雳,对顺庆起义军的军心士气是一个

不小的打击。"(见上书112页)

顺庆更难守了,情况愈益危急。正当起义军在一个方向略有进展的时候,另一个方向,杜旅一部倒戈。起义军腹背受敌,不愿走的人也不得不走了。于是起义军转移开江,暂时安顿下来。

开江是杨森的势力范围,何以容许起义军立足呢?原来此人野心不小,企图利用革命势力,独霸四川,首先要打倒盘踞重庆的刘湘。顺泸起义,全川震动,许多军阀一时摸不着头脑,比如泸州外围的部队便还举棋不定,没有动兵。杨森看到有机可乘,连忙电邀刘伯承、杨闇公去万县会商时局。朱德本来在他那个军当党代表,这时已去武汉,杨森也去急电把他请了回来。中共重庆地委的军委成员正是杨、朱、刘三人。三人趁此在万县开了会,决定将计就计。一则把顺庆的起义部队暂时在开江安顿下来;一则由刘伯承去泸州把那边的起义部队带出来,与杨森夹击重庆。陈毅这时也在万县,列席了军委这次会议。他从法国回来,在北京工作了一段时间站不住脚了,李大钊派他回川。会议决定陈毅先去泸州,任务也是去说服起义军北来,同时向沿途的部队商量借路。陈毅果然去了泸州,左说右说说不动,眼看毫无希望,他就离开了。

刘伯承晚年说:"当时军队的素质都很不好。在泸州方面的部队舍不得盐款,不想出发,天天说盐款。"这种情形,他在顺庆就知道。何况连顺庆的起义部队也不肯放弃顺庆,这点他有亲身体会。那次万县军委会议的详情,现在我们已经不得而知,不知刘伯承是否重申了原定夺取刘存厚地盘的计划。看来刘伯承是不愿意去泸州的,因为事实明摆着,去也无益。他在回忆杨闇公的文章中说:"在顺庆的打了败仗,退开江。这时闇公到万县与朱总和我开会,命我即刻到泸州。我问闇公怎么走?他说要秘密,我设法掩护你。我说没路费,他说你自己设法。……总的说来我们对革命事业当时都非常缺乏经验,对革命形势的发展都认识不够,热情有余,经验不足。闇公同志牺牲时才29岁,他意志坚强,有毅力,有决心。"从这段话看,所谓"没路费",不过是一种托词。杨闇公那样坚持,刘伯承只好到泸州去,明知不可为而为之。不过,既然去了,他就尽力为之。

刘伯承与杨闇公回到重庆,从重庆去泸州。他化装为一个挑粪夫出城,到城外换上预先准备好的快马。"这一天走了一百四十里"。杨闇公为了掩护刘伯承出走,特意拜访刘湘。等到刘湘发觉,"派人追了一百里",刘伯承已经去得远了。(引语见刘伯承:《纪念杨闇公同志》)

刘伯承到达泸州,于1927年1月24日宣布成立"国民革命军各路总指挥部"。起义的头头们依然不肯走。他们拥戴刘伯承,屡次电催他到泸州来,不过是想依靠刘伯承来霸住泸州这块肥肉罢了。亏得在军阀们错综复杂的矛盾之中,当时泸州所处的形势还不太紧张。刘伯承一面继续对那些头头们进行说服教育,一面致力于加强革命的基础。他着重开展民众运动,整顿部队纪律,加强政治工作,整理民政财政,筹备军粮民食,同时开办"泸纳军团联合军事政治学校",亲自兼任校长培训干部。两个月工夫,泸州面貌焕然一新。泸州和附近各县,学生运动和农民运动蓬勃发展,青年学生纷纷向泸州投奔而来。泸州和荣昌县交界之处有一个"袍哥"老"舵爷",也派他的女儿作代表来见,表示愿将他所属八十个场镇的袍哥弟兄集中起来,听候刘总指挥调遣。在这种声势之下,有几个在川军中势位较低的将领,也先后致电泸州,表示拥护刘伯承为川军各路总指挥。甚至曾经进攻过顺庆起义军的李家钰,为了反刘湘,也跟刘伯承签订了一个表示参加革命的协定。(见陈石平著《泸顺起义》)

当时四川的军阀中,刘湘最反动,带头进攻起义军的便是此人。起义不久之后,武汉政府于1926年12月29日电令以他为首的几个人:"尊重和平,立即停止军事冲突,"并决定派吴玉章入川调解,那时吴玉章是国民党的中央执委之一,兼任国民政府秘书长。刘湘连忙复电阻止,说是"前经调护,已将两方军事停止。……现川中将领多已鲜明旗帜,一轨同趋,顺泸之事,当不难圆满解决也。"(转引自前书)刘湘眼看北洋军阀大势已去,需要投靠新的主子。易帜之后,很快投靠了蒋介石。蒋介石于3月间派了一批要员入川,指使刘湘加紧反共。3月31日,重庆举行抗议英帝国主义炮轰南京的群众大会,刘湘大肆屠杀,当场打死200多人,打伤700多人。又连日捕杀共产党人和国民党"左"派人士。新蜀报总编辑、著名经济学家漆南薰、社会贤达陈达三老先生父子、中共重庆地委委员冉钧,先后在会场上或街头被杀。杨闇公当天翻城墙逃脱,冒险布置好善后工作,准备潜往武汉,4日凌晨,在川江轮船上被捕。敌人日夜审讯,诱以官禄不成,便严刑拷打。杨闇公坚贞不屈,慷慨抗争。4月6日深夜,他被割去舌头,挖掉双眼,斩断两手,最后身中三枪,壮烈牺牲。

重庆"三•三一"的大屠杀,是蒋介石在上海"四•一二"大屠杀的大演习。通过4月12日的大屠杀,蒋介石最后撕下了他的假面具,公开背叛革命。六天之后,4月18日,他在南京另立了一个国民政府。刘湘反共有功,5月初,蒋介石任命他为国民革命军第五路军总指挥,杨森也得到了第五路军前敌总指挥的头衔,于是刘杨两人联名通电拥蒋反共。武汉国民政府方面,经过吴玉章力争,明令宣布顺泸起义军为国民革命军第十五军,任命刘伯承为军长,黄慕颜为副军长,但为时已晚,无济于事了。

形势急转直下,同杨森夹击重庆的计划成了泡影。刘伯承指挥起义军打了几个小胜仗,终因大势已去,只剩下突围一条路。起义的三个将领中有两个不仅拒绝突围,而且阴谋以献出刘伯承和政工人员做交易。只有袁品文不肯这么干,他说:"我们在为难的时候,希望总指挥来指挥我们。一遇着困难,就想牺牲主官来解救自己,以后谁还敢来缠我们。"5月16日,袁品文护送刘伯承离开泸州。刘伯承一行四人经过敌方张仲铭的防地突围。张仲铭是将弁学校的同学,刘伯承隐居五通桥前后,曾在他家里住过,这时候他在刘文辉部下当旅长。刘文辉跟刘湘虽是叔侄，照样有利害冲突，他曾派张仲铭到泸州谈判，建议起义军从他的防区突围，由他进据泸州。刘文辉显然企图独吞泸州这块肥肉。

刘湘得知刘伯承出走，严令部属缉拿，并派出干员追捕。刘伯承回忆说："我在泸州突围出来，在荣县地界碰见对头蓝文彬。他坐在轿子里，戴黑眼镜。我一看见他马上转弯走山路。他发觉后，立刻派人追赶，没有把我们找到。"这个对头蓝文彬，便是审讯和杀害杨闇公的重庆警备司令。

刘伯承绕道翻越秦岭，经过西安、郑州，7月中到达汉口。7月15日，武汉国民党中央举行"分共"会议，完成了投降蒋介石的一切准备，第一次国共合作至此宣告结束。刘伯承和参与组织顺泸起义的吴玉章、朱德、陈毅先后潜赴南昌，协助周恩来组织了"八一"起义。

刘伯承本就善于打仗，又有了这段在顺泸指挥起义的经验，因此经周恩来提议，被任命为南昌起义的革命委员会参谋团参谋长。起义和撤离南昌的具体计划，就是由刘伯承负责拟定的。如果说蒋介石制造重庆"三·三一"惨案是他在上海发动"四·一二"事变的前奏和演习的话，在中国共产党这方面，顺泸起义可以说是南昌起义的前奏和演习。

笔者还曾听到过一些传说：

南昌起义的时候，关于起义军的去向，参谋团中曾经有过争论。据说刘伯承主张把起义军开到湖南去，到那里去干土地革命。多数人拥护党中央的战略方针："立即南下，占领广东，取得海口，以求得到国际援助，再举行第二次北伐。"结果去了广东，在潮汕大败。剩下约一千多人，由朱德、陈毅带到井冈山，同毛泽东秋收起义的部队会合，逐渐发展壮大起来。（引语见《聂荣臻回忆录》66页）

笔者在刘、邓大军工作的时候，常常听到刘伯承谈起毛泽东。"可惜那时候我们不懂得上山，不如毛主席。"这句话他说过许多次。遗憾的是，当时我们对南昌起义所知不多，对顺泸起义尤其一无所知。对这句大有深意的话，我们却没有问个明白。

笔者还听说：后来毛泽东和朱德在井冈山实行武装割据，建立起根据地之后，中共中央曾经指示朱、毛离开红军，毛泽东不同意。这是所有读过《井冈山的斗争》一文的人都知道的。笔者听说的是，朱、毛还曾提出，如果中央非要朱、毛离开不可的话，请求中央派恽代英、刘伯承到红军来。朱、毛这个提议，是否跟刘伯承顺泸起义的斗争经历和在南昌的决策主张有关呢？

八、南昌、莫斯科、瑞金

1. 教训

1927年夏天，刘伯承从泸州突围，翻越大巴山，经西安到了武汉。7月12日，武汉《民国日报》报道："十五军军长刘伯承于日前抵汉。闻刘氏将于日内亲向中央报告死守泸州经过及出川情形，并闻于川事，亦将向中央有所建议云。"

其实这时候，第一次国共合作的大势已去。身为武汉国民党中央政府主席的汪精卫已经投靠蒋介石。他们从7月15日开始，大肆屠杀共产党人和革命人士，口号是"宁可枉杀千人，不可使一人漏网"。

中共中央紧急决定在南昌起义，以期挽救革命。周恩来被任命为前敌委员会书记。刘伯承任参谋团的参谋长，就是起义的总参谋长。这个参谋团也是个委员会，成员还有周恩来、贺龙、叶挺、朱德、聂荣臻、贺敬斋、蔡廷锴等人。

这次起义，历史上又称为"八一起义"。八月一日这一天，后来被确定为中国人民解放军的生日。起义失败以后的当年冬天，刘伯承到了苏联，写了《南昌暴动始末记》。这篇一万多字的文章夹叙夹议，从政治上和军事上的各个方面，对这次起义的失败作了全面的记述和分析。这篇长文对于南昌起义和研究中国革命历史，是一份宝贵的文献。对于了解刘本人，我们想，首先值得注意的是这篇文章的"小序"。他写道：

"南昌暴动,是中国无产阶级夺取领导权在历史上的第一页,可惜是失败了。在这当中牺牲了若干同志,换得来的是什么?可以说是失败中求得的教训。我是参加南昌暴动负军事责任的一人,报告此次军事上之经过,为的是使我们的党在失败中研求教训之材料,以作此后革命之取鉴。"

在此后刘伯承的一生中,我们可以看到,他十分重视总结经验。比如八年抗日战争中,每个阶段,解放战争中每一次重要的战役,他必定要写这样一篇总结。这位大军事家没有留下成本的专著,是我国军事科学甚至整个学术领域的一大憾事。他为什么不写书,也许有一天我们将回答这个问题。有幸的是他这许多总结是丰富的宝藏,可以让后人自己去发掘。另一位也被人们称为常胜将军的粟裕大将对刘帅十分钦佩,晚年他在医院里听说刘师那些文章已经结集出版,便向他的夫人口授了一封信给出版社,其中这样写道:

"他老人家论述战争,高屋建瓴,言简意赅,把理论与实践、整体与局部、全面与重点,结合得如此紧密,一场错综复杂的战争,经他的大笔,使人豁然贯通,也使人想见他当年指挥战局、运筹帷幄的风貌而不胜钦佩。"

2. 把单词写在手掌上的将军

南昌起义的第二天,起义者撤出南昌,向广东南部进发,两个多月后在广东潮汕失败。朱德、陈毅率领一小部分起义军辗转到达湖南,发动了湘南暴动,随后进入井冈山,同毛泽东汇合。周恩来等许多人撤退到了香港。刘伯承和吴玉章由香港到上海,在上海奉命到苏联留学。

刘伯承于1927年11月到达莫斯科,1930年8月回国。他留学苏联共约三年,以将官的资格先进高级步兵学校,将近一年后进入伏龙芝军事学院。

大概还是在高级步校的时候，他出席了在莫斯科举行的中共第六次全国代表大会。大会讨论了军事问题，周恩来作主旨报告，刘伯承作补充报告，那是1928年7月3日。

这个补充报告最后一部分的标题是"党员军事化"，可以看出刘伯承当时的思想。他说："我们共产主义者，要不相信考茨基的信徒说的革命不一定要暴力与流血，要不相信机会主义者普列汉诺夫说的不要拿武器吧。那么，对于军事，人人都要重视它，学习它，武装工农，领导工农，夺取政权。"这个在19岁的时候立志"仗剑拯民于水火"的人，这时已经完全布尔什维克化，成了一个马列主义者。

伏龙芝军事学院是苏联军事的最高学府，培养高级军事人才。第二次世界大战中，苏联的许多元帅都出自这个学院。苏军最高副统帅朱可夫1929到1930年春，曾在这个学院的高级军官进修班进修（见《朱可夫元帅》第12页，新华出版社出版，美国小奥托著），不知他们两人是否相识。伏龙芝学院出了这样一批学生，足以永垂不朽了。

刘伯承在伏龙芝学院将近两年。在苏联的这一段留学生活，对他一生的事业关系重大。他是个实干家，又具有学者的素质和风度。中国历史上被称为儒将的，大抵就是这样的人物。去苏联之前，他早已谙熟中国古代兵法，并有了十多年的实战经验。在苏联，特别在伏龙芝，他又钻研了西方的军事科学。这样，这位在军事上才兼文武的人，又得以学贯中西。结果他不仅成了一位大将军，而且成了一位大学者，成了军事领域里的一位大师。

在苏联学习必须过俄文这一关。他这时已经35岁，困难可以想见。他曾给川军中的旧部王尔常写信说："余年逾而立，初学外文，未行之前，朋侪皆以为虑。目睹苏联建国之初，尤患饥馑，今日已能饷我以牛奶面包。每思川民菜色满面，'豆花'尚不可得，更激余钻研主义、精通军事以报祖国之心。然不过外文一关，此志何由得达？乃视文法如钱串，视生字如铜钱，汲汲然日夜积累之；视疑难如敌阵，惶惶然日夜攻占之,不数月已能阅读俄文书籍矣。"

这封信是王老先生在回忆的文章中转述的,不一定全是原文。令人惊叹的是,这位老先生的记忆力实在好,也许是因为他对刘帅十分钦敬,得到刘帅这封信,如获珍宝,反复阅读,所以几十年后几乎还能默写出来。首先是"不数月已能阅读俄文书籍",这是确实的。如果没有过俄文这一关,他不可能进伏龙芝军事学院。信中那个铜钱和钱串的比喻,后来他常常使用。比如他劝告他的部下重视总结经验,他就说:要以马克思主义为钱串,把那些像一个一个铜钱的具体经验串连起来。

解放战争期中,我们在他的部队当随军记者的时候,他同我们谈天,讲到在苏联高级步校时的心情,跟这封信中讲的完全一致。他说:"教官要我学跳舞,我不学。叫我学照相,我也不学。教官说:你将来到你们的使馆当武官,这些都用得着。我说:我不想当武官,我只想为中国老百姓做点事。我们中国首先得打游击,我得学会当个好游击队长。"

王老先生的回忆中有一点不知是不是十分准确,"初学外文"的"外"字,也许是"俄"字。刘帅说的可能是"初学俄文"。他的儿子刘蒙回忆说,他念大学的时候,他爸爸考他的英文水平,问"Jack of all trades, but special of none",该怎么翻译。刘蒙答错了,刘帅告诉他:这是一句成语,意思是"一个一无所长的万能先生"。他最小的儿子刘太迟告诉我们,他看到他爸爸晚年拿着英文字典看英文报纸。可是他们不知道他究竟什么时候学的英语,我们猜想很可能是在去苏联之前,因为以后他大概没时间再学第二门外语了。

他从35岁开始学俄文,确实不容易,是用苦功的。晚年他自己曾经说到,他把单词写在手掌上,每天学到深夜;为了不影响别人睡觉,便到走廊上去,在路灯下面高声朗读——高声朗读是早先中国人读书求学的重要方法。幼年时高声朗读是为了帮助记忆,成年时高声朗读是为了领会文章的气势和韵味,老年时仍然常常高声朗读,既是习惯使然，也是一种享受了。刘蒙曾告诉我们，直到晚年，他老人家早晨上厕所，一坐到马桶上，便拿起一本俄文书高声朗读起来，天天如此。也许是由于当年这样地用过苦功，养成了习惯，得到了乐趣。

3. 死理论和瞎实际

关于这三年的留学生活，他自己写到的，至今只发现一小段文章。虽然是短短的一段话，却胜过千言万语。这是1942年8月1日在《合同战术》译版序言中写的：

"说起来还记得，我在莫斯科初进高级步兵学校时，曾在教室里看见一幅标语，写的是：'离开实际的理论是死理论，离开理论的实际是瞎实际。'我对于理论与实际的学习，尤其是对这两者的联系，本来就肤浅得很，及看了这条标语，使我联想到两个故事（因为当时曾在中国军队中见过不少与此相类的故事）来警惕自己的学习。"接着他讲了那两个故事："一个是教条主义——死理论的故事"；"另一个是经验主义——瞎实际的故事"。读了他这段回忆，我们更可以理解，当年为什么他根本不考虑将来当什么武官，而只想学好本事回国来闹武装革命。

刘伯承一生翻译了几十万字的军事书籍和文章。这种翻译工作早在伏龙芝军事学院的时候就开始了。曾任中国工会负责人的黄平在《往事回忆》一书中说：1929年间在苏联，有一次到刘伯承的宿舍，看见他正在翻译《步兵操典》。"他已经是40岁光景的人了，原先对外语似乎不甚了解，而能在短期内学会俄语，并能翻译东西，刻苦学习的毅力真是令人钦佩。"

翻译《步兵操典》也许只是他的习作。后来，他成了我国第一个大军事翻译家。然而，这只是他的副业，他是为了革命战争的需要而在业余做这件事的。1929年春天，他读到了油印的《中国红色政权为什么能存在》和《井冈山的斗争》，前一篇当时没有署名，是湘赣边区党委的第二次代表大会的决议；后一篇是毛泽东给中共中央的报告。据屈武老人回忆：刘伯承读了这两篇文章十分兴奋，他对同在伏龙芝军事学院的左权和屈武说：这两篇文章"打开了我的眼界，增强了我的信心"。看来"国内的斗争还是非常困难的，我很想现在就回国，上井冈山，和朱德、毛泽东一起去战斗。"（转引自《刘伯承军事生涯》55页；杨国宇、陈斐琴等四人著，中国青年出版社出版）

4. 林植木教授

1930年8月，刘伯承和左权等人秘密回国，经满洲里到达上海。

这时，中国共产党已经从1927年的大失败中恢复过来。以朱德、毛泽东为代表的红军发展到了十万人，在好几个省建立了十几块革命根据地，在三百多个县建立了政权。当时幼年的中国共产党模仿苏联，在中国土地上建立起来的政权，也叫"苏维埃"，所辖的地方称"苏区"。苏维埃是俄文"代表"或"代表会议"一词的音译，十月革命后，苏联各级政权都叫苏维埃。照抄照搬到这种程度，今天看起来简直像《天方夜谭》了。

关于这一段，刘伯承后来在自己的履历表上写的是："1930年到1931年，在上海中央军委任译书工作。"他化名为林植木，以教授的身份出现。他主持翻译了《苏军步兵战斗条令》，参加翻译的有傅钟、朱瑞、党必刚、李特等人，都是从苏联留学回来的。周恩来、聂荣臻、叶剑英、李卓然多次参加讨论。傅钟回忆说：刘伯承对军事术语的译法提出了明确的意见，他很注意翻译的风格。他曾对傅钟说："你傅钟译的书太文了一点，最好再通俗些，要符合大众的口味。"

当时在上海的这些地下工作者，整天生活在白色恐怖之中。他经常是白天到外面做联络工作，或者到设在闸北等地的秘密军事训练班讲课，夜晚用黑布罩起灯光来从事翻译。为了躲避国民党特务的搜捕，他曾四次搬迁住处。

刘伯承回国之初,中共中央正处在"立三路线"统治之下。总书记是工人出身的向忠发,他文化水平不高,能力不强。中央实际上由政治局委员李立三主持。李立三曾留学法国,才华横溢,秉性刚直,充满革命激情,是中国工会运动中第一代最负盛名的领袖。以他为代表的这条路线以盲动为特征。6月间,中央政治局通过了争取一省数省的首先胜利,进而夺取全国政权的决议。决议要求在全国范围内发动总暴动,尤其是大城市更要首先发动,以形成所谓"革命高潮的中心",并且提出了"会师武汉,饮马长江"的口号。

《聂荣臻回忆录》中说:"在这种背景下,1930年7月李立三叫刘伯承到武汉去策划起义,以迎接各路大军到武汉会师。要我去组织镇江起义,成功后再进攻南京,最后和攻打长沙、南昌的我军会师武汉。就这样,伯承同志带了刘云同志去武汉……但就是这么两个人,要想在武汉发动起义,这不是笑话吗!结果他们到武汉后,还没怎么活动,刘云同志就被捕了,不久即遭杀害。剩下刘伯承同志一人,只好回来了。"——聂帅这段回忆只说了从上海去的两个人,此外在武汉还有约二百人。不过不论怎样,这样的宏图大略确实"左"得可爱、可怕、可痛。

刘伯承对这项任务的态度如何?我们至今得不到明确的答案。首先,我们不能不注意当时的大环境。

在李立三八十五岁诞辰的时候,伍修权写了一篇回忆文章,题目叫《一代英杰,一生坎坷》,其中说:立三路线"集中体现了立三同志本人的错误主张,同时又反映了党内严重的小资产阶级分子的革命急躁病和主观性、片面性,还包含了共产国际对中国革命不切实际的指导"。在这样的大环境之中,刘伯承是不是应当和可能清醒一些呢?他有泸顺起义和南昌起义两次失败的教训,特别是对后者做过系统的总结,认为南昌起义的时机和地点都不对头,其他应有的条件也都不具备。不过,不论他心里怎么想的,他行动上必须绝对服从。共产党以铁的纪律著称于世,刘伯承的一生表明,他又是个组织纪律性特强的人,这也许同他的军人出身的经历有关。

现在我们得不到别的材料,只有聂荣臻的回忆录似乎透露了一点信息。除了上面引述的那段话之外,聂荣臻又说:1931年白色恐怖日趋严重,周恩来、刘伯承、叶剑英等先后撤离上海,前往苏区,聂本人也在12月到达苏区。这时,第三次反"围剿"胜利结束,中央苏区一片兴旺景象。他想起在粉碎第二次"围剿"的时候,"我在上海就和伯承同志议论过,像第二次反'围剿'那样,红军横扫敌军七百里,这在战争史上都是少有的"。看来这是他们两人之间的悄悄话。他们那样高度赞赏朱德、毛泽东在广大农村闹革命,是不是也多少表出他们不赞成在大城市里盲目暴动的态度呢?

立三路线持续了三个半月。解铃还需系铃人,共产国际把责任全推到李立三头上。瞿秋白和周恩来从苏联回来,纠正了那条"左"倾盲动路线。大概直到这个时候,刘伯承才受命主持翻译工作,首先是翻译那本《苏联步兵战斗条令》。参与翻译的党必刚回忆起另一件事。刘伯承曾要他翻译了《游击队怎样动作》,并精心加以校订。这本书详细介绍了欧洲游击战的起源和发展、游击队的组成和战术要领等等,是我国第一本翻译过来的关于游击战争的专著。党必刚说:"立三路线时期,到处都搞暴动,而刘伯承同志却要我翻译这本书,他看得远,想得深,预见到游击战争在中国有用武之地,所以他紧紧抓住这个选题。"党必刚说这是在"立三路线时期",究竟是在这个时期之中呢还是在立三路线被纠正之后呢?往事如烟,弄不十分准确了。

5."创编"

由于白色恐怖日益严重,1931年12月,刘伯承继周恩来、叶剑英等人之后,离开上海,前往中央革命根据地的首都瑞金。刘伯承于

1932年初到达。这是苏区十分兴旺发达的时候。共产党在大城市里遭到大打击、大破坏，在农村进行的武装斗争，却一再取得了大胜利、大发展。头一年，1931年，毛泽东、朱德指挥红军，4月份粉碎了蒋介石的第二次大"围剿"，歼敌三万余人；7月份粉碎了第三次大"围剿"，又毙俘敌三万余人。12月国民党军队一万七千多人在董振堂、赵博生率领下在宁都起义，加入了红军，组成了红一方面军的五军团。中央苏区横跨福建、江西两省，纵横数百华里。

苏区原来有一所中央军事政治学校，又称中国工农红军学校，是1931年秋天成立的。原来的校长和政委派到新建的五军团去工作，刘伯承来了，便受命为校长兼政委。

毛泽东有一句流传很广的名言："蒋介石有个黄埔，我们也要办个红埔。"据说这就是在最初创办这所学校的时候说的。所谓黄埔，是设在广州黄埔的陆军军官学校的简称。它是1924年孙中山在中国共产党和苏联的帮助下创办的。校长是蒋介石，周恩来是第一任政治部主任，直到国共分裂。黄埔的毕业生，构成了国民党军队中蒋介石的嫡系，称为黄埔系。后来蒋介石当了国民党总裁、中华民国"总统"，这些学生依然叫他校长。蒋介石亲笔写信指挥他们打仗，始终称他们为"弟"。中国的旧军阀都懂得"有军才有权，有军必办校"的道理。黄埔后来改名为中央军校，蒋介石始终抓住校长的职务不放。除了这个黄埔系，国民党军队中，还有所谓"士官系"，是从日本士官学校留学回来的人；所谓保定系，指的是保定军官学校的师生。共产党内，这种干部学校，始终没有构成什么派系。毛泽东那句名言，不过是说有必要办学校培养干部，说这件事十分重要罢了。

刘伯承是"儒将"一流人物，主要是"将"，不是"儒"，当然最愿意带兵打仗。不过，他也深知培养干部的重要性，他在领导顺泸起义的时候，就在泸州创办了军事政治学校，亲自任校长。前文说过，他在莫斯科举行的中共六大会上作了军事补充报告，最后一部分讲"党员军事化",主要也是讲这件事。他说:中国共产党在暴动之前武装工农、暴动之后建立红军,"现在需要军事人才,若不就此时急急的利用中国军阀军官学校,国外兄弟党及其他公开或不公开的军事组织,以学习军事,则将来革命前途必蒙多大的不利。"现在他来到了解放了的自己的土地上,要他公开地、大规模地来办这样一所学校,他当然欣然从命。

这时,这所学校刚成立半年,还处于草创阶段。据《军事翻译家刘伯承》一书说:全校师生员工一千三百多人,而教员仅有十五人。刘伯承从红军中网罗了一批从各种军事学校出来的人担任教师,同时组织他们翻译、编写各种教材和讲义。他在给中央的报告中说:"这期教育中煞费苦心的是教材,尤其是战术教材。"因为我们"不能本本主义全套应用苏联红军的战斗条令和其他军事教程,而反动军队的典范和教程,则更不必说了"。所以他说:只能根据我国我军的实际情况,特别是"数年来游击动作中得到的宝贵经验",来"创编"自己的教材。仅在1932年上半年,红军学校就出版了九种军事教材,六千余册。"创编"这两个字,妙不可言,反映了一代开创者的风貌。刘帅的语言,也常常表现出这种与众不同的创编的特色。

后来成为著名外交家的伍修权将军,从苏联回国后曾在红校工作。他在《我的历程》一书中写道:"刘伯承同志就领导我们自己编写教材,他亲自执笔撰写。常常挑灯夜战,直至拂晓。我们根据苏区和红军的特点,针对当时的作战对象和社会环境,编出了整套的步兵、炮兵和工兵教材,写出了切合实际的攻击、防御和夜战要领,新编了迫击炮、轻重机枪等兵器及刺杀、爆破等专用讲义。"

这年6月,刘伯承兼任了中央所在地"中华苏维埃首都"瑞金的卫戍司令。中央、军委及苏维埃机关的安全保卫、当地武装部队的作战、执勤和训练,都由他负责。伍修权有一段回忆,可以看出刘伯承那种实干家的风貌:

"在重大纪念日和红校开学或毕业典礼时,他都组织了十分隆重盛大的军事检阅和政文比赛。每逢这种节日庆典,照例由红校校长兼瑞金卫成司令主持并作报告,再请中央首长及群众代表讲话,然后举行阅兵式,由红校学员列成一个个方队,迈着整齐的正步,通过用毛竹、木板等临时搭起的主席台前,接受领导人和群众的检阅,随后作刺杀、投弹和超越障碍等军事技术表演,下午则进行田径、球类等体育竞赛和墙报、演说等政文评比,晚上由红校俱乐部的剧团演出新编的话剧、歌舞和双簧等文艺节目。每搞一次这种活动,作为主要组织和主持者的刘伯承同志,其劳累程度不下于指挥一场不小的战斗,可是他却并无倦容,始终和大家一样地兴高采烈。"(见《往事沧桑》,363页)

刘伯承自己也讲课。他深入浅出,谈笑风生。我们在刘邓大军的时候听说,那时许多学生文化水平低,刘伯承讲射击学,讲到弹道,他先问学员们弹道是直的还是弯的,然后在黑板上画一个小男孩撒尿,说:弹道就像是这样的。引得学员们哈哈大笑。

红校后来扩建为工农红军大学,仍由刘伯承主持。叶剑英当他的副手。

九、三参总戎幕

1. 站在首长的荫影里

刘帅的儿子刘蒙清理他爸爸遗物的时候，在一个笔记本里发现一首小诗，前两句是："三参总戎幕，一败两罢官。"第一次是在"八一"南昌起义中，他是参谋团的参谋长。这次起义很快失败了，就是诗中所说的"一败"。第二次是在中央苏区，1932 年 10 月，他被任命为红军总参谋长，在任约两年，直到长征前夕。第三次是大约两个月之后，红军被迫放弃苏区，长征到贵州的时候。这次在任约十三个月。两次他都立了大功，都被撤了职。现在先讲第二次，在中央苏区那一次。

1932 年 6 月，中央军委决定成立总参谋部，叶剑英是红军第一任总参谋长，同年 10 月出刘伯承继任。在任期间，他主要做了四件大事。

第一件是协助周恩来、朱德粉碎了国民党的第四次大"围剿"。1932 年底开始，蒋介石调集了约五十万兵力对中央革命根据地进行第四次"围剿"。这时，以王明为代表的"左"倾机会主义路线统治了中共中央，毛泽东被排挤离开了中央红军，周恩来、朱德、刘伯承在前线指挥作战。王明小集团的第二号人物博古到了中央苏区，身兼临时中央书记和苏区中央局书记，独揽大权。他要求红军先发制人，攻占敌人驻防的坚城南丰和南城，周恩来等人没有执行这个错误的命令，坚持了集中兵力在运动战中各个歼灭敌人的方针，消灭了国民党军队三万多人，活捉了两名师长。刘伯承做了什么具体贡献，我们现在不知其详。但是作为总参谋长,他起的作用,无疑是举足轻重的。

第二件事是按照现代战争的要求,组建红军司令部。他把作战、通讯、侦察、医疗卫生、军需供应、部队补充等等都纳入司令部的工作范围之内,组织起来,并加以制度化。这是一项基本建设。伍修权从抗日到全国解放以后,长期在总参担任领导工作,他说刘帅当初提出并制定的一整套工作方法、秩序和各种制度、规定等等,直到建国以后仍然被总参遵行着。他又在《向刘帅致敬》一文中,根据亲身的经历,列举了刘伯承一系列重大贡献,接着写道:"因此可以说:我国人民及其军队,至今还在享受着伯承同志的劳动成果。……他作为南昌起义和建军以来的主要军事领导人之一,也是我军实际上的缔造者之一。"

这项基本建设,同时又是一项改革,而改革,从来是不容易的。当初为了推行这件工作,1934年春他摘译了《苏联红军司令部野外勤务教令》部分章节,同时翻译苏联一位军事学者著《"苏联红军司令部野外勤务教令"说明要义》一文,发表在苏区的《红色战场》上。长征途中,他继续翻译这部《教令》全书,1935年5月,他写了译者前言。这已是长征的后期,他第三次担任总参谋长的时候了。

《译者前言》开头就说:"军事技术是随生产技术发展而发展的。军队指挥又随军事技术发展而复杂而专门化了。"前言简述了军队指挥的历史演进,说可以分为三个时期:

第一是司令时期。指挥机关非常简单,只是由首长、文书员及乘马通讯员组成,如拿破仑时代,他本人也亲自发口令指挥战斗。第二是指挥时期,有了指挥作战的司令部,有了参谋人员帮助指挥。第三是组织作战时期,"这就是我们现在所处的时期。司令部的本身及与诸后方勤务部、诸技术指挥部的分工合作都越发科学化了。"

他写道:"司令部就是首长实行指挥军队的指挥机关,司令部主任——参谋长就是首长第一个助手和代理人。因此,首长应使司令部在自己决心之下自动而宽大地活动起来;而司令部则应重视首长决心的权力,站在他的荫影里面,根据他的决心组织作战,以至监察其实施。"接着他写道:"我们有些同志还未明白这个道理,或者因习于司令时期的指挥方式,以为有了司令部,就会剥夺首长的权力,而要变其名为参谋部,或者以为司令部人员就是古代的策士,只须在主公面前'献计'就完事。"

前文说到刘伯承协助周恩来和朱德,取得了粉碎第四次大"围剿"的大胜利,但是语焉不详。这里可以加一句,他就是这样地站在周、朱两位首长的"荫影里面",履行了他作为总参谋长的职责。

后文还要讲到那个由共产国际派来的奥地利人李德,那个把刘伯承撤职的人,在他的《中国纪事》中,也不能不承认刘伯承所作的贡献。他说:"参谋部和部队都配备了足够的通讯工具,特别是无线电和长途电话。无线电不仅用于联络,也用于侦察,国民党司令部的很大一部分的消息和命令都是靠无线电窃听和破译的。总之,我们这些高一级的参谋部,特别由于刘伯承的努力,还是比较好地发挥了作用。……后勤工作——卫生、供应、军队的补充等,如果考虑到当时有限的人力和物力,如医生和药材,那么还是完全符合需要的。"李德又说,他曾经到前线指挥部会见朱德和周恩来,那里有整整一个连的情报科,年轻的工作人员"日夜值班,窃听和破译国民党的无线电报。"(《中国纪事》50页、61页,奥托·布劳恩著)所谓"整整一个连",想必包括摇马达、饲养驮马的等等人员在内。解放战争中我们在刘邓大军看到,仅仅通讯一项,已经发展成一个规模庞大的部门了。

第三件是改革红军中的称谓,带兵的统称指挥员,当兵的叫战斗员,号兵改称司号员,马夫改称饲养员,伙夫改称炊事员,挑夫改称运输员等等。这些称谓一直延续至今。"八一"起义以来,红军沿用着旧军队的称谓。1930年9月三中全会以后不久,周恩来在上海主持召开了一次中央军委扩大会议,他在报告中要求"密切上下之间的同志关系,在红军中废除'官'与'兵'的称呼,一律用'红色指挥员'、'红色战斗员'

来代替。"(见《周恩来传》223页)。那时刘伯承已经从苏联回国,在上海担任中央军委参谋长,想必他们当时就商量过。现在两人都来到了苏区,刘伯承就把这件事完成了。

第四件事是写作和翻译。我们中国古人讲写作,很强调它的功用,讲"文以载道"。唐代大诗人白居易说:"文章合为时而著,歌诗合为事而作",这个"时"是时代,"事"是世事。宋代大诗人黄庭坚写了一首诗,说得更明白:"文章功用不济世,何异丝窠缀露珠。""丝窠"者蜘蛛网也。刘伯承在戎马倥偬之中笔不离手,完全是为了革命战争的需要。在这个时期,又为了同"左"倾教条主义者作斗争。他的译作也可以说明这个特点。教条主义者们言必称马列,开口闭口"拿本本来"。毛泽东讥之为"本本主义"。刘伯承的办法略有不同,你拿本本,我也拿本本。他针对当前的问题,摘译苏军出版物中某些篇章或段落,然后加上一个简短的译者前言或后语。他用笔作斗争这方面,留到后面再说。

早在红军时期就很著名的萧克将军对刘帅十分仰慕。刘帅逝世以后,他对我们说:"刘帅是我的好老师。"他1932年开始读到刘帅的文章。最初是《游击队怎样动作》,还有《红军在战斗中的政治工作》,这是翻译的。后来又看到了《现在游击队要解答的问题》、《步兵连怎样冲锋》——这篇文章还有附图。萧克说:"这些文章很解决问题,因此对他更为仰慕。他的文章,凡是我得到的,我都看。"那时他在湘赣边苏区,刘伯承在中央苏区发表的文章他不一定都能看得到。

2. 同洋人吵架

好景不长,刘伯承的灾星来到了。共产国际派来的军事顾问李德来到了瑞金。

当然,这绝不仅仅是刘伯承个人的灾星,而是中国共产党、中国工农红军的灾星,是整个中国革命的大灾星。前文说到以王明为代表的

"左"倾路线,在共产国际扶持之下上了台。这条"左"倾路线断送了白区的党,自己也完全无力在大城市立足,王明离开上海去了苏联,第二号人物博古到了瑞金。但是这个刚刚从苏联留学回来,只能背诵马列俄文词句的 24 岁的小青年完全不懂军事。周恩来、朱德、刘伯承等人同他软磨硬顶,好不容易取得了第四次反"围剿"的胜利。现在洋大人来了,博古有了靠山,事情就完全不同了。

这个洋大人名叫奥托·布劳恩,李德是他的中国名字。他是奥地利人,第一次世界大战期间,参加德军同沙皇俄国作战,被俄军俘虏。苏联十月革命以后,参加了苏俄红军,因作战勇敢,当了一个骑兵师的参谋长。1932 年春,他从伏龙芝军事学院毕业,比刘伯承晚两期。由于学习成绩好,又懂德文、俄文、英文,被共产国际派来中国。李德在他的《中国纪事》中说,他的使命是:"在中国共产党反对日本帝国主义的侵略和反对蒋介石反动政权的双重斗争中,担任军事顾问。"他名义上是个顾问,可是很快就掌握了指挥大权,并且成了红军和苏区的"太上皇"。这个权柄是中国的"左"倾教条主义者们送给他的。平心而论,更具有决定意义的,是共产国际交给了他这个任务。

李德说,他到达瑞金以后,博古向他简明地介绍了中央苏区的经济、政治和军事形势,"当天晚上我们还规划了一下我的工作范围,我们一致同意,由我主管军事战略、战役战术领导、训练以及部队和后勤的组织等问题。我们还完全一致地明确规定,我对政治领导不进行任何干涉。"但是,正如斯大林那句名言所说,"中国革命是武装的革命反对武装的反革命",李德既然这样地独揽了军事大权,所谓不干涉政治领导云云,不过恰恰表明他是个"太上皇"罢了。

后来李德为了推脱责任,也说自己不过是个顾问,而且他不识一个中国字,不懂一句中国话,起不了那么大的作用。他写道:"虽然我再三提醒大家注意,我的职务只是一个顾问,并无下达指示的权力,但随着时间的推移,还是产生了这种错误的印象,似乎我是具有极大全权的。

博古也许还有意识地容忍这种误解，因为他以为，这样可以加强他自己的威望。"

李德也有他的苦恼。他还有个上司弗雷德，在上海。红军的作战计划，必须通过电台报请当时还在上海的中共上海局转报弗雷德批准。这个弗雷德也是个大包大揽和图上作业的行家。弗雷德的有些指示，李德不同意。弗雷德用他们之间约定的密码给他拍私人电报，李德写道："他明确表示，他是共产国际执行委员会的军事代表，是我的顶头上司。他命令我一定要排除一切阻力贯彻他的计划。因此我内心的思想斗争非常激烈。"比如，弗雷德指示"在盱江和赣江之间建立堡垒以及在东北地区向敌人后方发动进攻"，还指示在瑞金建造一个备用机场，"事实上这个飞机场我们一直没有利用，后来却为国民党的飞机效劳了"。李德说他是违心地执行这几项指示的。

至于李德本人，也确有吓唬人的能耐和揽权的本事。共产国际派他来充当这样一个角色，应该说是找到了一个合格的人选。有一个叫龚楚的，在刘伯承被李德撤职以后担任代理总参谋长，后来从红军开了小差。他在《我与红军》一书中说到李德："在会议席上他的雄辩和傲态是令人最难消受的，我个人就尝够了这种滋味。不过他的军事修养很有基础，而且有决心，很机警，判断力很强，对问题的解决也很快。""他当然知道在怎样的情势下，才能掌握整个的控制权。他先是静静地观察，静静地研究……逐渐使党政军一切决策的最后决定权，完全操纵在他的手中。"

李德和博古一唱一和，第一步是撤销了朱德和周恩来的前敌指挥部，把他们调回瑞金，干净利落地把指挥大权抓到了手里。据当时担任主要翻译的伍修权说：前方来的电报，首先翻译成俄文，附上查对地图绘成的简图送给李德，李德批阅提出意见，再译成中文送给周恩来处理。周恩来尚且如此，刘伯承更不用说了。

伍修权回忆说：李德"只让他（刘伯承）处理一些具体工作，不让他过问战争的方针大计。一向组织纪律观念很强、涵养很深的刘总参谋长，虽然不满意李德这一套，却并不计较他侵犯了自己的职权，一直以大局为重进行着克制，同时在执行李德的'指示'时，尽力设法弥补某些漏洞，在可能范围内，减少由于李德瞎指挥造成的损失"。

几十年以后，刘伯承多次讲到，"那时候成天跟洋人吵架。"1965年1月，名将皮定钧将军去看望病中的刘伯承，刘讲到任何防御都要有预备队，"第五次反'围剿'时，'左'倾路线主张分兵把口，两个拳头打人，我们天天和外国人（指李德）吵嘴，就是没有预备队，结果反'围剿'失败了，害得我们走了二万五千里。"（引自皮定钧的记录，见《刘伯承元帅研究》，第二期，242页）

从上引伍修权那段回忆看来，就刘伯承而言，这种吵架是相当克制的。而且他所能做到的，只是"弥补某些漏洞"，"减少损失"。

六十年代，刘伯承还说到：在第五次反"围剿"中"许多指挥员曾对军委领导提出批评意见"。他没有说他自己如何，看来是包括他自己在内的。这些意见是："认为军委领导过于集中，根据地图指挥，而地图又不准确；指定部队任务，过于具体，而敌情变化很快，指挥不能机断专行，失去许多战机；认为军委下决心过迟，等下了决心时，敌情已变化；认为军委战术不灵活，机械地执行短促突击，敌人就缩回去，我追上去，敌人即依托工事用密集火力给我重伤，因此建议红军主力打运动战，这些意见军委都未采纳。"（见《刘伯承回忆录》第三集，65页）

伍修权说："由于伯承同志同'左倾'错误路线的分歧，他与李德始终保持着一种公事公办的关系，同他从无个人来往，与博古等同志与李德的亲密关系成了鲜明对照。在第五次反'围剿'中，李德曾几次到前线部队'视察'，作为临时中央负责人的博古，都亲自陪同，而作为总参谋长的伯承同志却一次也不相陪。有时只派总参作战局的同志同去。他的这种态度，当然引起李德对他的猜忌和不满，有一次竟公开指责他，说他还不如一个普通参谋，白在苏联学了几年。我觉得李德这种说法太伤人,便故意没有翻他的原话,只打圆场地说,李德认为参谋工作做得不周到,还有不少缺陷。其实伯承同志自己也是精通俄语的。他听后笑着对我道:'你真是个好人啊,他骂我的话你就不翻译了!'后来伯承同志与李德的矛盾越来越深,日益成为推行王明教条主义的障碍,李德终于决心撤销了他的总参谋长职务,并将他降职为五军团的参谋长。"

后来刘帅有一次同我们谈天,他说:"李德这个人!红军行军途中,战士们坐在路旁休息,他骑着马直踩过去,踩着你活该!简直是个帝国主义分子,哪里有一点无产阶级革命者的味道!"

刘伯承到了五军团。伍修权回忆说:刘伯承在五军团的干部大会上,"对李德等推行的一套错误做法,进行了既尖锐又有分寸的揭露批判"。怎样地既尖锐又有分寸呢? 有一段传闻,我们在四十年代也听说过。刘伯承到五军团的时候,第五次反'围剿'已经失败,据说他是这样说的:"同志们,我们这次反'围剿',不叫打仗,叫'挡仗',敌人呢,也不叫打仗,叫'滚仗'。敌人凭着他们优势的兵力,现代化的装备,像个大石礤子滚过来,我们就硬是用人去挡,这不叫'挡仗'吗,这样的挡仗能不吃亏吗?"刘帅的语言是很生动,很风趣的,这个比喻既符合当时的实际,也符合他语言的风格。不过,这样公开地指斥全局,当时是很可能招致杀身之祸的。所以,这恐怕是在小范围内,在少数领导人之间说的;或者更可能,是在稍后一点时间说的吧。

3. 李德

关于李德,《彭德怀自述》中有一段非常传神的回忆,从中可以看出他那军事教条主义究竟是怎么回事,以及他的作风、威势和手段。刘伯承却天天要同这样一个人打交道,充当他的下属。

彭帅的自述写了《广昌战斗》一节。这是反第五次"围剿"中最大的一仗，红军失败，伤亡三千人。1934年4月国民党集中兵力进攻广昌，李德下令死守，调集红军主力同敌人决战"。李德由博古陪同，亲上前线指挥。彭德怀再三说广昌是不能守的，必须估计敌军技术装备。但是李德他们不相信，只相信他们自己构筑的"永久工事"。

彭德怀写道："进攻广昌之敌七个师，一个炮兵旅轰击，每天约三四十架次飞机配合，拖着乌龟壳（堡垒）步步为营前进。……从上午八九时开始至下午四时许，所谓永久工事被轰平了。激战一天，我军突击几次均未成功，伤亡近千人。在李德所谓永久工事担任守备的营，全部壮烈牺牲，一个也未出来。他们看到了实际，黄昏后允许撤出战斗，放弃了固守广昌的计划……

"当天约八时以后，战斗停止时，博古来电话，说李德博古约我和杨尚昆去谈谈（引用者按：彭是三军团军团长，杨是政委），他们明天回瑞金去。见面时，李德还是谈他那一套，如何进行短促突击，如何组织火力。我说，怎样去组织火力点？根本没有子弹！在敌碉堡密布下，进行短促突击，十次就有十次失败，几乎没有一次是得到成功的。我尽情地、毫无保留地讲了自己的意见，大胆地准备个人的不幸，说，你们的作战指挥从开始就是错误的。"彭德怀这次确是下决心豁出去了。他"讲了四次'围剿'被我粉碎以后就没有打过一次好仗，主要是方面军指挥上的错误，就是主力不集中。"他举了几次战斗例子：如果一、三军团不分开作战，集中使用，就能消灭敌军，就能缴获枪弹、俘虏敌军，补充自己的战斗消耗。现在每战都同敌人拼消耗。彭德怀说："敌有全国政权和帝国主义帮助，我则靠取之于敌，你完全不懂这条道理。"又说："你们坐在瑞金指挥的第二次进攻南丰的战斗，几乎造成一军团全军覆灭，连迫击炮放在地图上某一曲线上都规定了。实际中国这一带的十万分之一图，根本没有实测过，只是问测的，有时方向都不对。""如果不是红军高度自觉，一、三军团早就被你送掉了。"他当面指责李德是"图上作业的战术家"。骂李德的指挥丧师失地是"崽卖爷田心不痛"！

彭德怀接着写道:"这段话是伍修权同志翻译的,李德没有发火。我知道没有全翻,哪有不发火的道理呢?我请杨尚昆同志重翻了。这时李德咆哮起来:'封建!封建!'他跳我高兴。他继续骂我,说是撤掉我的军事委员会副主席不满意(撤职是事实,但不知为什么)。我说根本没想那些事,现在是究竟怎样才能战胜敌人,这是主要的。我骂了他下流无耻,鄙视了他。那次我把那套旧军衣背在包里,准备随他到瑞金去,受公审,开除党籍,杀头,都准备了,无所顾虑了……"

彭帅这段血泪相和的文字是在"文化大革命"中的牢房里写的。读着这段文字,可以想见他当时多么怒不可遏。回想当时正是经过一整天的激战,部队伤亡近千的时候,这位部队长怎能不满腔悲愤、怒火中烧,以致那样不顾一切呢?

《彭德怀自述》中还讲了下述一件事,很值得深思。那次大出彭德怀意料,李德没有处分他,只说他"右倾",但是叫他写了一篇文章。《自述》写道:

> 从广昌战斗以后,同敌人一直顶到石城,顶了四个多月。其中在高虎垴打了一个小胜仗。这是利用特殊地形,采取反斜面山脚边,完全出敌不意的情况下打的。他们抓住这一点大做宣传,来说明他们所谓"短促突击"战术如何如何,借机会指定我写一篇证明他们的"短促突击"战术正确的文章。当我写了之后,他们就把适合他们口味的部分保留了,而不适合他们口味的部分却被删去,特别删去了"这是特殊情况下取得的胜利,而不能证明'短促突击'是适合的"一句,修改为相反的意思,即证明"短促突击"是正确的,同时经过修改后,没有取得我的同意就发表了。(见《彭德怀自述》第189—192页)

4. 剑与笔

刘伯承的性格,特别是处境,与彭德怀大不相同。除了天天有克制地跟李德"吵架"之外,他用笔来作战。他一篇一篇地翻译和写作,跟李德唱对台戏。《军事翻译家刘伯承》一书的作者陈石平称之为"唱对台戏"是符合实际的。当然,刘伯承只能是不指名的,只能是各说各的。

国民党的第五次"围剿",鉴于以前并进长追吃了大亏,便改为步步为营的堡垒战术。苏区四周,形成了一个堡垒密布的包围圈。李德写道:"面对敌人这种战术,我们过去采用的简单的游击战的方法就不足以应用了。""一般说来,敌人离开堡垒不会超过10—20公里(大多数情况下甚至更短)。把敌人诱入我们的领地,现在通常已不能成功。要想抓住敌人,自己必须隐蔽起来,一旦敌人向前移动,就给予致命的一击。"所谓把自己隐蔽起来,就是你修堡垒,我也修堡垒。所谓"给以致命的一击",就是他再三再四大肆宣扬的新战术——"短促突击"。他宣扬他那个短促突击的那种劲头,我们在上引彭德怀的自述中已经看到了。他那"新战术"就是堡垒对堡垒、主力对主力,阵地战,拼消耗,叫花子跟龙王爷比宝。

正如刘帅晚年在《回顾长征》一文中所说的,李德、博古在军事上,总而言之,"是否定了游击战和带游击性的运动战,不了解正确的人民战争。"

当年,刘伯承就首先抓住游击战做文章,既写又译,鼓吹和指导开展游击战。他从苏军《合同战术》中选译了一些章节,标上一个很有针对性的题目——《任吉丹在〈合同战术〉上所述袭敌后方的"穿袭"和游击队动作》。又译出《苏联野战条令中的游击队动作》,在译者前言中特意指明:"苏联现行的《野外条令》中没有'游击队动作',而旧的则有之。我们为要供给游击军事动作的参考并补充前译的'游击队怎样动作'起见,特把它翻译出来。"

翻译别人的东西,毕竟不能完全表达自己的观点,他又自己写,写了《现在游击队要解答的问题》、《把敌人后方的游击战争发展到新的苏区和红军》等等一系列文章。那时,有几个军区的游击队穿过敌人的封锁线,到敌人后方开展游击战,刘伯承便仔细加以研究,总结他们的经验教训。这些文章,笔锋所向更加鲜明了。特别是那篇《现在游击队要解答的问题》,高屋建瓴,指出了游击战争的战略意义。一般说来,讲战略意义,难免抽象无味,很难引起一般读者的兴趣,而刘伯承却讲得实实在在,深入浅出:

"敌人碉堡构筑的封锁线,可以相当限制我们大兵团进行机动,然而,我们游击队确实可以自由出其封锁线碉堡(特别在广东敌军没有连续的碉堡)的间隙,而入于其后方交通线上,实行穿袭。有些边区游击队就应该留在封锁线外,向敌人远后方,特别向其策源地开展游击战争,耗散其兵力,破坏其粮弹的运输,乃至造成地方暴动,就更有战略上的意义。"

越是讲到战略意义,刘伯承的议论越加闪耀出辩证法的光辉。他写道:"敌人的堡垒主义,原是耗散兵力的。我们要使其一个堡垒不空,而且更向其后方延伸。敌兵虽多,如此耗散,将无重兵深入苏区,而便于我红军消灭它。敌人的马路,原是运济其大军粮弹的,我们要使敌人运输停滞甚或断绝,以致饿困于苏区。敌人后方工农群众生活极端恶化,当敌人调集重兵'围剿'苏区和红军时,其后方守备薄弱,极易爆发武装的阶级斗争。我们要去领导他们斗争,走向暴动。"

王明小集团反对运动战,把诱敌深入和必要的转移指责为"退却逃跑主义"。在李德刚刚到达瑞金的前后,刘伯承就针锋相对翻译和写作了一些文章。这里请允许我们仅仅拿出一篇来,借一斑以窥全豹。

这就是他翻译的《退出战斗》及其《摘译后言》,标明"一九三三年十月于前线"。他偏偏在那个节骨眼上来谈"退出战斗",既切合当时的实用,今天看来,又使我们感到颇有一点儿幽默的味道。当然,这是严肃的幽默。他的《后言》写道:"退却战斗虽是一般军人不愿意听的事,可又是最难指挥的事,且在运动战中又确有必要的事。因此在匆促中把它(《退出战斗》)摘译出来,以供研究。……"

李德到来的时候,第五次反"围剿"刚刚开始。到了1934年5月,他来到六七个月之后,这次作战已经基本上失败了。由于他坚持阵地战,反对运动战,坚持"御敌于国门之外","不让敌人侵占苏区一寸土地",结果,苏区土地日蹙,兵力损耗日大,如果不改弦更张,红军已经没有取胜的希望。面对这种形势,刘伯承却无能为力,他心情的沉重和焦灼可想而知。他又拿起笔来,摘译了《机动的要义》,写了译者前言。这是一篇非常重要的文献,对于探究这位大军事家的奥秘,具有极大的价值。他强调的是抓住和突击敌人的弱点,首先是"寻找"敌人的弱点;如果它一时没有可乘的弱点,就要去"创造"它的弱点。他在摘选的译文和译者前言中反复申说,机动的要义首在于此。

当时,这是针对李德的。此人虽然日益陷入困境,却具有死猪不怕开水烫的本事,依然气焰熏天。所以,刘伯承也就依然说得很含蓄。他在标明写于1934年5月13日的前言中写道:有些同志对于机动的要义"还是囫囵吞枣地了解,甚至误解为'临机应变'或'机断专行'者"。又说:"不知机动要找敌人的弱点而以主力突击之,乃单是勇往直前去单攻敌人的正面,常常演成对抗状况;或攻而得势,既不扩张战果,更不防敌人的反机动。"从前文所引彭帅指斥李德时列举的那些事实可以看出,刘帅这些话,也是以那些事实为根据的,也是指着李德的鼻子说的,不过若隐若显,说得相当委婉罢了。

其实,机动战就是运动战。几年以后,到了抗日战争开始不久的1938年刘伯承才直截了当把问题说穿了。他说:"所谓运动战,就它在军事上的精义来说,应该是叫'机动战'。"(《刘伯承军事文选》83页)

他的译文是经过精心摘选的。他摘取了原著的精髓,其中把机动的奥妙提到艺术的高度。他说:"艺术的机动"的要点是:第一,寻找敌人的弱点,如其无弱点时,就要创造敌人的弱点;第二,集中优势兵力来突击敌人这一弱点;第三,在适当的时间和条件以内完成机动,使敌人不能救援其被突击的弱点;第四,尽可能争取时间,来组织优于敌人的火力配系。(参阅刘伯承:《论游击战与运动战》,见《刘伯承军事文选》,90页)

综观他的一生,刘伯承之所以屡战屡胜,被称为常胜将军,可以说主要是由于他精通了这些诀窍,运用到了出神入化的地步。

当时,刘伯承说得这样有根有据,头头是道,不能不使许多人受到启发,李德当然不能容忍。

难怪萧克将军说刘帅的文章很解决问题。

难怪李德要撤他的职。

这个时期,李德也大写其文章,署名"华夫",连篇累牍地宣扬他那短促突击的新战术。其中主要的一篇是《革命战争的迫切问题》。我们上面所引他有关这个问题的许多话,都出自这一篇。有趣的是,他从苏联回到民主德国以后,在1972年出版他的《中国纪事》的时候,把这篇文章收了进去作为附录,是不是有必要强调地表白他是至死不悔的呢?他在书中直言不讳,说他在1939年离开中国以后,"有人还劝我,让我对中国的经历和观察保持沉默。我严格地遵守了保持沉默的规定。……到了1964年,当毛领导集团反对社会主义,反对苏联的政策在全世界为路人皆知以后,我才写了《毛泽东以谁的名义说话?》一文,公开露面。"

更有趣的是,他这本书的《尾声》之最后,竟是这样一段可怜巴巴的话:"只有一点需要说明:在我的一生中,我从来就认为,对苏联的态度是衡量每一个共产党员的试金石,不管他是哪个民族,也不管他处在什么形势下。这一认识一直指导着我在中国的活动,而体现在苏联政府政策中的苏联人民的利益,就我认识到的和力所能及的,在完全孤立的

情况下，在极其困难的条件下，我始终是捍卫不懈的。我想我可以满意地说，我经受了这个考验。"(《中国纪事》361页)

这就是几乎断送了中国红军的那个军事顾问。

这就是刘伯承用嘴吵架和用笔挞伐的那个不可一世的对手。

李德的书中还讲到一个十分重大的情节：1934年9月间，地下的中共中央上海局连同它的秘密电台，都被国民党特务破获了。"这样，我们同共产国际代表团以及同共产国际执行委员会的联系完全中断了。"接下去李德写道：这"对以后事态的发展产生了无法估量的影响"。这一点他倒说对了。亏得有这个"完全中断"，否则，中国共产党和红军不知要到何年何月才能掌握自己的命运。这是不幸中的大幸。否则，人类历史上还有没有那个二万五千里的长征，红军能不能走这么远，红军的结局如何，中国的革命是不是需要重新另起炉灶，这些，便都将在未定之天。至于刘伯承，这位后来被朱德总司令称誉为"军事奇才"的人，是不是还有可能发挥他的才能，恐怕同样不一定。

在这么关键的问题上，国民党的一小帮特务竟起了这么个大作用，世界上的事情真是无奇不有。

十、奇才

1. 从敌人鼻子底下通过

红军被迫长征两万五千华里,艰险万状,世界历史上绝无仅有。在红军突破和摆脱国民党军队的重重围追堵截中,刘伯承做出了卓越的贡献,并且表现出是一位军事的奇才,这方面却很少为人所知,虽然红军总司令朱德早已提出这一点。那是刘伯承五十岁生日的时候,朱德撰文祝寿,其中说道:

"红军万里长征中,伯承同志指挥五军团,有时任先遣,有时作殿后,所负任务无不完成。尤以乌江、金沙江、安顺场、大渡河诸役为著,更表现了艰苦卓绝、坚决执行命令的精神和军事的奇才。"(《朱德选集》,人民出版社,86页)

刘伯承元帅逝世以后,中共中央的悼词中关于他这一段的评价,就主要是以朱德元帅这些话为依据的,并且袭用了"军事奇才"这四个字。可是正是在筹备追悼期间,有一位老朋友问我们:"听说刘帅并不真正会打仗,是这样的吗?"这使我们大吃一惊,哭笑不得。现在让我们言归正传,说当年的刘伯承吧。

1934年10月,刘伯承被李德和博古撤销红军总参谋长职务,降为五军团参谋长。离开那个对中国革命战争一窍不通的洋大人李德,对刘伯承来说,可能正是一件乐事。这时长征刚刚开始,五军团受命为全军后卫,保护中央机关、骡马、辎重包括印刷设备等等,沿江西、广东、湖南边境，向西突围。

五军团军团长董振堂、政委李卓然，对刘伯承十分尊重，依然把他看成上级而不是下属，依然把他看作红军的总参谋长而不是五军团的参谋长。尽管如此，刘伯承照样兢兢业业，把五军团参谋长的职责担当起来。宿营时，他叫作战机要科的人员跟他住在一起。行军时，他殿后，指挥军团的后卫交替转移，互相掩护，布置侦察部队跟敌人保持接触，借以迷惑敌人。

打过仗的人都知道，在突围的情况下殿后，最被动因而也最危险。当时在五军团作战科工作的贺光华将军，写了一篇题为《从兴国到遵义》的文章，回忆这段时间的刘伯承。他说：当五军团已经基本上上路出发了，刘伯承才骑上马随后卫部队行进。"我们司令部的同志都很担心他的安全，董振堂军团长一再催促他先走，他却非常沉着，很有信心地说：你们都先走，我断后。"

五军团过信丰河的时候，刘伯承组织架浮桥。桥刚架起来，东北方向的敌人追来，跟后卫部队打响了。刘伯承当机立断，命令机关人员和驮马徒涉过河，让战斗部队迅速从浮桥上通过。等到担任后卫的一营过了河，刘伯承便命令立即拆掉浮桥。留下便衣侦察队，在后面监视敌人，完成任务以后另选渡口过河。"老百姓说，敌人追到河边，已无桥可过，只好眼巴巴地看着我们向西去了。我们就这样胜利地通过了敌人第一道封锁线。"

朱德称赞刘伯承"所负任务无不完成"。当时五军团的任务是既要滞迟敌人，打退敌人的追击，又要跟上前面的队伍，掩护中央和军委机关。贺光华记述了这样一组镜头：

红军突破了第三道封锁线，横过粤汉铁路以后，到了湖南广西交界之地。国民党军队从左侧阻击，五军团跟随军委纵队前进的道路被截断了。时近黄昏，左面是南岭大山，右面紧靠凌水河。

附近没有村庄，找不到老百姓。红军没有地图，又新来乍到，不熟悉地形。侦察员报告说，敌军就在山上。这时有两种意见，一是绕道，二是打过去。刘伯承对这两种意见都不以为然。他判断那是敌人的先头部队，还不了解红军的底细。而且，刘伯承说："我们一定要跟上军委纵队，不能让中央、军委纵队后尾暴露给敌人"，这是五军团最重要的任务。因此，他主张等天黑之后，悄悄地从敌人鼻子底下插过去。于是，部队原地隐蔽，封锁路口，只吃干粮，不准出现烟火、亮光、声响。每个人左臂扎一条白毛巾，以便识别。这样，部队就在那天黑夜里，沿着山谷在敌人鼻子底下安全通过，拂晓追上了中央、军委纵队。（引贺文见《刘伯承回忆录》第三集，143页、145页）

这样的事，在刘伯承元帅的一生中，真是连小菜一碟也算不上。可是我们却要深深感谢贺光华，感谢他提供了这样扎扎实实的细节。我们在探索刘伯承的戎马生涯中，最苦恼的是这样的细节太少了。越往后，到了抗日战争时期特别是解放战争时期，这位军事奇才的神机妙算越发炉火纯青。国民党的将军们，有的惊叹他用兵如神，高深莫测，有的说，简直是刘伯承在指挥着国民党政府的国防部。可是在我们读到的许多文章里面，往往只有两头。一头是对上面，对中央军委特别是对毛泽东英明领导的颂扬；一头是对下面，对基层广大指战员英勇顽强的刻画。一般说来，这并非不符合实际。可惜的是对这两头中间的指挥人员的活动，通常至多只写到团一级。所以战场上双方高级指挥人员怎样斗智斗法，往往很难找得到。《刘伯承军事生涯》一书的主要作者之一陈斐琴感慨很深，每次谈到这种情形他都要叹气，他说："读这样的文章真叫人恼火。特别是有些战史，只看见番号跟番号作战，人呢，指挥人员的智慧呢，偏偏没有了。"前面说到的我们那位老朋友，他之所以发生那样的疑问，大概这也是原因之一。

2. 首长的第一代理人

中央红军是在国民党军队的包围圈日益收紧的情况下向西突围的。且战且走一个多月，突破了三道封锁线，才从江西、福建经过广东北部，到了湖南、广西边界。这三道封锁线，第一道在江西省南部的安远、信丰之间；第二道在湖南省东南角上的桂东、汝城之间；第三道是湖南南部宜章县境内的粤汉铁路沿线。这三道都毗邻广东北部。过这三道封锁线，虽然也曾经过苦战，还不算十分艰难。这有两个原因，其一是粤军、湘军、桂军的首领们只怕红军深入他们的地盘，国民党中央南京军跟踪而至，蒋介石就会乘机把他们这些地方军阀吃了。所以他们宁愿让红军过境，并不死打。更重要的是，其二，红军这样的大搬家，国民党统帅部也没有料到。红军要向哪里去，他们一时还摸不清。直到红军横跨粤汉铁路，继续西进，前锋占领了湖南南部和广西北部几个城镇，国民党统帅部才恍然大悟，原来红军是要到湖南省的西部去同红军第二和第六军团会合。

早在中央红军突围之前两三个月，萧克、任弼时、王震率领的第六军团，已经奉命从湘赣边苏区突围，向开辟了湘鄂西苏区的二军团靠拢，那是由贺龙、关向应率领的。这两个军团已经会合。现在中央红军就是要往那里去。

国民党统帅部判明了红军的意图，便调集大军，以广西北部的全州为中心，沿湘江数百华里，构设了第四道封锁线，前堵后追，企图将红军一举歼灭。这第四道封锁线确实远非前三道可比。南京军紧追不舍；湖南军阀何键为自保计，使尽力气从北面压过来，广西军阀白崇禧一度犹豫之后也积极起来，由南面阻击。掌握红军指挥大权的李德、博古束手无策，依然把希望寄托在与二、六军团会合上，只是命令部队硬攻硬打，夺路突围。在全县以南湘江东岸，竟使用大军作甬道式的两侧掩

119

护。这是红军长征以来打得最苦的一仗,激战达一星期之久,人员损折过半。中央红军出发时八万六千多人,打过湘江,只剩下三万多人了。

红军几乎濒于绝境,今后怎么办?严峻的形势,使王明小集团上台以来军事上的争论有了解决的可能。刘伯承元帅在《回顾长征》一文中说:"要是仍旧采用正面直顶的笨战法,和优势的敌人打硬仗,显然就有覆灭的危险。""部队中明显地滋长了怀疑不满和积极要求改变领导的情绪。这种情绪,随着我军的失利,日益显著,湘江战役,达到了顶点。"

聂荣臻元帅的《回忆录》中讲到过了湘江以后的博古:"博古同志感到责任重大,可是又一筹莫展,痛心疾首,在行军路上,他拿着一支手枪朝自己瞎比划。我说,你冷静一点,别开玩笑,防止走火。"李德呢,虽然依然气壮如牛,但是如前所述,他跟共产国际通过秘密电台的联系业已中断,没有后台撑腰,特别是到了这个时候,他的威势也不可能不与日俱降。

过了湘江,红军继续西进,到了湘黔桂三省边境。中央在湖南省属的通道县举行了一次临时会议。被排斥出领导圈两年之久的毛泽东这时候有了发言的可能。他力主改变战略方向,放弃与二、六军团会合的计划,向敌人力量薄弱的贵州前进。他斩钉截铁地说,否则,等于将三万红军投入虎口。李德继续坚持原来会合的方针,但是现在多数人已经公开表示不赞成。不仅如此,许多人忍无可忍,当面批评他指挥无能。无可奈何花落去,这位洋大人倒霉的命运开始了。

几天以后,在离开中央苏区两个月的时候,红军占领了贵州东南角上的黎平县城。中央政治局在这里开了一次会议,时间是 1934 年 12 月 18 日。这次黎平会议非常重要,对红军改变战略方向有着决定性的意义。如果没有黎平会议,也就不可能有后来那非常著名的遵义会议。黎平会议赞同了毛泽东的主张,正式作出了关于在川黔边建立新根据地的决议。

《聂荣臻回忆录》说:"这是一个十分重要的决议,是我们战略转变的开始,其中最主要的是指出,去湘西已不可能也不适宜,决定向遵义进发。这样,一下子就把十几万敌人甩在了湘西,我们争取了主动。"(所引书,231页)

会议由周恩来主持。抗日战争时期,他在延安中央政治局的会议上回顾说:"黎平会议争论尤其激烈"。作为会议的主持人,他决定采纳毛泽东的意见。"李德主张折入黔东,……因争论失败大怒。"(《周恩来传》,人民出版社,283页)

黎平会议的决议由朱德、周恩来负责实施。这件事的意义也十分重大。王明上台几年以来,由中央三人小组指挥一切,成员是博古、李德、周恩来。周恩来以一对二,只有执行之权。经过黎平会议,那个三人小组无形中解体。如果跟共产国际的联系继续存在,事情恐怕不会这么好办。

黎平会议还决定,调刘伯承回军委继续担任总参谋长。时隔两个月,他第三次担任这个职务。同时,决定将军委一、二纵队合并为军委纵队,刘伯承兼任司令,陈云任政委,叶剑英任副司令。这一人事调动,等于进一步从实际上撤销了李德的指挥权。

刘伯承翻身了!他受命于危难之际。他的聪明才智得到了施展的机会。

总参谋长当然要运筹帷幄,参赞大计。刘伯承却不仅如此。读者往后就将看到,在全军的作战中,哪个任务最关键,哪个战斗、时间、地点最紧要,刘伯承就在那里出现,在那里组织和指挥。前文说过,在刘伯承的军事思想中,参谋长是首长的第一代理人,而不是古代的策士,只要在"主公"面前出谋献计就完事。一方面,首长应当让参谋长根据首长的意图宽大地活动,现在刘伯承得到了这个条件。另一方面,参谋长应当站在首长的荫影里面,贯彻执行首长的意图,组织和监督其实施。现在刘伯承跟首长们志同道合,当然乐于效命。

3. 水打千斤石

红军决定改变方向，进军黔北，第一步棋，就是抢渡乌江。乌江又叫黔江，是贵州的主要大河，从西到东，把贵州省分为南北两半。这时红军在黎平一带，在贵州的东南角上，必须冲破乌江，才能到北部的遵义一带。

刘伯承直接指挥了这一仗。最早公开报道这个消息的是陈云。长征刚刚结束之后，他在莫斯科发表的关于长征的一篇长文中写道："指挥乌江战役之红军军官为刘伯承，四川有名之军官，曾击败吴佩孚，并为四川军队中极有声威者，在川时已加入共产党。国共分裂后，曾领导四川军队于泸州起事。"

陈云，这位大政治家，后来长时期内是中共最高层的核心人物之一。他在过了大渡河以后，化装离开红军去了上海。据《朱德年谱》，这是1935年5月底中共中央在大渡河边泸定县城举行的会议上决定的。他途经上海到苏联，写了一篇《随军西行录》，署名廉臣，连载于1936年中共在巴黎出版的《全民月刊》，并由苏联出版了单行本。我们四十年代初在重庆《新华日报》社一再读过，印象十分深刻，至今记得那是一本64开的小册子。

这篇文章托名为一个被俘而由红军重金聘用的原国民党军军医，随军从江西突围，最后到了四川，被打散了，回了家，写这篇文章记述他全程的经历和见闻。用这样一个被俘聘任的军医的口吻，作者巧妙地避开了红军内部的斗争。文章高屋建瓴，对国共两军态势了如指掌，又刻画了许多重要的细节。这是一篇对长征这一伟大历史事件的最早、最完整和最精彩的记录，具有重要的文献价值。全国解放以后人民出版社出版的《中国工农红军第一方面军长征记》把它作为全书的主文，放在最前面，我们在下文中还将加以引用。

现在我们来说乌江战役。

乌江江面并不太宽,但是两岸陡峭,水深流急,被称为乌江天险。江水滔滔,在悬崖峭壁间翻着白浪,震耳欲聋。黔军在北岸凭险据守,而且掳去了南岸所有的船只,连一根桨也不留下。刘伯承决定派两个先遣团,夺两个渡口过江。红一团夺取龙溪渡口,团长杨得志,政委黎林;红四团夺取江界渡口,团长耿飚,政委杨成武。刘伯承带着作战局长张云逸,来到江界渡口的先遣团,并到岸边实地侦察。对面渡口有敌人重兵,沿江有许多工事。上游无法攀登,只有下游有空子可钻。泅渡是绝对不可能的,只有架桥是唯一的出路。刘伯承和团首长们一起决定:佯攻渡口,主攻小道,争取时机抓紧架桥。

架桥的最大困难是没有材料。刘伯承跑到工兵连,跟他们一起想办法。后来工兵连扎成了单层、双层、甚至三层的竹筏,但是当他们用石头当锚,企图把这些竹筏固定在水中的时候,两百斤左右的石头,一投到水里就被冲走了。工兵们是在敌人炮火下作业的,刘伯承又冒着炮火跑到作业现场。一个战士说:"水打千斤石,难冲四两铁。"刘伯承很赞赏这个意见,叫工兵连找些铁匠用的铁墩来试试,如果一个不行,便把两个结在一起。这办法果然可行。这时,两个先遣团的突击队用竹筏强渡,夺得了北岸的阵地。于是竹桥架成,红军渡过了乌江天险,这是1935年1月3日。

4. 这就需要多用智慧了

过了乌江,下一步便是夺取遵义。遵义是黔北重镇,贵州省的第二大城市。红军夺得遵义,意义极为重大,我们放到后面细说。这里先说遵义不是硬打打开的,是兵不厌诈、诈开的,叫做智取遵义。这是长征中一出有名的喜剧。刘伯承是导演。红六团唱主角。当时的团政委王集成将军后来写了《智取遵义》一文,记述了这个故事:

红六团在红四团控制了江界渡口之后,受命不等浮桥建好,立即乘竹筏过江,迅速前进,直取遵义。

他们急行军一整天,前进到团溪宿营,离遵义只有九十华里了。第二天黎明,刘伯承来了。他是连夜赶来的,显然不曾睡觉。团长朱秋水和政委王集成向他汇报:已经确定一、二营为突击营,从遵义东南两面突进去,三营为预备队。"王家烈的部队我们领教过,一定能拿下来。"一切准备就绪,只等刘伯承下令出击。

"战士们很疲劳吧?"刘伯承问。

"疲劳是疲劳,但是大家一听说打仗,情绪就来了。"

刘伯承以叮咛的语气说道:"我们的日子还比较艰难。要求打得好,还要伤亡少,又要节省子弹,这就需要多用智慧了。"

刘伯承和红六团一起疾步前进。午后,侦察员报告,在距遵义30里的地方发现敌人的外围据点,驻有一个多营的兵力。刘伯承命令道:"必须全歼这里的敌人,不准走漏一个。走漏了风声,就会影响打遵义。"部队立即以迅雷不及掩耳之势,钳住了这个庄子。三点多钟开始攻击,守敌仓皇应战,全部成了瓮中之鳖,无一漏网。

团首长们领会了"多用智慧"的意图。他们从俘虏口中摸清了遵义守军的底细,决定化装成敌人,利用俘虏诈城,打个便宜仗。刘伯承连声赞道:"很好,很好。这就是用智慧了。"又说:"一定要装得像。并且,最好在夜间行动。"

经过刘伯承亲自检查,部队在夜幕下出发。一营营长带着一连和侦察排还有全团二三十个号兵,一色的黔军打扮,带上十几个俘虏。其他部队随后跟进,万一诈城失败,便强攻。到了城下,敌军外围营被俘的连长对答盘查。城上又用手电筒照射检查,照来照去。红军战士们骂骂咧咧,装得挺像。终于赚开了城门,红军一拥而入。经过巷战,遵义城到手了,果然打了一个便宜仗。

这个故事很快在全军流传开来。像所有的奇闻趣事一样,流传中总有人添油加醋,又以讹传讹。后来就有人说是刘伯承自己化装成国民党军官,如何如何机智应对,赚得了遵义城,一枪也没有放,比诸葛亮的故事更为奇巧有趣。

5. 娄山关下第一根电话线

长征中的遵义会议,决定了红军和中国革命的命运。为了巩固遵义的防卫,保证开会,必须把天险娄山关控制起来。刘伯承以总参谋长兼中央纵队司令的身份直接指挥,他把这个任务交给了红四团,团长耿飚,政委杨成武。

红四团在完成了夺取乌江江界渡口的任务之后,跟随六团向遵义前进。他们已经三天三夜没有睡觉,又在倾盆大雨中连续行军三个钟头,刚刚到达遵义城北,停下来休息。刚吹过休息号,刘伯承突然来到了。统率这两个团的红二师,已经得到朱德电令,暂由总参谋长刘伯承统一指挥。耿飚将军在《夺取天险娄山关》一文中说道:

> 我和杨成武政委赶紧迎上去。他好像是几天未睡的样子,面容消瘦,但很有精神。他对我们说:"你们四团立即出发,追歼北逃之敌。"我和杨政委不约而同地互相望了一眼。总参谋长面带笑容,亲切地说:"想休息一两天吗?不行!现在还不行。必须趁敌人在桐梓和娄山关还没有站稳脚跟的时候,给他一个猛打穷追,扩大我军的前进基地。你们的任务是:坚决夺取娄山关,相机向西北发展,占领桐梓县城,粉碎敌人的反扑,巩固遵义。"
>
> 他向我们介绍了娄山关的敌情,并指出在进攻中应注意的事项后,又说:"要告诉指战员同志们再忍受些疲劳,你们强渡乌江打得很好,相信你们能够继续完成这一新的任务。不

仅要完成这个新任务,还会有好多更加艰难的任务在等着我们去完成。要注意战士的休息,你们也要休息呀!"我们俩同声回答:"好!立即出发,坚决完成任务。"

他最后又特地嘱咐了一句:"记住,要利用公路两旁的第一根电话线和你们师部联系。"

耿飚接着写道:"刘总参谋长亲自到前线指挥部队,交代任务,加上他的指示具体,要求严格,对敌情了如指掌,这一切给了我们信心和勇气。"

刘伯承自己必定也料不到,他叮嘱耿、杨两人利用公路旁的第一根电话线,竟引出了一段奇闻,对夺取娄山关产生了意想不到的妙用。娄山关在遵义城北120华里,盘山公路在关口通过,北达桐梓,地势十分险要。它左面是悬崖峭壁,右面是崇山峻岭,真可以说是一夫当关,万夫莫开。八十年代,我们前往访问,蜿蜒而上的公路比当年拓宽了,关口也砍去了半个山头,立了纪念碑。当地人说,过去仰望娄山关,只见一线天。那种险峻的气势,现在只能想象了。

红四军来到关下山脚,摆好进攻的阵势,侦察队开始向右侧山峰运动,觅路向敌后前进。这时,通向师部的电话线架好了。耿飚拿起听筒,正要向师部报告,不料听到已经有人在讲话。一个急促的声调说:"红军来了几个团,正向我猛攻。马上派兵来增援,要快!"另一方以命令的口吻说:"军座交代,已经派一个师向松坎前进。你们无论如何要坚守,不准后撤一步。要注意警戒东边的小道,提防赤匪通过你们的侧后袭击桐梓城。"耿飚写道:"这明明是扼守娄山关的侯之担师部在跟王家烈军部通话。原来红四团通往遵义师部的电话线,是利用敌人的线路,虽然把通向娄山关敌人方向的一端剪断了,但是由于被剪的一端落在地面上,经过雨后积水的传导,电话又通了。重要的是,想不到真有一条小路,又是敌人最担心的薄弱环节。有这条小路,翼侧部队就能迂回到敌后,使主攻部队减少伤亡。这个意外的收获太宝贵了。"

耿飚立即命令正面部队暂缓进攻,重新布置火力,又命令侦察队虚张声势向桐梓前进,截断娄山关敌人的后路。一个钟头以后,又从电话里听到,敌方军部命令侯之担立即撤退。得知敌人要跑,红四团马上发起总攻。娄山关得手之后,他们又乘胜前进,占领了桐梓和松坎,在松坎,他们听到党中央召开了遵义会议,确立了以毛泽东为首的中央新领导的消息。耿飚说,到这时,他才理解,刘伯承叫他们急速北进,原来是这样一步紧要的棋。

中央军委纵队于1935年1月9日进城,刘伯承受命兼任遵义警备司令,陈云为政委。

毛泽东、朱德等领导人进城时,进步学生和贫苦市民成群结队,夹道欢迎。他们燃放鞭炮,高呼口号。街上贴满了标语,红红绿绿,到处热热闹闹。萧克率六军团曾经经过乌江南岸前往湘西,贵州人早已在传颂"萧军长"。这次红军竟能渡过乌江天险,人们传说是乘了一种奇怪的"海马"之故。学生们便围住红军,要看看"海马"。

遵义是红军长征三个月来进入的第一个最像样的城市。在当时的红军看来,这是个大城市,市面十分繁华,街道整齐,气魄不同凡响。全军精神为之一振,又受到了这样热情的欢迎,莫不喜气洋洋。

三个月来,红军处处被动,天天挨打,左冲右突,夺路逃命。几万人伤亡了,剩下的人衣衫褴褛,力竭精疲。现在十万追兵被阻于乌江南岸。另外几十万大军还在湘西摆成一个口袋,等着红军去钻,一下子也掉不过头来。红军太需要喘一口气了,好不容易得到了这个喘一口气的机会。

这一切,证明了毛泽东避实击虚,进入贵州的意见是正确的,证明了运动战、游击战是唯一可取的方针。如果说第五次反"围剿"以来的迭次失利还不足以证明王明小集团军事路线的破产,那么现在又从正面证明。但是问题还有待于正式地系统地加以解决。通道会议是临时会议，只是开了个头。黎平会议虽然是一次正式的政治局会议，也仅仅决定了改变红军的战略方向。而且由于军情紧急，时间仓促，争论十分激烈，却没能充分展开。所以尽管那个关系极为重大，但是，如果不进一步加以肯定，从根本上解决领导问题，它还是很不牢靠的。红军的前途如何，依然生死未卜。现在，处境比较完全，有可能坐下来从长计议了。

中央政治局在这里举行了扩大会议，从1935年1月15日至17日，开了三天，这就是著名的遵义会议。这是一次扭转乾坤的会议。它以决定中国工农红军从此走上了胜利之路而彪炳史册。它扭转乾坤的意义还在于，这是中国共产党人自己掌握自己命运的会议，是中国共产党参加共产国际以来，第一次独立自主决定大政方针和领导人选的会议。

刘伯承以总参谋长的身份列席。会议集中检讨了反第五次"围剿"失败的教训，大多数人意见一致，批评了王明"左"倾冒险主义在军事上的错误。所谓"短促突击"的理论也受到了清算。军事上持续几年的争论，至此宣告结束。会议还批评了博古和李德取消了军委的集体领导，李德个人包揽军委的一切，以及听不得不同意见、实行惩办主义等等。

遵义会议在人事上的调整，尤其使全军振奋。毛泽东重新上台，被选为政治局常委。他从1932年10月被排挤出红军，已经靠边站两年有余。会议正式决定取消三人小组、解除了博古和李德的指挥权。决定仍由中央军委主要负责人朱德、周恩来指挥军事。周恩来为"党内委托的对于指挥军事下最后决心的负责者"。毛泽东"协助"周恩来。

接着，又成立了一个由毛泽东、周恩来、王稼祥组成的三人军事指挥小组。据《朱德年谱》，这是3月11日左右在遵义县鸭溪、苟坝一带成立的。这件事有一段故事，据周恩来回忆说："从遵义一出发，遇到敌人一个师在打鼓新场那个地方，大家开会都说要打，硬要去攻那个堡垒。只有毛主席一个人说不能打，打又是啃硬的，损失了更不应该，我们应该在运动战中去消灭敌人嘛。但别人一致通过要打,毛主席那样高的威信还是不听,他也只好服从。但毛主席回去一想,还是不放心,觉得这样不对,半夜里提着马灯又到我那里来,叫我把命令暂时晚一点发,还是想一想。我接受了毛主席的意见,一早再开会议把大家说服了。这样,毛主席才说,既然如此,不能像过去那样那么多人集体指挥,还是成立一个几个人的小组。由毛主席、稼祥和我,三人小组指挥作战。"这是一段记录稿。转引自《周恩来传》285页。这个小组成立以后,朱德仍为中央军委主席(见《中国人民解放军战史简编》155页。)

刘伯承对毛泽东极为推崇。四十年代我们跟他的接触中,感到他时时流露出这种十分敬佩的心情,给我们的印象十分深刻。如果他曾经有过一个观察了解的过程,也仅仅是很短的一段时间,再加上第五次反"围剿"以来正反两面的事实,他就日益心悦诚服了。他在《回顾长征》一文中,说到毛泽东当时力主向贵州前进,他写道:"正是在这危急关头,毛主席挽救了红军。"说到遵义会议,他写道:"这次会议,胜利地结束了'左倾'路线在党中央的统治,开始了以毛泽东为首的中央的新的领导,在最危急的关头挽救了党,挽救了红军。"平心而论,事实的确如此。特殊人物所起的这种决定性的作用,好的或坏的,正面的或反面的,推动国家民族前进的或拉着它倒退的,中外历史上屡见不鲜。

6. 鸡鸣三省

中央红军经过遵义会议,再不是处处被动挨打,不断损兵折将的残兵败卒了。刘伯承写道:

"遵义会议以后,我军一反以前的情况,好像忽然获得了新的生命,迂回曲折,穿插于敌人之间,以为我向东却又向西,以为我渡江北上却又远途回击,处处主动,生龙活虎,左右敌人。我军一动,敌又须重摆阵势,因而我军得以从容休息,发动群众,扩大红军,待敌部署就绪,我们却又打到别处去了。弄得敌人扑朔迷离，处处挨打，疲于奔命。这些情况和'左'倾路线统治时期相对照，全军指战员更深刻地认识到：毛主席的正确路线，和高度发展了的马克思主义的军事艺术，是使我军立于不败之地的唯一保证。"

刘伯承这里说的，首先是四次渡过赤水河，走过去又走回来，再走过去，又再走回来。历史上这个著名的"四渡赤水"，不是预先计划好的。到三渡赤水才计划好还要往回走。这是因敌制变，变被动为主动而制胜的高招。犹如高手走棋，一步比一步惊险奇妙。现在回过头去一看，这四步棋好像一气呵成，红军死中得生，远走高飞。

现在我们来说一渡赤水，当时并没有打算再走回去。赤水河大体上为南北流向，由贵州西北部向北，流入四川南部，在合江县境内注入长江。红军的意图是经过赤水河西岸进四川，在重庆上游的宜宾到泸州一线过长江，到四川西北去建立根据地，这是采纳了刘伯承和聂荣臻在遵义会上的建议。《聂荣臻回忆录》写道：

"对于今后行动方向，伯承和我在会上建议，我们打过长江去，到川西去建立根据地，因为四川条件比贵州好得多。从我到贵州看到的情况，这里人烟稀少，少数民族又多，我们原来在贵州又毫无工作基础，要想在这里建立根据地实在是太困难了。而到四川，一来有四方面军的川陕根据地可以应接我们，二来四川是西南首富，人烟稠密，只要我们能站稳脚跟，就可以大有作为，三来四川交通不便，当地军阀又长期有排外思想，蒋介石往四川大量调兵不容易。会议接受了我们的建议。只是后来由于川军的顽强堵击，张国焘又不按中央指示，擅自放弃了川陕根据地，使敌人可以集中全力来对付我军渡江，这个设想才未能成为现实。"

这里有必要补充一句，刘、聂两人这个建议虽然最终没有实现，但是四渡赤水以后，这个建议事实上依然决定着红军前进的方向。直到过了金沙江，又过了大渡河，到达川北，同张国焘四方面军会合了，特别是得知刘志丹在陕北创建了一个根据地,并且已与徐海东的红二十五军会合,中央红军才最后决定放弃在川西北建立根据地的计划,前往陕甘。然后开辟了以延安为中心的陕甘宁抗日民主根据地,从而夺取了全国革命的胜利。

现在再说一渡赤水。1935年1月19日,红军从遵义出发,向西北进军,经桐梓、习水,渡过赤水河,进入四川南部。国民党政府慌了手脚,四川军阀急忙抽调兵力到川黔边境布防,派其模范师(郭勋祺师)四处巡弋,并封锁长江。土城一仗,未能消灭郭师,敌又大军奔集,国民党中央军周浑元、吴奇伟两个集团已从湖南赶来。红军这次北渡长江的打算不行了,便稍稍偏向西南方向,挺进到云南省东北角上的威信(又名扎西)。那是四川、贵州、云南三省交界的地方。"有个庄子名字很特别,叫鸡鸣三省,鸡一叫三省都听到。就在那个地方,洛甫做了书记,换下了博古"(《周恩来传》285页)。红军从这里突然甩开敌人,由西向东,再过赤水河。

这是二渡赤水。川军本在北面与红军并行向西追击,以便迅速驰赴长江扼阻。不料红军掉头东进,又到了贵州。红军二渡赤水,不仅仅为了跳出包围圈,而是要在贵州打一次大仗。黔军号称双枪兵,每人一支步枪之外,还有一支鸦片烟枪,战斗力相当弱。红军重占桐梓、娄山关,第二次进入遵义城,消灭了黔军王家烈近两个师。

这时,敌南京中央军周、吴两个纵队也赶了上来,跟红军展开激战。天下大雨,山路泞滑,红三军团与干部团跟敌军反复争夺老鸦山制高点,红一军团趁黑夜从西侧插入大队中,号声四起,山鸣谷应。敌人腹背受敌,顿时大乱,仓皇南逃。红军边追边打,一直追到乌江边上,又歼灭和击溃敌军一个多师。敌军渡江南窜,高级人员过了江,怕红军追击,把乌江浮桥拆掉了,来不及渡江的敌人悉数被歼。

这一仗总计歼敌两个整师又八个团。红军长征以来这是第一个大胜仗。若从1933年3月粉碎第四次大"围剿"算起,就是在将近两年之内没打过这样大的胜仗了。何况又是在连续几个月夺路逃命,损失惨重之后呢。

　　红军乘新胜之威,在遵义一带寻战。这时,蒋介石坐镇重庆,亲自指挥。敌军奉命小心防守,不敢轻举妄动。红军眼看无机可乘,便从遵义西进,占仁怀、茅台,三渡赤水河。这一次却是计划好了还要走回来的。这只是故意摆出硬要从那里北渡长江的架势,借以调动敌人。这时形势越来越明显,红军已经绝不可能在四川这一带过长江了。只有绕道云南过金沙江,才是唯一的出路。这又必须把敌人甩掉,才能向云南进军。孙子兵法说:"上兵伐谋,"靠计谋取胜才是最高明的。红军以弱对强,本来就不能靠斗力,何况是这个时候呢?八十年代,美国著名记者索尔兹伯里在他的《长征新记》中说,这是毛泽东摆了个迷魂阵,这是很确切的。

　　敌军统帅部果然中计,一面继续用第五次围剿的办法,在川滇黔三省边界大修碉堡,一面调集大军包围而来。蒋介石亲自到贵阳督战,不仅要阻止红军过长江,还企图趁此千载难逢的良机,将红军一举歼灭,实现他殚精竭虑,日夜不安,为之奋斗了八年之久的心愿。

　　三渡赤水时,红军首脑们走在浮桥上,毛泽东、周恩来、朱德、刘伯承等人当面表扬了工兵。朱德说:"工兵一千年前就有了,逢山开路,遇水架桥,任务很艰巨也很光荣。"他们过了河,在一个树林里停下来围在一起看地图。工兵连长王耀南受了表扬,一直陪着。毛泽东对刘伯承说:"正好,你把情况跟他讲讲。"刘伯承走向王耀南问道:"你估计我们先前在太平渡、二郎滩的桥还在不在?"王答道"可能还在。"刘伯承说:"那好。你赶快派些得力的人,带上短枪去看看。如果还在,一定要把桥看守好。如果坏了,你马上修复,我们将要派它大用场。"那是二渡赤水的地方,在茅台渡口北面。所谓"大用场",就是四渡赤水了。

　　红军三渡赤水,集结于川南,向西北长江方向佯动,为时六天。等到敌军的合围将拢未拢之际,突然掉头向西,在二渡赤水的地方四渡赤水,又到了贵州。红军四渡赤水以后,挥师南进,绕过遵义,南渡乌江。过了乌江,一部向东佯动,作出东进湖南与红二、六军团会合的姿态,一部向南,摆出夺取贵阳的架势。这时贵阳城防空虚,蒋介石没料到这一步,急令滇军前来保驾。因为他手下其他几十万大军都相距太远,远水不救近火。毛泽东说:"调出滇军就是胜利。"果然,蒋介石又上了当。当各路敌军纷纷向贵阳开进之时,红军突然从贵阳东南突破敌军防线,向云南急进,与驰援贵阳的滇军相对而行。当时各路敌军约七十个团之众,只有南京军周浑元、吴奇伟两个集团尾追进入云南。红军进入云南以后,以一支部队假装进攻昆明,在昆明城外虚张声势,开过来,开过去。大部队分三路向西疾进,直奔金沙江,日行百里,如入无人之境。

从3月下旬到4月下旬,毛泽东的迷魂阵把蒋介石弄得晕头转向,他一忽儿判断红军徘徊于川滇黔边境乃系方针未定;一忽儿判断红军只有化整为零,在乌江以北打游击;一忽儿说红军仍企图东进与湘西红军会师,一忽儿又说红军前受堵截,后受追击,已是强弩之末,到了走投无路的境地。他算计来算计去,没算计到在贵阳虚惊一场,更没想到红军深入云南,一下子到了金沙江边。

十一、神龙

1. 金沙江

红军出敌不意到达金沙江边，是那个迷魂阵开的花，能不能结果，全看能不能过江。如果过不了江，便等于前功尽弃，红军可能依然摆脱不了全军覆灭的命运。在这个严重关头，刘伯承又一次立了大功。

红军原定分三路从三个渡口渡过金沙江。但是只有刘伯承这一路抢占了皎平渡，他亲自指挥偷渡成功，控制了南北渡口，搜获了六只小船。其他两路渡江不成，结果都从刘伯承这里过江。三万人马，六只破船，刘伯承在岸边指挥，一连九天九夜。全军安全渡过，没有丢失一人一马。

金沙江穿行在川滇边界深山峡谷之间，流入四川宜宾，才称为长江。它江面宽阔，水深流急，形势非常险要。红军到达江边时，蒋介石似乎也发觉上了当，正在寻找红军的行踪，天天派飞机侦察。红军如果不能过江，敌军赶了上来，就有被压在深谷消灭的危险。

红军原来的部署是：林彪、聂荣臻率一军团为左翼，抢占上游的龙街渡。彭德怀、杨尚昆率三军团为右翼，抢占下游的洪门渡。刘伯承率中央军委纵队、五军团和干部团为中路，抢占皎平渡。三路大军分别到达了指定的渡口，但是结果除了作为疑兵的九军团和一军团的另一个团，分别在别的渡口另行过江以外，三路大军全部从中路刘伯承的皎平渡过去。右翼的洪门渡口江面太宽，利于敌机低飞骚扰，不能过；左翼的龙街渡水流太急,花了两天架桥,始终不成功。这是由于对金沙江太不了解了,不知道金沙江"其急不能架桥,其深不能徒涉"。这是李一氓后来概括的话。他在中央纵队,属于中路,他说中路也是曾经打算过架桥的。他在《从金沙江到大渡河》的回忆文章中说:"原来大家对于金沙江的知识都很缺乏。即便四川同志中,也很少到过金沙江的,至多是在宜宾望过一望那与岷江交汇的汪洋大流,上游是什么样子谁也不知其详,结果便是道听途说,甚至有人说有好几里宽。实际看来并没有这样宽,只是其急不能架桥,其深不能徒涉。"李一氓也是四川人,以博学多闻著称于世。(引文见《红军第一方面军长征记》,238页)

2. 化装

现在我们来说中路,说刘伯承这一路。

刘伯承亲率由红军大学和步兵学校合编而成的干部团,在前卫营直接指挥,昼夜急行军一百六十华里,首先夺取了皎平渡南岸的区公所,在岸边捉到了两只渡船,两只船可载三十个人,立即偷渡一个排过去。对岸是国民党收税的"厘金局"卡子。时间已是下半夜了,偷渡过来的红军捉住一个哨兵,听到房子里人们在打牌。红军诈称"纳税",叫开了门,一共捉获了六十多人,其中有三十多个武装兵,他们一枪也没有来得及放。

从俘虏口中知道,明天一早便有一个营的兵力来驻守,并且已经命令他们破坏两岸的船只,防备红军可能从这里过江。没想到红军果然来了,而且来得这么快。

关于刘伯承在长征中的活动,从智取遵义到巧渡金沙江,说他化装成国民党军官的传说很多,我们都不大相信。比如那个洋"顾问"李德,在他的《中国纪事》中讲金沙江这一段,就说得很玄。他写道:"金沙江南岸这一带地势平坦,容易被我军攻占,但北岸耸立着悬崖峭壁,上面构筑了无法攻破的堡垒工事,由一支四川驻军据守着。岸边停靠着几只船。刘伯承让先遣营的红军战士戴上清楚明显的蓝白两色国民党帽徽,他自己穿着一套国民党高级军官的军服,并强迫几个地方名流陪同。敌人以为来了增援部队,就应刘的要求派了一条能装大约一排人的大船到南岸。刘乘船渡江,与敌军指挥官交涉,使敌人又派了几条船过来。这样骗了对岸敌军,我军几乎一枪未放就解决了战斗"。(所引书,159页)

李德不懂中国话,很难责怪他捕风捉影。这回刘伯承化装成国民党军官是真的,但是他没有化装过江。宋任穷将军把这件事讲清楚了。他是当时干部团的政委,跟刘伯承一起随先遣营行动。后梯队由著名的陈赓将军率领,他是干部团团长。

宋任穷将军在《刘伯承同志永生》一文中写道:

"伯承同志严谨周密、慎思断行。他首先非常详细、具体地分析了各种有利条件和不利条件,设想了多种可能,然后,对整个干部团的行动,从作战计划,兵力配备,组织先遣部队,寻找向导,政治动员,直到每个很小的细节,都作了果断而周密的部署。伯承同志随先遣营三营行动,一起伪装成国民党军队,星夜兼程,当天强度急行军一百六十里。伯承同志还亲自审讯敌伪人员,在调查清楚敌人的设防情况,并了解到敌人已下令烧掉一切渡船之后,当机立断,命令组成先遣连,强调行军一定要机密、神速,要攻敌人之不备,猛扑江岸。当晚先遣连就占领了渡口,夺取了仅存的船只,把一个排送到江北岸,敌军还摸不着头脑,我军控制了渡口两岸,而无一人伤亡。"

宋任穷接着写道:"第二天清晨刘伯承到达金沙江边,命令陈赓同志按原计划率后梯队迅速夺取皎平渡以北四十里的通安州。……陈赓同志率部一到通安州,与敌军遭遇。伯承同志又令我带先遣营全部火速赶到通安州。在伯承同志的统一指挥下,一部在正面佯攻,一部从右翼包围迂回。"于是拿下了通安州,巩固了皎平渡的防卫。(引文见《刘

伯承回忆录》第三集，17页，18页）

控制了渡口，找船就成了头等大事，没有船休想过金沙江。红军行动神速，因此总是运气好，一共搜到了六只船。刘伯承电告军委。军委立即决定成立渡江指挥部，以刘伯承为司令，统一指挥全军渡江。

3."张松献图"

前文所述廉臣的《随军西行录》，对红军过金沙江这一幕，作了十分翔实生动的记述。

文章讲了许多趣闻。其中之一，是红军按计划抢渡金沙江之前，意外地缴获了一批军用云南省地图，这些地图正好"被红军利用以渡过金沙江"。众所周知，红军的枪炮弹药等等一应军用物资，主要来自国民党军队的"进剿"，因此蒋介石被红军称为运输大队长，这次又是这样。文章写道：

> 红军包围曲靖而向马龙前进时，截得由昆明来之薛岳的副官所乘汽车一辆，内满载军用地图并云南著名之白药（可医枪伤，极贵重）。据被俘之副官云，他系由薛派入滇省谒龙云者（引用者按：龙云是当时国民党政府云南省主席）。前日薛岳来电，因无云南军用地图，请龙云送去。龙云接电之后，本拟派飞机送去，但次日机师忽病，故改用汽车送去。但未知曲靖已被红军包围，汽车路亦被截断。龙云并送薛大批白药、云南之宣威火腿及普洱名茶，共满载一车。车离曲靖二十里时正遇红军。因此卫兵、副官均被缴枪，军用地图未交薛岳而被红军用以渡过金沙江，白药、火腿、茶叶，均为红军享受。故红军士兵每谈至此，皆为捧腹，咸谓刘备入川系由张松献地图，此番红军入川，则有龙云献地图。

137

这批军用地图真是雪里送炭,来得正是时候。否则,连这三个渡河点都找不到。我们手头有全国解放以前和以后出版的几种普通地图,一种一种,找来找去,那三个渡河点都找不全,而且只有近年出版的才有"皎西"或"皎平渡"。

4. 诸葛亮五月渡泸之处

正如这篇文章所说:"红军之渡金沙江,为自离江西以来最险要亦最得意之事。"作者说:"我亦觉此事为平生一大幸事,使我永远不能忘却者。"这一段经历写得特别精彩,情景交融,今天读来,依然使人感到十分清新,犹如身历其境:

> 金沙江为扬子江之上游,发源于青海,在西康、云南省境者,均称金沙江,再下流而到四川之宜宾(即叙府)称扬子江。金沙江之两岸,均为高山峻岭,除几个渡口外,均为悬崖绝壁。自云南省走向金沙江时(引用者按:当时金沙江这一段为云南、西康两省交界,后来西康并入四川省),离江六十里处,即为下坡。连下四十里而至交西渡,由交西渡到江边为二十里,路上的山峰嵯峨,千奇万怪,状甚可怕。夕阳西照时,山峰照耀如黄金。自交西渡至江边则山势更陡,下山必用手杖,否则有滚下山沟之危险。而且这二十里中在当时天气(阳历四月底)已极炎热。二十里中几无草木,愈下山,愈觉热。一到江边,天气更热,红军士兵莫不痛饮冷水。江边居民只五六家,系平日藉渡船为生者,因春夏天气炎热及秋冬气候严寒,故均凿山洞而居。相传三国时诸葛武侯五月渡泸深入不毛之地即系此处。《三国志》上并云江边气候极热,马岱过水之二千人,中水毒死了一千五百人,或真有其事也。

金沙江之北岸有船夫六七家，并设有关卡。川滇两省之货物来往，均须在此纳税。闻云南著名之鸦片——云土，过江以后，即价高两倍。居民自称江北岸为四川，江南岸为云南。我渡江时，船之两旁所坐之人不均，且有立于船中者，船就倾斜于北面，船夫则大呼"先生！背靠云南"，意即叫立于船中之人，坐于船之南边，面四川而背靠云南，以免船之倾斜。南岸之泊船处为沙滩，北岸都系悬崖，悬崖内凿一将近一百米之孔道，并有山窗洞，船到北岸即泊于悬崖内之孔道口。渡客即由孔道内走入东边半山之关卡。我等渡河时，水还未涨，故江水尚距孔道口二丈余。有石级直上孔道。

金沙江宽约等于黄浦江之一半，立于江边不能闻对岸之呼声。水流自西而东，流速极快，计每秒钟约有四五米。上游山高，水如瀑布而下，平时水流已有一二尺，但风雨作时，则水浪骤增至三四尺。金沙江之风势，真是吓人。我渡过之时正值怪风骤起，沙滩上之沙土，随风飞舞，河边居民在石洞所筑之草屋被风吹去。我立在路中，忽来一阵巨风，竟立足不住而被吹倒于地下，因此，我等莫不叹金沙江风威之大。但半小时后，风停雨止，且见太阳。询问居民，始知金沙江边之风雨每次不过半小时，过后就晴。中国西部气候变化之巨，由此可见一斑。

金沙江如此水急，因此不能通船只，自宜宾以至泸州，才通木船，泸州以下则通轮船。但金沙江之渡船在东川、巧家以下则船只较多。巧家以上每渡口最多十余只。龙街以上则只通皮船。船以兽皮制造，每船只渡一人。上游之所以用皮船者，因水流太急，江中礁石极多，木船易破。

红军渡河时，不能架浮桥，只在交西渡渡口及其附近上下渡口搜集六只船，大者可渡三十人，小者可渡十一人。而且船已破烂，常有水自船底流入，每次来回，均须专人在船舱中将流入之水以木桶倒入江中，才能复渡，故危险异常。渡河速度因水流太急，故每小时只能来往三四次。而红军全部人马，几乎都从此渡河，故除日间渡河而外，夜间则于江之两岸，燃烧木材，火光照耀江面，终夜渡河。

5. 六只破船

六只破船，三万人马，金沙江又这样桀骜不驯，这是可能的吗？不是笑谈，不是神话吗？对于中国革命史上如此神奇多彩的一幕，在所有关于长征的文章中，只有这篇文章做了最为详尽可信的记录。文章接着写道：

红军之渡金沙江而仅凭此六只破烂之船，国人未目睹此或不信之。但红军确实仅仅靠这六只破船以渡江。当然红军之所以能如此从容渡江，最大原因，是由于南京军滇军中了它的声东击西调虎离山之计，故有充裕之时间渡过全部人马。而且全部渡过两天之后，追军才到，所以掉队落伍者亦极少。但另一原因，则因红军之渡河，有极好的组织。试想，如无较好的组织，则在渡河时，人马拥挤，一不小心，小船即可翻身，而船只稍有损失，即将延长渡河时间矣。故红军在各方面之组织能力，确远优于南京及各省之军队。我曾见红军总司令部及共产党中央委员会派有共产党高级人员组织渡河司令部。一切渡河部队均须听命于这个渡河司令部。各部队按到达江边之先后，依次渡河，不得争先恐后。并在未到江边前沿途贴布渡河纪律。部队到江边时，必须停止，不能走近船旁，必须听号音前进。而且每一空船到渡口时,依船之能渡多少人,即令多少人到渡口之沙滩上,预先指定先上哪一只船。每船有号码,船内规定所载之人数及担数,并表明座位次序。不得同时几人上船,只能一路纵队上船。每船除船夫外,尚有一船上司令员,在船中秩序必须听命于这个司令员。而红军之对于服从命令纪律之严,亦非国民党军所可及。即如红军中军团长、师长渡河时,亦须按次上船,听命于渡河司令部,不稍违背。

红军之组织能力,除表现于组织秩序外,而同时有极好的组织船夫。船夫第一天只有十八人,后闻增加至二十七人。工人之所以能增加者,由于红军渡河司令部除派共产党干部进行宣传工作外,并优给工资。闻每天日夜工资现洋五元。且日夜进食六次,每次杀猪,而共产党指挥渡河之人员,则每餐之菜蔬只吃青豆。语云重赏之下,必有勇夫,诚可信也。并闻渡河以后,共产党即毁船,船为当地彝家领袖金土司所有。但念船夫之生活暂时将绝,故每人除工资外,各给现洋三十元,因此船夫中有大部对红军有好感而随红军入川者。

红军之人枪由船渡金沙江,而同时亦将全军马匹渡过金沙江。渡船上本不许载马匹,但渡河时红军想出方法,命马夫弃马鞍,拉住马口索坐于船尾,使马立河边上,船离岸时,岸上派人执鞭驱马,马即跟于船尾游泳过江。故红军自豪,渡过金沙江,未掉一人一马,诚趣事也。

读着这篇文章,当日在那雄伟险怪的山水之间,人喊马嘶而又秩序井然,人们紧张热烈而又沉着镇静的情景,历历如在眼前。

现在举世知名的伟人邓小平当年也参与了渡江的指挥。红一师师长李聚奎率部由龙街渡匆匆赶到皎平渡,首先见到邓小平。邓小平一见到李聚奎就问："队伍来了没有？"李聚奎说："来是来了，就是走得稀稀拉拉的。"邓小平说："赶快派人去督促，队伍来得快一点，马上过江。"并说："队伍由刘伯承同志指挥，骡马和行李担子由我指挥。"（见《李聚奎回忆录》144页）

红军经过九天九夜，全部安渡金沙江。这九天九夜，刘伯承一直在渡口指挥。也许他最初曾一再来回于两岸，但是最后才过江。直到在北岸监督着破坏了最后一只船，他才跨上战马，继续前进。

南京军周浑元的追兵，第十一天下午才到达江边。但是没有船了，北岸还有红军殿后部队扼守，追兵只能远远地望江兴叹。敌军各路大部队，更被甩在好几百里之外，相隔一个星期以上的路程。

刘伯承在《回顾长征》中写道："从此，我军跳出了数十万敌人围追堵截的圈子，取得了战略转移中具有决定意义的胜利。"

红军四渡赤水和巧渡金沙江，有人说是毛泽东的得意之笔，也有人说是刘伯承的得意之笔。我想，主要应当归功于毛，因为如果没有毛泽东在红军中拥有那样崇高的威信，刘伯承也无能为力。

6. 毛泽东

毛泽东、周恩来、朱德等最高领导人在5月1日过江，另一说是5月2日。毛泽东有小说中诸葛亮的风度，举止安详，从容不迫，还喜欢说点开玩笑的话。传说他过江的时候说道："前几天有些同志担心，怕过不了金沙江，被人家挤上绝路。我就对恩来和总司令说过，不要紧，四川人说刘伯承是神龙下凡，我就相信这条龙会把我们带过江去。"（见《刘伯承军事生涯》91页）

在四川开县刘伯承故乡，这个关于龙的传说，至今还有人津津乐道。1985年我们拜访了刘帅故居。屋后是一个小小的山坡，一股小小的山水从坡面的小泉孔流出。那个小泉孔正对着刘伯承父母住房的后墙。刘家一位老人指给我们看,说道:正当刘帅出生的时候,从那里出来一条蛇,忽然不见了。老人说,那不是蛇,是龙,它就是呱呱坠地的刘伯承。

毛泽东那句话,也许纯属开玩笑,有口无心;但是,也可能别有所指。他似乎有一种爱好,常常寓庄于谐,叫人家去猜。在三路大军的三个最高军事指挥者中,对于这个迷魂阵,只有刘伯承最热心,最积极。四渡赤水以及其他重大决策的作战计划,都是刘伯承协助周恩来一起制定的。抢占皎平渡以及指挥渡河,他又这么一马当先,当仁不让。这些,除了坚决执行命令的品德这一面之外,恐怕还有英雄所见略同的一面吧。因为即使高级将领中,也并非人人如此。比如:林彪就大不一样。

从当时一师师长李聚奎上将的回忆录中我们看到,林彪根本没有到龙街渡口。论年龄,那一年刘伯承43岁,又早已只剩下一只眼睛;而林彪才27岁,正是年富力强的时候。可是在那样严重的关头,这个年纪轻轻的人却在离渡口十五里路之外。李聚奎、杨得志等人在龙街渡口千方百计架浮桥,折腾了整整两天,毫无进展。林彪从十五里那个地方打电话来了,李聚奎正要说架桥的情况,林彪说:"你不要再讲情况了,干脆回答我,队伍什么时候能过江?"李聚奎心里正烦,这时更急了,回答说:"要是干脆回答的话,那桥架不起来,什么时候也过不了江。"李聚奎写道:"这下可惹怒了林彪,在电话中妈的娘的骂了一顿。"最后李聚奎总算得到机会报告了情况,并且请示可否另选渡口或者转到中央军委纵队过江的皎平渡去,林彪说:"你们再想想办法,我向军委请示。"(《李聚奎回忆录》,143页)

我们并不认为,假如林彪到了龙街渡口,就一定能创造奇迹过江。但是早一点作出决断,以免这样延误,该是做得到的。

林彪的贻误已经使军委着急得不行,也使一军团自己陷入了窘境。《聂荣臻回忆录》说:"朱德总司令五月五日打电报叫我们赶到皎平渡去过江。"电报讲了兄弟部队渡江的情况和安排,意思是只等着他们一军团了。然后电文说:"敌人八号晚有到皎西的可能。我一军团务必不顾疲劳,于七号兼程赶到皎平渡,八号黄昏前渡江完毕,否则有被隔断的危险。"聂帅接着写道:"那时真是军情紧急啊,电报还没有翻完,但大概意思已经知道,到那边去渡河。"于是立即决定出发。"这一夜走的简直不是路。""我们一夜过了四十八次急流,净在石头上跳来跳去。摔倒的人很多。一夜赶了一百二十里地,疲劳极了。"这时,中央纵队和三军团早已过去了。"我们由前卫几乎变成了后卫,只有五军团还在南岸掩护我们。""毛泽东同志正在渡口北岸一个崖洞里等着我们,我们见到毛泽东同志,他说,你们过来了,我就放心了。"(《聂荣臻回忆录》,257页,258页)

聂帅这段话写得很含蓄,只是如实地记述了当时紧张和狼狈的情状,没有指责林彪。一般说来,战场上瞬息万变,军情紧急是常事。但林彪是司令员,是部队长,军事行动由他负责,这是明摆着的。而且,事实上,这一次是他的延误造成的。否则,从全局来说,也许不一定要九天九夜。

红军过了金沙江,到了会理,林彪提议要更换领导,说毛泽东指挥净走"弓背路",会把部队拖垮的;而应当走弓弦,走捷径,要彭德怀出来指挥。他给中央三人小组写信,要求朱毛下台,其实是要毛泽东下台。党员有权正式上书提意见,这是合法的,正当的。特别在今天看来,党内生活应当有这种风气才好。反对朱毛,或反对毛,不一定等于犯罪。总而言之,这是阳谋,不是阴谋。这里的问题只在于意见对不对。他的意见是不对的。聂帅在他的回忆录中说得很在理:"本来我们在遵义会议以后打了不少胜仗,部队机动多了。但也不能每仗必胜,军事上哪有尽如人意的事情。为了隐蔽自己的企图和调动敌人,更重要的是甩掉敌人,更不可能不多跑一点路;有时敌变我变,事后看起来很可能是跑了一点冤枉路。这也难免。"那时他曾对林彪说:"我不同意你的看法。

我们好比落在了敌人的口袋里,如果不声东击西,高度机动,如何出得来!?"(《聂荣臻回忆录》258页)

毛泽东在会理会议上驳斥了林彪,说:"你还是个娃娃,你懂得什么!?"(见《聂荣臻回忆录》254页)这话可谓一针见血。平心而论,林彪不是不能打仗,更不是没有功劳,但是,要领会这个迷魂阵的奥妙,凭他那时的学力、才识和品德,确实还太嫩了。他跟刘伯承不属于同一个档次。

顺便说一句,一军团和三军团是中央红军的主力,长征中都是前卫,功勋卓著。但是在所有有关长征的文字中,我们没有看到过一次作为一军团军团长的林彪亲自带队先遣,在前头指挥的记述。这也许只是各人作风不同吧。

有比较才能鉴别。这样一比,使我们对刘伯承有了进一步的认识。

十二、天时地利人和

1. 又是五月

红军在会理城郊休整了约一个星期,继续北进,抢渡大渡河。刘伯承担任先遣司令。过河之前,要通过彝族地区。这又是一步险棋。刘伯承与一位彝族首领对天盟誓拜把子,演出了一幕化险为夷的喜剧。

大渡河在中国近代史上大大有名。太平天国内讧,天王洪秀全、北王韦昌辉杀了东王杨秀清,翼王石达开愤而离开天京(今南京),率10万精兵单独行动,转战六年,最后来到大渡河边,剩下4万人马。他没有过得了河,兵败身擒,全军覆没。时间是1863年5月。

石达开覆没之后第七十二个年头,红军突围而来,也要过大渡河,而且也是在5月,历史竟是这样地巧合。

蒋介石和国民党将军们高兴得不得了!他们把历史当作数学公式来套:"朱毛必将成为石达开第二!"

石达开覆没的原因之一,是彝族跟他作对。两个彝族土司得了他的重礼又出卖他,率领彝兵呼啸而来,帮助清政府的军队同他作战。彝兵烧毁了他的营寨,用大石块和大木头从山上滚下来,最后跟清军一起,把石达开及其残部压缩到方圆两华里之内。当然,主力是清军,石达开是败在清政府手下,彝兵只不过起了配合的作用。不过,这是在关键的时刻。

现在,红军要通过彝族地区,也是在关键的时刻。

本来从金沙江北岸的会理到大渡河有两条路，一条大路，一条小路。大路不走彝族区，经西昌翻小相岭，从越西到大树堡渡河，对岸是富林，那是通常到成都的大路。但是这条大路上，川康军阀刘湘、刘文辉已经布置重兵堵截。如果红军一路打过去，即使节节得胜，也使敌人赢得了时间加强大渡河的防卫，那就太不上算了。在商品经济中，时间就是金钱。在军事斗争中，时间就是生命。特别是在当时，红军如果落后一步，就等于走向灭亡。

红军决定走小路。由西昌经冕宁，通过彝族地区，直下大渡河边的安顺场渡口。对那条大路，由左权、刘亚楼带一个团虚张声势，故意暴露目标，占领越西，向大树堡挺进，作欲强渡富林的模样，借以吸引敌人，掩护大部队走小路。小路净是山路，彝族区绵亘一百多华里，当时人们还叫它"倮倮国"。为了争取时间，不得不走这着险棋。

2. 聂荣臻

中央军委决定成立红军先遣队，由一军团的红一连、工兵连、无线电台和萧华带的一个工作队组成，以刘伯承为司令，聂荣臻为政委。

通常先遣队的任务是逢山开路，遇河搭桥。而这个先遣队，首要的任务是做好少数民族的工作，而且要快，越快越好，以求中央红军顺利地、迅速地通过。当时没有比这更紧迫、更重大的事了！

聂帅在他的《回忆录》里写道："能和刘伯承同志共同完成这项任务，我很高兴。他不仅是个老军人，而且是个老四川；尤其在军事上富有阅历，遇事能深谋远虑，作风上细致入微；他很注意调查研究，凡事请示报告，从不妄作主张。他过去曾经过川西一带，对当地地理风俗人情又比较熟。当时那个地方的彝族是奴隶制社会，分为'白骨头'、'黑骨头'，我都是听他讲的。我虽然也是四川人，但少年出川，对川西北情况几乎可以说是毫无所知。"（引前书，255页）

147

所谓"黑骨头"是彝族社会中的奴隶主阶级。"白骨头"是奴隶阶级，其中有许多是被黑彝掳去的汉人或其他民族的人。千百年来，汉族把土著的少数民族一步一步从平原赶到了大山里。他们的人口也日渐减少。黑彝在相隔遥远的各部落之间交换俘虏，使俘虏在深山大岭里摸不清道路而不能逃跑。他们渐渐地也就变成了彝人，帮助他们的主人对付汉人。早在元代以前，汉族朝廷为了镇抚少数民族，给少数民族的首领封官，到元、明、清三代成为制度。这些官职是世袭的，有文官和武官，通称为土司。那两个帮助清军攻打石达开的，就是这种世袭的土司。

在中国历史上，只有诸葛亮对南方少数民族的政策最人道，最讲信义，也最有成效。人们熟知的"七擒七纵"的故事，虽然是大小说家罗贯中的艺术创造，但诸葛亮收服了孟获确有其事。他"五月渡泸"渡的就是金沙江，目标是收服那个当时为"夷、汉所服"的孟获，以求"夷汉粗安"。诸葛亮在政治上坚持"和抚"的方针，在军事上坚持"攻心为上"的策略。结果，孟获说："公，天威也，南人不复反矣。"这位伟大的政治家、军事家以诚信待人，重用孟获，后来还调孟获到蜀朝廷做官，官至御史中丞，职掌监察大权，"威慑百僚"。特别是，诸葛亮十分尊重少数民族的风俗习惯，又想方设法帮助他们发展生产和文化，做了许多好事，所以至今传颂不衰。

可是在以后一千七百年内的历代统治者，再没有几个赶得上诸葛亮的，而且绝大多数是反其道而行之。到了国民党刘文辉统治这一带的时候，民族仇恨有增无减，这等于给红军创造了条件。"红军也是反刘家的"，"红军和彝族团结起来反刘家"，成了红军接近彝民最有效的口号。

3."倮倮国"

先遣队接受任务之后，于5月21日晚占领了冕宁城。那个"倮倮国"大部属于冕宁县。国民党县长弃城逃走，红军不战得城。彝族有十几个部落，县城监牢里关了不少部落首领，国民党政府把他们作为人质，彝族人民不听话，就杀这些头头。红军释放了这些头头，还请他们喝酒，向他们宣传红军的道理，同时了解情况。有的头头懂些汉语，也愿讲一些，有的还表示愿意带路。但是红军这篇大道理哪能一下子说得清。看得出来，他们对任何汉人都充满了敌意。能让他们对这些新来的汉人产生一点惊奇和疑惑，多少感到一点这些汉兵与别的汉兵不大相同，这就算是很有收获了。要紧的是首先做好先遣队内部的工作。进城的当晚，刘、聂两人和红一团以及工作队的负责人开了一夜的会，研究可能遇到的各种情况和应付的办法。当时的红一团政委杨得志将军在他的回忆录《横戈马上》中记述道：

> 对我们来说，重要的是如何管理好部队，保证在复杂的情况下坚决执行党的民族政策。不但要顺利通过彝族区，还要在这里留下好的影响。彝族同胞受压迫比汉族穷人还深，他们也是要革命的。刘司令员对我说："得志同志呀，现在全军的同志都看着我们，等着我们哪！"

第二天黎明，先遣队从冕宁县城出发。早晨刚刚进入彝族区，就听到几声土炮响，原来是两个最大的部落在"打冤家"。一方是咕基家，一方是罗洪族。罗洪族态度敌对，想袭击红军。红军打了几发信号弹，把他们吓跑了。咕基家想要红军帮忙，表示友好。红军当然不支持一方打另一方，但是为了过路，必须利用这个机会做工作。刘伯承亲自出面，去会见咕基家的首脑。

刘伯承身体魁梧，气度不凡，从马上下来。咕基家首脑小叶丹一见，便要下跪致敬。刘伯承连忙把他扶起来。小叶丹个子高大，年轻英俊，带着一批随从。谈判立即开始。聂荣臻也到了现场，他在《回忆录》

里写道:"伯承同志很有办法,双方谈得很投机。"

小叶丹提出要跟刘伯承结拜为兄弟,刘伯承欣然同意。他在川军多年,对旧社会喝血酒、结金兰这类事十分熟悉,也深知少数民族有拜天地,行盟誓的习俗。团结少数民族,也必须以诚信待人,首先是尊重他们的风俗习惯。只有不脱离他们已有的经济文化水平的基础,才有可能帮助他们。封建时代的伟人诸葛亮做得这样好,共产主义者理应做得更好一些。

结拜的仪式在山谷间一个名叫袁居海子的小湖边举行。小叶丹的人拿来一只大公鸡,舀了两碗湖水,剖开鸡嘴,鸡血滴到碗里。两人在湖边跪下,神情肃穆。刘伯承双手捧起一只碗来,庄严地用彝语高声说道:"上有天,下有地,我刘伯承今天与小叶丹结为兄弟,同生共死,如违誓言,有如此鸡。"说完,一饮而尽。小叶丹虔诚地说了同样意思的话,把另一碗水喝了。聂帅《回忆录》中说:"当时我也在场,听不懂他们说些什么,只知道意思是说,哪个不忠实,就和这只公鸡一样。"新中国第一任财政部副部长戎子和说,刘帅"通彝族语言",看来是确实的。(戎文见《刘伯承元帅研究》(二),第251页)

结盟的仪式很简单,但是十分庄重。小叶丹牵来一匹膘光闪亮的骡子送给刘伯承,刘伯承解下自己的手枪作为答礼。少数民族信鬼神,现在双方昭告天地,成了兄弟,他们那豪爽的性格便充分显露出来。红军在危难之中,更感到这种手足之情多么宝贵。仪式完毕,气氛顿时热烈起来。

时近黄昏,夕阳映红了湖水。聂荣臻考虑,通过彝族区有一百多里路,不如明天一早出发。刘伯承说:"对的,我们学司马懿,来个倒退三十里。"他请小叶丹和他随从的人同行回到先遣队指挥部驻地。指挥部买来全村的酒,招待这些彝族兄弟。

刘聂两人同小叶丹作彻夜之谈。他们劝小叶丹不要打冤家,彝族不要自相残杀,要团结,还要同汉族穷人团结,大家一起来闹革命。小叶丹没见过这么好的汉人,而且这么多。特别是像他盟兄这样的大人物,这么诚恳友好,谦和坦率,他祖祖辈辈没听说过,这个饱受苦难、纯朴豪迈的人显然被他所见所闻的一切深深打动了。他表示要跟他的盟兄一样闹革命,他们的咕基家整个部落都要闹革命。于是刘聂批准他成立"中国工农红军咕基支队"。后来他果然闹起革命来。咕基支队几年内迭次重创了国民党地方军阀邓廷秀的部队。六年之后,1941年,他中了邓廷秀的计,在冕宁大桥镇被杀。他被害九年之后,1950年5月21日,一群彝民来到解放不久的冕宁县城驻军司令部,来找他们的"刘伯承伯伯"。他们带来了当年"中国工农红军咕基支队"的旗子。小叶丹死前叮嘱他的妻儿一定要把它保藏好,将来去找刘伯伯。这面光荣的旗,至今保存在中国人民革命军事博物馆里。(参见《刘伯承军事生涯》、《横戈马上》)

4. 剥得一丝不挂的好汉们

现在让我们回到当时。第二天小叶丹同刘伯承依依惜别,派人给先遣队带路,走出咕基家地区,又帮助先遣队联系前面其他部落的村寨,一路安全通过。后续大队跟上来的时候,咕基家继续给以种种帮助,护送全军过了彝族区。这可不简单。整个彝族区一百多华里,即使对于以飞毛腿著称的红军,也是整整一天的路程。

聂帅在《回忆录》里写道:"这多亏了伯承同志,要不是他在,这种局面我还真是很难对付哩。"(所引书,258页)

聂帅说得这样坦诚,十分令人钦佩。对于这样特殊的一项重大任务,刘伯承确是最恰当的人选。当然,这不是说全是刘伯承一个人的功劳,或全是刘聂两人的功劳。我们不能不注意红军这支军队和那些战士。这里再讲一段故事:

那天先遣队一出冕宁城,就发觉走那条小路是在苍黑墨绿的山峦行进，树木繁茂、深邃莫测。所谓小路，其实并没有一条现成的路。上有怪石凌空，好像随时可以往头上掉；下有带刺的藤蔓盘绕，一脚踩上去竟常常拔不出来。先遣队只好让工兵连走在前面开路。不料没走多远，工兵连的人一个个光着屁股跑回来了。原来他们被彝族人缴了枪械，夺了工具，还剥光了衣裤。刘聂两人再三强调过："进入彝族地区，不论发生什么情况，我们都不能开枪。"他们果然没有开枪！剥得一丝不挂的工兵连长王耀南报告道："我看彝族同胞不错，他们光扯着嗓子喊，却不开枪。可惜语言不通，不然，讲清道理，我看他们会让我们通过的。不过，我们工兵连还是头一次打这样的'败仗'哩！"（见杨得志《横戈马上》，126页）

杨得志将军在他的回忆录中详述了这个故事，他赞叹道："我们的同志真好，他们受了这么大的屈辱，毫无怨言，坚信党的民族政策必能成功。"（见前引书，126页）确实，他们忍受了何等的屈辱！让人缴了械，甚至剥得赤条条地，却坚决不动武，而他们这些人并不是懦夫！他们是些造反的英雄，是些天不怕地不怕的好汉，又是有枪在手的战士！只要有一两个人动手打斗，开枪，打死打伤一个半个彝族人，那就不得了！棋失一着，全盘皆输。哪怕仅仅为此而耽误一天半天，整个红军的计划就可能告吹。如果不是这样的军队，不是这样的战士，刘伯承也好，毛泽东也好，任何别的更伟大百倍的人物也好，都将无能为力。古人常说，人们建功立业，有赖天时、地利、人和。只有在一定的环境之下才能出现一定的伟人，创造出一定的伟绩，刘伯承也是这样。

5. 大渡河

刘伯承和聂荣臻率领先遣队出了彝族地区，昼夜急行军一百四十多里，到了大渡河边。

红军过大渡河，又是迫不得已。1935年5月12日，中共中央在金沙江北岸不远的会理城外,举行了一次政治局扩大会议,决定向四川北部进军,去与张国焘率领的四方面军会合。这时双方已经失去联系好几个月,中央红军并不知道他们的确切位置,不过,透底地说,即使四方面军找不着了,远走高飞到别的什么地方去了,中央红军也只有这一条路,别无选择。大渡河再凶险,也必须闯过去。

能往东往南吗?那是回头路,必须重过金沙江。国民党中央军由总指挥薛岳率领尾追而来,已经进抵金沙江南岸。往西吗?那是川康高原的少数民族地区,人烟稀少,语言不通,食宿、衣着、兵源莫不十分困难,立足都成问题,更不要说发展壮大了。唯一的出路是往北,这就必须过大渡河。

大渡河在现今四川省的中北部,当时属西康省,后来西康省并入了四川省。大渡河呈"乙"字形,更像"孔"字的右半边。这一笔的左下角是安顺场渡口,往东横流过去,经富林,在最后那个钩钩的尖尖上与岷江会合,再往南流,到宜宾注入长江。金沙江也是流到宜宾才称为长江的。红军绕来绕去,目标还是北渡长江。这时红军就夹在金沙江与大渡河汇合之前西面那一带崇山峻岭的地方。红军从金沙江北岸的会理出发到安顺场渡口,从地图上看,是由现在四川省的最南端笔直往北,经过彝族地区那条小路,全程大约一千华里。

那一千里艰险的路程总算走完了。先遣队到达距安顺场十五华里的一个小村,大渡河的咆哮就一阵阵清晰可闻。安顺场是个近百户人家的小镇,有刘文辉的两个连驻守。对岸是一个团。所有船只都已被抢走。幸好那天晚上这边还留着一条船。红军会不会成为石达开第二,首先取决于迅速拿下安顺场,拿到那条船,然后强渡。

刘聂两人为了检查渡河部队的准备,冒雨去到前卫营,天很黑,路不好走。刘伯承剩下的那只左眼,劳累过度就要发炎;长征以来,他够劳累的了,这时又发炎,聂荣臻用一只刚缴获的法国造手电筒给他照路。他们找到了营长孙继先,刘伯承仔细询问了准备的情况,进一步面

授机宜。(见《聂荣臻回忆录》,258 页)

驻守安顺场的敌军,为首的是个营长。他们根本没想到红军会来得这么快。他们知道,红军到这里来过河,必须通过彝族地区;他们又深信,那个地区不是容易过得来的,稍一纠缠就得好几天。所以他们毫无戒备。当晚红军一到,立即来了个突然袭击,不到半个钟头,便把他们解决了。接着,又捉到了管船的人,夺到了那只小船。激战的枪声,被大渡河的轰隆声淹没了,对岸的敌人没有发觉。

大渡河宽约百米,深约三十米,流速每秒四米左右。这是红军长征以来面对的最湍急的一条河,比乌江、金沙江还要急,惊涛骇浪,奔腾澎湃。前一个浪头冲到河中的礁石上,嘣的一声跳到一丈多高,还没落下来,第二个浪头早又冲到了。两个人在岸边讲话,不大声吼听不清。飞机过去,那轧轧的声音,一定要在头顶上响起来才听得到。

那只小船成了红军渡河唯一的工具。何以敌军留下了这条小船,至今说法不一。有的说是那营长的家或他的岳家在这边,他是来搬家的;有的说他是奉命来烧房子,扫清射界的;有的说他准备万一,要靠这只船逃命的。总而言之,红军处处表现出"兵贵神速"、"制敌机先"的本事。古代军事家这些名言尽人皆知,国民党军队却总是做不到。

那只船很小,只能先过去十六个人。一营全营的人都争着去,营长孙继先只得决定集中到二连里去挑选。他刚宣布了十六个名字,突然"哇"的一声,一个战士从队伍里冲出来,一边哭一边嚷:"我也去,我一定要去。"他是二连通讯员陈万清,是遵义会议以后入伍的,是个军龄还不到半年的新战士。刘、聂两人在场,大家都被深深感动了。孙营长说了声"去吧",陈万清破涕为笑,飞也似地跑到了十六人的队伍里。长征史上十七名勇士的故事,何以是十七名,便是这样来的。(见杨得志《横戈马上》)

强渡的时刻到了。那是 1935 年 5 月 25 日拂晓。刘伯承亲自在河岸指挥。神炮手赵章成和三个特等机枪射手用两门迫击炮和几挺机枪掩护,十七名勇士乘着唯一的那条小船,在惊涛骇浪中冲击,占领了对岸渡口。

6. 石达开之谜

强渡成功了,刘伯承十分高兴。但是在对岸上下游搜索,再也找不到第二条船,又使他大失所望。靠着那唯一的一条船,闹了一整天,直到当天晚上,红一团也还有两个连没有过得去。架浮桥吗?金沙江尚且架不成,何况大渡河!抱着万一的希望试了一试,结果是徒劳。

刘伯承忧心如焚。

强渡前夜,先遣团长杨得志在安顺场街头的一间小屋里,一会儿来回踱步,一会儿坐在油灯旁,想着怎样才能渡过去。他首先想到泅水,不行。又想到架桥,也不行。"唯一的希望还是借助于那只渡船"。他不得不把通讯员叫醒,要他把一营营长孙继先找来,把找船工的任务交给了一营。他在回忆录《横戈马上》里写道:"当时我和黎林同志都非常清醒地意识到,作为全军的先遣团,红一团身上的担子,也许是长征以来最沉重的一次。"(所引书129页)现在强渡成功,他这个先遣团长的任务可以说大体上完成了,或者说差不多了。可是刘伯承呢?他这个红军总参谋长兼先遣司令身上的担子呢?

过金沙江,他手里有六条船,还闹腾了九天九夜。现在面对更远更凶猛的大渡河,他却仅仅弄到一条船。凭这一条船,全军起码得折腾一个月。蒋介石和川康的军阀们能睡一个月的觉不动弹吗?事实上蒋介石并没有睡觉,当天就有飞机到安顺场来投过炸弹。国民党薛岳的部队已经渡过金沙江,正在向安顺场赶来。

七十二年前石达开在安顺场滞留了一个多月,不论由于什么原因,总之是他失去了时间!失去了时间,他就失去了生命!现在回头一看,那一个多月,他实际上是在被凌迟处死!后人替他惋惜:他本应迅速离开安顺场，上上之策是赶快夺取泸定桥。作为战略家的石达开，"计不出此，真是奇怪！"

刘伯承在安顺场那一天两晚，想的是什么呢？他从小熟知石达开的故事。他的启蒙老师正好是石达开的部下，流亡到他的家乡，也许就是从安顺场逃出去的。特别是他此来经过冕宁的时候，访问了一位老人，那是石达开部下的后裔。刘伯承详细询问了当年石达开和现在倮倮区以及安顺场、大渡河的情况。如史料所载：石达开的王妃在安顺场生了个"王子"，石达开下令全军大庆三天，把时间耽误了。刘帅的长子太行、幼子太迟告诉我们：那老人的后裔，建国后还到北京刘帅家里来过。至于石达开何以没有夺取泸定桥，是他没想到呢，还是为时已晚呢？至今谁也说不清。

7. 泸定桥上的灯光

第二天，毛泽东、周恩来、朱德等人来到了安顺场，临时开了个会，听取了刘伯承的汇报。刘伯承很可能提出了夺取泸定桥的建议，这是我们的推测。毛泽东当机立断，分兵两路，夹江而上，迅速夺取泸定桥。泸定桥是当时大渡河上唯一的一座桥。红军大部队只能靠这座桥才能过得去。

这里再请读者注意大渡河的流向，它像"孔"字的右半边，那一笔的左下角是安顺场，上游的泸定桥在安顺场正北，相距340华里。时间紧迫，必须在两天半赶到。西纵队由林彪率领一军团为前锋，其他军团和中央纵队跟进。东纵队仍由刘伯承、聂荣臻指挥，率领李聚奎红一师和干部团任先遣，阻滞川康军阀的部队增援泸定桥，相机夺取泸定桥。

毛泽东特别向刘聂两人说：这是一个战略措施，只有这样才能避免石达开的命运。聂帅在回忆录里写道："毛泽东同志的意思我知道，万一会合不了，由伯承和我带着一师和干部团到川西创造个局面。"干部团团长是陈赓,政委是宋任穷。罗瑞卿和萧华也一起走。"干部团有干部,只要有群众,搞革命根据地就好办。"(所引书,261页)四个多月前,刘伯承和聂荣臻在遵义会议上建议到川西北去建立根据地,会议采纳了他们的意见。现在这个建议也许要由他们自己领头去实行了。

刘聂两人领受任务以后立即带着东纵队过了河。全体轻装,刘聂的坐骑也留下来。没走多远,天黑了,找到一处村庄宿了营。第二天天亮起来,才发现是同敌人住在同一个村庄里。红军在山坡这一边,敌人在山坡那一边,原来敌军河防部队只是被红军驱逐了,并没有走远。噼里啪啦打了一仗,又经历了一场惊险。

东纵队沿大渡河东岸北进。刘伯承照例带着先头部队走在前面,他要去占领一个隘口,那里大约有敌军一个营据守。聂荣臻随大队走,边走边审问俘虏。从俘虏口中才知道,跟在红军后面的有刘文辉的一个营,在红军行进右前方的山地上还有一个旅。只有打掉那个旅,占领右侧那几处高地,刘伯承才过得去,如果敌人居高临下扑过来,红军还可能被压到大渡河里去。聂荣臻赶紧通知刘伯承。刘聂合力背水仰攻,一鼓作气把敌人赶跑了。(见《聂荣臻回忆录》,262页)这一次又好险!想不到刘伯承这位沙场老将,也出了这样的闪失。这就是古人说的"智者千虑,必有一失"吧。也许是由于他这两天焦虑过甚了。

大渡河越接近泸定桥,河道越窄,只有百米左右。两岸红军夹江而上,各自驱赶和消灭挡路的敌人,保障了对岸兄弟部队不受敌人隔河射击。对岸的先遣团是著名的红四团,他们又一次先遣。团长王开湘,政委杨成武。他们且战且走,一路之上接二连三打了几次胜仗。途中接到林彪转达的军委急令,他们第二天便用"一天二百四十里"的速度前进,于29日早晨抵达泸定桥西岸。桥板已被敌军拆毁,很多地方只剩下光溜溜的几根铁索,悬挂在令人头晕目眩的激流之上。下午四时,红四团二十二位勇士冒着危险爬过了桥,攻进了泸定城。刘伯承和聂荣

157

臻率领的东纵队，击退了增援泸定桥的两个旅，也进抵泸定城。这两个旅曾经跟红四团隔岸并进，那是在夜晚，双方都打着火把。红四团用川军的号音和四川话回答敌方的联络，没有被他们发觉。刘聂率领的红一师追上来，把他们打跑了。

　　泸定桥夺到了，刘伯承和聂荣臻于当日午夜进入泸定城。两人几乎同时对杨成武说："你先带我们看看桥去。"杨成武提着马灯，三人默默地从桥东走到桥西。当他们从桥西再回到桥中央，刘伯承突然停下来，扶住铁索，从杨成武手中接过马灯。淡黄的灯光投到河面上，刘伯承再次俯视大渡河的奔流，在桥板上连连跺着脚，铁索桥不由得震动起来。刘伯承跺着脚大声说道："泸定桥，泸定桥！我们为你花了多少精力，费了多少心血！现在我们胜利了，我们胜利了！"聂帅和杨成武将军的回忆录里都记述了刘帅这个动作和这句话，可见他内心多么激动，感情多么强烈，给人的印象多么深刻。聂帅还写道："因为他过去在那里打过仗，知道泸定桥的险要，夺取这座桥的不易，感想自然更深。"聂杨两位都记得他说的"精力"和"心血"这两个词，使我们想到他在安顺场那日夜苦心的焦思，他肩上挑着红军总参谋长兼先遣司令的重担，肯定是他提出了夺取泸定桥的建议的。

8. 舌战张国焘

　　中央红军终于从大渡河到了长江北岸，继续北进。1935年6月中，在懋功（今名小金）地区与红四方面军会合。会合不久，爆发了张国焘与中央之间的斗争。这时，四方面军的人马比中央红军多得多，装备和体质也好得多。四方面军的领导人张国焘自以为了不起，野心日益膨胀，最后另立"中央"，自封为党的主席。他企图拉拢刘伯承，软硬兼施。刘伯承不买他的账，终于被他撤销了总参谋长的职务，这是后话。

6月下旬,中央政治局在两河口开会,决定向北进攻,首先取得甘肃南部,创造"川陕甘苏区根据地",否定了张国焘西向川康的方针。中央为了安抚张国焘,任命他接替周恩来当红军总政委。8月上旬,在毛儿盖附近再次开会,重申北进的战略方针。会后,一、四方面军混合编成左路军和右路军。右路军由前敌总指挥徐向前(原四方面军总指挥)、政委陈昌浩(原四方面军政委)、参谋长叶剑英(原红军副总参谋长)率领。毛泽东、周恩来、张闻天、王稼祥、博古等党中央负责人随右路军行动。左路军由总司令朱德、总政委张国焘、总参谋长刘伯承率领。

左右两路军行军通过几天不见人烟的茫茫草地,分别到达了四川最北部的阿坝和巴西地区。不料张国焘擅自否定北上的方针。随右路军行动的中央领导人和徐向前、陈昌浩等七人联名打电报劝阻无效,张国焘以总政委的身份电令右路军南下。毛周等中央领导人得到叶剑英的报告,当机立断,率原第一、第三两军团单独继续北上,于1935年10月到达陕西吴起镇(今吴旗县城),与红十五军团会师。中央红军的长征至此胜利结束,为时恰好一年。朱德、刘伯承随左路军南下,然后再北上,多走了整整一年之久。

毛、周等中央领导人率一、三军团北上以后,左右两路军遵从张国焘的命令南下,集结于四川省马尔康县。10月5日,张国焘在马尔康卓木碉召开高级干部会议,谴责毛(泽东)、周(恩来)、张(闻天)、博(古)率一方面军单独北上是"右倾逃跑主义",宣布组成新的"临时中央"。徐向前元帅那时是四方面军的总指挥,出席了这次会议,心情十分沉重。他在回忆录《历史的回顾》中说:"另立'中央'的事,来得这么突然,人们都傻了眼。"会上,张国焘要朱德表态。从徐帅和其他人的回忆中,我们看到,朱德的发言心平气和,但是态度坚决。他最要紧的几句话是这样的:大敌当前要团结。北上的方针是中央决定的,我是举了手的。朱毛在一起好多年了,全国和全世界都知道我们这个朱毛。要我这个朱去反对毛，我可做不到。不论发生多大的事都是红军内部的问题，大家要冷静，要找出解决办法来，不能叫蒋介石看我们的热闹。（见徐向前《历史的回顾》，459页）

朱德说完以后，张国焘又要刘伯承表态。徐帅回忆道："刘讲了一通革命形势相当困难的话，弦外之音是要讲团结，不要搞分裂。张国焘为此怀恨在心。不久，便将刘的参谋长职务免去，调他在红军大学工作。"（所引书，459页）

有些回忆文章说：当时朱德的话音刚落，有一些人起来围攻，七嘴八舌，越说越难听。刘伯承就说："现在不是开党的会议吗？你们怎么能这样对待朱总司令！""火力"就转到刘伯承身上了。（见《李聚奎回忆录》，159页）

事隔多年，各人的记忆有差异，这是正常的，特别是时间、地点、细节，谁都很难十分准确。但是各人所得的印象，通常总有一定的根据，不会凭空而来。因此，就其总的印象来说，大体上都是可信的。关于朱刘两人同张国焘斗争，我们还直接从刘帅口中听到一个情节。

1946年冬我们在刘邓大军，恰逢朱总司令六十诞辰，我们为此访问刘帅。谈话中，他十分称赞朱老总涵养好，度量大，讲了这样一件事。他说：长征当中，张国焘再三再四逼总司令反对毛主席。朱总司令呢，不管你张国焘说什么，他总是不动气。总司令说：北上的方针，我是举了手的。朱毛、朱毛，朱是不反对毛的。然后，刘帅向我们说道：张国焘这个人，在总司令面前也摆老资格，像老子训儿子一样。我看不过去，插进去跟他辩论，吵得不可开交。总司令度量大呀，说："莫吵了，莫吵了，睡觉，睡觉。"看来他三人在行军途中，有一段时间曾经是一起宿营的。

综合我们接触到的材料，刘伯承同张国焘作斗争，只是在私下里才面对面辩论甚至"吵架"，或者为了保护朱德而把火力引到自己身上来。

除此之外，在大庭广众之中或者与少数干部接触的时候，他总是循循善诱，强调团结，再三再四让人们镇静和冷静。

朱总司令在前述祝寿的文章中说：刘帅"特别是在与张国焘路线作斗争中，坚持党中央的正确路线，团结教育四方面军广大干部到中央的路线上来，促成四方面军和中央红军的会合，更表现了他政治上坚定不移、善于工作的特长。"朱老总这个评价是经得起推敲的。"善于工作"这四个字下得很准确。刘帅秉性刚直真率，由于阅历丰富，又有老成持重的一面。那时张国焘有许多追随者，他闹分裂，另立中央，一、四两方面军之间隔阂日深。在那样严峻和复杂的形势之中，朱德固然举足轻重，刘伯承如果不善于工作，也会把事情越弄越僵，对红军的命运是极其不利的。

9. 又译又写

一、四方面军会合以后，虽然依然要不断行军，总算比过大渡河以前安定一些。1935年八九月间，刘伯承又动起笔来。那本大部头的俄文版《苏联红军司令部野外勤务教令》，他一直带在行军囊里。一年前在瑞金，他翻译了一部分，这时他把全书译完，9月21日写了《译者前言》。这件事前文曾经讲到。《译者前言》末段说：本书是世界战争中，特别是苏联内战中指挥经验的"结晶品"。他说：当然，我们有我们的当前条件，所以只能说是供参考。"我曾把这本书摘译了一部分在《红色战场》上登载出来。现在出入司令部工作的同志向我索读此物，故又继续译下去以答其愿望。"

当时红军在川康交界的许多急河险山中行动，经常发生隘路战斗。刘伯承便写了《当前的隘路战斗》一文，全文约三千字，分析了隘路战斗的各种情况和行动的要领。所署写作的日期是1935年10月31日。

长征中红军要对付青海省军阀马鸿逵为首的马家骑兵，刘伯承又写了《怎样打骑兵》一文。徐帅回忆录中写道:"刘伯承同志主持红大的教学,亲自给干部们讲打骑兵的战术问题,还写了专门教材。我听过他讲课,深入浅出,比喻生动,富有哲理性,让人感到津津有味。听了还想听。"(徐向前:《历史的回顾》,485页)

张国焘擅自南下碰了钉子,损失巨大,经过党内各方面的人向他做工作,他只好收起他那自立的"中央",重新北上。1936年10月,在甘肃重新与一方面军会合。继刘伯承担任五军团参谋长的陈伯钧,这时继萧克任第六军团军团长,并协助刘伯承办红军大学。他1936年10月21日的日记中记载了这个场面:

"方面军首长今晨到我处吃饭,并应一军团首长之请,决定于今日下午到平丰镇与他们会面。我们也随同前往。到平丰镇刚中午。两年未见的老同志又相会于此间,真是无限欢欣! 尤其伯承同志更比其他同志高兴。"他所说的"方面军"是二方面军。红军第二、第六两军团从湘黔边区出发长征,于1936年6月到达今川北甘孜地区,与四方面军会合,称为二方面军。"方面军首长"指的是正副总指挥贺龙、萧克,正副政委任弼时、关向应等人。这时,红军大学随二方面军行动,所以刘伯承也在场。

刘伯承怎样地"更比其他同志高兴"呢? 可惜陈将军的日记里没有具体说。这句话使我们想起前文所述他在泸定桥上的那个镜头,他的欣喜和感叹给了聂荣臻元帅和杨得志将军极其强烈的印象。我们还想起《刘伯承回忆录》第二集卷首的一张照片,拍的是1958年他和贺龙、聂荣臻、罗荣桓在河北省视察,四位元帅在棉花地里,笑逐颜开。这幅照片中刘帅的表情十分独特,他右手高举着帽子,作挥舞之状,像个年轻人那样热情洋溢,这又是"更比其他同志高兴"吧。我们想了又想。让我们再说一句,既老成持重,又刚正真率,这就是刘帅其人。他有一颗赤子之心。

一个多月以后,刘伯承奉调去中央工作。那时中央在陕北保安县

(后来改名为志丹县)。刘伯承和他的新婚妻子汪荣华带少数随从出发,在途中遭到敌机轰炸,夫妻两人都受了伤。刘伯承伤在臀部,这是他第九次负伤,也是最后和最轻的一次。有些文章说那是在10月,有的说是秋天,都不准确。按《陈伯钧日记》,是1936年12月。那个月18日的日记记道:"校长奉军委令回保安工作,准备明日起身。"第二天又有启程的记载。

10. 伍修权这句话分量不轻

最后,我们还要作一点补充。

长征后期,刘伯承还做了两件大事。

一件是一、四两个方面军会合以后,刘伯承协助周恩来制订了松潘战役计划。由于张国焘企图夺取指挥整个红军的大权,延误了一个多月才率四方面军主力北上,这个战役未能实现。

二件是在朱德、张国焘、刘伯承率左路军到达阿坝地区以后。张国焘借口玛楚河河水陡涨,不肯继续北上。本来,刘伯承已经带领几个参谋跑遍了附近地区,勘察了地形,绘制了地图。据说刘伯承曾拿着地图跟张国焘争辩,另有一说是朱德和刘伯承两个去谈的,并且谈过不止一次,结果都无效。张国焘《我的回忆》第三册中有这样一段话:"这一带的地形,我们是十分陌生的,原有地图又错误百出,一切须重新考察研究。刘伯承参谋长费了很大的气力,广询当地人民和喇嘛,才拟订了北进略图。我和朱德于是根据刘伯承所提供的资料,下令全军北移,以甘南的岷县临潭一带地区为目的,各单位所担任的任务和行进路线有明确规定。"但是事实上,正如他这段话里所说的,"一切须重新考察研究",他重新考察研究的结果是强行改变原定计划,下令全军南下。刘伯承这番"很大的气力",又完全白费了。(见张国焘《我的回忆》第三册266页)

前文讲到中央红军两渡乌江,那是1935年的事。十四个年头以后,解放战争后期,1949年夏秋之交,刘伯承又来到这个地区。他是同邓小平一起统率第二野战军进军大西南而来的。当时在二野司令部担任作战参谋的焦立中写了一篇回忆,记述了一个意味深长的镜头。他们作战处,就是刘邓的办公室。焦立中分工专管"我军情况",任务是把我军每天的进军情况,特别是各兵团先头部队进展速度及其具体位置,画出要图。有一天,四、五两兵团的情况弄清楚了,在"要图"上标出来了,唯有三兵团先头部队抵达乌江边的一个很小的渡场——磨寨,在地图上没找到,结果,三兵团的进军标示图上,只有兵团、军和师的位置,先头部队的位置标示不出来。焦立中满头大汗,急得要死。正在这时候,刘伯承进来了,焦立中只好如实报告。刘伯承靠在椅子上,想了一想,说:"你再从彭水(县)向南到沿河(县)那一段乌江两岸找找,看有没有这个地点?"果然,没有多大工夫就找到了。

刘伯承接着对焦立中说道:"当年红军长征,咱们红军的一个部队,也是在这个小小的渡场过的乌江。这已经是十几年前的事了。"(焦文见《刘伯承回忆录》第二集,257页)

十几个年头过去了。这位老元帅还想得起那个小渡场!可惜我们不知道那是哪个部队,更不知道是哪一次。是第一次北渡呢,还是第二次南渡?我们所能说的是,他不愧是长征中的总参谋长。他在大渡河铁索桥上说,泸定桥,泸定桥,我们为你费了多少精力,花了多少心血!这句话,可不可以用来作为他在长征全过程中的写照呢?

由于长期在军队和外事工作中的贡献而大大有名的伍修权,1986年出版了一本厚厚的《往事沧桑》,其中有一篇《向刘帅致敬》,讲到刘伯承在长征中的一段,在列举了刘伯承参与组织和直接指挥的"一系列奇迹般的战役"之后写道:"伟大长征史诗中的每一部最动人的篇章,几乎都是由伯承同志亲自参加写下的。正是在长征这样空前险恶的环境中,才更加显示出伯承同志的过人智慧与卓越才

能。"(所引书,368 页)

　　伍修权这句话分量不轻。他亲身经历了长征,是红军的将领之一,曾经大材小用,给李德当翻译,后来又在总参谋部工作很长时间,他是有充分的根据这样说的。

十三、换帽子

1. 大雨滂沱

中国的抗日战争终于爆发了。

日本帝国主义继1931年侵占了中国的东北三省之后,又于1937年7月7日突然向北平(今北京)西南郊卢沟桥的中国驻军进攻,实行它以武力吞并中国的计划,史称"卢沟桥事变"。中国驻军奋起抗击,全国人民的抗日运动进入了又一个高潮。事已至此,蒋介石为首的国民政府不得不接受中国共产党以及国民党内外爱国人士久已提出的要求,放弃"攘外必先安内"、对日本"不抵抗主义"的方针,停止内战,开始抗战。

中国共产党履行自己的许诺,取消推翻国民党政府的政策,号召建立抗日民族统一战线,一致抗日。根据两党的协议,工农红军改编为国民革命军第八路军(以后不久改称第十八集团军)。这改编又是缩编,八路军只辖三个师。朱德、彭德怀分任总司令和副总司令。刘伯承任一二九师师长,徐向前任副师长。其他两个师是:一一五师,师长林彪,副师长聂荣臻(后来八路军恢复政治委员制度,聂为政委)。一二〇师,师长贺龙,副师长萧克。

一二九师集结于陕西省三原县境内。举行誓师大会那天,忽然乌云密集,下起雨来。看样子雨会越下越大。负责指挥誓师大会的陈赓旅长和参谋处长李达请示刘伯承,誓师大会能不能等雨停了再开,刘伯承一口回绝了：

"不行！军人就是要风雨无阻，定了就不能随便改，今天誓师抗日更不能改。"

李达将军后来一直担任刘邓大军的参谋长，他在他的《抗日战争中的八路军一二九师》一书中写道：刘伯承"平时总是讲，作为一个军人，就要风雨无阻，要有一种无往而不胜的气概。尽管我以前就知道这一点，这一回我的体会更为深刻了。"（所引书第4页）

雨果然越下越大。刘伯承在大雨滂沱中向部队讲话。一个警卫员走上去给他披雨衣，他推开了，回头对那位警卫员说："大家都在雨里，我怎么能一个人穿上雨衣呢？"会后他向司令部的人员说："指挥员要跟战士们同艰共苦。诸葛亮就说过：'夏不操扇，雨不张盖，与众同也'。"

后来担任中国海军副司令的杨国宇将军对我们说："当时我在场。那时我是司令部的译电员，亲耳听到了这句话，至今记得。"又说："刘帅就是这样随时随地教育部属，教军事，教政治，也教文化。他不仅是一位大军事家，而且是一位大教育家。办军事学校是教，日常也在教。他是我们的老师，所以后来我们长期叫他'师长'。"

这话说得很对。他确实不放过一切机会言传身教。他勤于读书，就影响了他左右的人。他熟悉中国古代军事典籍，"与众同也"这句话见于诸葛亮《将苑》中的《将情》篇。全篇文字不长，不妨抄在这里："夫为将之道，军井未汲，将不言渴；军食未熟，将不言饥；军火未燃，将不言寒；军幕未张，将不言困；夏不操扇，雨不张盖，与众同也。"刘伯承一生带兵，就是这样身体力行的。在抗日战争中的艰苦岁月，尽管他年近半百，比他的部下年纪大得多，又曾多次身负重伤，依然坚持跟大家一样"吃砖头"——那是一种用红高粱或黑豆面加野菜、树叶蒸成的菜馍馍，又黑又硬，大家称之为"砖头"。

誓师大会的一项重要内容是换帽子。红军的帽子上缀着一颗红色的五角星，现在改编为国民革命军，帽徽是圆形的青天白日图案，是国民党的党徽。有些红军老战士气得直流泪。跟国民党打了十年仗，现在却要换上国民党的军帽。甚至解放不久的原国民党军队的战士也憋气，纷纷议论，说我们戴红军帽还没戴暖，又要戴上原来的帽子了。（参看陈锡联文，《刘伯承回忆录》，第三集，165页；《陈赓日记》，10页）

刘伯承在大雨中的讲话，就针对这一点，讲了团结全中华民族抗日救国而改编的道理。他说部队改编只是改了个形式，我们人民军队的本质没有变，我们的红心没有变。又说：现在要改穿的是第一次国共合作时期北伐军的服装，要戴的是当年北伐军的帽徽。我们要保持红军的本质，也要继承发扬北伐军的革命精神，而且要比北伐军更好。他取出黄色帽子来自己先换上，然后大声命令道："现在换帽子！"（见宋任穷《刘伯承同志永生》及上引李达书与《陈赓日记》）

当红军还在改编的时候，日本侵略军对华北展开了全面进攻。几十万国民党军队单纯从正面防御，抵挡不住，纷纷败退。中共中央早已估计到未来华北抗战的坚持，只有依靠中国共产党领导的游击战争。不等国民党承认共产党的合法地位，便命令一一五师和一二〇师先行出师。刘伯承的一二九师奉命最后出动，于1937年10月初到达陕西省韩城黄河西岸的芝川镇。这时，一一五师已经在山西省东北繁峙灵丘附近取得了平型关大捷。稍后，一二〇师也在雁门关一带取得了巨大的胜利。

一二九师全师一万三千人。一部分主力被留下来编成陕甘宁边区的留守兵团。刘伯承带上前线的是一个旅和另一个团九千多人，实际上是一个旅的兵力。

刘伯承率先遣团行动，来到黄河渡口。参谋人员在河边跑遍了，没看到一条船。刘伯承叫人把国民党的地方官找来。来了两个人。刘伯承问为什么西岸没有船？来人答道："我们不知贵军今天要过河，实在抱歉，明天一定想办法。"刘伯承啪的一声拍着桌子，厉声问道："你们认识我吗?"一位参谋介绍了他的官衔和姓名,两人忙说:"刘将军的大名我们久仰,久仰,今天能见面,非常荣幸。"

"啪!"刘伯承又狠狠地拍了一下桌子,大怒道:"什么荣幸不荣幸!我们奉命渡过黄河上前线抗日,明天拂晓必须全部过河。限你们一个小时内把船调齐,不然我们就把你们当汉奸论处!听清楚没有?"

红军人员没见过这种事,更没见过刘伯承这种架势,问道:"师长,我们可从没见你发过这么大的火啊!"

刘伯承笑着答道:"我在旧军队干过几年,知道国民党这些官儿们的脾气。他们欺软怕硬,看势头办事。我吓唬他们一下,叫他们知道八路军不是好惹的。何况,这次很可能是国民党和阎老西那班人捣鬼,故意刁难我们。"他说的阎老西是山西省的土皇帝阎锡山。那时是国民党山西省政府主席,第二战区司令长官。

由于没有船,口粮不够吃,有些战士发牢骚说:"老子饿着肚皮怎么抗日!"团干部们请刘伯承讲讲话,做做思想工作。晚饭前,他来到集合好了的队伍面前,大声说道:"同志们,我先宣布一件事,我已经叫国民党的'父母官'去找船了,明天拂晓一定全部渡过黄河。"战士们热烈鼓掌,打断了他的话。"哈哈,你们饿着肚皮,还有这么大的劲鼓掌哪!"

他接着说:"我们当红军是饿惯了的。现在当八路军,也不能指望国民党能给我们多少东西,还得准备饿肚皮。我们一起宣过誓,不赶走日本强盗不回家。日本鬼子可不会因为你饿肚皮不打你,等你吃饱了再拼刺刀。同志们要发扬红军吃苦耐劳的精神,坚持坚持。过了黄河,就有办法。可能有同志要说,你倒说得轻巧,你有啥子办法解决肚子问题哟? 我们四川人的办法叫做'饭不够,米汤凑。'"这话说得全场大笑,大家顿时振作起来。

刘伯承派了两个参谋跟着那两个"父母官"去找船,当晚就把船找齐了,部队第二天拂晓过了河。

2. 牛皮不是吹的

果然是阎锡山那班人捣鬼。部队过河以后到了同蒲铁路上的侯马。阎锡山拨来一列火车，还派人送来一批棉衣、棉鞋、大衣、米面，装了好几节车皮。但是，火车开出一个多小时，越走越慢，干脆停下来不动了。司机检查了一阵子，说是水箱漏了。有人说："咱们下车走吧。阎老西这几车东西，咱们不要了，给他留下。"

刘伯承想了一想，说："不。他巴不得你不要。俗话说，牛皮不是吹的，火车不是推的，我们今天偏要来推推火车。"停车的地方离汾河不远。他命令把火车推到汾河边上灌上水，派人押着火车头往前开，看哪个站上有车头，换一个开回来。部队在原地休息，等换了火车头来再走。刘伯承平日手不释卷，却不是个书呆子，阎老西那班人这回又没有难倒他。人们把这台得了胃穿孔的机车灌满了水，押着开了二百多里，终于在霍县车站找到了一台完好的机车。

刘伯承带兵通常总是走在最前面。他坐在第一辆车厢里，一路上给团干部们上课。这回担任先遣的是七六九团，团长陈锡联，那年还是个24岁的小伙子，原任红十师师长，这次缩编，当团长，全国解放后授衔为上将。他在《刘师长带领我们出师抗日》一文中，讲了当时的情形。

包括陈锡联在内，这些红军指战员都没坐过火车。刘伯承历来十分重视通讯联络。他常说："没有通讯联络就没有指挥。"在火车上怎么办呢？他叫他们从列车车头到车尾拉上电话线，而且要复线。他说。车上不搞好前后的联系，后面车厢掉了还不知道。现在虽然国共合作了，还是要提高警惕，防止汉奸特务的破坏。他自己还不时去摇一摇，听一听通不通。

然而，这不是刘伯承讲的主题。一路上他讲的主题是游击战。他说：现在最重要的是尽快完成从内战时期的正规战争向抗日游击战争转变。今后的作战对象与过去不同，因此作战方式也不同。在敌强我弱，国民党消极抗日的形势下，我们主要靠独立自主的游击战，不放过有利条件下的运动战。

一二九师的前身是红四方面军。他说：红四方面军有好传统，作战英勇果敢，坚决执行命令，但是在战术上习惯于正规战，特别是阵地战，现在就要努力学习游击战。他引用《孙子兵法》中"知己知彼，百战不殆"那句话，说：知己，就是要了解自己的长处和短处。知彼，现在就要抓紧把敌人的装备、编制、训练、战术都了解清楚。日本侵略军是武装到牙齿的帝国主义军队，装备精良，除了有飞机大炮，还可能施放毒剂。后来事实证明果然如此。关于战前的准备工作，这支部队过去不重视沙盘作业。一路上，刘伯承多次给以指导。有时在村边道旁，摆上几堆沙子，蹲在地上讲解。在车上，他就用眼镜盒和茶缸当"部队"。他一边摆一边说。他叫他们注意八路军将以山西为根据地，而山西主要是山地。山地固然便于隐蔽，便于打游击，但是地形复杂，要好好去调查地形，熟悉地形，不然，行军作战都可能摸不清东南西北（见上引陈锡联文）。

3. 五十五把刺刀

车到太原，刘伯承进城去见了阎锡山。

太原的气氛已经很紧张。日军飞机不时来轰炸、扫射，还听得到远处传来炮弹的爆炸声。战局正在急剧变化。占领了平津（北京和天津）的日本侵略军继续南犯。太原已处于敌军两路钳击之中。北面，经雁门关南犯之敌已陷代县、原平，正向忻口进犯。东面，经保定南下之敌在攻占石家庄之后，正进逼娘子关。

刘伯承见了阎锡山回来，在车上对陈锡联说：

"虽然国民党提出了保卫太原的口号，但是看形势，太原是一定要

171

丢的了。阎锡山已经准备向河西搬家。大批国民党军队没怎么打就溃退下来。现在要保卫太原,必须用'扼咽拊背'的办法。所谓扼咽,就是要守住忻口、娘子关。忻口方面,阎锡山的部队在正面进行防御作战,要求我们配合。我们拊击敌人的侧背,就可以起到牵制作用。"他叮嘱陈锡联:"第一仗要特别慎重,而且一定要打好。"

"我们团的具体任务呢?"陈锡联问道。

"你们团的任务是在原平东北侧击从雁门关向忻口前进的日军。我下车以后,要到五台山去开会。你们团单独行动。既要大胆,又要谨慎;抓住战机,机断专行。可以边打边报告,也可以打完了再报告。遇到什么不了解的情况,可以随时发报来。"

这段铁路,从太原往东,修到东冶为止。东冶有个河边村,是阎锡山的老家。刘伯承在东冶下车以后,给师指挥所和七六九团作了动员报告。他先讲了华北战局,然后提高了声音:"同志们,我们现在已经到了敌后,我们的任务是积极寻找战机,牵制和打击敌人,支援忻口友军。"

他的主旨还是讲游击战。他说他这次在太原拜访了阎锡山,很客气地称呼他"阎长官"。"我说,我们现在在阎长官领导下抗日,感到很荣幸。他说:我们的部队在忻口方面受日军的压力很大,希望贵师配合我们打几仗。我说,我们一二九师开到前线,就是要配合友军作战的。只是我们的武器很少,也很破旧,弹药也不多,每人平均不足十发子弹,希望阎长官能给我们补充些枪械弹药。可是阎锡山说,我们的武器弹药都发完了,抽不出来。我说,阎长官不拨点儿补给,对敝师作战很不利呀。他说,兄弟眼下也很吃紧哪,希望刘师长体谅我们的难处,我们在忻口北面的军械库被日本人给端了。我们对贵师也是尽了力的。比如七六九团只有三千人,我们就拨了五千套棉衣。同志们,阎锡山的特务工作倒是搞得满好的。原来我们在侯马上火车的时候,他早就派人给我们过了数的。"

刘伯承接着说道："今后，我们的武器弹药，要靠从敌人手里去夺。我们现在人数不多，武器装备也差，又不能依靠国民党，打仗也不能硬拼。那怎么办呢？我们今后要进行的，就是毛主席说的'独立自主的山地游击战争'。现在日本鬼子不是左右两翼钳击太原吗？我们把部队开到鬼子的侧背，瞅准机会，在鬼子的这把'钳子'上狠狠打它一下子。"

这里，让我们介绍一下一二九师的武器装备。李达将军写的《抗日战争中的八路军一二九师》那本书中有详细的数字，这里略引几个。人员：9 367，步枪：3 412 支，马枪：724 支。除了还有少量轻重机枪和其他枪支，步马枪合计，两个人摊不到一支枪。李达写道："从上面列举的这些数字，特别是刺刀和手榴弹的数字，可见我们当年开赴抗日前线时是何等艰难。"刺刀多少呢？55 把。手榴弹呢？203 枚。

4. 二十四架飞机

凭着这样的装备，八天之后，陈锡联就按照刘伯承的指示，夜袭阳明堡，炸毁日军飞机 24 架，使急欲攻下忻口的日军丧失了空中突击力量，从而支援了阎锡山所部的作战，对暂时稳定晋北战局，起了不小的作用。

这是一二九出师抗日的第一仗，我们再来讲讲这一仗。

刘伯承在东冶下车，前往五台八路军总部。陈锡联率七六九团北进，前往忻口、原平北面的代县境内，寻机歼敌。他们在忻口北面约一百华里之处，看到日军飞机不断从头上掠过，向南飞去，显然是轮番到忻口、太原方向去轰炸的。他们判断，飞机场很可能就在附近。

当时，代县、阳明堡、崞县等处都驻有日军。正好有一位国民党晋绥军的团长，带着队伍刚从大同方向退下来。陈锡联便去拜访，想打听一点情况。不料那位团长只说了一句："敌人天上有飞机，地下有大炮，我们没有打就完了。"说罢，不住地摇头叹气。陈锡联只好再去找当地居民询问,得知在代县城南二十多里的阳明堡,确有敌人的一个飞机场,有24架飞机,其中有8架还是大家伙。陈锡联便同三位营长化装成老百姓,带上电台,尽量抵近机场实地侦察。机场在阳明堡西南两个小村庄之间。他们悄悄爬上一座小山,用望远镜观察,看见敌机每次三架一组起飞。机场警卫部队约200人,防卫工事只有一些简单的掩体和掩蔽部。总的说,防卫不严密。

卢沟桥事变以来,日军长驱直入,几乎可以说所向披靡。八路军一一五师在平型关让它吃了个大亏,它也还没警惕,根本没想到八路军会绕到背后来揍它,因此对后方的警戒确实不大在意。

陈锡联和副团长汪乃贵等人弄清了地形,分析了敌情,决定在夜间秘密行动,突然袭击。部署是:三营为突击营,负责袭击机场,击毁飞机;并以一部破坏阳明堡西南的公路和桥梁,阻止敌人出援。一营袭扰南面的崞县,牵制驻扎该县的敌军;二营为预备队。

夜晚漆黑。三营赵崇德营长率领两个连爬过铁丝网,摸进飞机场。十连有个战士摸到了飞机,悄声说道:"好大的家伙!这回该我炸你了!"

十一连接近守敌的时候,敌人的哨兵发觉了,立即放起枪来。

赵营长命令:"快打!"又喊道:"快往飞机肚子里甩手榴弹!"有几架飞机顿时起火燃烧。

正在机场巡逻的敌军哨兵首先跑了过来。接着,又有一部敌军守卫部队冲过来。双方在并列的飞机中间展开格斗。如前所述,一二九师的步枪没有刺刀,这次又没带刺杀武器,只能用枪托同鬼子拼命。

不到一个小时,24架敌机全部炸毁,并消灭敌军守卫部队100多人。驻扎在阳明堡的敌军香月师团的装甲车赶来增援的时候,三营已经从机场撤走了。

但是,赵营长和十几位战士牺牲了!赵崇德年仅23岁,改编前担任团长,是一员虎将。李达在他的书中写道:"此后多年,刘伯承同志还经常同我谈起赵崇德同志,为这位很有指挥才能的英雄的牺牲,感到十分惋惜。"

这一仗是 1937 年 10 月 19 日凌晨一点钟的事。九天前刘伯承曾指示陈锡联:不必先请示,可以边打边报,也可以打了再报。这次是先打后报。当天陈锡联的电报报告"计毁敌机 20 架",又说:"今早敌以两架飞机侦察我团驻地及向附近投弹。其余的飞机已损坏,未见起飞。"后来查明,这个机场的 24 架敌机全部报销;电文所说的两架飞机,是由别的机场来的。

这里,请让我们讲一段并非闲话的闲话:

这个胜利,那些见了日本鬼子就向后跑的国民党将领根本不相信:"就凭八路军那些破烂家伙,还能打日本的飞机?"

然而,从那天起,一连数日,忻口、太原上空没有敌机轰炸。国民党当局也怀疑起来,从太原派飞机到阳明堡机场侦察,看到了敌机残骸,这才相信是真的。然后,蒋介石颁发了嘉奖令,还发了奖金。但是,蒋介石政府不愿意发表新闻。面对日军的侵略,国民党的大部队望风披靡,共产党的部队却一再得胜,这个对照太刺眼了。可是阳明堡的喜讯已经不胫而走,整整一个月之后,国民党报纸上才不得不登了一条小小的没头没脑的消息:

"南京 20 日电:我军在晋北突袭阳明堡敌空军侵略临时根据地,并炸毁敌机 24 架之消息,此间关系方面亦接得报告,业经证实云。"电头用南京是不错的。那时国民党中央政府还在南京,南京至 12 月 13 日才陷落。这"20 日"是 11 月 20 日,离作战那天整整一个月。

5. "草船借箭"和"空城计"

夜袭阳明堡,打的是进犯太原北面忻口的敌军。这时,太原东面的形势紧张起来。东面沿正太路进犯的敌军两个师团(大体上相当于中国军队的两个师),一部分兵力从正面猛攻娘子关,一部分兵力由河北、山西边境的侧鱼镇沿正太路南侧大道西犯,向娘子关实行迂回进攻。国民党几万军队阻挡不住,纷纷败退。娘子关告急!

一二九师决定绕到进攻娘子关敌军的侧后,寻机歼敌。

娘子关东南,由侧鱼镇通向平定城的公路上,有个七亘村,10月22日,七七一团奉命赶到七亘村附近的营庄布置阵地。正当他们赶修隐蔽工事的时候,被敌机发现,敌人当夜就来偷袭。七七一团警戒不严,仓促应战,受到了损失,一时与师部失去了联络。

七七一团已经七八个小时没有音讯了。刘伯承对李达说:"我们到七亘村那边去一趟,找找失去联络的部队,再看看地形。"

下午,他带着李达等一行三十几人,来到七亘村附近的山冈上。他选好一处高地,警卫员架好了望远镜,他仔细观察四周地形。这时对面山后忽然传来枪声。枪声越来越近,看样子他们已被敌人发觉。刘伯承叫大家分几个方向撤走。话音未落,鬼子已向他们射击。这是一小股敌人。李达指挥警卫班把敌人压了下去。转移途中,刘伯承、李达等人沿山沟走,刚过了两道山脊,又发现几个鬼子端着枪向他们冲来。李达和警卫班一齐开火,把那几个鬼子击毙了。几小时后,总算摆脱了敌人,他们全体三十几人重新在预定地点集合了。后来成了日本问题专家、曾经留学日本的作家张香山,那时刚来到一二九师当敌工干事。刘伯承看了看他,笑着说:"看你的样子,这是第一课吧?"

张香山打量了一下自己,笑了,回答道:"是。好难的ABC!"

刘伯承依然笑着说道:"不但是难,也很危险哪。我们和鬼子差不多打了个照面,连他们的胡须茬子都看清楚了。"

这时,一架敌机飞来,在他们头顶上空盘旋,大家劝刘伯承早点离开这个地方。

"别忙,我们再看看地形。"刘伯承通过望远镜观察了一阵,对李达说:"你来看。我们在跟敌人演戏呢。"

李达用望远镜一看,原来在七七一团的阵地上,还有战士不时从防空工事里向外张望。鬼子的炮兵就在那架侦察机指挥下不断打炮。李达禁不住高兴,说道:"我们的阵地还在那儿,看鬼子有多少炮弹吧。"

刘伯承正等着这句话,接着说:"那些战士在演《草船借箭》,我们几个在演《空城计》啊!"

确实是演《空城计》,他们才三十几个人。

在联络中断了十四个小时之后,七七一团的线路恢复了。他们在电话中报告,由于警戒疏忽,等到敌人开了火,才仓促应战。包围过来的敌人是一个联队(相当于中国军队的一个团)和骑兵二百多人。我们的战士很顽强。有一名通讯员,冒着炮火三次冲进团部,把重要文件抢了出来。三连五班八名战士伤亡了七个,也没有退出阵地。全团一共伤亡三十多人。

刘伯承对李达说:"告诉他们,受了损失不要泄气。部队打得很顽强,好好总结一下经验教训。五班的战士要表扬。部队迅速撤下来,到营庄、马山一带担任侧击敌人的任务,配合七七二团进攻七亘村,叫他们赶快与陈赓同志联系。"

安顿好七七一团之后,刘伯承对李达说:"部队遭到袭击,这是个教训,责任应该由我们承担。你再把情况核实一下,我要向周副主席写检讨。"周恩来是中共中央军委副主席,那时正在太原,代表中共中央同阎锡山交涉,并直接负责八路军的一切事宜。

刘伯承很快写了检讨报告,毛泽东于12月25日作了批示,电告集总和各师。集总即十八集团军总部,也叫八路军总部。

以上这段故事,引自前述李达将军那本书。书中记载了毛泽东这个批示的全文,照抄如下:

屡胜之后,必生骄气,轻视敌人,以为自己了不得。七七一团七亘村受袭击,是这种胜利冲昏头脑的结果。你们

177

宜发通令于全军,一直传达到连队战士,说明对日本帝国主义的战争,是一个艰苦奋战的长过程。凡那种自称天下第一,骄气洋溢,目无余子的干部,须以深切的话告诉他们:必须把勇敢精神与谨慎精神结合起来,反对军队中的片面观点的机械主义。

毛泽东这个电报不仅一般地告诫全军不要骄傲,并且指出抗日战争"是一个艰苦奋战的长过程",无疑是十分正确的。不过有些用语如"自称天下第一"、"目无余子"之类,好像是有所指的,而且必是高级干部。可能是谁呢?我们不由得想起二十年以后的一件事。1958年,中央军委召开扩大会议,对刘伯承进行了不公正的批判。毛泽东亲临大会讲话,内容之一是批评刘伯承"迷信自己"。事隔二十年,两相对照,是不是有某种蛛丝马迹可寻呢?

李达的书中,在引用了毛泽东这个电报的全文之后写道:"作为一名高级军事指挥员,下级有了疏忽,没有责备他们,而是主动向上级写检讨。刘师长这种勇于承担责任的崇高精神,我一直铭记在心。"李达说到这里便戛然而止。我感到似乎还有点儿余音袅袅,这也许是我的错觉吧。

6. 中学生的地图

现在说七亘村,那是日军从河北进攻山西平定城的必经之处。刘伯承经过实地勘查,看到那一带地形复杂,南北都有高山,通向平定的大道两侧,大部分是高十公尺左右的土坎,杂草、灌木丛生,便于埋伏,而敌人的队伍在公路上却不易展开。他决定在这里打一个伏击战。

陈赓旅长已经奉命率七七二团到达七亘村附近地区。刘伯承在电话上把七亘村的情况和他的意图告诉陈赓，指示他再仔细侦察，选择最有利的地形布置伏击阵地。陈赓经过进一步的实地侦察，把七七二团三营埋伏在七亘村东面和南面的公路两侧，最近处离公路只有十几公尺，最远也不过四五十公尺，手榴弹可以直接投向公路上的敌群。

不出所料，敌人来了。侧鱼镇敌人的辎重部队在两百多步兵的掩护下，上午九点钟左右，大部进入伏击区。三营发起猛烈冲击，机关枪和手榴弹从土坎上倾泻下来，敌人乱成一团。激战两小时后，小部分敌人和骡马逃回侧鱼镇，大部分被消灭，我军仅伤亡十多人。

得胜的部队从七亘村出来，许多干部和战士骑着东洋的高头大马，穿戴上了缴获的皮靴和钢盔，还有不少人穿上了黄呢大衣。解放后授衔为大将的陈赓在当天(10月26日)的日记中记道："伏击成功，计缴获骡马三百余匹，满载军用品。炮弹、子弹、无线电器材、干粮，堆积如山。一时群众欢呼，抗敌情绪突然高涨。但未得到俘虏兵，敌人死不缴枪，全部击毙，约三百人。日本武士道的作风，忠君爱国的欺骗，是有它的效果。"第二天记道："今日终日搬运胜利品。群众无需雇请，自动参加搬运。孔氏村、泉口及另一村公推代表携猪一只求见，说为庆祝第八路军的胜利。"(《陈赓日记》，战士出版社，第26页。李达书注：日记中泉口应为川口)

这是七亘村第一次伏击战。

刘伯承决定在七亘村再打一仗。他根据各方报来的情况，分析了敌军的意图和特点。日军侵略华北以来，一直是在打胜仗。七亘村的伏击，对他们来说只是一个很小的遭遇战。他们骄横得很，目空一切，更不把八路军放在眼里。敌二十师团急于侵占平定，没有其他道路可走，必然还要走七亘村。因此，他当机立断，指示陈赓在七亘村再打一次伏击战。陈赓依令而行，仍由七七二团三营主攻。跟上次不同的只是，上次埋伏在七亘村东面，这次埋伏在西面，让敌人过了七亘村再打。

果然，敌人又来了。这一仗，毙敌百余名，缴获骡马数十匹，我伤亡二十多人。

三天之内，在同一个地方连续两次伏击，这在军事史上是很少见的。

这一仗还有一个意外收获。在战利品中，找到了两份军用地图，正是八路军渴望已久的宝贝。一份是华北地区军用地图，一份是山西省军用地图。地图上标明是中国印刷，显然是日军从阎锡山的军用仓库里抢去的。

刘伯承喜出望外，高兴极了。他说："没想到日本人用中国印的地图打中国人。怪不得阎锡山说没有地图了，原来是跑到日本人手里去了。他对八路军这么小气，对日本人却这么大方。"

这里请让我们声明，本书这一章，大量引用了前述李达上将书中的史料；有些叙述大大简化了，有些对话基本上照引全文。李达将军在记述了刘帅这几句话之后，还有一段说明：

"原来，当我师途经太原时，曾经找阎锡山要几份山西和华北的军用地图，他回答说没有。而我们以前用的作战地图，竟是袖珍本的中学生用图。了解了这个原委，就不难理解我们缴获军用地图后的欢快心情了。"

7."重叠的待伏"

按照刘帅制定的军事用语，"埋伏战"应当叫"伏击战"或"待伏战"。继三天内在七亘村两次伏击之后，八路军又在一个星期之内，在敌军经昔阳向榆次进犯的路上，打了第三次伏击。刘伯承把这种打法叫做"重叠的待伏"。

1937年10月底，李达向刘伯承报告：经过侦察获悉，敌军一三五联队将由九龙关向昔阳进犯。刘伯承查看着刚刚缴到的军用地图,对李达说:"一三五联队要到昔阳,必然要经过昔阳南边的南、北界和黄崖底。黄崖底是个河谷,正好埋伏部队。"他立刻下决心打,对李达说:"这一仗让七七一团打吧。"

刘伯承直接指挥了这一仗。师指挥所设在黄崖底附近一个山顶的后侧,从山顶通过望远镜可以清楚地看到那个河谷。

那是11月2日。日军的一三五联队果然耀武扬威开过来了。等鬼子大部分进到河谷,从天而降的突然袭击,把鬼子们打得蒙头转向。这一仗毙伤日军三百多人,战马两百多匹。

在以后不到一个星期之内,八路军又在这一带打了两仗;在同一地区连续三次伏击成功。两年后刘伯承在一篇文章里写道:"本师(一二九师)部队在昔阳以东的黄崖底,伏击它一个联队的尾巴一次,在昔阳以西的土封口,伏击它一个联队的腰干一次,第一一五师又在土封口以西的广阳,伏击它一个联队的尾巴一次。这几次连接起来看,就是'重叠的伏击'。"他又说,其所以都能成功,是因为"日本强盗的大部队,通常发一股牛劲,向其预定的目标执拗地突进"。这就是说,日军为了完成某一作战任务,往往不惜牺牲,如刘伯承常常说的一句话,叫做"记吃不记打"。(引文见《对目前战术的考察》,《刘伯承军事文选》,150—151页)

这重叠三仗的第一仗,刘伯承指定让七七一团打,其中寓有深意。部队埋伏在高地,只有几条羊肠小路通向河谷,因此不能向敌军阵地发起冲锋。当时有人觉得不过瘾,说:"就是这个地形救了鬼子的命,要不就把鬼子全部消灭了,那才痛快哩!"刘伯承笑道:"我们用火力杀伤了敌人这么多有生力量,也是个大胜仗啊!"刘伯承老于带兵,他是有意这样做的。如前所述,七七一团刚出马就遭到包围,吃了亏,所以这次让他们打个便宜仗。虽然胜利不很大,也可以缓缓气,振奋精神。打仗也如同排球队或乒乓球运动员进入比赛那样,第一局的胜败,对往后的作战至关重要。

当初,七七一团遭到包围,国民党第二军团司令兼第十三军军长汤恩伯将军也知道了。他给刘伯承打电话说:"看来你们的游击战不行了。我们几万人都顶不住,你们一个旅怎么行,还是撤吧!"刘伯承对李达说:"游击战行不行,过后打给他们看看。"

正当一二九师第一次在七亘村痛击日军的时候,国民党军队却放弃了娘子关。汤恩伯又给刘伯承打电话,通报了这个消息,又说:"你们也赶快撤吧。"

刘伯承回答道:"我们刚刚在七亘村报复了鬼子一下,打死了他们三百多人,抓了三百匹牲口。"

"看来还是你们的游击战行啊!"汤恩伯说。

"我们还准备在七亘村一带再打一仗。"

"好,好,我们等着贵军的捷报。"汤恩伯就这样仓皇撤走了。

八路军在晋东这几次胜仗,阻滞了敌军沿正太线西进的势头。可是由于国民党军队的溃败,太原终于在11月8日被日军占领。

这时,汤恩伯又奉蒋介石之命,到太原南面的榆次布置阵地,企图阻止日军继续南下。他刚到榆次东南一百多华里的榆社,就遇到从前方退下来的败兵,他自己也不敢前进了,又给刘伯承打电话。寒暄几句之后问道:"你们那里的情况怎么样?沁州(今沁县)方向、西河底(今左权县城近郊)有敌人来,对我们左侧背威胁很大呀!"

"汤将军,"刘伯承说:"敝师的司令部就设在西河底,你的左侧背没有敌情。"

"兄弟非常感激。那么我的右侧有没有情况呢?"

"你放心,右边也没有敌情。从六河沟到石家庄,从石家庄到太原市郊,都有我们的部队。"刘伯承说得很诚恳。

"唉呀,刘师长,你们一师人摆得这么宽,危险哪!"

"我们这是游击战哪!"

汤恩伯似乎得到了安慰,心情舒坦起来,说他久仰刘将军,很想跟刘将军见一见。

刘伯承应邀到榆社。两人一见面,汤恩伯就说:"你们的游击战打得好!"(引自李达书,30—37页)

十四、玩一点新花样

1. 吃屎的狗记吃不记打

抗日战争开始不久,八路军的一连串胜仗,使"游击战"成了流行名词,迅速传遍了全中国。特别是大中城市里,真可以说是家家谈论游击战,户户传说八路军。那时我们都是中学生,抗日打游击更是学生们的热门话题。青少年们满怀爱国激情,既欢欣鼓舞,又深感惊奇和神秘。唱着那首豪气干云和洋溢着浪漫色彩的《游击队员之歌》,我们热血沸腾,常常兴奋得掉出眼泪来。

本来,无论中国和外国,游击战古已有之。但是,在中华民族的抗日战争中,游击战确实得到了超越古今的发展。虽然在开头那几个月,它还刚刚初露锋芒,它那独特的风貌,立即使人们感到耳目一新。

美国人也觉得新鲜。特别是他们中间的有识之士,很快就觉察到中国人这种游击战可能具有某种不同寻常之处。一个当时在上海的美国海军情报官员写道:"北方传来的消息说,八路军发展了一种被称为游击战的东西。"

吃到了游击战苦头的日本军人更是大吃一惊。一名日本侵略军的少佐在他的回忆录里说,1938年4月,他在他们新组编的旅团受了为期五天有关游击战法的教育,"这是我们完全不懂的一种战法。"

刘伯承作为一位大军事家,对游击战的这种发展做出了突出的贡献。他在1938年3月发表了《论游击战与运动战》一文,文中分析了敌人作战中表现的特点，写道：

> 它们拥有优越的技术兵器，而动作严格遵守着典范令的规定。其对于我国军队的被动的、单纯的防御，当然要占些上风。但如果我们作战审计了敌我的长短，玩一点出乎他们典范令之外的新的花样——主动袭击的运动战与游击战，它们就要感觉难以应付。如平型关、阳明堡、七亘村、广阳诸战斗。它们在感觉不易应付时，竟至避开我们。"文中还说："当然，日军并不会忘记它在1918到1922年出兵西伯利亚在游击战中所受的消耗。"然而，日本军国主义者们"记吃不记打"，这个教训他们恰恰忘记了。

上述那个日本少佐的回忆，见于《华北治安战》一书。这是一本官方著作，是日本防卫厅战史室编写的，从卢沟桥事变前讲起，一直讲到侵华战争结束。这本书站在侵略者的立场，总结侵略华北的经验教训，洋洋六十多万字，出版于投降之后，却毫无悔过之心。但是它总算提供了对方一些资料，有助于我们全面地考察许多问题。它那无可奈何花落去的心情，也使我们觉得很有趣。

书中再三再四地惊叹"共军的游击战术巧妙"和"极为巧妙"，再三再四地指出华北"治安的主要症结"是"中共势力"，再三再四地慨叹对这一点觉醒太迟，始终认识不足。它的"结束语"可谓要言不繁，是这样开头的：

> 华北治安战的特点是，其作战对象为彼此互有矛盾的中共和重庆两方面，它们既属于同一民族，而性格、素质、战术却各不相同。"而中共这个敌人是一个奇怪的敌人。"它和日本在长期训练中作为目标所描绘的敌人，或者是迄今为止我们

所接触过的敌人，无论在形式和本质上都完全不同。""中共游击战术的本质是秘密地将多数民众团结在自己周围，形成一个整体，……因此形成难以分清敌军和民众、敌方和我方这些错综复杂的现象，这种情况同正规作战完全不同。

接着，书中用另一种字体触目地写了这样一段话：

当时有关人员曾慨叹："对付共军犹如割除根深蒂固的杂草，费尽力气毫无成效，真是无能为力。"

这本书经天津市政协编译组译成中文，由天津人民出版社于1982年出版，分上下两册，往后我们还将加以引用。

2. 美国海军部观察员

现在我们再说说那位美国海军部观察员。他的全名是埃文斯·福代斯·卡尔逊。日本侵略军在发动卢沟桥事变一个多月之后，又于那年8月13日在上海登陆。正在这个时候，卡尔逊第三次来到中国。这次，他本是准备来正规地学习中国语文的。现在既然打起仗来了，作为一个军人，他要"观察和分析这场战争的战略和战术"。他决定放弃原先的计划，征得美国亚洲舰队总司令和美国驻华大使的同意，他到大使馆的上海武官处工作。

我国称之为淞沪战役的上海战役，持续了两个月又二十六天。中国军民浴血奋战，上海终于失守。国民党军队打的是单纯防御的阵地战。当时担任国民党政府副总参谋长的白崇禧将军在他的回忆录里说：此役"牺牲三十万部队"，"我军因缺乏现代武器，全赖血肉之躯与之相抗，所以伤亡甚重。"（见《白崇禧回忆录》，解放军出版社，110页）

卡尔逊写道："恰恰在上海战役快要结束时，从北方传来了中国的八路军在山西省取得一些小胜利的消息。他们是国内战争时期的老红军，已发展了一种被称为游击战的东西。据说游击战术和强有力的群众支持，是这类抵抗的基本原则。"

淞沪战役中，他深入国民党军队的前线，既观察中国军队也观察日本军队。在三个月的实地观察之后，他得出了自己的结论：

> 上海战争表明，中国军队缺少在阵地战中打败日本人的装备、训练和组织。然而，中国军队和人民群众都显示了在民族自救事业中忍受艰辛和共同合作的愿望。如果这种精神扩展到全国并得到明智的引导，就能抵销日本人享有的现代军事装备和组织的优势。作为一个官方观察员，我觉得应当研究这种可能性；作为个人，我对来自北方的报道提到的正在使用的方法和民主特征很感兴趣。

他决心到北方去考察八路军的方法和理论。他只身一人拿着盖有国民党中央政府军事委员会大红印的军用通行证，取道西安到了山西。他要去见那些在这场战争中"发展了一种新东西"的人们。他见到了。

他在八路军总部访问了总司令朱德和其他领导人。他得到朱德的同意，访问了八路军三个师的作战地区，几乎在山西省绕了一圈。他骑马和步行，两次由游击队护送偷过日军的封锁线，多次遭遇险情。他在沁县遇见了前往八路军总部的刘伯承，然后到了一二九师。他写道："在一二九师日本大衣随时可见。这个师正沿东西相向的正太路和东边的平汉路积极地同敌人交手。几乎每天都缴获到军需品。"

关于刘伯承，他写道：

> 如果驮运队没有耽搁的话，我们可能就错过了刘伯承这

位指挥员,而且也不会遇见薄一波将军。薄一波是阎锡山在当地的代表,他管理十个县的事务,沁县是这十个县的首府。

刘伯承以前是红军参谋长。他44岁,是个严肃的人,他的右眼在内战时期被打掉了。他原是四川的军人,被认为是一位最好的战术家,军中的军史学者之一。

"在过去的十年间,我没有什么时间进行研究",在我们第一次会面时,他若有所思地对我说,"我和你谈话之前,希望你和薄一波将军谈谈。他代表本省的政府,我们正试图和山西的官员们建立诚挚的关系。他们是爱国者,但需要学会如何动员人民抗战,学会怎样打游击战。今天晚上我来看你。"

那天晚上,刘伯承来作了一次谈话。

他说道:"这个省的形势很复杂,有三种不同的政治组织,对应当如何抵抗侵略,各有一套主张。除八路军和省政府外,还有国民党的代表。我们努力和其他两方面一起工作,不伤害他们的感情。我们希望通过示范和说理,使他们相信我们已经发展起来的抵抗方法最适合于当前的情况。我们也会犯错误,但我们欢迎批评,我们取得了成效。"

刘伯承向他介绍了最近的战况。最近,日本人派五个纵队想要毁灭一二九师。我们的主力在靠近和顺县的山里,敌人从西面、西北面和北面进攻。我们的一个连伏击并重创了敌人一个六百人的纵队,又袭击了另一股敌军,其余三个纵队敌军汇合起来从前面和翼侧包围了我军主力。"那天晚上,我们留一个连守卫我们山上的阵地,我师的大部转移到敌人的侧背和一翼。天亮时分,我们进攻敌人的翼侧,游击队突击其背后。这次胜利我们缴获了45匹马,大量的来复枪、弹药和几部电台。在这次战斗中,我们依靠老百姓给我们提供情报,他们没使我们失望。"

卡尔逊写下了那次谈话的其他内容,包括一个小故事:

刘同志擦了擦他那只玻璃眼睛,又继续说下去,"在河北省西部的临城,妇女们穿红衫绿裤。我们的五个游击队员穿上这种衣服漫步向县城走去。有十个日本兵追赶他们。他们爬上了附近的一个河谷。那里有我们的士兵埋伏在灌木丛中。等日本人过来时,他们所追赶的就不再是妇女了。"刘回忆到此,得意地笑起来。

卡尔逊由八路军派小部队一站一站接力护送,"从一个总部转到另一个总部"。他在一二九师师部见了徐向前、张浩、杨秀峰等人。从师部到陈赓的旅部,然后到了陈锡联团部所在地的皋落。"皋落是昔阳县县政府的所在地,县城已被日本人占领。这进一步证明了中国人决心控制已被日本人占领了的城市以外的乡村。"他接着写道:

陈的一个连队袭击了与铁路平行的公路上的敌军车队,刚刚回来,正在展览各种缴来的装备……

缴来的日记和作战计划特别予人启示……一本日记这样记载着:"今天我们出发以前,被告知说,我军的一支小部队在青龙镇受到攻击,我们小心翼翼地前进。在这个地方我们团首次遇上了敌人。因为当地的人民十分危险,我们杀死了30个年轻男子,离去了。我们走了不多的路就停下来休息了。"

他在陈锡联那里好几天,看到了一场战斗。第二天早餐后他们在住处的院子里散步。"一个农民来见陈。谈完之后,陈匆匆站起来,扣住他的毛瑟枪。日军一个纵队似乎正沿着一个山谷向东开来。"陈锡联带部队去作战,要卡尔逊回到刚刚走过的后面三英里的山上,一个叫做前岩的地方去。20分钟之后,正当他们努力向上爬的时候,有人突然喊道:"你们看!"卡尔逊回头一望,只见一队日本骑兵正绕过山脚从北面进入他们刚刚离开的那个村子。

以后的两天,卡尔逊留在前岩。"我们通过陈送回的消息了解作战情况。日本人在乡下来回穿梭,显然是想使他们追逐的部队掉进陷阱……农民尽了责,陈得知了这个陷阱,他把队伍带过山,来到日本阵地的背后。天尚未破晓,他就发起了进攻。他们刚撤出战斗,日本人就向他们在昔阳的基地撤退了,丢下15具尸体。陈的巡逻队一人死亡,二人负伤。"

卡尔逊接着写道:"陈巧妙地进行了这场战斗。如果所有的游击队领导人都如此思维敏捷,善于随机应变,日本人要想熬过这次战斗,更不消说赢得它,就必须改变他们的战术。他们的弱点太明显了。他们像盲人一样在乡间跌跌撞撞,因为他们缺少正确的情报。他们的部队笨重,士兵被沉重的装备压垮了。炮兵比步兵更慢。他们凌辱人民的做法,使那些可能与他们合作的人也疏远了。"

3. 卡尔逊成了将军

卡尔逊此行50多天,回到汉口以后,又第二次出发,到了延安、到了内蒙古、到了河北的平原、到了孔夫子的故乡。

在那段时间里,没有第二个人,不论是中国人还是外国人,在中国的抗日战场上走过卡尔逊那么多的地方。他先后访问了毛泽东、蒋介石和国共两党许多高级将领,多次跟前线的部队行军和生活。他考察了这场战争,特别是游击战争。他不仅考察了山地游击战,也考察了平原游击战;不仅直接观察了游击战争,而且亲身体验了游击战争。

由于他在军事上修养有素,又怀有强烈的民主主义信念,他对游击战争的奥秘,有特别深刻的领会。他没有料到他这次来中国会碰上战争。这个单纯的人更没有料到,他此行决定了他此后的一生。

他从山西回到汉口,公开举行记者招待会,宣讲他的所见新闻,称赞八路军抗日游击战的辉煌成就。美国官方不允许他这样做,把他调回美国。他愤而辞掉军职,以一个平民老百姓的自由之身,就他这次来中国的见闻和见解,发表了一系列文章,并于1940年写成《中国的双星》一书。这本书由新华出版社于1987年出版了中文译本,我们上述引文都出自这本书。

太平洋战争爆发以后,他上书美国总统罗斯福。罗斯福接受了他的建议,在美国海军陆战队中建立突击部队,并且提拔他为将军。他运用游击战术,率领突击队袭击日军占领的太平洋岛屿,屡建奇功,名扬美国。(参见爱泼斯坦:《回忆美国对中国抗日战争的报道》,上海《新闻记者》1985年第9期)

十五、打惯了大仗的人们

1. 转变

红军是游击战争的老手。好几支红军是靠几把菜刀起家，从很少的几个人打游击开始，逐步发展成正规大部队的。但是整个说来，十年内战中红军对付国民党军队的"围剿"，却是以运动战为主的，游击战仅处于配合或辅助的地位。担负游击任务的，是地方部队和工农老百姓组成的不脱离生产的游击队或游击小组。换句话说，作为主力的红军野战军，一路来打的是正规战——运动战和阵地战，而不是非正规的游击战。

这时面对武装到牙齿的日本侵略军，它们拥有现代化的精良装备，训练有素，远非国民党军队可比。这个仗该怎么打？这是八路军生死攸关的大问题。不仅如此，如果八路军继续像内战时期那样打正规战，三下两下就很可能被日本侵略军打败甚至打光，中国的乃至世界的历史恐怕就得重新写过，总之不会是今天这个样子。本来胜败乃兵家之常，但是八路军那点儿本钱输不起。

中共中央为八路军出师抗日制定的作战方针是：基本的游击战，不放松有利条件下的运动战。这对于整个八路军，是一个具有严重意义的大转变。这个转变的必要性，我们还不妨从对手那方面来看一看。日本官方《华北治安战》一书的结束语中说：最初日本完全没有把中国共产党放在眼里，"当逐渐认识到渗透占领区的中共势力，乃是治安的主要症结时,方考虑到要以对共作为治安战的重点。然而,这种认识的转变,实际上为时已晚,而且很不彻底。"何以"很不彻底"？书中探究了种种原因,接着写道:"但是,归根结蒂,不可忽视的一点,却是多年来存在于整个陆军的'歼灭野战军'的战略教条所起的作用。"这话不能说毫无道理。从八路军这方面说,刚刚经过二万五千里长征,剩下两三万人马,如果继续采取内战时期以运动战为主的方针,打正规战、打大仗,不是恰恰碰在敌人的硬钉子上吗？

基本的是游击战,这个战略大转变,对于整个八路军,绝不是都能很快适应的。特别是当初,部队刚开到敌后,亲眼看到日本侵略者那样凶残地烧杀抢掠奸淫,哪个不想拼命,不想多杀些鬼子！所有不愿当亡国奴的中国人,哪个不想报仇雪恨！在军内外这样的群情激愤之中,这些打惯了大仗的人们却要打游击,打小仗,这更是多么困难的转变！

刘伯承深知这个转变不容易,必须做许多工作。八路军出师之前,中共中央在陕北洛川召开政治局扩大会议。讨论作战方针的时候,就有人不赞成打游击的方针。聂荣臻元帅在他的《回忆录》里说:

> 在这次会议上,讨论时间比较长,议论比较多的,是八路军出征以后的作战方针问题。在讨论这个问题时,曾经出现过不同的意见。
>
> 毛泽东同志在发言中说,对日本帝国主义,我们不能低估它,看轻它。同日本侵略军作战,不能局限于同国民党军队作战那套老办法,硬打硬拼是不行的。我们的子弹和武器供应都很困难,打了这一仗,打不了下一仗。由于蒋介石奉行错误的政策,和日本帝国主义的力量暂时处于优势地位,因此,我们必须开展独立自主的山地游击战争,准备坚持持久抗战。
>
> 林彪不同意打游击战。他在会上说,要以打运动战为主,搞大兵团作战。他的思想还停留在同国民党军队作战那套经

193

验上，觉得内战时期我们已经整师整师地歼灭国民党军队了，日本侵略军有什么了不起！……

洛川会议从8月22日到25日，一共开了四天，讨论来讨论去，最后还是统一到毛泽东同志提出的作战方针上来了。不过，毛泽东同志也考虑到讨论中的不同意见，把关于作战方针的提法作了一些变更，使之更全面、更科学了。这就是，基本的是山地游击战，但不放松有利条件下的运动战。当然只提山地游击战，似乎也窄了一点。所以，我们出师之后不久，又改成了："基本是游击战，但不放松有利条件下的运动战。"（见《聂荣臻回忆录》340页—342页）

洛川会议是最高层会议。最高层尚且发生过争议，中下层就更不用说了。尤其是一二九师，过去是惯于打正规战的阵地战的。它的前身红四方面军这一部分部队，在川陕根据地通（江）南（江）巴（州）作战中，打的是正规战的攻势防御，其中某些部分还是专门担负阵地防御任务的。这个转变之困难，更可想而知。刘伯承考虑只有办游击训练班，把全师排以上干部轮训一遍，地方干部也要加以训练，这个大转变才有可能顺利实现。

但是当初部队刚开到前线那两个月，没有办训练班的可能。那时军情紧急，不能不抓紧战机，集中一定的兵力打几仗，消灭几股敌人。一则配合友军保卫太原，阻滞敌军前进。二则打击敌军凶焰。国民党军队只会正面直顶，在敌军现代化的装备面前一触即溃，八路军必须打几个胜仗才能帮助全国人民树立抗战必胜的信心。三则，也只有这样才能树立八路军的威信，开辟根据地，开展游击战争，坚持长期抗战。

那时，刘伯承只能零零碎碎讲讲游击战。比如在每一仗的前后，讲一点立刻用得上的东西。只有在率领先遣团出发途中，他大讲特讲了一番，特别是叮嘱先遣团长陈锡联，要他在他的七六九团尽快完成这个转变。

1937年11月8日,太原沦陷;12日,上海失守。战局发生了重大变化,抗日战争进入了一个严重的过渡时期。日军与国民党军队的正规战争移向津浦铁路南段和长江流域。华北方面,国民党政府曾投入60万人的兵力,伤亡近12万人,这时大部分退到了黄河以南。

毛泽东发表了题为《上海太原失陷以后抗日战争的形势和任务》的著名论文,文中指出:"在华北,以国民党为主体的正规战争已经结束,以共产党为主体的游击战争进入主要地位。"

八路军总部随即作出新的部署:一一五师留下聂荣臻开辟晋察冀根据地,主力移到汾河流域与晋南,阻敌前进。一二〇师留在太原附近,并负担开辟晋西北根据地的任务;一二九师到晋东南开展游击战,创造以太行山为依托的抗日根据地。

2. 育种

太原失守后一个星期,刘伯承率一二九师师部进驻辽县。辽县素有太行山的屋脊之称,位于山西省东部,与河北省比邻,县城在太行山西麓,海拔约两千公尺。师部驻在县城附近的西河村。

师部刚在西河村住下,刘伯承立即着手做两件事。

一件是将所属主力部队化整为零,一般以连为单位,分遣到同蒲路东侧、正太路南侧、平汉路石家庄至磁县段西侧,开展游击战争。据前述李达将军的书中说:从太原失守前后到1938年4月为止约近半年之内,逐步分遣了三分之二的兵力。那时全师总共64个连队,派出了41个连队。(见所引书61页)

一件是开办游击训练班,准备花一年时间把全师排以上干部和地方上县、区级干部轮训一遍。两部分学员,课程略有区别。部队干部侧重怎样分散到敌后进行游击战争,怎样做群众工作和协助地方政权工作。地方干部侧重怎样组织自卫队，保护人民的生命财产和配合正规军、游击队打击日军，以及怎样组织作战时支援前线的工作。

游击训练班很快就开学了。刘伯承在开学典礼上讲话。他首先说明中共中央已经提出"八路军与华北共存亡"的口号，接着说道："但是，我们人数还少，装备也很差，跟日军打正规战争不合算。所以我们今后的作战，要以游击战为主。我们要争取一点一滴的胜利，积小胜为大胜，杀一个敌人，缴一支枪都算数。不到条件成熟的时候，不搞运动战，不要不适时地同日本人打大仗。这对我们来说，是一个战略上的大转折，也是思想上的大转弯。"

他说，他知道有一部分同志还没有想通。他们只愿意在一个地方打仗，不愿意走路。有的说："一年来都说打日本，为什么打一下就拉走了？"有的说："游击游，脚板走出油；运动战，大米小米喽。"他说，为什么要打游击战，以后上课的时候专门讲，现在先讲两个故事。

一个是日军有一个叫伊藤的少将说：八路军"行踪飘忽，出没无常。我前进则彼逃散，我停止则彼出现"，"在广大之中国，到处流窜，不能使其作城下之盟"。刘伯承说道："大家想一想，如果有的同志不愿意走路，去同鬼子下'战书'，订'城下之盟'，不正是鬼子求之不得的吗！"

另一个是不久前在榆次缴获的敌军文件中，发现一个日军士兵写的家信。他在信上划了一个圆圈，又画了一个小人站在圆圈的中央。小人是他自己，圆圈代表游击队。这个图的意思，就是说他们处在八路军游击战包围之中，因而不能回家，心情十分苦闷。

陈毅元帅跟刘帅是好朋友，曾经说刘帅是个"口头娱乐家"。确实，他肚子里随时装得有故事，并且喜欢在讲大道理的时候讲些小故事。

游击训练班每期长则一月，短则半月。学员毕业以后，分散到各地就成了游击战的"种子"。这些种子像滚雪球一样，越滚越大。他们刚下去时只带三五个人，或一个班，至多一个排或一个连，经过很短一段时间，就发展成许多游击队。

那时,为了迷惑敌人,不让敌人摸清我军的实力,游击队的番号可谓五花八门,名目繁多。渐渐地,称为某某支队的游击队多起来。一个支队,开始大体上百把人到二百来人,逐步发展到一千多人,变成一个战斗旅。这个旅活动的地区就发展成军分区。如冀西游击队、晋豫边支队、先遣支队、独立支队、独立游击支队等等,都是相当于一个旅级的游击队。

到了1938年秋,距太原失守不到一年工夫,以太行山为依托的晋冀鲁豫抗日民主根据地便初具规模。它的范围:东至津浦路,西至同蒲路,北起正太路和沧石路,南迄黄河,人口达2 300万。到1940年7月左右——抗日战争三周年之际,一二九师与地方武装,包括杨秀峰教授创建的冀西游击队和后来担任新中国副总理的著名政治家薄一波等创建的决死队(即山西新军)在内,在太行和冀南一共有了95 000多人,比一二九师出师时的9 100多人,发展了十倍以上。(以上数字,均见前引李达书,63页)

3. 好猫

但是,刘伯承这样重视游击队,这样雷厉风行地开展游击战争,并不是把游击战孤立起来看的。他把游击战与运动战融合起来而不是割裂开来。他强调的是审计敌我力量的对比,因时因地克敌制胜,制敌而不为敌人所制。当时八路军力量太小,战略上不能不以非正规战的游击战为主,但他并不排斥运动战。特别是在战术上,只要能打胜仗,他不拘一格。他认为正规军也要尽量采用游击战的长处。他说,正如一句俗话所说的:"不管黄猫黑猫,咬得到老鼠的才算好猫。"

游击训练班开办起来,他亲自讲课,逐步阐明他的观点。1937年11月,他首先讲了《抗日游击队的四个基本任务》,任务之一是"配合基干军队打胜仗",方法是,"到敌人后方和翼侧袭击敌人,消灭其小部,破坏后方交通，劫毁辎重，在敌人将至之地实行空舍清野工作，以扰乱、分散、迷惑和疲惫敌人，造成日本强盗四面受敌、人心惶惶的环境，并加强侦察警戒，以配合我们抗日的基干军队消灭敌人。"(《刘伯承军事文选》，69—70页)这是游击训练班的第一课。

第二课，他讲了《抗日自卫队的三个基本任务》，其中讲了自卫队和游击队独立抗击敌人的办法，用那些办法，"已能使敌人很难立足"。接着说道："如有正规军队独立团营、基干游击队在自卫队地域作战时，则自卫队用上述动作配合其作战，是很容易消灭敌人的。"(《刘伯承军事文选》，75页)

所谓"自卫队"，后来逐渐通称为"民兵"，由乡镇男女居民组成，是不脱离生产的民众队伍。这种自卫队，是最标本的非正规的武装。他们的动作，是标本的非正规作战。从这两篇文章可以看出，他不仅不把游击战与运动战割裂开来，而且是把非正规的作战与正规的作战融合起来运用的。

不久以后，随着战争实践的发展，他展开了和发展了他的观点。先是提出"运动战与游击战混合采用法"，然后又提出因地因时"适当调剂"两者分量的观点。这些我们到后面再说。

十六、黄蜂阵和麻雀战

1. 坐骑狂奔

自从开办了游击战训练班,刘伯承日以继夜对游击战作更进一步的研究。早在莫斯科留学期间,他研究过外国战史中的游击战争。刚回国在上海地下,他叫党必刚翻译了一本游击战的书。到了江西苏区,他又写过好几篇指导开展游击战的文章。尽管如此,游击战争绝不是死东西,特别是反对现代化的异族侵略军,更需要不断地"玩一点新花样"。何况现在华北的抗日战场上,游击战争上升到了主要地位呢?

他广泛阅读和研究敌我友三方面的资料。日所思,夜所想,都是这件事。

李达将军在他的书中讲了一个故事:

有一天,李达跟着刘伯承骑马出去,边走边谈训练班的事。正说着,刘的坐骑突然嘶叫起来。李的马也受了惊,四蹄乱蹦。一刹间,两匹马拼命向前奔跑。他们使劲抓住缰绳,等到各自勒马站定,才知道刚才有一群黄蜂从后面袭来,落在马屁股上、马肚子上,把马蜇惊了。

"这么个庞然大物,还怕小小的黄蜂!"刘伯承若有所思,又说:"嗯,我看这好有一比呀。"

"比作什么呢?"

"游击战。"刘的话音刚落,又有一群黄蜂朝他们飞来,两匹马听到声音就战栗起来,嘶叫着又跑了几步。

"你看,这黄蜂虽小,威力却很大。"他捋了捋马鬃,让它安静下来。"这马就好比日本军队。它人数多,装备精良,训练有素,是个庞然大物。这黄蜂就好比我们分散出去的游击小组,短小精悍,行动灵活。"

刘伯承这里指的,只是当时的情形,只是正规军化整为零,分散出去打游击。然而这仅仅是开始,仅仅是第一步。只有广泛发动群众、武装群众,军民一起来打游击,才能充分发挥游击战争的威力。正如他在《论游击战与运动战》一文中所说:"游击战争,原来是抗日战争中广大的民众武装斗争的事业,而不是单纯的军事行动。"(《刘伯承军事文选》,88页)后来又说:"单纯军事观点、脱离广大民众的军人,已成过时的人物了。"(《刘伯承元帅大军指挥手记》,164页)

抗日战争是中国广大民众的事业,而不仅仅是正规军队的事,也不是单纯的军事行动。这是个重大的政略和战略问题,是一篇极大的大文章。

国民党军队的失败,固然由于它采取单纯防御的战略,只会打呆板的阵地战;更根本的原因,是它只靠正规军队打仗,害怕人民组织起来斗争,更不允许人民群众武装抗日。国民党这种作法,被称为"片面抗战"。

刘伯承执行中共中央全面全民抗战的路线,把它具体化为全面战和全力战,做出了创造性的发展和难能可贵的贡献。

这是战略问题。但是刘伯承不用"战略"这个词。他最初是在1941年2月1日《关于太行军区的建设与作战问题》的报告中提出这个问题的。他说:我军战术的基本特点,"就在于把战术与群众对敌人的一切斗争结合运用,以发扬全面战与全力战的威力"。所谓全力战,"即是以军事为轴心,配合以政治、经济和文化的作战。"这就是在武装斗争中,要在政治上瓦解敌人,把日本侵略军从伪军中孤立起来,把日伪军阀从其军队中孤立起来。同时,必须执行党的统战政策,实现民主政治,团结各阶级抗战。此外,还要消除抗战区与敌占区对立的现象,使敌人无法施其以华制华的阴谋。经济方面实行抗日的经济政策,摧毁敌人"以战养战"的设施和企图,并使抗战军民的经济富裕起来。在文化建设上,提高抗战军民的自信心,自尊心,加强斗争性与顽强性,打击敌人的奴化欺骗。"这样的全力战,不但党军本身要结合一体进行,而且要结合党、政、民有机地配合进行。"这样有机地配合起来,就是全面战。他既反对"单纯的军事观点",也反对"轻视武装斗争的作用"。(《刘伯承元帅大军指挥手记》,128—129页)

2. 首创

组织和发展游击集团,是刘伯承倡导的全力战和全面战的主要内容之一。他在游击战训练班讲自卫队和游击队的任务,就贯穿着这一思想。自卫队不脱离生产,游击队脱产或半脱产,还有正规军队作为基干。他说这三者就如一只手的筋骨肉,艺术地配合起来作战,使敌人四面受敌,陷入天罗地网。著名的大军事家萧克将军在《马克思主义的军事家和军事理论家》一文中说:"他(刘伯承)的作战谋略和指挥艺术是毛泽东军事思想的重要组成部分,是战争艺术史上的瑰宝。"其中之一,是"首创"了游击集团这一人民战争形式。(见《刘伯承指挥艺术》,第1页,第3页)

在刘伯承本人,这个思想有个发展的过程。早在中央苏区他担任红军总参谋长时期,他在《现在游击队要解答的问题》(1934年5月)一文中,提出过"游击队集团"的思想。现在,在抗日战争中,去掉了其中的"队"字,意义大不相同。这一字之差,使内涵扩大了,发生了质的变化。关键是发动群众,帮助群众组织起来,广泛建立不脱产和半脱产的民众武装,使抗日战争具备充分的群众性,这无疑是他思想上的一个飞跃。

这种"游击集团",是一个由村、区、县逐级往上到军分区和军区的立体结构。在最基层,是村级的游击集团,自卫队、民兵为其分队,游击小组或模范班为基干队。往上类推,一层一层,这个梯形的网越结越大。一个军分区是一个游击集团的大网。整个太行军区形成一个更大的网,一二九师的野战部队便是它的基干队。

刘伯承说:这个按行政系统的经常组织,便于党政军民统一领导作全力斗争。这样一来,"一则使日寇组织的汉奸政权,难于立足生根,而我们的县长、区长、村长都兼任各游击队首长,更有利于巩固抗日政权;二则各游击干队得着所属游击集团就地的侦察、游击和掩护,更便于抓住敌人的弱点实行突击,以扩大游击战争的威力。"(《对目前战术的考察》,1939年8月,见《刘伯承军事文选》123页)

从以上所述可以看出,在游击集团的组成中,建设军区是至为重要的一环。这里特别值得注意的是,他非常明确地指出游击战争条件下的军区,负有积蓄武力和使用武力的双重任务,与正规战争条件下的军区不同。他在口头和文字中多次强调这一点。他说:现代各国的军区,都是正规军的军事行政组织,只是一个积蓄武装力量的机关。我们处在华北敌后,我们的军区一方面要组织自卫队、游击队,补充兵员,征集资财,安置伤病员,从这方面说,它也是一个积蓄武装力量的机关;但是同时,它还要指挥军区的基干纵队、支队、游击队、自卫队等独立作战,或者配合正规军作战,所以,它又是一个使用武装力量的机关。

早在辽县游击战训练班开办之前,中共中央指示一二九师以太行山为依托,开辟晋冀鲁豫抗日根据地的时候,他就在考虑建设军区的问题。据李达将军回忆,还是在日军刚刚占领娘子关以后,刘伯承就曾指示李达,要他考虑一个建立军区的计划。

当初刘伯承那样赞赏"黄蜂阵",他心里想的就是要发展这种"游击集团"吧?用今天的语言来说,这是一个繁复巨大的系统工程。从1937年冬创办游击训练班开始,他就抓住这件事不放。1939年4月在前述《对目前战术的考察》中,他首次系统地论述了"组成游击集团"的问题。1941年2月1日他在太行军区扩大会议讲演,其中解答了有关战术的十个问题,第一个就是"游击集团的发展"。这年5月,他亲笔起草了《关于强化游击集团的命令》,同月在《一二九师内务条令》中,规定军人的职责之一是"开展军事、政治、经济、文化全力的全面的游击集团的斗争"。这年6月,又起草了《组织游击集团的要诀》和《关于游击集团的训令》。《训令》中指出:"组织游击集团,才能进行有力的、扭住敌人的游击战,这是四年抗战的基本总结之一。"(《命令》、《条令》、《要诀》见杨国宇、陈斐琴编注之《刘伯承军事著作选注》打印本第4册,《训令》见《刘伯承军事文选》)

在这些讲演和文件中,他一方面指出把正规军分散出去打游击既是必要的,也是不得已的。另一方面,他又批评有些军分区的野战旅舍不得派出得力的干部去做发动群众、发展游击集团的工作;甚至随便抓一个地方游击队来补充自己。结果,打仗时得不到全面游击战争的配合,形成"裸体跳舞"。因此,他在《要诀》中要求各级领导对"每个游击集团的活动,都要及时检查,并给予政治上、方法上之指导。高高在上,单凭一纸公文是无效的。"

3. 实干家

刘伯承本人便是那样一位实干家。他手把手地教育部属。他倾注满腔热情和心血,精细研究大大小小每次作战的经验教训。这里我们举一个初期的例子。在抗战一周年的军事工作报告中,他历述一年来一二九师在实践游击战争中的进步,细致入微地指出各阶段战斗和战术上的优点和缺点。关于从太原失守到击退正太路敌人六路进攻那一阶段的优点是:

  1. 袭敌动作一般是善于运用了。如11月12日头泉战斗突然进抵车站房。敌死守站房不出,我即烧将起来,使敌守站的二十余人及十余箱枪支与军用品同归于尽。12月21日马头镇战斗,我只以一个排袭扰,致驻该镇的三四百敌人混乱不堪,磁(县)邯(郸)敌人由南北增援而对打,受很大损失。

2. 善于破路劫车。如秦(基伟)赖(际发)支队和骑兵团,"捉火车头"(使火车头出轨的说法)成了他们的拿手戏。

3. 善于疲困敌人。如秦赖支队在长凝分遣二三人的无数小组,散伏长凝据点周围,日夜打冷枪,使敌坐困,甚至不敢出门挑水。

4. 发明了打麻雀仗。11月26日的范村战斗,在敌以步兵五六百、骑兵一个连、炮六门、汽车两辆向我进击时,我七七一团以一个连分散到十余里,准确射击敌人,结果使敌伤亡近百,汽车也被我打毁一辆。从此,这种打法就叫麻雀仗。

5. 小部队甚至单兵也能独立机动的游击。如汪(乃贵)支队一个战士送信,行经上龙泉附近,遇敌百余人。他钻入石洞沉着射击敌十余个。该敌无法,找汉奸诱出也未成,结果敌围了半天后只好走了,他也安全归队。再如昔阳有个大汉奸要见到日本人才出来接头,汪支队有几个人要捉他,就装日本军官,口里乱嚷,要人翻译,结果捉到了汉奸。

他也指出了缺点:如侦察警戒不严格。以致继七亘村之后,各处(地方游击队在内)受敌袭击者合计又有六次;对游击队游动无定、出其不意来袭击敌人,避免敌袭的原则认识不够,因老驻一地、老走一路而受敌人袭击者有之,等等,这里不全文引述了。(见杨国宇、陈斐琴所编《刘伯承军事著作选注》,打印本,第2册,44页至45页)

在刘伯承再三再四的推动和督促之下,太行各军分区在1941年夏季开始,先后形成了树、区、县、军分区的"四级游击集团梯队"。以二分区为例,这年8月,他们决定以这种形式进行一次战斗,拿下东冶头以东娘娘庙的敌人据点,结果证明十分有效。不仅拿下了据点,全歼了日伪军,而且把昔(阳)东二区的维持会全部肃清了。他们尝到了甜头,以后便连续以这种形式克敌制胜。在1943年反"扫荡"的胜利中,他们受到了太行军区的表扬。《太行区一九四三年对敌斗争简报》说:"民兵和地方武装配合得很好。""基干部队一去,地方干部便提供情报,介绍地形,提供作战意见。""敌人一动,民兵就打土炮,送情报,基干武装就赶紧支援。如基干武装在前沿发现敌情,民兵也立即支援……如有一次黄桂的敌人出动,民兵和基干队到处打击敌人,群众在各个山头齐声呐喊'缴枪不杀',敌人不知虚实,很快退去。"(见穰明德:《战争史上的奇观》。载《刘伯承元帅》,第二号)

4. 孙膑赛马

　　刘伯承关于游击集团的思想,是对中国古代兵法的继承和发展之一。首先是继承。当时担任旅长的陈赓大将的日记中记载:1937年12月25日,"刘电话说,(1)打伏击的方法,应以我们的主力打敌的小部队,以小部队打敌人的大部队。(2)重新准备第二步破路游击。(3)与敌的政治战。"隔了一天又记道:"刘批评我们这次战斗:(1)被动,不能主动攻敌。(2)不善于利用游击队及自卫队。(3)对敌人的政治进攻不注意。"(见《陈赓日记》40页)

　　刘伯承对陈赓说的这些,与中国古代孙膑赛马那个有名的高招相似。孙膑是两千多年前我国战国初期的大军事家,他最初见齐国的军事首脑田忌的时候,听说田忌跟贵族们赛马,一次次都赌输了。赛马分上中下三组。他看了田忌的马,认为并不弱,便说:"下次你下大注吧,我能帮你赢。"他叫田忌把下等马装成上等马,同别人的上等马赛;再以上等马赛人家的中等马,以中等马赛人家的下等马。结果两胜一负,田忌得胜。

后来刘伯承又进一步把这个高招发展了。1941年2月1日,他在太行军区扩大会议上作报告,对游击集团的运用和意义,提出了十六个字:"以弱耗强,以强灭弱,以散耗集,以集灭散。"他解释道:"这就是说:拿我们弱的部队去消耗敌人强的部队,为的是拿我们强的部队来消灭敌人弱的部队;拿我们分散的部队去消耗敌人集结的部队,为的是拿我们集结的部队来消灭敌人分散的部队。"

接着,他具体地加以申说:"神枪手的麻雀战与地雷战,在分散打击敌人上,作用非常之大;顽强的白刃格斗与剧烈的手榴弹投掷,在集结消灭敌人时,具有决定作用。现在我们在敌人象棋阵势(指敌人以铁路、公路、封锁钩、封锁墙和据点构成的格子网,纵横交错像象棋的棋盘。——引用者)上作战,必须指导某些游击集团,在宽大面积上打麻雀仗,实行袭击、急袭、伏击,乃至移动防御,以欺骗、迷惑、疲惫、牵制敌人,掩护主力在某一点上干脆消灭敌人。游击集团在掩护主力决战之时,必须经常侦报附近敌人有无增援,并迟阻增援之敌,以便于主力不放松一分钟的时间,消灭所打的敌人。这在平原四战之地特别重要。为消灭接敌区的便衣队起见,基干部队应在自己周围的小游击队接敌侦察及其掩护之下,以多种伪装,闪电地、机动地扑灭之。"

他又说道:"只有打得敌人的小部队不敢出动,而不能不以大队以上的兵力'扫荡'时,我们根据地才易于巩固建设,野战军才易于整训作战。因为敌人出动兵力一大,接济必难,'扫荡'次数必稀,据点间隙必宽,不但民众容易发动,而我军也行动自如了。也只有正规军大量地、不断地消灭敌人生动力量,才能使敌军解体,才能强化我军,才能解决战略问题。"(见《刘伯承元帅大军指挥手记》,131页)

刘伯承这里说,要打得敌人小部队不敢出动,果然如此。日本军方《华北治安战》一书中说:进入1943年下半年,所谓治安区(即敌占区)缩小了,"即在准治安地区(即游击区——引用者注),原来以一个分队就能行动的地区,现在则必须用一个小队到一个中队的兵力才行。在讨伐上,用一个中队以下的兵力难以积极行动的地区,有日渐增多的趋势。"(《华北治安战》,下册,431页)

刘伯承的游击集团斗争不限于军事。我们不准备多讲军事以外的问题,只想指出一点:他再三强调的是"实行全面的全力的战争,以粉碎敌人的所谓总力战。"(见《刘伯承元帅大军指挥手记》,146页)

关于日军的"总力战",他说:"日寇为要把华北彻头彻尾地变为殖民地,采用了'囚笼政策'(以铁路为柱,以公路为链,以碉堡为锁),并依托这种'囚笼'来进行所谓总力战。"他逐项分析了总力战的内容:武力战、政治战、经济战、思想战,接着说道:"据日寇文件所说,它这种'囚笼政策'与总力战,是发扬了塞克特当年在江西的碉堡政策,实行三分军事七分政治的办法。"(《刘伯承元帅大军指挥手记》,126—127页)那个塞克特,是内战时期蒋介石"围剿"红军时从德国请来的顾问。

日本侵略军确实在努力继承这个衣钵。《华北治安战》说:日本华北方面军曾出版一本保密的《剿共指南》,列为要点的,赫然就是"实行三分军事,七分政治,以争取群众。"(见《华北治安战》上册,408页)华北方面军还出版了一种月刊,也叫《剿共指南》,于1941年6月15日创刊。十分有趣的是,编者在创刊号中写道:"近代的武装斗争,政治为主要的因素。在剿灭以三分军事、七分政治为进攻手段的八路军时,我方的武装斗争也必须具有高度的政治性。"(见《华北治安战》,上册,378页)

原来,双方都是三分军事,七分政治,关键在于民众。这些都是不错的。刘伯承说:"没有和群众利益结合的游击战争,就不是游击战争了,而是'别动队'。"(见《刘伯承军事文选》,351页)日军那个三七开,不过是"三分屠杀,七分愚弄",实行所谓"比赛忍耐之斗争","忍耐十年消耗","以五十年至百年掌握民心"。这个"比赛"的结果如何?《华北治安战》的结束语中说:"共军与民众的关系,同以往的当政者不同。中共及其军队集中全力去了解民众,争取民心,不但日本,就连重庆方面(指国民党——引者)也是远远不能相比的。"(见所引书下册,472页)这几句也算没说错,日寇以一个异民族入侵,岂能相提并论!书中多处讲到这个问题,引述的材料不少,一个曾经参加太行地区晋中作战的日军参谋回忆的实际情景,写得比较简明,那人写道:

> 八路军抗战士气甚为旺盛。共产地区的居民,一齐动手支援八路军,连妇女、儿童也用竹篓帮助运送手榴弹。我方有的部队,往往冷不防被手执大刀的敌人包围袭击而陷入苦战。(《华北治安战》,上册,312页)

这段短小的文字,可以作为刘伯承全力的、全面的游击集团斗争的一个速写吧。

十七、山地和平原

1. 政委邓小平

刘伯承不可能一门心思办学,他还要指挥作战。在他给游击战争训练班讲课、写讲义的那两三个月,他又成功地指挥了几次战斗。一次是粉碎日军的六路围攻,接着是取得长生口、神头岭和响堂铺的三战三捷。他精细地总结每次作战的经验,还写了他全部著作中唯一的一篇标明"论"字的论辩文章,发展了他关于游击战与运动战的理论。

这里先说打退六路围攻。

日军由于正太铁路不断遭到破坏,防不胜防,便企图突然集结重兵,一下子消灭一二九师的主力。它探明一二九师有一支基干部队在松塔附近,1937年12月22日,从六个方向同时出动,向松塔作包围的袭击。主要的一路步兵两千多人,附飞机三架,骑兵一个连,平射炮、屈射炮共十门。其他五路兵力小些,每路步兵三千人到一千人不等,各附少数骑兵和炮兵。

包围的先一天临近傍晚的时候,它用一个便衣队明显地在松塔驻军前方作警戒疏忽的样子,意在引诱我伸出去打,以便它六个支队好抓住我军侧背。然后,六支袭击部队都在夜间急行五六十里,拂晓以前开始包围袭击。

松塔的部队不为所诱,及时转移到敌人侧背。敌人的袭击落了空,反而受到我军两次在它的侧背反击,伤亡二百人以上。我军主力又继续向敌人左外翼的一路反袭,敌人又伤亡一百多人。这时,它全军的左侧背都受到了威胁。此外,六路敌人都遭到了游击队、自卫队不断的伏击、袭击,伤亡约在二百人以上。它后方的联络也受到阻滞、袭扰,伤亡增多,给养困难。六路敌军困在雪铺的山地,饥寒交迫,只得在第六天,12月27日,全部退回正太铁路。

刘伯承在敌人撤退的当天,就在辽县召开的干部会上作了《击退正太路南进敌人的战术考察》的讲演,随即整理成文。讲演后他继续研究有关这次作战的报告和资料,二十几天之后,又写了一篇4 500字的文章,题目是:《我们怎样打退了正太路南进的敌人》。这两篇文章进一步展开了他对于游击战与运动战的观点。关于游击战的要领,他说:

> 游击队本无所谓前方后方,要靠自己的行动秘密诡诈,机警灵动,出没无定,严密警戒,肃清敌探,使敌摸不着头脑,无从袭击我们,也无从防备我们去袭击。如老驻一地,就要遭敌人的袭击;老走一路,就要遭敌人伏击。游击从在敌人翼侧活动,特别是敌人撤退时施行伏击、袭击,破毁交通,对于配合基干军队作战有很大意义。

他在两篇文章里一再地说,当自卫队、游击队配合基干军队一同作战的时候,就是游击战与运动战的混合采用。他写道:

> 这一次的战斗,是游击队、自卫队与基干军队三个因素配合的行动。就其作用来说,像打击人的手一样,游击队就是筋,自卫队就是肉,基干军队就是骨。这也就是运动战与游击战混合采用法。

这种混合采用法,关键在于基干军队。他总结这次基干军队作战

的经验,说道:

> 基干军队通常是辗转隐蔽集中在机动地位,最好是在地形或民众可资掩护的地点。对于游击队、自卫队,要抓住他们的指挥系统,与他们建立通信联络,指挥他们适合于作战部署的行动,最好是派出小部队领导他们去游击,以造成或窥破敌人的弱点,站在主动地位。当敌人几路来攻分进而未合击之时,抓住敌人外翼侧或其策应不灵的一路,用秘密、迅速、坚决、干脆的手段,消灭其一部或全部。(《刘伯承军事文选》,77页,78—79页)

刘伯承对政治委员历来十分尊重。一二九师第一任政治委员为张浩。举办游击训练班,就是刘伯承同张浩商定的。1938年1月,张浩因病调回延安,其职位由原任八路军政治部副主任的邓小平继任。邓小平于1月18日到职。刘邓两人从此共事,密切合作13年之久,直到大陆解放。他们彼此尊重、相互支持。政治委员有最后决定权。军政两位首脑那样地亲密和谐,在人民解放军中堪称典范。列宁说马恩两位的关系,"超过了古人关于人类友谊的一切最动人的传说",刘邓两位也可以说是这样。他们的老参谋长李达将军1980年对几位采访者说:"刘邓配合得好。邓抓大事,小事不管。刘对政委决定的问题很尊重,叫下面照办。对作战问题、命令、计划等,邓不过问,撒得开。"从刘伯承这方面说,他一生多灾多难,倘若没有他们两人的精诚团结,他是否有可能取得那样辉煌的成就呢?

2. 不赚钱的生意不做

接着是三战三捷。

第一仗，长生口之战。

1938年2月，国民党军队经过几个月的休整，蒋介石下令反攻太原。朱德以第二战区副司令长官的身份指挥东路军。这个东路军除八路军以外，还有一部分国民党的军队。一二九师的任务是切断正太铁路。正太路东段井陉西南的旧关，是井(陉)平(定)公路上的日本重要据点。刘伯承命令两个团，埋伏在井陉、旧关之间的长生口附近，令另一个团袭入旧关，包围日军碉堡，但不切断电话线，借以吸引井陉的日军出援。日军果然中计，被埋伏在长生口的两个团截住猛打。激战五个小时，击毙敌军130多人，活捉荒井丰吉少佐等五人。但是这两个团也伤亡了100多人。

总结这次战斗时，刘伯承说："长生口战斗，战果不小，但是我们付出的代价也大了些，不怎么合算。以后我们打伏击，要尽量减少伤亡。赚钱的生意我们做，不赚钱的生意我们不做。"

第二仗神头岭之战。这一仗打得特别漂亮。刘伯承十分重视，给这种打法起了个名字，叫做"吸打敌援"。日军统帅部也把这一仗看成是八路军的典型的游击战，加以分析研究，寻找对策。

这一仗让我们讲得略微详细一些。它有两个要点，一个是选好伏击地点，二是选好佯攻的目标。

1938年3月，为了钳制向黄河河防进攻的敌人，策应一一五师、二二〇师在晋西和晋西北作战，一二九师奉命将主力适当集中南下，到武乡地区，寻机打击邯(郸)长(治)大道上的敌人，破坏它的交通线。

邯长大道，东起平汉线上河北省的邯郸，西止山西省的长治，横贯太行山脉，是日军的一条重要运输线。黎城附近一段，山川地形特别复杂，比较有利于设伏。刘伯承打算选择黎城和潞城之间的神头岭下的神头村作为伏击的中心地区。选好伏击地点至关重要。他亲自前往观察地形。他历来强调侦察，要求各级指挥员亲自看地形，亲自侦察敌情；否则，"狗戴砂锅，乱撞一阵"，没有不吃亏的。

刘伯承带着李达和几个参谋,沿着军用地图上标着的公路前进。他们走到神头岭,看到公路是在岭上蜿蜒通过,而军用地图上画的是在岭下绕过。

刘伯承拍着地图说:"不知道这一段是怎么画的。画图的人大概没有到过这儿,来了个'想当然'。如果我们也'想当然',按图索骥,纸上谈兵,把部队埋伏在下边,恐怕鬼子从岭上过去了,我们还在岭下傻等,甚至可能挨鬼子的打哩。"

在返回的路上,刘伯承讲了他的设想:以一股部队佯攻敌人的军事要地;以主力埋伏在敌援兵必经之路,待机伏击。因此选好伏击地点很重要,更重要的是选好佯攻的目标。成败的关键,在于佯攻目标是否敌人最关痛痒的环节,而且还要看此处敌军是否能独立坚守。他说:这就是古人所说的,"攻其所必救"。

刘伯承选好了伏击地点神头岭之后,注意力便转向选择佯攻的目标。根据当时掌握的情报,日军正在组织一次对一二九师的九路围攻。黎城是日军一个师团的兵站集结地,守备兵力不大,是敌军所必救的。刘伯承决心袭击黎城,吸引潞城之敌出援,在神头村一带伏击,这是这一仗的主要目的。同时,另派部队相机打击由涉县来援之敌。他说:"打援地区,自然是要选定在敌人派援队到被援地路线的中间,使敌两地不能策应;并要距派援地略远些,因为派援地的兵力,比被援地的多,策应也灵动些。"神头岭正是有这个好处,距黎城比较近,距派援的潞城比较远。

刘伯承和副师长徐向前,政治委员邓小平拟定了作战方案,邓、徐两人到八路军总部开会,刘伯承留部指挥。

3. 神头岭上

3月16日凌晨,七六九团第一营按计划攻入黎城县城,涉县、潞城之敌果然向黎城驰援。

从东面涉县来援之敌发现了设伏的部队,害怕被包围歼灭,打了一下就缩回去了。后来刘伯承说:"如果隐蔽的两个营不被过早发觉,还可取得相当胜利,而不至于吓得它退回涉县。"

从西面潞城来援的敌人,兵力比较大,步兵和骑兵总共1 500多人,骡马1 000多匹。七七一团特务连让敌人走过以后,将赵店镇的木桥焚毁,截断了敌人的退路。等这股敌人进到了神头村,陈赓和王新亭两将军立即指挥三八六旅发起三面猛击。敌人这时方知中计,但为时已晚。激战两小时以后,这股敌人大部分被消灭,只有一百多鬼子跑回潞城。其中有一个随军的《东亚日报》的记者,名叫木多酒沼,躲在一个窑洞里,成了漏网之鱼。漏网以后,他写了一篇《脱险记》,登在《东亚日报》上。这里摘引几段:

神头村的战斗,是他(指一二九师)的典型战术。3月16日午前九时,继续行军的真铜部队、粕谷部队、笹尾部队,在这个村落(神头村)休息,是小休息,大约15分钟的休息……

正当先头部队要开始行进的时候,呼呼地飞来的子弹,轰轰隆隆地炸裂的迫击炮弹,使人心里不愉快的连续的重机关枪响声,盖过来了。

连一点掩护的东西都没有。部队在三方面都向着敌人,就在这时候,断然把指挥刀抽出来的笹尾队长叫喊着:"大家一块死的地方就在这里,好好地干吧!"他刚喊毕,挥着指挥刀站在前头,为指挥部队而前进了数步。敌人的迫击炮弹就在队长的头上爆炸了,重机关枪的子弹也向他集中射击,当场完成了壮烈的终结,队长完蛋了!

这时小山和成田相视无言,只是在眼睛的深处射出绝望的光——除了死以外,再没有旁的什么。

是死的地方。(见前引李达书第72页至73页)

刘伯承在总结这一战斗的时候说:"我们把伏击地区选在神头岭,因为它是一个地形复杂的山岭,而且又与黎城隔一条浊漳河。这一伏击地区,不但敌人陆空技术兵种不能展其所长,它的骑兵也只有立在高岭上挨打,左右不能摆动。有的同志说,这一地区在岭上太狭窄,不便于我们袭击。是的!但是这要从敌我两方来看,如果此地宽敞一些,恐怕这次敌人就便于对付我,使我不能如此容易消灭它呢。"

他说:"这种打法,袭击驻止之敌是手段,伏击运动之敌才是目的,所以我取名叫'吸打敌援',使人一见就知道重心是在打援。"

他说:一般说来,这是游击队配合基干军队作战的手段。游击队虚张声势,袭击驻止之敌,以吸引敌人增援,基干部队伏击其增援部于必经之路,予以歼灭。这不是"以利诱敌而伏击之",而是"以威胁敌而伏击之"。这是由于运动之敌比驻止之敌好打。而伏击又是打运动之敌最好的办法。袭击的部队,必须使守备之敌突然感到极大的压力,急迫呼救,借此也可以诱发其内外夹攻的幻想,使敌人的援军急急出动。"袭击驻止之敌,是在创造其弱点,所以用兵不要大。如果有运动之敌可打,无须吸引之时,就无须用这种创造弱点的打法"。

他以这个战例,解释了古人"攻其所必救"的原则,他说:"这要侦察和估计敌人驻军布防的系统,哪里是它的本队,哪里是它的分队。哪一支分队是敌人驻军最关痛痒十分爱护而又不能独立防守的环节。这个环节就是我们吸援的地点。所以我们吸援的地点绝不是它独立能守的本队。"

他说袭击之外,围城也不失为另一吸援的手段。不过抗战以来,这个手段还很少使用,必须十分审慎,周密组织。"无论哪一种手段,都是节用小的兵力,而省出大的兵力到打援方面。因此在吸援动作中,组织和运用附近民众的力量,是要紧的事。"

关于吸打敌援,他分析了一个不成功的战例:某团袭击威县,为的是吸引平乡的敌人出援,另外两支部队在途中设伏。"结果袭击威县变成硬攻,发生激烈战斗。而威县通平乡的电线,早被游击部队割断了。威县敌人送给平乡求援的信,也被伏击部队截获了。因此平乡敌人无从知道威县求援,当然也未派出援队,我军伏击也落空了。"(以上引文见《刘伯承军事文选》,175—178 页)

第三仗,3 月 31 日的响堂铺之战。

神头岭战斗前后,担任正面反攻太原的 30 万国民党军队在日军进攻之下大部分退到了黄河西岸,日军继续向黄河各渡口猛犯。邯(郸)长(治)大道和从长治到临汾的公路成了日军的一条重要的后方交通线,来往汽车不断,每天都有几十辆,甚至上百辆之多。刘伯承、徐向前和邓小平决定在东阳关、涉县之间的响堂铺打一次伏击战。刘伯承深知徐向前能征惯战,提议这一仗由徐向前指挥。

政治委员邓小平一同上了前线。徐向前选择的伏击区非常有利,伏击部队的位置都在步枪射程之内,背后是起伏的山地,便于伏击部队转移。事先函请国民党军队骑四师向涉县方向活动,吸引敌人注意,达到了协同作战的目的。

这一仗击毁敌人汽车 181 辆,打死鬼子 400 多人,包括一个叫做森本的少佐在内。在一次战斗中击毁敌人这么多汽车,是一次创纪录的胜利。刘伯承对这次战斗非常赞赏,认为这是伏击战斗的典型范例之一。徐向前和邓小平得胜归来,刘伯承一见面就说:"我们刚一分开,你们就打了这么大的胜仗!"

刘伯承在《对目前战术的考察》一文中写道:"现在敌人在其'扫荡'区内筑守据点,我们在缺乏空军、炮兵的条件之下,以'吸打敌援'配合政治瓦解,是拔去据点的手段。如在神头岭、响堂铺打了胜仗,拔去黎城、潞城等据点;在威县、临城的鹿庄、磁县的彭城,曾经三次吸打敌援,都拔去了这三个据点。这是由于我锄奸清野，破路拆堡，加以政治瓦解，使敌困守孤城，断绝衣食弹药，饿困疲乏，不能不逃的缘故。"

4. 只有这一篇标明"论"字

这三战三捷，是1938年2月下旬到3月底的事。正是在这段时间里，刘伯承写了《论游击战与运动战》一文，发表于3月份出版的八路军前方总部的《战术研究资料》。

这篇文章，无论在理论上和实践上，都具有十分重要的意义。它以学术论文的形式，对八路军抗日作战方针这个实际问题，系统地提出不同的意见。前文说过，在中共中央的洛川会议上，游击战乎？运动战乎？曾经发生了热烈的争论。刘伯承参加了那次会议，但是他说了什么，见解如何，我们不得而知。这篇文章写于他出师实战四个月之后，从理论的高度，全面地阐述了他的主张。文章观点鲜明，越往后写，越带有明显的论辩性质。特别是辞句之锋利，我们今天读来，也感到大吃一惊。它当时经其他刊物转载，流传于各个抗日根据地。敌军统帅部也十分注意，加以研究。

文章首先讲对于游击战与运动战的一般了解。他说，一般说来，运动战和阵地战属于正规的作战，游击战属于非正规的作战。这种区分，是就其"兵力的大小及其指挥的方式来说的"。

他说：所谓游击战，是小的队伍，少至几人多至几百人的队伍，在敌军后方活动的。这些队伍的组成，有的是正规军派出的；有的是由民众政治斗争发展起来的；有的是由这两者混合组成的。游击队通常是在敌人的后方，特别是在广大民众拥护和掩护之中袭击和伏击敌军，或者破坏敌人的交通辎重。它动作方式的特点主要是机敏灵动，出没无常。尤其是在紧张情况之下，要求游击队长机断专行，独立自主地决定行动；它也没有战线与后方的组成，所以说它是非正规的作战。

217

所谓运动战，一般是使用相当大量的正规军队进行的，因为数量比较大，必须有协调各部在单一意志之下的行动指挥，所以叫作正规的作战。他说：所谓运动战，就它在军事上的精义来说，应该叫作机动战。机动战的指挥就是要造成便于自己使用武器的地位，并且利用已得的战果发展到完全消灭敌人。如果敌人在动作中造成了不利于我的条件，我们就引退到适当的地点，以求避免其突击，并且就此抓到有利的条件。

这位被称为高深莫测的常胜将军，脑子里显然没有那种僵死的概念。他接着顺带地指出，运动战与阵地战，也是时常互相变换的。他说，如遭遇战，是标本的运动战。但它一转到固着一地时，就变成了阵地战。而阵地战的阵地一旦被突破，就又变为运动战了。

这篇文章六千多字，主要是对整个八路军的作战方针，提出了两个意见。

一个是主张"游击战与运动战的适当配合"，而不是把两者割裂开来或对立起来。他以出师作战以来敌我双方的表现来论证这一点。

他说，我们在抗战未开始之前，就曾把敌军作战的特点估计过和讨论过，现在在战场上证实的有十点。第十点是，敌军"武器精良，其常备军长于协同动作，但其步兵攻击精神并不很旺——就是有名的板垣师团，其表现也是如此。它们拥有优越的技术兵器，而动作严格遵守着典范令的规定。其对于我国军队的被动的单纯防御，当然要占些上风。但如果我们审计了敌我的长短，玩一点出乎它们典范令之外的新的花样——主动袭击的运动战与游击战，它们就要感觉难于应付。"

这段话，我们在前文曾经加以引述，这里再引一遍，意在请读者注意，刘伯承说的玩一点"新的花样"，指的是"主动袭击的运动战与游击战"，而并非仅仅是游击战。

他接着写道："根据上述的特点，并见到我国领土的宽大，交通的不便，特别是在抗战的广大民众中繁殖游击战争条件之下，我们组织和进行游击战、运动战,以及游击战与运动战的适当配合,这在长期抗战的战略上,更有严重的意义。当然,在某些要点的阵地战也是必须的,但在整个战局上不是最主要的。"

他阐述了两者配合起来的重大作用。他说:"我们有了民众的抗战而表现之于游击战配合运动战,消灭敌人,那就使运动战的歼灭性质增大。如敌人在被消灭之后,集结重兵行动,则空出的地面更为广大,又是给游击队活动范围加宽发展,民众组织加快发展以机会。"他说:"这就是游击战与运动战互相为助的地方。"

洛川会议决定的八路军的作战方针是:"基本的是山地游击战,不放松有利条件下的运动战。"刘伯承在这里提出的关于运动战的主张,显然较为积极。到了文章的最后部分,他更加直截了当,又提出无论游击战与运动战,都不应以山地为限。这是这篇文章的又一个主要的观点。

从上引《聂荣臻回忆录》知道,洛川会议上毛泽东最初提出的方针是"坚持山地游击战",最后吸收了讨论中的不同意见,才加上"不放松有利条件下的运动战";而"山地"两个字,依然没有更动。刘伯承这篇文章没有提及洛川会议和这个方针,也没有提到毛泽东,但是那种论辩的口吻,显然是针锋相对的。他写道:

无论游击战或运动战,一方面因为我们本身要求隐蔽灵动,容易抓住或突然袭击敌人的弱点,不使敌人抓住或袭击我们的弱点;另一方面,因为敌人使用现代化优越的技术兵器,如飞机、装甲车之类,要求明朗干脆的速战速决。照一般说来,我们的活动在山地比在平原便利些,在森林隐蔽地比在沙漠开阔地便利些,在荒辽偏塞的地方比在交通便利的地方便利些,在夏秋冬三季比在春季便利些,在夜间比在日间便利些,在敌军稀少的地方比在敌军众多的地方便利些,特别是民众抗日运动更开展的地方,比落后的地方便利些。这些后者不利的条件,只能影响到游击战与运动战兵力组成及运用原则的某些方式的不同。是要我们随时精密审计,适当运用原则,但绝不能以这些条件来否定游击战与运动战的原则。因为我们游击与机动的原则,特别着重的是适时适地配合运用各种力量,乘敌不备来袭击敌人的弱点,而以秘密坚决干脆——特别是秘密实施之,并不要对敌人先下"战书",预约决战的战场和时间,教他准备。

上述那些条件,事实上也是参差错综生长的,绝不会一切不满人意的条件都生长在一个地方。问题是要我们如何适当配合运用当地当时客观的条件,加上主观的努力,来推动到某些限度罢了。

在中国地方作战,日夜四季都随我自由运用,无须说了。单说对运动战和游击战有密切关系的民众抗日运动,是要我们到处努力推动和发展的。如果有了民众抗战运动的高潮,日寇占领的重镇平津都有可能用武装暴动来恢复的,又何处不可以进行游击战与运动战呢?(《刘伯承军事文选》,92—93页)

刘伯承元帅这个人,老成持重,恬淡谦退,这一点是很有名的。他作为一个老共产党员和老军人,组织纪律性特别强,又经历过长期的党内斗争,两次被罢官,因此特别谨言慎行,不骄不躁,修养到了大智若愚的境界,这也是很突出的。然则,他何以要写这篇文章,特别是何以这样无所顾忌,直言不讳?我们在惊愕之余,思之再三。看来,他并非没有经过考虑。首先,这篇文章采取学术论文的形式,又只作为"战术研究资料"发表,可见他用心良苦。但是,刘伯承之所以为刘伯承,又有他秉性刚直,勇于负责的一面。他多次强调,一个革命军人,必须勇于负责。正因为他是一个共产党员,经常以"勉作布尔塞维克"自励,又正因为他是一个爱国者,少年时就立志"手执青锋卫共和",他对于有关抗战和革命命运的如此重大的问题,岂能默然不语。而为了把自己的观点说透,他也就侃侃而谈,越写下去越信笔挥洒起来,不能自已。孟夫子说:"予岂好辩也哉,予不得已也。"回想刘伯承当日的气概,多半也是这样的。

不过,通观他的全部著作,标这样一个大题目的"论文",仅此一篇。此外,以他那样一位大军事家和作为一个大战略单位的军事首长,他岂能不经常思考和谈论重大的问题,比如战略问题。然而,我们注意到,从此以后,虽然他继续谈论战略,但通常避免用"战略"这个词,特别是再不标大题目,有关战略这样重大问题的内容,一概放在"战术考察"或"经验总结"那样不起眼的标题之下。古人说:一之为甚,岂可再乎!刘伯承可能就是这样想的吧。

这篇论文,对改变八路军的作战方针起了多大作用,我们说不十分清楚。事实上,早在1937年12月,一二九师就派出孙继先、胥光义率领的几十个人,主要是干部,组成挺进支队,越过平汉铁路进入冀南地区,同那里已有的几支小游击队联系,那是由中共北方局派去的马国瑞等人和当地中共组织分别建立起来的。1938年1月,一二九师又拨出六个连,组成八路军东进支队,由三八六旅副旅长陈再道和一二九师政治部副主任宋任穷率领,挺进冀南。另一方面,朱德在1938年发表了《论抗日游击战争》一文,也大略地提到了相似的观点。(见《朱德选集》第63页)

现在我们知道的是,刘伯承这篇文章发表一个多月之后,1938年4月21日,中共中央由毛泽东、洛甫(张闻天)、刘少奇具名,向一二九师刘伯承、徐向前、邓小平下达了关于开展平原游击战的指示,电文第一段说:"根据抗战以来的经验,在目前全国坚持抗战与正面深入群众工作两个条件之下,在河北、山东平原地区广大的发展抗日游击战争,坚持平原地区的游击战,也是可能的。"(转引自李达书103—104页)从此以后,八路军作战方针中的"山地"两字就正正式式删去了。我们不知道可不可以说,这在一定程度上是刘伯承这篇文章的结果。

毛、张、刘这个电报指示的第三天,朱德、彭德怀又发来电报,指示一二九师遵照中央指示派一部分部队向平原地区发展,同时要大力加强太行根据地的建设。第六天清晨,副师长徐向前率两个团和一个支队,出发河北南部,去创建冀南军区,开展平原游击战争。后来邓小平、刘伯承两人,先后去冀南工作了一段时间。

5. 独到的机动

他这篇文章还有一个极为重要的内容,就是再一次提出了机动作战的四条原则。长期担任他的参谋长的李达上将说:"这四条原则,正是伯承同志用兵的独到之处,是他对部属经常强调的。"(见李达书,48页)

刘伯承在文中写道:

> 我们进行运动战,通常是大踏步地前进或后退。……主要是力求消灭敌人的有生力量。因此我们的作战的机动,必须:
>
> (一)寻找敌人的弱点,如其没有弱点,那就要创造敌人的弱点。
>
> (二)集结绝对优势的兵力,来突击敌人这一弱点。
>
> (三)在适当的时间和适当的条件之下完成机动,使敌人不能援救其被突击的弱点。
>
> (四)尽可能争取时间,来组织优于敌人的火力配系。这是我们机动的要求。但艺术的机动,还要求及时发觉敌人对

我们的突击,而避免其将我们压溃。"(见《刘伯承军事文选》,90页)

确如李达所说,这四条是刘伯承经常向部属强调的。我们初到他的部队,就一再听到人们转述他的一句名言:"五个指头按五个跳蚤,一个也按不死。"必须集中绝对优势的兵力,这个道理人们很容易明白,何以很难做到呢?他在《抗战一周年的战术报告》中说,原因在于预备队留得太大了,分散了兵力;不懂得和不善于运用在次要方面只须派出极少数预备队的原则。他指出有几个很漂亮的胜仗,也都存在这个毛病。一个是阳明堡炸掉敌人二十四架飞机那一仗,直接参战的本来是三个连零两个排,但是,却以一个连去钳制崞县之敌,又以两个排在崞县与机场之间准备侧击可能来援之敌。这样,只余下两个连担任袭击。而这两个连,却又以一个连为预备队。结果,实际担任突击的就只有一个连了。七七二团两次七亘村之战也是这样。第一次,只以第三营担任突击,而第三营又只以一个连任突击,一个连向定盘山包围,其余两个连作预备队。第二次,又只用第三营,第三营又只以一个连任包围,一个连任突击,剩下两个连守阵地和作预备队,这两次都只有两个连参加战斗。他说:"大预备队结果未使用上,诚为可惜。"(见《刘伯承军事著作选注》,打印本,第二册)

强将手下无弱兵。他的部队,就是他这样手把着手,一点一点教出来的。

十八、黄猫和黑猫

1. 火光下的几个空罐头

刘伯承继续一面指挥作战,一面不断起草指示,写文章、作演讲,教育部属成为游击战和运动战的行家。在上述论文发表一年之后,他作了题为《对目前战术的考察》的长篇报告。其中说道:"敌人在华北与我们打了22个月,学会了一些我们的游击战术,正如它所高呼的'以子之略,攻子之略;以子之术,攻子之术'。所以我在讲袭击之后,还要讲对付敌人的袭击。"

如前所述,"主动袭击"是刘伯承对游击战和运动战基本特征的概括,现在日本侵略军也学习起这种袭击来了。这对于刘伯承发展他的指挥艺术和理论,无疑是一个十分有力的推动。古往今来,军事艺术不总是在你打过来我打过去之中发展着的吗?

1938年4月,日本大本营纠集了各兵种三万多人,分九路围攻晋东南抗日根据地。它们实行所谓"广大广大地展开,压缩压缩地歼灭"的作战原则,企图"合击"消灭八路军这部分主力于太行根据地的辽县、榆社、武乡地区。八路军总部和一二九师师部所在的这个根据地,对华北日本侵略军来说,如芒刺在背,非摧毁不可。

一二九师早就从缴获的日军文件中,得知了日军将有这次行动,反围攻的准备工作在4月上旬大体就绪。李达将军回忆说:"有几项工作在后来起了很大的作用。如动员群众在鬼子来村镇之前,运走和埋藏好一切粮食,赶走家禽和骡马,搬走锅碗瓢盆,拔出磨心,掩埋水井,实行彻底的空室清野,使敌人到来时,没有吃的、没有喝的,也没有用的。还动员群众组织运输队,帮助部队运输粮食弹药、报敌情、当向导等等。许多村庄的自卫队,破坏了日军必经的公路,并且经常主动地捕捉汉奸、敌探。"

沁县、榆社等几个县的工作做得最好。"当我军有一次退出沁县城时,全城的老百姓都跟着搬到山上,日军进城时,到处都是空洞洞、静悄悄的。日军害怕这里边有什么埋伏,不敢在城里住,只好退到城外野营。"

八路军总部制定了这次的作战方针:以一部分兵力钳制日军其他各路,集中主力相机击破其一路。用刘伯承的话来说,就是"麻醉其他几路,毒打一路"。这次参战的,除一二九师外,还有兄弟部队和部分国民党友军。

刘伯承主张加紧向敌人包围圈外游击。他和徐向前草拟了一个作战设想,得到了邓小平的赞同和总部的批准。设想的内容是:先发制敌,分头截击敌人,消耗敌人的人马资材;抓紧破坏敌人运输命脉之平汉、正太、同蒲铁路及白晋公路,以滞迟其围攻;同时加紧向包围圈外游击,准备给敌人以更大的打击。

李达说:"后来的事实证明,主力部队'向外游击'的策略是相当奏效的。"在朱德、彭德怀统一指挥下,我军内线、外线配合,杀伤敌人。4月10日前后,从东、西、北三面进犯的敌军,相继进入我根据地。我军主力已跳出包围圈,一二九师集结于晋冀豫三省边境的涉县(属河南省)北部待机。敌人预期在辽县、榆社、武乡地区合击的计划落了空。正如日军中一个高级军官说的:"皇军小小的去,八路大大的有;皇军大大的去,八路小小的有。"

敌军辗转寻战,处处扑空,沿途又不断遭到游击队袭击,行动十分谨慎。刘伯承原先准备在武安到涉县之间打一个伏击战,主力部队埋伏了16个小时,敌人没有来上钩。

那是4月10日,陈赓在《日记》中写道:"这一天是我们八路军最规矩的一天。大家进入埋伏地后,借有利地形地物及伪装之掩护,确实埋伏。我用望远镜瞭望,没有找到一点军队形迹。山头田野,并未因增加了数千人而稍改原形。远远地望着,大路间的驼、驴及田间的少数耕者,均是照常地工作着,绝不知将有大战到临的样子。大家睡(趴)着像死人一般,不敢动弹,连头也不敢抬,只是静待着敌人送枪炮来。整个占领地间,没有一个我们来往的人,通讯仅借着昨晚已架好的电话,吃饭带着干粮,炊事员煮好了饭,也在后面隐蔽着,等着枪声好送饭。"(见《陈赓日记》80页)

4月10日这次伏击没有打成。根据敌情的变化,刘伯承改定在武乡和榆社之间打个歼灭战。4月14日,机会来了。九路敌军中的主力苫地米旅团由襄垣分两路窜入沁县、武乡、辽县、榆社,连日曲折奔驰,已经饥疲不堪。其中的一路柏崎联队附骑炮辎重三千余人,14日由武乡进到了榆社。这股敌人原拟再往辽县。但榆辽之间的公路已被破坏,大车不能通行,又因群众早已"空舍清野",无人、无粮,只得又向武乡回窜。

刘伯承大喜!这正是他希望的,甚至可以说,这正是他布置的。后来他说:"将就敌人市利而诱伏之还不够,又必须加上威胁的办法。譬如敌人遇甲乙两路都可行军,为要引诱伏击它于甲路时,则应破坏乙路,施行袭扰,以威迫其到甲路来。如在晋东南粉碎敌人九路围攻时,苫地米旅团原拟由榆社到辽县,因榆辽道路被我破坏,使他不能不折转武乡来,与我军作战。"(见《刘伯承元帅大军指挥手记》,93页)

他立即命令派出一个连,抢在敌人前面攻占武乡。这个连出发不久,又得知一股敌人押着很多牛车在山上向我预期方向运动。刘伯承一边听着报告,一边看着地图,不禁欢呼起来:"鬼子要向我们靠拢了,马上就有大仗打了。"他叫七七一团派两个营,立即出发,连夜追击这股敌人。

14日夜，师首长们轮流守在电话机旁。

徐向前说："鬼子一天内，从武乡到榆社，跑了个来回，有150里路，够他们受的。"

邓小平说："榆社搞得好，给鬼子来了个空城计，鬼子是饿着肚皮跑路的。"邓小平又说："鬼子扑来扑去，搞不清楚我们在哪里。我们却一直盯着他们。今晚上让部队好好休息，明天上午分配任务。"

15日，师部率主力由涉县北面向武乡挺进，傍晚到达武乡县城西北。晚上九点左右得到报告，到达武乡的日军又已弃城而走，是黄昏时走的，沿浊漳往南奔向襄垣去了。

敌人又跑了！刘伯承问李达："我们现在离武乡县城多远？"

"只有十几里路了。鬼子辎重多，还有牛车，估计这时走不出二十里。"

邓小平说道："鬼子是在我们先头连到武乡之前走的。他们并不是打了败仗撤走的，而是找不到吃喝，非走不可。"

徐向前沉思了一阵，说道："鬼子辎重骡马多，不习惯于夜间行动。这一次，又不是逃命，更不知道我们离他们只有三十多里路。我们现在是轻装，行军速度比鬼子快得多，只要不被发觉，到天亮就可以追上。"

刘伯承当机立断："追！"

他通过电话给陈赓旅长下达了追击的命令，命令他夹浊漳河两岸并进。加拨六八九团（属一一五师）归他指挥；七六九团为后卫，沿武襄大道跟进。一共是四个团。

陈赓在电话里问道："我们是不是见到鬼子就打？还是赶到鬼子前边截住打？"

刘伯承说："现在鬼子急于找我们。只要你们追上就打，他肯定要回过头来打你的。"他接着又给另外那两个团打电话，可惜电话线断了。结果那两团迟到了约五个小时，使战斗受到了很大影响。

刘伯承率师部连夜奔向武乡城。进了县城,看到许多房屋还在弥漫的烟雾中燃烧,不少房屋已经倒塌。刘伯承骂道:"龟儿子,叫你们逃不过今天!"他指示师直属队暂时停止前进,到附近把老乡们找回来,帮助群众救了火再走。

刘伯承从河滩地上捡起一个空罐头盒子,说道:"鬼子一个联队有两三千人,可扔下的罐头盒并不多,他们总不会背着空罐头盒跑路吧。"

"敌人的确是饿空了肚皮。"徐向前说道:"他们找不到吃喝,就烧房子报复。这些强盗!"

李达在他的书中写道:"我们离开武乡城,东方已经发白。黎明时的武乡,颇有几分凉意。可是包括师首长在内,每个人的脸上都浸着汗珠。大家的心情都不轻松。我军处在来势汹汹的三万多敌人的围追之中,随时有被敌人合击的危险。我们不但要跳出敌人的马蹄形包围圈,还要相机抓住敌人的一路而歼灭之,这并不是一件轻而易举的事。师首长肩上的担子,是十分沉重的。"(以上引文,见李达书,84—90页)

2. 从急袭到收兵的瞬间

陈赓不愧为名将。他亲率一个团先行,高速度行军,追上了敌人。侦察报告,敌人主力已过长乐村,后面还有辎重和后卫部队。这是好机会,正好揪住敌人这个尾巴,予以歼灭。打不打呢?这时他手里只有本旅的两个团,比原定兵力少了一半。但是,机不可失!他决心不等待后续的两个团到来,立即实行突击。他这个决心下对了,结果打响了有名的长乐村之战。

这一仗毙伤敌军两千二百多人,骡马五六百匹。一二九师伤亡四百余人。七七二团团长叶成焕牺牲,刘伯承痛哭失声。这是关键的一仗。经过这一仗,敌人的九路围攻,便以失败告终。

当时,陈赓决心既定,便命令他的七七一、七七二两个团从浊漳河两岸高地,相对突击。敌军被截成数段,人马辎重壅塞于河滩隘路,死伤一千数百人;有些鬼子躲进了山脚下的窑洞里。

已经走过长乐村的日军主力,集结了一千多人,掉过头来解救被围的部队。他们进攻的地点是预定六八九团的阵地,这个团此时还在途中。情况紧急,刘伯承只好叫陈赓派一个连阻击。七七二团这个连同十倍于自己的敌军奋战,坚持了四个多小时,全连壮烈牺牲,阵地失守。这是中午十二时发生的急剧变化。

正在这个危急关头,六八九团飞驰而来,反复冲锋七八次,击溃了敌人,夺回了阵地。

下午三时,敌军又来了一股援兵。这是苫米地旅团长亲自率领的工滕联队,附骑炮工辎重,共三千多人。他们是从辽县方向经蟠龙镇来的,分作两路:一路由蟠龙向六八九团阵地攻击,一路与长乐村的敌人会合,向七七二团阵地反扑。陈赓当天(4月16日)的日记中写道:"此时炮轰如雨,战斗之激烈实为抗战来所罕见。"

敌军这股援兵的出现,大出刘伯承意料之外。因为友军曾万钟的第三军是预定在蟠龙镇打敌人援兵的,他们所占阵地的位置也很有利于出击。不料他们竟一枪没放,把敌人放了过来!

刘伯承愤慨地说:"曾万钟搞的啥子名堂嘛!"

从下午三点激战到五点,发现从辽县方向又有一千多鬼子赶来增援。情况更加紧张了!

刘伯承估量了局势,决心收兵。他说:"看现在的形势,要全歼这股援敌,恐怕没有把握。曾万钟的第三军又指望不上,我们首先要阻击这股援兵,避免敌人集中突击。"他采纳徐向前的建议,抽出两个连,分散成游击网,迷惑新来的援兵。同时下达命令:为了巩固已得的胜利,除第一线给敌人以猛烈的火力杀伤之外,其他部队立即撤退,脱离敌人。

他后来在总结中讲解说:"那时,急袭战斗已转变到正规的大开大合的战斗,打退敌人增援队的先头是有余,消灭敌人全部则不足。于是决心巩固已得的胜利,将主力撤退于山内待机。"他这又是引用古代兵法。《孙子·虚实》篇中说:"角之而知有余不足之处。"篇中又说:"故兵无常势,水无常形;能因敌变化而取胜者,谓之神。"在那种战斗紧张,难解难分的节骨眼儿上,他继续保持清醒的头脑,在间不容发的一瞬间,作出这种急转直下的决断,足见他用兵的功力。我们记得,1933年他在内战前线,曾摘译《退出战斗》一文,《摘译后言》写道:"退却战斗虽是一般军人不愿听的事,可又是最难指挥的事,且在运动战中确有必要的事。"

他还从战术方面总结了这次战斗:

首先,"有重心的夹击与跟追相配合是适当的"。敌人沿浊漳河窜走,我们则沿浊漳河两岸平行追击。当时南岸使用两营兵力,北岸使用六营兵力。这是由于道路在北岸,由北岸侧击,居高临下,便于把敌人逼下浊漳河。且辽县有敌,也须如此。过后把跟追之七六九团也调到北岸山上策应,也是由于要打辽县来援敌人的缘故。但在实行夹击之时,截敌人的尾巴多了一点。如果少截一点,干脆截落,从反对方向打起走,就能把敌人消灭净尽。

其次,"善于适应情况,灵活运用战术"。主要有如下几点:

一、采用了追击战术的平行追击,横截敌人,做到了火力与脚力会合的追击。特别是敌人并非战败退却,而是饿困逃窜,并没有失去战斗力。

二、运用了遭遇战斗的战术,先敌展开,先敌开火,占领要点,猛袭敌人侧背。可惜急袭之前,通信迟缓,两个团远远落在后面,前面只有两个团。幸亏陈赓在情况急变中,善于机断行事。刘伯承又说,这里所说的占领要点,是指瞰制敌人于浊漳河的谷地。但是在局部战斗中,也有部队未把山边的窑头占领,以致不便纵射;或未把来路上的房屋夺取,使得敌人逃入顽抗,这种个别的缺点也是存在的。

三、采用了退却战斗的战术,乘敌不觉,运用少数兵力,在宽大正面上积极游击,把主力隐蔽撤退,迅速脱离敌人。

四、善于隐蔽接敌,使火力与刺刀会合起来,突然猛击敌人。尤其在开始时,对付无备之敌,有从陡坎跳下刺杀的。因有这种突然猛烈的动作,故能使敌人伤亡2 200人以上。但是也有个别部队,不善于运用冲锋队形,或未能乘势猛追等等少量的缺点。(以上见《刘伯承元帅大军指挥手记》,56页至122页)

陈赓当天日记的最后一段写道:"这次苦米地旅团为九路进攻之主力部队,其惨败较之其他八路均严重。据我总部侦察队目睹,该旅团由襄垣经沁源退却时,每联队仅有五百余人,其笨重的辎重队已经不见了。这次战斗若有曾3A(指曾万钟第三军——引用者注)的配合,那么苦米地旅团无疑是可以歼灭殆尽的。未将该旅团全歼是最可惜与最不幸的一件事。但无论怎样,日寇的所谓九路进攻,是由我们最后地粉碎了,其惨败亦够他伤心的了。"从陈赓这种心情,更可见当时刘伯承急转直下,收兵撤退,多么不容易!(引文见《陈赓日记》,84页)

陈赓所说的"够他伤心"的那个"他",未必专指苦地米一人。然而这个苦地米,这次确实倒了大霉。此人诡计多端,研究了八路军的游击战术,针对八路军"敌退我追"的战术原则,发明了一种所谓"拖刀计"的战法。以往,日军每放弃一个地方,临走时都要放火烧老百姓的房屋泄愤。游击队看到村庄起火,以为日军已经撤退,急忙赶去救火,并追击敌人。苦地米的"拖刀计",就是以烧民房伪装撤退,等游击队赶来,实行伏击或围击。有些游击队就吃过他这个亏。苦地米因此成了"反游击战专家",在日军中大大有名。

这次,当柏崎联队在长乐村遭到奔袭,苦地米便率工腾联队赶来增援。一二九师的部队迂回于他的左右,他没有发觉。等他也陷入袭击之中,他才醒悟过来。可是这时败局已定,他仅以身免。这次战斗中缴获了他写给他女儿的一封信,信中说:"天皇因我先入临汾,赐我一个勋章,我已挂在左胸前,我的右肩也高了起来。你看我像不像墨索里尼?"

231

后来得知，这个"反游击战专家"因长乐村大败，受到了严厉的处分。（参见《陈赓日记》，80页之注；李达书，99页）

3. 地图上的经纬线

战斗频繁，转眼到了夏天。七月七日卢沟桥事变纪念日，刘伯承作了《一二九师抗战一周年的军事报告》。他把这一年的作战中战术的进展分为三个阶段。

第一阶段，进入山西开始抗战至太原失陷（自1937年10月中旬至11月上旬）。这一时期由于情况紧张，战斗紧密，只能在每次战斗准备时，指示进行运动战与游击战的必要事项，以及战斗之后指出其优点和缺点，故收效不大。太原失守，部队才稍事集结，在武家庄开了一次较大的会，专门讲解了游击战的意义和要领，"指出这一时期中血的经验教训须用到下一时期。一般说来，无论干部或战士，对于游击战都有了初步领悟"。这一时期，"地方群众还未发动起来，也没有游击队和自卫队的配合本师作战"。

第二阶段，自太原失守至击退正太敌人六路进攻（1937年10月中旬至11月末）。因部队分散，战术教育是依据游击战术的原则，各部队也以实际的事实教育自己。"一般说来，对游击战术的了解和运用，比第一阶段是进一步深入了。但此一阶段只会自己小部队游击，还不会去繁殖游击战争，以各个小部队分区游击来配合自己的基干军队，集中主力突击敌人——此种战术已进行了教育，准备在下一阶段打游击运动战。"

第三阶段，自1938年1月上旬至"七七"抗战周年纪念日。"我军在战争指导上明确具体提出运动游击战的原则，同时指出不只限于山地，就是平原亦可进行运动游击战。本师在这一原则下，同时由于各地游击战争的发展，军区、军分区武装之建立，基干军队的扩充壮大，党政工作的普遍建立,遂得于从地方性脱胎而出,集结行动,以至向平原地(冀鲁豫)大踏步地发展。"

从以上引文中我们看到,早在1937年年尾,刘伯承就"准备在下一阶段打游击运动战",下文又称"运动游击战"。可见他用这两种说法,意思是完全一样的。这是刘伯承军事思想的重要组成部分。可惜这篇文字我们只在杨国宇、陈斐琴校注的《刘伯承军事著作选注》中见到。那是油印本,见于第二册。而先后正式出版的《刘伯承军事文选》和《刘伯承元帅大军指挥手记》中,都没有收入。

不论叫"游击运动战",还是叫"运动游击战",有一点十分明确,他不是把游击战与运动战割裂开来,而是融合起来运用的。在《论游击战与运动战》发表一年之后,1939年8月,他在《对目前战术的考察》的报告中,进一步展开了他的观点。他说:"总而言之,小部队的游击战也罢,正规军的运动战也罢,它们趋利避害的原理是一致的。不过两者的兵力大小不同,作战的威力也不同,指挥方式也不同,而战术的范畴,因之也就不同了。'游击战是手工业,运动战是机器工业',我们从这个比喻中也可以标识其在战术上的分界了。"

所谓"趋利避害",他说:

"游击队的兵力小(通常千人以下),军实缺乏,灵动性大,隐蔽容易,突击力小和顽强性弱。因此,它特别要把握着主动地位,发扬宽大的灵动性,以突然的袭击消耗敌人为趋利,以避免敌人的捕捉为避害。只有胜利地进攻,绝少防御,从不挡仗,行动经常急转直下,也难以集中指挥。

"正规军队的兵力大,军实充足,隐蔽较难,突击力与顽强性都大。因此它通常发扬运动战的威力,以主动的进攻与追击消灭敌军为趋利,以避免敌人突击其弱点以至变成防御退却为避害。且其侦察警戒亦较游击队为有规律。无论它战斗或行军宿营,都着重于协同动作,也多采用集中指挥。"

两者趋利避害的原理一致,关键都在于掌握主动权,寻找、创造和抓住敌人的弱点。对于游击战,他讲了一段绝妙的话:

"要游要击,并使游与击互相配合。'游'所以掩护自己的弱点,寻找敌人的弱点;'击'所以发扬自己的特长,撇开敌人的特长,应使'游'与'击'巧为配合。如果游击队游而不击,只是游来游去,无论在政治上和军事上都失去了它发展的前途,这自然是不对的;但若反其所为,主张'击来击去',击而不游,这也是不对的。为什么?因为游击队武装力量小,且多系老百姓初结合起来的队伍,不但要有把握的胜仗才打,以提高及巩固其情绪,而且打了要在游的空隙中实行政治工作与军事教练。换句话说,要积蓄力量,才好再击。因此,我的结论是:游来游去不对,必须游来击去或游去击来才对。或者换一句话说,游而不击要不得,击而硬拼还是要不得。"

他这些话,除了展开他的理论以教育部属之外,又还另有所指。当时国民党政府的副总参谋长白崇禧曾经宣扬一种观点,他说:"'游'是我们的手段,'击'是我们的目的;我们绝不'游来游去',我们正是'击来击去'。"当共产党开展游击战争的成就越来越大,国民党就攻击共产党"游而不击"。

刘伯承又指出,游与击,都可以作为创造敌人弱点的手段。以利诱之可以诱使敌人上圈套,以威迫之也可以迫使敌人上圈套。正规军打运动战,大踏步进退,声东击西,调动敌人,也是这个道理。总而言之,"政治主张要公开要明确,军事行动要秘密要诡诈"。正规军每次打运动战,都必须"秘密而周到的准备,迅速而突然的袭击"。

在阐释了两者趋利避害的原理一致之后,他接着说道:"为便于研究战术的运用起见,划分游击战与运动战的范畴,正如地图上假定划分的经纬线以便于研究地理一样。这在学理的研究上都是必要的。然而游击战与运动战之间并无一条鸿沟,而是相互连贯着的。"他论述了游击战向正规的运动战发展过程的连贯性和战术上的连贯性,然后又一次指出,目前在敌后抗战,战略上,应以游击战为主,正规军的运动战只占辅助地位;但是战术上,正规军作战,也应尽量采用游击战术。他说:

"营以下的小部队独立活动,自然是采用游击战术;就是步兵团以上的军队独立作运动战,虽然它在战术上不能不运用正规的战术,然而游击战术的一切特长与方式,都必须尽量运用。只不过自步兵团起,军队越大,其采用游击战的成分越少而已。游击战与运动战在战术上连贯的一环,就是趋利避害的机动,这是我们必须把握着的。正如俗话所说:'不管黄猫黑猫,咬得到老鼠的才算好猫。'……但在实际指挥中,必须估计兵力大小,手段轻重与兼用正规战术成分的多少,以适应情况和执行任务的要求。"正是由于这种思想,所以他时而叫"游击运动战",时而叫"运动游击战",两者的含义是一样的。

4. 太行山的《论持久战》

刘伯承这个报告以考察战术为题,事实上并不以战术为限。他又提出了一个新的观点——"融合游击战和运动战并调剂其分量"。这是他几个月前那个两者"混合采用法"的更进一步的发展。他说:"两种分量哪一种占多少,这要严格综合、估计和对比,根据当前敌我政治力量的强弱,军队数量、质量以及技术条件的优劣,乃至地理经济条件如何运用来决定。例如目前敌人在冀南平原正占领各县据点,运用快速部队,尤其是装甲车队、炮兵、飞机,对我军围攻'扫荡',则我正规军应以多的时间分遣部队,发展与强化各区的游击战,以消耗该敌,借此可以大量繁殖游击队并扩充我军。……又如山西,山岳条件和敌人状况与冀南相反,则我正规军即以较多的时间集结兵力,在军区游击动作掩护下,以抓紧时间备战整训,或作运动战以消灭敌人。"

他在这个报告中,以很大的篇幅分析了敌情,指出敌军在整个华北"分区围攻",对各个地区"分进合击",有其不得不然的原因。"整个华北都是在我们游击战争笼罩之下,敌人因兵力不敷分配和围攻需要多兵的缘故,所以不能不'分区围攻';因为我军采取游击战争打击它的方式,所以它不能不采取捕捉队形的'分进合击'。"

为了粉碎敌人的分进合击,我军主力必须在适当的时机跳出敌人的合击圈,痛打其一路。他把这个适当的时间和地点叫做"利害变换线"。抓准了,各路分进的敌人到达了合击点,合击却扑空,这就把敌人的部署打乱了。否则,早了或迟了,都有利于敌,有害于己。迟了,固然正好中了敌人合击之计;早了,敌人的部署没有被打乱,依然有可能将我各个击破。这个向外跳出是积极的而不是消极的,是以包围反包围,以合击反合击。他说:"敌人在分进还不能合击之前,各路不能彼此策应,尤其是在山地策应困难,我们应集中绝对优势兵力各个击破之。就是先要采用积极的手段,选定敌人外翼侧的弱的而不易策应的一路,很快用大兵力而有重点的合击办法来击破它,并且击破它的地点和时间又必须在敌预定合击的地点和时间以外,以免处于被动的地位。"

世界上任何学说和理论,都是为了探究和解决某种矛盾的。无论哲学、自然科学、社会科学,都是如此。军事科学尤其明显,讲的是敌对的两方胜败之理,你死我活之道。刘伯承用苦功研究敌人,密切注视日军的动态和变化,不放过敌人武器和战术的任何改进。日军这个异族侵略军正在学习游击战,刘伯承十分重视。在这个报告里,他说:

"敌人上级的计划,多把突击的重点放在我们薄弱部分,尤其是领导机关;也有乘我夜袭撤回时,跟来袭击我们者。但其下级常有机械执行之者,即使情况变迁,将陷于扑空或中途遇袭之时,它还是执拗地去干。这也是正规军开始游击战的常态,也是反动统治阶级军队的常态。"

这个报告的战术部分,他讲了敌静我动的袭击,我静敌动的伏击,敌我都动的急袭。这是袭击的三种形式。总的说,游击战和运动战的基本特征是主动袭击。他说:"袭击就是偷偷地接近敌人,给予不意的打击。游击战争的打法,都是用袭击。袭击的要诀,就是'秘密而周到的准备,迅速而突然的袭击'。无论敌人大小部队都可用突然的袭击,无论是消灭或消耗敌人,也都可用突然的袭击,不过在部署与指挥之中,要根据预定消灭或消耗敌人之不同目的来决定各种袭击手段,及手段之轻重而已。袭击有对驻止之敌实行的,也有对运动之敌实行的。"他"依据抗战的经验教训,以及通常的动作和术语",将袭击分为上述基本的三种。

由于日军也在学习游击战术,他讲了袭击之后又讲对付袭击,讲了伏击之后又讲对付伏击。急袭指的是敌我两方都不预期的遭遇战斗。他讲了击的手段——急袭敌人的手段,又讲了游的手段——避开敌人急袭的手段。

刘伯承很强调伏击,因为运动之敌比驻止之敌好打得多。甚至敌人兵力大几倍,武器好几倍,也可以伏击。但是,切不可把伏击的布置和动作弄成防御的形式,因为,"伏击只是等于遭遇形式的进攻战斗,故伏击宜采用横宽的围敌形式的队形,才好突然迅速干脆决战。我们要在进攻战术上,多采用分进合击的队形,来消灭敌人某一路,让敌人那几路暂时逍遥去吧。"

对于分路进来合击的敌人实行"待伏",就要冷静估计敌情,设置"有重心的几路的伏击"。所谓有重心,"就是把敌人多半要走而好消灭一路的待伏,放在基干军队身上,其他次要的几路,放在地方游击集团身上去打就行了"。

伏击中有一种叫"诱伏"的,就是在主力埋伏以后,再以小部队故意示弱,以引诱敌人到伏击圈套内,然后袭击之。他说:"所谓'诱敌深入',乃是游击战术上,把一路敌人诱引到伏击圈套内的一种趋利的机动,并不是在正规军内线战役上,把几路敌人放进到利害变换线内,成为不能避害的蠢举。"

关于对付伏击,他说:日本强盗正在拼命学习游击战争。"它惜有新式的技术装备,故特别着重于奔来的袭击。但最近敌人守备区在受袭击后,亦采用伏击。"他预言"敌人伏击将随其伪化的发展而增多"。据所得经验观察,他提出四项对付伏击的手段。这里不多说了,只说第一项,基本的一项。

这一项叫做"路线隐蔽,出敌意外",主要讲当时的部队该怎样走路。这对于我们外行人,很是新鲜,似乎又很简单。他说:"这就是要部队、民众严守秘密、封锁消息与扫除敌探。首先就不露出我们的动向,其次就是部队行军不要走敌人预料的路,来往不走原路,不老走一条路。要多走僻静的路,多走小路,甚至走路外;利用昏暗天气走路,特别走夜路;必要时走曲折的路,先向假方向走一段,然后向真方向走。"他举了正反两种的一些例证,其中之一是,"敌人在平汉线的守备队,经常于黄昏时在铁路以西之路侧埋伏,企图伏击我破路部队。但我破路部队不走一定的道路,不依一定的时间去破路,致使敌人仍无收效"。所以他说,这是"防止敌人伏击的基本手段"。总之,要神出鬼没,无论进攻与撤退,都不让敌人摸到规律。同时,必须经常侦察研究敌情,先知敌"意"、敌"备",才易于"出其不意,攻其不备"。

他这个报告,最初题为《对目前战术的考察》,作于1939年8月在山西黎城县桥庄举行的军事会议,8月,又在一二九师军事研究会上作了讲演。这年8月至10月,分三期连载于《八路军军政杂志》,改用了一个更加谦逊的标题,叫做《两年来华北游击战争经验教训的初步整理》。他去世以后出版的《刘伯承元帅指挥手记》中,改题为《华北两年来游击战争的考察》。这是编者们改的,改得好,符合文章的内容,因为文章远远不限于讲"战术";而且是深思熟虑的结果,创见很多,不是经验教训的"初步整理"。不过,如果他还活着,还能亲自审订,他肯标这样一个大题目吗?

这篇文章全长两万五千多字,是他著作中最长的一篇,也是他最重要的著作之一。文章从"打胜仗的战术要靠不断的政治工作"讲起。政治工作之一是发动部队的良好政治情绪与饱满的战斗精神。二是动员广大居民参加抗战,使之与抗战的军队、政府成为一个整体。三是扩大日军反战和伪军反正。他说后者"是保障我们打胜仗的第三个条件。有了这个条件,才能更顺利地保障我们遂行攻无不克、无敌于天下的战术。"接着分析敌人的战略战术,然后讲我们目前战役的纲要、我们战斗的目的和手段,最后以阐释"吸打敌援"结束。

  他那篇唯一带"论"字的《论游击战与运动战》发表两个月之后,毛泽东发表了《抗日游击战争的战略问题》和《论持久战》两篇皇皇大著。特别是后者,无论当时和后世,都是辉煌的经典。一年多之后,他这篇《对目前战术的考察》发表。太行根据地的负责人之一戎子和(后来是新中国第一任财政部副部长)读后说:"刘师长这篇文章,可以说是咱们太行山甚至整个华北的《论持久战》。"现在回头对照华北抗战那段历史,这绝非过誉之词。

十九、百团大战前前后后

1."待决之囚"

在抗日游击战争中,刘伯承特别重视交通斗争。这有两个内容:一是交通运输,要使"我军手脚灵动,敌人手脚疲跛";一是通讯联络,要使"我军耳聪目明,敌人耳目聋瞎"。1937年冬开办游击训练班,他提出自卫队和游击队的任务之一,便是破坏铁路、公路和大路,肃清汉奸敌谍和侦察敌情。

交通斗争中最显眼的是破路。最初由于有些部属只喜欢攻打敌军,对破路不感兴趣,他就再三再四阐明这件事的战略意义。他说,这是迫使敌人跟我们一样走小路,走沟道,使它的现代化快速部队、装甲车队等等无所施其技,而且粮弹接济困难,陷于饿困,不仅无力作战,甚至无法生存。所以铁路公路固然必须予以破坏,大路也在破坏之列。我们自己宁可放弃走大路直路的"小利",走弯路走小路。这叫做"抓住要害,不顾小利"。不得已时在悬岩上暂留一线小路,或搭跳板作临时之用,敌人来前再根本破坏之。在平原无险的地方,就多挖横沟,改造地形。

他说:现代战争中,无论陆上、海上、空中,双方都十分重视对交通的破坏和争夺。不过我们由于技术条件所限,只能用最原始的手段,甚至只能靠自己的两只手。好在我们万众一心,有的是人力,任凭敌人修得快,我们破得更快。

1938年5月23日,他写了《平汉铁路总破坏的经验教训》一文。这时破路已取得很大成绩。文章这样开头:我们对于敌人主要运输线,平汉和正太两铁路的零星破坏和总破坏,拆路、断桥、塞洞、翻车、袭车、消灭部队、劫毁辎重,总不下一百回,但是总没有加以总结,"埋没了好些成绩无从发挥,可惜!可惜!"(注:此文仅见于打印的《刘伯承军事文集》,杨国宇、陈斐琴选注)

1938年5月13日晚到14日晨,他指挥游击集团对平汉铁路的石家庄至邯郸的一段,进行了一次大破坏。因为没有炸药,只是用手工破坏了2800米,烧了枕木;把铁轨拖出十里以外,或就近投下井里,拔掉道钉2000多个,砍掉电线杆410多根,使敌人火车出轨一次,烧了两个车站。敌人用装甲火车和通常列车载来援兵一百多人,也遭到埋伏,被击和烧毁。这段铁路被破坏了,第三天还没修好通车。打完这一仗,刘伯承就写了这篇文章。

他总结这次的经验教训,第一条就是要使军民深刻认识,敌人一定要靠铁路来运输人马、粮食、弹药、汽油和其他装备,才打得起仗来。敌人以一个异族在地面广大、交通不便的中国作战,兵力始终不够分配。必须警备铁路,兵力也不够。我们破坏铁路就是扼着了敌人长期作战的生命线。这对于策应和援助黄河南岸的友军,保护华北民众的身家,以及现在掩护铁路附近民众收麦子,都是很有效的办法。他说:"除了经常进行零碎的破坏之外,为了求得更大的效果,最好在绵长的铁路线上同时实行总的破坏。"

刘伯承作为一个大战略单位的军事统帅,这样地从大处落墨之外,又指出了破路和伏击增援之敌的各项战术动作,甚至详细介绍了使火车出轨的常识。那样的细致和周到,实在使人惊叹。例如,他说:每段铁轨的组成,两条铁轨上道钉五十二个,枕木十三根,破坏时不需要把道钉完全拔去。要使火车出轨往某一边倒,拔去某边的道钉就行了。拔去道钉以后,只要把铁轨一头外移一二分就行了。在铁轨的接合部,把夹板取下，就能把铁轨稍微向外移动。这样的破坏，最好选在直路上，因为火车在直路上走得快些，出轨也厉害些。火车头一通过破坏处，就深深戳进到地下去，敌人要取出车头修复，就要花很多的时间。再加上我军的伏击和袭击，敌人就无法挽救它的命运了。按照铁路的规则，每天要把路况巡查一次，所以我们的破坏要在他巡查以后。火车每次通车之前，各车站都要互通电话，因此，我们破坏铁路，就不要同时破坏电话线，好让敌人火车开出来出轨。

前面我们曾经说到日本防卫厅战史室编写的《华北治安战》一书，再三再四地感叹对中共的抗日作战估计不足，觉醒太迟。其实，早在1937年12月，日军华北方面军司令部《军占领区治安维持实施要领》中就指出"对匪帮的讨伐，重点指向共军"。那时他们对抗日游击战，特别是交通战，可谓已经了如指掌。书中讲中共的游击战说："其主要手段有下述各点：一、彻底破坏铁道、道路、通讯线路等，阻碍日军后方补给，使之因修理而消耗大量人力和物力。二、袭击补给部队或小部队。三、袭击军需品仓库、飞机场、经济要地等。"（见所引书上册，65页）这三项都对头；把交通战列为第一项，尤其不错。然则，那再三再四的感叹，固然在一定程度可以说是事实，但更真实的，不过是徒唤奈何罢了。

刘伯承1938年5月这篇文章中主张："最好在绵长的铁路线上同时实行总的破坏。"1940年5月，一二九师就对白晋铁路举行了一次总破坏。这年下半年，八路军闻名中外的"百团大战"，更是一场规模空前的交通破击大战。

这样的交通破击大战，是形势所迫，非打不可。早在日本大举侵华之初，日军头目们就扬言："只要交通有保障，灭亡中国绝对不成问题。"他们是以战略眼光来对待交通的。他们在占领的华北地区，一直没有放松保卫和修筑铁路、公路。1939年秋季起，推行所谓"囚笼政策"，并且确定以"扫荡"晋东南抗日根据地为"华北治安战"的重点之一。这个根据地的四周,恰好是平汉、正太、同蒲、道清四条铁路,南面还有一条陇海路。1940年春,开始修筑白晋铁路,北起太谷县的白圭镇,南至晋城,全长三百多公里。修成以后,北接太原,南接长治,等于一把利剑,把晋东南抗日根据地劈成两半。

邓小平说:"如果敌人再从临汾到邯郸修一条铁路,就把晋东南划成'田'字形了。"

邓小平又说:"我们提个口号:'面向铁路!面向交通线!'"

刘伯承说:"我一直在想,这个囚笼是什么意思。原来是以铁路为柱,公路为链,据点为锁,把我们装进去,凌迟处死!如果我们不能打破这个囚笼,我们就成了待决之囚!"

2. 日军的走马灯战术

他们商定,首先不能容许白晋铁路这把利剑造成功,于是举行了对白晋铁路的大破击战。一日两夜之间,彻底破坏了已修成之段一百多华里,及其储备的全部修路器材,消灭了敌警备部队一个大队,解放了押修铁路的工人一千多人。达成这些基本任务之后,主力部队撤出战斗。这是1940年5月上旬的事。继续破路的任务交由太行、太岳两个军区的游击集团执行,一直延续到8月。

5月20日,刘伯承作了这次白晋战役的总结报告,分别讲评了参战部队的表现,然后分析了日军"扫荡"作战的规律,论述了我方破击作战中如何处理好破与击的关系。李达将军在他的书中说:"刘师长的这篇总结,为我军加强经常性的交通斗争,提供了理论依据。"

关于日军"扫荡"周期和兵力运用规律,他说:

"合击'扫荡'部队,行动闪烁,时间短促。敌人在我空室清野,破路拆堡,以配合游击运动战的条件之下,如出动'扫荡'军队过大,则辎重笨重,行动困难,如过小,则有被消灭的危险。故在伸出几路的合击时,每路少则一个中队,多则一个大队。因其携带弹药、粮秣有限,故只能行动三五日就要收回,在原有公路的据点内进行补充。因为要捕捉我游击队和政权,又避免被我消灭起见,故行动只能闪烁无定,或者转折绕圈,或者去而复还,或者此进彼退,或者先出后收,或者先头挺进、后头搜剿,或者内中开花、外面合击。"(见《刘伯承军事文选》,第189页)

敌人之所以这样行动闪烁,又由于兵力不敷。小日本侵略大中国,兵力不够分配,这时更严重了。这次破路部队,在长治、高平一带日军警戒线上偷袭时,发现有的地方竟是橡皮人或木头人假装哨兵。战士们用刺刀戳破橡皮人的肚子,里面却放出毒气来,以致有几个战士中毒。刘伯承对李达说:"这是敌人兵力不敷,此集彼虚。这个情况很重要,马上报告集总通报一下,免得兄弟部队中毒。"李达向他报告:有的镇子鬼子留守兵力不多,用汽车载着士兵来回打转,早出夜归,并且其中也有假人。刘伯承含笑答道:"这是走马灯战术。类似战国时代孙膑打庞涓,增灶减灶,欺骗庞涓。他们这个走马灯战术,不比孙膑高明,何况是为了掩盖兵力不足呢。"

针对敌方这种形势,刘伯承指示加强破与击的结合。他说:破路拆堡,空舍清野,能使现代化装备的敌人,在一定时间内陷于饿困无力、战斗无能的窘状。但这只是造成便于消灭敌人的条件,还不是消灭敌人。"要靠我们利用敌人处于这种窘状的时间,进行机动的残酷的战斗,也只有这样消灭了敌人,才能粉碎敌人的囚笼政策。但如果我们单纯战斗,而不实施破路拆堡、空舍清野,那简直是蠢笨。"

那么,怎么击,怎样战斗呢? 他说:"战斗必须截断敌人的尾巴(辎重)和交通线。如果敌人没有尾巴和交通线,那就无法持久战斗,也就无法立足生存。如果我军战斗,截断了敌人的尾巴和交通线,也就是扼住了它的咽喉来打它,是容易致它的死命的。所以我军战斗,必须独立地以一部或主力截断敌人的尾巴来打,或者拿反围攻对付围攻来打。"他着重地指出:"正面堵敌,敌进我退,正是敌人囚笼政策所希望的。"

在每一次破击作战中,还要具体处理好破与击的关系。他说:当我军突然出现时,敌人必然以战斗的方式护路、护资材。敌人先是战斗的出击,接着是战术的出击,最后才是战役的出击。"战役出击是敌人在审查我军力量后的行动,故需要相当的时间。因此,我军的破击过程,一般应首先侧重在破,而逐渐侧重于击。但也有另外一种特殊情况,即保护道路或守备资材之敌,预知我军破路而迂回我侧背时,我则先侧重于击。敌情不同,要求部署的重点也应有所不同。"

他还把一般破击队形区分为民众参加的破路队和掩护队、预备队、工兵队四种;并指示破路时队形的展开,要横宽大于纵深等等,十分具体详明。

对于破路和破除碉堡、据点的关系,他说:"破坏了铁路公路,那碉堡就没有作用。这等于囚笼的柱子、链子被截断了,那锁就没有用处了。"这句话十分重要。刘伯承用兵,一贯地着重于斗智造势,不主张用蛮力攻坚。(以上引文,见上引书,202—203页)

一二九师白晋战役之后三个月,整个八路军于8月20日发动了惊震中外的百团大战。

3. 一百零五个团

百团大战是抗日战争史上一次非常重大的战役,又是后来在中共内部发生争议,甚至多年内遭到否定的战役。

1940年8月,八路军包括山西新军,在晋、冀、豫、察、热、绥六个省的范围之内,出动了一百多个团,同时向正太路、同蒲路、北宁路、平绥路、平汉路、津浦路、德石路、白晋路及其附近的主要公路线进行大破袭,历时三个半月。全役破坏铁路470多公里,公路1 500多公里,桥梁、车站、隧道200多个,毙伤日军20 600多人(内击毙敌大队长以上官佐19名),毙伤伪军5 100多人。生俘日军281人,伪军18 400多人。总计毙伤俘日伪军44 000余人,我军伤亡22 000余人。

百团大战完全出于敌意料之外。日方《华北治安战》写道:共军"突然发动的'百团大战',给了华北方面军以极大打击"。"日方从未想到中共势力竟能扩大到如此程度,日方对中共真实情况的调查研究及其统一指挥大部队作战的能力的情报,收集得很不充分。同时,中共一向对其行动意图巧妙而严格地加以保密,因而完全出乎日军的意料,取得了奇袭的成功。"(所引书,上册,297页)

这次战役于7月中旬开始准备。八路军总司令朱德已于4月返回延安,总部由副总司令彭德怀主持。3月间,朱彭已经与刘邓和聂荣臻等人酝酿,大家认为有必要组织一次大规模的对日军交通干线的破袭战役。经过一再商量,总部于7月下旬下达了"战役预备命令",重点是彻底破坏正太铁路,在华北其他铁路线上进行配合袭击。破坏正太铁路的任务以阳泉为界,以东属聂荣臻领导的晋察冀军区,以西(含阳泉)属一二九师(附八路军总部炮兵一部和决死队一部)。刘邓于7月22日下达了准备部署。

为了提高各级指挥员的战略意识和作战指导思想,刘邓于8月2日发了一个指示,其中说:"敌人的囚笼政策的构成是以铁路为柱,公路为链,据点为锁,逐步推进实现面的占领。有时敌人向两侧延伸的目的,是使我集中注意伸出的公路和据点,达到其保护铁路的目的。这是一种很巧妙的拐骗战术。"所以,"必须认识敌人统治的基础在铁路,次为主要的公路,勿为敌人所拐骗"。

战役开始之前两天,8月18日,刘邓在前线指挥所召开了作战会议。刘伯承在会上再一次叮嘱:

"我们这次战役的纲领:第一,主要是对正太路阳泉至榆次段的铁路和建筑物,进行连日的彻底的破毁,特别对于桑掌至小庄和马首至芦家庄两段多术工物的铁路,要着重破毁。第二,各破击队为保障铁路确实破毁,应兼用专门的便衣队或有力部队,突然潜入铁路线上的必要据点,破毁其要害,烧夷其建筑物。对于路侧远伸的据点,只用少数部队监视,不要强攻,也不要被其抑留。第三,当片山部队由阳泉、平辽公路向我左侧背迂回时,就将其各个消灭之,保障我破路顺利进行,造成收复辽(县)榆(社县)的基本条件。对榆次(县)方面来援之敌则进行牵制。"这里说的"术工物",指车站、水塔、兵房、碉堡、桥梁、隧道等铁路沿线的附属建筑。(以上,引自李达书184页至191页)

正太战役按预定时间发起,那是1940年8月20日20时。一二九师参加正太线作战的是十个步兵团,三个独立营,四个工兵连;另有二十八个团的兵力在平汉、白晋、同蒲诸线广泛破路袭敌,以策应正太线的作战。华北各地八路军,都在同一时间向各铁路线和主要公路出击。21日晨开始,各地捷报频传,如雪片一般飞向总部。据当时在总部担任作战科长的王政术将军回忆:第三天,总计各线实际参战兵力为一百零五个团。当他们仔细查对还有没有遗漏的时候,彭德怀说:"不管一百个多少团,干脆就把这次战役叫做百团大战好了。"(见1985年8月25日《人民日报》)

敌军措手不及,仓促应战。日方《华北治安战》中记载:

"在共军攻击时,独立混成第四旅团(旅团长:片山省太郎中将)部署于石太路(即正太路——引用者)沿线。各警备队,除一部分外,均突遭共军的奇袭,因不能相互支援,只得各自进行防御战斗。"片山旅团司令部设在阳泉。阳泉是一二九师主攻的目标之一。旅团参谋土田兵吾中佐于20日24时稍前,接到娘子关警备队和寿阳警备队遭到攻击的报告,书中写道:

> 土田参谋立即前往旅团长宿舍报告以上情况后,急速赶到旅团司令部(司令部距宿舍约七百米),当时阳泉市内已有一部共军潜入,参谋已有可能遭到射击,情况十分紧迫。参谋到达司令部后,首先就警备问题对驻在阳泉的直辖部队作了

指示,同时,大致弄清了各地情况,但有线通信业已中断,以后只有靠无线电进行联络。

阳泉警备部队部(队长:独立步兵第十五大队德江光中佐)在20日傍晚接到密探的报告,大意说:"在阳泉以南约80公里的地点驻有兵力约2000人的共军"。当时判断:这股共军即使万一来袭,徒步行军也需要两天的时间,因此,当日并未采取紧急措施。另外,据说在20日白天,阳泉街上(人口约二千)的情况也与平日不同,许多居民往来闲逛,但也未引起有关人员的注意。偏偏就在这天夜里,接到的第一个报告,却不是来自友军,而是敌人袭击的枪声。

旅团司令部位于街的西北侧,警备队队部位于街东的阳泉车站南侧。可以听到队部东北约一公里处的桥梁附近的激烈枪声。南面约三百米处有一座庙的高地(全街的制高点)很快被共军占领。20日夜,占领庙高地的共军,从高地上用日本话一面高喊:"投降吧! 不投降就全部消灭!"一面进行攻击。对此日军方面虽采取了局部反攻,但只有付出伤亡并未成功。在阳泉的日侨(约五百人)中,已经认定绝望,甚至出现了穿好衣服准备就难的景象。(见所引书299页至301页)

经过十几天的激战,八路军把蜿蜒二百余公里的正太铁路,这条日军自夸的所谓"钢铁封锁线",破毁了三分之二以上及其全部术工物,攻占了沿线大部分据点。当年日本《华北方面军作战记录》中还有如下记载:这次华北共军所谓"百团大战"的奇袭,"特别是在山西,其势更猛,在袭击石太路及同蒲路北部警备队的同时,并炸毁和破坏铁路、桥梁及通讯设施,使井陉煤矿等的设备,遭到彻底破坏。此次袭击,完全出乎我军意料之外,损失甚大,需长时期和巨款方能恢复。"(《华北治安战》上册,第295页至296页)

一二九师在第一阶段作战中伤亡不小,部队十分疲劳,还没有来得及休整,又接到集总命令,开始执行第二步计划,任务是摧毁平(定)辽(辽县)公路,相机夺取和(顺)辽(县)县城。

刘伯承对李达说:"我们马上就要着手第二步的计划。破路经验要尽快总结起来,要再细致、再具体一些。"李达起草了一个破路经验介绍,经刘伯承逐条阅改后,很快上报下发。李达书中说:"这对第二阶段的破路斗争很有推动作用。"李达还写道:

刘师长对所有作战方面的上报材料都看得非常仔细,甚至连一个工兵组关于爆破技术的总结,他都逐字逐句地认真读过,并签上他的名字。记得他曾拿几份材料要我看,还说:"你看看,敌人在主要铁路上也是兵力不敷的。落摩寺战斗中就发现了敌人搞的稻草人,有的车站上发现了假炮,飞机上投下的降落伞也有假的。还有的地方发现交通壕里长满了草。看来,敌人的名堂还不少哩。这是由于他战线过长,兵力不足,无法兼顾,形成到处挨打的架势,就好比一头野牛在沟里吃草,向左伸嘴左边挨一棒,向右伸嘴右边挨一棒。结果左右受敌之下,只有吃亏。"(李达书:198页至199页)

4. 论交通战

刘伯承在9月20日作了《参加百团大战第一战役的总结报告》,几天后接见了《新华日报》华北版的记者,他的谈话于10月3日刊出。他说:这次百团大战,"实质上乃是敌我之间交通斗争的激烈表现"。又说:最近敌军大本营说,它所占我国土地面积已约116万平方公里。又据我们所知,它的战线纵的方面,从大青山到广西边界,约3 000多公里;横的方面,从山海关到宜昌,约2 000公里。它非得有现代化的交通条件不可,同时也非切断我之交通线不可。日寇之切断中缅、滇越交通线,乃至企图截断黄河南北的交通,在平汉、津浦两侧挖沟,这些并不单纯含有军事意义,而且包含有政治的、经济的、文化的多重意义。"日寇是以战略眼光来组织它的交通的。""敌我的交通斗争,是争取战略优势的主要斗争。"《刘伯承元帅大军指挥手记》的编者们有眼光,收录了他这次谈话的第一部分,加了一个标题:《论交通战》。(见所引书,289页)

他9月20日所作的报告,从战略、战役和战术上,对这次战役作了全面的总结。在"战役中的经验教训"部分,他说:破坏的范围要广大,大小破坏要很好配合。"我们要展开全面的破坏。有的干部轻视小的破击,对攻碉堡有兴趣,对破路则无信心,这是非常不正确的。各军区要加强游击队,发展宽广的破击,争取主动与机动。"

他在这个报告中展望了今后的形势。他说:"近卫登台后战略改变,他计划进攻西安、重庆,从安南(越南)进攻昆明。在这次战役后,敌人在华北的兵力更要增多。今后我黄帝优秀的子孙,要起决定的作用。现在我们有了这种作用。我们要牵制敌人更多的兵力。敌在《防共前线》杂志上说:'对支那战争主要是八路军的问题。'今后我们要加倍努力。"(见上引书,279页,276页)

近卫文麿第一次担任日本首相之后,于1937年7月7日发动了全面侵华战争。1940年第二次登台。这时,德国、意大利两个法西斯在欧洲大陆取得胜利,近卫政府乘机与德、意订盟,结成德意日三国轴心,企图及早结束侵华战争,以便南进发动太平洋战争。为此,日军一方面通过已经向德国投降的法国维希政府进入越南北部,压迫英国政府封闭了滇缅公路,切断蒋介石国民党政府从滇桂方面获得外援的通道,并攻占襄樊、宜昌,企图逼迫蒋介石投降,另一方面,对华北抗日根据地加紧推行囚笼政策。

百团大战正太战役刚刚结束,日军立即开始报复。首先是要消灭一二九师,即所谓第一期晋中作战(第一次反击作战)。《华北治安战》书中记道:

遭受共军奇袭的第一军，随着对情况的判明，当即采取对共军分区、分期各个击破的办法，进行反击作战。首先命令独立混成第四、第九旅团在石太线以南地区搜索消灭第一二九师。

独立混成第四旅团长片山中将回忆如下：

八路军的工作已深入到居民当中，村民正如"空室清野"的标语那样，几乎逃避一空不见踪影，并且好像曾经积极协助八路军，但在日本方面则对八路军的情况完全不明。八路军的行动变化无常，在一地仅住数日即行转移。在险峻的山岳地带，其游击行动非常灵便。与此相反，日军的行动由于用马驮运行李辎重，部队及个人的装备过重，比起轻如猿猴的八路军来显得十分笨重。因此，任凭如何拼命追击也难以取得大的成果。（见所引书第311页至312页）

正太战役大胜之后，一二九师和兄弟军区部队按照中央军委和八路军总部关于扩大战果的指示，展开了百团大战第二阶段作战，历时七天，于1940年9月31日结束。日军在第一和第二阶段受到了沉重打击，便集中重兵对华北各抗日根据地进行报复性的大"扫荡"。反"扫荡"作战，就成为百团大战第三阶段的中心。这一阶段，历时两个月。从10月初到12月初，日军对太行区和太岳区连续进行规模空前的大"扫荡"，动用兵力达三万余人。他们一方面寻找八路军作战，一方面在抗日根据地大抢、大杀、大烧，实行抢光、杀光、烧光的所谓"三光政策"，给根据地人民造成了空前的大灾难。太行区是八路军总部和一二九师师部的驻地，位置又最靠近铁路，可以说就在铁路边上，因此遭受的损失最为严重。

李达在他的书中回忆说：在第三阶段，彭德怀曾亲临陈赓旅部和七六九团阵地，一再指示部队继续冲锋，一定要攻下敌人的阵地。在保卫八路军总部和兵工厂的战斗中，打成了阵地防御战，一二九师付出了重大的代价。整个百团大战中，一二九师在完成了破坏敌人交通线的任务之外,毙伤日军和伪军 7 500 多名,俘日军官兵 70 名,俘伪军官兵 412 名,总计歼敌约 8 000 人。但一二九师自己,阵亡将士 2 249 名,负伤者 5 113 名,总计 7 362 人。

双方损失将近一比一,这是刘伯承从来不赞成的那种赔本生意。损失这样大,使他十分痛心!

彭德怀"文化大革命"期间在监狱里写的《彭德怀自述》中写道:

> 破击战后期,我也有些蛮干的指挥。此役在太行山区破袭时间搞得太长了一些,连续搞了一个月,没有争取时间休整,敌伪军即进行"扫荡"。在敌军"扫荡"时,日军一般地一个加强营附以伪军为一路。我总想寻机歼灭敌军一路,使敌人下次"扫荡"不敢以营为一路,以使其"扫荡"的时间间隔扩大,有利于我军民机动。我这一想法,是不符合当时实际情况的,因部队太疲劳,使战斗力减弱了,使一二九师伤亡多了一些,上面这些后果的责任是应当由我来负的。(见所引书 238—239 页)

5. 巧妙的《大公报》

百团大战第一阶段对华北日军全部交通线的奇袭,打破了日本早日结束侵华战争的美梦,振奋了中国人民的精神,打击了投降派的气焰。第二阶段,还发生了四十多名日军集体自杀的事;有些日军军官,甚至素称顽强的日军宪兵,也有跪着交枪,乞求饶命的。这些,在百团大战以前,从来不曾有过。有一个日军俘虏对陈赓将军说:"你们是头伸出来打头,脚伸出来打脚。"(见李达书 207 页)

第一阶段的捷报传到延安,毛泽东立即致电彭德怀:"百团大战真是令人兴奋,像这样的战斗是否还可组织一两次?"第一阶段结束的当天,9 月 10 日,中共中央在关于时局趋向的指示中,高度评价了百团大战在政治上和军事上的重大意义。同一天,中央军委发出指示,要求仿照百团大战,在山东、华中组织一次至几次大规模的对敌进攻行动。在华北则应扩大百团战役,到那些尚未遭受打击的敌人方面去,用以缩小敌占区,扩大根据地,打通封锁,提高战斗力,并在山东、华中继续发展人民军队之数量,给二百万友军与大后方以及敌占区千百万人民以良好的影响,延缓敌人向重庆等地的进攻。国民党第一战区司令长官卫立煌致电朱德、彭德怀说:"贵部发动百团大战,不惟予敌寇以致命之打击,且予友军以精神之鼓励,给日本帝国主义灭亡中国的政略、战略都是一次沉重的打击。"在重庆的蒋介石也"驰电嘉奖",重庆各大报纷纷发表社论,指出这次战役对抗战的重大意义。

百团大战通过这些报纸,极大地激励了大后方人民抗战的信心,特别是在知识阶层中提高了中国共产党的威望。这里应当特别讲讲《大公报》,这张报纸是主张坚决抗日的,在国内政治上标榜中立,对蒋介石政权实行"小骂大帮忙"。由于有这点儿"小骂",它在大后方特别是多数知识分子中享有很大的声誉。它9月5日关于这次战役的社论中说:"敌军发言人曾承认我军此次出动规模之大,并承认平汉、同蒲、正太各路破坏之巨。不但如此,我军前天更深入敌军心脏地之平津,在廊坊、落垡之间将铁路破坏,使平津交通为之阻断。"然后论述了此役"在全局上的意义尤其重大"。社论认为华北是中日战争的"根干",在华北打击敌人,"在全盘战局上是极重要的一着棋"。社论再往下对国民党就更带点儿刺了,它写道:

"三年多的抗战军事,'应战'二字可以尽之。敌军来攻,我们应战;敌军不攻,我们待战;敌军此处攻,我们他处不战,形式几乎完全是被动的。这次北线之战,敌军未战,我军先攻;敌军将南侵,我们先北战,这在战略上讲,也是一种进步。"又说:"这次晋冀豫的出击,主要部队是××集团军,对敌人的谣言攻势,也给予一个致命的打击。敌人不是常在造谣说我们分裂互讧吗?"这些话说得很乖巧,也避而不指责国民党的谣言攻势,那时国民党正在起劲地攻击共产党"游而不击"。那时,凡第十八集团军(八路军)的战绩一概不许见报,只能以"××"代之。这张大名鼎鼎的报纸,在日方也不得不承认的这样一场大战面前,岂能不写这样一篇社论。尽管大公报写这篇社论已经煞费苦心,极尽委婉曲折之能事,国民党还是觉得脸上无光,照样不能容许。因此它这一天报纸的发行,就受到了国民党特务的阻挠。可是欲盖弥彰,反而引起了读者的重视,因此更加提高了《大公报》的身价。这些话扯远了,让我们再回到百团大战上来,回到刘伯承元帅来。

6. 彭德怀

无论在军事上和政治上都取得了这样辉煌成就的百团大战,后来在中共党内却引起了严重的非议。彭德怀、刘伯承于1943年9月一同回延安,参加整风学习。他们和其他有关的高级指挥人员,大概都就此作了检讨。以后,特别是经过"文化大革命",百团大战就逐渐从出版物上消失,好像它不曾发生过。甚至在1982年出版的《刘伯承军事文选》中,还可以看到这种对百团大战全盘否定或者回避的态度,刘伯承关于百团大战的文章都不被收录,有一篇文章中提到"有名的百团大战",这几个字也被删掉了。

率先突破这个禁区的,应推聂荣臻元帅。他1984年出版的《聂荣臻回忆录》中册专门写了一章《百团大战》。以后又发表谈话,认为百团大战不可否定。我们看来,百团大战的利弊得失,是非功过,可以作为一个学术问题加以研究。人们至多可以否定它的意义,但是不能否定它的存在。因为它确实存在过。我们这本小书,无意参加讨论。我们感兴趣的是刘伯承的观点。《聂荣臻回忆录》提供了一些背景材料,所以我们先引他的话。他说:

我的看法是，战果是巨大的，总的来说是应该肯定的，但是胜利之中也有比较大的欠缺和问题，首先是在宣传上出了毛病。这次战役本来是对正太路和其他主要交通线的破袭战，后来头脑热了，调动的部队越来越多，作战规模越来越大，作战时间也过于集中，对外宣传就成了"百团大战"。毛泽东同志对"百团大战"的宣传很不满意。我们到延安参加整风的时候，毛泽东同志批评了这件事。有种传说，说这个战役事先没有向中央军委报告，经过查对，在进行这次战役之前，八路军总部向中央报告过一个作战计划，那个报告上讲，要两面破袭正太路。破袭正太路，或者破袭平汉路，这是游击战争中经常搞的事情，可以说，这是我们的一种日常工作，不涉及什么战略问题，这样的作战计划，军委是不会反对的。说成是百团大战，这就是战略问题了。毛泽东同志批评说："这样宣传，暴露了我们的力量，引起了日本侵略军对我们力量的重新估计，使敌人集中力量来搞我们。同时使得蒋介石增加了对我们的警惕。你宣传一百个团参战，蒋介石很惊慌。他一直有这样一个心理——害怕我们在敌后扩大力量，在他看来，我们的发展，就是对他的威胁。所以，这样宣传百团大战，就引起了比较严重的后果。……还有在战役的第二阶段，讲扩大战果，有时就忘了在敌后作战的方针，只顾去啃敌人的坚固据点，我们因此不得不付出比较大的代价。死啃敌人据点的做法是违背游击战作战方针的。"（见所引书507页至508页）

百团大战遭到公开的否定，甚至批判，是在"文化大革命"期间。林彪在1937年平型关大捷之后不久，因负伤离开了前线，从此再没有参加抗日作战，这件事同他毫不相干。百团大战的最后决策者和最高指挥者是彭德怀，因此否定百团大战便成了迫害和诬陷彭德怀最好的题目。同时，还可以用以打倒"一大片"，例如朱德。他虽然早在1940年4月就回了延安，但他曾公开发表文章，对百团大战作了高度的评价。这些，我们就不必多费笔墨了。

现在来说刘伯承。前面说到，他在第一阶段结束的当天做了一个总结报告，报告中有两句话，现在看来很不妥当。报告的第一句话说："百团大战是伟大的大会战。"这句话显然是反映了当时全军上下对胜利的喜悦心情，但是径直称之为"大会战"，却流露了过于乐观的情绪。特别是接着又说："我们这次百团大战的第一个战役是大规模正规战的开始。"这句话尤其说得太早了。奇怪的是，这种提法同整个报告的思想不协调，跟他此前此后的思路也不一贯，不知道他是在怎样的情况下冒出这样一句话来的，值得继续加以研究。《刘伯承元帅大军指挥手记》全文收录了这篇报告，一字不改，我们赞赏这种尊重历史的态度。

随之而来的是日军连续两年的大"扫荡"，抗日根据地陷入空前未有的大困境。当初，无论彭德怀、刘伯承或其他高级领导人，都估计到日军必然要在华北增兵，斗争一定会更为残酷艰苦。前文引述了刘伯承的话，"我们要牵制敌人更多的兵力"。彭德怀说得更具体。《彭德怀军事文选》中记载了他当时估计华北战局有更加严重的可能："可能调动敌人增援华北，从华南、华中及日本国内调三个至五个师团来。这虽然将增加我们的困难，但可减轻敌人对我大后方的压力，减少投降的危机。今天的小的牺牲，可以免掉将来大的困难，这是我们所希望的。"（见所引书，86页）

但是，处境达到那样困难的程度，却是大家始料所不及的。后来刘伯承多次谈论了百团大战，肯定这一仗非打不可，同时也检查了作战中的失误。

1944年4月30日，他在延安高级干部会议上做了《晋冀鲁豫抗日根据地现状》的报告。其中说道：

"百团大战的举行，轻视敌寇的技术力量，过分强化了正规战，企图根本摧毁正太铁路,不顾飞机、大炮,强攻难克之坚,甚至在保卫兵工厂,保卫砖壁(总部驻地)时强化了阵地防御战,使本区军事力量过于突出,师(按:一二九师)与决死队共23个团作战,伤亡近七千,元气不易恢复,引起敌人严重警觉,招致某些不利,也是由于过分强调正规军而来的。"这是一段记录稿,23个团作战,显然有误。一二九师参战部队总计38个团,还不包括地方部队。此外,参战民众达十三万五千以上。

1945年5月10日,他在中共第七次代表大会上发言,又说到百团大战。他说:

"我也是百团大战主角之一,伤亡最大,一二九师与决死队伤亡七千左右。""百团大战是我们把反共高潮平抑以后几个月打的。当时敌后情况,是所谓'囚笼网'的缩紧,不打不行,但是打,也不是使用百团大战的大战,更不是运动战,尤其是阵地战这样的打法,而是要用全面游击战争的打法。"(以上两段引文见李达书,216页)

刘伯承这些话,既是批评自己,更是对彭德怀的批评。刘伯承作战,从来反对死打硬拼。八路军总部在游击环境中建设那种规模的兵工厂,他自始就不积极。后来为保卫兵工厂和总部而打阵地战,他当然不赞成,不过他做不了主罢了。有一种传说,说彭德怀怀疑刘伯承向毛泽东告了彭的状,大怒,在毛面前不指名地骂了娘。传说无可稽考,但是在百团大战这件事上,如上述那些话,刘伯承是把彭德怀得罪了。刘伯承晚年大吃苦头,这可能是原因之一。

刘伯承与彭德怀在这两个问题上意见相左,可以从杨国宇将军的日记《刘邓麾下十三年》中看到。杨国宇当时是一二九师司令部的机要科长,后来担任中国海军副司令。

1940年8月11日,他随刘邓到黎城西井之北的兵工厂。这天的日记中对兵工厂地势之险峻,道路之崎岖作了细致的描绘,接着写道:"我听得刘师长对邓政委说:'地势甚险要,就是德国的闪电战也难闪入。'邓则说:'没有攻不破的碉堡。'刘接着说:'不知为什么要把兵工厂建在这里。我们部队要来领点东西多困难。'邓说:'我们的兵工是靠敌方供应,或者建在城市周围,建在平原,分散集中,领取、发放、运输都依靠人民群众给我们保险方便得多。'"

10月25日的日记中又记道:"黄烟洞既到敌,当然刘鼎——我们兵工厂肯定要受危害。说起有名的黄烟洞,我们早就听说很好很好,保险得很。你听部队说什么? 到这里来领弹药比上西天取经还难。"

从这里可以看出,刘邓两人都不赞成那样建兵工厂。(引文见《刘邓麾下十三年》,第169页和178页)

特别是刘邓两人都不赞成彭德怀那种死拼硬打的打法,但又无可奈何。这是百团大战中他们之间最根本最主要的分歧。这点,杨国宇的日记中有生动的记述。

10月21日的日记写道:"开会的人到齐了,等首长等到三点不见来,来了就说大有镇到敌,正烧房子,接着后方来电告急,这时刘师长情绪有些激动,说了句西井、黎城、桐峪快受威胁了。这时,我意识到刘邓两人历来是要游兼击,这次是光击不游,击来击去,搞到自己头上来了。"

日记中多处提到"彭老总又来电话",都是命令不惜一切牺牲打攻坚战。

10月30日的日记中记了这样一个细节:"距关家垴不远,有个小屋是师的前线指挥所,室内除师首长和几个参谋外别无他人。我进去是听消息的。进得门来,只见刘师长拿着机子讲:'同志! 无产阶级的队伍难道我们不心痛吗?'说完将机子一摔。(对方是谁? 前面讲的什么? 我不知道)邓政委拿起电话讲:'要从全局出发,不惜一切代价坚决拿下来,你们伤亡很大我知道。大战不可能无伤亡……'我看他们不理我,没趣地退出,在屋外问马参谋对方是谁? 他说:'是陈赓旅长。'陈赓部队的确伤亡很大,有的连队只剩下十几个人了,刘邓当然'心痛'。因有彭总在陈家垴阵地上直接指挥,刘邓不敢,只有坚决打下去。"(见所引书177页、180页)

二十、敌进我进

1. 应当摸敌人的屁股

中国革命游击战争的基本原则,毛泽东称之为"十六字诀",即:"敌进我退,敌驻我扰,敌疲我打,敌退我追。"据《朱德年谱》:朱德"与毛泽东等同志总结出"这个"十六字方针",是在1928年5月。

《毛泽东的读书生活》一书中说:"毛泽东常说,他从来没有想到自己去搞军事,去打仗。""更不像有人所说的那样,毛泽东指挥打仗是靠《孙子兵法》,靠《三国演义》。据毛泽东说:那时他还没有读过《孙子兵法》。"大陆解放以后,1964年8月,毛泽东与周培源、于光远的谈话中说:后来自己带起队伍打起仗来,上了井冈山。"在井冈山先打了一个小胜仗,接着又打了两个大败仗,于是我们总结经验,产生了打游击的十六字诀……"(见所引书,266页至267页)

这个十六字诀确实十分灵验,一直是红军打游击的法宝。八路军抗日也恪守不渝,并且又取得了大成就。

1940年,情况变化,刘伯承发出了不同的声音。面对日军的囚笼政策,他在5月20日《白晋铁路大破击的战术总结》中大声疾呼:"正面堵敌,敌进我退,正是敌人囚笼政策所希望的。"本书上一章引述过他这句话。

他主张现在应当"敌进我进"。

《彭德怀军事文选》第159页说:"1940年百团大战以后,曾为我一时打破的'囚笼政策'，不仅逐渐恢复，而且碉堡公路更为增加，'扫荡'与'反扫荡'战争于1942年亦特别频繁；敌又疯狂实施'蚕食'政策和三光政策，使我遭遇严重困难。敌如此步步进逼，我步步退缩，长此下去，不是道理。部分战略区乃在军事指导上提出'敌进我进'口号，注意到向敌后之敌后发展。武工队及隐蔽游击根据地的建立，就是在这样主客观条件下应运而生的。"彭德怀是在1943年1月《关于敌占区与游击区的工作》一文中说这番话的。

彭德怀所说的"部分战略区"，是晋冀鲁豫。最先提出"敌进我进"的，是刘伯承。前引萧克那篇文章明确指出：刘伯承"又提出'敌进我进'的方针，组织武工队，深入敌占区"。（见《刘伯承指挥艺术》，第3页）传说1943年秋刘伯承回到延安以后，毛泽东对他说："你那个'敌进我进'好得很啊。闹得日本人没办法。你给延安的干部做个报告，好好讲一讲。"

现在考究起来，刘伯承的"敌进我进"，有两个含义。一个，可以说主要是战役战术上的；又一个，是战略上的。这又一个，就是组织武装工作队，深入敌占区，建立隐蔽的游击根据地。这又一个是前一个的发展。

这里先讲前一个，战役战术上的敌进我进。

从我们现在找得到的材料来看，刘伯承最初提出"敌进我进"，是在1940年春季。除了上引5月的《总结》之外，4月他在北方局高干会议上说："现在对'囚笼'的粉碎，一退再退，退到何处？现在就是敌进我进，打磨盘，应摸敌人的屁股。""如敌进我退，则必至毫无办法。"

2. 再退，就只有退到太行山上去吃石头了

刘伯承这两次发表他的主张，是在百团大战之前，显然没有引起重视。

1941年春,刘伯承又一次提出他的主张。这次是具体指示他的部属采取敌进我进的方针和办法。他说:"不能再退了,再退就只有退到太行山上去吃石头了!"有一个第一手的材料,生动地记述了他这次谈话,记述了当时的情景和他那急迫的心情。

那是百团大战之后不久。百团大战给了敌人以很大的震动。敌人把侵华的重点放到对付敌后抗日根据地上面。如刘伯承所概括的,敌人在军事上,由短促的"扫荡",进到长期的反复"扫荡",由分散的"扫荡",进到集中优势兵力的"扫荡";由分区围攻,进到分区"清剿";由长驱直入,进到步步为营的蚕食;由无组织的烧杀抢掠,进到有组织的抢光、杀光、烧光的三光政策。斗争空前残酷,邻近铁路的太行山根据地受害尤大。

一二九师在百团大战中伤了元气,不得不把几个新建的野战旅,分别降为几个军分区的骨干。现任中国国防部长的秦基伟将军原任新十一旅副旅长,百团大战以后被任命为太行一分区司令员。原在师政治部工作的刘昭被派到一分区去当政治部主任。刘帅去世以后,刘昭写了一篇悼念文章,题为《刘师长的一个重要口头指示》,这个口头指示讲的就是为什么要敌进我进和怎样敌进我进。

那是1941年春。刘昭赴任前夜,刘伯承找他去谈话。

刘伯承说:"部队政治工作,不需要我说了。找你来,我只着重讲一分区的对敌斗争问题。一分区地处平汉、正太铁路和昔(阳)和(顺)公路三面环夹的地带,面对敌人的重要据点石家庄,背靠太行山,是一个很重要的战略地区,是敌人的眼中钉,敌人必然要设法扫除,加紧蚕食进攻。一分区根据地大为缩小,形势严峻。一分区司令员秦基伟,我了解他,是四方面军一员战将,我相信他是能打的,能够扭转一分区的局势,开辟一分区的新局面。但在对敌斗争方面,不能片面采用'敌进我退'的战术,一定要积极作战,主动出击,实行'敌进我进'的作战方针。"接着,他又指示了一套具体的做法。

最后，刘伯承说："你替我提醒秦基伟，不能再退了，再退就只有退到太行山上去吃石头了！我和邓政委都期待着一分区对敌斗争不断取得胜利！"

刘昭这篇文章刊载于《刘伯承元帅研究》第二期。发表之前，经秦基伟核阅，补正了一些细节。文后附有秦基伟给刘昭的回信。这篇回忆文章是一份十分可贵的史料。（见所引书，244—248页）

过去正确的东西，现在不正确了。在某种情况下有利的东西在另一种情况下有害了。这是人类社会生活的常规。不过只有大智大勇之士，才能见微知著，才敢为天下先，自觉地向传统习惯挑战，除旧布新。军事上更是这样，不能以不变应万变，所以每一部军事条令书上，都要写上按情况活用原则之类的话。

军事上又常常是你怎么打过来，我再怎么打过去，这叫做敌变我亦变。刘伯承"敌进我进"这步棋，也可以说是敌人逼出来的。最初是敌人的"囚笼政策"，逼得他深深感到不能再敌进我退，而必须敌进我亦进。百团大战以后，形势更加严峻，逼得他进一步坚定了自己的信念，挺身而出，率先走这步棋。

百团大战使日本当局重新考虑了对华战争的问题，取消了"剿共灭党"的口号，致力于"剿共"。"灭党"者灭重庆国民党也，这时对国民党改取加强诱降的方针。"剿共"，是对敌后抗日根据地，这时加紧推行"治安强化运动"，加紧"扫荡"进攻和蚕食。1941年12月8日日本发动了太平洋战争之后，更急于解决中国问题，"扫荡"更加频繁，更加残酷。每次"扫荡"之后，立即加紧推行"蚕食"政策。所谓"蚕食"，就是以七分屠杀加三分欺骗的手段，利用汉奸特务，把它据点附近村庄的抗日政权变为"维持"敌人的伪政权，严格控制起来，再蚕食下一个村庄，这样一步一步向抗日根据地腹地推进。另一方面，根据地政策中某些"左"的错误，导致了在部分老百姓中产生了离心倾向，使根据地失去了一些群众，这也大大便利了敌人的蚕食。

结果,就造成了根据地越来越退缩的严重局面。整个太行根据地,1939年曾达到十多万平方里,1942年缩小到八万多平方里,人口相应地大大减少。冀南平原更严重,全区根据地几乎都变成了游击区。太岳根据地虽然没有缩小,困难也与日俱增。

3. 上中下三策

在华北抗日战争的历史中,1942年是敌我斗争最残酷的一年,是根据地处境最困苦的一年,同时也是刘伯承"敌进我进"的方针开始得到全面贯彻的一年。于是犹如春风解冻,否极泰来,万象更新。从这年下半年开始,整个抗日游击战争和根据地,逐步扭转了被动的局面。

这一年,敌军对晋冀鲁豫根据地举行了十次大"扫荡",兵力逐次增多,每次时间延长。小"扫荡"和袭击次数更为增加,共达262次之多。敌人战术上也有很大发展,机动能力与游击动作都有提高。这一年的夏季"扫荡"更加严重,它的目标是消灭八路军总部和一二九师,包括刺杀八路军主要干部,第一个要刺杀的,就是"独眼将军刘伯承",连相片、履历书都印好了。后来一二九师在缴获中发现一种袖珍折子,每一页上贴着一张照片,写有姓名、特征等等。在邓小平的照片下面注明"在太岳",邓小平确实在反春季"扫荡"之后到太岳军区陈赓那里去了,可见敌人的情报很准确。

5月11日,参谋长李达接到太行第一军分区的报告,敌人的夏季"扫荡"有全面开始的迹象。刘伯承看了报告,说:"情况的确是很紧急了。敌工站的同志作了贡献。只是有一点,这个情报是5月2日发出的,但是送到一军分区已经是11号,晚了十天!可见传递很困难。如果敌人提前行动,我们就被动了。不能等了。"第二天,5月12日,他正式下达了反"扫荡"的命令。

命令刚发出两天,14日,日军七千多人对太岳区南部根据地开始大规模"扫荡"。邓小平正在太岳南部中条山一带活动,他17日离开的那个地方,18日就被日军占领了。

日军对太行区北部的"扫荡",也在19日开始,兵力25 000人左右。

21日夜晚,一二九师师部从驻地会里村悄悄出发转移。刘伯承、李达率领指挥所走在前面,师政治部主任蔡树藩率领直属队殿后。李达在他的书中写道:"这天正是农历四月初七,清漳河水映出了皎洁的上弦月,给我们增添了一些光亮。"

刘伯承小声说:"鬼子为什么要在这个时候'扫荡'呢?他们还有一个目的。"他好像是问李达。

"抢麦子啊!"李达笑着说。

"明天是农历四月初八,小满。按照《农桑通诀》上'七十二候'的说法,黄河流域这时应该是'苦菜秀,靡草死,麦秋至'了。"刘伯承一边说,一边下了马,在路旁的麦地里看了看麦穗。"小满,小满,小得盈满。今年的麦子不景气呀。河水也快干涸了。天灾加人祸,今年的困难不小啊。"

刘伯承又说:"敌人这次'扫荡',不但要抢财物,还要抢麦子,抢了就要运,而运输又非靠公路和铁路不行。这是他们无法避免的弱点。我们把小股部队埋伏在几条通向铁路的公路干线上伏击,一般来说是不会落空的。"

接着,刘伯承指出了反"扫荡"的上中下三策,又一次阐释了他那"敌进我进"的方针,肯定那是上策。他说:

"他往回运输和分路撤退的时候,就同合击时的方向相反,成了离心运动。这时的鬼子已经疲惫不堪,给我们制造了一个痛击敌人,夺回人赃的好机会。再有,他们合击的梳篦队形再密,也不可能是蜘蛛网,我们总有空子可钻。这次敌人是假定我们的主力缩入腹地中心作战,重演敌进我退、诱敌深入的老规律,所以从各个方面一齐朝腹地来一个

'铁桶'大合击。我们不能搞'敌进我退'了,那样就要退到鬼子的包围圈里,上他的当。"他接着又说:

"我们应该来一个'敌进我进'。我们这个进不是同他正面硬顶,而是选择适当的时机和地点,跳出他的'铁桶',乘虚而入,袭击敌人守备薄弱的据点,或者以基干军队主力转到外线背击敌人,让敌人的'且进且击'变成'且进且挨打'。——这是反'扫荡'的上策。如果情况不允许这样做时,则仅与一方来的敌人略为接战,随即转出合击圈外,再用上面的打法,这是中策。倘若被敌人越压越缩,钻进四面八方的大合击圈的中心,不管我们如何打法,也是很难打出好结果的,这就是下策了。我们要极力避免这种情形的发生。其中的关键是掌握好'利害变换线'。

"总起来讲,不论在任何场合,我们都可以派出小部队到处同前来合击的敌人接战。这种接战,可以掩护主力的真实行动。现在敌人急于围歼我们,闻枪声就必然集结。这就使小部队的接战更有利于主力和统帅机关的转移。"

李达写道:"我听得入了神。刘师长已经成竹在胸,我心里自然就踏实多了。"

4."刘伯承到哪里去了?"

他们整夜行军,22日晨6时,到达固新。刘伯承没顾得休息,立即草拟了一份反"扫荡"作战命令的电稿,嘱咐李达用"刘邓李"的名义发下去。这个电令的指导思想就是敌进我进,只是没有写出这四个字,电文是:

敌正开始对我太行区实施夏季新的全面的大"扫荡",各部应即:

一、分若干精干小部队深入敌之"扫荡"基地,接敌侦察;
二、派得力干部带小部队深入下层领导县区村指挥所;
三、基干团加强便衣活动乘机进行机动;
四、各领导机关力求短小精干,派干部帮助下层。

刘伯承刚在固新落脚,侦察员报告说:刘伯承率师部转移之后仅仅三个小时,有一股伪装成所谓一二九师"新六旅"的日军独立支队,就到了师部原来的驻地。他们抓到老百姓,就问刘伯承到哪里去了?随后又急忙追赶。

李达在他的书中写道:"这简直危险了!我为事先没有得到确实的情报而感到内疚。后来我们从天津的伪《东亚新报》上知道了确切的消息。原来,这个独立支队就是专门执行刺杀我军高级将领任务的挺身队。"这张报上刊载的报道"六川挺身队"参加太行五月大"扫荡"的一篇文章说:

"六川挺身队,5月20日由基地出发(李达按:可能是潞城),攀登悬崖,走过山沟,到浊漳河岸之王曲附近时,开始遭遇了三个农会会员。他们把挺身队误认为八路军,于是很不费难渡过了漳河,在对岸岭上休息了⋯⋯翌日,太阳下山时,进入宋家庄,八路军正在做饭吃。我们身入这样的大敌之中,也只以新编六旅的队伍而逃脱。队员们都是以刘伯承之首级为目的。可是异常兴奋的队员的希望,都被奇袭王堡之时,人家刚刚出发扑了个空而打消了。那天又去索堡,进入东面的大山中追赶刘伯承。后来据俘虏说,刘伯承逃往西山去了,队员甚为惋惜地踏着石子跑到偏城与友军会合去了。"

日军继续寻找刘伯承。23日,师部收到第五军分区报告说:小曲发现穿皮鞋、灰衣服的敌探百余人,有向王堡、会里前进模样。李达写道:"这些地方,距师部驻地都不超过一天的路程,我不由得不紧张。可是,刘师长却把自己的安危置之度外,经常守在电话旁,注意集总和邓政委的安全。""集总"指十八集团军总部,即八路军总部。

李达建议师部立刻转移。24日,师部转移到固新以南35里的合漳。这个镇子在清漳河与浊漳河的汇合处,所以叫合漳。

这时,在太岳的陈赓首先实现了刘伯承设想的上策——敌进我进。他率领三八六旅主力,巧妙地避开了敌人15日和24日的两度合围,及时跳出了"铁桶",又使敌人的"反转电击"落了空。搜山之敌,也被第十六团和七七二团一部打退。26日,师部收到太岳来电:"小平待岳南'扫荡'后即回太岳。"刘伯承这才松了一口气。

16日中午,师部又收到侦察小分队的报告说:日军由于抽兵"扫荡",现在长治敌军大约只有500人左右,而且大部分是辎重部队。壶关县城只有70多敌人,潞城和微子镇的鬼子一共才100多。

刘伯承一直紧绷的脸上露出了笑容,说:"好了,我们正要乘虚而入呢。"他随即口授了一个电令:"命令一旅和第四军分区乘长治甚空虚,一旅即组织一个突击营,于长治附近迅速勇猛打击敌人,摧毁伪组织与补给线,捉杀汉奸,开展政治攻势。"

他匆匆用过午餐,又口授了两道命令:

一道是:"第一军分区部队及所指挥之新一旅部队,应一面利用太行山横谷东西机动,或打圈游击,或打击敌人补给线。但不可轻易脱离本区自缩一团遭敌聚歼。令各县、区、村全面展开政治攻势。"

另一道是致黄镇、宋任穷和刘志坚:"为配合一、五军分区反'扫荡'作战,你们应立即派军分区基干团主力向营井、武安线;一部入武(安)邯(郸)线西段积极破袭,毁敌补给线,展开政治攻势。"

李达注意到,这三个命令都有"开展政治攻势"一项,便说:"日本人搞伪组织就怕我们这一着。他们为了配合'扫荡',也搞了不少政治手段。"那两年,日军使劲发展道会门和青红帮来帮助"维持会"。前些日子,长治的特务机关长深尾还亲自率领新民会和离卦道头子,到黎城进行宣传。

刘伯承笑道："这是冈村宁次奴役朝鲜和我东北人民经验的继续。他对我们不是要搞什么'三分军事，七分政治'吗？我们回敬他一下，来个'以政治攻势为主，以游击战争为辅'。"

就在这几天里，集总被敌人包围了。由于联络中断，刘伯承几天后才知道这个消息。李达写道："后来，我们才知道集总突围的详细情况：24日夜，由于总部机关庞大、后勤部队携带物资过多，行动迟缓，又未按原计划分路行进，结果一夜只走了20多里路，以致造成集总司（令部）、政（治部）、后（勤部）、北方局机关和特务团的一万多人，上千匹牲口，都挤在十字岭一线的不利情况。25日拂晓，敌主力一万多人从四面压缩，以南艾铺为目标，进行'铁臂合围'。彭副总司令同左（权）副参谋长、罗（瑞卿）主任等领导同志商定：总部直属队和北方局，向北突围到太行二分区；野政到太行六分区。决定之后，彭副总司令纵身上马，挥手高呼：'马上按指定方向突围！'率先向北口冲去。左权同志负责指挥后勤人员突围。到了下午四时左右，大部分冲出了包围圈。左权同志还站在高岗上沉着地指挥疏散。突然，一发迫击炮弹呼啸而来。左权同志一边高呼'卧倒！'一边冲到高岗下，将两位惊慌的女同志按倒。炮弹在他们身边爆炸了。那两位女同志得以幸免。可是，左权同志头部却被炮弹片击中，不幸牺牲。"

左权在苏联中山大学与邓小平同学，在伏龙芝军事学院与刘伯承同班。集总与一二九师驻地相距不远，他常到师部来与刘邓聚谈。刘伯承翻译苏联军事著作，常同左权切磋。刘伯承得知这个噩耗，悲痛不已。他默默地擦着泪水，过了好一阵，对李达说道："我们从苏联回国时，他才20几岁，今年也不过36岁吧。他年轻有为，是我党我军的一代英才。他的牺牲本来是可以避免的。要不是机关庞大，工作人员，特别是后勤人员大部分不会军事行动，是不会发生这种不幸的。"

5. 因为人的眼睛长在前面

刘伯承采用"敌进我进"的战法，指挥太行、太岳部队分头向敌人的补给线、铁路干线、空虚的城镇据点实施破击，迫使敌人不得不抽回重兵保护。这样地釜底抽薪，大大减弱了敌人"扫荡"的兵力。

5月30日，300多个日军押着驮粮食和财物的骡马队，路过辽县的苏亭。七六九团一营三连由教导员王亚朴带领，在执行作战任务返回驻地途中，发现了这股敌人。他请辽县七区的民兵配合，抢先在敌人必经之路埋了地雷，并在公路两侧山冈上埋伏。一会儿工夫，敌人的先头部队踏响了地雷，死伤20余人，后边的车队顿时乱成一团。这时，民兵从山冈上推下滚石，一时，山石撞击之声震动山谷，把聚集在悬岸下躲地雷的敌人打得人仰马翻。其余的敌人跑向一片河滩地，在慌乱中又踏响了地雷。我部队趁势用步枪、机枪和手榴弹猛烈杀伤敌人。这次战斗共毙伤鬼子140余，缴获骡马80余匹，解救了被鬼子抓去的大批民夫。我军仅伤亡各一人。

刘伯承看到战报，称赞不已。他说：这次战斗，正规部队同民兵相配合，地雷、滚石与火力相配合，我军伤亡最小，是一次很好的伏击战例。

第二天，新一旅报告：该旅副旅长黄新友率领突击营，奇袭了长治飞机场，烧毁敌机三架，汽车十四辆，汽油库二座。该旅宣传队在机场附近墙壁上用白石灰刷了标语："度过艰苦岁月，争取抗战两年胜利！"当地同胞沸腾了！他们奔走相告，三五成群地跑去看被八路军烧毁的飞机和汽车。同一天，三八五旅也攻入了虒亭、五阳、黄碾等据点。

此外，一二九师还摧毁了潞（城）黎（城）公路的敌军补给线，成功地袭击了经拂有村、东流村前进之敌，由石城经阳高撤回潞城之敌，以及由古城经东岗撤回观台之敌，共三股。李达书中说："其余小型战斗就更多了。据统计,太北区反'扫荡'作战中,共攻占敌人据点29处,破坏铁路40余里,炸毁火车3列、汽车27辆,平毁封锁沟和封锁墙90余里,摧垮各种伪组织347个。"

这次反"扫荡"历时十多天。日军除了在根据地大肆抢、杀、烧之外,没能损伤一二九师主力。他们只得在6月上旬结束这次对太行山北部的"扫荡",退集邯(郸)长(治)公路沿线休整补充,准备对太行山南部展开"扫荡"。

在反"扫荡"作战极度紧张的日日夜夜,师部不断转移。只要一住下来,刘伯承在指挥之余,就抓紧时间研究各种材料。

有一次,他看了一个基干部队的报告,对李达说:"我根据他们的报告,计算敌我伤亡的对比。伏击战斗中,敌军伤亡116人比我们伤亡1人;袭击战斗中,敌军2.94人比我们1人;麻雀战中呢,敌军53人比我们1人。"

"其他部队的报告也说明,打伏击我军伤亡最小。"李达说。

刘伯承接着说道:"游击战争中的三种手段,伏击、袭击、急袭,究竟哪一种好,当然要看具体情况。但是一般说来,伏击战最好。打麻雀战,也应该多用伏击。打伏击,从空间的角度说,又有阻击、尾击、侧击三种方法。侧击比阻击好,尾击又比侧击好,因为人的眼睛长在前面,对侧面和尾部的注意力就差了。但是,不管用哪种打法,都要出敌不意。"

李达说:"少数部队不怎么讲究战术,常常被迫应战,这就失去了主动性,伤亡也大。"

刘伯承答道:"没有胜利的把握时,必须避免战斗。但是避免战斗,也要准备战斗。"他注意到,有些干部对战争的残酷性、复杂性总是认识不够。"特别是日军发动太平洋战争以来,幻想敌人可能放松对华北根据地的进攻,麻痹大意起来。一遇到敌人大举'扫荡',就悲观失望了。有的部队明明是遭到了敌人的射击,还自安自慰说,这是友邻部队的误会。这能不遭受损失吗？"

我们读到李达将军书中这段情节，想起刘帅曾经给我们讲过一个故事。那是1946年冬季，解放战争初期。有一天他说：抗战时期在太行山，有支部队收到下面一份电报，说某某同志在敌人来以前"太平天国"，敌人来了"张牙舞瓜"，受了批评"表态而眠"。什么意思呢？原来，"太平天国"是太平麻痹；敌人来了手忙脚乱，叫张牙舞"瓜"；哪一仗吃了亏，挨了批评，他就躺在床上叹气，"表态而眠"。刘帅善于讲笑话，讲完了，才同我们一起笑起来。接着又慈祥地带着几分惋惜的口吻说："发电报的人不是开玩笑，是文化水平太低了。"

李达书中又说：有一天李达选了几份新缴获的日军文件送给刘伯承。他指着一篇军事论文中的一段对李达说："你看，这个日本军官说：'与其有百发一中的炮百门，不如有一发一中的炮一门。'这个见解很精辟，有独到之处。我想，从我们精兵主义的观点来看，也可以说：'与其有百发一中的兵百名，不如有一发一中的兵一名。'我们可以提出'每县每天打死一个鬼子'的口号，让神枪手越来越多起来。"

6. 差一点儿见了马克思

没过几天，敌人对太行山南部的"扫荡"开始了。刚刚结束的对太行山北部的"扫荡"叫第二期"扫荡"，这叫第三期"扫荡"。这次反"扫荡"，刘伯承和他的师部经历了一场大惊险。

6月8日早晨，据新一旅第二团观察所报告，大批鬼子从黎城向东开来，并附有一部分骑兵。估计敌人进攻的目标，首先是二团驻地宋家庄，然后围攻师部驻地黄岩及其周围地区。

当天下午，刘伯承把蔡树藩和李达找来开会。刘伯承说："鬼子没有把我们一网打尽，一定非常懊丧。他们第三期'扫荡'的部署，还是要合击我们师部。"

李达说:"我们这次转移,要来个较大的跳跃,才能跳出鬼子的包围圈,至少要跳到涉(县)黎(城)公路以北。根据集总突围的经验,直属队这个摊子,最好分开,分前后两个梯队,走时有前有后,不要挤在一起。"

刘伯承看着地图,说道:"不走大路,走小路。尽量夜行晓宿,行动要秘密。从涉县、黎城敌人的接合部突围,把握比较大。树藩同志带后梯队,李达跟我在前梯队。我们在前头给后梯队开路。两个梯队都要轻装,把可带可不带的东西都坚壁起来,包袱越小越好。让新一旅二团担任掩护任务。"他还指定,后梯队的警卫部队由作战科长张廷发指挥。(张廷发将军后来曾任新中国的空军司令)

吃过晚饭,刘伯承到后梯队检查,后梯队都是机关人员,其中有冀南行政公署主任、来自北平的著名教授杨秀峰,太行区党委书记李雪峰,刘邓的夫人和其他一些女同志,带着小孩。

师部当夜出发。9日凌晨4时到达涉县城南35里处的黄北坪。10日下午继续转移,行军两个多小时,来到张汉村。这个地方,还在敌人的包围圈内。

这一带,山不很高,但地势险要,沟壑纵横,他们走了一路,没见到几棵大树,只有些半人多高的灌木。部队不大好隐蔽。

从张汉村继续出发的时候,刘伯承说:"再往前走,可能就到敌人包围圈的接合部了,随时可能遇到敌情。从现在起,两个梯队拉开距离,缩小目标。如果今晚能穿过涉黎公路,就脱离危险了。"

李达传达了这个命令,就随刘伯承在前边走。走在一起的,还有新一旅政委唐天际和二团的几位干部。(唐天际后来授衔为上将)

他们时而骑马,时而步行,时而攀登山冈,时而下到深沟。晚饭时分,休息片刻,吃了些干粮,又继续循小路前进。他们走的是地图上没有的小路,很难辨别方向。夜幕降临,只剩下一丝月光,还不时被浮云遮盖,一片漆黑,伸手不见五指。为了不暴露目标,既不能点火,也不能打手电,这样在黑夜中摸索很危险。李达对刘伯承说:"闯到鬼子的宿营地就麻烦了,我们原地休息,天亮再走吧?"

"好,先通知部队原地休息。"刘伯承沉思了一下,又说:"我们这么大个摊摊儿,走了几十里路,鬼子的特务很多,我们不可能不暴露目标。在这里过夜,可能遭到袭击。让大家打个盹儿,然后连夜返回张汉。鬼子怎么也不会料到我们还会返回原地吧?"

李达在他的书中写道:"我听了,非常钦佩刘师长的办法。用他自己的话来说,这就叫作'出敌不意'。"

在漆黑的夜里,走崎岖的山路,可不容易!他们七弯八拐,走了不少冤枉路,一直转到11日中午,才回到张汉。烈日当空,人们筋疲力尽,都盼望在张汉喘口气,喝口水。可是,队伍刚刚进村,警卫部队从望远镜里发现不远的地方,有一小股敌人正在搜山。刘伯承命令避开敌人,马上钻入杨家山。不料,他们刚翻上一道山梁,发现杨家山也被敌人占领了。在这千钧一发之际,刘伯承当机立断,要联络参谋通知后梯队,立刻冲出包围,甩开敌人,到黎城以北的北社、港东一带集合。

刘伯承从警卫员手里接过望远镜,仔细观察。响堂铺和神头岭方向,都有鬼子烧房子的烟火,那些地方可能有敌人的"残置部队"。

唐天际走过来说:"我跟几位放羊的老乡打听了一下。他们说,从这儿往西北,翻过前边这条大岭,就到了宋家山的北山。再往前走,过香炉峧,就到东阳关、东黄须了。这条路近,能绕过敌人。他们还说,放羊时常走,就怕我们部队过不去。"

李达打开地图,测量了一下,果然近得多。只是图上没有标出这条"羊肠小道"。

刘伯承说:"俄军统帅苏沃洛夫有一句名言:'凡是鹿能走的地方,人就能通过。'他曾在1799年率一支大军,从人迹罕至的地方翻过阿尔卑斯山,救出了被困在瑞士的俄军,创造了一个奇迹。我想,凡是羊能通过的地方,我们也能通过。鬼子不会知道有这条路。我们就走这条路吧。"

他们沿着羊肠小路，钻进了山沟。刘伯承的腿负过伤，走不快，警卫员给他找了根树枝当手杖。

从鬼子盲目搜山的情况看，他们还没有发现刘伯承一行。如果不惊动鬼子，可以突出包围圈。一旦遭遇，鬼子就会麇集过来。特别是黄昏以后，突围的队伍跟搜山的鬼子差不多混在一起了，只是双方都分辨不清而已。

不一会儿，从他们后方传来一阵阵的机枪声。在他们对面的敌人也打起枪来。

刘伯承朝后边望了一望，焦急地说："后梯队怎么还没跟上来？派个人去看看，刚才的机枪是不是朝后梯队打的？唐政委，你告诉二团的同志们，不要紧张，这几股敌人是我们偶然遇上的'残置部队'和'抉剔小分队'。除非必要，我们不要开枪，哪怕是撞了对面，只要鬼子认不出我们来，也不要先开枪，要沉住气。别忘了鬼子现在是闻枪必集结的。"

李达去传达刘伯承的指示时，才发现跟上他们的警卫部队只有一个连！敌人的枪声、手榴弹声越来越近。他们迅速登上一个山冈，隐隐约约看见对面山坡上有一支队伍正朝他们走过来。开始，他们认为是掉队的警卫部队赶上来了，就向他们靠拢。当走到距离几十公尺时，才知道对面来的是日本鬼子！前边的汉奸叫喊着："出来吧，看见你们了！"

刘伯承说："不要慌，这是虚张声势。不理他们，不要开枪，我们悄悄绕过去。"

他们悄悄钻入了另一道山沟。这股敌人竟没有发觉。入夜，终于甩掉了敌人，来到一个山坳里，刘伯承说："在这里等一会儿，等后边的同志们赶上来，一起走。"

刘伯承找了块石头坐下来。摘下眼镜，擦了擦满头的汗水。

他们几个人相对而坐，喘着粗气，衣服都叫汗水浸透了。

刘伯承说道："好险啊，差一点让鬼子'抉剔'掉，去见马克思了。刚才跟鬼子打照面的时候,连他们的胡子我都看清楚了。这个'抉剔扫荡'啊,可以使敌我混在一起,煮一锅饭敌我都吃,走一条路敌我相混,真可谓是极复杂、极残酷、极机动的斗争了。"

李达书中写道:"在如此危险的时刻,他还没有失去幽默感。我可没有这么轻松!"

7. 提着一篮子电灯泡赶集

李达终于沉不住气了,劝刘伯承离开这个地方:"我们还是先到集合场去吧,在这儿等,太危险了。"

"等一等,后梯队跟上来再走。"刘伯承平静地说。

唐天际也来劝。刘伯承坚持不走。

李达书中写道:"我实在坐不住了,走到一块较高的石头上,用望远镜四处瞭望了一遍。就在我们这个山坳附近大约四五里路的一个村庄,火光四起,犬吠声和机枪声混杂在一起,说明鬼子正在那儿搜索。我匆匆走到刘师长身边,又劝他:'鬼子离我们这儿只有半个小时的路。后梯队有蔡主任带着,后面枪声也不紧,估计没有多大问题,至多是迷失了方向。集合场他们是知道的,我们还是离开这里吧。'"

"不!"刘伯承斩钉截铁地说,稳稳地端坐在石头上。他望着李达、唐天际,沉重地说:"派人再去看看,杨秀峰、李雪峰同志他们跟上来没有?还有那么多人没跟上,我怎么能走?他们都是党培养多年的同志,万一出了问题,叫我怎么向党交代啊!"

正说着,二团主力和师部直属队陆续赶到。

已经等到深夜11点钟了,大家谁也没说一句话。敌人的枪声和犬吠声越来越近。李达心急如焚,他再不能等下去了,又去劝:"请你和二团先走,我带一个排回去找后梯队吧。"

"太危险了,找不到怎么办?"刘伯承说。

"我们也可以打游击嘛。"

"好,你去吧。回来时还到北社、港东方向找我们。"

李达一行在夜幕掩护下,只用了一个多小时,就到了宋家庄山口。他们正走着,听到远处有人扯着嗓子喊:"同志们出来吧,我们是收容部队!"李达仔细听那声音,不像是自己人。就命令战士们朝着喊叫的方向狠打一下。那股鬼子在黑夜中摸不到底细,撤走了。

李达他们顺着山坡从背面的山沟下去,碰上了后梯队放出的警戒哨。杨秀峰、李雪峰、蔡树藩等人从躲藏的地方走出来相见,好似久别重逢一般。原来,后梯队回到张汉村那天晚上,就遇到了敌情。张廷发带领警卫部队去阻击,其他人急忙上山。他们在山里跑了一夜,到达杨家山附近。杨家山已被敌人占领,他们各自找地方隐藏起来。天亮以后,有人找到一口水井,大家纷纷挤上去喝水,突然鬼子的机枪扫射过来。幸亏大家散得快,没有伤到人,三五成群钻进了山沟。这时,杨家山北面已被敌人封锁,南面发现了"扫荡"黄岩地区的鬼子,天上又有飞机扫射。他们隐藏到天黑,正要追赶前梯队,又碰到李达他们刚刚击退的那股搜山的鬼子。

李达连忙领着后梯队星夜疾行。天亮以后,碰到了由二团副团长李化民带领的二营。这又是刘伯承派来的。他到了东黄须之后,电台跟后梯队联络不上,非常焦急,就派了熟悉道路的二营返回来接应。同时,他还电令三八五旅派出部队到响堂铺、神头岭一带侧击敌人,配合后梯队突围。

下午四时,后梯队才跟焦急万分的刘伯承会合了。刘伯承大喜,挨个儿跟人们握手,连说:"你们吃苦了,你们吃苦了。"他又告诉大家:"我们是陷入了一千多敌人包围之中。今天鬼子还在西井东边放糜烂性毒气弹。我们安全突围出来,让敌人扑了个空,就是个不小的胜利。"他没有细说,敌人是以二十多路的梳箆队形从四面八方合围的。被围的是师部和新一旅部分队伍,共两千多人,又有老有小。时值炎暑,缺水缺粮。能安全突围出来，谈何容易！

杨秀峰教授久久握着刘伯承的手，激动地说："谢谢你，谢谢你。我们见到你，心里才踏实了。"

刘伯承对杨秀峰也对其他人说："这一带，鬼子已经'抉剔'过一遍，附近也没有发现敌情。你们今天在这里休息。明天14号，如果情况允许，再休息一天，等等掉队的同志回来。15号，我们转移到南委泉。"

杨秀峰幽默地说："有刘师长在，我们就可以高枕无忧了。师长你也该好好休息一下。"

刘伯承含笑答道："不见到你们，我也睡不着啊。"

14日，掉队的人陆续全部到齐。师直两个梯队和负责警卫的新一旅，未伤一人也未丢失一人。只是几匹牲口在夜间走山路时掉到崖下，损失了一小部分文件。给刘伯承驮文件、书稿和行李的那匹黑骡子，也在其内。

刘伯承对李达说："我那匹黑骡子，咱们分手以后，半路上滑到山涧下摔死了。幸亏几位战士冒着危险摸到深谷里，把文件、书稿和行李都找了回来。那里面有我刚译完的《苏军野战条令》的手稿，本来要请左权同志校阅一遍才付印的。没想到他还没来得及看……"他又想起了那位好朋友，十分感伤！

刘伯承说："师部本来是个统率机关，行军时却成了包袱。集总和我们师直属队都有这个问题。非战斗机关人员的军事化，是个很重要的课题。敌人对我们的统率机关，都是用奇袭的办法捕捉，从来没有放松过。"

李达请示是否由他先草拟一个机关人员军事训练的计划，刘伯承说："再写一篇文章更好。"他讲了他想到的一些意见。李达记下来，后来写了一篇文章，发表在《新华日报》华北版上。

刘伯承又说："这次后梯队掉队的原因之一，就是联络人员不熟悉道路。因此今后无论是前梯队还是后梯队，战斗、警戒、侦察、联络，都必须经常练习。"

后来我们在刘邓大军政治部，有几位经历了当年后梯队那场艰险的同志说："我们走的不是师长指定的那条路。要是走那条路，肯定不会出那次危险。"他们还说，刘师长还有句名言：带直属队反"扫荡"（有人说是带知识分子作战），好比提着一篮子电灯泡赶集，既珍贵，又经不得挤，因为他们太不懂军事了。

前引杨国宇离休以后出版的日记《刘邓麾下十三年》中，1942年6月12日记载：后梯队突围出来赶到以后，"刘师长很风趣地说：'我一身都是电灯泡。'他这一讲，大家都活跃起来了。有的问刘你昨天喝的是什么水；刘说能止渴就行。你哪知道那是警卫员从一个仅有的牛羊粪坑里打的水，水都臭不可闻，都被我们抢喝干了。警卫员给你的还是上面的，你问都没问就喝了。师长接着说：'我们这一夜走的是牧羊道，喝的是羊粪水。'有的说：'孙文淑嘴唇都翻白了，喝了孩子的尿后还向孩子要，孩子说妈妈我没尿了。'侦察员报前面15里内无敌人。刘说：'胜利时不要麻痹。'"

6月15日记道："翻过一个山，到达南委泉。李达清查一下人数，各机关都有很多人未到齐。李生气地说：不是在宋家庄的大庙附近都说到齐了吗？不能说一千五百个电灯泡一个不少。有的人是回山上取东西去了，有的是有病掉了队，也确有一些人，天不怕，地不怕，精疲力竭时，天作屋顶地作铺，躺在山上打呼噜。"

日军这次连续对太岳区南部和太行区北部和南部的大规模"扫荡"，历时38天，终于结束了。它付出了死伤3 000余人的代价，于6月20日由太南地区撤退。日本军方的《华北治安战》详细记载了这次"扫荡"，称之为"晋冀豫边区肃正作战"。这一节的最后一段是一个带总结性的"注"。不叫总结，却叫做"注"，而且用小一号的字排印，文章也写得耐人寻味，值得全文引出：

注：第一军通过多次肃正作战，取得了大的成果，特别是摧毁了大量的军事设施和军需品，打击了正在重建中的中共第十八集团军。然而在方法上，尚有需要检查批判之处。如军的统帅过于武断，对于与作战密切相关的治安工作及掌握民心方面缺乏办法。此外，对部队进行了不适合第一线实际情况的不合理的指挥，追求表面上的武功战果，讨伐易于捕捉的重庆军残部，而对于第十八集团军虽摧毁其根据地，使之陷入极端的困境，但未能制其死命。因此，削弱了阻止中共势力南进的重庆军，反而让中共坐收渔翁之利。

究竟何以未能制八路军于"死命"，八路军又何以反而得了"利"了呢？日军至死不明白，虽然它拥有强大得多的优势兵力，却吃了刘伯承"敌进我进"的亏。不过平心而论，时代到了二十世纪中叶，即使它早已明白，它也对付不了，除非它不到中国来侵略。"敌进我进"这四个字，以后还做出了一篇大文章，下文再说。

这里再说当日。这次夏季反"扫荡"，内线反"抉剔清剿"最为激烈、残酷，万余敌军分遣为数百小股，有的化装成老百姓或八路军，在"清剿"地区进行反复无定的穿插合击，往来搜掘。但是，如前文所述，反"扫荡"之始，刘伯承第一个电令的第一项，就是指示"深入敌之'扫荡'基地，接敌侦察"，因此随时掌握了敌人的动向；又以一部分主力插向敌人后方，攻击敌人的军事要地；我军指挥机关及部队主力适时靠近敌军合围圈边沿，乘敌分进间隙打击其薄弱的一路后转出外线作战，连续破击其临时补给线和指挥中枢，并配合民众在敌我接壤的边沿地区展开反"蚕食"斗争。敌军在我根据地腹心区处处扑空，其老巢和交通线又不断遭到破击，各地游击集团也大显神威，因此敌军日益陷入困境，最后便不得不撤回去。

李达书中写道："多次反'扫荡'作战均证明，'敌进我进'的战术，是我军保持主动,阻滞敌军前进,最后粉碎敌人'扫荡'的有效手段。1942年夏季反'扫荡'的胜利亦是如此。"

敌人撤退了。刘伯承率师部在南委泉休整了五天。这五天里,他仔细阅读一个多月来的值班日记、情报资料和各部队、各分区的报告,悉心研究这次反"扫荡"中的问题。

他对李达说:"敌人对太南的夏季'扫荡',到20号算是收场了。我们休整一下之后,利用各种方法向日、伪发起攻势。这只是我的初步设想,等邓政委回来详细研究。他在太岳和中条区一定也有不少好经验。"又问:"邓政委现在走到什么地方了?"他十分担心邓小平的安危。

"预计24号晚上到天桥港一带,再到王家峪。"

"明天,以邓政委和我的名义给新一旅、三八五旅、太行各军分区发个通知:太行区反'扫荡'战役已告结束,各部应即停止大的战役活动,进行休整。后天,用我们两人的名义给在天桥巷的部队发个电报,说邓政委24日晚经天桥巷过路,到王家峪,请注意联络。还要给下面打个招呼,让大家尽快进行反'扫荡'作战总结,最迟要在7月5号以前送到师部。"

在以后一个多月时间里,刘伯承潜心研究各部队的总结,除起草和审批了几万字的文电、命令之外,又夜以继日,写出了《太行军区1942年夏季反'扫荡'的军事总结》,长达23 000余字。这是一篇非常重要的文章。

在这个总结中,刘伯承分析了日军"扫荡"的规律、特点。将敌人的作战方法区分为"压缩合击"、"抉剔扫荡"及"分道撤退"三个步骤。并针对敌人"扫荡"时的兵力是"腹地密,边地稀,敌占区空虚"的特点,提出了作战的四条指导原则。基本精神是避实捣虚,敌进我进,虽然他仍然没有用这四个字。

二十一、又一个敌进我进

1. 天外来客

　　1941年,特别是1942年,是敌后抗日游击战争最艰苦的年头,八路军面临被消灭的危险。日军步步进逼,公路、道沟和碉堡的密度日益加大,把"囚笼"发展成了"格子网",抗日军民逐渐陷入了格子网里的苦斗。被动苦斗的结果,是格子网越来越密,根据地越来越缩小。

　　苦斗到1942年,一种新的斗争手段应运而生,那就是前文提到的武装工作队。他们潜出封锁线,深入敌后之敌后,如刘伯承所主张的,"摸敌人的屁股"。他们在敌占区活动,好比孙行者钻进罗刹女的肚子里,逐渐在敌占区建立起隐蔽的游击根据地来。1942年5月以前,根据地始终是退缩的,由于有了武工队,5月以后,形势便完全改观。这是又一个"敌进我进",是刘伯承这个方针的意义更为巨大的新发展。

　　武工队的活动是一连串的惊险故事,充满着传奇色彩。

　　开头,敌占区的老百姓惧怕敌伪加罪,不敢惹火烧身,对这些从抗日根据地来,又好像从天而降的不速之客,抱着"心热面冷"的态度,敬而远之。武工队在万般艰险中处决了一些罪大恶极的汉奸特务,来去无踪,神出鬼没,渐渐声威远播,特别是在伪军心目中成了神兵。他们经常出现在伪军中间,或者深夜进入营房和碉堡"上夜课",告诫他们弃暗投明;或者跑到他们家里,警告他们少做坏事。伪军大多是本地人,武工队逐渐取得了当地群众的帮助,建立了这些伪军的花名册,名曰

"善恶录"、"生死簿"或"红黑豆"。谁做了件好事记个红点,做了坏事记个黑点。善者奖,恶者罚。这样软硬兼施,伪军对老百姓便再也不敢那么肆无忌惮了。特别是,他们毕竟是中国人,绝大多数是被迫的,当日军的鹰犬,日子也并不好过。武工队到敌占区挖墙脚,工作进展很快,成效越来越大。

2. 冈村宁次

　　武工队这步棋是怎样逼出来的呢？这里先要提到一个大背景。1941年12月7日,日本偷袭美军基地珍珠港,发动了太平洋战争。在这个大背景中,华北成了日本生死攸关的兵站基地。号称日本军人"三杰"之一的冈村宁次大将,于1941年7月继任华北方面军总司令,显然同这个大背景有关。冈村宁次到任前后的这两年,华北日军对付抗日根据地的手段可以归结为三条:"扫荡"、封锁、蚕食。这三条都不是他的发明。但是这个一级战犯确有他的特长。他是一名老牌的"中国通",早在1925到1927年,他就担任过北洋军阀孙传芳的军事顾问。他擅长特务统治,精于以华制华。他到任以后继续推行这三条,不过发挥他的特长,着重利用汉奸特务,把蚕食政策发展到了极点。物极必反。武工队就是敌人强化蚕食政策逼出来的,是反蚕食斗争的产物。可以换一句话说,这是以我的蚕食反对你的蚕食,即以其人之道,还治其人之身。

　　敌人的蚕食有两种,一种是逐村蚕食,一种是跃进蚕食。所谓跃进蚕食,就是在调集兵力"扫荡"之时,深入到抗日村庄,扶植汉奸,强建据点,然后把新据点与旧据点之间的大片村庄都变为维持村。晋中的特务头目清水利就是冈村宁次手下这样一员干将。他在平定和昔阳境内建立了几十个据点,在各村建立维持会,这一大片抗日根据地就被他吃掉了。地处晋中的太行二分区,北界正太路,西界同蒲路,在这个三角地区,抗日根据地曾发展到几个县,到1942年初,只剩下纵横50里地。冀南平原的根据地则全部被日军侵占,变成了游击区。在冀南,敌人公路、沟墙成网,据点、碉堡林立。据点、碉堡之间的距离,平均为5 264米,每个碉堡监视的半径2 632米,即任何一地都在它的机枪射程之内。当时有歌谣说:"日住碉堡下,夜观护路灯。行军必过路,天天闹敌情。"

武装工作队有个发展的过程。它的老祖宗可以追溯到红军时期的远殖游击队,那是刘伯承写了专文加以倡导的。到了抗战时期,刘伯承说:"我们的武工队是由抗大六分校的干部组成的,其组织形式是由以前的便衣队转化来的。武工队要接受我们的传统,我师抗战开始就是敌进我进,进到敌后……同样,当敌向我蚕食时,我要在敌后去拉它。反蚕食有三种经验:一从正面挤,二在敌后发展,三在正面抗击、同时在敌后发展。这三种以后一种最好,这就是真正的内外夹击。师(指一二九师)发的《反蚕食斗争命令》中划了三种地带:腹地、游击警备地带、敌后。武工队(到敌后)去的时候,先从反抢粮、反抓丁、反特务做起,发动群众,组织日人起来反战,宣传伪军不要忘本,走到建立隐蔽游击根据地或游击根据地。"

刘伯承这段话是1943年说的。时间是即年7月27日,他在一二九师政治部驻地做了一次报告,这个报告节录为《武工队在敌后抗战的战术问题》一文。报告首先分析了敌人统治的特点,指出其"一切组织均以特务为核心"。这正是冈村宁次的特点所在。

3. 面临被消灭的危险

刘伯承这段关于武工队历史的回顾太简略了。我们有必要说得详细一点。我们记得,他从1939年开始,多次提出敌进我进的主张。1941年春,他给太行一分区司令员秦基伟带口信,指示他"经常派遣小分队深入敌占区活动,开展敌占区工作"。每次反"扫荡",他又指示各部队派出便衣队,深入到敌军出发"扫荡"的基地,接敌侦察。尤其值得注意的是1941年5月他起草的《关于强化游击集团的命令》中,首次出现了"武装宣传队"的名称。

这个命令中说:"特别是要以武装宣传队至敌占区去说明与坚定抗战必胜、日本必败的信念,教以革命两面派的斗争方式。"这段简短文字包含三个要点:一是到敌占区去;二是做政治工作,虽然这时讲的还仅仅是宣传;三是运用革命两面派的策略。特别是对敌占区的群众,包括伪军在内,"教以革命两面派的斗争方式"。这简单明了的三点,可以说是后来武装工作队的行动纲领。敌占区工作的逐步展开,也导源于这三点。

这个命令于1941年5月24日以刘邓两人的名义下达。6月16日,刘邓又发出《组织游击集团的要诀》的指示,也是刘伯承起草的。其中说道:"过去我们总是正面挡敌,锅中点水,敌进我退,处于被动,走上穷山,坠入敌诡计。"所谓"走上穷山",就是刘伯承给秦基伟的口信中说的那句话:"再退,就只有退到太行山上去吃石头了!"

1942年初,八路军陷入困境的极点。太行二分区和冀南军区尤为困难。二分区的昔西县(昔阳县西部划为一县)根据地变成了无人区,人们藏在山沟里,在逃难窖里躲着。中共县委、县政府和县群众团体的领导机构基本解体,找不到联系人,干部中产生了"只妥协不投降"的悲观论调。在冀南平原,一两个伪军就敢于徒手从碉堡里走出来欺压老百姓,在光天化日之下为非作歹。李达书中写道:"我们部队中有少数人一时产生了悲观失望情绪,动摇逃跑,甚至叛变投敌的事,也时有发生。一部分群众对抗战能否胜利,也发生了怀疑。当时,出路只有两条:一是撤出来,放弃斗争阵地;一是改变斗争形式和组织形式,坚持长期斗争。"

何去何从?刘邓两人意见一致:敌进我进,面向敌后之敌后!李达的书中记载，刘邓指出："不要只看到敌人气势汹汹，其实是外强中干，黄泥巴菩萨过河。敌占区和接敌区人民反掠夺、反压迫的斗争日日有之。我们只有浸透到敌后之敌后，繁殖游击战争，展开政治攻势，才能坚持长期斗争，巩固我们的基本区。如果让敌人在敌占区和接敌区任意摧残，而无后顾之忧，便可竭泽而渔，从各方面缠紧游击基本区，我军将有被消灭的危险。"1991年二月出版的《第二野战军战史》第一卷中，也全文引用了这段话。

主客观形势发展到了这一步，武装工作队这个新的斗争形式和组织形式，便呼之欲出了。

4. 敌后之敌后

1942年3月14日，刘邓根据北方局的指示，下令组织武装工作队，深入到敌占区、接敌区、三角区进行工作。当时规定这种工作队以50人为一队，以营特派员为队长，好的县委书记或委员为政委、书记。命令中明确要求："队长和队员质量要非常优良，都能懂得政策。"

刘伯承又起草了《武装工作队初次出动到敌占区工作指示》，于三天之后，即1942年3月17日，以刘邓两人名义下达。

刘伯承虽然已经成竹在胸，对这个新事物依然十分谨慎。他在《指示》中写道："武装工作队初次出动，应着重于简单的政治宣传，或兼侦察，任务不必过重，距离不可过远（至多只一昼夜，至次晚要回游击区），必要时密令就近游击队接应，务求初次出动的胜利，以提高信心。"《指示》又规定：出动之前，应使全体队员将敌情研究清楚；并责成各分区首长亲自给以切实的和急需的政治工作与战术的教育，并定出计划，经过演习，才能出动。

他在这个《指示》中再一次指出：武工队军政领导人员的素质，关系成败很大，一定要是政治坚强，大胆机敏而有威信的人。

他在《指示》中明确规定武工队的主要任务是政治工作而不是打仗。他强调执行政策，运用革命两面派的策略，进行宣传与组织，查明敌人统治和压榨中国老百姓的情形，尤其是要查明敌人秘密爪牙的分布。武工队员必须"团结群众（首先是知识分子）"。

他叮嘱武工队决不要轻易打仗。"战斗应根据政治工作任务的需要与否而决定之，不进行任何与之相违背的战斗。"

他预见到武工队这个新事物必将产生伟大的作用。在这个《指示》中，他指出武工队是"创造发展游击战争及其政治工作的发动机"，因此，"尤应在每次实际经验中做出新的成绩，以备教育其他部队"。

5. 共同哄鬼子

第一批武工队于1942年3月出动，成员是从抗大第六分校学员中抽调出来的排长以上的干部，由师部（兼太行军区）分配到各分区，再分配到各县。二分区分配到昔西县的武工队长是原二十八团的团长。武工队的活动多种多样，其中之一是打击和孤立汉奸特务，建立两面政权。当时昔西县的负责人之一张国震，写了一篇回忆文章《格子网的斗争》，刊载于《昔阳党史通讯》1984年第二期，让我们转述两段。

文中有一段说：当时的特务组织"兴亚会"十分嚣张，我们住在哪里，敌人很快就能知道。历次所受的损失，都是特务告的密。我们率领武工队用突然袭击的办法，公开枪毙了几个罪大恶极的汉奸，广泛宣布了他们的罪状。这样拔掉了敌人的几个特务点，但是形势仍不稳定。查其原因，原来还有秘密向敌人通气的村庄。对这种情况，如果简单地一律不准通气，必然加剧同群众的对立，反而把群众推向敌人一边。我们按照党的两面政策作了灵活处理。原则上不提倡通气，但承认通气，以此作为团结群众，孤立特务，共同哄鬼子的办法。问题是要把住情报关，把给敌伪送的情报，搞死规格。一种是没有情况的情报，如"今天平安无事。有事不敢不报，无事不敢谎报，探明再报"。一种是有情况的情报，如"××匪首数十人，枪支半数，衣服杂色，吃饭一顿，扬长而去"。这样做就稳定了人心，转向共同抗日。

文章另一段说：武工队活动之始，有的还不懂得怎样做政治工作，只会到敌占区散传单、贴口号、打几枪冷枪，或者割电线等等。这段时间很短，他们很快就找到了窍门，对准重点，对准死角。比如谁最顽固，武工队就偏偏住到他家里去。昔西县北掌城村的维持会长很顽固，我方的工作一直进不去。我们派人找他也不搭理，尾巴翘得很高。县委决定惩住他，派县大队到南掌城打掩护，这篇文章的作者等人带领武工队在夜晚九点多钟直插北掌城，住到这个维持会长家里，他仍拒不相见。武工队说："这也行，我们就不走了，在这里烧火做饭，吃饱了肚子，敌人来了好打仗，看你怎么向日本人交代！"僵持到后半夜快鸡叫的时候，他派人来求情："求求你们赶快走，要不皇军知道了就要我的命！你们要我办什么事我办，要我给什么我给。"武工队提出约法三章：送情报、送粮款、保证抗日军人及其家属的安全。他答应了，签了字。北掌城的局面就这样打开了。

武工队最主要的任务是团结和发动群众，这就必须给群众办好事，如刘伯承所指出的，要从保护壮丁、粮食，反特务等等群众切身的利益做起。敌占区群众最大的痛苦是劳役和经济负担奇重。因此，领导群众反掠夺、反劳役、反抓丁的斗争，就成为武工队的一项重要任务。他们事先跟群众串通，一起同敌人周旋。在敌人押送壮丁的途中，或敌人监押民夫做工的时候，武工队突然出击，壮丁逃走，民工一哄而散。在敌伪强行征粮的时候，武工队一方面组织群众"报灾"，"诉苦"，请求减免或推迟，一方面明捉暗放征粮人员，或者截夺被敌伪征集的粮食。在灾区，武工队通过群众组织，说服富户借粮，帮助灾民渡过难关。

经过半年左右，到1942年8月，仅冀南、太行、太岳三个区，武工队发展到42个，约1 400人。大的每队30多人，小的10人。他们在敌占区开辟了许多新的游击根据地。在敌人所谓的"明朗"统治区,有的是抗日势力还未曾到达的地区,也开辟了若干小块的隐蔽游击根据地。敌人后院起火,不得不抽回一些兵力看家,当然大大有利于抗日根据地的恢复和扩大。

6. 邓小平作主旨报告

1943年,进一步肯定和发展了敌进我进的方针。这年一月,中共太行分局召开了高级干部会议。邓小平作主旨报告,他说:"我们采取了'敌进我进'的方针,……积累了比较丰富的经验。""1942年的特点,是敌人前进,我亦前进。"这种形势,"将来更要发展"。他回顾了过去两年的斗争:"1941年开始注意向敌占区开展游击活动,但各地了解较差,收获不大。1942年成立'武装工作队',认真注意了'面向敌占区,面向交通线',提出与加强格子网内的斗争。特别是北(方)局,野政(治部)提出反蚕食斗争之后,收效很大。所以1942年5月以前,根据地始终是退缩的,5月以后则完全改观。"

邓小平在这个主旨报告中展望今后,指出"敌我斗争形势是敌进我进。敌人一定要向我们前进,所以我们也一定要向敌人前进,才能破坏或阻滞敌人的前进,巩固我们的阵地。……在此犬牙交错的复杂斗争中,要求我们细心地了解敌人,善于发现敌人的规律。善于利用缝隙钻敌人的空子,以争取主动"。在这个大前提之下,他进一步肯定和发挥了革命"两面派"政策的原理和运用,强调紧紧掌握住中日民族矛盾这个中心环节,隐蔽地灵活地"打入"敌占区的一切方面去。

他说:"我们一般不善于从广大敌人的敌占区或伪军伪组织内部去物色打入人才,不善于争取敌占区知识分子、开明进步人士去实现打入工作,不善于争取伪军伪组织内部的两面派成为革命两面派,变为我们的打入干部。不了解只有他们才与敌占区或伪军伪组织具有密切的联系,只有他们才具备打入工作的现实条件。……由于主观主义的作法,关门主义的狭隘作风和相当满足于现状的观点,使我们的敌占区工作始终停留在宣传阶段,所谓组织工作至今还只是口号。反观国民党,从抗战开始,它就着眼于在敌占区积蓄力量,着眼于战后优势,努力争取伪军伪组织,派人打入、长期埋伏,在敌占区建立它的党和特务组织,依靠封建势力为基础,以掌握各种封建组织乃至帮会土匪,其成绩是不可轻视的。我们对此能不警惕!"

邓小平这个报告是抗日游击战争中重要的文献之一,全文已收入《邓小平文集》(1938—1965年)。(以上引文见所引书38页、42页、45页、46页)

这次会议是在河北涉县温村一个教堂里举行的。由于成果巨大,影响深远,这次会议便以"温村会议"的名称载入史册。

7. 知识分子和开明人士

温村会议之后,武工队如雨后春笋般发展起来。太行、太岳两个军区,除规定每个军分区经常保持三五个武工队深入敌后之外,再派遣一批小部队,结合县区武装和边沿区游击集团,加强游击警备地带的斗争。冀鲁豫将第一军分区的部队化为104支小部队。太行、太岳、冀南三个地区的武工队和小部队发展到近千支之多。冀南在1942年学习了冀中地道战的经验,这时更大规模地发展起来,1943年春季,日军两千之众在平乡地区"清剿"数日,武工队和地方干部钻入地道同鬼子周旋,没有受到任何损失。

革命两面派政策的运用,以前缩手缩脚,现在更大胆、更熟练了。通过武工队的活动,一二九师在敌占区知识分子和上层人物中交了许多朋友,争取和瓦解了许多伪军和伪组织。日本军队中早就存在着反战运动,我军开展政治攻势,逐渐争取了一些日本军人投奔八路军。后来一二九师的武工队中就有了朝鲜义勇军和日本反战同盟的成员。他们制作和散发日文宣传品,或者到敌军的碉堡下面用日本话喊话。冀南一位高级干部受了重伤,而竟能够住到城里去,由伪方一位大官员掩护起来。

1943年6月、7月以后,日、伪军开始从一些据点和碉堡撤退。

李达书中说:"从整个晋冀鲁豫边区来看,1943年这一年,由小部队、武工队的积极活动而恢复和扩大的根据地面积和人口,约占全年恢复和发展的五分之二。从此,全区的形势开始改观。"

朱德、彭德怀、邓小平都把这又一个敌进我进称之为战略方针。朱德1945年在中共第七次全国代表大会上的军事报告《论解放区战场》中说:从1942年冬季开始,华北各解放区转到新的扩张的时期,解放区抗战的第三个时期。敌寇企图继续其1942年的残酷"扫荡",我军乃以敌进我进之战略,到敌后之敌后,去开辟解放区,粉碎敌之进攻。这一战略发生了极大的效果,使解放区的发展,超过抗战初期的记录。(《朱德选集》146页)前引彭德怀说的和邓小平说的,大体相同,都肯定这又一个敌进我进的战略意义。

8. 战术乎？战略乎？

很值得玩味的是,刘伯承本人的提法大不相同。1943年抗战六周年之际,他发表了《敌后抗战的战术问题》一文。这是一篇带总结性的文章,是面向大后方的读者写的。文中有一节的小标题为《敌进我进》,这是他全部著作中专论这个问题的唯一的一节文字。他把反"蚕食"中的敌进我进,和反"扫荡"中敌进我进放在一起,不作区分,通通归入战役战术的范畴。轻描淡写,一语带过。他这节文章里有没有讲战略上的敌进我进呢？有的。那就是"七七事变"之初,"当敌寇攻占华北,友军南退,人民涂炭之时,我军曾在战略上进入敌后华北,结合民众斗争,掩护我军,因而建立了抗日民主根据地。"——战略上的敌进我进,唯此而已。那又一个敌进我进之并非战略行动,似乎更加明白无误了。

我曾经大惑不解,难道刘伯承这样一位大军事家,竟不明白它的重大战略意义?如果说武工队出动之初,他还只是从战术上考虑问题,这还算可以说得过去。但是从1942年下半年开始扭转乾坤,特别是到了1943年7月他写这篇文章的时候,尤其是彭德怀、邓小平几乎同时在1943年初肯定了它的重大战略意义之后,刘伯承为什么依然那样低调呢?并且,早在武工队初次出动的时候(1942年3月),他已经指出武工队是"创造发展游击战争及其政治工作的发动机"。这样的发动机,岂能仅仅是一种战术动作?

他始终不把它提到战略的高度上来。

看来,他是有意这样做的。

他是个恬淡冲退的人,历世越深,越懂得韬光养晦这个古训多么珍贵。他宁愿做得多,说得少。特别是宁愿做得大,说得小。我们可不可以说,他是要给人们造成一种印象,他刘伯承没什么了不起,仅仅谈论战术,只不过是区区一名战术家。

在他专论《敌进我进》这一节文章的最后,他写了这样一段话,尤其值得咀嚼:

"日寇的作战见解,是建筑在'敌退我进'之上的,故在抗战之初,以为我军只是掩护主力、收容部队之散兵,其次则认为游击队尚可聚歼,以后才喊出'八路军在占领区如此滋蔓,实乃皇军心腹之患',这是由于日寇的作战要务令上并无敌进我进的条文。"

这段文章从敌方的作战思想立论,是说得通的。不过我们记得,当初他多次说过:不能再敌进我退了,再退就只有退到太行山上去吃石头了。1942年夏季反"扫荡"的长篇总结中,他又说:"这次敌人假定我们主力是缩入腹地中心作战,重演敌进我退、诱敌深入的老规律。"如此等等,他说过多次。现在他却从对方立论,说日军的作战见解是建立在

"敌退我进"的基础之上，不是有意避免再把"敌进我进"与"敌进我退"对立起来吗？确实，在不同的情况下，两者都是正确的。

这位大元帅真不简单，他是何等地思虑周密，老谋深算啊！

至于刘伯承说"日寇的作战要务令上并无敌进我进的条文"，这却是一句认真的话，并非骚人墨客式的讥嘲。从日方《华北治安战》一书中我们看到，他们如此之冥顽不灵，对自己的主要敌人这一重大的发展竟然茫无所知。《结束语》中郑重其事地说："中共游击战争的本质是秘密地将多数民众团结在自己周围，形成一个整体，采取'敌进我退，敌退我进，敌惧我扰'的方针，与民众一道进行反复顽强的战斗。"（见所引书476页）十六字方针这里剩下了十二个字。"敌驻我扰"变成了"敌惧我扰"，不知道是原文错了，还是译本错了。这些且不管它，值得注意的是，我们可以从中看出，这个"敌进我进"的方针，日本侵略军至死不悟。

9. 战火中的学者

关于刘伯承元帅在抗日战争中的活动，我们将写到这一章为止，还有几件事要略微说说。

在那样军情紧急、戎马倥偬的岁月，为了教育部属，他继续写作和翻译。写作的事，大致已如上述。这里要讲讲他的翻译。

百团大战以后，他从俄文译出了《军队指挥法》。那时一二九师军事研究会正在编译干部教材，这便是其中之一。他在1941年1月15日写的《译者前言》中说："我们八路军到华北结合人民抗战，已由许多小的游击队壮大成为几十万的大军。特别是在去年百团大战中，使我们感到：上级指挥员在大军作战上要提高其指挥技能，各级司令部参谋人员，也要提高其战役组织能力与战术素养。"所以他译出了这本"小册子"。顺便说一句，他去世以后出版了《刘伯承元帅大军指挥手记》一书，"大军指挥"一词，就是从这里来的。

1942年,他校译完成《合同战术》。这本书的原文于1935年在莫斯科出版,1941年常彦卿在延安译出,译稿送到太行山,八路军副参谋长左权请刘伯承校正。脱落的三章,由王智涛补译。刘伯承校完后于1942年8月1日写了《译版序言》,其中说道:"这本书在校正中经过了三次反'扫荡'作战,特别是后一次,其底稿尚在印刷中竟未失去,这是陈雷同志尽了很大的努力,才把它从三灾八难中保护出来。左权同志也在后一次反'扫荡'中殉国了。这使我在完成校正的任务上非常感念不置!"

刘伯承每次译介苏联的军事读物,总要提醒读者注意我军与苏联红军的不同之处,强调把理论与实际结合起来。在这篇序言中,他说他到莫斯科刚进高级步兵学校的时候,曾在教室里看见一条标语——"离开实际的理论是死理论;离开理论的实际是瞎实际",印象十分深刻。然后写道:"在学习苏联战术中,必须以我们自己的战术为核心,寻求所以战胜日寇之道。"因此他提出有三种教材:"我们应该把毛泽东同志所著《论持久战》与《抗日游击战争的战略问题》,我军战史,尤其是最近的实战战例,作为基本的第一种教材;把日本的《作战要务令》,尤其是它最近对我作战的条令等,作为第二种教材;把这本《合同战术》和《野战条令》作为第三种教材。"这里所说的《野战条令》也是苏联的。接着又谆谆告诫:"上级干部只有以战胜日寇为目标,善于分析运用这三种教材,特别是在实战中能从实际出发打胜仗,才能成为战术的内行。"

1943年,他完成了《苏军步兵战斗条令》的译校。这是苏联1938年12月颁布的新本,以取代1927年颁布的旧本。这个新本1940年才由延安寄到太行山,左权翻译了其中的三章,其他几章和附录由刘伯承译出并由他校正全书。他于1943年4月12日写了一篇三千多字的《译版序言》,介绍旧本何以"已经老了",新本新在什么地方。文末又叮嘱:当这本书发到有阅读能力的指挥人员和政工人员手中时,"各级首长应组织他们(尤其是参谋人员)进行深刻的研究。只有他们彻底了解其精神与实质后,才能说得上灵活地运用它,'浅尝辄止'是毫无用处的。"

10. 计谋与算计

刘伯承是在指挥战争的空隙中从事译著的。他一手仗剑,一手执笔,该用剑的时候挥剑,能用笔的时候挥笔。在完成这件译事三个星期之后,他又一次击破了敌人的大"扫荡",率领他的师部安全跳出了敌人的合围圈。

1943年春,由于那又一个"敌进我进",一二九师从困难的底谷爬了出来,恢复和发展的速度很快,又引起了日军的警惕。日方《华北治安战》书中记载说:"太行军区的共军一向被称为该边区军区中的最精锐部队,华北共军的指挥中枢的第十八集团军总部,也设于此。""该部虽屡遭日军扫荡,但因巧妙运用退避战法,保持了战斗实力,现正通过'精兵简政'以图再起,同时继续对日华的军、官、民行使各种政治谋略,以及破坏小据点和通讯交通线等。1942年6月以来,该部在重庆军第四十军势力逐渐衰弱的情况下,正企图南下扩大地盘。"因此决定组织又一次大规模的"肃正作战",以"消除搅乱山西省的根源"。(所引书,下册307页、308页)

果然,5月初,日军出动一万五千之众,对太行腹心地带展开了毁灭性的大"扫荡"。日军在进攻太行根据地之前,迫降了国民党的新五军(军长是孙殿英)和四十军(军长庞炳勋)。这时,分别由潞城、武乡、辽县、沙河、武安、林县任村集、东岗地区出发,以"梳篦队形",步步压缩合击,希图把我方统率机关和基干兵团合围在辽县、涉县间的清漳河两岸。这次日军又派出了挺进队,伪装成八路军,仍然是夜行晓宿,不经村庄,不走大路,目标还是偷袭一二九师师部和十八集团军总部。

关于这次作战,看看双方的记载是很有趣的。

李达将军的书中写道：

在日军主力部队和挺进队出动之前,我们就获得了情报。刘邓首长判明敌人的企图之后,决定乘敌人的合击圈尚未形成之时,师部机关先行转移,跳出合围圈,转到外线。

5月5日晚上,我们师部由涉县赤岸向西北转移。集总同时向太岳区转移。师部转移的方向,恰和由辽县、武乡东犯的敌人对进。当我们抵达黎城南委泉以西的下黄堂地区时,我派出一部分警卫队牵制、迷惑敌人。当他们同敌人接火以后,我们判明敌人"梳篦队形"的间隙,就从中安全地转了出去。此时,我主力部队也已经转到外线同敌人周旋。(所引书325页)

现在我们来看日方的《华北治安战》,书中详述了这次作战的规模一再扩大的原委,以及作战的部署和经过,并且注明了"各兵团准备训练中的特殊事项：(一)根据前一年的战斗训练,研究了新战法；(二)发挥夜间的机动力及处理地雷的训练；(三)向全体人员分发敌干部的照片。"这与李达的叙述相符,主要目的是偷袭一二九师师部和十八集团军总指挥部。结果如何呢？书中写道：

作战顺利进展,各兵团逐渐压缩包围圈,神速、果敢连续进行攻击。9日以后,逐渐采取分散形势,至13日为止,搜索攻击潜伏之敌,尽力获取敌人的物资。但是,要在短期内捕捉善于避免正面交战、彻底实行地下战术的共军,是极为困难的。因此,未能取得大的战果。(所引书,309—313页)

李达将军书中引用了这段总结性质的话语,评论道：

日军的这一记述,并非完全正确。当时,刘伯承同志并没有采取所谓"地下战术",而明明是在地面上公开地同日军周旋的,只不过是在夜间而已。他所以能指挥部队跳出包围圈,是根据准确的情报和周密的计算。如日军各路支队的出发点、向心速度和会合点等,他是了如指掌的。

李达将军这里指出的"周密的计算"这一点十分重要。人们钦佩刘伯承这位常胜将军,看到他在军事上经验丰富,学识渊博,又勤奋多思,因此才智超群,这些都是对的,但不止如此。许多人口头上说他神机妙算,实际上却往往忽略了这个"算"字。其实古往今来这类大军事家的妙计奇算,都是以这种周密的计算为基础的。打开一部《孙子兵法》,我们可以看这位兵法的老祖宗多么强调"算"。开宗明义的第一篇《计篇》中,他说:"夫未战而庙算胜者,得算多也;未战而庙算不胜者,得算少也。多算胜,少算不胜,而况于无算呼!吾以此观之,胜负见矣!"书中还强调"度",强调"量",强调"数",等等,还提出了许多计算公式。我们简直可以说:"计"者,"算"也。曹雪芹说王熙凤"机关算尽太聪明"。俗话中把计谋特别是阴谋诡计称为"算计"。这样地把"算"和"计"连在一起,确实是绝妙地反映了人类这方面的生活经验,特别是反映了军事斗争的经验,孙子不是说"兵者,诡道也"吗?

刘伯承说:"《孙子》兵法最可贵之处,就是能从战争实际出发,在了解敌情基础上制定战略战术。孙武主张对敌方地域的广狭,人口的众寡,粮物的库存,军队的状况,以及我方要攻取的城邑,要攻击的目标,都要查个明白,以作为三军行动的依据。"(《刘伯承大军指挥手记》477页)

李达本人不愧是一位上将,更不愧是刘伯承多年的老参谋长。他指出"准确的情报和周密的计算"这一点,我们就可以明白,刘伯承的神机妙算并不是什么神秘的东西。古今中外所有大军事家们的神机妙算都是这样。

1943年9月,刘伯承与彭德怀同回延安,两人从此离开了抗日前线。他们由秘密交通线上的部队护送。途中,刘伯承拿起护送部队刚缴获的歪把子机枪看了又看,说道:"又是昭和十六年的。用到了前年刚生产的枪,敌人的库存快用光了。"(参见《成都军区党史资料》75期,任灯林文)

原第二野战军宣传部副部长陈斐琴晚年致力于研究刘伯承军事学术(他称之为"刘学"),是刘学的第一流专家之一。1986年,当他得知我们开始注意到刘伯承的"计算",他给我们写了一封长信,信中说:"这位老师可以说是一部计算机,又是一位统计局长。在1942年七、八、九三个月的太行小部队活动的总结中,他对各种形式的游击作战的敌我伤亡作了比较研究;有的文章,对毙伤俘敌人所花费的弹药作了比较分析。他反对那种'激战一昼夜,双方无伤亡'的擂鼓式的音乐会。""解放战争时期,在大迂回大包围西南敌人的作战中,他给纵队首长下达的命令,一天一天计算断敌退滇道路所需的时间和路程,为此他规定可以休息几天,不可以休息几天,并告知在哪个渡口渡河,哪里有无渡船。据参谋人员回忆:刘帅对作战计划作过这样的解释:计,包括计算时间和里程;划,就是划行军路线。"

信中又说:"李达参谋长为完成了《抗日战争中八路军一二九师》一书,请我们在京西宾馆吃了一顿饭。聊天的当中有人说:'李参谋长对太行山的每个水井都知道。'这是刘师长持续要司令部作好太行山兵要地志调查测绘的结果。"

1943年8月,李达奉刘邓之命指挥林(县)南战役,歼敌七千多人,主要是新近投敌的汉奸庞炳勋的部队,包括一部分日军。战役结束的次日,8月27日,杨国宇的日记写道:"我不禁想起李达来。不抽烟,稍爱酒,不打麻将,好盘扛架。刘邓对他很放手,他也任劳任怨什么都管,即使出点阴差阳错,邓政委那样严肃,对他很少批评。他向刘邓学习了不少东西。我们同他在一二九师司令部这所大学里,他无疑是最先毕业了。刘邓给他出的课题:'林南战役',他在8月26日圆满地交卷了。真是位好学生。"

二十二、守门员

1. 蒋介石

1945年8月,日本政府无条件投降,第二次世界大战结束。德意日轴心国失败,美苏英中法同盟国得胜。

蒋介石在美国政府卵翼之下,企图趁受降之机,消灭八路军、新四军,消灭共产党。

日本刚刚投降,内战立即开始。刘邓一二九师在敌后开辟的晋冀鲁豫解放区是华北各解放区的大门,首当其冲。8月至9月,刘伯承在上党一仗,消灭蒋阎(锡山)进犯军37 000人,打了解放战争中第一个大歼灭战。10月,又在平汉线上的邯郸战役中消灭蒋介石国民党军队23 000人,打了第二个大胜仗。

这两仗,在关键的时刻守住了华北各解放区的大门,掩护了林彪在东北的战略展开,争得了国内为时半年的和平。

这两大战役,对中国国内局势的发展,起了无可估量的积极作用。特别是第一仗——上党战役,不论在军事上和政治上,它的作用无论怎样估计都不会过高。

当时和后世,人们很难想象,刘伯承仓促应战,怎么能打那样的大仗,又怎么能打那样的大胜仗。刘伯承后来讲到上党战役,也曾多次喟然长叹道:"那时候真难哪!"

让我们先讲讲当时的大形势。

1945年5月,欧洲战争结束。世界二战舞台的中心移到了远东。8月6日和9日,美军两次向日本投掷了原子弹。原子弹那震天动地的爆炸声好像是第二次世界大战最后一幕开台的锣声。9日,在这锣声中,苏联按照三个月以前的约定,出动150万红军进入中国东北,突破日军防线,俘虏日本关东军51万人。日军精锐尽失。第二天,8月10日,日本政府向美英中苏四国发出乞降照会。

　　朱德总司令在苏联参战的同日,从延安总部下令各地解放军举行大反攻,并命令被围的日伪军投降。这时,八路军新四军已经在十九个省区解放了一亿人口的地区,正规军发展到了120万人,还建立了民兵200多万人。华北和长江以北日军侵占的大中城市,包括各条铁路线上的据点,都像孤岛一般,处在解放区军民的包围之中。而蒋介石国民党部队,在台儿庄大战之后,纷纷撤退到了中国的西南、西北和南部。蒋介石和他的政府多年来坐在重庆,观战等待,总算等来了胜利。日本乞降来得这么快,这么突然,却使他慌了手脚。当初他逃得太远了,现在急忙向后转也来不及,只好要日军帮忙,慢一点投降,等等他。

　　日本乞降之次日,8月11日,蒋介石以国民党政府军事委员会委员长的身份一连下了三道命令：一道是命令各地日伪军"应就现在驻地,安谧地方","维持地方治安"。就是要他们继续向解放军作战,等待国民党去受降。一道是命令国民党军队"积极推进","不得稍有延误"。一道是命令解放区的抗日部队"应就地驻防待命,不得向敌伪擅自行动"。蒋介石这样不顾脸面,作为胜利的一方,却反过来向乞降的对手乞助。这样不要面子,只要里子,实在是无可奈何。然而,他对解放区军民敢于这样不公平、这样霸道、这样暴戾和凶相毕露,是仗恃着有美国政府做他的后台。第二天,美国上将麦克阿瑟以远东盟军总司令名义命令日本政府和中国战区的日军只能向国民党政府及其军队投降,不得向中国人民的武装力量缴械。当时的美国总统杜鲁门后来也承认,这样做是"异乎寻常"的。他在回忆录中说："假如我们让日本人立即放下他们的武器,并且向海边开去,那么整个中国将会被共产党人拿过去。因此,我们就必须采取异乎寻常的步骤……命令日本人守着他们的岗位和维持秩序。等待蒋介石的军队一到,日本军队便向他们投降。"(转引自《解放战纪事》第6页)

蒋介石这三道命令表明,他主意已定,决心要马上打内战。当然,他精于权术,同时又玩了另一手,三次电邀毛泽东到重庆谈判,叫做"共同商讨"国际国内各种重要问题。这对中共方面,无疑是一道难题。美国政府也帮助蒋介石摆这个鸿门宴。美国驻华大使赫尔利带了专机,代表美国政府到延安迎接毛泽东。抗战打了八年,中国人民再也不愿意打内战了。明知山有虎,偏向虎山行。明知是个圈套,毛泽东非去不可。只有冒这个危险,才能化被动为主动。一则,国内人民群众无不企望和平;二则,国际上,同盟国也都不赞成中国打内战。斯大林一面致电中共中央,要求毛泽东去重庆,同蒋介石谈判,寻求维持国内和平的协议。另一方面,苏联政府同国民党政府签订了《中苏友好同盟条约》。《条约》规定:国民党政府同意外蒙古独立,同意苏联使用旅顺口海军基地,同意大连港国际化,同意中苏双方共同经营中长铁路;"苏联政府同意予中国以道义上与军需品及其他物资之援助,此项援助当完全供给中国中央政府即国民政府"。

但是,"天助自助"。万能的上帝也只能够帮助那能够自立的人。蒋介石毕竟离得太远了。尽管美国政府帮他从空中和海上大量运送部队到东北、平津和几个沿海城市,他还必须靠自己的部队在陆上前进,去向解放区军民"收复失地"。这样,打通铁路交通线成了他当务之急。首先要打通华北的铁路线,然后才能通到东北。这就打到刘伯承头上来了。

刘伯承说:蒋介石的军队沿五条铁路开进,五个爪子向我们扑过来了。人家的足球向我们华北解放区的大门踢过来了。我们要守住大门,保卫华北解放区,掩护东北解放军作战略展开。

蒋介石进军的五条铁路是：平汉路、津浦路、同蒲路、正太路、平绥路。这五条铁路中，只有平绥路不在晋冀鲁豫境内。津浦路东侧是华东解放区，正太路北侧是晋察冀解放区，刘邓部队都只管半条。平汉路和同蒲路这两条，却全靠刘邓负责。这两条铁路，离抗战中蒋介石屯兵的大后方最近。特别是纵贯晋冀鲁豫解放区中心的平汉铁路，是蒋介石进军华北和东北的要道，蒋介石志在必得。所以，刘伯承守大门，既要守同蒲路，尤其要守平汉路。

2. 阎锡山

不料，这时半路上杀出了个程咬金来。这句话用在这里不完全准确。这个程咬金不是半路上杀出来的。日本刚开始乞降，他就一马当先杀出来了。这是山西的土皇帝阎锡山。

这个阎锡山算得上国民党的一名元老。他翻云覆雨，老奸巨猾，是中国近代史上数得着的一个人物。从中华民国成立起，他统治山西几十年。抗战爆发后，他有一句私房话说："抗日要准备和日，联共要准备反共，拥蒋要准备防蒋。"抗战初期，由于日军急攻山西，攻势极为凌厉，他曾一度联共抗日。但不久就跟日军妥协，双方的条件是：晋军积极反共，日军只打共军，不打晋军。日方《华北治安战》一书中讲到对阎锡山的诱降，代号叫"对伯工作"。抗战中期以后，阎锡山剩下的地盘只有晋西一小块。其中只有七个完整的县。他果然不同凡响，直到日军投降，他始终蹲在晋西这一小块地面里的吉县克难坡。那地方紧靠黄河东岸，情况太紧急的时候，他逃过河，到西岸陕西省宜川县的秋林镇。等形势平稳了，他又立即回到东岸来。总而言之，哪怕他的山西老底子只留下那点残山剩水和残兵败将，他也死死抓住不放手。他宁愿在荒山野地里困苦待时，也不到重庆中央政府去做空头的大官，去看蒋介石的脸色。比起别的地方军阀来，他确实高明一筹。蒋介石利用抗日的机会,把全国所有的地方军阀一个一个吃光了,"统一"了,唯有这个阎老西,蒋介石始终吃不掉。

欧洲战事结束之后,华北日军着手安排后事,曾经邀请阎锡山,要他到北平去掌管整个华北,因此,阎锡山对日军的投降早有准备。如果说"日寇无条件投降来得如此突然,实出国民党意外"[①]的话,阎锡山却属于先知先觉之列。所以日本正式宣布投降两天之后,8月17日,他的三个师就由太原日军接应进城,算是收复了太原。这是国民党军队没靠美军空运收复的第一个省会。与此同时,他又命令另一部分部队开进雁北,抢占大同。8月16日,又命令其第八集团军副总司令兼第十九军军长史泽波率领三个师和两个纵队(相当于师),共16 000人侵入晋冀鲁豫解放区的腹地上党地区。就争夺地盘而言,这位阎老西不愧眼明手快。

上党地区,古人说它上与天齐,所以称之为上党。它既是太原南面的拱卫,从那里西出同蒲可以进窥陕甘,东出平汉可以争夺华北,南渡黄河可以逐鹿中原。这是一大块盆地。它南有黄河之险,西有中条山作屏,东有太行山为障,土地富饶,易守难攻,历来是兵家必争之地。阎锡山抢占上党,也是蒋介石消灭共产党计划中的一步棋。走这步棋,眼前和最紧要的是牵制刘伯承,以便打通平汉路。蒋阎一旦控制了东西两面的平汉路和同蒲路,再从上党和太原南北对击,消灭刘伯承就易如反掌了。

刘邓于8月25日从延安回到太行。正是这一天,史泽波全部占领了以长治为中心的上党六城。他是从临汾、浮山、翼城来的,星夜东进,在日伪军配合下攻占了刘邓部队已经从日伪手中解放了的襄垣、潞城,"收复"了已被解放区地方武装包围的长治、长子、壶关、屯留。史泽波本人率领两个师驻在长治,周围五城都配置了部队,完成了他的防御体

---

① 引自《郭汝瑰回忆录》173页,郭氏当时任重庆国民党政府军政部军务署副署长。

系。下一步就要进犯晋东南,攻打太行山了。当时刘邓部队同各地解放军一样,都在向主要交通线上的日军举行大反攻,没有估计到阎日合流如此之快,因此让阎锡山钻了空子。

正在这个时候,蒋介石的大部队,兵分两路向刘邓部队开来。一路是胡宗南的三个军,北渡黄河,经运城沿同蒲路北进,另一路是孙连仲的七个军正在向郑州、新乡集结。孙连仲原任六战区司令,驻在鄂西,这时蒋介石改任他为十一战区司令,命令他火速打通平汉路,到北平去受降。

本来,本战略区内还有十万日伪军拒绝投降,现在刘邓又面临腹背受敌的危险。怎么办?

8月27日,刘伯承、邓小平、滕代远、薄一波、张际春、李达等领导人开会。刘伯承说:"平汉、同蒲是我们作战的主要方向,但现在的问题是阎锡山侵占了我上党六城,在我们背上插了一把刀子。芒刺在背,脊梁骨发凉,不拔掉这把刀子,心腹之患不除,怎么放得下心去守平汉、同蒲的大门呢?"

刘伯承有一句名言:五个指头按五个跳蚤,一个也按不死。又说:晋冀鲁豫是四战之地,也不可四处用兵。现在怎么办?现在的处境很被动。打不打上党,很不容易作决断。一方面,这一仗非打不可,以免形成背腹受敌、虎狼夹击之势;但是另一方面,倘若平汉线有失,一着不慎,满盘皆输,问题就大了!

3. 上党是插在背上的刀

刘邓考虑来,考虑去,权衡轻重缓急,决心先打上党。刘伯承精密计算,还有一个月时间的空子可钻。可以先打上党,再回师平汉线。

刘伯承说:"打这一仗也还来得及。胡宗南暂时放着,让他分散兵力。主要是孙连仲。他原来在鄂西。十几万人,临时掉转背来,由陆上北进,谈何容易。没有一个月来不了。还得老天爷帮他的忙,不下雨。但是我们在上党也只能打一个月。如果长治城一个月内打不下来,也只得暂时留着。把它周围扫清了,由地方部队把它围困起来。"

这边刘伯承计算时间,那边阎锡山也计算时间。不过一个算准了,一个算不准。后来刘伯承说:"上党战役阎锡山错误地估计我们,他以为两万大军进入上党,共军游击战无法应付,即便集中兵力,也要从河北、山东抽调部队,时间上来不及。其结果是打了个防而不备。"(见《刘伯承军事文选》444页,参阅《阎锡山评传》402页)

不过,阎锡山的计算也有对的因素,同两万人的对手打大仗,游击战确实无法应付。上党战役之所以难,正是由于还必须实现又一次战略大转变。这是由分散的游击战向集中的运动战的大转变,是由非正规作战到正规作战的大转变,由打小仗到打大仗的大转变。老红军是打惯了大仗的,但是在抗日战争的相持阶段,野战部队都分散到各军分区去作为基干团,总而言之,多年没有打过这样正规的大战了。到朱德总司令下令大反攻,部队才开始集中起来作战。晋冀鲁豫刚刚组建四个野战纵队,蒋阎来势汹汹,刘邓仓促应战,打大仗,部队的组建和扩充,指挥和战术,还有通讯联络、后勤供应等等都必须作相应的转变。头绪万千,每一项都需要时间,现在都偏偏没有时间!形势十分严峻!情况十分紧急!只能在实战中去实现这个大转变,只能边打、边建、边练。

邓小平也是这个主意。他说:"关键是打不打。现在的形势是非打不可。既然只有打,一切问题都到打中去解决。"

刘伯承抓住中心的一环:迅速集中。8月25日一回到司令部,他就说过:"当前最紧迫的任务是快快集中分散的部队,看谁集中得快,集中起来形成了拳头就是胜利。"(见《刘伯承指挥艺术》165页,柴成文文)

直到这次战役开始的时候,参战部队的编制都不足。多数团在千

305

人以下，装备又极差，全军只有山炮六门，近半数的团只有迫击炮两至四门，重机枪三至四挺。新参军的战士大都用刀矛。弹药奇缺，不少步枪仅有子弹数发。

后来刘伯承回忆说："我亲自检查过一个团，战士们携带的子弹，有的只有两颗三颗，但他们都很乐观地对我说：'刺刀和手榴弹都是极有效的武器'。在上党战役决战中的磨盘垴、老爷岭，我亲眼看到我们的战士就凭刺刀手榴弹打败了敌人，最后还就此扩大战果，歼灭了胡三余的援军，也歼灭了史泽波的守军，把上党战役打胜了。这一来子弹也有了，大炮也有了，就积下了下一次在邯郸歼灭马法五全军七万人的本钱。"（见《刘伯承回忆录》265页，金凤文）

刘邓决心定下了，随即作出战略部署。刘伯承常说：一个时期只应有一个重点，必须集中优势兵力于这个重点，在主要方向以三个人去痛打一个敌人，在次要方向用一个人去扭打三个敌人。这次他以全部四个野战纵队中的三个去打上党：即太岳纵队、太行纵队、冀南纵队，还有地方武装和五万民兵参战。次要方向由冀鲁豫军区和纵队负责，在陇海路以北和平汉路以东作战。这方面，由晋冀鲁豫军区副司令滕代远、副政委薄一波前往指挥。

晋冀鲁豫边区这整个战略部署，一面实施，一面于8月29日电报中央军委。第一句是："阎锡山部一万六千人深入上党，非结集重兵予以消灭不可。"中央军委复示同意。

刘伯承经常精心研究敌我，据以采取对策。战略上是这样，战役战术上也是这样。他预见上党战役中必将进行许多城市攻坚战斗，而这正是我之所短。他对比了敌我情况之后，起草了一个《关于上党战役中某些战术问题的指示》，于9月5日发到部队。指示中说：

"阎军作战特点：长于防御；构成品字形的据点碉堡，控制强大的预备队，形成犄角之势。因此，我们须进行连续的城市战斗（包括村落战），才能消灭。此种战斗是一种精细而不痛快的技巧战斗，决不能粗枝大叶,用密集队形一冲了事。当我们向阎伪军主力核心城市的周围小城市进攻时,估计其增援的可能性很大(它有大预备队),因此,我们亦将遇到若干野外的运动战。在野外战(运动战)中,阎伪采取三只老虎爪子的战术(正面钳制,左右包抄),但该伪军怕白刃格斗。因此,这种战斗是有组织而机动的战斗,应以全部精力组织之,勇敢地实施之。"

指示中又叮嘱部队:"千万节用弹药,不得丝毫浪费。同时要拾缴弹药壳,不得散失,这点实行与否,应以之来测验指挥员的政治责任心。"(《指示》引文见《刘伯承元帅大军指挥手记》283页至284页,297页至298页)

4. 打惯了小仗,又仓促打大仗

孙子兵法说:"兵无常势,水无常形,能因敌变化而取胜者,谓之神。"刘伯承是在十分被动的情况下打上党战役的。战场上敌情又不断变化,刘伯承随之改变部署,因势利导,化被动为主动,终于全歼敌人,打了个大胜仗。他打得真神!

这个战役,他采取了三种形式:围城打援、夺城打援、消灭突围逃窜之敌。这三种形式,也是这个战役的三个阶段。

刘邓回到太行的时候,李达正在前线指挥打襄垣,那时候还没有决定打不打上党战役。决心既定之后,9月1日夺回了襄垣县城,就等于揭开了上党战役的序幕。襄垣在长治正北,攻下襄垣,就截断了长治史泽波和太原阎锡山的通路。

序幕还不是战役的开始。刘邓召集高级指挥员开会,宣布上党战役的作战方针:首先夺取长治外围各城,吸打由长治出援之敌,然后夺取长治——这是最初的方案,后来成为第一阶段:围城打援。

刘伯承在会上说:"上党战役很重要,关系着全国的战局。""这次战役在战术上要有新的转变；从分散到集中，从游击战到运动战、攻坚战。"刘忠将军参加了这次会议，他在回忆的文章里记了这些话，接着说："刘师长的几句话，把关系全战役的最根本问题说得清清楚楚。"（刘忠：《记上党战役》，见《刘邓大军征战记》，第一卷，46页）

刘邓召开的这种会议上，他们两人往往是你讲的时候我插几句，我讲的时候你插几句，开头几句人们还分得清楚，谁说的什么，渐渐就很难分清了。那时候不兴人人作笔记，事实上也很难记。反正在会上他们两人的意见总是一致的，所以在人们的脑子里，他们两人说的就融合在一起，人们记得明白的是，这是"刘邓的意图"，"刘邓的指示"。

在这次战略转变关头的会上，邓小平说了什么呢？当刘伯承讲到这次要转变到运动战、攻坚战的时候，邓小平站起来说："主要在你们纵队一级指挥员。要打就打好，打不好的换指挥员。"他指着纵队司令员们说："事先讲明，令行禁止。这是大兵团作战，不能个人随心所欲。"人们一下子被镇住了。（引文见《上党之战》，第73页）

这个情节，我们采自寒风的《上党之战》，这是一本纪实性小说。邓小平这段话可能有根据，也可能是虚构的。但是虚构得合理，符合当时的形势，符合邓小平作为政治委员的身份，特别是符合他那要言不繁，斩钉截铁、一针见血的风格。他这种风格，我们多次耳闻目见，有亲身的感受。

上党战役的第一仗是打屯留。屯留在长治西北，离长治更近了，同时分别包围和监视长治周围的长子、潞城、壶关各城。这对史泽波是一个险恶的布势。太行纵队打屯留，打是真打，但目的更在于逼迫史泽波从长治出援。太岳、冀南两个纵队隐蔽集结在史泽波出援的路上，这是一个钳形攻势，一个口袋阵。这种围城吸打援敌的险恶布势，是刘伯承拿手的。

果然，当9月10日开始攻打屯留的时候，史泽波从长治出来了。他出动了六千多人，于9月11、12日两次试图增援。但是这人鬼得很，他知道刘伯承打援这一手厉害，谨慎小心，不敢深入。加以个别打援部队暴露过早，从长治出援的敌人，略微接触就缩了回去。

为了训练部队攻坚打城，在打屯留的时候，刘伯承召集各纵队的高级指挥员到屯留城外的高地观战。刘伯承就地讲解，然后让他们回去分头演习，训练部队。

打下屯留以后，刘伯承又以同样的打法打长治，又只以太岳一个纵队打城，而以太行、冀南两个纵队打援。但长治的敌军再也不敢出援。

这次布势险恶，然而敌不就势，打援的目的落了空。

刘伯承常说："无足之蟹不能横行，理至明也。"既然史泽波不敢出长治一步，刘邓便改变方针，分兵加速夺取长治外围各城，把长治孤立起来。到9月19日，长治周围的县城全部攻克。长治敌人完全孤立，史泽波成了"无足之蟹"。

5. 攻城乎？打援乎？

于是，刘邓下决心最后夺取长治，同时准备阎锡山出援。后来援兵果然来了，战役发展到夺城打援。这是第二阶段。

长治是上党地区的首府，是日军侵华期间三十六师团的驻地，是一个重点设防的城市。深沟高垒，城墙高三丈有余，工事坚固，阎军主力万人据守。连日倾盆大雨，地面泥泞，爬城极为不便。解放军缺乏炮兵，打长治当然比打外围小城困难得多。但是预定上党战役只能打一个月，现在已经打了近二十天，如果在坚城之下久攻不克，平汉、同蒲大门洞开，问题就大了。

9月20日，刘邓下令："决心以勇猛、迅速之作战，夺取长治城，最后歼灭侵入上党之敌。"打这一仗，准备阎锡山来援；或者史泽波顶不住强攻而突围，也符合理想。在野战中歼灭敌人，最为合算。所以对史泽波，又采取"围三阙一，网开一面，虚留生路，暗设口袋"的战法。具体的打法是：在长治城的东、南、西三面同时攻城，放开北关至城北角的口子，引诱敌人外窜。如果能把阵地攻坚战转化为运动战，自然是上策。

到9月24日，刘邓部队已攻占城关据点多处，预定于当晚开始攻城。正在这个时候，阎锡山派援兵来了。情报报告：阎锡山从太原出动了三个师七千人，正沿白（圭）晋（城）线南下，已到达子洪镇以南，有增援长治的模样。戎子和在回忆文章中写道："刘帅紧锁双眉，正在为攻取长治精心运筹。"得到这个消息，"刘帅紧锁的双眉一下子就舒展开了。他说：'好，送上来了。'"（见戎子和《难以忘怀的几件事》，《刘伯承元帅研究》第二集，250页）

不过，究竟是继续攻城呢，还是先打援呢？

刘伯承走到悬挂着的大幅作战地图面前，仔细估量，然后踱来踱去，又一次沉思起来。然后他低声同邓小平交谈了几句，决心先打援。这是9月28日的事。敌方援军的行进出奇地缓慢，每天不过二三十里。刘伯承已经观察了四天，思索了四天。

邓小平同意，说："只能先顾一头，两头都顾，一头也顾不上。"

那时，刘邓指挥部就在长治城外。刘伯承从来强调在战场上就近指挥。开战以来，刘邓的指挥部已经移动了五次，几乎在长治城外转了一圈。

刘邓把攻城的决心转变为攻城吸打敌援。刘伯承命令陈再道指挥冀南纵队和一部分其他军队继续攻城，但不是真攻而是佯攻，不过要做成真攻的样子，还要扩大攻城的声势，以加急长治守敌呼救之声，促援敌快快前来。

打援的部队分为左右两翼，右翼队由李达和陈锡联指挥，以太行纵队为主，还有其他部队。左翼队由陈赓指挥，以太岳纵队为主，还有其他部队。又派一个独立支队到北面，由北面尾击南援之敌。这又是一个钳形攻势，又是一个口袋阵。这个阵势摆在白晋线两侧。

打援的命令刚刚下达，第二天，9月29日，又发现援军不是三个师而是五个师,不是7 000人而是12 000人。刘邓不为所动,仍以一万人打长治,两万人打援。阵势不变。刘伯承说:必要时情况不明也只有打,在打中去查明情况。

一天之后,敌情又发生了变化。9月30日,援敌突然离开白晋线,沿虒亭、屯留间公路前进。敌变我变,原来的阵势是根据当时的敌情布置的。现在敌不就我势,我就去就敌势。刘伯承顺势转移兵力于虒亭、屯留公路两侧,陈锡联为右翼,陈赓为左翼,依然是钳形攻势。同时,改右翼队的十七师与独立支队(三十团)尾敌援军跟进,还是一个口袋阵。刘邓指挥部第七次移位,由黄辗前移到西北的中村。

10月2日,打援主力遭遇阎军于预期地区,当即从正面诱敌继续前进,并扼住虒亭,断敌退路,将敌援军合围于老爷岭、磨盘垴至榆林地区。阎军发现被围,立即利用山地构筑工事,进行防御。那里是三座鼎足对峙的山峰,地势险要,自古为军事要冲,据守这个地方,易守难攻。

阎军火力很强,刘邓部队弹药十分缺乏。一天夜里,刘伯承由李达和陈锡联陪同,到前沿部队视察。他听到前线枪声特别稀疏,他虽然明知弹药少,还是怔了一下。他问为什么枪声这么少?陈锡联答道:"现在每个老兵只有五发子弹。我们正在想办法抓俘虏。抓到一个阎锡山的兵可以得到两百多发子弹。他们每个兵都携带有三百发子弹,一百发自己用,两百发是送到长治去的。"刘伯承听了高兴起来,说:消灭这股敌军,油水不小哩!他也到这时候才明白,这股援军之所以前进得这么慢,负荷太重是原因之一。

6. 险情!险情!险情!

激战几天以后,又使刘伯承大吃一惊,原来援军不是最初得知的七千人,也不是继续侦知的一万二千人,而是两万人。不是五个师而是八个师,还有两个炮兵团。总指挥是第七集团军副总司令彭毓斌,副总指挥是胡三余兼炮兵司令。双方兵力都是两万人，旗鼓相当。但是刘伯承必须速战速决。他迫不得已打这一仗，必须赶快回去守大门，不能误了大事！

又到了一个动大脑筋的关头，刘伯承和邓小平当机立断，改变部署，从长治一万围城部队中，调陈再道冀南纵队六千人，火速赶来，投入打援战斗；留下地方部队继续围攻长治城。刘伯承叫陈再道白天开进，"示形于敌"，叫敌人闻风丧胆，加剧军心动摇。为了不叫被围的敌人作困兽之斗，又采取围三阙一的办法，在北面敞开一个口子，给敌人虚留一条生路，以便在运动中予以分割包围歼灭。同时命令部队猛攻阵地两翼的磨盘垴和老爷岭，压迫敌人脱离阵地北逃。

孙子兵法说："高陵勿向。"现在却非"向"不可。陈赓纵队二十团的一支小部队从东侧迂回攀登，占领了两个小山梁，接着占领了山北的水源。阎军本已十分饥疲，这时又陷于干渴的困境。

在刘伯承急切的等待中，陈再道冀南纵队来到了，他们从左右两翼队的中间，贯串到底，与左翼的追击部队会合于榆林以北的赵村。

10月5日，左翼队攻克老爷岭主峰，二十团团长楚大明从望远镜中发现，敌人的马屁股朝南，人的脸朝北。他说："看来敌人要跑。"旅长刘忠报告陈赓，陈赓来到老爷岭山上，用望远镜看了又看，一声不响。作为一个纵队司令员，该他作出判断下决心了。纵队副司令员王近山说："司令员，可以下决心了，敌人是要跑。"陈赓再三考虑，才命令刘忠赶快追。他说："这个情况只有我们在这个方向才看得见，赶快报告刘邓，并通知友邻部队。"陈赓的腿负过伤，走不快，他走到路边，爬在坡坎上，向他的部队作动员："快追，赶到敌人前头就是胜利。沿途不准抓俘虏，不准发洋财，堵住敌人就是胜利，目标土落村！"

这时，各路打援部队猛烈穿插追击，敌人溃不成军，纷纷缴械投降。后方人员、参战民兵和附近老百姓也奋起捕捉溃散的敌人。到10月6日，这两万援军，除了大约二千人逃入沁州城以外，全部被歼。援军总指挥彭毓斌在突围中被击毙,副总指挥兼炮兵司令胡三余等十多名高级军官就擒。

围攻长治城钓了一条大鱼。这是"夺城打援",也是战役的第二阶段。这是刘伯承化用古代兵法所说的:"攻其所必救,消灭其救者"。

上党战役的尾声是"攻其所必退,消灭其退者"。

阎锡山援军被全歼两天以后,10月8日,史泽波从长治向西突围。刘伯承早已料到这一步,命令围城部队跟踪追击,又命令已腾出手来的太岳纵队从虒亭地区直出沁水兜击。10月12日史泽波就擒,上党战役结束。

这一战役歼阎军十一个师和一个挺进纵队,共计35 000多人。刘邓部队伤亡约4 000人。

这次战役,刘伯承以31 500人,歼灭了敌人35 000人,打了一个在战场上以少胜多的大歼灭战,这在战史上是少有的范例之一。

事后刘伯承说:"有人问:你们为什么在上党战役中能把敌人消灭得干干净净?回答是,因为我们的攻势是钳形的,袋形的。假若和敌人牛抵角,最多也不过是把敌人打退而已。"

对上党战役,国民党方面也有过评论,说:共军"长于机动、处处争取主动;兵力转运,灵活迅速;计划周密,命令彻底;善伺机会,巧于出奇制胜"。"控制上党区后,回师平汉线,阻扰北上接收冀省之国军,益获兵力运用之自由,影响战略,实为至大。"(转引自《刘伯承指挥艺术》49页,宋时轮文)

上党战役波涛汹涌,险情迭起,刘伯承因势利导,指挥若定,这种艺术境界很值得后人深入研究。

但是在当时的处境之下,刘伯承的心情决不轻松。当他经过四天的观察和思索,下决心先打援敌的时候,他紧张到什么程度呢?他当时的警卫员康理在八十年代对我们回忆说:咱们都知道刘帅眼睛受过伤,那一段行军的时候,他用一根小木棍作拐杖。那是康理给他找的。

那一天司令部又一次转移的时候,康理紧紧张张,把那根木棍忘记了。途中刘伯承问道:我的棍棍呢？康理只好临时去找一根竹棍给他,刘伯承一看不是原来的那一根,随手就摔掉了,显然很生气。康理说:"刘帅从来不对警卫员发脾气,从来不是这样对我的。这一次,他真是发火了。所以这件小事,我记得特别清楚。"

7. 邯郸——大门洞开！

刘伯承心挂两头,一方面在上党作战,一方面密切关注着他的大门,不断根据平汉线上敌情的变化,继续作出布置。10月9日,在上党部署了追击长治西逃之敌以后,不等抓住史泽波,他就匆匆赶回太行他的司令部驻地赤岸村。临行之前,他观察了磨盘垴战场,看到战地上敌军尸横遍野,有的嘴里还衔着半根生红薯,有的嘴唇干裂。刘伯承说:"敌人确实是支持不下去了,不得不突围了。"这是康理告诉我们的,当时他正在刘伯承身边。

上党战役之后,根据中央军委指示,同蒲路交给陈赓,由中央直接指挥,刘邓专心对付平汉路方向。

刘伯承回到司令部,单独住在赤岸村武委会主任家里,借用了两间房。每天只在院内散散步,不出大门。邓小平每天来同他商议军机大事,共同签发命令和指示。

这时,晋冀鲁豫的主力,按由东到西的顺序,编为四个纵队。冀鲁豫纵队为一纵,冀南纵队为二纵,太行纵队为三纵,太岳纵队为四纵。

10月10日,刘邓发出了《关于平汉路作战部署给一二纵队首长的指示》,要求他们不可处处顾虑,分散兵力,造成到处无力的被动局面;而应放松次要方向,集中主力使用于平汉线有决定意义的方向。这时,刘伯承已经成竹在胸,要在漳河以北,邯郸以南地区歼灭北犯之敌。《指示》要求迅速占领临洺关、紫山和临漳、成安、肥乡三城,并且控制漳河以南的汤阴及其两侧,监视和迟滞敌人北进,引诱敌人进入我军在滏阳河河套摆下的口袋阵。所以这次平汉战役,也叫邯郸战役。

建国以后,宋时轮上将在他的文章中透露:"1945年平汉战役的歼击目标,军委和毛泽东同志原定寻歼南援之胡宗南所部,但由于战场情况不断变化,出现了新的战机,实际上是按照刘伯承、邓小平同志的意见在邯郸以南地区歼灭了北上的马法五所部。"(见宋时轮:《毛泽东军事思想是我军胜利的指南》)

从10月14号到10月17号,刘伯承又写了两个文件。为了适应即将到来的平汉战役的需要,14日下发了《上党战役总结》,接着研究平汉线北上敌人的特点和战场情况,17日又下发了《平汉战役某些战术问题的指示》。当时刘邓部队的情报处长柴成文将军后来在回忆文章中写道:"一个战略区的最高指挥员,在紧张的作战指挥中,承受着眼压过高的痛苦,三天之内,写出两篇切合部队急需的、深刻而精辟的军事著作。这种高度的政治责任感,艰苦奋斗的精神和深入细致的作风,至今回想起来,仍令人肃然起敬而又感到精神振奋。"[①]

8. 摆好口袋阵

蒋介石的大部队沿四条铁路齐头并进,到10月中旬,攻势已经咄咄逼人。这里我们只说平汉线孙连仲一路。截止10月16日,查明沿平汉北犯蒋军共约十万人。马法五的四十军和高树勋的新八军已经淇县北上,三十军到了汲县,孙殿英的第四路军占领了汤阴,三十二军已在忠义集结,八十五军已抵新乡。

柴成文那篇文章还说:刘伯承每次听取敌情汇报,总要提很多问题,针对对方的特点讲一些意见。他对对方的特点了如指掌。当他发

——————
[①] 引自柴成文:《军事战略转变时的刘伯承同志》。

现参谋人员对西北军的战斗力估计不足时,他说:"西北军有它的传统,训练严格、长于防御,军官素质也好,切不可轻视。"当谈到孙连仲还兼任河北省主席时,他说:"蒋介石利用西北军打头阵,不给地盘上不了劲。"当谈到新八军高树勋方面有人同我联系时,他说:"这个人长期受排挤,要注意这方面的发展。"当谈到孙殿英部15日到达汤阴后还没有北进征候时,他说:"这个人是条泥鳅,滑得很,他要观望一下,但还是要把他算进北进敌人的数内。他搞反动会道门有能耐,豫北有他的社会基础,要注意。"他还特别交代:"要研究敌人的行军队形,找出他们的规律,要计算他们的行军长度。"他还说:"三十二军是美械装备,要太行独立支队保持同它的接触,相机扭打它,试试它的臂力!"

刘伯承知己知彼。他比较双方的长短说:"敌人方面,兵力大、装备强、久经训练,长于防御,这是他们的长处。但是他们新到,地理民情不熟;后方远供应困难;突击力弱,不善夜战;而且派系多,内部矛盾多。一梯队的几个军都是原西北军,除三十军已变成半嫡系外,都是杂牌,新八军内部还有部分民主分子。这是敌人的弱点。我们方面,野战兵团组建不久,装备差,连战之后没得到休整,这是我们的弱点。但我军是胜利之师,士气高昂,又控制了一大段平汉路,有广大人民群众的支援,这是我们的长处。"(以上引柴成文文,见《刘伯承指挥艺术》167页至170页)

刘伯承打平汉战役,又是钳形攻势,又是口袋阵。不过情况不同,打法也不同。

由于事先作了布置,战场已经准备好了。作战的主力三个纵队,已经到了两个。一纵早在这里作战,二纵在歼灭上党援敌之后已兼程回师,只有三纵由于协同四纵追歼长治逃敌,还在回师途中。

刘伯承决定先在黄河以北至安阳的宽大正面,沿途打击和袭扰敌人,迫使敌人留置兵力于沿线,减少北进兵力。等蒋军三个军通过漳河,立即控制渡口,阻止蒋军后续部队前进。这三个军约45 000人。

这一仗先吃掉这三个军再说。

这三个军实际上是孤军深入。虽然蒋介石是四路进兵，其他三路是津浦、同蒲和平绥，都相隔很远。这在战略上，是四路呼应，但是在战役上，却不能互相支援。对这三个军，刘伯承"故示以弱，以纵其骄"，引诱它"孤军躁进"，进入预设的口袋。到10月24日，这三个军已陷入包围圈。南北两面，从安阳北援和从石家庄南援的蒋军，也都被阻住了。

这个口袋阵，摆在平汉路东侧，滏阳河以南、漳河以北的地区。这里是多沙地带，不好挖工事，无坚可守，敌人的长处被转化成了短处，而且陷在两河之间进退两难。在刘邓大军方面，东西两面有纵深的根据地和广大人民的支援，又可利用两河之间的横幅地带实施钳形攻击。

刘伯承十分高兴，说："现在态势非常之好，敌人钻进了牛角，进也进不得，退也退不得。"

9. 猫捉老鼠，盘软了再吃

但是刘邓却不立即决战。因为蒋军的精力虽然消耗了，还没有大量消耗；疲惫了，还不十分疲惫。刘伯承说："敌人现在是心虚而气还足。我们要像猫捉老鼠那样，盘软了再吃。"

他命令参战各部队以三分之一的兵力不断接触敌人，乘机消灭它的个别小部队——一两个排到一个连，一个营，以小部消灭的手段来实现大部消耗。同时，以许多四五十人的小部队于夜间插入敌阵纵深，突袭他们的心脏部队尤其是各个首脑部，使他们夜夜不得安生。

这样做，另外还有两个原因，一是等待后续的三纵部队全部到达，另一个更重要的原因是为了争取高树勋将军在战场起义。所以对高的部队，也就围而不打，打而不痛。高树勋原属著名爱国将领冯玉祥将军领导的西北军，深受蒋介石的歧视，不愿再打内战，表示愿意与解放军谈判。此事双方早有接触，上党之役作战紧张之际，邓小平政委就抓紧

317

了这项工作。高树勋这时候是国民党十一战区副司令长官兼新八军军长，是这次沿平汉线进犯的前线指挥官之一。另一个指挥官是十一战区另一副司令长官兼四十军军长马法五。

联络人员几度往返，最后回来报告：高树勋将军决心起义。刘伯承说："很好，我们将完全以兄弟相待。"邓小平抓紧时机对李达参谋长说："你马上去一趟，代表刘司令员和我去看望高树勋，一方面鼓励他坚定决心，一方面看他还有什么问题作最后的商榷。"李达立即步行通过双方阵地，同高树勋会见。10月30日下午，高树勋将军宣布起义，11月1日率部离开战场。

30日下午，马法五率部近两万人突围，又重新陷入包围，据守村落顽抗。这时南面的三十二军为解马法五之围，猛攻刘邓部队漳河南岸阻击援军的阵地。战斗十分激烈，刘邓部队已有一个团级干部和三个营级干部负伤。

邓小平说："要迅速打开局面。时间紧迫，绝不能让三十二军加上来。"

刘伯承说："五个指头按五个跳蚤不行！擒贼先擒王，集中一纵和二纵，先解决马法五的指挥部。"

这时侦知马法五到了前旗杆樟。三纵也已经赶到。于是，于30日黄昏开始总攻。一纵主力从东，二纵主力一部从北，猛攻马法五的指挥部。同时，三纵主力从西，二纵主力从北，猛攻三十军军部及其所属三个师的主力。11月1日夜，刘邓大军突入马法五长官部，敌军失去指挥，顿时大乱，四散奔逃。第二天，除少数漏网外，马法五以下大部放下武器。南面企图增援的三十二军匆忙南逃，北面石家庄南下策应的三十六军闻风北撤。平汉战役至此大获全胜，全歼蒋介石两个军，争取一个军起义。俘马法五和四十军副军长以下23 000人。此役如果算上南北两路援军，蒋介石共投入了7万之众。直接进犯的为45 000人，除少数漏网，1万多人起义外，全军覆灭。

在抗日战争中苦战了八年的刘邓部队，仓促上阵打了上党战役，又马不停蹄，仓促应战，打胜了平汉战役。此役总计投入主力6万多人。还有30多万民兵和根据地的老百姓直接参战，或担任后勤。凭着广大军民的拼死搏斗和刘邓卓越的指挥，取得了解放战争中第二次大胜。

蒋介石仗着美国政府撑腰，那样蛮横地不许解放区军民受降，剥夺他们作为战胜者的荣誉和权利，把他们深深地激怒了，刺痛了。如果他们依然手无寸铁，他们只得依然俯首听命，无可奈何。但是现在不同了，他们在共产党领导下浴血抗战八年，已经组织起来，武装起来，自己的胜利果实岂能让别人夺走！何况蒋介石那样蛮不讲理，那样鄙视他们，那样欺侮他们，他们岂能不拼命！蒋介石计算不到这一点，更不愿意计算这一点。蒋介石是大大地失算了。

从8月起到11月初，两个月零几天的时间里，刘邓部队打了两个大胜仗，同时锻炼了部队，初步实现了从游击战到运动战的大转变，装备也得到大大改善。蒋介石和阎锡山，又一次充当了运输大队长，送来了不少重武器。刘邓全军原先只有六门山炮，这时可以开始组建自己的炮兵部队了。

10. 马歇尔来了

前文说到，蒋介石在进兵解放区的同时，又邀请毛泽东去重庆谈判。毛泽东偕同周恩来、王若飞于8月28日，由美国驻华大使赫尔利和国民党代表张治中将军陪同前往重庆。毛泽东和中共中央事先迭次告诉全党："蒋介石对人民是寸权必夺，寸土必得。""我们的方针是针锋相对，寸土必争。""有来犯者，只要好打，我党必定站在自卫立场上坚决彻底干净全部消灭之（不要轻易打，打则必胜）"。又说："你们绝对不要依靠谈判，绝对不要希望国民党发善心，它是不会发善心的。"毛泽东特别叮嘱几位大将军："你们打得越好，对我们谈判越有利。"

果然，蒋介石的所谓谈判只是欺骗国内外舆论的幌子，只是缓兵之计。谈判了40多天，好不容易达成了一个《国共两党会谈纪要》，蒋介石却迟迟不肯签字。不言而喻，他要看看战场上的形势如何，当时主要是看上党。10月6日，阎锡山的援军两万人全部被歼，8日，长治的史泽波弃城出逃，又被阻于沁河东岸，眼看也将被全歼，蒋介石大失所望，只好同意签字，暂且签了字再说。签字仪式于10月10日举行，所以这个《两党会谈纪要》，又叫做《双十协定》。

《双十协定》签字的第二天，毛泽东从重庆飞回延安。纸上的东西是算不了数的，蒋介石继续分路进兵。国共双方都要争夺东北三省，国民党方面有美国海陆空军帮助运输。解放军方面，山东、华中集中主力渡海转移过去，至快要三四个月才能站稳脚跟，完成战略展开。毛泽东于10月12日致电刘邓："因此，我们阻碍和迟滞顽军北进，是当前严重的战略任务。……我太行及冀鲁豫区，可集中六万以上主力，由刘邓亲自统一指挥，对付平汉路北进援军，务期歼灭其一部至大部。"以后一连几天，毛泽东再三来电。10月17日给晋冀鲁豫中央局的电报中说：

> 即将到来的平汉战役，是为着反对国民党主要力量的进攻，为着争取和平局面的实现。这个战役的胜负，关系战局极为重大。你们必须以一个半月以上的时间，在连续多次的战斗中，争取歼灭八万顽军的一半左右或较多的力量，方能解决问题。望利用上党战役的经验，动员太行、冀鲁豫两区全力，由刘伯承、邓小平亲临指挥，精密组织各个战斗，取得第二个上党战役的胜利。

那时，蒋介石的手法是边打边谈，边谈边打。结果平汉线上大败亏输，其他三条线上也吃了败仗。蒋介石这才知道，太性急不行，只得暂时同意停战。两党谈判代表周恩来和张群等，于1946年1月10日在重庆签订停战协定,规定13日起生效。蒋介石以国民党政府军事委员会委员长的名义,发表了停战令。停战令后,关内继续小打,半年之内没有打大仗。从全局来看,主要是上党和平汉这两仗,打出了两党的停战协定,打出了为时半年的暂时和平。美国政府一方面发表声明全力支持国民党,一方面派遣五星上将马歇尔来华"调处"内战。国共双方同意成立了马、张、周三人委员会,马是马歇尔,张是国民党代表张治中,周是共产党代表周恩来。

后来刘伯承回忆说:"两个战役对蒋介石震动不小,连美国都不满意,责问蒋介石:兵力还没有调齐怎么能打?"刘伯承又说:"上党、平汉的胜利,把球门守住了。随后战争就开始停了下来,搞和平民主,没有这两仗就不会有这个局面。"

关于争取和平民主,刘伯承在这篇回忆的文章中说:"我们要和平民主,敌人不要,问题不决定于我们。我们要和平,你不要和平,我以战争方法争取和平。'即以其人之道,还治其人之身'。我们在全国人民面前没有输理,后来和谈,美国特使搞什么'调解国共冲突',成立什么'三人小组',都是骗人的,都是为蒋介石打内战争取时间。所以郭沫若说,'骗'字从马。这话讲得好。"(见《刘伯承回忆录》第一卷35页,45页)

平汉战役还有一个收获。刘邓按照中央指示,释放了被俘的马法五和副军长、师长等一批国民党高级长官,礼送出境。作为交换条件,蒋介石释放了他在抗日战争期间无理逮捕的新四军军长叶挺和著名的共产党地下工作者廖承志。

二十三、狼的战术

1. 新乡火药味很浓

　　1946年2月下旬,马、张、周三人委员会出巡,3月3日,由徐州飞到新乡。刘伯承由邯郸前往会见。张治中的高级随员之一、国民党军政部代理署长郭汝瑰当日的日记写道:"留宿新乡,见刘伯承。此人乃中共方面最能作战之人也。当余未与见面之前,总以为其人瘦长而多智之状,余见其魁伟沉默,全出意料之外。"郭汝瑰曾任国民党陆军大学战史教官。后来他担任军长,率部在四川起义。解放军打印了他的日记,我们看到的是一份打印本。

　　郭汝瑰这种初次见面的所谓"第一印象"是对的。刘伯承不是一般的军人形象。他那种大帅风度表现为谦谦君子,中国古代"儒将"的风貌或者近之。

　　我们夫妇两人于这一年的11月到刘邓部队,作为随军记者,第一次对刘帅作了长时间的采访。从那时起,在我们脑子里,他是一位和蔼的老人,一位睿智的老师和热忱的长者。

　　我们两人在"军事调处"期间参与过有关的工作。后来谈起来,刘帅讲到他那次新乡之行。他说:"我到新乡,闻到火药气味很浓。马歇尔十分重视交通,要我们让出铁路,修复交通线。我对恩来说:这不行,他这是帮蒋介石的大忙,让他好运兵来打我们。"

　　在那暂时和平的半年里,国共双方都在积极备战。共产党方面,如刘伯承所说，宁愿做出许许多多让步，争取订立一个"布列斯特和约"，达到和平、民主、建国的目的。但是，战场上得不到的东西，谈判桌上也得不到，不能不准备武装自卫。国民党方面，蒋介石得到了美国政府十三多亿美元的物资援助，又接收了日本侵略军一百万人的装备，独裁的野心日益膨胀。从1月停战令到6月底，他在更大规模地准备内战的同时，向解放区进攻四千多次。（见《中国人民解放军大事记》232页）而且没有等到半年，他在占领锦州、沈阳等地之后，于3月下旬以五个师，沿沈阳至长春的铁路北犯，在关外大打起来。

关外大打，关内小打。打打停停，停停打打。刘邓按照中央指示，严令部属不准开第一枪，同时加紧扩军练兵。晋冀鲁豫野战军由四个纵队扩大为六个纵队。除调走第一纵队和二十五个团的架子去东北以外，还有五个野战纵队和许多地方武装，正规军达二十七万多人，民兵发展到六十万人。

这年6月中旬，刘邓在邯郸召开了高级干部练兵会议。刘伯承和副政委张际春参加打靶，参谋长李达作刺杀示范。刘伯承用卧姿打了三发，他说："我只剩下一只左眼，打不过你们。你们要练好，要练得像用筷子夹菜那样，想吃哪一块就能夹到哪一块，百发百中。"

到会的人各人打了三发。刘伯承说："我们要用这三发子弹，把和平麻痹、斗志松懈、居功骄傲这三个思想敌人打掉，才是打中了要害。"

他叮嘱各纵队和旅的首长们：练兵要亲自管，不要当"阅兵大臣"。

6月25日，刘伯承给驻地的高级干部讲演《战术问题》，这更是一项至关重要的准备。演讲的内容形成文件，作为《指示》下达，仅两千字左右。后来的胜仗都离不开这个《指示》。人们要研究"刘学"（刘伯承军事学术），这是必须精读的文章之一。

他在讲演中说："战术的全部结晶是为了消灭敌人的有生力量。"所以，要"打歼灭战而不是打消耗战"。击溃敌人一个团，不如歼灭敌人一个营。因此，最好是采取运动战的方法，结合游击战。为了打歼灭战，必须经常侦察敌情，调查研究，了解敌人，了解自己，从而准备好随时投入战斗。一切争取先机。他强调"重点主义",反对平均使用兵力。他说:"猴子掰玉米,最后只能得到一个。次要方向服从重点。如果次要方向胜利了,而重点选择不当,可以改变重点的方向。"

他又一次阐释寻找和创造敌人弱点的问题。他说作战有三种战术:一、牛抵角;二、马的战术,用后腿踢;三、狼的战术,就是善于以自己的重点去对付敌人的弱点。

他是四川人。他说四川民间有个故事。成都有一条坡路,一只狼隐蔽在坡路附近静坐等着。当一个推平车的人推到半坡,那狼一下子跳出来,照准他的腿上咬去。推车的人放也放不下,跑也跑不掉,只好乖乖地让狼吃去一块肉。刘伯承很喜欢讲这个故事,告诫部属千万不可牛抵角。他说:"牛抵角的战术是最糟糕的,马的战术也比牛的战术高明,狼的战术又比马的战术高明。""我们是人,总比狼聪明些。"

1946年5月4日,中共中央向全党发出《关于土地问题的指示》,决定改变抗日战争时期的减租减息政策为没收地主土地分给农民的政策。土地制度的改革,极大地调动了农民生产和支援战争的积极性,于是解放军有了巩固的后方,获得了战胜国民党的最基本的条件。

蒋介石国民党方面,到这年5月底,先后向内战前线调动和运送了42个军,118个师,共130多万人。同时,加速黄河堵口工程,准备引黄归故,利用老黄河分割解放区。所谓引黄归故是这样一件事:1938年6月,蒋介石为阻止日军由开封向郑州进攻,在郑州东北之花园口挖开黄河大堤,使黄河改道,经豫东、皖北流入黄海。这时,蒋介石为了进攻解放区,企图在花园口堵口合龙,使黄河回归故道。不久以后,国民党果然这样做了。

2. 停战停战,停停再战

停战停战,停停再战。

1946年6月,蒋介石认为自己已经完全准备好了,便撕毁两党达成的一切协议,于6月26日以25个旅21.7万人向中原解放区进攻。以此为起点,蒋介石发动了空前规模的全面大内战。

这时,国民党无论军事力量和经济力量都占绝对优势。它有一支430万人的军队,其中正规军200万人,拥有现代化的武器装备;解放军只有120多万人,其中正规军61万人,装备低劣。

蒋介石顾盼自雄,一心打他的如意算盘,企图在三个月到六个月内消灭关内解放军,进而解决东北问题。他以其全部正规军的80%,即198个旅,150万人的兵力,向各解放区实行全面进攻。其中,进攻晋冀鲁豫解放区的是正规军28个旅,连同地方团队等,共达30多万人。

前文说过,刘邓属下第四纵队由中央直接指挥,在晋南方向作战。这时,刘邓手中的主力是四个野战纵队和冀鲁豫军区部队一部,共5万多人。

中共中央给刘邓部队的主要任务依然是守大门,不许蒋介石打通平汉路;这时还要掩护中原解放军突围,策应苏皖解放军作战。主要作战方向是豫东。如形势有利,再逐步向南发展,南渡淮河,向大别山、安庆、浦口之线前进。

在全面内战中,刘邓部队打的第一仗是陇海战役。这是先发制人,离开解放区,到外线作战。这个时期,解放军是战略上防御,战役上进攻。

刘伯承说:"我们的铁锤首先要打在蒋介石发动内战的大动脉——陇海线上!打乱敌人发动内战的部署和时间表!"

当时,陇海路北侧基本上是在蒋军控制之下,据点密布,而南侧守备空虚。经中共中央军委批准,刘邓部队于8月10日发起陇海战役。10日夜,各路部队急行军,秘密透过陇海路北侧敌人的约30公里纵深地区,在150公里的宽正面上,突然出现在陇海路开封徐州段,向蒋军发起有重点的进攻。这一仗历时13天,共歼敌13 000多人,攻克砀山、兰封、杞县、通许、虞城等5城和12个车站,破坏铁路150多公里。蒋介石大吃一惊,深恐开封和徐州有失,连忙从追击中原解放军的部队中抽调三个师回援开封,从进攻苏皖解放区的部队中抽调两个师和一个军回援砀山和徐州地区。

这次陇海战役是刘邓部队大踏步前进,以奇袭制胜的第一个大仗。后来刘伯承说:"顾虑侧背,也是我们同志的一个毛病。""陇海战役的时候,如果我们顾虑残留在我们侧背的考城和吕园子等处之敌,那么我们就根本不要想进陇海路。"他在总结这一仗的经验中又说:那时在陇海路北侧横列一条反动势力地带,在我袭击正面的是考城到虞城北部一带,纵深达六七十里,到处是据点、封锁沟墙,由蒋伪反动武装守备。我则以小部队佯攻考城,而以地方武装佯攻和监视某些要点,其他大多数据点未予置理。"如此,我们得以集中全力奇袭约三百里以上之铁路线,使其出乎意外,猝不及防。"刘伯承遗憾的是,这个时期,群众游击战争放松了。他说:"敌可能到达之地,尤其是边地,游击战争必须加强,才能保障与发展胜利。此次在战地极感游击战争太差。"

根据中央军委指示,刘邓本来还打算乘胜向东发展。因国民党援军来得很快,便于8月22日结束陇海战役。当初大踏步前进,现在大踏步后退,退到鲁西南根据地,休整待机。

这次出击陇海,战略上还有一个目的,如邓小平所说的是"探路"。就是为必将到来的战略进攻,事先探明陇海路一带和新黄河以东以北的地形、敌情和民情,并为后来的豫皖苏军区建立前进阵地。这项战略意义,蒋介石国民党方面显然还没有看出来。他们正陶醉在至多半年内便可以全部消灭关内共军的美梦之中。

3. 冒冒失失的王牌中将

蒋介石占领了一些城市之后,已在大肆吹嘘胜利,不料刘伯承杀了出来,让他在陇海路吃了这个亏。他连忙在郑州、徐州两个方向集中了32个旅共32万人,于8月28日开始向鲁西南地区进攻。他的算盘是,趁刘邓部队来不及休整,以优势兵力的钳形攻势,合击于定陶、曹县地区,一举予以消灭,同时乘胜打通平汉路。这就引发了刘邓部队的第二个战役——定陶战役。

蒋介石这个钳形攻势,用于第一线的是15个旅10万多人。从徐州方向出动的是5个旅,分三路前进。从郑州方向出动的是10个旅,这是主攻的一钳,也分三路。另外用13个旅在平汉线安阳、新乡及其以东佯动,配合主战场进攻。

六路大军齐头并进,来势汹汹。刘伯承正在寻找战机。他看到六路来敌中,每路只有一个师到两个师,而且徐州、郑州两个绥靖公署在指挥上不统一。担任主攻的郑州10个旅中,又有蒋介石嫡系与杂牌的矛盾。因此,选择一路加以歼灭是完全可能的。

打哪一路呢?从徐州方面出动的都是蒋介石的嫡系,其中第五军和整编十一师是国民党军五大主力中的两大主力,美械装备,战斗力强,而且不是这次的主攻。因此,暂时不宜寻它作战,只用少数地方武装加以阻击。而由郑州方向出动主攻的,是整编第三师,是嫡系,是主攻中的主力;其余是川军和西北军,战斗力比较弱。只有打掉整三师,才能瓦解蒋军这次钳形攻势。

刘邓决心打整编第三师。打这个嫡系,其他杂牌军不会积极增援。师长赵锡田黄埔二期毕业,是个老资格,曾在美军指挥下对缅甸战区的日本军队作过战。整三师本来是第十军,他是军长,刚刚整编为师,当师长。此人自以为能征惯战,又拥有整套美械装备,因此十分傲气。他对他的部下说过:"我三师乃总裁(蒋介石)王牌之首,是所向无敌的。"这股傲气正好加以利用。他果然上了刘伯承的当,孤军深入,兵败被擒,成了全面内战爆发以来第一个被刘邓部队俘虏的蒋介石嫡系的中将师长。

327

8月31日，刘邓下达了《定陶战役的基本命令》，明确指示置重点于消灭整三师。战法是南北钳击，各个消灭。先消灭其一个旅，再消灭其另一个旅，尔后再视战斗进展情况扩张战果。

到9月2日，刘邓部队主力按预定计划已休整了四天，蒋军在前进中遭受阻击，仅整编第三师就伤亡了15 000多人，主力的第二十旅有两名团长被击毙。国民党郑州的刘峙原定整三师与四十七师会攻定陶，这时，改变计划，以整三师攻菏泽，四十七师攻定陶。这样，这两个师的间隔加大到20至25公里。刘伯承大喜，随之改变部署，把原定战场西移到韩集、安陵集以西的大杨湖地区。同时抓紧机会引诱整三师，继续以小部队且战且退，叫他加快孤军深入，争取在9月3日或4日发起攻击。因为如果太晚，敌军东西两钳合拢，形势就非常不利了。

赵锡田果然中计。你退得越快，他进得越快，果然按照刘伯承规定的时间和路线，被牵进了大杨湖地区摆好了的战场。

刘伯承使用十个旅，以四倍的兵力对付赵锡田的两个旅。他以第二、第六两个纵队的五个旅为右集团，统归陈再道指挥，主力由北向南打，一部由东向西打。以第三和第七纵队五个旅为左集团，主力由南向北打，由杨勇、张霖芝和陈锡联、彭涛共同指挥，首先楔入整三师、四十七师之间，割裂他们的联系，并阻击第四十七师。然后两个集团主力协同打整三师，首先合击大杨湖地区整三师的第二十旅。为了确保攻击兵力和火力的优势，又规定两集团各先歼灭敌军一个团。

歼灭蒋军第二十旅的大杨湖战斗打得极其艰苦。这也是关键的一仗。所以整个定陶战役又被叫做大杨湖战役。9月3日、4日两天，第二十旅在飞机坦克配合下，顽强抵抗。刘邓部队仅歼灭了它三个营。5日夜，刘伯承到第六纵队司令部，召集各纵队首长开会，提出必须歼灭整三师，并再次强调，战术上也要集中优势兵力，各个歼灭敌人。刘伯承亲自在第六纵队指挥，极大地鼓舞了士气。六纵队指战员们前仆后继，连炊事员、饲养员也投入了战斗，至6日晨，全歼了第五十九团。这个团是整三师的主力团。打掉了这个团,占领了大杨湖,整个战役的局面就打开了。第二、第三、第七纵队,也完成了歼敌一部的任务。至此,第二十旅全部被歼,第三旅也遭到重创,整编第三师陷入了混乱动摇之中。

6日午,整三师师部和第三旅向南突围,企图向整编第四十七师靠拢。刘伯承早有准备,趁蒋军脱离工事,混乱退却的时机,全线出击,整三师全军覆没,师长赵锡田被俘。

当整三师被围歼的时候,赵锡田急迫呼救。刘峙哪敢怠慢,严令四个师从西北、正南、东南作向心增援。但在刘邓部队阻击下,他们都害怕被歼而行动缓慢。当整三师全军覆没,他们就纷纷迅速撤退。刘伯承又抓住这个时机,迅速转移兵力,9月7日,向整编第四十七师侧背,猛烈卷击,经一天激战,全歼这路蒋军两个旅。同时,对撤退的其他三个师展开追击,到8日上午,歼蒋军的一个团,乘胜收复东明城;其余蒋军仓皇撤退到考城、兰封之间,转入防御。徐州方面出犯的蒋军,被阻击于成武地区。至此,定陶战役结束。

定陶战役历时五天,共歼蒋军四个旅,17 000人。其中毙伤二十旅旅长以下5 000多人,俘虏12 000人。刘邓部队伤亡3 500多人。

战役期间,深入陇海路南的第七纵队第二十一旅,收复太康、淮阳两城。太行部队在豫北展开了广泛的游击战,反复破击安阳、汲县段铁路,也起了有力的配合作用。

定陶战役,是刘邓大军在内线打的第一仗。打垮了蒋军大规模的钳形攻势,打击了蒋介石全面进攻的气焰。延安中共中央的《解放日报》于9月12日发表了题为"蒋军必败"的社论。社论中说:"这是继中原我军突围胜利与苏中大捷之后又一次大胜利,这三个胜利对于整个解放区南方战线,起了扭转局面的重要作用,蒋军必败、我军必胜的局面是定下来了。"

4. 五个字的电话

蒋介石又吃了个大败仗,并且损失了整三师这张王牌,十分恼怒,怪罪刘峙无能,撤了他郑州绥署主任的职,改由陆军总司令顾祝同兼任。

难怪蒋介石痛心,整三师确实能攻善守。当时战斗之激烈,从唐平铸将军的日记中可见一斑,那时他是刘邓大军第六纵队的宣传部长。这里,我们逐日抄摘几句。(见《刘伯承大军指挥手记》,497—500页)

9月3日:

……分配给我纵的任务,是歼灭进占大杨湖的敌人。

大杨湖是一个……小村庄,四周是平坦的开阔地,村外有壕沟。进占这个村的,是敌整三师二十旅五十九团。敌人兵力虽不太多,但火力重,附有大炮、坦克……他们一进村,就赶忙构筑工事。他们哪里顾人民的死活,把村周围的树木拦腰砍断,树枝树干堆成一道道的鹿砦,在所有道口修筑暗堡工事,在墙壁上挖出枪眼,组成密集的交叉火力网。村里村外到处挖交通壕沟,构筑火炮阵地,开辟坦克通道,在我可能进攻的地段铺设地雷。几个钟头内,就把一个普通的小村庄变成强固的防御堡垒。蒋介石这种"步步为营"的战法,我们要对付他还是很吃力的。

9月4日:

今天上午,敌整三师一部向我十七旅五十团的大张集阵地发动轮番攻击,飞机炸,坦克冲,大炮轰,把我五十团阵地打成一片火海,部队伤亡很大,干部倒下去了,战士自动代理指挥。指战员们抱着与阵地共存亡的决心,和敌人搏斗了整整

18个小时。他们的任务是：坚守大张集，拖住敌人，掩护我主力作攻击的准备。打到后来，机关干部和勤杂人员都投入了战斗，但阵地始终没有被敌人突破。

9月5日：

下午6点30分钟，各攻击部队按预定方案以大杨湖为中心悄悄地从四面八方开进。战士们在临时构筑的工事里焦急地等待着总攻的信号。团指挥所也移进去了，他们处在大包围圈中的小包围圈里面，处境异常严峻。王（近山）司令给他们打电话说："你们这颗钉子楔得好，对战斗全局起了重要作用。"正在这个时候，我五十二团由东北面，四十九团由东南面突破了敌人的阵地，四十七团和五十三团也相机投入了战斗。在这个不大的村庄里，敌我双方拥挤着几千人相互厮杀，到处是冲天的火光和震耳的爆炸声，遍地是成堆的尸体。四十九团经过几次冲击，人员大减，后来编成四个连投入战斗。

敌人冲过来，我打过去，拉锯式的战斗打得不可开交。正在这个时候，敌人派来一营援兵和五辆坦克，向大杨湖冲了过来，形势很快发生不利于我的变化。这是千钧一发的时刻。突然，各旅首长接到了王司令员的电话，只听他说了五个字："刘师长来了！"这五个字重千钧，一级一级地传下去，传到每个战士心里，好像浑身增添了无比的力量，好像有千军万马前来支援，好像背后有一座铁的靠山。刘伯承同志在抗日战争时期是一二九师师长，直到现在人们还亲切地称他为刘师长。

这时，战士们集中力量消灭敌人的援兵，敌人坦克冲过来了，怎么也奈它不何，同志们急中生智，用手榴弹塞进坦克的履带里，轰通几声，坦克不动了。接着，我十六旅的部队也上来了，战场上一片喊杀声，敌人纷纷放下武器投降。

5. 大杨湖引发的议论

唐平铸9月8日的日记中记述了他从这次战役中对刘伯承指挥艺术的体会,就是怎样利用和创造敌人的弱点,怎样调动敌人。接着写道:"战斗后有种议论,说大杨湖打是打得好,但是代价太大。我觉得这个说法不全面。虽然这里有些教训值得吸取,但是这种代价付得是值得的。在两军打得相持不下的时刻,就看哪边过得硬,顶得住。这里包括指挥员的决心和士气。如果在关键时刻我们硬过敌人,一着棋下对,全盘就活了。我们可以反过来设想,如果大杨湖打不下来,不把敌人的气焰刹住,情况又会怎样呢?我们将会处在一种被动的地位。敌人气势汹汹,长驱直入。"

看来,打不打这一仗,当时确实是个问题。1980年10月,有几位刘伯承学术的研究者,访问了萧永银将军,他是当时六纵十八旅旅长,是大杨湖的主攻者之一。

他说:"大杨湖战役首先要理解它的意义,否则打那么一个小小的村庄,确实也看不出有多少道道。经过陇海战役,部队消耗大,急需休整补充,敌人也了解这一点,一个劲地扑上来。进到大杨湖的是赵锡田的整三师。头天攻上去,未能奏效,赵锡田更加猖狂起来,说不用飞机配合,就可以一直打到菏泽。"

萧永银继续说道:"这时野司召集各纵队首长开会,听说会上讨论了打不打。有人主张避开敌人,转入休整。王近山主张打,他说:即使六纵打成一个连,我当连长,杜义德当指导员,杜义德那时是六纵的政委,刘邓的意思也是要打。因为不打的话,部队只好退到黄河以北的濮阳一带,河南统统丢掉。而且敌人仍将尾追,部队也无法进行休整。刘帅在会上说:'这一仗不打好,咱们只好打起背包回太行山。部队确实需要休整,但必须打一个胜仗,挫败敌人的狂气,休整才有可能。'"

"从军事角度来看,决定打大杨湖,显示出刘帅指挥高明。"萧永银接着说道:"赵锡田和他的师部在大杨湖西北方向的韩集,大杨湖好比是他的前进阵地。今天我体会到,我们打下大杨湖,他的指挥机关就暴露在我攻击矛头之下,他必须要变更部署。我正可乘他混乱之机发动攻击。几年前,刘帅在南京曾和我提起过大杨湖战役,可见在他脑子里印象也很深。"

萧永银至今记得整编三师那股狂劲。他说:"记得我们俘虏了他们一个副团长。这个家伙狂妄得很,到了我的旅部,还说我们不懂战术,完全搞人海战术。我听了气不过,问他什么叫战术?我说今天俘虏了你,不是最高明的战术吗?战斗打得当然很残酷,五十三团1 300多人上阵,过一道鹿砦,夺一座房屋,不过百把公尺,伤亡400多。我告诉团长,拿一个整连再攻,不要停顿。后来组织所有的人上阵,打到最后一个人也在所不惜。"

"当晚总攻,刘帅来到我们十八旅旅部,当时炮火正猛,我很担心他的安全。他说'只管打你的仗去罢,不要管我。'我很明白,战役已进到关键的时刻。第二天凌晨,终于将敌人压下去了。刘帅问我怎么样?我回答:基本解决。我发出追击命令,他不跟我讲话,转身跟纵队首长聊起来了。说明他的心也放下了。这次战役取得了巨大的胜利,我军付出的代价也大。五十四团团长罗彦山抱着我哭,部队伤亡很大,有的连队剩下的战士还不如炊事员多,五十二团也伤亡了四五百人。

"打这一仗,正是我军困难、敌人疯狂之时,目的并不全在攻下大杨湖,而是逼敌人变更部署,这正是刘帅棋高一着的地方。打大杨湖敌军一个团,实际是两个营,用了七个团的番号打,说明刘帅既有决心,又有周密布置。我军在这个点上付出了大代价,但在其他点上,以小代价换来了大胜利。刘帅的指挥天才往往这样表现出来。当刘帅到我旅指挥所时,本来我想把他挡在百多米外的一个小庄子里,他坚决不肯,一定要到指挥所观看战况,对部队士气的鼓舞真是大极了。"

《第二野战军战史》记载："此役是个成功的运动战,具有速决战、歼灭战的特点。其战法是采取了攻其一点,再及其余,把进攻发展为追击,把战斗的胜利发展为战役的胜利。指挥上真正做到了客观地、正确地分析情况,正确地确定作战对象,扬我之长,隐我之短,乘敌之弱,避敌之优,军民同命,一致对敌。"(见所引书,57页)

毛泽东在延安总揽全局,对定陶战役评价很高。当他一接到刘邓报告歼灭了整编第三师的电报,立即于9月7日13时回电说："6日23时电悉,甚慰。庆祝你们歼灭整三师的大胜利,望传令全军嘉奖。"接着他又接到刘邓、滕代远、张际春四人联名电告又全部歼灭了蒋军整编第四十七师的一个旅,正在围歼另一个旅,估计可迅速解决战斗。另外还包围了蒋军、整编第四十一师的第一二五旅大部,正在激战。毛泽东又立即回电给刘邓说："7日13时电悉,甚好,甚慰。如能歼灭川军三个旅,刘峙这次进攻即可打破。"

六天以后,1946年9月13日15时,毛泽东打电报给张宗逊、罗瑞卿并电告聂荣臻、贺龙、陈毅、宋时轮,向他们通报："此次刘邓军五万人,打敌第三师九千人,从三号黄昏打起,至六号上午始解决一个旅,引起敌人全线恐慌,另一个旅于六号下午突围时,被我于半天时间解决该旅。七号上午,敌第四十七师两个旅增援赶到,我又以一天时间解决该两个旅。此外尚解决四十一师及七十四旅各一部。"毛泽东接着写道："这一经验告诉我们,第一,必须集中优于敌人五倍、四倍,至少三倍的兵力,首先歼灭一全两个团,振起我军士气,引起敌人恐慌,得手后,再歼敌第二部第三部,各个击破之。切不可贪多务得,分散兵力。"

毛泽东这位伟大的革命家、思想家说过:一切理论来源于实践,不是天上掉下来的,也不是聪明的头脑里想出来的,而是从实践的经验中总结和抽象出来的。上述通报三天之后,他又根据定陶战役的经验以及其他方面经验,写下了《集中优势兵力,各个歼灭敌人》的指示,于1946年9月16日向全军下达。这是毛泽东军事思想的名篇之一,收入了《毛泽东选集》第四卷。

毛泽东在这个"指示"中写道:"集中兵力各个歼敌的原则,是我军从开始建军起十余年以来的优良传统,并不是现在才提出的。但是在抗日时期,我军以分散兵力打游击战为主,以集中兵力打运动战为辅。在现在的内战时期,情况改变了,作战方法也应改变,我军应以集中兵力打运动战为主,以分散兵力打游击战为辅。而在蒋军武器加强的条件下,我军必须特别强调集中优势兵力各个歼灭敌人的作战方法。"

"指示"中又写道:"现在我军干部中,还有许多人,在平时他们赞成集中兵力各个歼敌的原则,但到临战,则往往不能应用这一原则。这是轻敌的结果,也是没有加强教育和着重教育的结果。必须详举战例,反复说明这种作战方法的好处,指出这是战胜蒋介石进攻的主要方法。实行这种方法,就会胜利。违背这种方法,就会失败。"

他指出"必须详举战例",他在这个《指示》中举了五个范例,以较多的文字着重介绍的是刘邓这两个战例,陇海战役和定陶战役。

杨国宇1946年9月16日的日记写道:"军委发出'集中优势兵力,各个歼灭敌人'。刘邓一直是这样贯彻军委指示的,上党、平汉、陇海、定陶等战役无不如此。"

二十四、回马枪与虎口拔牙

1. 教师爷打架

定陶战役之后,蒋军仗着兵力雄厚,继续进攻鲁西南解放区。

刘邓部队打了第三仗——巨野战役。后来刘伯承在白衣阁团以上干部会议上说:这仗"敌人自己承认他是失败了,但是我们也有缺点,表现在我们当时,对作战地区的水网的危害性估计不足和操之过急。尤其在最后机动不够,和敌人牛抵角。我们的军队应当大踏步地进退,才能出敌不意,消灭敌人。毛主席的人民军事学是以无胜有,以少胜多,以劣势胜优势,因而就更需要机动"。(《刘伯承军事文选》461页)

当时蒋军的企图是寻歼刘邓主力,夺取菏泽、济宁等城,打通菏泽、济宁公路,攫取整个鲁西南。

刘邓决心放弃菏泽,主力于9月中旬转至巨野西南地区,争取时间补充休整。为了分散和疲惫敌人,以主力一部配合地方武装接敌活动。

巨野的西面是菏泽,东面是济宁。从菏泽偏南向东,经定陶、成武、金乡到济宁,构成一个弧形,向巨野呈包围之势。在这个弧形线上,蒋军六个军(其中五个已经整编为师),齐头向巨野前进。另外又从湖北赶调了两个整编师到开封和兰封,准备加入作战。国民党第五军进到巨野西面的龙固集地区;整编十一师,在解放军大部队吸引下突出于巨野以南的张凤集(又名章缝集)地区。

刘邓巨野战役的部署是:以第二纵队扼制第五军,集中第三、第

六、第七纵队歼灭最突出的第十一师第十一旅,其他敌人,以冀鲁豫军区部队加以钳制。

只有挡住第五军,才能歼灭十一旅。为此,刘伯承亲自到担任第一线阻击的二纵第五旅及其第十四团,检查战斗部署,指导他们怎样进行运动防御。一位目击者杜炳如记述了当时的情景。(见《刘伯承回忆录》第一卷第312—314页)

那是1946年9月28日夜10时,刘伯承乘坐胶皮轱辘大车来到五旅司令部。大家围坐在一个农家大院里。刘伯承坐在方桌旁的一条长板凳上,就着一盏马灯的光亮,向大家说道:

"现在我们要打的是第三仗。第一仗,我们歼敌一万三,控制铁路近三百里。第二仗,活捉师长赵锡田,歼敌一万七。现在是第三仗,这一仗不一定歼敌一万几,主要是摸摸老虎屁股。"这句话引得大家笑起来。

刘伯承说:"不要笑,是真的。前边来了两只虎,就是蒋介石的王牌主力——邱清泉第五军和胡琏整编十一师,都是美械装备。五军号称'远征军',在缅甸参加过对日作战。十一师原来是十八军,陈诚的老底子,号称'黄埔军',军官都是黄埔出身。他们原想投入山东战场,我们在陇海、定陶打了两仗,把他们牵过来了。他们后面还有敌四十一、五十五、六十八、八十八等师。今天,五军之四十五师已进到龙固集西南十华里的观音集一带。你们的任务就是阻击第五军,搞运动防御。比如说,每天只让他进三里,三天才进九里。以后你们就守住龙固集,阻住他,消耗他,钳制他,保证主攻方向钳击十一师。南边张凤集地区,我们的三纵、六纵、七纵已经给十一师安排好了铡刀,只要你们争取了这个时间,就有他们好看的。我们要把这两只老虎打个头破血流!"

刘伯承接着说:"你们五旅担任阻击,听说有人觉得不大过瘾,说这是啃骨头。说啃骨头也好,如果把这根骨头啃掉,蒋介石的肉就无从长起了。过去,你们这个旅攻坚有经验,现在是打阻击,敌人有飞机、坦克和大炮，所以你们的工事要筑牢，但不是死守，而是移动防御。战场是流动的，要软顶硬打。先把敌人盘软，然后再打，像教师爷打架一样，先让后打。"

五旅十四团是打前阵的接敌团，刘伯承又乘坐那辆胶皮轱辘大车，于当夜12时赶到十四团指挥部。

刘伯承一走下大车，就对团政委杨杰和团参谋长说：

"打扰你们了。我是想来看看，你们团的兵力和阵地是怎么部署的。"

周参谋长答道："听说敌人的第五军长于攻击，我们怕顶不住，就把全团的主力部队都集中在最前沿了。"

刘伯承摇了摇头说："你们想把敌人顶住，可这样部署兵力，恰恰顶不住。如果他一下子冲垮了你前头的几个连，后边怎么办？你们这个打法不行。"

"那么我们应该采取什么样的队形呢？"

刘伯承说："我想，最好是采用三角队形。三角的最前边少放一些人，后边设几道防线，逐渐多放部队。这样子，打起来以后，我们就可以逐渐挫伤他们的锐气，可以使他们的攻击力量越来越弱。而我们的防御力量却是越来越强。"

"师长，明白了，我们马上调整部署。"

刘伯承很高兴，又到部署在最前线的主力营视察。他对营长说："你们马上把排以上的干部集合起来，我有话要说。"

刘伯承对这个营的全体干部详细讲解了运动防御的打法，又介绍了第五军的一些情况。

2. 摸摸老虎屁股

刘伯承说这一仗是要摸摸老虎屁股。这是实实在在的话。在国民党蒋介石的部队中,这确实是两只虎。他们刚刚被刘邓部队牵过来,却还没有交过手。刘邓部队还很不了解他们的脾性。

五军军长邱清泉,浙江人,曾在上海大学半工半读,黄埔军校第二期毕业,留学德国工兵学校和柏林陆军大学,回国后上书蒋介石,建议组建现代化的军队。抗战开始时,任国民党新组建的机械化部队第五军二十二师师长,后升任第五军中将军长。缅北作战中,因战功再次获得国民党政府的宝鼎勋章和美国政府的铜质自由勋章。在全面内战中进攻苏北解放区,拿到了两座空城。他是被刘伯承牵到冀鲁豫战场上来的。1948年6月底因作战失利,被蒋介石撤职,9月被起用为第二兵团司令。淮海战役中,第二兵团大部被歼,邱清泉自杀身亡。

胡琏,陕西人,黄埔第四期毕业后在北伐军蒋介石的总司令部直属队供职。1928年底,蒋介石完成"北伐统一",将黄埔门生组成的部队改编为师,总司令部直属部队改编为第十一师,1943年,胡琏升任师长。1944年全部改为美械装备。1946年夏,他所隶属的十八军整编为第十一师,胡琏为师长。这个师编有三个旅,九个团,近四万人,实力之大,在国民党军队建制师中是少见的。蒋介石发动全面内战后,他在中原前线作战,在豫鲁皖苏一带耀武扬威,虽多次挨打,但依仗美式装备、火力强、机动性大,多次逃过覆灭的下场,大得蒋介石赞赏。他也是被刘伯承牵到冀鲁豫来的。1947年秋,整编第十一师改称第十八军,胡琏为中将军长。后来升任为兵团副司令兼军长,淮海战役中,钻进一辆坦克,逃出重围。后来曾任台湾国民政府驻越南南方政府的大使,离任回台后,改行研究宋史。1974年起,正式到台湾历史研究所进修,博士论文的题目是:《宋太祖雄略之面面观与今昔观》。他研究了三年,没有来得及完稿就病死了。

刘伯承视察前线的第二天,9月29日,龙固集一线的阻击战开始了。第二纵队以劣势装备,阻击了五军的进攻达十一天之久。使这个"王牌主力"前进不到五公里。10月9日凌晨,敌军向龙固集轰了一阵炮，二纵的战士们照例从工事里钻出来，准备反击，举目一看，不见敌人。原来这个"王牌主力"撤退了，向第十一师靠拢去了。这个王牌远征军攻击了十天，伤亡近两千，前进了十华里，连龙固集也没有攻下来，撤退时又遭到了追击。

刘邓通令嘉奖二纵司令陈再道、政委王宏坤，表扬它的五旅和六旅一部，钳制了第五军，保证左翼得以从容反击整十一师，打了一次模范的运动防御战。

右翼攻击第十一师，却打得不够理想。

凡事要从两方面看。二纵在左面的阻击战打得好，却使右面蒋军十一师警惕起来，行动异常谨慎，前进很缓慢。它迟迟不敢展开，不利于歼灭它，这是阻击得好带来的副作用。10月1日又突然下大雨，使右翼原来选择的干燥地带变成了水网地带，难于行动，特别是给步兵造成了极大的困难。到了10月3日，龙固集防御部队，已经打了五天五夜，比刘伯承原先要求的超出了两天，他们已经感到疲劳了。刘伯承决心不再等待，下令于10月3日夜间向十一师出击。但是，由于不熟悉这个军的战法，各路大多扑空。原来这股敌军无论行军、宿营、作战，都派出强大的搜索部队，最大的近500人，携带轻重机枪、小炮等武器，前出到距主力部队约半日行程，进行宽大正面的搜索，战斗警戒更是经常移动的。所以第一晚的作战，仅消灭了它的一支警戒部队。4日，侦知敌军位置甚为集结，刘伯承决定以钳形攻势割敌一块予以歼灭。他以六纵出敌军后背袭击，令三、七两纵打张凤集。那里的敌军是一个加强团，3 000人——十一师十一旅三十二团，附有特种兵，火力很强。这个敌军的防御重点不在村外，而在村内，也是刘邓部队不熟悉的。过去通常是攻入村内就算胜利在握，而对这个敌人，攻进村庄只是战斗的开始。同时，敌人的鹿砦多至三层，它的作用不仅是妨碍你行动，更重要的是引诱你的冲锋部队进到他们的鹿砦前沿，让他们好发扬火力杀伤的威力。同时，他们附近的村庄还可用强大炮火支援。刘邓部队不了解他们这些特点,机械地用消灭整三师的经验去对付,打了两天两夜,没能解决战斗。后来才知道,其实敌军只剩下两个连了。10月7日,敌以九架飞机,两个团兵力(主要是火力),掩护那两个连突围,将他们接走。袭击敌军后背的六纵队,打到了十一师师长胡琏的驻地,又遇水网污泥未能奏效。如果没有老天爷帮忙,胡琏这次免不了要倒大霉。这时,五军向南集结,同十一师靠拢。这一仗不好再打。这次巨野战役,于7日结束。

在攻打张凤集的战斗中,杨勇七纵第六十二团团长吴忠,参谋长张兴臣率部楔入敌人在村中的阵地,里应外合歼灭敌人。刘邓传令予以嘉奖。嘉奖令中说:"坚守张凤集阵地的一百八十名勇士,不愧为人民的英雄和模范。"

这次战役,毙伤敌人5 000以上,自己也伤亡了4 300人。刘伯承说:"我虽获小胜,打怕了敌人,但总算起来不合算。"

这次摸老虎屁股,战术上摸到了一些新的经验教训。刘伯承还提到战役指挥的高度上来总结,他说:

"在战役上,我主力宜大踏步地机动,才能出敌不意,攻敌不备,容易各个消灭敌人。此次却陷于牛抵角僵持的笨拙状态,以致敌人十分谨慎,不可能调动、迷惑敌人,使其暴露弱点,实际上我反而陷于被动。我们陇海作战的胜利,就因为大踏步透入敌人纵深,得收奇袭之效。如果这次我们把主力拉远些,只以小部队接敌侦察,使敌敢于大胆前进,待敌进入我预定战场,以一日左右行程,突然进入战斗,打破薄弱部分,定能奏效。"(引自刘邓《九月份以来战斗经验教训向中央军委的报告》,见《刘伯承用兵要旨》,397页)

刘伯承独当一面指挥的战役中,这样的战例是少有的,甚至应当说是独一无二的。他坚持实事求是,严于责己。成功的经验固然要总结,任何一点教训也绝不放过。在古往今来的大军事家中,这恐怕是他非常突出的特色之一。

3. 又像押宝一样

在两个多月里,刘伯承连续打了三次大仗,部队实在十分疲劳,需要休整了。蒋军却不放松,强迫他连续作战,企图趁他十分疲劳的时候,把他一口吃掉。但他们被打怕了,行动十分谨慎,六七个旅前后紧靠,交互前进。

刘伯承决定声东击西,避强击弱,率领三个纵队迅速离开鲁西南,大踏步向西,向河南省的濮阳方向隐蔽。留下杨勇第七纵在鲁西南,结合地方武装,制造假象,扬言与第五军决战。为了迷惑敌人,刘伯承叫陈锡联三纵在沿途推翻几辆大车,撒下些米,丢弃些米袋,做出仓促退却的模样。蒋军果然中计。加上从联合国救济总署美方人员口中听到,鄄城及其附近没有共军,蒋军更信以为真。一一九旅旅长刘广信奉令大胆进入鄄城一带,离开新五军和整编十一师已有四十多里远,形成孤军深入之势。

刘伯承抓住这个机会,立即命令部队停止前进,往后转杀它个回马枪。第二第三两个纵队立即回师,趁刘广信刚进村子,就把他分割包围起来。刘广信连有线电话都来不及架,各级指挥联络,只能靠报话机喊,正好被刘邓部队查明了他各级的指挥位置和兵力部署。刘伯承便命令作为总预备队的王近山、杜义德第六纵队火速投入战斗,限令两三天内完成任务。三个纵队果然激战两天,就把刘广信这个旅全部消灭了。

这次战役全程三天,全歼蒋军九千多人,生俘旅长刘广信,缴获美造榴弹炮八门和许多山炮、迫击炮,为刘邓建立自己的炮兵部队,提供了大量的装备和技术人才。这些榴弹炮原来属于国民党政府国防部,是临时配属给刘广信指挥的。

这次战役具有许多特色,足以引起研究者的兴趣。这是避开与强敌（集结七个旅）的僵持局面，大踏步机动，制造假象迷惑和调动敌人，一面以小部队抑留强敌，一面以主力突然出现于战场，击其虚弱。所以有人称之谓"回马枪"，有人称之为"虎口拔牙"。当时担任第三纵队司令员的陈锡联将军还特别称赞那样使用六纵这个预备队，认为那个决心很不容易下，下得真高明。他在研究刘帅指挥艺术的一篇文章里说：包围刘广信以后，面临着如何消灭他的问题。"当时新五军和整编十一师离我们只有四十华里的路程，只需一天多就可以赶来，而我们只靠包围敌人的二、三纵队的力量来完成歼敌任务是不能迅速奏效的。六纵作为野司的预备队，是赶到郓城打歼灭战呢，还是准备协同七纵去阻击新五军和整编十一师呢？这真是寻找和创造战机不容易，而捕捉和利用战机更不容易。"（引自《刘伯承指挥艺术》第89页）

这确实可以发人深思。人们当然可以说，把这个预备队用于歼灭刘广信，是天经地义的事。不是说必须集中优势兵力吗，这有什么可以考虑的呢？事实也已证明，这样做完全正确，毫无疑义的余地。不过，我们也不妨反过来想一想，俗话说不怕一万，只怕万一。邱清泉新五军和胡琏整十一师是蒋军的两只老虎，如果这两只老虎舍得拼命，全力支援，万一杨勇又阻挡不住，后果将会怎样呢？那将不堪设想，很可能落个满盘皆输，血本无归。可是，刘伯承观察了战场的局势，算准了杨勇必定挡得住，算准了那两只老虎必定不会再拼死命。果然，杨勇把这两只老虎挡住了。战斗开始时，邱胡两军各距刘广信仅十五公里，因遭受顽强阻击，战斗的第二天只进了一公里。

早在抗日战争时期，在一二九师工作的作家张香山就说："刘师长指挥打仗，像押宝一样，叫人心惊胆战，他偏偏回回押中了。"难道刘伯承自己不知道那是冒险吗？比如这次郓城之战，正是因为他考虑到了那危险性，所以才限令必须在两天内完成战斗。

孙子说："知己知彼，百战不殆。"刘伯承了解自己的部队，又了解敌人，在这个了解的基础上下决心，结果履险如夷。这就是刘伯承之所以为刘伯承！我国古人创造了"胆识"和"胆略"这类的辞,刘伯承常说作战要"胆大包天,心细如发",真是妙极了。

鄄城战役又一次打乱了蒋军的进攻计划。各路蒋军,暂时在原地徘徊,不敢蠢动。刘邓部队这才得到了休整的机会。

二十五、猛虎掏心与《合同战术》

1. 一份"极机密"的文件

蒋介石一面发动全面内战，一面继续和平谈判。1946年11月，他决心一意孤行，不谈了。8日，他发表声明，悍然破坏政协决议，坚持召开他一党包办的所谓国民代表大会。这等于公开宣布谈判破裂。可是他还要继续玩花样，又发表所谓停止冲突命令："自11日正午12时起，全国军队一律停止战斗，各守原防。"另一面，却又对国民党的部队，下达一个"极机密"文件，其中说："自本(11)月11日后，我军如有新占领的据点，不得发表。如我军被攻袭时，则应迅速发布，并相机扩大宣传。"这个文件很快就被刘邓部队缴获了。11月26日，我在刘邓司令部得到了这个文件。它的标题是《停战令颁发后宣传指导及控制计划》。我曾详细报道了它的内容。

10月1日，毛泽东为中共中央起草了《三个月总结》的党内指示，指示中说：过去三个月内，已歼灭蒋军25个旅；"今后一个时期内的任务是再歼灭敌军约25个旅。这个任务完成了，即可以停止蒋军的进攻，并可能部分地收复失地。我军必能夺取战略上的主动，由防御转入进攻。""那时的任务是歼灭敌军的第三个25个旅。果能如此，就可以收复大部至全部失地，并可以扩大解放区。那时国共军力对比，必起重大变化。""必须在今后三个月内外……再歼敌25个旅左右。这是改变敌我形势的关键。"（见《毛泽东选集》第四卷1205页）

11月4日，延安《解放日报》发表题为《论战局》的社论指出："蒋军由战略攻势转为战略守势，解放区军民由战略守势转为战略反攻的重大转变时机，已经不远了。""今后几个月，犹如爬山到了过山顶的时候，这是全程中最紧张的一段。"

在刘邓这边战场上，三个月来，蒋介石用以进攻的部队已经被歼灭了10个旅。加上地方团队，他还有30万人马。他侵占了17座城市，不得不加强守备，用去了10个旅。刘伯承说："蒋军暂时占领的那些城市与碉堡，都是我们最好的钳制部队。"他说蒋介石的这种战法，是"牛抵角战术，挨打战术，死猪不怕开水烫的战术"。（引自朱穆之文，《刘伯承回忆录》第一卷，259页，258页）

2. "我们的打法也怪"

当蒋介石明一套，暗一套，暗地里命国民党军队继续进攻的时候，对刘邓方面，他只剩下王敬久、王仲廉这两个集团可以用来进攻了。他限令这两个集团连同地方团队东西并进，于11月内占领邯郸，打通平汉路。

刘邓决定在滑县地区再打一次歼灭战，粉碎蒋介石这个计划。这时刘邓部队已经在濮阳、鄄城地区休整了两个星期，并针对当面敌人的特点和自己担负的作战任务，进行了夜间进攻据守村落之敌的演习。

滑县战役于11月18日开始，历时四天。刘伯承采取了非常奇特的"猛虎掏心"的打法。这次战役被作为这种打法的范例，载入战争史册。他一面组织多支钳制部队结合地方武装，大踏步地辗转袭击，造成敌人的错觉，吸引王敬久集团的邱清泉、胡琏两敌，和抑留刘汝明集团。另一面，令三个纵队（三纵、六纵、七纵）的主力从200华里以外星夜急行军，从攻击对象的接合部插入其纵深，擒贼先擒王，以迅雷不及掩耳之势，粉碎了三路敌军的首脑机关。敌军首脑被擒，全军大乱，很快就被歼灭了。

我和沈容作为随军记者,恰恰在这个时候,由上海经北平来到了刘邓部队。战役开始的第三天,11月21日,我们到刘伯承的前线指挥所去访问他。他穿着一套崭新的蓝色棉军服,动作矫捷,比我所见的照片胖一些,而且大出我的意料,比我预想中的要年轻得多。

他首先告诉我们这次战役的经过。他说:"蒋介石想以他的停战令麻痹我们,可是我们不上当。他越下令停战,我越当心他吃我。对蒋介石这种人,鲁迅的《推背图》说得好,他说什么话,你要从反面想。"

当时的形势是这样,这一线从东到西是三个大据点。何冠三的河北保安第十二总队以朱楼为依托,汪匪锋的一二五旅以邵耳砦为依托,杨显明的一〇四旅以上官村为依托,大家伸出手来向濮阳方面偷摸,各各伸展出20多里,建立了许多小据点。

"我们的打法也怪。"刘伯承微笑着说:"我们不理会那些伸出来的手,我们从他们的手边擦过,穿过他们的小据点,一下子抱住他的腰,猛虎掏心,打他的根。朱楼、邵耳砦、上官村一下子解决掉,消灭了他们的旅部和总队部,俘虏了旅长杨显明、副旅长李克源和总队长何冠三。"

他同意我们到战地去看看蒋介石的工事。"那是很坚固的乌龟壳,这就是蒋介石的乌龟战术。"他说,"我们固属不容易打进去,但是,他们从旅长到伙夫要爬出来也很困难,你可以想到那是多么结实。"

我请他以权威军事家的资格谈谈蒋介石的战略战术。他说:"这种乌龟战术即所谓步步为营,另外还有一套是并进长追。内战以来,他打我们就是这两套东西。从今年8月10号以来100天内,我跟他打了五仗,消灭了他11个旅。第一次陇海之战,他步步为营,我干掉他两个旅;第二次定(陶)曹(县)之战,他改成并进长追,我干掉他四个旅。第三次龙固集之战,他又改成步步为营,又损失将近一个旅。第四次鄄城之战,又是并进长追,送掉一个半旅。所以这次又换成步步为营,采取所谓战略的进攻,战术的防御了。总而言之,这一套吃了亏换那一套,那一套吃了亏又换这一套。有时候两套都带一点，这就是所谓'翻过来牛皮楂，翻过去楂牛皮'。"这是一句四川土话，和蔼的老人和我们一起大笑了。

"他致命的弱点，在于这是出卖祖国压迫人民的战争，而现在已是人民的时代。"他说："无论哪一国的军事学说，守备兵力必须大大小于机动兵力。比如说一比九，已经太多太多了。你要卖国独裁专制，非压迫人民不可，人民已经晓得反抗，你就得加强守备兵力才能控制，否则人民就不听招呼了。他现在用于守备的兵力太大，第五军，第十一师这样的完全美械部队都拿来守备，太不合算。同时他们没有日本人能干，日本人一排一班可以守一个地方，而他现在规定一营人都不打仗。他们对我们有三怕：一怕夜战，二怕野战，三怕白刃战。白刃战是士兵们不愿干，夜战野战呢，怕士兵们跑，士兵都是抓丁来的。再好的飞机大炮，也要人拿呀，谁来给你当兵。他把军队集中到前线来，后方空虚怎么办？老百姓发生民变怎么办？"他一再地说："这是无法解决的矛盾。我们有独立民主和平的主张，实行耕者有其田，农民都起来了，当兵进行爱国自卫战争，这就是制胜的根据。"

关于城市的得失问题，他说："这是很简单的算盘。比如，他拿150个旅，我拿150个城，一个换一个，等到我把这150个旅消灭完了，这150个城不还是我的！"他又为我们说了一个故事，他说："老百姓很容易懂这个道理。三个星期之前的鄄城战役时，鄄城有一个老头子问他的儿子，到底消灭了没有？怎么把敌人消灭了，我们又退了？儿子说：消灭是真的消灭了，旅长活捉了起来，我亲眼看见的。另一个老头子插嘴说：这办法好，东消灭他一股，西消灭他一股，等到他没有人守城就对了。"

刘伯承又笑着对我们说道："这次缴获的文件中有蒋介石的密令，限令王敬久、王仲廉两人东西并进，于11月内打通平汉线。这不是笑话吗？蒋介石的梦想是王敬久经菏泽、郓城、鄄城、濮县、濮阳、清风至大名,王仲廉经林县、六河沟、安阳、临漳至大名。东两两路汇师大名后,直趋邢台,与第十一战区孙连仲会师,回头再取邯郸,于是平汉路通矣。"

刘伯承接着严肃地说:"绕弯转路,而不直取邯郸,真所谓煞费苦心。这是企图出我不意,诱我上当。但10月底鄄城之役和这次濮(阳)滑(县)之战,蒋军损失四个旅,这个诡计已被粉碎。"

3. "五行术"

中国古书上说到战争中用奇谋妙计,秘密运动部队的时候,每每说"含枚疾走",或"人含枚、马裹蹄"之类。这次滑县战役,刘伯承用"猛虎掏心"之计,恰恰也是这样的。请看:

当时六纵的一位副旅长尤太忠将军在建国后写道:六纵受领任务攻击一○四旅旅部上官村,由濮县出发,急行军二百多华里,昼伏夜行,长途奔袭。那时"一律轻装,凡是碰击发声的东西(饭盒、茶缸等),全部寄放起来,战马的蹄子也用棉花包住,并紧紧地拉住马的嚼口,严防嘶叫,炮鞍、马鞍下面垫上棉絮。广大指战员不辞辛劳,昼伏夜行,迅疾无声,避开敌人的前锋据点,直插敌人的心脏"。(见《刘伯承指挥艺术》313页,314页)

我们还访问了这次被俘的一○四旅旅长杨显明和副旅长李克源。"我们是打应付战。"他们同声说。李克源又说:"我们是单纯的军事,八路军是政治总动员。我们一个搜索排一个个给捉光,难道不是老百姓捉的吗?靠八路军哪能捉得那么干净?等到八路军围近来,冒充说是搜索排回来了,我们还信以为真。他们把我们看得清清楚楚,而我们像个瞎子,你说这个仗怎么打?"

我们一到刘邓大军,就听到流传着刘伯承的许多名言。其中一句是"五行不定,输得干干净净。"开头我们听错了,以为是俗话说的五"心",指打仗的时候不要犹豫不决。原来他是借用中国古代的五行说,

指的是任务、敌情、我情、地形、时间。早在抗日战争中,他就常常说这句话。他的老部下尽人皆知。他说:

"指挥员研究情况,要对任务、敌情、我情、地形和时间作综合的估计、考虑,据此而定下决心。""弄清任务、敌情、我情、地形、时间,是下决心的基础。五行不定,输得干干净净。"

对这个"五行术",现任国防部长的秦基伟将军在《刘帅的指挥风格》一文中,作了很精彩的阐释。他写道:

"刘帅认为,'五行'中'任务'是中心,只有围绕着总的决心企图,来考虑研究其他四个因素,才是生动具体而有实际意义的。'敌情'是重点,是前提,'要研究打胜仗的方法,应首先研究敌人的特点'。'我情'是同敌人作斗争的主观条件,熟知所属部队的长处和短处,才能正确地使用,充分发挥自己的力量。'地形'和'时间',是敌我双方交战的特定客观环境,赖以制胜对方的重要条件。这五个基本因素,有动有静,有主有次,但互相联系,互相制约,而且是发展变化着的。"

在这个五行术中,刘伯承强调指挥员亲自侦察。他的部下已惯于这样做,这里举个例子。这次滑县战役,三纵八旅主攻邵耳寨蒋军一二五旅旅部。当时八旅旅长马忠全将军在回忆的文章中说:他曾带领主攻团团长等人,在当地民兵协助下,深入邵耳寨附近,查明敌情、民情和沿途地形。在这个基础上,确定了部队运动的路线和各团的任务。18日傍晚,部队轻装疾进。一夜之间,在敌占区穿行了70多里。途中遇到土顽鸣枪阻挠,未予理睬。直到炸开鹿砦缺口,"守敌从睡梦中惊醒发现时,我旅主力已进入进攻出发位置,无一伤亡。"(见《刘邓大军征战记》第一卷226—227页)

4. 寒夜高脚菜油灯

刘伯承在这戎马倥偬的几个月,还做了一件大事,完成了《合同战术》第二部的校正与补译。滑县战役半个月之后,12月11日,他写了《译版再序》。

这部译稿他随身携带四年有余,曾指导初译者修改了一次,辗转途中又丢失了一些。他本来想等待最新的版本,所以迟迟没有动手。"再序"中说:今年7月蒋介石在"美国帝国主义现代兵器装备与训练之下",向解放区进攻,"我于上爱国自卫战争前线时,带了这本《合同战术》及其译稿,才真正开始校正与补译。幸好在敌人飞机大炮坦克的督促与我参谋同志帮助绘写之下,今天算完成了出版前的一切工作。"

他说他现在急于出版这本书。因为面对现代化装备与训练的蒋军,我们"必须知道各兵种的性能及其协同动作,尤其要知道的是在研究各兵种弱点当中,寻求所以防御的办法,在缴获了敌人现代武器之时,即可以迅速使用它们的办法——这就是我之所以急于将此书出版以贡献于我们干部的一点薄意。"(引自《刘伯承军事译文序跋集》,第20页)

那年他54岁,只剩下一只眼睛,那几个月又一连打了五次大仗。这件事大出我意料之外。

刘伯承校译完毕这本书之后,又着手重校《合同战术》上部。有一天晚上,刚到一个宿营地,我到司令部去。刘师长在里间,他的马褡(行李)还没打开。他站在一张桌旁,就着农家一盏老式的高脚菜油灯看一本厚书。那是冀鲁豫平原的一个冬夜,他披着一件缴获的日本军大衣。只见他一只手拿着书,另一只手插在腋下取暖,一会儿换一只手,头也随着歪到灯光的另一边。我不愿打扰他,站在那儿看他歪过来,歪过去凑灯光。后来我终于忍不住了,便说:"刘师长,灯光太暗,晚上不要看了。"他这才发觉了我,合起书来,向我打招呼,含笑说道:"晚上不看了,这是准备明天早晨看的。"几十年来,我常常回想这个镜头,特别是在怠惰的时候,借以鞭策自己。说不清为什么,心头每次泛起这个镜头,总让我非常难过。

当时我没有问那是一本什么书。后来我想，肯定是那本俄文的《合同战术》上部。几个月以后，这本书的新译本出版了。1947年8月1日，他写了"重校"译本的前言。这篇前言其实是一篇大论文，论述了全面战争以来的军事形势和双方的战略战术及其演变。这本书流传到了国民党军中。国民党"五大主力"之一的十八军十八师师长王元直在1948年1月23日日记中写道："再阅刘伯承《重校〈合同战术〉译文上部的前言》，深觉其见解高明，非时下将领所可比拟。"王元直在淮海战役中被俘，他的日记被缴获。建国后，他在刘伯承主持的南京军事学院担任战术教官。（见拙著《开国前后的信息》140页之注）

5. 锅中点水，不如釜底抽薪

滑县战役之前，11月初，中共中央军委指出：国民党徐州绥署所属部队共80个旅（含王敬久集团），为全国第一个强敌，如果王集团的邱清泉第五军和胡琏整十一师加入鲁南，并切断鲁南、苏北的联系，对我极为不利。因此军委要求刘邓"以拖住邱、胡不使加入鲁南为原则"，来选择攻击的对象。

滑县战役后，国民党将胡琏调去苏北，将邱清泉守备湖南的一个师调来，投入冀鲁豫前线。郑州绥署顾祝同仍企图寻找刘邓主力决战，继续实现打通平汉路的计划。他以王敬久集团为主，共约九个旅五万人，分路由滑县地区并肩向濮阳方向北犯。这是东路，是主力。另外约三四个旅，由安阳向临漳、大名进犯，是西路。而他的后方，老黄河以南到陇海路以北的广大地区，兵力不多，守备薄弱。

刘邓综观形势，考虑有两个对策。一个是打当面的王敬久，歼灭他一两个师，就可以粉碎这次进攻，迅速转变战局，又可抑留这个敌人不使东调。第二个是敌进我进，釜底抽薪，趁虚向敌军的后方出击，直逼陇海路，威胁徐州，也可以逼敌回援，在运动中寻机歼敌。同时，趁蒋介石向黄河故道放水之前,先在黄河南岸开辟一个战场,对以后作战也是有利的。现在看来,这是上策,后来终于是这样做的,果然收到奇效。不知当时由于什么缘故,决定先打王敬久集团的邱清泉,因此采取了持重待机,诱敌深入之策。这种打法,严格说来近乎锅中点水。俗话说得好:锅中点水,不如釜底抽薪。刘伯承多次说过这句话。

按照这一策,刘伯承与蒋军周旋了二十几天,几次准备好战场都没有打成。主要是因为王敬久打怕了,总是以几个旅的密集队形稳步推进,不好打。有时也由于地形不利,不好打。这样顶到1946年12月。毛泽东于18日致电刘邓说:华东野战军(指陈毅、粟裕所部)主力在宿迁附近已获大胜,第二步准备西渡运河,进逼津浦与徐州。如果你们正面之敌不好打,似以南下为有利。刘邓得电大喜,决心置敌军向我腹地进攻于不顾,实行敌进我进,向敌军后方的徐州西北地区进攻。12月20日,刘邓下达了巨(野)金(乡)鱼(台)战役的基本命令。这时,第一纵队已由苏振华率领,从晋察冀归建。刘邓手下有了五个纵队,并已获得补充,部队空前满员,斗志很高。

刘伯承以小部分野战军和地方武装,伪装为刘邓大军主力,同时广泛展开游击战争,迷惑和钳制敌军。五个纵队的主力避开强敌,大踏步向敌占区挺进,首先攻取几个守备薄弱的据点,开辟战场,调动敌军来援。然后迅速集中主力,歼灭来援之敌。这次战役于1947年1月16日结束,连续行军二十多天,辗转三百多公里,歼灭国民党正规军三个半旅,连同非正规军及地方团队,共16 000余人,缴获武器装备甚多,刘邓大军成立了榴弹炮团。收复县城九座,迫使已占濮阳、大名的国民党军停止前进,抽兵回援,又一次粉碎了蒋军打通平汉路占领邯郸的计划;同时,也有力地配合了华东野战军的鲁南战役。

巨金鱼战役表现了很高的指挥艺术,这当然主要指刘邓这两位好搭档,也包括他们手下那批高级将领。

刘伯承在1947年1月30日以刘邓的名义写了给中央军委的报

告。从中可以窥见这种指挥艺术，应当加以摘述，并略作注释。主要是四点。

第一，在宽大机动中大量歼灭敌人，乃能坚持主动权。我军欲歼王敬久集团未果，形成僵持，而蒋介石正欲以黄水隔我于北岸。故我毅然南下，歼敌 16 000 多人。不管敌人如何陷濮阳、范县、观城、大名、南乐，威胁我后方，佯渡黄河逼我回顾，终不能不转用其主力于陇海线，转成被动。

第二，攻敌所必救，消灭其救者，攻敌所必退，消灭其退者，是求得打运动战的好办法。金乡、鱼台的敌军是蒋嫡系方先觉，他一被打，呼喊求救之声特急而有效。因而整八十八师之主力，甚至从台湾新到徐州还没有作战经验的整七十师一四〇旅及张岚峰、刘汝明等残部都赶来增援，先后被我各个歼灭。在打张、刘两部时，一迂回其首脑部，张、刘两人先逃，部队也退，利于我追歼。成武也是在追歼中攻克的。（按：《孙子·虚实篇》中说："敌不欲战，敌虽高垒深沟，不得不与我战者，攻其所必救也。"刘伯承添加了"攻其所必退，消灭其退者"，是强调进攻得胜之后，继之以追击，扩大战果；报告中他又指出，"在其退路上设伏更好。"）

第三，与华东战区密切协同和利用敌人徐州与郑州间的矛盾。由于一开始便与华东野战军协同动作，使敌误认为我军是采取土肥原当年钳击徐州的战法，而难于即时就现势抽兵增强某一方面，故很长时间都是各点挺起挨打。此外，金乡敌人向徐、郑双方救援时，徐州自难应付，郑州亦多敷衍，仅拼凑刘（汝明）张（岚峰）等部而不愿令邱（清泉）军驰援。我抓紧这一弱点，先打方（先觉），而后打张、刘，各个歼灭。方部遭打击后，郑州才再令张、刘分头东进，这是给我换过气来再打张、刘之良机。（按：1938 年 5 月，侵华日军以钳形攻势占领徐州，据说这是日酋中将师团长土肥原贤二的谋略。）

第四，"各级首长在一个机动战役意图之下，必须预见情况的演变，因势利导,机断行事,努力达成歼敌任务。"这次他们大都做到了。尤其在战役最后阶段,各纵队从各方面向心集中作战,发挥有余不尽之力,故能获得如是之胜利。敌人屡战屡败,但其狡如兔,不易捕捉。所以各级指挥员不能单从自己方面打如意算盘,守株待兔,而应在注视战机进展中,以自己的积极行动去开展战局,走向歼敌。即如何创造敌人的弱点,如何诱敌前进,如何兜击敌人之类。这里就包括有适应战机的强行军不怕疲劳的一项,这是在战斗间隙中就要预先锻炼的。刘伯承接着写道:"由于机动作战,必须发挥指挥员捕捉战机的灵敏性与责任感,而上级指挥员的指挥,预宜以训令方式(示以任务而不示以手段)出之,以便于下级机断行事。"(引自《刘伯承元帅大军手记》348—350页)

6. 守门员将转任中锋

巨金鱼战役之后,刘邓挥戈南下,在陇海路上及其南北两侧进行了豫皖边战役,一而再,再而三地粉碎了蒋介石打通平汉路的计划;又拖住了王敬久集团主力,不放他东去,十分有力地配合了陈(毅)粟(裕)大军在山东和苏北的作战。

1947年二、三两个月里,部队得到了一个月的休整。一纵与七纵合并为第一纵队。刘邓直接指挥的仍是四个纵队:一纵(司令杨勇、政委苏振华),二纵(陈再道、王宏坤),三纵(陈锡联、政委彭涛,后为阎洪彦)、六纵(王近山、杜义德)。

3月下旬,刘邓按照中央军委指示,举行豫北反攻,攻克汤阴,擒土匪出身的军阀孙殿英,他曾投降日军。又消灭了蒋军机械部队之第二快速纵队。豫北战役是外线作战的开始,带有战略上猛虎掏心的性质。此役历时近两个月,共歼敌四万多人,破坏了蒋军这个联系东西两战场枢纽地带的防御体系,配合了陕北和山东的作战,并为战略进攻创造了有利的条件。

刘邓从此居于主动地位。刘伯承完成了他守门员的任务,在全国这场球局中,他将转为中锋。

前此这几个月,如前引延安《解放日报》社论所说,犹如征服高山,是攀登山顶的时候。现在刘伯承已经到达山顶。他要下山了。他的使命是——

突破黄河,问鼎中原。

二十六、中锋

1. 黄河水面上,将军们纳闷

1947年夏季的鲁西南战役,据刘邓大军的老参谋长李达说:刘伯承自己也很称心,认为是一次得意之作。

他和邓小平率领四个纵队,13个旅,12万人马,一夜之间突破黄河天险,连续28天打了四大仗,一共歼灭蒋军九个半旅。

直到这个战役结束,蒋介石和他的将领们,始终像在睡梦里一般。每一仗他们都不明白刘伯承的意图何在,下一仗他还要打谁;不明白他是怎样来的,还要打向哪里去。后来有些蒋军将领彼此之间说真心话,说刘伯承用兵高深莫测。

当刘邓部下把俘获的一批蒋军将领解送黄河北岸的时候,船到河心,他们之间有这样一场对话。

七十师副师长罗哲东面对着几里宽的黄河河面,问道:

"这么宽的河水,对面又有重兵把守,解放军到底是怎么过的河?"

五十五师副师长理明亚答道:

"河防是我们五十五师把守的。也不知怎么的,解放军一下子就过了河。我们想顶也顶不住,只好撒腿就跑。唉!跑到郓城还是当了俘虏,打不过人家呀!"

七十师师长陈颐鼎叹了一口气,插话道:

"刘伯承真是天下奇才。他的那些打法,自古以来的兵书战策上从

来没有过。"(注：见杨国宇、陈斐琴等《刘伯承军事生涯》，234页)

蒋介石方面这种稀里糊涂之状，还可以从郭汝瑰的日记中看到详情。那时他是蒋军陆军总司令顾祝同的参谋长。顾祝同是这边战场上蒋军的最高指挥官。这点，下文再说。

这年3月，蒋介石全面进攻的"到处都要"的战略，搞不下去了。他凭着中国历代封建王朝的经验，把中共势力看作农民造反的贼寇。这种贼寇，"流窜"不可怕，可怕的是"负隅"。所谓"负隅"，就是建立根据地。所以，他以为只要占领了延安，他的江山就可以坐稳了。中共中央于3月19日撤出延安，蒋介石得了一座空城，得意得不得了。但是，毛泽东、周恩来并没有离开陕北。他们依然在那里，继续指挥全局。彭德怀率领一支不大的队伍，牵着蒋军胡宗南的鼻子，在陕北的山沟沟里绕圈圈。

到这年6月，这场内战打了一周年之际，蒋介石虽然已经损失近100个旅，不过，双方兵力的对比，无论数量上和装备上，优势还在蒋介石方面。从表面上看来，对于人民解放军，乌云依然弥漫天空，局势依然严重。

严重到什么程度？当时多数人怎么看？

去年(1991年)杨国宇将军写了一篇文章，其中说到未过黄河以前，"对全国战局问题，我们这些参谋们在思想上有些什么不正确的想法？"那时他是刘邓大军的军政处长。他写道：

"今已40多年，现在可以说了。什么时局大好。我们怎么也看不出战略大反攻的时机已经到来。当时的真实情况是，蒋介石集中了33个旅、22万人在陕北战场上。3月19日我全部撤出了延安。在山东战场上蒋介石集中56个旅、40万人重点地压在华野(华东野战军)的身上，2月15日我军就撤出临沂。在晋察冀战场，张家口去年10月11日就撤出了。有人不同意说是撤出，是我军主动转移。就算转移吧，总不能说时局大好，反攻时机到来。"

蒋介石呢？这个一代枭雄，岂是个肯认输的人物，依然野心勃勃，得意洋洋。他开头全面进攻，企图速战速决，三个月消灭共军，这一着没做到，他并不认为是失败。他转而采取重点进攻的战略，设计了一个大钳形攻势。重点在两头：陕北、山东。他以为从山东沿海路、津浦路，一直打到长城；从陕北沿榆林、绥远一线，也打到长城。这不是一把钳子吗？这把大钳子一夹夹下来，先把东北隔断，他的天下就可以万岁万万岁了。

问题在于这两头的中间，在于这把钳子的钳铰。他靠什么呢？靠黄河，凭借黄河进行重点防御。这就是刘伯承所说的"乙"字形黄河阵，或黄河战略。

郑州西北的花园口黄河合龙工程于这年3月间完工。蒋介石违反国共双方协议，提前放水，使黄河回归了故道。滔滔滚滚的黄河，从陕、晋、豫三省交界的风陵渡到山东济南，长达1000公里，蒋介石认为这1000公里的黄河抵得上40万大军，足以挡住刘邓大军；还足以把刘邓大军与陈（毅）粟（裕）大军隔断，各个击破。他盘算的是先歼灭陈粟，再歼灭刘邓。

他是这样盘算的，也确实这样部署兵力作战。他也这样大肆吹嘘，特别是对他的部下。

当然他也还部署了兵力守黄河。他叫刘汝明的两个师，担负从开封到济南500公里的河防；另外一个师摆在嘉祥地区机动。黄河面宽水深，共军大部队哪能过得来？三个师防守足矣。况且，他既要保证东西两个重点，又要守备别的许多地方，他拿不出更多的兵力来了。

这个阵势，如刘伯承所说，"很像一个哑铃，两头粗，中间细，其中央部分就成了要害和薄弱部分。毛主席正是要我们从这里实施中央突破。"（见《刘伯承军事文选》，763页）

刘邓横渡黄河，一下子破了这个哑铃阵。

但是他们的任务远不止于此。他们的任务是扭转整个战局，从战

359

略防御转入战略进攻,夺取中原。他们奉命率先打到外线去,挺进大别山,威胁南京、武汉,把战争引到蒋介石统治区,打到蒋介石房门口去。

为了实现这个战略计划,以毛泽东为首的中共中央军委,作了"三军配合,两翼牵制"的部署。

三军配合是:刘邓为前军,直趋大别山;陈毅、粟裕华东野战军主力一部为左后一军,挺进苏鲁豫皖地区;陈赓、谢富治率刘邓大军的另两个纵队和一个军为右后一军,挺进豫西。这三支大军在江(长江)、淮(淮河)、河(黄河)、汉(汉水)之间,布成"品"字形阵势,互为犄角,机动歼敌,逐鹿中原。

两翼牵制是:陕北解放军出击榆林,调动进攻陕北的蒋军北上;山东解放军在胶东展开攻势,继续把进攻山东的蒋军引向海边。这两翼,牵制蒋军兵力,以便利前述三军的行动。

这是一个扭转乾坤的大进攻战略。

鲁西南战役揭开了解放军战略大进攻的序幕。

刘伯承在中国历史上这场大搏斗中,完成了他守门员的任务。

他现在由守门员转任中锋。

2. 一连串猜不透的谜

黄河河宽水深,奔腾咆哮,自古以来被称为天险。特别是从山东省东阿到河南省开封250多公里间,河防蒋军壕沟相连,堡垒林立。每50米一个暗堡,15米一个单人掩体。暗堡与单人掩体之间,由一条不到一米宽的交通壕连接。刘汝明采取了一系列加强河防的措施:预备队前置,增加岗哨,重点监视河岸;增加火力点,直接控制河面。他还下了一道死命令:解放军在哪里偷渡成功,就枪毙哪一段的营长、连长。所以,蒋介石那样依恃黄河,孤立地来看,不能说他绝对错误。

但是,天下没有攻不破的防线,无论是地上的或地下的,无论是大江大河或钢筋混凝土。这主要看进攻者是谁,看他怎样进攻。

不过,又不论是谁,渡河作战自古以来是一步险棋。中国古代战争史上,半渡遭击,或待敌半渡而击之的战例多得很。如果半渡遭击,就要付出重大的代价。如果初渡不成暴露了意图,敌人加强了防御,再来一次岂不更加困难。何况,刘伯承这位中锋的任务,不仅是要过黄河,更重要的是要转变战略态势,要打到大别山去!

渡河之前,他写作了《敌前渡河战术指导》一文,作为刘邓司令部文件,于6月22日印发给全军高级干部。文中提出,"我在敌前战斗渡河,必须秘密而周到的准备,突然而果敢的实施"。力求先头部队秘密渡河。"为使敌人防不胜防,各纵队尤应乘夜间黑暗,突然同时实行宽大正面的渡河。每纵队有两三个渡河点最好,务期抓住敌人之弱点,突破其纵深而贯穿之。"

刘伯承的戎马生涯中,多次在敌前渡河,他的经验太丰富了。我们不禁想起红军一方面军长征途中渡金沙江,刘伯承是渡江司令员,九天九夜,凭着六条破船,指挥全军两万多人马渡过了金沙江。那次邓小平也曾参与指挥。现在,这两位老伙伴又在一起,一位是司令员,一位是政委,一同指挥13万大军横渡黄河天险。

这次刘伯承强调的是"利用夜暗"、"突然"、"同时"、"宽大正面"、"多点",叫河防蒋军防不胜防。文章指出这次渡河是处于夏汛前的水势。十分周密地提出了渡河的各项准备工作,特别是各项侦察、调查、计算的内容,以及对对方动作的估计,预谋指挥之策。我想顺便说一句,对于军事院校来说,他这篇文章是关于敌前渡河的最好的教材。

刘邓决定在6月30日晚上渡河。刘伯承选定从濮阳县到东阿之间300华里横宽的正面为渡河地段。那一带两岸都是老根据地,船只早就秘密准备好了,大的可载两辆十轮大卡车,小的可载三五十人。那一段黄河宽达500到100公尺,水深一丈五尺,这么宽深,更容易出敌意外。

刘伯承采取声东击西和支作战、主作战相配合的打法。所谓"支作战",近似古代所说的"疑兵"。他把渡河大军隐蔽在豫北,在两个方向设置了疑兵,以转移蒋军的注意力。一路疑兵是太行和冀南两个军区的部队,在豫北发起进攻。另一路疑兵是豫皖苏军区部队,向开封以南地区进攻。

这两路疑兵果然奏效。特别是豫北那一路,地方部队伪装刘邓主力,调动了蒋军王仲廉部。王仲廉本来在刘邓大军近处,6月24日,奉蒋介石命令由滑县向北面安阳开进,离刘邓主力渡河地段更远了。

正当两路疑兵大张声势、积极行动的时候,6月30日晚,刘邓大军长途急行军,神不知鬼不觉,从豫北到达鲁西南渡河地点,在300华里地段上渡河。

刘伯承又以偷渡与强渡相结合的战术,令冀鲁豫军区独立第一旅偷渡,第二旅原在南岸。主力的先头部队在这两个独立旅接应下,只用了五分钟时间就到达南岸。这时,南岸响起枪声,北岸炮火齐鸣,把南岸八个渡口轰成一片火海。午夜12时整,300里间八个渡口万船齐发。一夜工夫,渡过了六个旅。

蒋介石那抵得上40万大军的神话,一夜之间烟消云散。

蒋军河防一下子全线崩溃。河防第一线的旅长米文和(五十五师一八一旅),放弃鄄城,星夜逃往菏泽。副师长率把守河防的另一部逃往郓城。说起来真是令人难以置信,担任河防的另一个师(六十八师)的师长刘汝珍,到7月1日还不知道解放军已经过了河。

在徐州的陆军总司令部参谋长郭汝瑰7月1日的日记中写道:"3时得电话,知刘伯承业已渡河,乃以电话通知罗机,请其天明即往轰炸,破坏其全部船只,使其不能有大部队继续渡河。刘汝珍尚不知敌已渡河,仅谓敌发炮百余发。余再问在兰封转电话之王参谋(四绥区派出),伊问询后,乃证实业已渡河。7时后,余以此情况报告总长(蒋军参谋总长陈诚)、刘次长等,总司令(指顾祝同)与余等商量至11时仍无决策。"

黄河天险没有挡得住刘伯承,那神话反而把蒋介石自己和他的官兵麻痹了。《从鲁西南战役看刘帅的指挥艺术》一文的作者李宝奇指出这一点,是很有见地的。(见《刘伯承指挥艺术》,323—324页)

刘伯承走这着险棋,确实大出蒋方上上下下意料之外,使得他们茫然不知所措。郭汝瑰7月1日日记最后写道:"本部今日无决心处置。"第二天记道:"余甚忧此间一切迟疑无为,耽误国事,究咎将谁属。"8日记道:"每日均研究至很迟就寝。顾(顾祝同)为人甚不明决,使人疲劳不堪。"往后,刘伯承的每一步,蒋军上下都摸不着头脑。从蒋介石本人到他的总参谋部,从顾祝同到他的参谋长郭汝瑰,陷入了一连串的错误判断之中,没有一步猜中。

3. 古今长蛇阵

刘邓大军过河以后,蒋介石慌忙调兵遣将。一面命令河防第一线的一个师坚守郓城,作为一个钉子,按在刘邓前进的路上。一面布置了一个东西两个集团的钳形攻势。西集团四个旅守菏泽和定陶。东集团四个整编师,其中三个从陇海路南和豫北调来,另一个是原来作为河防二线的部队。同时,由山东调第四集团军总司令王敬久前来统一指挥。蒋介石的意图是坚守郓城、菏泽、定陶,吸引刘伯承屯兵城下,以东集团捌击刘邓侧背。

蒋介石这个布势不能说不险恶,看看地图就知道。鲁西南这个战场是个两条大河夹着的三角形,西边是黄河,东边是运河,南边是陇海路。这个三角形中,北面那个角是郓城,南面两个角是开封和徐州。回旋的地盘只有这么一小块,而且被两条河夹住。蒋军死守住郓城这个角,东西两个集团钳形合击,逼迫刘伯承背水作战,或者赶快退回黄河北岸去。如果对手不是解放军,不是刘伯承,又不是1947年,蒋介石这个如意算盘未必完全不能实现。但是到了1947年,蒋介石打了一年败仗,王敬久、刘汝明之流早已被刘伯承打怕了。

刘伯承作战,从来力争保持主动地位,因势利导。对几路敌人,先捡弱的打;打某一路敌人,先打他的弱点。任何军队在战场上总是有弱点的。而战场上的强弱既不是绝对的,更不是固定不变的。刘伯承既善于抓住敌人的弱点,更善于创造敌人的弱点。拿当前的敌人来说,西集团比较弱,东集团比较强。先打掉西集团,比较强的东集团也变成弱的了。

刘伯承原定在鄄城附近打一仗,现在发觉了蒋军这个阵势,便立即变计。他采取"攻其一点,吸敌来援,啃其一边,各个击破"的打法。攻其一点,主要是攻郓城,吸敌来援是将计就计。你要我屯兵城下,我正要你东集团北上增援。啃其一边是消灭西路定陶、曹县守敌。各个击破是尔后分别围歼东路敌军。

刘伯承命令一纵围歼郓城守敌,吸引东路敌军北上;命令二纵和六纵从敌军两个集团之间,向西南猛插,趁定陶守敌立足未稳之际啃掉它,同时啃掉曹县的地方团队,迫使东集团陷于孤立。同时命令三纵伸向正南方向,拊击蒋军侧背,并同两个独立旅一起,作为预备队,保持有余不尽之力,待机出动。

一声令下,有的纵队距离远,以每小时20华里的速度奔进。7月6日二纵攻克曹县,全歼守敌。7月8日,一纵攻克郓城,全歼守敌两个旅。7月10日,六纵全歼定陶守敌一个旅。至此,蒋军西集团全部被啃掉。原来比较强的东集团,这时形单势孤,暴露在刘邓大军枪口之下,变成弱的了。

看看郭汝瑰这几天的日记是很有趣的。7月2日日记中写道:"据报刘伯承部今日攻郓城最急,如此,该部西进之企图已渐明显。"所谓"西进之企图",大概是豫北那一支疑军所起的作用。可见蒋军如堕五里雾中。从往后的动向看,这个错误判断支配了蒋军很长时间。

7月4日日记中写道:"关于鲁西,余主张以七十、三十二、六十六、五十八师速集中于巨野龙固集一带,然后进攻郓城之外围,再与守军五十五师协同进攻,压迫刘伯承部于黄河而歼之。"

郓城蒋军已在7月8日被歼,可是这一天郭汝瑰日记写道:"晚研究鲁西作战命令,决定令王敬久向郓城搜索,索敌主动攻击;第三师由民权开定陶,并指挥一五三旅。"可见刘伯承吸敌来援之计,还在起作用。

曹县、特别是郓城、定陶守军被歼,徐州顾祝同指挥部乱成了一窝蜂。郭汝瑰7月11日记道:"余觉此间乱了两天,并无处置。晚间研究到24时后决定:1. 遵主席(引用者按:指蒋介石)意,先调动军队;2. 令第三师(欠一个旅)开韩庄;3. 令李铁军指挥八十八师及第三师一个旅守备徐州;4. 令刘汝明移兰封指挥。"蒋军这些部署,全没搔着痒处。郭汝瑰又记道:"定陶失守,守军一五三旅突围,损失甚大。余心非常忿怒,如此分散遭人各个击破,于战局何补。"

奇怪的是7月12日日记记道:"刘伯承以第一、二纵队在巨野以北牵制,以三、六等纵队南下略取曹县、定陶等地。"这条事后新闻耐人寻味。打了12天之久,连续损兵折将,这一仗已经打完了,蒋军才大略知道了刘伯承那个已经过时的部署,却仍然没摸着他的意图。

当刘伯承歼击蒋军西集团的时候,王敬久正从山东赶来指挥东集团。蒋介石督促他"向郓城搜索,索敌主动攻击"。他从金乡出发前进,要靠公路运输,一时之间便在金乡和巨野之间形成了一个一字长蛇阵。一个师到了最北的六营集,一个师到了居中的独山集,一个师在南边的羊山集;隔着一条万福河再往南,王敬久本人率一个师和一个旅,守在金乡城内。在这个长蛇阵上,各师之间相距约25华里到30华里。

王敬久摸不到刘伯承的意图,不知道刘伯承将东越运河策应陈粟大军呢,还是南下陇海直逼徐州,还是如郭汝瑰所谓的"西进",因而不敢轻举妄动。

365

王敬久这个阵势,似乎是稳扎稳打。可是这三个点,除羊山集外,都是荒野小镇,地小兵多,难以施展。特别是蒋军远道奔来,没有工事屏障,不利防守。刘伯承可就不客气了,立即抓住战机。到7月10日打下定陶,各纵队都已腾出手来,刘邓便于7月11日下令予以分割包围,各个歼灭。

各部队星夜兼程,奔向指定地点,有的纵队一夜急行军达140华里,将敌军的三个师分别包围于六营集、独山集和羊山集。刘伯承又命令冀鲁豫军区那两个独立旅,进到万福河以北地区,阻击王敬久从金乡北援。

对于这一仗,几年来刘伯承指挥艺术的研究者们议论纷纭。有的说这种一字长蛇阵,自古以来为兵家所忌,是个挨打的架势。有的说,这也不尽然。中国兵法的老祖宗孙武子说过:"故善用兵者,譬如'率然';'率然'者常山之蛇也。击其首则尾至,击其尾则首至,击其中则首尾俱至。"刘伯承一生敬佩孙子,发扬孙子,却并不迷信孙子。面对当前具体的敌人,他的打法是"挟其额,揪其尾,断其腰,置之死地而后已"。的确,对古今中外的大军事家,刘伯承都加以研究,但在作战指挥中,无论古人、今人、外国人、中国人,他对谁也不迷信。

我个人认为,这两种说法都有一定道理,关键在于刘伯承见机快,行动快,用兵灵活至极。还是那句老话,"兵贵神速"。这"神速"之"神",是他善于创造并及时抓住敌人的弱点。当蒋军的西集团(左路)还存在的时候,东集团(右路)并不是一个独立的阵势,还不能叫做一字长蛇阵。那时这两路构成一把钳子,右路是这把钳子的一钳。只是在刘伯承打掉了左钳,右集团孤立了,才暴露为一个一字长蛇阵。换句话说,这是刘伯承把它打出来的,创造出来的。而在刚刚创造出来的那一瞬间,刘伯承又眼明手快,一下子看出来了,并且一下子抓住了。

细读刘伯承自己1963年写的《千里跃进大别山》一文,这个形势说得极为明白清楚。他说:7月7日至10日,攻克郓城、定陶、曹县,全歼了左路守敌,"于是右路敌军三个整编师,就成了一条孤立的长蛇阵,摆在巨野东南,金乡西北的六营集、独山集、羊山集。这时,我各纵队都已腾出手来。我们遂以远距离奔袭的动作,迅速将敌人三个师分割包围。"

"就成了一条孤立的长蛇阵",表达得十分准确。这个长蛇阵不是打出来的吗?"各纵队都已腾出手来"是哪一天呢?是7月10日六纵打下了定陶,第二天就下令分割包围,这不是见机快,行动快吗?不是神速至极,灵活至极吗?如果眼光迟钝,指挥呆笨,过了这个村就没有这个店了。又如果蒋介石和他的将领们是孙子所说的"善战者",对手又不是刘伯承,那条长蛇就一定不能成为"常山之蛇",一定不能成为"率然"吗?

这条长蛇一下子被切成三段,真可谓迅雷不及掩耳。王敬久慌了手脚,处置紊乱。他先是命令北面那个师向南,南面那个师向北,一起向中间那个师靠拢,企图形成核桃,避免被歼之灾。奇怪的是南北两头都没有动,唯独中间那个师却向北。正史上和许多文章中都说是王敬久改变了部署,叫中间那个师向北,到六营集,接应那里的那个师一起南下,救援南面羊山集,然后三个师一同突围。这个说法大致是可信的。不过,后来中间那个师长(整编三十二师)在六营集被围歼中趁黑夜逃脱,蒋介石以"临阵脱逃"罪,把他投进了监牢。这"临阵脱逃",是指他放弃独山集北上吧,总不会是指他在六营集跑掉了没有当解放军的俘虏吧?不过,究竟是他罪有应得呢,还是当了王敬久的替罪羊呢?

从郭汝瑰的日记看,这件事也还是弄不很明白。他7月13日日记写道:

"王敬久以七十、三十二、六十六师并列于六营集、独山集、羊山集、金乡之线。中共刘伯承之第一纵队突入于独山集与羊山集之间;第三、六纵队突入于羊山集与金乡之间,余甚忧其围攻羊山集。王敬久令七十、三十二师南下攻击共第一纵队,三十二师唐师长等竟将独山集放弃,合守六营集,而不南下攻击共军,与六十六师会合,此种将领如何能望其作好事。"

这段日记中含糊不清的是方向。令北面六营集的七十师"南下攻击共第一纵队",方向对头;但是令中间独山集的三十二师也"南下攻击共第一纵队",方向就不对头了。他该北上,而不是"南下"了。说王敬久处置紊乱,是有根据的。不过详情究竟如何,我们弄不明白了。

当时和现在十分明白的是,当中间那个师一出独山集北上,刘邓部队立即抓住战机,猛烈追击、侧击,很快吃掉了它一个旅,剩下一个旅和师部逃进了六营集。

六营集是个小小的集镇,有的说有 400 户人家,有的说只有 200 户。这样一个小集镇拥挤着两个师部和三个半旅,车马相撞,人马相踏。时当盛夏,抢口水喝都不容易。小小的热锅里装满了一锅蚂蚁,那混乱之状可想而知。刘伯承采取围三阙一的老办法,在正东留一个缺口,布下伏兵。7月14日夜发起总攻,敌人夺路逃命,左冲右突逃不出去,人挤马踏死伤不少,最后一齐拥向正东野外,钻进了刘伯承的口袋里。那两个师部三个半旅,一夜之间全部报销。

刘邓大军这边,也忙得煞是好看,野战大军直属队也投入抓俘虏。军政处长杨国宇7月14日的日记写道:"半夜抽人搞俘虏,二局三局情报处机要可不去。总指挥部去人搞粮食。警卫团派人看管俘虏。不是士兵是军官。刚讲完,五号(指李达)电话赶快从警卫连抽二人,去一吉普车接国民党七十师师长陈颐鼎、副师长黄国华。其他人,参长自己安排。"(见《刘邓麾下十三年》,第301页)

4. 上帝庇佑吾弟

那条长蛇被斩断为三股的蒋军,经六营集一战,全歼了两股,剩下的只有南面的羊山集这一股了。

羊山集这个地方易守难攻,守敌师长宋瑞珂率领的六十六师是蒋介石的嫡系,是一个大有来头的强敌。这是一颗硬核桃。但是为了下一步进军大别山,这颗硬核桃非啃掉不可。消灭了六十六师,蒋军东集团主力全部丧失,刘邓大军就可以甩开大步向南前进。反之,如果羊山集打不下来,或者旷日持久打下去,敌人援军从四面八方赶了来,那就要影响南下大局了。所以羊山集之战是整个中央突破的关键。

羊山集是个千户人家的大镇。三面环水,背靠羊山。山上还有日军残留的水泥碉堡和石头工事,火力居高临下,可以控制这个镇子。六十六师是陈诚的老底子,装备、训练都比一般强。宋瑞珂本人是黄埔系的少壮派,蒋介石对他特别关心。郭汝瑰 7 月 15 日日记写道:"今晨见王敬久以两个团北上接羊山集六十六师突围,余认为兵力过少,不妥。恰主席(蒋介石)问及,亦谓不妥,饬王亲率五个团攻击。王终日只攻占时家店,不能渡万福河,六十六师亦未突围。"19 日,蒋介石又亲自到开封。他在开封住了三天,部署之一,就是令宋瑞珂坚守待援,同时调兵遣将,从西安、潼关、汉口和山东战场急调八个整编师另两个旅,赶来同刘邓主力作战。

20 日,王敬久经蒋介石严令督促,亲率整编第五十八师及一九九旅,在飞机坦克掩护下,由金乡北进,企图解羊山集之围。刘伯承趁敌援兵主力尚未靠拢的时机,于 22 日在正面放开一个缺口,诱敌一九九旅渡过万福河。当日,解放军在大雨泥泞之中奋勇出击,经两小时激战,全歼了这个旅。王敬久无可奈何,率余部逃回金乡去了。

羊山集这个地形和这个敌人确实不好打。加上连日大雨滂沱,交通沟内水深齐腰,进攻很困难。羊山集数攻不下,战斗十分激烈。

羊山集这一仗不能再拖下去了。必须在各方援兵到来之前,解决战斗。刘伯承集中三个纵队和全军火炮,于 27 日夜发起总攻。28 日全歼守敌。中将师长宋瑞珂就擒。

宋瑞珂被围时,军需全靠空投。弹药、馒头、煎饼等等纷纷落于刘邓大军阵地。宋瑞珂不断向蒋介石呼救,蒋介石空投给他一封信,也被刘邓部队接获。那封信写道:

> 羊山苦战,中正闻之,忧心如焚。望吾弟转告部下官兵及诸同僚,目前虽处危急之际,亦应固守到底。希吾弟赖上帝庇佑,争取最后五分钟之胜利。

鲁西南战役至此结束。历时28天。共歼蒋军四个整编师师部和九个半旅,5.6万余人。蒋介石办理后事,处分了一批将领。头一名是四兵团司令王仲廉,以"增援不力"的罪名,撤职查办。

刘伯承作了一首七言绝句。他在战场上作诗,这是我们所知的唯一的一次,可见他十分高兴:

> 狼山战捷复羊山,
> 炮火雷鸣烟雾间。
> 千万居民齐拍手,
> 欣看子弟夺城关。

狼山为歼灭三十二师和七十师之处,羊山集为歼灭六十六师之处。两山都在巨野、嘉祥、金乡之间,为泰山西部之余脉。

5. 何来鲁西会战

鲁西南战役时,陈(毅)粟(裕)大军在津浦路泰安至临城一线大举出击,帮了很大的忙,吸引了蒋介石的注意力和兵力,减轻了刘邓大军的负担,保证了刘邓连续作战的时间。刘伯承在战略进攻的主要方向上,揭开了战略进攻的序幕,破坏了蒋介石的全盘战略计划,迫使他从陕北、山东等地调动了七个整编师,十七个半旅向鲁西南增援,从而减轻了陕北和山东这两个蒋军进攻的重点所受的压力。

在这个全国一盘棋的相互支援和配合中,陈粟大军的三个纵队由陈(士榘)唐(亮)率领,进到巨野郓城地区,与刘邓大军靠拢。这样,在鲁西南战场上,两支大军造成了强大的进攻态势,无论在战略上、战役上,都争得了主动地位。

蒋介石处分了他的一些将领。其实应当处分的,首先是他自己。从战略上说,他根本没有料到刘伯承横渡黄河这一着。当然,这一着首先要归功于以毛泽东为首的中央军委的战略决策。从战役上说,刘伯承这种打法,蒋介石始终没有摸着头脑。现在我们再回头看看刘伯承变换战术的巧妙。

他先打弱的这一路时,实行夺城打援,是先攻克郓城、定陶,再打援兵。在持久围攻羊山集时,蒋介石急于救援,他改取围城打援之策,先歼援兵,然后打羊山集。打六营集时,"围三阙一",纵敌突围,这是孙子所说的"围师必阙"。最后打羊山集却不"阙"了,而是铁桶般紧紧包围起来。

他又善于及时集中优势兵力。整个战役打了四仗。第一仗渡河,以五个旅对敌军两个旅。第二仗打郓城,以三个旅打敌军一个旅。打定陶也是如此。第三仗打六营集,以七个旅打两个半旅。第四仗打羊山集蒋军一个旅,先使用六个旅,最后集中全力,特别是全军火力。这样灵活变化,令人叹为观止。

仅仅是这个战役,刘伯承指挥艺术之高明巧妙,就足以永垂后世了。

我们还可以从对方的反应来看看。刘伯承这种打法,打得蒋军莫明其妙。我们要谢谢郭汝瑰,他的日记提供了扎实的证据,我们才能这样说。

7月11日他写道:"余觉此间乱了两天,并无处置。"这句话前文已经引述。12日写道:"主席(蒋介石)命令到来,主要目的为歼灭峄枣山地共军,逐退大汶口、太安共军(指陈粟大军),然后再歼灭刘伯承于鲁西。其命令指示綦详,各部队行动日期、经路等均有规定。"从这里可以看出,在前线的顾祝同等人张皇失措,一筹莫展;在后方的蒋介石身处五里雾中,判断错误,却依然自作聪明。

19日蒋介石到开封,郭汝瑰日记也有记载。从那天的日记看,从蒋介石到郭汝瑰,都认为陈粟大军方面,"是全局决定关键"。羊山集只是"鲁西战局的关键"。20日日记写道:"羊山集关系鲁西战局甚大,主席严令王敬久向北攻击解围。羊山集命运决于此数日内。如共军不能将其攻下,则鲁西会战,共军即系失败。"

郭汝瑰的日记中,对蒋介石和国防部的指挥多次表示不满:"余认为国防部遥制干涉细小动作,不能适应情况。""此即证明遥制徒追随情况,放马后炮而已,决无法主动。"其实这是指蒋介石。上引12日日记,不是说"其命令指示綦详,各部队行动日期、经路等均有规定"吗?23日日记,又记载了蒋介石的命令,接着大概是实在忍不住,要加以讥嘲了:"此种指挥并不高明。"

郭汝瑰身在徐州,参赞现场指挥,是否高明一些呢?7月23日日记写道:"羊山集仍如故,余断定刘伯承主力已去。"24日记道:"羊山集共军仍未退,余深以为奇,岂刘伯承尚欲在此与优势之国军决战耶!"

直到羊山集一仗打完了,郭汝瑰以事后诸葛的姿态于28日记道:"六十六师电话不通,羊山似已失守。宋瑞珂在此支持两星期之久,可谓难能。王敬久以两个师距宋十公里而不能救,王仲廉22日即已集中完毕开始前进,徘徊于冉固集数日,如两王均于24日以后真面目攻击,则局面必大异于今日。余深知国民党腐败,王仲廉等均只知弄钱。韩楚箴告余,刘伯承廉洁虚心,不断求知,以与政府方面将领比较,诚不啻鹤立鸡群云。如此,两党战阵上之胜败不问可知。"

平心而论,能够在1947年7月28日看到这一点,也算是不错的了。

但是,刘伯承的任务是杀开一条血路,跃进大别山,夺取中原,制蒋介石于死命。这个大意义,蒋军上上下下久久没有悟出来。

6. 拿得起,放得下

写到这里,我还得加上一节。

没想到这几天,刘伯承还做了另外一件大事。要是不查对日期,就我个人来说,实在想不到他这样拿得起,放得下。

这件大事是,他在8月1日写了一篇长达6000字的论文——《重校〈合同战术〉译文上部前言》。8月1日是什么日子呢?那是鲁西南战役结束两天之后,是8月6日苦心焦思下决心进军大别山六天之间,8月7日就出发南进了。

在这样两个大行动之间,特别是下一个大行动,12万大军去进行无后方作战,可谓重大得不得了。就在这中间的几天里,他居然重校完了这本书,又写了这么大一篇文章,这种苦干精神固属可钦可敬;这种临大事而有条不紊,举重若轻,拿得起放得下的大帅风度,历史上曾有几人呢?

这次重校并非易事。他说:这本书"译文初版时,是处于日寇空前绝后的大'扫荡',与我们大反'扫荡'中,太匆忙了,所以文义字句,都有许多不妥甚至错误之处",他说这是要由他这位校者负责的,所以这次把它重校一遍。这点,我们不多说了。

现在说说这篇文章。前文曾经说到蒋军师长王元直曾一再阅读,对刘伯承的见解欣赏不已。刘伯承分析了2月份以来蒋介石的战略;

在山东与陕北两地集中优势兵力,进行钳形的重点攻势,摆的是方阵;在晋冀鲁豫战地依托黄河归故进行重点的防势,摆的是梅花阵。他写道:

在重点攻势方面是集结十个到三十个旅,布成纵横五十到百余里的方阵前进攻击,连续作战,即是这一部队被歼,那一部队又来,欲乘我于疲惫之中求得最后胜利。而保持此进攻方阵后方补给线与翼侧掩护点者,则为旅或团。

在重点防御方面,由于点线守备兵力薄弱,不能不放弃点线,以加强战略要点,进行所谓重点防御,守此要点者为师或旅,拱卫此要点者,为旅或团,而布成梅花阵。其意在使我久屯坚城之下,大受挫折之后,从他方调来援军兜击我侧背。至于敌人后方交通线以及其他次要地点之守备,则异常薄弱,甚至没有,即成所谓空心战略了。

他说:现在蒋军已被歼灭一百个旅,方阵、梅花阵等等已经受到挫败。尤其是由于我军反攻,战局发生基本变化,蒋介石必然会提出另外的问题来,因此必须靠"侦察研究打下正确决心的基础"。战略反攻中敌情变化特大,新事物更多,这点极为重要。

他进而探究所谓重点的兵力是何处来的,该怎样看待和处置?对此,他发了一段极为精彩的议论:

"一般说来,这是敌人在全面进攻不断被歼灭之后,从其次要方向拼命抽出兵力和兵器结成重点,用来互相支援,以直撞对方或坐镇一地而避免被歼灭的。事实上,这里兵强就成了重点,那里兵弱就成了弱点;这里打阵地战成了重点,那里打运动战成了弱点;这里阵地有备就成了重点,那里阵地无备就成了弱点……决没有处处是重点的。即是一个敌人今日成为重点,则因我歼灭其相依相存的弱邻

（特别是在运动中的与驻守补给线上的），明日即变为弱点。一般说来，国土之大而与民为敌之独夫蒋介石，仅仅以未被击破的几支军队凑成几个重点，间隙地何其宽，弱点何其多，人民解放军何其自由机动。

他以这次鲁西南战役为例，指出蒋军是"在错觉与不意而失去主动权之中"被歼灭的，接着写道：

"以上是说敌我最近一般情况，以后或将有新的变化。不管它怎样变化，只要我们不骄不躁，兢兢业业，随时尽一切侦察研究以及相关行动之力，注视在它的翼侧、接合部、突出部、后方，特别是其移动中、撤退中、不备中、备而不充分中，都可以寻求和创造它的弱点……"

这是一篇十分精辟的论文，他把他在新情况下的制胜之道，立即传授给他的部属。现任中央军委副主席的刘华清将军就刘帅这一篇和其他几篇文章写道："像这样的概括，对于各级指挥员了解战局的全貌，开阔眼界，提高指挥艺术水平和军事学说水平，都是有极大帮助的。我们应该在这方面很好地向刘伯承同志学习。"（见《刘伯承指挥艺术》，153页）

鲁西南是个古战场："兵圣"孙武子的后裔孙膑，公元前353年，以"围魏救赵"之计，于桂陵歼魏军两万余人。公元前341年，又佯装怯战，以"减灶诱敌，设伏围歼"的计谋，于马陵擒杀庞涓。桂陵在今山东菏泽县西北（一说在今河南长垣西北），马陵在今河南范县西南（一说在今河北大名东南）。使孙膑名垂青史的这两仗的战场，都在刘伯承这次鲁西南大捷的战场附近。《孙膑兵法》于1972年在山东临沂银雀山汉墓出土。两千年来，孙膑是否著有兵法，《孙膑兵法》是否即他的先人孙武的《孙子兵法》，一直是个疑问，现在终于真相大白了。

世人至今还在研究这两位孙子。

刘伯承鲁西南之战和他指挥的其他许多战役,都是"战争艺术史上的瑰宝"。① 我相信,他的许多战例和著作,也将越来越受到人们的尊崇和钻研。

这是战争艺术。战争艺术的奥秘必不限于军事战争领域。

---

① 萧克将军语,出自其所作《马克思主义的军事家和军事理论家》一文,见《刘伯承指挥艺术》,第1页。

二十七、冒天下之大险

1. 跃过相持阶段

解放军许多高级将领研究刘伯承的军事艺术，对他的战略眼光和高度机动无不表示钦佩。萧克将军说，刘帅的指挥艺术和用兵特点，"首先是他全局在胸"。秦基伟将军说："挺进大别山，更是高度机动之最精彩、最集中之体现。对于刘帅指挥之机动灵活，日军感到神出鬼没，无法对付。蒋介石的高级将领更感到莫测高深，不能不服。"（分别见《刘伯承指挥艺术》第3页，第40页）

刘邓大军从鲁西南千里跃进到鄂豫皖的大别山，从黄河南岸一跃而饮马长江，从远在华北的老解放区一跳跳到蒋介石南京的卧房门口。整个战局一下子变了。

无论古今中外，在力量悬殊的角逐中，开头弱小的部队，对付强大的敌手，由战略防御开始，最后转到战略进攻，中间总要经过一个相当长时间的相持阶段。近代以来，尤其如此。刘邓大军千里一跃，把那个相持阶段跃过去了。这确实是史无前例的。

这样一个史无前例的大跳跃，如果没有全局在胸的眼光和使命感，如果没有超人的雄才大略和精确的思索计算，是容易起跳的吗？

往远一些看，进军大别山，是从有后方作战到无后方作战，是惯于北方生活的军队到南方作战，又是惯于平原作战的军队到山地作战。连做大米饭到打草鞋都要从头学起，困难之多和困难之大尤其不可胜计。不过，这些问题是避免不了的，无论迟走早走，都是必定会发生的。当前的问题是，究竟什么时候走，哪一天走？

早在打羊山集的时候，中共中央军委于7月23日电示刘邓，再次催促刘邓早走，电报中说：为了确保和扩大开始取得的战略主动权，羊山集可打可不打。"对羊山集、济宁两地之敌，判断确有迅速攻歼把握则歼灭之，否则，立即集中全军，休整十天左右，除扫清过路小敌及民团外，不打陇海，不打黄河以东，亦不打平汉路，下决心不要后方，以半个月行程，直出大别山……"（见《中国人民解放军第二野战军战史》第二卷，160页至161页）

中央军委为了确保刘邓跃进成功，能在蒋介石战略地带立足生根，作出了"三军配合，两翼牵制"的全盘部署。这点前文已经说过。

刘邓接到这个电报，一方面鉴于各路蒋军正在驰援途中，决心打下羊山集，只有这样，才能完成战略进攻的初战胜利，错乱蒋军部署，打开跃进大别山的通路。另一方面，他们进一步思索整个问题。杨国宇7月24日日记写道："在唐官屯，刘邓住在一家比较大的房子里，院内有两棵石榴树，刘邓在石榴树旁的桌旁围着一张地图，时坐，时立，后信步村西向南看，向东看，向西看，好似不知道地球向哪里转样。"（见前引书302页）

羊山集在7月28日打下来了。究竟什么时候走呢？是在鲁西南再打几仗呢？还是很快走呢？

2. 真难啊！

他们曾经考虑再打一两仗。他们于28日致电中央军委说："我们当前敌人有17个旅，除四十四师外，战斗力均不强，山东敌人又难西调，仍有内线歼敌之机会。如果在陇海路南北机动两个月，并消灭七八个旅以上，则南下更少困难。""但我积极作行动准备，立即休整半个月。""如我们推迟,陈谢渡河,以先扫清垣曲、白坡、焦作为好,如邯郸局能在8月底补充五万新兵(包括陈谢各部),东北一批炮弹,则阵容更为整饬。"

这个电报也报告了一些难处。困难太多,太严重了。部队连续作战28天,喘口气的功夫都没有,更不要说停下来休整了。虽然歼灭了敌军56 000人,但是自己也伤亡了13 000,医院已有人满之患,又没有新兵补充。俘虏很多,需要20天时间教育争取,才可以大约补足伤亡。弹药消耗殆尽,特别是炮弹无法可补。经费不足。冬衣更是困难。

但是第二天,29日,鲁西南战役结束之次日,中央军委又来电报催促。来电说:"现在陕北情况甚为困难,如陈谢及刘邓,不能在两个月内以自己有效行动调(动)胡(宗南)一部,协助陕北打开局面,则两个月后,胡主力可能东调,你们的困难亦将增加。"(见《刘邓麾下十三年》303页)

刘邓深知,中央军委绝不会轻易发这样一份电报。这既是对局势发展的慎重估量,同时,陕北的困难也可想而知。这两位伟人从来是捡重担子挑,万死不辞的。于是他们下决心不顾自己的一切,提前走!

7月30日,刘邓致电中央军委并告各有关方面:"连日我们再三考虑,中央梗(23日)电方针确好。顷奉艳(29日)电,决心休整半个月后出动。照现在情况,我们当面有19个旅,会尾于我行动,故我不宜仍在豫皖苏,而以直出大别山,先与陈谢集团成犄角势,实行宽大机动为宜。准备无后方作战。要求下列数事:(1)请山东令渤海尽量赶运炮弹取用,可能条件最好能再给我一千炮弹,我已派车到德州接运。(2)请邯郸千方百计派大批干部接收现有之一万伤员,好抽出医院出动。(3)请邯郸将现存法币全给我们。以上限于15号前完成。另外建议陈(士榘)唐(亮)兵团在鲁西南拉一下敌人。山东抽出原皮定均旅到大别山作军区骨干。"(引自《刘邓麾下十三年》303—304页)

刘邓发出这个电报的当天,召集各纵队司令开会,一连开了两天。

三纵陈锡联司令在《千里跃进》一文中回忆道：会议讨论十分热烈。有的主张在内线再打几仗，对实施战略跃进和外线作战更有利；有的认为急需休整，否则不论内线作战或立即南下都有困难；有的建议还是按原计划休整到8月15左右，尔后视情况再定。

刘邓坐在椅子上聚精会神地听着大家的议论，时时发出笑声，两人有时交谈几句。

第二天，李达参谋长转向地图，指着黄河沿岸说，近日来阴雨连绵，黄河水位猛涨，溃堤险情不断在这些地段发生，形势要求我们必须迅速作出决断。这时大家才逐渐将话题转到如何组织千里跃进上来。

8月1日下午，刘伯承讲话了。他首先传达了中央7月23日的指示，接着说：他和邓一致认为跃进大别山，是党中央、中央军委赋予我们的战略任务，是我们考虑一切问题的立足点和出发点，困难再大，我们也要克服。

刘伯承往下说道：我们也曾考虑在鲁西南再打一仗，再歼灭它几万人，但当前陇海线南至长江边广大地区，敌兵力薄弱，后方空虚，正是我们跃进大别山的大好时机。所以要当机立断，抓紧时间，越早越好，越快越好，以发挥战略突然性的奇特效果。一定要先敌进入大别山，先敌在大别山展开。刘伯承把最后一句话的两个"先敌"，讲得特别重。

邓小平讲话之后，刘伯承讲了跃进的部署。这次会议上，刘邓两人都没有提到中央29日那份急催的电报。出动的日期也还没有确定。

陈锡联午夜12点才躺到床上，翻来覆去睡不着，翻来覆去想着两个问题：一是先敌控制要点，保障部队顺利通过；二是从左翼保障中央纵队的安全。重任在身，他天不亮就爬起来了，急忙驱车向东，返回他的纵队部。

他回到纵队，立即召开党委会，参加的有曾绍山、郑国仲、阎红彦等人。陈锡联传达了刘邓的指示，会议着重研究三纵的任务和部署，分析部队的各种困难和问题。例如：羊山集作战中三纵伤亡4 700多人，不少营连干部负伤和牺牲,干部亟待调整;新补入的4 000俘虏兵亟待教育;武器弹药和器材亟待调整和补充;关于这次战略跃进的思想动员必须赶快向师团领导干部进行,等等。

最后决定:刘邓全军分三路前进,三纵本身为保持战斗力,提高速度,各旅就不再分散,采取交替前进的办法。第一步以赵旅(旅长赵兰田,政委周维)为先遣队,掩护纵队通过陇海路;再抢占涡河、茨河和沙河渡口,架设浮桥,保障主力通过。第二步以童旅(旅长童国贵,政委高治国)为先遣队,迅速前出,抢占淮河渡口,架设浮桥。到大别山以后为第三步,以马旅(旅长马忠全,政委芦南樵)先向皖西展开,抢占诸县城。

至于当前的种种问题和困难,都必须服从大局。要求各旅团在首先做好组织调整的基础上,各级领导干部深入下去,边行进、边动员、边整补。积极开展思想和体力互助,切实做好巩固部队的工作,号召部队勇往直前立新功。紧接着层层开会。除总结羊山集作战之外,着重传达和讨论上级的指示和要求,作出具体的部署。

那时候,千里跃进大别山还是一个绝大的军事机密,对下面不能不适当透点风,又不能说得太多,更不能说得太明白。现在我们回想当日,真难啊!

陈锡联的第三纵队党委会是8月2号开的。其他各纵队都是这样层层开会,大家的难题都一样。

那几天整个刘邓大军多么紧张,可想而知。

5天之后,8月7日黄昏,12万大军就浩浩荡荡向大别山进军了。

3. 给蒋委员记一功

这是提前行动。离羊山集大战仅仅九天。这是刘伯承的决断。中央军委最初叫刘邓休整一个月。中央军委、刘邓自己,一再缩短,由一个月缩为15天。这时又刚刚宣布从8月6日起休整10天左右,但是7

日黄昏就走了。军情似火,一天也等不得。

一个是敌情,一个是水情。

杨国宇的日记提供了十分可贵的资料。

  8月2日 赵楼

  黄河水涨,滦口,由2米增至30.3米,水深8米,水宽541米。李达令直属队放水哨。看来敌情紧张可以顶住,水情紧张是不可抗拒的。

  刘邓今天又给军委发报。内容是:坚决拥护中央梗(23日)电。(1)沿黄河决口,提前至8月7日出动。(2)为迷敌人,第一步到陇海路,陈唐位敌侧背休息两天后,第二步到鹿邑、太康线,歼敌三十四旅;如敌不进,则协同陈唐歼敌三十四旅。第三步以十天行程到大别山。(3)陈谢出动占新渑、宜、洛。(4)张才千同时进至桐柏。(5)动员已做过,南下无问题,战士无问题。冶陶组织人、弹药、药品,接收伤员。军委有何指示。刘邓冬(2日)酉。

  8月3日

  这天刘邓又致电军委,报告当前敌情之后说:"特别黄河缺口,危险极大(因临涣集、东明集为敌控制)。在战略上我又处于特别困难。如三五日内决口,我们将被迫出动,而我手中无炮弹、无医院,陈(士渠)唐(亮)配合又困难,敌大军尾我前进。则我被迫于作宽大机动,甚至可能到豫西、桐柏。此种情况,请军委作通盘考虑。遵示,刘邓江(3日)辰。"

8月3日这一天最紧张。那几天,蒋介石从各方面调来的部队,五个集团,共30个旅,分五路向郓城、巨野地区实施分进合击,企图歼灭刘邓主力于陇海路和黄河之间,或逐回黄河以北。再打不赢就挖开黄河堤坝,水淹刘邓大军。

后来得到消息,蒋军也在抢修河堤。刘邓大喜。刘伯承说:

"蒋委员这回不错,给他记一大功!"刘伯承说一口四川话。四川民间说起蒋介石来,称他为"蒋委员",故意抹掉他那个"长"字。

刘邓立即报告军委,根据这个情况,可能实现原定计划。

8月6日是关键的一天。刘伯承下决心明天出动。当时担任刘邓司令部作战科长的张生华将军写了一篇回忆文章,详细记述了刘邓那一天的言行。(见《刘伯承回忆录》第一册,320—336页)

8月6号早饭后,刘邓,张际春副政委,李达参谋长,郭天明副参谋长,召集有关处科的干部在作战室开会。刘伯承首先说,今天开会打破点常规,到会的人多一点。下一步作战具有战略性,需要集思广益,慎重对待。接着由情报处汇报敌情。蒋介石判断刘邓大军经过鲁西南战役,伤亡惨重,可能北渡黄河逃窜。黄河水情也是个不可忽视的威胁,建议早下决心。会议讨论非常热烈,有的人几次发言。许多人主张在内线再打一仗甚至几仗,然后实施战略进攻。

刘伯承很少系统发言,他一方面听取大家的意见,偶尔也插上几句话,提出些问题;一方面手持放大镜,走到敌情标图前,反复审视敌军的兵力布置,向参谋人员询问敌军各个部队各方面的情况。一会儿又走到50万分之一地图跟前,放大镜在江(长江)、淮(河)、河(黄河)、汉(水)之间移动。一会儿,他的眼睛随着放大镜又把注意力集中到津浦线的徐州、蚌埠,向南到合肥、南京、安庆,再西移到平汉路的武汉三镇。就这样,刘伯承一阵一阵地进入沉思之中。

张生华写道:他们几个参加会议的参谋人员"都静静地、聚精会神地听着首长们的讨论,观察着首长们,特别是刘伯承司令员和邓小平政委的一举一动,一言一行。"

上午讨论没有结束。作战科人员匆匆忙忙吃过午饭,又齐集作战室,兴致勃勃议论起来。作战参谋王文祯说:"整个上午,我的精神都紧张到神经末梢,从首长的讨论中学到许多东西。尤其是刘司令员那种

383

深思熟虑,切磋琢磨地研究问题的精神,真叫人终生难忘呀!"章安翔说:"可惜呀!诸位当中如果有一位是文学家,今天上午就可以写一篇很好的特写或小说。"

下午,邓小平对张生华说:"小张,你告诉一号(指刘伯承),请他好好休息休息,我到三、六纵队找陈锡联、杜义德他们谈谈。顺便看一下黄河水位上涨的情况。"张生华派了一个参谋,随同邓小平登车出发。

4. "饭馆子战术"和"葡萄战术"

邓刚走,刘就来到了作战室。张生华报告了邓的话。刘点点头若有所思,没有说话。他又走到敌情标示图前,审视和思索。大约几十分钟以后,又走到50万分之一地图跟前,同上午一样,先是用放大镜从东到西,从南到北地看,然后张开右手的拇指和中指,从陇海路到长江边,从津浦路到平汉线,比量它们的距离,最后把放大镜和视力集中于此行南下的路途。他很少说话。如他自己所常说的,一个指挥员要善于"就大势和局部沉思"。他又进入了沉思之中。

忽然,他转过头来问道:"你们是什么意见呢?"大家一时答不上来。刘伯承指名问张生华:"小张,你的意见呢?你是大胆子,是敢于发表意见,敢于提建议的呀。"

张生华想道:是呀。那是在平时,是对于一般的战役行动。现在这样大的战略决策,能有什么发言权呢?

刘伯承爽朗地笑了,慈祥地说:"怎么,问题大就把你们吓住了?参谋嘛,就是要参与谋划,多谋善断嘛。"接着是一阵轻松愉快的哈哈大笑。张生华往下写道:

"猜得出,他已经成竹在胸了。接着他的态度马上严肃起来,坚定地对我说:'小张,赶快派人把邓政委请回来。我的决心定了。时间不能再拖延了。部队应该立即行动。'"

大约两个小时以后,刘邓张李等人又来到作战室。显然他们已经商量定了。"刘司令首先严肃地宣布,大军南进,必须立即行动,要当机立断,抓紧时间,行动越早越快越好,机不可失,时不我待。"

刘伯承分析了敌情我情,叙述了定下决心的依据。他说了四点:第一,必须服从战略全局,进一步扭转全国的战略局势,是我们必须优先考虑的大事。因此,尽快打到外线去,困难再大,我们也要克服。第二,从敌人的战略意图来说,蒋介石企图迫我背水作战,他用的是"饭馆子战术","葡萄战术"。我们上顿吃了他许多好饭、好菜、好水果,他又送来好多桌美味佳肴,许多串好吃的葡萄来喂我们,想要我们吃得走不动,甚至把我们胀死在鲁西南。我们对"委员长"送来的好饭好菜是要吃的,但要看时机,还要量力适度,不能把肚皮胀破。我们在内线再歼灭几个旅,他还可能再揣几个旅来阻我南下。因此,如果我们留恋于内线继续作战,正是上了蒋介石的当。第三,现在我军在全国各个战场,已开始由被动转入主动。北线的东北和华北战场,我军正在发动攻势;南线敌人重点进攻所造成的哑铃态势,越来越对敌不利,他已陷入欲胜不能,进退维谷的困难境地。我们应该抓住这个有利时机,迅速实施战略进攻,扩大战果。第四,当前敌人兵力集中在郑州、开封、徐州,即陇海路沿线,注意力集中在鲁西南,而陇海路南直达长江的广大地区,敌人兵力薄弱,后方空虚;并且敌人还判断我们连战疲惫,要窜返黄河以北。我军立即南下,实施战略进攻,可以发挥战略突然性的奇特效果。

最后,刘伯承说道:

"因此,我决心今天晚上下达命令,明天晚上开始行动。"

张生华写道:"刘伯承一口气讲完了自己的决心、部署,心情似乎显得十分轻松……邓政委不时地点点头。刘司令员讲完后,他很快站了起来,对大家说:'刘司令员的决心非常正确,我完全同意。'"

政治委员有最后决定权。邓小平此言一出,就是拍板定局。

邓小平又说,这是中国人民解放军战争史上的创举,要准备为实现中央这个伟大的决策作出贡献,付出代价。

邓小平还指出,要避免与蒋军作战,千方百计直奔大别山腹地。走到大别山就是胜利!进入新区,一定要严格遵守党的政策,遵守三大政策,八项注意。最后,他要李达立即起草电报,向中央军委报告。

电报发出约三小时,中央就复电批准。以后两天又连续复示刘邓,肯定"决心完全正确","在情况紧急不及请示时,一切由你们机断处理"。

5. 谁得中原,谁得天下

刘伯承又来到作战室,对李达和作战科人员说:决心定了,部署有了,命令也下达了,你们做参谋工作的同志,现在就要研究到达大别山以后的战略展开问题。我们不仅要考虑大别山根据地的建立和巩固,还应该考虑夺取整个中原的步子。他停了一停,满怀豪情地说:

"中原逐鹿,鹿死谁手?蒋介石靠中原的人力、物力、财力,今后这些要为我所用。总司令说,中国自古以来,谁得中原,谁得天下。我们现在就是做这篇文章。"

他对朱德很敬重,通常只称总司令。

这样的当机立断,连刘邓自己的部属也是迅雷不及掩耳。我们看看杨国宇这两天的日记:

8月6日

布置所有部队、机关整顿十天左右。军政处成天乱七八糟,无所谓整顿不整顿。还是抽空到电台听听消息。国民党吹牛说:"沂蒙地区完全摧毁,鲁境共匪,即可肃清。"还说什么"胶济线收复益都,共军弹尽粮绝,处于绝境"。

8月7日

昨天还说十天不动,今天马上从赵家楼出发。为了加强保密,我们叫李家庄,纵队的代号为一纵潘店,二纵王家园,三纵曾家庄,六纵姚官屯。还有的单位为村。直属办事难,还得开个我们经过的路线:孟庄、李桥、宝大庄、郭庄路堂、邵村集(东)、安上集(西)、秦楼、谭楼,一旦有事在看家店集合。(《刘邓麾下十三年》,305页—306页)

现在我们再看看蒋介石方面。这几天他们还在做鲁西南会战的梦。

郭汝瑰8月3日日记记道:"刘伯承部向临濮集进攻,罗广文攻新集,遭刘伯承部坚强抵抗。"(引用者按:王仲廉押京法办,罗广文升任兵团司令。)5日记道:"鲁西会战,战略上的胜负,即将决于此时。余颇觉戒慎恐惧。"

8月6日这一天,蒋介石似乎清醒了一下,但也不过是一刹那而已。这一天郭汝瑰记道:

"主席(蒋介石)仍恐共军南下,越陇海路窜扰,故令邱清泉向巨野,王敬久向张凤集,张淦部到龙固集,罗广文到郓城,因一般人今日均判断共军以北渡黄河之公算为大,故又令罗广文去水堡……"

8月7日记道:"共军主力似已北渡黄河,如未能渡过,则明晨必将于郓城发生激烈战斗。"8日记道:"刘伯承向南逃出我包围圈,情况大明。"9日记道:"陈毅之第八纵队等业已南下,刘伯承则已到曹县周围……其南窜全出于被动,经穷追必可使溃散。余今日主张截共军为两段,南段使其流窜,我以部队跟踪不舍,使无喘息余地。北段则迫于河岸而歼之,主席及总司令均不同意。"10日记道:"就全盘情况看来,陈、刘两部,似除渡河部以外,均已南下。似将越铁道南窜。"11日记道:"一时以后,商丘、民权等地电话不通,皆以为共军越铁路南下矣。孰午后电话修复,知其并未南下,空军且报告铁路完好。"12日的日记更有趣:写了相当长的两段话。头一段的头一句是:"共军复于今日越陇海路南下。"第二段的最后一句是:"共军大部分似已越陇海路逃往黄泛区,其已渡河者究有若干,无法判断。"14日记道:"刘伯承主力已越陇海路柘城、睢县、太康间地区,其详情已不明。王敬久、吴绍周、罗广文等部今日到铁路线否,尚未得知,纵到,亦已离共军两日行程矣。"

难怪蒋军将领们说:刘伯承用兵高深莫测。

二十八、利剑

1. 欺山莫欺水

蒋军在鲁西南大败,蒋介石曾经坐镇开封,企图堵塞这个被刘邓打开的战略大缺口。他纠集了30个旅的庞大兵力,指向黄河南岸。正当蒋介石、顾祝同们自以为正在跟刘邓大军进行着鲁南会战的时候,刘邓大军却远走高飞,到长江岸边饮马去了。

刘伯承和邓小平8月6日下午下决心,8月7日傍晚从郓城城南的赵家楼地区挥军南下。这正是选准了各路蒋军合击的包围圈将拢未拢之际。那时由南向北的一路蒋军已经越过菏泽、巨野公路,而陇海路两侧完全没有蒋介石的正规军。正是在这个时刻,刘邓率领12万人马和1 000多名地方工作干部,突然甩开蒋军,兵分三路,向南疾驰。三纵队在左,直奔皖西,一纵队在右,直奔豫南,刘邓亲率二、六两个纵队居中,沿单县、虞城、亳县、界首、临泉之线前进。

为了迷惑蒋军,刘伯承布置了三支疑兵:一支是新编成的第十一纵队和冀鲁豫军区部队,在黄河边佯动,许多船只在几个渡口匆忙来去,造成刘邓大军北返的声势,吸引蒋军继续合围;一支是以豫皖苏军区部队,破击平汉路,切断蒋军交通。又一招是中原独立旅,待主力跨过陇海路后,西越平汉路直出信阳以西,作出挺进桐柏山的姿态,以迷惑武汉、信阳之敌,绕道进入大别山。同时,令暂归刘邓指挥的华东野战军外线兵团,积极捕捉战机,打击蒋军,掩护刘邓主力南进。临行前,刘伯承给华野外线兵团打电话:"我们上马了。"对方问:"我们打什么牌?"刘伯承答道:"打张和牌。"中国有一种赌具,有的地方叫骨牌,有的地方叫牌九。其中有一张牌叫和牌,上面一个点,下面三个点。刘伯承的意思是叫他们以四分之一的兵力牵制敌军,四分之三的兵力寻机歼敌。对方当然明白了。

前文说到8月6日蒋介石似乎清醒了一下,郭汝瑰那天的日记说:"主席仍恐共军南下,越陇海路窜扰。"但是他一则仍然命令他的部队在郓城、巨野一线前进,二则他没有看得那么远,只看到陇海路南一小段。这也不必非说他眼光短浅不可,再往南一点就是黄泛区,刘伯承到那里去送死吗?不过刘邓本人和这支部队中许多人,是从雪山草地走过来的,这一点,他一时之间大概忘记了。所以他对刘伯承直出大别山,根本想都没想过。刘伯承在《千里跃进大别山》一文中关于这一段写道:

"敌人在鲁西南扑空了,由于连日暴雨,河水猛涨,敌人又错误地判断我军只是在其大军压境的情况下'北渡不成而南窜',所以,除从蚌埠抽调小量部队插到太和,协同地方民团在沙河沿岸扼守渡口,控制船只,防我南渡以外,急令其鲁西南的主力兵团尾我追击。敌人以为沙河以北的黄泛区,这一天然障碍可以阻滞我军,妄图赶上来把我一举歼灭。可是我军已先敌两天跨过陇海路,进入黄泛区,把敌人远远抛在后边了。"

刘伯承接着写道:"黄泛区是抗日战争时期,蒋介石不顾人民死活决堤,使黄河改道造成的。那一片宽达30公里,遍地积水污泥,浅则及膝,深则没脐,没有人烟,没有道路。为了争取时间,把敌人甩得更远,我军指战员不顾敌机轮番轰炸,不顾连续行军的疲劳,在烈日当空的酷暑季节,艰难地一步一步跋涉前进。有时要从没颈的泥潭中把战友救出来,有时又只得眼看着军马被泥潭吞噬。同志们拉的拉,推的推,抬的抬,千方百计,终于把大炮、辎重、车辆拖过黄泛区。"(见《刘伯承军事文选》767—768页)

过黄泛区，刘邓两人也只得下马"拔慢步"，走了一晚，到第二天上午，才走了20华里。这是8月18日。刘邓直属队在一个叫做陈园的地方宿营。杨国宇那天的日记记道：

"这里看不见一间完整的房子，但可见到被黄水淹没露出一个三角形的尖尖。那里面可能有人。还能看出单个的死树干，还可看出四方的土围墙。未到贾寨前，下令警卫团向莲花池方向警戒。我得抓机会千方百计找几个老乡问问情况，听他们说些什么？"

一个叫贾天堂的说："说起黄祸（黄水）一来，不是我们这里才如此，其他地方比我们厉害得多。不是几个县，几十个县连人带房子一起冲走的冲走，淹没的淹没了。它不白天来，都是在晚上我们睡着了才来，我们一醒，也跑不掉了。桌子、板凳、门都做了札子，人就蹲在上面到处漂……我们有天保佑，还没淹死、饿死。在我这块的下面，可以说活着的人不多。不是几十几百，而是成千上万。你们走这条路，还是岗杠上走，比较好走，马车勉强能过去。要是下面，人都过不去。"（见前引书第308—309页）

过了黄泛区，前面还横着一条一条的河：涡河、洪河、汝河、淮河。

中路部队通过黄泛区的时候，西路部队已奔到沙河的新店渡口，在敌前强渡，抢过南岸。东路各部队以一昼夜百余里的急行军迫抵沙河，夺取了泰和渡口。豫皖苏部队也进到了沙河南岸，中路部队在他们的掩护与接应下，迅速过了沙河。蒋介石企图把刘邓大军歼灭于黄泛区的计划又被打破了。

直到刘邓大军过了沙河，蒋介石才大梦初醒，发觉刘邓的矛头是指着大别山。他急忙赶调一个师另一个旅，到汝河南岸的汝南埠一带，占领渡口，毁掉民船，摆开阵势，挡住去路。

8月23日下午，中路先头部队，冒着敌机的轰炸扫射，抢占了汝河南岸的一个桥头堡大雷岗。蒋军马上从东西南三面构成一个马蹄形攻势，把这个小小的村庄围住。

这时,东西两路部队和中路的一个纵队已先敌抢过汝河,继续南进。留在汝河北岸的,只有野战军指挥部率一个纵队的兵力,和中共中央中原局机关。而紧跟在背后的蒋军三个师距离只有五六十里,不用一天就可以赶到。前有阻师,后有追兵,千钧一发,险恶万分!

2. 狭路相逢勇者胜

只剩下短短几个小时了!

刘伯承写道:"我们能否在短短几个小时内抢渡汝河,关系到整个跃进行动的成败,从而也关系到整个战局。"(前引书769页)

黄昏后,刘伯承和邓小平赶到汝河北岸先头部队的指挥所,命令部队以坚决进攻的手段对付进攻的敌人。

刘伯承说道:"狭路相逢勇者胜。"

强渡汝河的战斗开始了。纵队和旅的干部亲自下到团营连指挥,同数倍于自己的敌人拼杀。各部队冒着敌机的低空轰炸、扫射,和两边近距离敌人的侧射火力,边走边打,勇往直前,终于在南岸大小雷岗和东西王庄一带杀开了一条血路,掩护统帅机关闯过了千里跃进途中这个险关。

六纵十七旅旅长萧永银写了一篇长文,详细回忆了过汝河的那一幕。(萧永银:《狭路相逢勇者胜》,载《刘伯承回忆录》,第一集)

8月24日中午,河对岸西面的公路上,尘土飞扬,人喊马嘶,萧永银站在北岸上,举起望远镜,只见敌人的炮兵、步兵、汽车、马车,黑压压地从西到东,不见尽头。从油坊店到汝南埠一线全被敌人占领了。他想,就是先过去一个排占领一个村子也好啊。

紧急渡河的任务交给了五十二团一营,河面上炸弹、炮弹、枪弹像下暴雨一样,河水掀起了一根根水柱。战士们都懂得这次渡河关系重大,在团的各种武器掩护下,个个奋不顾身,跳上小船和筏子。许多会泗水的战士,干脆把外衣一脱,抱着一根木头向对岸游去。

十几分钟以后,第一批抢渡的战士登岸了,同对岸大雷岗的敌人展开激战,后续部队也不停地向对岸赶去。同时,十六旅和十七旅的工兵连冒着炮火架设浮桥。下午三点多钟,浮桥终于架设成功。黄昏前,五十二团全部过了河。

天黑时,旅指挥所前进到离桥很近的小村里,不一会,纵队韦杰副司令员来了,还有十六旅尤太忠旅长。一个参谋来报告:刘伯承司令员和邓小平政委到了。这使他们意外高兴。根据以往经验,凡是刘邓首长来到,一定有重大情况。他们立即跑去,看见纵队杜义德政委也来了。

他们进了旅指挥所的小草屋,还没坐下,刘伯承就问道:情况怎样?萧永银作了汇报,邓小平向李达说:"好,打开地图,先把情况谈谈。"

地图在油灯下展开。李达指着地图介绍,敌人正以十几个师的兵力追击,三个整编师明晨8时以前就可赶到;南岸是一个军挡住去路。敌人的企图是想拉住我军主力,在洪河汝河之间决战。萧永银写道:

"看来,当前的情况比我们预料的要严重得多。现在真是前有强敌,后有追兵。大家不约而同地望着刘司令员和邓政委。小草屋外不时响起炮弹的炸裂声。"

"情况就是这样,"刘伯承镇静地说:"如果让后面的敌人赶上,把我们夹在中间,不但影响整个行动计划,而且会使我军处于不利地位。我们要以进攻的手段对付进攻的敌人,从这里(他用手在地图上一划)打开一条通路。不管敌人有多少飞机大炮,我们一定要前进。一定要实现毛主席的战略计划。"

河南岸传来阵阵激烈的枪炮声,听起来好像离桥头很近。会不会是敌人又来抢桥呀,敌人已经来抢过三次了。萧永银正在着急,工兵连一个通信员跑来说:刚才敌人第四次抢桥,又被打退了。萧永银想道,只要浮桥还在就好。

刘邓指示以后,杜义德向两个旅交代了任务。萧永银旅从敌人纵深杀出去,抗住两边的敌人,攻击前进,打开去路。尤太忠旅接替防务,固守大小雷岗,保护河桥,掩护全军渡河。

萧永银旅的领导干部们听到刘邓要随同他们这个旅一同走,心里很不安。刚打出来的通道,两侧都是敌人,还在敌人炮火射程以内,太不安全了。他们向刘邓建议,请刘邓同尤太忠旅一起走。

"不要管我们。"邓小平说:"快去打仗!一定要从敌人中间打出一条路。"

"等一等。"刘伯承略微提高了声音说,"现在是'狭路相逢勇者胜',要勇,要猛,明白吗?"

"明白。"萧永银答道。他向首长们敬过礼,转身走出草屋。

任务传达下去:"狭路相逢勇者胜!"这既是战斗命令又是政治鼓动。打仗首先靠士气。顿时,河岸一片沸腾:"狭路相逢勇者胜!"各营连纷纷请战,要求当开路先锋。壮怀激烈,豪气干云!

萧永银带领十八旅首先攻下了汝河南岸的大小雷岗,从敌军正中间杀开一条血路,撑开两边的敌阵,攻击前进。尤太忠带领他的旅上来接防。他也写了一篇文章,回忆他经历的那一幕。(参看尤太忠:《汝河南岸的激战》,载《刘邓大军风云录》(上))

这时,尤太忠手里只有两个团和旅直属队,总兵力七个多营。另一个团先跟李德生的旅从东面过河去了。敌军八十五师吴绍周部,在正面十几里长的地区摆成一线。大小雷岗离浮桥南岸桥头约二里地。像两只触角,护卫着桥头。大雷岗在右前方,部队南进就要从它南边擦过。小雷岗在河堤旁边,离敌人所在的汝南埠很近。这时,天还不明,敌人不断用炮火轰击桥头和两个村子。敌人撤出之前,放火烧了村里的房子和村外的秫秸堆。四野火光冲天,人喊马嘶、炮弹爆炸、枪弹呼啸,情况十分混乱。

尤太忠带着四十七团进了大雷岗。他把一家老乡的破马房打通土墙,架上几根木头,堆一层土,作了他的临时指挥所。旅政委张国传在离他 200 公尺左右的地方。他们之所以分开,是准备牺牲了一个,还有一个可以继续指挥。参谋长赖光勋,在汝河岸边指挥渡河。小雷岗方面,四十八团遇到敌人顽抗,黑夜里展开了一场恶战,一鼓作气把敌人赶跑了。

天刚亮,刘邓和李达突然出现在尤太忠面前。刘邓来到最前线,使尤太忠很高兴,更使他非常焦急。这里离敌人仅一两里地,是激战的中心。敌人的炮弹一阵阵地在周围爆炸,弹片横飞。尤太忠再三劝他们进掩体,他们不听。突然一颗炮弹落在他们附近,气浪把尤太忠的帽子都冲飞了,尤太忠这才把他们强拉进指挥所。刘邓命令他们坚守到晚上,等全部人马过完才能南撤。这时,不论刘邓说什么,尤太忠都回答"是",只希望他们赶快离开这个险地。他们问尤太忠还需要什么?尤太忠想了一下,要了萧旅后卫部队一个营,以备万一。经尤太忠再三催促,刘邓才同他们握手告别,祝他们胜利。

刘邓走出十几步了,刘伯承转过身来高声叮嘱:
"会合的地点记住了吗?彭店!彭店!淮河边上集合!"

天大明以后,尤太忠等人率部血战。敌军一度攻入小雷岗半个村子,终于被消灭了。敌军转而猛攻大雷岗。敌人集中火力,从大雷岗前沿阵地打到纵深,又从纵深打到前沿,还用四五架飞机轰炸扫射。阵地上昏天黑地,一片烟火硝尘,十公尺以外就看不见人。炮火过去,敌人用了四个连一起向阵地扑过来。这一仗打得非常艰苦,连长牺牲了,排长自动出来指挥,班长牺牲了,战士出来顶上去。一个班到剩下一个战士的时候,就单独同敌人战斗。一场激战过去,阵地前面满是敌军尸体。下午,尤太忠从报话机里听到敌军喊叫:"攻不动,快来炮,共军凶得很!"敌军将近两个营的兵力全部完蛋了。下午,敌军又发起几次攻击,没占到什么便宜。

下午四点,刘邓统帅部全部安全渡过了汝河。

3. 看不见的较量

刘邓强渡汝河以后,冒雨走了一天。8月26日午夜两点多钟,到达淮河北岸。过了淮河就是大别山。

蒋介石棋输一着,没有来得及在淮河南岸布兵。这是输在战略上,这不仅是斗力,更是斗智,斗眼光。他没有看到这步棋。他看不到这步棋。

只是,尾追的19个旅,已经紧紧跟了上来。蒋军六十五师的先头部队,相距仅30多华里,已经跟刘邓后卫部队接上火了。

刘邓和他们亲率的这支队伍必须赶紧过河,越快越好。

渡口这一段淮河,有时本来可以徒涉,不料,这时上游突然涨水。刘邓部队只弄到了十来只小木船。怎么办?刘邓张李在岸边一间小屋举行紧急会议。参加会议的还有六纵纵队的和旅的指挥员。

刘伯承一直在沉思,忽然向前卫旅的政委问道:

"河水真的不能徒涉吗?"

"河水很深,不能徒涉。"那位政委肯定地回答。

"到处都一样深吗? 到处都不能徒涉吗?"刘伯承又问。

旅政委说:"河上的老百姓都这样说。淮河忽涨忽落,从来没有人敢在水涨得深的时候徒涉。"

"你们亲自侦察或试过没有?"刘伯承几乎是一字一顿地问道。

"先锋团和我们自己都侦察过,试过。"

刘伯承又反复追问了各方面的情形。最后还是带着怀疑的神色问道:"你们是不是找老乡调查了? 有没有多找几个老乡问一问?"他不等回答,走出屋外,默默地望了望汹涌的淮河浊浪,又回到屋里来。会议继续进行。

最后,邓小平说:"伯承同志先过去指挥部队作战,际春同志一同过去掌握部队。我和李达留在这里。李达指挥部队过河,我指挥部队阻击尾追的敌人。"

刘伯承立即以下命令的口吻,斩钉截铁地说道:

"政治委员说的,就是决定。立即行动!"(见张之轩:《淮河抢渡》,载《刘邓大军征战记》第四卷,240页)

旅政委回到渡口去布置,不一会儿,刘伯承走来了,手里拿着一根很长的竹竿。这位旅政委回忆说,当时他心里想,不知是谁给他找来这根不合适的手杖。这位旅政委后来向他的老朋友卢耀武细细讲述了他那段经历和自己的心情。卢耀武是当时六纵的敌工部长,是个好写手,他据此写了一篇《挥军渡淮》。本章有关这位旅政委的情节,都出自这篇文章。(见《刘伯承回忆录》第一集356—359页)

刘伯承上船的时候,天近黎明。

迷蒙中,人们看见刘伯承的黑影子在船边一上一下地活动,不知道他在干什么。

忽然,人们听见他在船上大声喊那位旅政委:"能架桥呀!我试了好多地方,河水都不大深呀!"又大声地喊:"告诉李参谋长,叫他坚决架桥!"

这时,人们恍然大悟,刘伯承是在船边用竹竿测量河水。

旅政委执行了他的命令。临上船时又接到他一个纸条,纸条上写着:"河水不深,流速甚缓,速告李参谋长架桥。"

旅政委到了南岸,刘伯承还在岸边等着,注视着淮河用心思。他一见到旅政委,就又叫旅政委用他的名义写封信给李参谋长,要想尽一切办法迅速坚决架桥。还吩咐在每个字的旁边加上圈圈。旅政委写完了信,读给他听,他又叫在那些圈圈的外边再套上一层圈圈。

那封信送出去了。刘伯承用严肃的口吻对旅政委说:

"粗枝大叶就要害死人!"又用那根竹竿在地上重重地顿了一下,重复了一句：

"要害死人！"

旅政委后来回忆道："我静静地站在他那魁梧的身前，他那永远显着和蔼的面孔，一直沉在严肃里，他的话一字一句像千斤重锤打在我的心上。"

刘伯承临走时又对旅政委说：

"越到紧要关头，领导干部越是要亲自动手，实地侦察。"

他这句话，几乎是一个音节一个音节地说的，同时用力看着对方，像是要把这些话刻在对方脑子里。

不一会，一位团政委给这位旅政委来了一封信，说河水能够徒涉。他赶紧把这个团政委请来问个明白。原来是一个饲养员掉了队，上不去船，便从河的上流徒涉过来。旅政委高兴得不得了，又想起刘伯承那句"粗枝大叶就要害死人"的话一点也不错。他赶紧把这个好消息写信报告刘伯承。

旅政委刚刚把信装进信封，想不到又接到刘伯承一封信，说他亲自看见上游有人牵马徒涉，叫旅政委转告李参谋长不要架桥了，叫部队迅速徒涉。

这时，太阳露出了地平线，照耀着淮河，照耀着千军万马沿着水上的路标，分成四路、五路、六路，浩浩荡荡踏过淮河，战胜千里南征中最后一个险关。

4. 小故事和大故事

刘邓大军究竟是怎样过的淮河，当时大别山的老百姓传说着许多神话。有的说是五黄六月下着棉花疙瘩那样大的雪，解放军是踏着冰过淮河的；有的说是每人挎着一个葫芦浮过来的；又有的说是起了一阵大黄风，把刘伯承几十万人马漫山遍野飘到大别山来了。

国民党方面如何？郭汝瑰8月29日日记中记道："追击刘伯承各路国军均为淮水所阻。据云：刘军渡淮河系徒涉，国军一到即涨水，可亦奇矣！"

刘邓大军的人们自己，传颂的却是刘伯承亲自用竹竿测量淮河的故事，传颂着他那两句箴言。

我们不妨设想：如果没有刘伯承，淮河就过不去吗？肯定是过得去的。但是，能这样顺利，这样快吗？而刘伯承所做的却又那么简单，所用的手段更可谓原始之至。可是那么原始的简单的动作，为什么别人没有做呢？为什么偏偏是他头一个注意到有人牵马徒涉呢？人们称颂他是常胜将军，说他用兵如神。人们又羡慕他，渴望学习他，学什么呢？他的奥秘何在呢？淮河上这个小故事，是会让好学深思之士想了又想的吧？

1947年8月27日，刘邓大军全部渡过淮河。

邓小平宣布："我们已经到达大别山了！"

大别山横亘于鄂、豫、皖三省交界之处，雄峙于南京与武汉之间。南京是国民党政府首都，武汉是长江中游重镇。这是蒋军战略上最敏感而又最薄弱的地区。解放军占住大别山，就可以东慑南京，西逼武汉，南扼长江，瞰制中原。刘伯承写道：

"我军这一战略行动，恰似一把利剑插进蒋介石反动统治的心脏。"（见《刘伯承军事文选》，758页）

"卧榻之旁，岂容他人鼾睡！"蒋介石没料到会出现逐鹿中原的局面。这个生死搏斗的关头来到了，来得多么突然。他手忙脚乱，输掉了关键的第一局。

二十九、脱险

1. 中国人的幽默

进军大别山，千难万险，花了20天。占住大别山，立足生根，更是难上加难，险上加险，费了半年时间。

进军之前，毛泽东预计，跃进大别山有三个可能的前途：一个是付了代价，站不住脚，转回来；二是付了代价，站不稳脚，在周围打游击；三是付了代价，站稳了脚。

终于，站稳了，占住了，刘邓大军经历了极其险恶的搏斗。在最后阶段极端复杂的包围与反包围之中，刘伯承自己曾经跟敌人遭遇，一度陷入蒋军包围。

刘伯承说：我们同敌人展开了反复的、极端激烈艰苦的"争夺战"，经过了三个回合。

第一个回合，迅速实施战略展开。

初期，蒋军追兵被甩在淮河以北，大别山极为空虚，刘邓大军按计划向预定地区开进。以三个旅在皖西展开，两个旅在鄂东展开；九个旅摆在大别山北麓，一面牵制敌人，一面就地展开。

尾追的蒋军23个旅先后压过淮河，进入大别山区，寻找刘伯承主力作战。

刘伯承说：这就必须解决兵力的集结和分遣的问题，"部队既要打胜仗，又要占领地方。要打仗，就不能不保持相当的机动兵力；而要占领地方,又势必分散一部分兵力以致削弱主力。打仗和占领地方两者虽有矛盾,但是又是统一的。因为只有多打胜仗,多歼灭敌人的有生力量,才能鼓舞士气,有利于占领地方。另一方面,只有多占地方,发动和组织群众,才便于分散敌人,消灭敌人。"(见《刘伯承军事文选》,772—773页)

刘伯承把这叫做"两个轮子"。只有同时发动这两个轮子,才能推动历史前进。

根据这个原则,9月上旬、中旬、下旬,连续打了三仗,消灭了部分蒋军,把蒋军的机动兵力,全部调到大别山以北地区。这才保障了大别山南部鄂东、皖西两个地区的展开。

但是,这三次作战打得都不够理想,没有全歼敌人。

部队太疲劳了。6月30日渡黄河以来,连续作战,长途涉水跋山,可以说没有得到一天休息。特别是北方部队一下子来到南方,从平原来到山地,生活不习惯,地形不熟悉。南方道路狭窄,战士们说俏皮话:摔跤也摔个骑马跤。

淮河在古代被称为"鸿沟"。把中国划分为南北两部分的是淮河,不是长江。过了淮河,便是茂林修竹,山青水绿,一片人们通称的江南景色。农民耕种,淮河以北穿鞋着袜,坐着大车下地;淮河以南,把裤腿卷起来,光着脚板下田。北方人以面食为主,南方人以大米为主,也以淮河为界。北方人初来顿顿吃大米饭,总觉得填不饱肚子。过了淮河,人们把大尿桶放在床头,北方人也受不了。饲养员更多一层烦恼。淮河以北,家家借得到铡刀,用铡刀铡麦秸喂马,跟自己在家里饲养牲口一样。出生南方的人,也一学就会,方便得很。过了淮河可就麻烦了。只能借镰刀绑扎起来,两只手拿着稻草,一小把一小把割断,能不越割越恼火!

我们中国人的幽默感,常常表现在"顺口溜"上面。北方战士来到大别山,编了许多顺口溜,其中有一首是:"一明两暗,马桶吊罐;没得,

401

没得,可怜,可怜。""怜"字按当地发音读去声,念成"练"就顺口了。

前两句是说:大别山的民房,堂屋亮堂堂,左右是两个暗间;做饭用柴火烧吊罐,大小便在床头用马桶。这还罢了,最叫人伤心的是后两句:你问农家借点什么用具,回答往往是"没得,没得。"你再三求情,回答是"可怜,可怜。"哪里比得上北方老根据地,军民亲如一家呢?这些,天天、事事、处处提醒你:这是新区,不是老家!

然而,这新区,其实又是老家,是红军的老根据地。红军曾经在鄂豫皖地区三次建立根据地,又三次撤离了。所以,说它是新区,它比纯粹的新区更叫远来的人和当地人双方都作难!第一次撤离是1932年,红四方面军从这里撤向川陕边;第二次是1934年,红二十五军离开这里转向陕北;第三次是1937年冬,鄂豫皖二十八军和豫南游击队,编为新四军第四支队,1938年春开赴皖中、淮南抗日前线。每次红军一走,国民党反动派立刻回来大屠杀,老百姓被杀怕了。有些地区叫"清区",就是国民党的"清剿"区域,更是杀得鸡犬不留!

现在,原先的红军又回来了。这一次你们站得住吗?一时之间,老百姓不敢接近解放军。那回答"没得,没得","可怜,可怜"的,多半是留下来看家的老婆婆,其他男女都躲到山林里去了。而那位老婆婆,也许是当年某一位红军的母亲。她侥幸逃过了国民党的屠刀,艰难地活了下来。刘邓大军的老底子是红四方面军,便是16年前从这里撤走的。16年了,儿子们长大了。如今母子重逢,老母亲的眼泪却是往肚子流!

刘邓大军从有后方作战转到无后方作战,要打胜仗,又要重建这块多灾多难的老根据地,多难哪!打起仗来,指挥员们也有顾虑:别的先不说,伤员怎么办?

刘伯承写道:"当时,指战员们都背着沉重的粮食、弹药行军,抬着山炮翻山越岭,又值雨季,身上常常湿透,不少人连草鞋也没有,不得不赤足行军。干部都将自己骑的牲口,用来运粮食、驮伤员,并亲自参加抬送伤员。部队在疲劳的行军之后,还得自己推谷子、舂米、做饭、打草鞋、钉马掌。由于给养不能及时得到补充,有的部队曾二十几天不见油盐,甚至只能以清水煮马肉充饥。尽管如此,大家还是严格遵守群众纪律。就这样……以自己的实际行动,影响了群众。群众逐渐活跃起来,与部队亲密合作,同心协力地担负起了重建大别山根据地的任务。"(见《刘伯承军事文选》,第775页)

到9月底止,刘邓大军先后解放县城23座,歼灭了蒋介石正规军6000多人、地方武装800多人,建立了17个县的民主政权。

2. "品"字形阵势

第二个回合,积极寻机歼敌,进一步完成战略展开。

中共中央中原局和刘邓决定成立鄂豫、皖西两个区党委和军区,每个纵队各抽三个团作军区基干武装,抽出1 000至2 000名干部和老区翻身战士,参加地方工作。军区建立了,负责扩展地盘,发动群众,繁殖游击战争。野战军腾出手来,用于机动歼敌。这样,兵力的集结与分遣问题,得到了进一步的解决。

这时,集结在大别山北部的蒋军六个多师,企图合击刘邓主力。既已建立军区,野战军可以放手打仗了。刘邓以一部分兵力留在大别山北部牵制和迷惑敌人,主力摆脱敌人的合击,乘虚出鄂东皖西,寻机歼敌。这不是消极的突围,而是积极的进攻。三纵首先在六安的张家店把在运动中的蒋军一个旅全部消灭。这是在无后方依托的条件下,第一个重大胜利。与此同时,出击鄂东的主力部队,以疾风扫落叶之势,扫荡沿途孤立之敌,连克长江北岸的团风、浠水、广济、英山、武穴等城镇。三纵队于张家店战斗后,也进到长江北岸的望江地区。至此,刘邓大军控制长江北岸达300余里,威震大江南北,安庆一夕数惊。

10月下旬,刘邓大军在高山铺地区,打了一个更大的胜仗。在不到两天的时间里,全歼蒋军一个师和一个旅,共12 600多人。高山铺在湖北省广济县西北和蕲春县东北。这是一个狭长的山谷地带,既险要,又便于隐蔽兵力,同时又是敌人必经之路。刘邓大军充分利用有利的地形,发扬火力,迅速割裂、包围敌人,使敌人陷于被动挨打的境地。

选择适当的地点设伏,算准被调动之敌运动的路线和时间,伺机远距离集结兵力,这是刘伯承的绝招。我们听他自己说吧:

> 蹲在庐山的蒋介石,在江北隆隆炮声的震动下,日夜惶恐不安,生怕我军渡江南进,慌忙调兵追截。但是,他所派到大别山的部队,已被我分别牵制在大别山北部和皖西,由黄安、麻城地区赶来跟在我军背后盯梢的,只有战斗力较弱的敌四十师和五十二师的八十二旅。蒋介石便急令这股敌军兼程前进追截我军。敌人孤军来追,正是我军求之不得的良机。
>
> 我们觉察这股敌人将从浠水向东南前进,如果把它诱进地形险要、便于设伏的高山铺,杀它一个"回马枪",是有可能在运动中把它全歼的。为此,便决心把分遣在长江北岸的部队立即作向心集结,准备打歼灭战。以攻克武穴的第一纵队回师高山铺设伏;以攻克团风的第六纵队闪到敌人左侧,在团风东北、关口以西地区待命,俟敌人进入我伏击圈时,从后面杀它一刀;以第二纵队主力在黄梅地区作保障。同时,调三纵队主力西进,准备扩大战果。
>
> 部署既定,我们便派出一支小部队,化装成地方游击队,前去和敌先头部队接触,边走边打,诱骗敌人。敌人以为有便宜可占,便节节追逼。26日晨,终于钻进我预设于高山铺附近的口袋阵里,被分割包围。
>
> 这是一个狭长的山谷,洪武脑山、马骑山、界岭山耸峙于峡谷的两侧。设伏于山上的我军,像一把大钳似地,从南北两侧死死地卡住了敌人的咽喉。敌人发现情势不妙,即拼命抢

夺山头,企图突围。但是闹腾了一天一夜,还是没有找到一线可以逃命的缝隙。

第二天上午9时,我军一发起总攻,敌人立即溃不成军,纷纷举手投降。蒋介石的12 000多人马就这样全部覆灭了。战斗解决得如此迅速、干脆,以致当我军带着俘虏离开战场的时候,从武汉起飞的一批敌机,还在高山铺上空投下热馒头、烧饼,来支援他们的部队呢!(见《刘伯承军事文选》,第777—778页)

蒋军方面,特别是蒋介石本人,这几天举措如何?我们从郭汝瑰日记里摘引几句:

10月27日:曹处长告余,主席(蒋介石)去庐山,正计划以十、二十八师加入,先解决大别山脉刘伯承部。

10月28日:四十师三个团,及八十二旅两个团在黄安遭全部歼灭。大别山情况突然恶化。主席令调二〇〇旅赴汉口,并有调整编师全部南下之议。

总司令令余去南京参加下月大别山作战会议。

10月31日:主席因刘伯承有渡江企图,令二十八师之一个旅速开蕲春。

蒋介石召开这个大别山作战会议,不用说是一件大事。尽管说蒋介石外战外行,内战也不内行,他毕竟不是个蠢人——大事不好!他现在看出来了。

这次会议于11月3日开始。参加会议的有国防部长白崇禧以及所有高级幕僚和一批前线将领。

会议首先由蒋介石训话:大意是,"共军刘伯承部自从强渡黄河,配合陈毅作战以来,屡遭我军重创,以图苟延残喘。为彻底消灭刘伯承部共军,阻止其负隅顽抗,死灰复燃,进剿大别山已刻不容缓,须知战机稍纵即逝,不能有半点迟疑。希望诸位制定出切实可行的计划。彻底消灭刘伯承部共军,则全国军事即将进一步改观。"(见《郭汝瑰回忆录》278页)

蒋介石在这个会议上决定,由国防部长白崇禧在九江设指挥所,统一指挥。

但是,蒋介石大势已去。继刘邓大军在大别山展开之后,华东野战军在苏鲁豫皖展开;陈谢兵团在豫鄂陕地区展开。"品"字形阵势摆成了。三军经略中原,从此更进一步。

3. 包围与反包围

大别山的争夺战进入第三个回合,也是中原逐鹿进入一个新的阶段。

蒋介石的黄河阵被击破以后的四五个月里,他极力挣扎,企图挽狂澜于既倒。到1947年11月,他在各个战场上连吃败仗,已是大厦将倾、王朝将覆了。他已经完全失去主动权,战场从黄河被迫南移,他只有全力保住中原这一条路了。

现在,争夺中原的重点,首先是大别山。蒋介石对大别山逐次增加兵力,这时他纠合了33个旅,由白崇禧指挥,对大别山展开大规模的围攻。同时采用日本岗村宁次对抗日根据地的三光政策,杀光、抢光、烧光,制造无人区。这是"狗急跳墙"!

刘邓大军处境十分严重,十分险恶。

正在这时,刘邓的老根据地晋冀鲁豫边区,根据中央指示,调来新组建的两个纵队(十纵和十二纵),送来一批新战士和伤愈病痊的指战员,还带来大批弹药、药品和银元。刘伯承说:"这真是雪里送炭。"

刘邓考虑，既要把敌人拖在大别山，以利于华野和陈谢兵团在淮河以北大量歼敌，又要粉碎敌人对大别山的围攻。但是在大别山内，蒋介石大军云集，暂时不适于再打大仗。于是又一次用老办法，敌进我进。邓小平说："敌向内，我向外；敌向外，我亦向外。"

这时，刘邓手中已经有了六个纵队。第二副司令员李先念也已经来到。他是老四方面军的，熟悉大别山。人们说，李先念来了，地图都用不着了。于是，决定兵分两路，司令部分为前后两个指挥部，刘邓两人暂时分开。总部和中共中央中原局（副书记李雪峰）随同刘伯承行动。

邓小平、李先念、李达带一个精干的前方指挥所，率第二、第三、第六三个纵队和一纵一个旅，留在大别山内打。

刘伯承、张际春带领总部直属队为后方指挥所，率第一纵队和新到的两个纵队北渡淮河，到大别山外面去打。第一纵队在淮西展开，新调来的第十、第十一纵队，西越平汉路，分别向桐柏、江汉两个地区展开。这是又一次战略大展开。

刘伯承说："这样，整个大别山的斗争，就形成了内线、外线犬牙交错的极为复杂的形势。包围我们的敌人，又被我们层层反包围起来了。"

正是在这种包围与反包围的态势中，刘伯承遇险。

4．"天助我也"

这次刘伯承遭遇蒋军，陷入蒋军包围，是一个极为惊险的故事，既叫人提心吊胆，他的说笑又十分有趣。

那天大雾弥漫。蒋军好多架飞机在他头顶上盘旋，响声震耳。去了又来，一阵又一阵，但是彼此都看不见。直属队自己，也看不清前后的队伍。刘伯承在马背上说笑道："天助我也，天助我也！"他又评论起

《西游记》来,说唐僧每到绝境,总有浓云厚雾来掩护他,作者的思想确有独到之处。

这故事有许多种记载。最原始的记录是杨国宇的日记。他是当时这个后方指挥所管具体事务的头头。1991年,他又根据他的日记,写了一篇《也谈刘伯承脱险》,专就这件事,讲了当时的大形势和一些细节。

这次刘伯承和他的直属队确实遭遇了极大的危险,但结果是有惊无险。一纵部队殊死作战,打得好,把蒋军打跑了。刘伯承从容脱险。

让我们从刘邓两人暂时分开说起。

杨国宇1947年12月10日的日记写道:李达参谋长找我说:"今天按前天分的路走,保密。我同邓政委、李副司令向南,刘司令向北,怎么走,刘司令知道。掩护你们的是一纵,一纵首长知道。具体跟随护卫刘的是尹先炳和吴忠。但你要负责。警卫连、警卫班随时准备战斗。带这么多电台,没有事不要发报。敌情你知道(其实不知道),都在柴君武那里,柴清楚(按:即柴成文,当时是情报处长)。从今天起,直属队后方(按:指后方指挥所)前后都是一纵队,你们在中间,宿营时你们也在中间。每天到哪里,师长会告诉你。最后一句:刘邓分开行动,要保密!保密!"

杨国宇这段日记中,有个括弧中写道"其实不知道"。原来他当时心情不好,发了牢骚。他在《也谈刘伯承脱险》一文中说明白了:

"我当时用群众不满的语言,讲了几句不满的话:我知道什么,我知道的是我们到了罗礼精光(指罗山、礼山、经扶、光山四个县),最后快到'剥皮'(指陂皮河)的时候了。李达几夜未睡,显得很疲倦,以严肃而温和的声音耐心对我说:'你在说些什么?'我意识到他早知道群众说我们要出大别山。我心里一时很难受,尽量压低声音说:'我确实不了解情况……'李达也没责备我,只是说:'情况都在柴君武(成文)那里,有事多与他们商量着办。今后,我们前指更困难,邓政委说了我们不带情报台。一切情况全靠后方指挥部提供。'"

杨国宇说的"罗礼精光"谐音"箩里精光",指红军三次撤出,所以李达一听就知道他在发牢骚。从他10月3日的日记中我们还看到,他在路上向几个老乡请教:"老乡! 这里离泼皮河①还有多远?"不料对方答道:"怎么! 你们还想剥一次皮?"说罢,扬长而去。

后方指挥所这次遇险是1947年12月14日,已经走出湖北省,到了河南省南部的光山县境,离淮河不远了。

遇险前一天晚上,整夜行军。这一夜沿途枪声不断。西面还有一股敌人追击。杨国宇日记中记了吴忠送来第二天的宿营图,"我先看了,把我们的位置记下来,也记了他们团部、各营住哪个村。一看即知,把我住小何寨包围得紧紧的。王文祯送刘一看,就照图行事。"然后通知政治部、二局等各单位第二天各住何地。不料通知刚发下去,刘伯承命令立即出发,向宿营地长夜行军。关于这次夜行,杨国宇在《也谈刘伯承脱险》一文中写道:

"我们有了这份宿营图,有队伍护卫,倒也放心,浩浩荡荡,一路谈笑风生。在夜行军的路上,已遇到好几个敌人,插在我们队伍中间。由于他们讲的番号与我们六纵队一样,双方毫无觉察。可刘伯承怀疑地问了一句,六纵怎么到这里来了? 我们都说是掉队的。于是他也没再问。"

14日拂晓到达预定宿营地何小寨,险情就发生在这个地方,周围都是蒋军。

遇险和脱险的情景,杨国宇的日记最为详尽。军情那样紧张,又在长途行军之中,他居然记下了这一幕,提供了一份珍贵的史料。

杨国宇12月14日的日记记道:

---

① "泼皮河"即"陂皮河",是一条小河,亦有称"剥皮河",方言发音不同之故。又因是小河,故随便叫。

天刚亮进驻小何寨,一夜行军在途中已碰到敌十一师的部队,双方都未搞清,都认为是自己部队的侦察员。所以各进自己的宿营地。经一夜行军,刘司令员很疲乏,我们住何小寨,警卫员还没给刘安排好房子,他就躺在装有稻草的房间睡着了。我们刚架好电话,二局同志报告,这一带有敌人,他们已抓到一个。接着一个老人对我们说,你们怎么在这里?这里周围都是敌人。敌人未住我寨,因这个寨子四周都是水,只有你们从西面来的一道桥一条路,下午敌人看了看就走了。接着稀疏的枪声。我立即将刘推醒,对他说。他怎么也不相信我们的。他要找那个老头亲自问。老头还在我们房间并未走。刘问:你怎么知道是敌人部队?老头说:你们的部队不带锯子斧头,宿营时不锯树。李先念的部队在这里活动时从未把老百姓的树锯了,用树枝把房子周围搭成一个圆圈。刘问:他们穿的什么衣服?比你们整齐,黄的。我接着说:'我们不带锯,不锯树。'刘:杨勇部队的工兵就带着锯子斧头。他们在平原作战,也锯树。我催他快走,他不,要王文桢参谋去找吴忠,王按图去找吴忠。说完王直奔吴忠住地,结果进入了敌人的团部。王非常机警,立即跑步离开敌人,接着就是枪声,打伤一名通信员。这次差点把刘邓的关防印章丢了(按:王文桢背的背包里装着刘邓发布命令的关防和他们的图章。)王还没回,枪声不绝,但是步枪、手枪声。我们把刘推上马,刘给我一个大指南针说:180度,我说没有桥。他不管,还说朝180度走。结果硬是朝180度走到河岸,又转来朝270度过桥,又不走了!问:张际春在哪里,李雪峰在哪里,还有什么二局到了没,他们知不知道在哪里集合。我一一作了回答。我军政处的参谋全派出了。接引他们到集合点。快走吧!这时已听远处有机枪声,但不激烈。当我们到集合点时,二局、通信、区党委的、政治部的都比我们先到集合点。真快！刘看见我们直属捉的俘虏坐在一排，问他们，你们是哪个部队的，他们答的与我们六纵番号差不多。真奇怪。我们刚集合好，向南行时，飞机来了。在我们上空，因为浓雾笼罩着，什么也看不见。刘在马背对我们说：天助我也！天助我也！并说西游记的作者的思想，确有独到之处，每当走到绝路之时，就是腾云驾雾。一路上干部战士连夜行军没有休息，但个个眉笑颜开。走了不到十里，突然找我问：邓政委现在在哪里？天呀！只有马克思知道。根本没时间架电台，同时，也不允许通报。他也没再多问。

180度，非常正确，我们没有这180度，就脱离不了敌十一师、十八旅。我们整天昼夜行军，到了谢凹已是：12月15日。

5. 又是兵家妙用

杨国宇后来写的《也谈刘伯承脱险》还做了一点补充：

刘伯承来到集合点，看到俘虏一排排地坐在地下，便问道："你们是哪个部队的？"

"六纵队。"俘虏们答道。确实与昨天晚上发现的一样。

刘伯承笑着说道："昨晚我们在你们道上行军，今天请你们在我们道上行走好吗？"

正当刘伯承和他的直属队准备后转180度向南走时，北面的枪炮声、轰炸声更加激烈。杨苏纵队正在拼命打。

这时，刘伯承要叫张际春、李雪峰同他一道行动。杨国宇等人不同意。杨国宇在文章中写道："刘伯承虽是我们队伍中的最高指挥员，但在战斗编组中，他仍是一个编队的成员；况且李达早有言在先，不要几个首长集中在一起走,一起住。大的战略、战役行动,我们得听他的;战术上的战斗行动,他得听我们的。他很遵守纪律,也未再提。"

后来,关于这次历险,刘伯承又讲了一段《水浒》。他说:"李逵下山接妈妈,半路上只顾给妈妈找水喝,让妈妈一个人留在山上,被老虎吃掉了。我这次也像李逵那样,只顾打仗,差一点让妈妈给老虎吃了。"他说的妈妈指的是谁呢?是中共中央中原局。刘伯承入党以来,忠心耿耿,始终是把党看作自己的妈妈的。他多次说:"我们这些人,离开共产党,什么也干不成。"他告诫高级指挥员们千万不要居功自傲的时候,往往这样说。

刘伯承北渡淮河,又北渡汝河。过汝河之前,为了搭桥的事,杨国宇说了句"直属队很苦",他是想休息一下再干。刘伯承听到"很苦"两个字,批评了杨国宇,用手指重重地指着他说:"慈不掌兵,你懂得不?少数人的饥渴和疲劳,换取大多数人的温饱和安全。你以后要学会算大账,不要学农民抓小事。"杨在日记中接着写道:"批评得好,促使桥在12时以前搭好了。"(见前引书第333—334页)

几天之后,后指来到一个叫做韩老家的小集,这又是兵家妙用。这是前几天研究住地时刘伯承指定的地点。那天杨国宇问道:

"这里北面是沙河,南面是洪河和汝河。你讲过,背水作战,兵家所忌。我们为何要住在兵家所忌的地方?"刘伯承回答说:"你这个人!不用脑子。这边的敌人是另一个系统的。我们住在敌人两不管的中间。"(见前引书333—334页)

果然,刘伯承在这个两不管的地方整整住了一个星期,开了好几次大会。李雪峰一连两天向直属队作了土地改革问题的报告。刘伯承说过,最危险的地方,往往是最安全的地方。有人说他指挥作战像押宝一样。这回又给他押中了,这七天平安无事。

刘伯承也在这里作了报告,手指着大别山说:"我们在这里给大别山照亮。"

刘伯承把大部分电台和情报处都带过来了。他在淮河北岸同各方面和各军区联系,统筹中原全局;研究敌情,给留在大别山的邓小平提供情报;同时,指挥那三个纵队,在三个地区展开。

刘邓大军在大别山及其周围拖住了大量蒋军,刘邓两人一再向部属鼓劲:我们拖得越多,背得越重,对兄弟部队越有利。为了全局,这两位巨人乐于挑重担。

6. 钻空子投篮

蒋介石对大别山,无论是集中合击还是分兵进剿,都遭到失败。蒋军找不到邓小平和他率领的主力,却不断遭到袭击,陷入了进退维谷的境地。而刘邓大军转到外线的三个纵队乘机驰骋,进展很快。第十、第十二纵队依托桐柏山、大洪山建立了根据地,成立了桐柏、江汉两个军区,同豫陕鄂区连成了一片。第一纵队向淮西挺进,开辟了豫皖苏十余县的工作,成立了一个新的军分区,使大别山和豫皖苏连成了一片;并与华野主力和陈谢兵团在平汉线会师。

蒋介石本来是决意抓住大别山不放的。开始,华野主力和陈谢兵团在平汉线上攻克了许昌等20座县城,歼灭了他的整三师和第五兵团等大量部队,几乎打烂了他的屁股,他还是咬着牙,忍着痛,不肯回师救援。打了一个多月,蒋介石不但在大别山碰得焦头烂额,而且丢掉了桐柏、江汉和淮西广大地区。他的长江防线,武汉重镇和信阳基地直接暴露在解放军的攻击面前。平汉、陇海两线又连遭陈粟大军和陈谢兵团严重破击。他眼看中原不保了,再咬牙也忍不住了,不得不从大别山周围调走13个旅,缩到铁路沿线。

刘邓大军在大别山吃尽了苦头,终于站稳了脚。刘伯承说:千里跃进大别山是釜底抽薪,这一招很厉害,但是不要怕烧手,"釜底抽薪要不烧手那是开玩笑。"(见《刘伯承军事文选》,531—532页)的确,部队

413

拖瘦了，减员很多；重武器经过几次轻装，基本上轻装掉了。最初占领的县城，全部暂时撤出。但野战军主力还在，特别是在农村生了根，建立了许多地方部队和农民游击队。这块根据地已经重新建立起来。这一回，无论蒋介石怎样打，再也不可能把他们打出去了。

邓小平率三个纵队主力转出大别山，刘邓两人分开75天之后，1948年2月20日在淮河北面安徽省境内会合。千里跃进的四个纵队，都留下一部分兵力在大别山继续战斗。

当初布成品字阵势的中原三军逐步会师，在4 500万人口的江淮河汉广大地区完成了面的占领，建立了中原根据地。蒋军退守据点，陷入了如刘伯承所指出的"线线被切断，点点被包围的态势"（见《刘伯承军事文选》78页）

逐鹿中原的斗争又跨进了一个新的阶段。

这年6月，中原军区在河南南阳附近举行高干会议。刘伯承说："中原区有三山（泰山、大别山、伏牛山），四河（江、淮、河、汉）。我们依托三山，逐鹿中原，把四河变成我们的内河。"这时黄河、淮河已变成内河，现在是把汉水变为内河的时候了。"

他又说："敌人有三怕：一怕进关（指东北野战军入山海关），二怕过江，三怕入川。中原就有敌人的两怕。""汉水区是其最大弱点。此地既可渡江，亦可入川，且是敌人接合部，无法弥补。"

这次会议是在宛西、宛东两大战役之后举行的，南阳在古代称为宛。一个月以后，这年7月，刘伯承趁敌我两军主力对战于豫东和平汉线，襄（阳）樊（城）孤立之机，突然发起襄樊战役，全歼守敌两万多人。当初蒋介石、白崇禧判断刘邓手中已无主力攻襄樊，而襄阳自古以来易守难攻，可以固守。不料刘伯承留下第六纵队，摆在既可东援平汉线，又可西取襄樊城的位置待机。这时刘伯承看准机会下手，蒋介石、白崇禧连忙发援兵也来不及了。刘伯承说："这一仗极似在篮球场上，双方队员互相牵制住了，我方以一人乘机钻空子投篮得分。"（参看《刘伯承

用兵要旨》454—455页）

　　襄樊是汉水重镇。打了这一仗，占领了襄樊和老河口，汉水也变成内河了。

　　指挥打襄阳的是六纵司令员王近山。自古以来攻襄阳必先夺南山，消除居高临下的威胁。他观察了地形，思索了几天，认为这样打，必定损耗兵力；万一久攻不克，援兵到来，还可能打成败仗。只有城西有一条千多米长的狭长走廊，直通西门。虽然南山下有两座小山，控制着这条路，西门外的几座建筑也构筑了碉堡，但是只有直捣西门，才能争取时间，减少伤亡。这是个大胆的打法，必定大出蒋军意料之外。刘伯承批准这样打，果然打成功了。王近山是大别山人，在红四方面军入伍。后来他讲到自己成长的过程说："勇敢是向徐帅学的，指挥是向刘帅学的，果断是向邓政委学的。"他好学深思，成了一名智勇双全的战将。（见李德生：《战将王近山》）

三十、点睛之笔

1. 遥想公瑾当年

淮海大战,解放军 60 万人,打败蒋军 80 万人,歼灭蒋军 55.5 万人。被歼的五个兵团,大部分是蒋介石的精锐。中原逐鹿之争至此结束。蒋介石末日来临。淮海战役后十天,1949 年 1 月 21 日,蒋介石宣布"引退"。中国历史上,得中原者得天下,果然如此。

这样的大战,在世界军事史上也是罕见的。淮海战役 38 年之后,新华通讯社报道:美国一些军事学院,把它列为世界战史上的一个重要战例加以讲解。有的学院邀请中国专家前往介绍,有的派专家来中国研究。(见 1987 年 5 月 20 日新华通讯社新闻稿)

最先表示大感兴趣的是斯大林。苏联哲学大师尤金应毛泽东之邀来华之前,斯大林对他说:"你到中国帮我办一件事,替我弄清楚淮海战役胜利的原因。60 万人打败 80 万人,是个奇迹。"(参看胡兆才:《奇迹的由来》。见《二十八年间》179—180 页)

毛泽东向尤金讲了这次战役的概要,说最初是粟裕建议的,后来扩大了。具体指挥的是总前委的刘伯承、陈毅、邓小平三人。三人中刘、陈两人现在南京,你到南京去找他们吧。

1951 年 2 月的一天,刘伯承在南京为尤金主持了一次座谈,陈毅在介绍情况中说:

"淮海战役原来设想的规模很小,只打算由华东野战军在徐州和海州之间消灭黄百韬兵团后解放淮阴、淮安。后来,中原野战军进展快速,攻克郑州、开封。中野由开始的配合作战,发展到攻克宿县,直接参战。两个野战军合起来越打越大,越打越奇,我们也越打越高兴。"(见上引胡兆才文)

陈毅所说的中原野战军就是刘邓大军。淮海战役第一阶段,刘邓大军攻克津浦路上的宿县,斩断徐(州)蚌(埠)的联系,完成了对徐州蒋军的战略包围。这是刘伯承出的高棋,小淮海战役就逐渐发展成大淮海战役。

这时,蒋军在中原的主要兵力分为两大集团,隶属于两个"剿匪总司令部"。一个摆在中原的东北角,以铁路交叉点徐州为中心,由"徐州剿总"刘峙、杜聿明指挥;一个摆在中原西南角的平汉铁路南段,由"华中剿总"白崇禧在武汉指挥。

这年5月,中共中央为了进一步经略中原,决定扩大中原局,以邓小平为第一书记,陈毅和邓子恢分别为第二、第三书记。恢复中原军区,以刘伯承为司令员,陈毅、李先念为副司令员,李达为参谋长,邓小平为政治委员,邓子恢和张际春为副政委委员。陈毅仍任华东野战军司令员兼政委。刘邓大军原来的正式名称是晋冀鲁豫野战军,这时改称为中原野战军。这些调整表明,南下的品字形三军,如刘伯承所说,已经逐渐会合了。

现在再来讲淮海战役。

最初是华东野战军代司令员粟裕向中央军委建议,华野主力攻克济南以后,即行南下,目标是攻占两淮(淮阴、淮安),乘胜收复宝应、高邮;然后攻占海州、连云港。按照这个目标,他称之为淮海战役。中央军委复示同意,并指出第一步是歼灭黄百韬兵团于新安、运河之线,还有第二步,第三步。复电中说:打好这三仗,"可以打通山东与苏北的联系,可以迫使敌人分散一部分兵力去保卫长江,而利于你们下一步进行徐州、浦口线上之作战"。后来范围扩大了,名称却没有改。

国民党方面称之为"徐蚌会战",比较切合实际。不过它原先并没有这个计划,完全是被迫应战。已经在徐州、蚌埠之间打起来了,而且牵动他的兵力越来越多,他才逐渐判明这是继辽沈战役之后的一次更大的战略大决战,于是叫成了"徐蚌会战"。

这里让我们先讲一个小故事。这年(1948年)10月间的一天,刘伯承、陈毅、邓子恢、张际春几个人在豫西的中共中央中原局,不是正式开会,也不是聊天。陈毅、邓子恢是6月14号来到中原局就任的。这时,邓小平到中央开会去了。中央决定打淮海战役的指示已经来到中原局。这次他们几个人谈论的主要是干部问题。形势发展得这样快,军队和地方,城市和农村,各个领域,各个方面,都需要干部。

陈毅说:"这里由伯承指挥,东边由粟裕指挥,我去办大学,培养干部。"这位大革命家,才兼文武,满腹经纶,他说得很认真。

邓子恢马上接过话头说:"你办大学,我去当教员。"邓子恢一直想在中原军政大学里设个财政系。这所大学是1948年9月成立的,刘伯承兼任校长和政委。

刘伯承笑了,说:"三国时候,刘备带了三员大将去当新野县长,真是船桅杆锯作拴马桩,大材小用。我们现在的新野县长是个团级干部。形势发展得快,干部确实太缺少。现在你们可以去中原大学看看。不过再过两个月,你们谁也别想当大学教授了。"

接着,他们就谈起淮海战役来。刘伯承说:

"到那时候,假如粟裕在东边挟住敌人的额,我同子恢在这里揪住敌人的尾巴,陈毅和小平上去截断敌人的腰,置敌人于死地。"

这个故事是刘邓大军的宣传部长陈斐琴告诉我的。这次座谈他在场。他说:真像东坡词里写的公瑾当年的气概,"谈笑间,樯橹灰飞烟灭"。

就刘伯承而言,他这样策划天下大计,绝非偶然。"挟其额,揪其尾,截其腰,置之死地而后已。"他多次讲过这种战法,这年4月在中原的高干会议上又讲过,而且多次成功地使用过。一年前他横渡黄河,实施中央突破的时候,就是这样打的。那时他说:"山东按着敌人的脑袋,陕北按着他两条腿,我们拦腰砍去。"他历来全局在胸。何况这时他是中原第一号军事首长,对于即将在江、淮、河、汉之间开始的淮海战役,他这样从全局着眼,正是他分内之事。

2. 取宿县斩断徐蚌

由华东野战军发起的淮海战役要开始了。中央军委令中原野战军全力配合。于是中野兵分两路。一路是刘伯承率领主力一部加紧对白崇禧集团作战,把蒋军这个尾巴牵制和抑留于豫西地区。另一路是陈毅、邓小平率中野主力攻击郑州,以吸引孙元良兵团全部回援。孙元良刚由郑州东调,集结于开封以东的陇海路上。接防郑州的蒋军力量单薄,中野攻击郑州,不仅可能把孙元良牵回来,甚至可能把邱清泉兵团也牵一些往西来,这就更有利于华野在徐州东面作战了。

蒋军统帅部也有自己的打算。蒋介石当初接受了杜聿明的计划,集结重兵于徐州地区,力求首先消灭华野一部,以振作士气,然后逐步挽回颓势,扭转全局。杜聿明这个计划中最担心的是刘邓和陈粟这两支大军会合,因此,他寄希望于华中蒋军,特别是黄维兵团,即使不能消灭刘邓大军,也要极力把它牵制在西面。(参看杜聿明:《淮海战役始末》)

蒋介石们完全没有意识到,他们在西面干得越起劲,越有利于华野在东面打他们。

10月初,华中蒋军从平汉线上分三路出动,直扑中野的后方基地伏牛山地区。接着,白崇禧到信阳,亲自指挥张淦、黄维两兵团,企图在河南、湖北交界地区,围歼中野二纵、六纵和桐柏、江汉地区主力。刘伯承指挥部队与蒋军周旋,将黄维兵团引向桐柏山区,将张淦引向伏牛山区。正当白崇禧这两个兵团深深陷在平汉路西面山区里的时候,陈毅和邓小平指挥所部于10月下旬连续攻克郑州和开封。

淮海战役开始之前,粟裕又向中央建议,鉴于此役已不再是华野单独执行的任务,请已到前线的陈、邓统一指挥。中央同意。11月6日,淮海战役第一阶段开始。在这之前三天,11月3日,刘伯承提出了攻取宿县、斩断徐蚌之计。这是在中原军区这天的作战会议上提出来的。

他说:蒋军重兵守徐州,它的补给线只有一条津浦路,怕被我军截断,所以令孙元良兵团到宿县,今天已经全部到达。昨天陈、邓预料,刘汝明可能放弃商丘东逃,邱清泉也可能移到徐州附近。从今天得到的情报看,有这个趋势。所以,只要不是发生重大不利的变化,陈邓主力应力求首先夺取宿县,截断徐宿间铁路,造成隔断孙兵团,会攻徐州的形势。这就是说,从我军会战的西南面,斩断敌军中枢。用这个打法,定能收到极大的效果。这样打,不仅孙兵团可能撤离宿县北援,便于我在运动中给以歼击。邱兵团也可能因而被迫南顾,减轻他东援黄百韬对我军的压力。这对整个战役必定大有帮助。

会上,大家赞同这个主意。刘伯承叫李达立即拟好电稿,以刘伯承、邓子恢、李达三人的名义发出,向中央军委和陈、邓建议。电文中还写道:"请陈、邓切实考虑,机断行事。"(参看李达:《忆淮海战役》、陈锡联《攻克宿县、截断徐蚌》两文)

陈、邓和中央军委先后复电同意这个建议。早在半个月前,中央军委提出过"直出徐蚌线"的战略构想。那是打下郑州的前一天。毛泽东电示陈、邓:在攻克郑州之后,"迅速全军东进,相机攻占开封,或者不打开封,直出徐蚌线,不但钳制孙元良、刘汝明,并且钳制邱、李两兵团各一部"。刘伯承这一着,不但完成了统帅部这一战略构想,而且大大扩展了它;不只是直出徐蚌线,而是把它截断;不只是起钳制作用,而是把徐州蒋军包围起来,不让他们南下逃跑。中共这些领导人物,都是经天纬地之才。他们怀抱共同的理想,合作默契,互相启发,刘伯承走出这一步活跃全局的高棋来,可以说是很自然的,顺理成章的事。

但是中央军委远离战场,还是不很放心。毛泽东于11月5日致电陈、邓,提出两个方案请他们考虑:"第一方案,你们到永城后不停留,继续东进,完成对宿县的包围,然后看情况,好打则攻歼之,如敌援甚快不好打,则打援敌。第二方案,以一部破徐蚌路,以主力打蒙城,得手后大破宿蚌路。"

陈、邓根据战场情况,决心打宿县。于是刘伯承于11月10日赶到前线,与陈、邓会合。刘、陈、邓三人会合,首先要解决的问题是两个:一是怎样攻占宿县,二是怎样打黄维兵团。

3. 一箭双雕,满盘皆活

何以出现了打黄维的问题呢?他不是远在西面平汉路方向吗?

原来,黄维兵团已经奉命紧急驰援徐州。他好不容易从豫西山区爬出来,刚在平汉线的确山、驻马店一带集结,蒋介石便严令他火速东援,已于11月17日出动。他正要走津浦路宿县这条路,那时宿县还在国民党手中。即使他从蒙城直奔徐州,也定要靠津浦路补给,宿县也是他的补给重地。黄维这样一个12万人的大兵团,又是机械化程度相当高的大兵团,岂能不随时补充汽油弹粮,岂能离开铁路公路。刘伯承1940年就说过:战争中"交通有无保障,是胜败的枢纽"。近代是这样,现代更是这样。(引自《百团大战第一战役》,见《刘伯承元帅大军指挥手记》,271页)

攻占宿县,斩断津浦路这条交通线,单就对付黄维兵团来说,首先就是迫使他进行无后方作战,光是这一条,他就受不了。不仅如此,这一着实际上是挡住了他的去路,准备好了打击和歼灭他的阵地。从这个意义上说,攻占宿县,又是歼灭黄维的前奏,这两件事直接挂上了钩。所以刘伯承赶到这边前线来与邓、陈会合,首先就是要解决这两件事。

反之，如果让黄维过来加强了宿县，巩固了津浦路这条蒋军的生命线，不仅不利于第一步歼灭黄百韬，不利于尔后歼灭刘峙、杜聿明手下其余那三个兵团——邱清泉、李弥、孙元良，还将使解放军陷入水网地区的不利阵地。更重要的是，如果让黄维同那几个兵团靠在一起，整个战局便将大大改变。至少，中原逐鹿之争，很可能要延续一段时间，不可能解决得这样快。蒋介石十万火急严令黄维迅速东进，不是没有道理的。黄维兵团在桐柏山区被拖得人疲马乏，来不及补充装备，甚至黄维本人都来不及召集他的军长们开个会，便慌忙上路。这样看来，尤其可见刘伯承这一着乃是制敌先机的高棋，具有何等重大的战略意义！

这步高棋同时也是一步险棋，越是高妙，越是危险。宿县又叫宿州，与徐州并称为北徐南宿。徐宿两字同音，宿州又有小徐州之称，同是兵家必争之地。它筑有永久性工事，是徐州蒋军的补给基地，军运繁忙，城防坚固，护城河既宽又深，不是好打的。而这一仗又只能胜，不能败，而且必须速战速决。如果拖延时日，蒋军从蚌埠和徐州南北对击，再加上黄维西来，那就不堪设想了。

刘、陈、邓决定抓住战机，速战速决。这时华野在徐州东面打黄百韬，鏖战方酣，因此徐州其他蒋军还脱不开身；黄维还在途中，一路上遭到拦阻打击，一时还到不了；孙元良兵团又刚刚从宿县北上救援黄百韬，宿县守军只有一个师，处境孤立。这是好机会！战机稍纵即逝，必须赶快！刘邓大军三纵和九纵各一部，奉命承担这个重任。11月12日起发起战斗，15日17时开始总攻，激战至15日24时结束战斗，全歼守敌1.2万余人。把蒋军这条中枢生命线，拦腰斩断了。

中央军委十分高兴，对刘、陈、邓的气魄和智慧极为赞赏。毛泽东后来在电报中说：在淮海"战役发起前，我们估计可能消灭敌人18个师。但对隔断徐蚌线，使徐敌完全孤立这一点，那时我们尚不敢作这个估计。"（转引自陈锡联《攻克宿县，斩断徐蚌》，见《战场亲历记》，163页）

4. 总前委刘、陈、邓

小淮海战役变为大淮海战役,是中央军委11月9日确定的。那是刘伯承建议之后第六天,那天他还在豫西。那天毛泽东在给陈毅、邓小平和华野粟裕等人的电报中说:

"徐州敌有总退却模样,你们按照敌要总退却的估计迅速布置截断敌退路以利围歼是正确的。""现在不是让敌退至淮河以南或长江以南的问题,而是第一步(即现在举行之淮海战役)歼敌主力于淮河以北,第二步(即将来要举行的江淮战役)歼敌余部于长江以北的问题。"

淮海战役从此发展成战略大决战。毛泽东在这个电报中称之为"江淮战役",不过后来再没有这样叫。

毛泽东这个电报的次日,刘伯承来到淮海前线与陈、邓会合。

斩断徐蚌的次日,11月16日,中央军委决定成立总前委,统筹一切。总前委由刘伯承、陈毅、邓小平、粟裕、谭震林五人组成;以刘、陈、邓三人为常委,临机处置一切;邓小平为总前委书记。毛泽东在下达这个命令的电报中又说:"此战胜利,不但长江以北局面大定,即全国局面亦可基本上解决。"

总前委立即成立,常委刘、陈、邓三人讨论分工。

邓小平说:"两位司令员同志,我比你们小几岁,身体也比你们好一些,具体工作让我多做一些。"那年邓44岁,正当壮年。陈47岁,稍大一些。刘却可以说已经开始进入老年,56岁了。

陈毅说:"我们既要竭尽全力,恪尽职守,又要尊重政治委员的意见,这是理所当然的嘛。"

刘伯承说:"在我这把年纪里,这样的大会战、大决战,不会很多了。这样的大战千载难逢。我们理应努力工作,拼命完成任务。"

邓又说道:"大的决策指挥还是靠两位司令,靠我们三个臭皮匠,只是具体工作由我多做些。"

这一点很快就定下来了。总前委没有参谋长,作为总前委书记的邓小平还要挑起参谋长的担子。中野参谋长李达在后方,他要照看华中蒋军的动向,特别是要组织后勤供应和一切支前工作。这样空前规模的大战,后勤供应和支前等等事务十分繁重。总前委最初也没有参谋处长,作战科只有一名科长和四名参谋,情报处等等都很精干。邓小平已向作战科宣布,一般事情多找他请示报告,重大事情同时报告刘、陈、邓三人。

值班怎么办?

以往作战,刘邓在作战命令下达之后,通常夜间可以休息,由李达参谋长掌握部队行动,战斗进行中,遇到疑难大问题,才向他们报告请示。在这次空前重大的大决战中,刘、陈、邓改变以往的常规。一昼夜24小时中,三人中一定要有一人值班,亲自掌握全局。这个原则,三人一致通过。白班好办,问题是夜班。

陈、邓两人对刘伯承,历来像对兄长一样尊敬和照顾。刘考虑到这一点,先发制人,他说:"三人一视同仁,昼夜值班,平等待遇。"陈、邓坚决反对,二比一,否决了刘伯承的建议;只保留一条,但逢特殊重大情况,夜里也可以把他叫起来,三人一起商议。现在剩下的是陈、邓两人的问题了。

邓小平说:"我的身体最好,我应当多值夜班。"

陈毅说:"那不行,值夜班的权利一定要由我们两人分享。"

这段时间,军情之紧张复杂,前所未有。电话铃声通宵不断,电报雪片般飞来,还常常有纵队首长黑夜叩门,或派出轻骑急驰前来请示任务,递送报告。战况瞬息万变,刘、陈、邓整天不离作战室。他们一天天瘦下去,刘伯承的眼镜架都松了。陈毅爱吃肥肉,保健医生翟光栋过去经常控制他的饮食,现在请他吃他也吃不进去。邓小平平日最注意军容,这些日子胡子老长,也顾不得刮一刮了。

总前委设在一个叫小李家的村子里,只有十几户人家,在临涣集东面两三里的地方。临涣集在永城东南,宿县西北,相距各40公里。这个小村子太小了,在五万分之一的军用地图上也找不到它的名字。这个小小的村子,却是这场战略大会战中解放军的神经中枢。它联系着上至中共中央军委,下至各部队各地区成千上百个单位。邓小平肩上的担子够重的。幸亏他年纪轻些,身体确实好。时值寒冬,他照常用冷水洗澡。

这个小村子紧靠公路,距黄维兵团仅十多公里,距杜聿明也只有三十多公里。有几位纵队首长给作战科打电话,担心刘陈邓在那里太不安全。这三位大兵家却认为正是那地方安全得很,请他们不要操心。

5. 吃了黄百韬之后吃谁?谁吃?

现在说说战场上的态势。

华野攻克济南以后,蒋军重兵集结在以徐州为中心的津浦路、陇海路的交叉线上。东起海州,西至商丘,南自蚌埠,北达临城。刘伯承惯于以各种图像来描绘战场态势。他把蒋军的这种部署叫做十字架。他说:"蒋介石是信奉耶稣教的,他必将钉死在这个十字架上。"

那时,蒋介石举棋不定。究竟是继续把主力集结于徐蚌段呢?还是退守淮河呢?统帅部的高级幕僚们还在争论。10月30日,蒋介石企图放弃徐州,退守淮河。11月4日又改变主意,派已经升任参谋总长的顾祝同到徐州召开作战会议,决定集中兵力于徐蚌两侧,进行攻势防御。

11月6日,淮海战役第一阶段作战开始。华野7日晚全歼山东保安旅,预定8日晚发起围歼黄百韬兵团的战斗。恰好,这个兵团奉命于7日自新安镇地区西撤,一部刚过运河以西,大部尚在河东。敌人在运动中,正是好机会,华野乘机提前发起攻击。运河上只有一座铁桥,蒋军部队和随同撤退的地方党政机关人员拥挤桥头,争先通过,形成了一片兵败如山倒的景象。本来,黄百韬那时还没有败,这种景象太超前了。不过他没在运河上另外再架桥,也实在是怪事。到了第三天,野华就切断了他的逃路。11月11日,把他的兵团部和四个军合围于运河西面以碾庄圩为中心的地区,总面积不到18平方公里。

华野这样快就把黄百韬包围起来,除了华野自己指挥灵活,将士用命之外,还有两个因素。一个是驻守徐州北面原西北军冯治安部所率的三绥区内部,有一位长期隐伏的共产党员张克侠和进步人士何基沣,于11月8日率三个半师起义。华野部队得以顺利通过他们的防区,迅速兵临徐州城下。另一个因素是蒋介石最初命令黄百韬和李弥两个兵团自东而西,同时向徐州收缩,后来为了接应自海州西撤的四十四军,叫黄百韬推迟一天从新安镇撤退。黄百韬于11月10日停留于碾庄圩,李弥兵团按原令先走,撤往徐州去了。如果两个兵团同步后撤,也会增加包围的难度。蒋介石指挥错误,帮了解放军的忙。不过说到底,基本的还是华野进兵神速之故。

11月15日24时,中野攻克宿县,完成了对徐州蒋军的战略包围。

11月22日,华野全歼黄百韬兵团,结束了淮海战役的第一阶段。

第二阶段打谁?由谁来打?在以毛泽东为首的中央军委、总前委刘、陈、邓和华野三者之间,各抒己见,电报纷驰,进行了充分的讨论。毛泽东既鲜明地提出自己的意见,又能博采众议。他每天发出的电报,常达两三份之多。

在黄百韬即将就歼之前,毛泽东主张下一步从南面打起,先打李延年。他说:现在刘峙靠黄维、李延年北上救命,我们觉得南面集中中野三、四纵及叶飞一纵歼灭李延年兵团于宿县以东地区,是至关重要的一着。李延年歼灭后,即可续歼刘汝明,或将其驱至蚌埠,则黄维更陷孤立;而后全力歼黄维。最后再打北面的邱(清泉)、李(弥)等部。

华野粟裕、陈士榘、张震复电拥护先打李延年、再打黄维的方案,接着又复电接受打李延年的任务。

刘、陈、邓主张先打当前的黄维兵团,并建议主要由中野打,华野派适当兵力配合。他们五天内(11月19日9时至23日22时),三次发出长篇电报给中央军委并告华野粟陈张,根据战场上敌我情况包括华野和中野各自的情况,再三详细陈述他们决心先打黄维并由中野打的理由和部署。他们认为,整个会战,须从三五个月着眼,必须分作几个战役、阶段,每个阶段都需要休整,把砍钝了的刀磨锋利再砍,才能保证必胜。因此,华野在尽速解决黄百韬之后,由中野打黄维,华野争取时间休息整补,以利再战。他们再三强调这是上策,否则整个战局"可能陷入被动"。

讨论来,讨论去,讨论了一个星期。最后,中央军委毅然决定采纳刘、陈、邓的建议。11月24日15时,毛泽东复电刘、陈、邓并告粟、陈、张:

"一、完全同意先打黄维。二、望粟陈张遵刘陈邓布置,派必要兵力参加打黄维。三、情况紧急时机,一切由刘陈邓临机处置,不要请示。"(转引自陈斐琴:《围歼黄维兵团的决策》一文,此文引述了三方面往来商讨的那些电报的全文。载《刘伯承元帅研究》,第二期)

对这个决断,当时在总前委担任作战科长的张生华,在他的回忆文章里十分谨慎地不谈全局,写道:中央军委和毛泽东"及时采纳总前委常委的建议,并再次重申给予刘、陈、邓'临机处置'之权,这对取得淮海战役第二阶段的胜利,起了重要的作用。"我们完全可以想象,这位亲历其境者的这句话,包含何等分量!这种讨论和最后那样决断,在国民党方面是不可能的,蒋介石是做不到的。战场上某一个师的行动都要由蒋介石"乾纲独断",兵权他是一点儿也不肯放手的。

事实已经证明,先打黄维的确是上策。第一阶段歼灭黄百韬以后,蒋军还有三大股。一股是蚌埠地区的李延年、刘汝明两个兵团,虽然是个弱敌,但是有蚌埠为依托,比较容易缩回去;而且正由于是弱敌,打掉他也不解决问题。一股是徐州地区刘峙、杜聿明指挥的邱清泉、李弥、孙元良三个兵团。他们靠在一起,兵力很大,以设防坚固的徐州为依托,是个大硬核桃,一下子不好啃。另一股就是黄维。尽管他也是蒋军五大主力之一,甚至可以说是最强的一个,但他这次远道而来,比较冒进,比较孤立。前面说过,他已被迫陷于无后方作战的困境。而且,他已经来到面前,已经非打不可,只有先消灭他,才好在最后阶段消灭杜聿明集团,才能达到这次战略决战的目的。

所以刘伯承说:消灭黄维兵团是淮海战役中承前启后的一仗。

6. 吃一个,夹一个,看一个

中野自告奋勇打黄维是一个壮举。进军大别山的部队都留下了部分兵力在大别山。这时,七个纵队中,只有四纵、九纵和六纵比较充实,其他四个纵队都不满员,总兵力约12万人,兵力一比一,武器装备却差多了。打这样的大仗实在很困难。但是中野全军上下摩拳擦掌,决心很大。

邓小平说:"只要歼灭了蒋军这个主力,中野就是打光了,全国各个解放军仍然可以取得全国胜利。这个代价是值得的。我们要以烧铺草的精神来打。""烧铺草"是中国南方某些农村的风俗,就是谁家的某人死了,埋葬的时候,把他垫过的铺草也烧掉。

早在10月份,刘伯承为了配合华东作战,就有意识地把黄维兵团拖向桐柏山区。他被拖得晕头转向,只好收兵回到平汉线上。从《淮海战役亲历记》一书中我们看到:黄维说那时他和白崇禧对刘邓大军的意向和主力所在茫无所知,白崇禧"只是盲目地说要以攻为守"。一位少将参谋长梁岱说,这是"一幕捉迷藏的进军,拖得部队精疲力竭"。"王牌军"十八军军长杨伯涛说:"这次往返奔波,雨雪载途,人马俱感疲惫。特别是快速纵队因道路不良,机械和燃料都损耗甚大",但是蒋介石催促甚急,来不及休整补充,便慌忙出发东进。

刘伯承立即命令紧急追击和侧击。正值连日阴雨,部队日夜兼程前进,一面追击,还要赶到敌军前面去。与一年前千里跃进大别山相似,一路上仍然是一道河流又一道河流。但是江山依旧,人事大改。这一带已经变成了解放区,到处有人民政府、地方武装和游击队的支持和配合。蒋军的遭遇恰恰相反,一路上遇到的是破桥破路和不断的攻击骚扰。黄维兵团全副美械装备,运输车辆多,机械化程度高,碰到这样多的河流,这样英勇奋战的人民和部队,刚出发的头两天每天还能前进几十里,以后越走越难,越走越慢,有时仅仅由于一座小小的桥梁被破坏,不得不一停就是几个小时。

黄维确实是要走宿县这条路的。他说:他遵照指定路线,经蒙城、宿县向徐州东进。由于重武器、汽车、胶轮大车等等很多,还要过好几条河,又受到解放军的拦截和追击,先头18日才到达蒙城。这时宿县已经失守。他想:如果由蒙城正面攻宿县,要过涡河、北淝河、浍河,必遭顽强阻击,太不利了。所以他打算利用涡河的掩护,向东南转到蚌埠方向,"与铁路正面的友军联系,再向宿县进攻"。蒋介石不予批准,仍令按原计划向宿县前进。黄维遵令而行,好不容易到了浍河南岸,碰到刘邓大军在南坪集死守。"全线激战竟日,攻占南坪集。国民党主力渡过浍河……逐渐突入解放军之袋形阵地,其战斗焦点在南坪集以北之朱集方面。"这是11月23日。

不错,黄维攻占了南坪集。但是,他不明白,这正是刘、陈、邓的部署。他们作了一个大胆的决定,放弃南坪集,让出一大片地方,把他诱入口袋。11月25日,黄维兵团被合围了。

这个部署大胆之至。这个大口袋装了12万人马,而且是机械化部队。刘伯承惯于用口袋阵,消灭过几万几千人。但是现在这样大的口袋,在刘邓大军的历史上还是第一次。

黄维兵团在蒋军中也以骄横著称。这也很难怪,这个兵团是蒋介石嫡系中的精锐,辖四个军和一个快速纵队,装备精良,训练有素。特别是其中的十八军,前身是整编十一师,是蒋军中的一只老虎。它是陈诚的老底子,是陈诚一手培植起来的,各级军官是清一色的军校毕业生。蒋介石把这个兵团放在武汉剿总白崇禧手下,无疑寄予厚望,靠它支撑华中战局,保住平汉路和武汉,以防解放军南下长江或西入四川;同时,是不是也含有防范桂系白崇禧之意呢?蒋介石对桂系始终是不放心的。这时徐州危殆,蒋介石万般无奈,才打出这张王牌来。

当时,黄维身负重任,一心效忠。解放军放弃南坪集,他自以为所向无敌,了不起。解放军坚守南坪集三天,顶着飞机、坦克和猛烈的炮火,付出了重大的代价。他以为解放军毕竟守不住,败退了。11月24日上午,他命令主力十八军渡过浍河,得意洋洋向前进。十八军过河以后,继续往前闯,逐渐觉察解放军是大纵深配置,三面都有阵地,这才知道事情不妙,连忙向后收缩,潮水般地退向浍河南岸。刘伯承早就说过,退却是运动战中不可避免的,可又是最难指挥的。蒋军恰恰没有这个本事。他们一窝蜂拥向浍河岸边,部队、骡马、火炮、车辆挤成一团,争夺船只,喧嚷叫骂,有的被推进水里,秩序大乱。十八军部队退回南岸,又把南岸的部队冲乱了。在这样稀里糊涂、乱七八糟之中,黄维兵团钻进了浍河南岸的大口袋。

陈毅跟粟裕通电话,他兴高采烈地对粟裕说:"我们正在这里收拾黄维这个冤家,你们北边也要把杜聿明抓住,南边要把李延年看好。"

刘伯承很高兴,他说:"我们吃一个,夹一个,看一个,现在黄维这块肥肉已经送到我们嘴里了。"他常把作战比作某些人在饭桌上抢肉吃,嘴里吃着一块,筷子上夹着一块,眼睛又盯着菜碗里的另一块。第一阶段,吃的是黄百韬,夹的是黄维,看的是杜聿明集团。战役发展到第二阶段,是吃着黄维,夹着杜聿明,看住李延年。他又说:要保证夹着的掉不了,看着的跑不了,就必须赶快吃掉到了嘴里的。

7. 黄维这个十二万人的大家伙

11月26日起,中野各纵队逐步紧缩包围圈,把黄维兵团压缩在宿县西南以双堆集为中心的地区。这是个狭小的地区,横宽不足15华里。

黄维兵团毕竟是蒋军的"王牌",被围以后,很快调整了部署,稳住了阵脚。他在包围圈里,一面利用空中优势和强大炮火,一面不断强化防御设施,构筑工事,在短短的时间里,形成了相当强固的防御体系。

黄维、黄维,围是围住了,这么个大家伙怎么吃法呢?

刘、陈、邓和张际春等人最后决定把他死死围住,用阵地战把他消灭。作战室的参谋们多数倾向于放开一个口子,诱使敌人逃窜,在运动中歼灭他比较便当。"围三阙一,网开一面,虚留生路,暗设口袋。"这是刘伯承的口诀,人们都背熟了。也有人不同意阙,讨论得很热烈。刘伯承听到参谋们在争论,走过去说道:

"我们也考虑过围三阙一,放开一个口子。不过当前这个敌人装备好,兵力大,必然采取进占一村巩固一村,逐步滚进的战法,不但可以利用我们原有的工事进行防御,而且可以搜括民间一些粮食,这对我们就很不利了。所以我们放弃了那个想法,坚持紧缩敌人于狭小范围之内,困饿他。我们一点一点吃,逐渐削弱他,最后一口吃掉。"刘伯承接着说:"我猜你们有人会说,以前我们经常采用围三阙一的办法,很灵验,是吗?"

有位参谋笑着答道:"我就是这样想的。"

"但是我们也搞过围而不阙呀!"刘伯承笑道,"情况是变化的,要根据实际情况决定打法,该阙就阙,不该阙就不阙,不要教条。你们记得吗?鲁西南战役打郓城我们就是围而不阙。郓城城墙本来就不太坚固,又是掉在我们后面的一个孤立的据点,对于那里的敌人,你再搞什么围三阙一,算什么兵法。我们死死把他围住,吃掉了那个师。接着打六营集,为了避免敌人自恃还有两个师的兵力,困兽犹斗,我们确是围三阙一,全歼了那两个师。最后打羊山集,却又围而不阙,把六十六师消灭了。再有,大别山高山铺战役,有的同志又想围三阙一,网开一面,这不对。我们已经把运动中的敌人引进了地形对我们十分有利的合围圈内,敌人是从西北方向来的,我们在南、东、北三面,先布好了阵,他一来,我们六纵从背后插入,堵住了口子。我们总攻一开始,敌人就向西南逃,逃得掉吗?一纵的二旅,和中原独立旅,摆在那个方向是干什么的?就是为了卡住他嘛。已经逮住了老鼠,你再搞什么网开一面,岂不是让它从你鼻子底下溜掉吗?"

刘伯承讲到这里,向参谋们问道:"你们说说,现在对黄维还阙不阙呢?"刘伯承给参谋们上了一堂兵法课。大家几乎是异口同声地答道:"不阙了。"

刘伯承又说道:"黄维本来是援敌,现在变成了守敌,而且是个大敌。我们打惯了运动战,现在转上阵地战,这个转换是很吃力的。我们首先是,怎样才能紧缩包围?其次是,黄维必然还要发起反攻击。我们必须讲究构筑工事,构筑纵深的、严密的防御体系,特别是只有靠近迫作业,才能把他吃掉。"

果然,这个转换很不容易。

黄维以双堆集为核心,凭借周围20几个小村庄,构筑集团工事,组成环形防御。各种火炮、轻重机枪、火焰喷射器控制了几乎每一寸土地。黄维的副司令胡琏,竟在报话机里用明语向南京方面说:"刘邓一下吞不了我们。"蒋军这样狂妄,并非完全没有根据。经过跃进大别山,当时刘邓大军几乎没有重武器,战场又是无遮无掩的平原开阔地。面对这样的敌人和地形,单凭猛打猛冲确实不行了。

开头几天,有些部队对战术转换的必要性还不能适应,还是按老习惯,企图用一瓢水的办法侥幸取胜,不但不能突破,反而伤亡很大。战场出现了胶着状态,部队产生了急躁情绪。有些基层干部说:"打仗还能不死人,命是公家的,拼完就算。"

11月29日,总前委发出战术指示,告诫部属:敌军坚守待援,我们不可能一鼓攻歼,必须采取稳步的攻坚战,构筑坚强的纵深阵地,攻占一村,坚守一村,一口一口把敌人吃掉。这个指示来得正是时候,各部队逐渐打破了几天来的僵持局面。

8. 这边从零打碎敲开始,那边以零碎应付告终

前线战士们的一些似乎十分偶然的动作,起了大作用。这里举个例:

有一个团一度突破敌军外围阵地,但因敌军火力太密,不好发展进攻。有三个战士冲到了鹿砦跟前,遭到敌军火网压制,攻不上去,又撤不下来。他们为了生存,被迫进行工事作业。先将卧射掩体挖成跪射掩体,再挖成立射掩体,而后互相打手势联络,把工事挖通,连成堑壕,竟在敌军鼻子底下坚持了一天。

各级领导十分重视这种经验,立即推广,逐步予以完善。于是出现了"用工事同敌军作战","工事做得好,歼灭敌人伤亡少"等等口号,提倡既要"敢拼"、又要"会拼",把视死如归的英雄气概与提高生存能力的战术思想统一起来。这样以近迫作业改造地形,用交通沟抵近敌人,大大煞减了敌人的火力和空中优势,这正是扬长避短的高招。而且,工事越抵近敌人,对敌人精神上的震撼越大。咳嗽之声相闻,蒋军却无还手之法,这种坐以待毙的滋味是好受的吗?

刘伯承一生中极其重视总结经验。他自己这样做,对部属也督促很严。进入战略进攻阶段以来,他又再三提醒部属,在新形势、新情况之下,更要随时总结新经验。强将手下无弱兵,这个新经验马上被抓住了。

这个新经验变成了新战术,可以说是敌人逼出来的。全军上下,大家出主意,想办法,终于创造出从四面八方挖堑壕的绝招。每当夜幕降临,四面八方成百的人以一路长蛇队形向敌人前沿运动,直到尖兵离敌阵六七十米,便一起趴在地上。这样从我军战壕到敌人阵地前,头脚相接,形成一条又一条两三百米长的人龙。一声令下,大家开始土工作业,眨眼工夫挖成百来个卧姿散兵坑,接着由卧姿挖成跪姿,很快又挖成站坑。一个又一个的散兵坑,很快连成一线,变成了隐蔽运动大部队的交通壕,两侧还密布了掩体和防空洞。大平原终于被征服了!

这些在广阔的平原上奇迹般的壕沟,突然出现在敌人眼皮底下,距离敌人五六十米,有的甚至伸进了敌人鹿砦以内。蒋军的枪炮很不容易打着解放军,解放军却能凭借这些阵地神出鬼没地消灭敌人。到发起总攻的时候,这些堑壕又成了最牢固可靠的前进阵地。

现在说说黄维方面。在刘邓大军紧缩包围圈的第二天,11月27日,黄维集中四个主力师在飞机、坦克、大炮的掩护下,企图突围。蒋军八十五军一一〇师师长廖运周决定起义。他1926年入黄埔军校,1927年曾加入中国共产党。他自告奋勇打先锋突围。当他全师5 000人按我六纵指定路线出来以后,口袋又立即封死了。黄维以为廖师突围成功,急令另外三个师迅速跟进,结果是空高兴了一场。这一突然变故打乱了黄维的全部计划。此后他又突围几次,每次都碰得焦头烂额。突围不成,部队又饥饿日甚。因争夺空投的食物,彼此动武开枪,自相火并起来。

黄维说,解放军用"依次逐点蚕食攻击的战法","零敲碎打",弄得他"无法挣扎下去"。廖师起义之后,又有黄子华率第二十三师投诚,"愈陷于悲观绝望气氛"。蒋介石先是叫他固守待援,说"死斗必生",后来空投补给有减无增,特别是杜聿明集团也给包围了,黄维认为蒋介石不能不有新的决策,应当将他这个兵团的实际状况报告蒋介石,便派副司令胡琏从临时机场飞去南京。不料,蒋介石说:"你们可以突围,不要管杜聿明,也不要指望李延年。"黄维对这个指示"感到莫明其妙,以为蒋方寸已乱,已经没有整个部署,而是零碎应付了"。(见黄维:《第十二兵团被歼纪要》)

围住黄维兵团才五天,又发生了一件大事。杜聿明放弃徐州,率三个兵团逃跑,也被华野围住了。这一头下文再细说。这当然是件大好事。战局这样变化好极了!杜聿明脱离徐州那个乌龟壳,比较好打。但是他来得这样快,也带来个大问题。两个包围圈相距仅六十公里,围住的是蒋军两个重兵集团,两个大家伙!如果时间拖长了,局势又会怎样变化呢?真是兵情如火,十万火急!必须赶快歼灭黄维!只有赶快解决这一个,才好走下一步,歼灭下一个。

从另一方面说,准备工作已经完成,条件成熟了。于是,总前委决定对黄维发起总攻,将作为战略预备队的华野两个纵队及特种兵和炮兵一部,也投入战斗。总前委除令中野二纵转向蚌埠方向,阻击李延年兵团之外,组织三个集团,从东、西、南三个方向进攻。以四、九、十纵和豫皖苏独立旅为东集团,以一、三纵和华野十三纵为西集团,以六纵、华野七纵、陕南十二旅为南集团。总攻于12月6日下午开始,到15日夜间结束,全歼蒋军十二兵团,生擒兵团司令黄维和副司令吴绍周。

刘伯承要求打一仗进一步,历来重视总结经验。打黄维兵团,以运动防御始,以阵地攻击终,阻、诱、围、歼,是一个完整的过程。这个兵团作战,既有一般蒋军的共同点,又有它特殊之处。总攻开始的第二天,刘伯承就叫作战参谋戴定霖到前线去总结经验。刘伯承说:"黄维兵团在双堆集经营了许多工事,打这样的敌人,我们还是第一次。作战经验是革命先烈流血牺牲换来的,只有发挥这些经验在今后作战中的指导作用,我们才对得起长眠于地下的英烈。"全歼黄维兵团第二天,他又叫戴定霖和胡振中两位参谋再去双堆集。他们冒着熏人的尸臭和严寒,跑遍了200多平方公里的战场,查清了黄维兵团几十个点的构筑,画了27张要图。刘伯承反复修改了总结稿,把有些段落重新写过。这件事到渡江以后才完成。(参阅戴定霖:《总结经验,以利再战——忆刘帅亲自组织双堆集作战总结的情况片断》)《淮海战役双堆集歼灭战初步总结》一书在南京出版,刘、邓、张、李都题了词。刘伯承写道:

"淮海战役乃毛泽东军事学说中各个歼灭(黄百韬、黄维、杜聿明三军)的范例。而双堆集歼灭黄维一战,则为承先启后的关键。由于我在津浦路西侧,从黄维军的外翼开始围攻,而杜聿明则欲从徐州西南捌我外翼,以与李延年军增援黄维,因而被歼灭于永城地区。双堆集以运动战始,以阵地战终,以消耗敌人始,以围歼敌人终。我在转换关头上,运用不同战法,而持之以顽强,必须着重研究而发扬之。"

9. 杜聿明走出蒋氏密室

歼灭黄维以后,剩下的就是杜聿明集团了。他是怎样走上死路的呢?

杜聿明是个有主意,颇自信的人,很得蒋介石宠信。他被俘特赦以后,写了一篇长文——《淮海战役始末》,坦率讲了前前后后自己的心情。他说济南守军被全部围歼以后,他还"认为别人不行,自己还行",拟了一个"对山东共军攻击计划",基本思想是"争取主动,先发制人"。"关键在于华中黄维兵团是否能将二野(刘邓大军)牵制住。如果能牵制住的话,徐州方面打三野(陈粟大军)各纵队是有胜算把握的。"蒋介石勉强接受了这个计划,但是没能彻底实施。

当黄维兵团奉命紧急东调,刘邓大军已先到涡河蒙城地区阻击,杜聿明得到的情报却是这方面没有什么解放军主力。刘峙和"徐州剿总"的人,还在天天骂黄维行动迟缓,按兵不动。黄维已经被围,杜聿明还不知道,他认为还没有到放弃徐州的时候。他提出上、中、下三策。上策是再调五个军加强李延年兵团,协同黄维南北对击,夺回宿县,打通津浦路。其次是将徐州30万兵力与黄维协同一致,撤到淮河以南,亦不失为中策。在目前情况下，徐州部队已不可能安全撤退，万一撤退不当，在野战中被消灭，那就是下策了。

这时，蒋介石叫他到南京开会，他当面提出这个建议。蒋介石采纳了他的"上策"，说："五个军不行，两三个军我想法子调，你先回去部署攻击。"

杜回到徐州，部署夺回宿县。这时，黄维已经被越围越紧；南北对攻宿县的蒋军也遭到攻击败退了。

11月28日，他又被召到南京开会。他先问总参谋长顾祝同："原来决定增加几个军，为什么连一个军也没有增加？"顾说："你不了解，调不动啊。"杜说："目前挽救黄维的唯一办法，就是集中可集中的一切兵力与敌人决战。否则黄维完了，徐州不保，南京亦危矣。"顾丧气地说："老头子也有困难，一切办法都想了，连一个军也调不动。现在决定放弃徐州，出来再打，你看能不能安全撤出？"

杜聿明看到蒋介石决心又变了。他接着写道，这一变，"黄维完了，徐州各兵团也要全军覆没。但无法增加兵力，打下去不可能，守徐州我也失去了信心。我沉思了好久对顾说："既然这样的困难，从徐州撤出问题不大，可是要放弃徐州就不能恋战，要恋战就不能放弃徐州。要放弃徐州出来再打，就等于把徐州三个兵团马上送掉。只有让黄维守着，牵制敌人，将徐州的部队撤出，经永城到达蒙城、涡阳、阜阳间地区，以淮河作依托，再向敌人攻击，以解黄兵团之围（实际上是万一到淮河附近打不动时只有牺牲黄兵团，救出徐州各部队）。"括弧里这句话，是心照不宣，双方肚子里有数。顾同意这一案。

会议当中，杜聿明跟蒋介石到小会议室密谈。蒋马上同意，急忙掉头出去到大会议室，问空军副总司令王叔铭："今天午后要黄维突围的信送出去没有？"王说："尚未送去。"蒋说："不要送了。"

杜聿明文中写道："会后我想：如果蒋介石这封信投下去，徐州的部队也出不来了。"（见《淮海战役亲历记》）

这就可见,杜聿明曾经指望黄维策应与驰援,后来靠黄维拖住解放军以自救。特别是,蒋介石也同意,事到如今,只好牺牲黄维了。

蒋介石被迫放弃徐州,已在解放军意料之中,问题只是杜聿明走哪条路。

当时华野的参谋长张震写了《华东野战军在淮海战役中的作战行动》一文(见《军史资料》,总第十五期),文中道:

> 中野合围黄维之后,毛泽东的电报指出:"我解决黄维后,徐州之敌有向两淮或武汉逃跑的可能;以后又估计敌有向连云港从海上逃跑的可能。华野接电后立即开会研究,有的同志主张围死徐州,不让敌人出来。粟裕代司令员考虑,敌放弃徐州的可能性很大。如经连云港海运南逃,船只码头都有困难,遭我尾追后,将背海作战,遭致全军覆没。如走两淮经苏中南逃,虽可避开我主力,但该地区河川纵横,不便于大兵团行动,且均为我老根据地,将陷入我地方部队和民兵包围中,难于逃脱。如沿津浦线西侧,绕过山区南下,则地形开阔,道路平坦,可与李延年、刘汝明呼应,南北对进,既解黄维之围,又可集中兵力防守淮河,一箭双雕。""因此,华野将主力成弧形布置在徐州以南的津浦线两侧,不将徐州围死,诱敌离开坚固设防的徐州城,在野战中将其歼灭。"

不出粟裕所料,杜聿明走的,果然是津浦路西侧这条路。

本来,东西两条路中间,还有一条路,就是津浦铁路。如果那条路还在手中,不会落到如此地步;就是用来逃跑,也牢靠得多。但是那条路已经被斩断;蒋军曾经南北对击,也没能打通。所以现在,这条本来便捷的津浦铁路,双方都不予考虑了。

一位年轻的研究者陈东,在她的《论攻克宿县》一文中指出,攻克宿县这一着,一直到最后阶段还在起作用,她说这是"整幅淮海作战壮丽画卷中点睛之笔"。这话说得很传神。(陈东此文见《刘伯承元帅研究》,第二期)

这时,徐州已经乱成一团糟。蒋介石令刘峙率徐州剿总机关向蚌埠转移。连这位徐州剿总的总司令,身为徐州的第一号人物,这时也挤不上飞机,等了两天才走成。30晚至12月1日凌晨,杜聿明率徐州蒋军连同党政机关人员共约30万人,呈多路纵队一窝蜂夺路而逃。当日,华野以渤海纵队占领徐州,以九个纵队分别采取尾追、平行追击和迂回拦击的战术,迅猛追击。第二天就在萧县西南把它咬住了,切断了这个集团向永城的通路。

3日上午,杜聿明还想向永城前进,当各司令部尚未出发之际,忽然接到蒋介石空投的一封亲笔信,严厉斥责杜聿明"如此行动,坐使黄维兵团消灭,我们将亡国灭种,望弟迅速令各兵团停止向永城前进,转向濉溪口攻击前进,协同由蚌埠北进之李延年兵团,南北夹攻,以解黄维之围。"

蒋介石又变了。杜聿明召集三个兵团司令会商,各人心怀疑忌,谁也不敢先说个不字,于是决定听令。但是,即使坚持原议牺牲黄维,难道他们就能逃得了吗?

杜聿明写道:"想来想去,觉得江山是蒋介石的,由他去吧!我只有一条命,最后只有为蒋介石'效忠'而已。"

10. 交通是胜败的枢纽

华野于12月4日完成包围。先歼灭了孙元良兵团,然后将杜聿明总部和邱清泉、李弥两兵团合围于永城东北之陈官庄地区,东西约十公里,南北约五公里。围歼时,也是蚕食打法。中间由于配合平津战役,停止攻击20天,围而不打,予以困饿。1949年1月6日发起总攻,经四昼夜激战,至 1 月 10 日,将杜集团全部歼灭。

刘伯承事后论述道:包括淮海大战的那五六个月里,我军进攻的重点,无论是放在打守敌上或打援敌上,或者在援敌变为守敌,而适机转移重点的时候,都必须同时对守援两敌作战,而且是对大援敌作战。(参阅《"论苏军对筑城地带突破"编译前言》,见《刘伯承军事文选》,585 页)

淮海战役中,蒋军的这种由守变援,由援变守的变化,表现得最富于戏剧性。黄维由策应变为赴援,由赴援变为被围待援,由待援而变为固守。杜聿明更是这样,他本来想攻击,却变为待援,待援不成变为固守,固守不成变为撤逃,撤逃中又变为赴援,赴援不成变为死守。赶到他跟黄维一样死守时,蒋介石已无兵可援。如当时蒋军一些将领所说,死守就是守死。中原逐鹿之争,也就宣告结束了。

最后还要说说交通问题,说说杜聿明的谋划。刘伯承强调"交通战"把"交通"作为"战"的内容之一,并且提到战略的高度,杜聿明如何?

杜聿明当初向蒋介石呈献的作战计划中,专列了"交通运输补给方面"一项,分析了双方的情况。他说解放军"全靠人民群众运送和补给","每一战役都发动群众大力支援"。这些,都是对头的。当然,他想不到规模这样大。这次淮海战役中,华东、华北和中原各省支前民工达540 多万人,担架 20.6 万副,大小车 88 万多辆。至于粮食,连几十万蒋军吃的都准备好了。一旦他们起义或放下武器,马上都有饱饭可吃。交通运输中,陇海铁路和津浦铁路也起了很大作用。解放军夺到一段,立即运用一段。中野军政处长杨国宇利用铁路运粮弹,他 1949 年 1 月10 日的日记写道:"我去邓政委处谈了很多问题。邓:你不争功是好的。(意思是淮海战役正酣,战中缺炮弹,商丘无着,蒋介石将炮弹送到宿县,蒋队长比我运的及时,功在蒋)"从红军时代到解放战争,蒋介石被称为运输大队长。

现在再说杜聿明,他对他自己一方的估算,可就太成问题了。

他的作战计划中写道:"万一津浦路被截断,亦可以利用徐州机场空运。"结果如何?

津浦路截断以后蒋方种种演变,杜聿明在《淮海战役始末》中说了不少,这里引一段有关运输补给的话,讲的是他被围期间:

"在这期间,还有一个国民党军无法解决的严重问题,就是在被包围的40天中,粮弹两缺。蒋介石最初幻想在两三日内可以同黄兵团会师,拒绝投送粮弹。继而发现这一战役不是如他所想象的那么容易,才于12月6日起开始投送,但杯水车薪,难以解决问题。最初几天,每日尚有进展,各部只有到一村抢一村,抢劫民间粮食,宰牛马、杀鸡犬以充饥。到19日以后,风雪交加,空投全停,始而挖掘民间埋藏的粮食、酒糟,继而宰杀军马,最后将野草、树皮、麦苗、骡马皮都吃光,天气尚无转晴希望。美蒋为了挽救这一厄运,特从美国调来雷达,临时训练三个伞兵使用,23、24日投到陈官庄,打算用雷达指示空投粮弹,作绝望的挣扎。哪知一着陆机器就发生故障,无法使用。一切办法想尽之后,只有祈求天老爷了,官兵日日夜夜祈求天晴。蒋介石25日来电也说:'我每天祈求上帝保佑全体将士。'总算盼至29日,天居然晴了,开始投粮。飞机怕被解放军打落,飞得很高,投的粮食到处飘落,各处官兵如同饿狼一样到处奔跑,冲击抢粮。有的跟着空投伞一直跑到解放军阵地前,不顾死伤地抢着吃大饼、生米;有的互相冲突,械斗残杀;有的丢开阵地去抢粮,指挥部也无法维持。……元旦,曾投下蒋介石一封亲笔信,一个士兵拿到即将它撕毁,边骂边跑了。"

当然,杜聿明原先策划的是徐州,不是陈官庄。我们姑且不论天老爷对徐州是否就不风雪交加;也不论是否有了机场,有了雷达,30万大军就可以不饿肚子;关键问题是,他何以放弃那个兵家必争的徐州城,又何以逃到这个荒村野地陈官庄来了呢?

让我们重复一次刘伯承在抗日战争中这句话:"交通有无保障,是胜败的枢纽。"

三十一、大迂回

1. 又一次缩短了历史的进程

刘伯承戎马生涯的最后两大战役是渡江作战和进军大西南。这两大战役又一再显示了这位大军事家的战略眼光，显示了这位大军统帅的指挥艺术。

1949年春季，刘邓大军改编为第二野战军，为全国四大野战军之一。二野辖三个兵团和一个特种兵纵队，共计28万人。

中共中央军委最初考虑，渡江作战由三野（陈粟大军）独力完成，后来担心力量不足，决定把二野加上去。仍由刘、陈、邓、粟、谭组成总前委，邓为书记，统一指挥。这个战役叫京沪杭战役，任务是夺取京沪杭，占领南京、苏南和浙江省，摧毁国民党统治中心。

最初从困难方面想得多些，设想了蒋军种种可能的反应，准备再进行一次大规模的决战。到时候如果蒋军完全混乱，无力决战，再依情况临机处理。这是一个"稳健的"计划。毛泽东说：我们还有一个强大的预备队，就是第四野战军。

解放军百万雄师渡江以后，种种迹象表明，蒋军已呈溃乱之势。刘伯承便向总前委建议，改变原定二野攻占芜湖、南京的计划，不以主力往东去南京地区，而往东南，直趋浙赣线以达江西、福建。这是进行大迂回，大包围，把原定的计划扩大了。这里用得着那句老话，英雄所见略同，主持总前委的邓小平、陈毅立即接受了刘伯承的建议。这一通观全局发展而作出的战略决策,使得全盘皆活,大大发展了渡江作战的胜利,加快了解放全中国的进程。

2. 长江天堑死蛇阵

淮海战役以后,蒋介石依然不肯认输,他在和谈烟幕下,积极组织长江防线,阻止解放军南进。他企图依靠长江天堑,暂时形成一个"南北朝"的局面,争取时间,编组新军,等待国际事变,卷土重来。历史上每一个腐朽的走向没落的势力,总有种种理由自安自慰,总是过高地估计自己的力量。这时候,他还拥有作战部队约150万人。从宜昌到上海1 800多公里的长江沿线,他还有约70万人的兵力。这70万人布置在东西两头。以东头为重点,是京沪杭警备总部的汤恩伯集团,约45万人。西头是华中剿总白崇禧集团,约25万人。他还有海军和空军,有舰艇130多艘,飞机300多架,沿长江构成了所谓陆海空立体联合防线。

从蒋介石这个部署和后来实际的演变来看,蒋介石这又一次"押宝"是押在长江上面。否则,何以他的长江防线一旦被突破,他的全局就如同决堤一般崩溃了呢?当时美国驻华大使司徒雷登在回忆录里说:国防部有人告诉他,长江可以抵得上300万大军。(见《在华五十年》中译本230页)长江确实非黄河可比。长江宽得多,深得多,用得上海军,空军基地也在这一带。特别是解放军没有空军,更没有海军,只有木帆船。木帆船能突破长江的立体防线吗?何况长江上还有帝国主义国家的军舰,他们站在蒋介石一边,共产党真的吃了豹子胆,敢于以卵击石吗?所以,如果说黄河只抵得40万大军,而长江却可以抵得300万!这是有根有据的,不是瞎吹牛皮。

现在人人可以说蒋介石以及司徒雷登之流是在打如意算盘,而人们打起如意算盘来,总是越打越起劲。不过回想当时,蒋介石们盘算的,难道全不是事实吗?难道除了木帆船,解放军还有海军空军吗?而且解放军主要是北方部队,北方人没有不怕水的。《三国演义》的故事,老少皆知。曹操以数倍之众南征孙吴,但因北方部队不习水战,结果被周瑜打得大败亏输。

冷静地回想一下,解放军渡江之胜,简直近乎神话,不可思议,这是战史上的创举,是人类的奇迹!

以毛泽东为首的中国共产党人,这些一代人杰,这些非凡的英雄人物,自有他们非凡的智慧和胆略。这里只说刘伯承。

在刘伯承看来,蒋军这个长江防线是一条"死蛇阵"。他说蒋介石长江防御的所谓"前进配备",大而言之,即其在黄河长江之间的防御,小而言之,即其经常叫嚣的守江必固淮,都因淮海战役基干兵力的丧失而无法实施。其所谓"后退配备"也因兵力少,江防宽,与南岸交通困难而作不成。如此,他就不能不着重于"直接配备",但是兵力还是太少。汉口以下两千余里的长江防线,及其必要的纵深配备,太费兵力了。在长江北岸鼓出的如汉口、浦口等要点,也各只有两个军的基干兵力。至于海军,他的江防舰队在北岸没有掩护,航线极受限制的条件下,到处易遭短兵炮火的袭击,也不易起撞沉木船的作用。特别是他反人民的内战,到了现在阶段,士气越发不振。这些因素加在一起,"遂使这样漫长的江防成为一条不能动弹的死蛇阵,任人横斩。如其一处被斩断,则全线震撼"。(引自刘伯承:《〈论苏军对筑城地带的突破〉编译前言》)

由此,他得出两点基本的结论:

一点是:渡江是整个战役的"关键","只要我军渡江成功,无论敌人如何处理,战局的发展都将发生于我有利的变化,并有可能演成敌人全部混乱的局面。"所以必须兢兢业业做好渡江作战的一切准备,"这对我们北方部从来说,尤其不可马虎从事。"

另一点是:渡江以后,"步兵主力尤应乘破竹之势,放胆向指定地点透入,挺进贯穿敌人纵深,施行迂回截敌退路而兜歼之,切不可为中途残敌(或掩护队)所抑留。"(见前引"编译前言")

3. 曹操吃了不识水性的亏

1949年3月,刘伯承全面研究了渡江作战的种种问题,研究了长江的特性,研究了怎样使北方战士熟悉水战,怎样察明江幅、流速、南岸地形等等和敌情,怎样在敌前强渡和渡江以后怎样作战。他写了《渡江战术注意事项》,作为二野总部的指示下达。又编译了《论苏军对筑城地带的突破》,写了编译前言,连同他在淮海战役以前编译的《论苏军合围钳形攻势》加上《渡江作战之研究》等几份资料编成一本书下发。他说,他早就想做这件事,因为时间来不及,所以迟到现在,但还是可以作为突破长江防线的参考材料。

这个《渡江战役注意事项》的指示受到了二野全军干部的欢迎。他们把它叫做十项战术原则,说它"通俗易懂,管练管用"。

大军横渡长江天堑,不仅是中国人民解放军前所未有的创举,也是中国历史上空前的壮举。渡江的准备何止千头万绪。最突出的是两件事:一件是搜集船只,一件是训练部队。找船,当然只有木帆船,这里不多说了。这里只说说部队训练。解放军是陆上的猛虎,现在革命要求他们成为水上的蛟龙。好在这时长江北岸的解放区里有一些河流和湖泊。首先是要让战士们消除畏水情绪,然后熟悉水性。

十五军是二野渡江作战的两个先遣军之一,当时担任军长的秦基伟在他《打过长江去》一文中说:"我们的战士在陆地上一天走百十里路轻轻松松,可在大浪滔天的湖上兜一圈,五脏六腑都得翻过来,呕得叫人心痛。战士们那双弄钢碰铁满不在乎的手,如今却被舵把、橹把、篷索挤磨得血肉淋漓。几天下来,许多生龙活虎的小伙子,被折腾得病病歪歪,明显瘦削,但部队的情绪始终很旺盛,因为大家都明白,不咬紧牙关过好这一关,就不能实现舟楫手段和战斗力的结合,就没有打过长江去的资本。"(秦基伟文,见《战争亲历记》483—505页)

部队掌握了熟悉水性这个基本功,然后循序渐进。从上船下船,船只操纵,救生器材试验和各类兵器水上射击等一般性课目,转入到航渡编队,指挥联络,步炮协同及登陆突破等战术动作。通过训练,连编队行船速度可达每分钟70米,全连登陆动作只需30秒。卫生员在三分钟内就可以把伤员从百米之外推送到救护船上。有道是艺高人胆大,原先怕风浪、怕兵舰、怕"江猪"(江豚)、怕迷失方向、怕登陆后掌握不住部队等等各种各样的顾虑,逐渐一扫而空。

秦基伟说:与其说这是一种训练,还不如说是深刻的思想发动,是"先胜而后战"的群众性的创造和开拓。干部战士把一切应该想到和能够想到的困难都摆出来,大家共同思索,共同钻研,反复试验,从而找出克敌制胜的办法。比如船只分配,开始大小船混编,经过试验,船速不一,容易造成队形混乱,便改为一个单位尽量求得一致。但又带来一个是用大船好还是用小船好的问题。经过讨论,结论是各有利弊。大船载人多,吃水深,可以构工事,有篷可借风力,一旦靠岸,突击力量大;但是比较笨重,无风时划比较吃力。小船被弹面小,比较灵活,便于多路突击,少数船只被打坏,无碍大局;但是不好控制部队。于是最后决定第一梯队多用小船,第二梯队多用大船。又如关于保持队形问题,一度曾指定基准船,使用回光灯(以竹筒套手电向后反照),这样可以保持一定队形,但往往互相等待,延长在水面暴露时间。后来经过演习,确定各船直奔登陆目标,所有船只都只向前出者看齐的办法,自然形成三角或梯次从形。如此,既合乎战术要求,运动速度也快。其他诸如伪装、增大防护能力、通讯联络办法和提高速度等方面,各师都有不少发明创造。他说:"所有这些都反映了人民军队在自己的任务面前,既兢兢业业谨慎稳重,又不拘一格,敢想敢干的良好精神状态。"

4. 不取南京城，长驱追敌
切断浙赣线，先发制人

总前委决定组成三个集团，实施渡江战役。三野为东、中两个集团，二野为西集团。同时，组织几路疑兵，牵制白崇禧。桐柏、江汉军区部队和四野先遣兵团积极向武汉、宜昌、沙市地区宽大机动，寻歼弱敌。这些疑兵，使白崇禧误认为解放军将抄袭武汉，慌忙将他的主力向武汉、九江收缩。

1949年4月20日，国民党政府拒绝在国共双方代表团拟定的《国内和平协定》上签字，毛泽东主席和朱德总司令随即发布"向全国进军"的命令。4月21日晨，三野中集团首先在贵池至芜湖间突破，将蒋军长江防线拦腰斩断。接着东西两集团出动。这天黄昏时候，二野各兵团在安庆上下游约200华里宽的正面上多点强渡。

二野渡江，是在强大的炮火掩护下进行的。刘伯承说："现代战斗的权威就是火力，而炮兵的火力就是掩护步兵的突击成功。"所以二野渡江时，除留少量炮兵对付敌人的飞机、舰队以外，主要炮火都集中在第一线支援渡江。特别是经过湖上的训练，指战员们发扬船自为战，舍死忘生的大无畏精神，冒着弹雨破浪前进。到当晚20点，渡过了16个团，控制了宽200余里，纵深10到20里的登陆场。到23日，二野主力全部渡过长江。

解放军凭着木帆船，突破了蒋介石陆海空立体防线，无疑大出蒋介石们意料之外。不仅是蒋介石，这时还往返于沪宁间长江水上的几艘外国军舰，也被迫连忙撤走。将近一百年来，帝国主义的军舰深入中国内河，自由游弋，横冲直撞的历史，终于结束了。

刘伯承曾经预料，只要渡江成功，蒋军有可能出现完全混乱的局面。不出所料，江防蒋军像潮水一般向沪杭和浙赣线全线溃退。南京政府逃往广州,南京的广播电台骤然停止播音。如此种种,都可见他们对这种形势完全没有准备。刘伯承眼明手快,立即向总前委建议,改变原定计划,二野不向东与三野成交叉运动去南京地区,而往东南远征。除了完成预定截断浙赣路的任务之外,直出江西福建,实行更大规模的迂回包围。这就是首先完全割断蒋系汤恩伯集团和桂系白崇禧集团的联系,暂时放松桂敌,全力迂回汤恩伯集团之侧背,把它包围起来。这样不仅可以密切地配合三野夺取杭州,进攻上海,也有利于尔后向赣西、闽南机动。主持总前委的邓小平、陈毅同意了这个建议,预定京沪杭会战的范围就大大扩大了。

刘伯承按照这个新的决定,立即指挥部队转入大纵深的追击作战。本来,在渡江之前曾经一再指示部队渡江以后迅速深入敌军纵深,赶到敌人前面去,截断敌人退路,先包围起来,然后回头兜歼。但是有的部队一时不能适应这种急转直下的新形势,囿于摆开架势再打的老一套,不敢及时分遣,不敢长驱直入。刘伯承立即重申猛打、猛冲、猛追的方针。他说:敌人已成崩溃之势,在布成新防线之前,不可能进行有效的抵抗,追击越深入,敌人越惊慌,胜利也越有保障。"这是我军作战不同于以往任何时期的最根本的特点。"为此,各部队应不顾一切疲劳,不为地形及天候所限制,不为辎重及小的俘获所拖累,不为小股敌人所钳制,勇往直前,大胆迂回包围,务求抓住其主力而歼灭之。他指示实行平行追击,跟踪追击和超越追击三者结合,做到分遣和合围运用自如。这样就大大加快了追击速度,扩大了追击战果。

当时,正值暮春季节,春雨连绵,泥深路滑,各部队以每天100里以上的速度强行军,不分昼夜穷追猛打,经受了艰苦卓绝的考验。敌人越逃越乱,越乱越恐慌,除了逃命而外,无力进行有组织的抵抗,甚至无力采取任何阻滞的措施,沿途的桥梁都来不及破坏。刘邓大军三个兵团分别按指定方向前进,到了浙江南部、福建北部和江西中部。5月14

日,四十四师前卫,乘刚从敌人手中夺得的汽车进抵福建中部的交通枢纽南平。南平是蒋军的一个重要供应基地,离福州不到两百公里。从北面和西面几条路上逃来的蒋军汇集于此,乱乱哄哄,措手不及。后来传闻,解放军轻取南平之时,蒋介石正在福州召开军事会议。每次打了败仗,他照例只是训斥部下。传闻他在这次会上说道:"所幸敌人摸不清福州底细,所以没有长驱直下。如果敌人洞悉你们的狼狈状态,一个团就可以占领福州了。"(见上引秦基伟文之注文)

渡江战役从4月21日发起,至6月1日结束。二野在这个战役中歼敌10.6万多人。40天内解放安庆、衢州、金华、上饶、南昌等86座城市和皖南、浙西、闽北、赣中的广大地区。二野直出浙赣线以达赣闽,把汤恩伯集团完全孤立起来,直接配合了三野的作战。汤集团收缩到京沪杭地区的25万人,除5万人从海上逃跑以外,全部被歼。

中央军委为了防备万一美国武装干涉,令二野在浙赣路集结待机。同时准备进军大西南。

在二野待命期间,刘伯承出任南京市第一任市长。陈毅为上海市市长。为了防备美国直接参战,中共中央决定这两位大帅坐镇京沪。后来看到美国政府不敢贸然动手,华东的问题可以由三野独力解决,才令二野向西南进军。

本书不准备多讲刘伯承军事谋略以外的事,但是他在南京第一次干部会议上的就职演说中有一段话,其实也反映了他用兵作战的基本精神。他说:"我们要以党的政策联系群众,依靠群众。使人民群众从自己生活体验中,认识今日之天下真正是人民大众的天下,从而拥护我们,使政权巩固起来。而不是要使他们把共产党变成恭敬的神像,犹之乎农民之于玉皇大帝那样。就是玉皇大帝,如果三年不下雨,农民也会把它搬出庙来晒太阳。假使共产党做事没有做到于人民有利,就不会得到人民的拥护。我们说依靠工人联系群众,但是

449

工人是否一定让你依靠,群众是否一定让你联系呢?这就必须依靠我们自己加以主观的努力,贯彻我党正确的政策,把工作做好,造福于群众才行。"

5. 兵不厌诈

渡江战役以后,蒋介石的兵力,除地方武装之外,正规军还剩约70万人。他还想靠这点本钱,作最后的挣扎。他一心靠美国,寄希望于爆发第三次世界大战。这70万人中,有两个骨干集团,一个是他的嫡系胡宗南,一个是桂系白崇禧。中南以白崇禧为主,组织湘粤联防抑阻解放军进军两广。西南以胡宗南为主;割据西南成了蒋介石的重点。他把他的中央政府从广州搬到重庆,等待他梦寐以求的那种国际事变。如果四川守不住,就退往贵州云南;如果再不能存身,就从云南逃往国外。

因此,解放大西南,是全歼蒋军主力,解放全大陆的最后一战。毛泽东为首的中央军委决定采取大迂回大包围的方针,截断蒋军逃路,首先完成包围,回过头来再打。这个战略,用一句俗话来说,叫做"关门打狗"。作战的部署是:二野的陈赓兵团归四野指挥,攻占广州,然后西出广西,解决白崇禧,尔后出昆明,关住南边的大门。刘邓本身的任务是隐蔽南下,绕道贵州,从四川南部入川,并指挥四野一部,会同贺龙和华北解放军一部,歼灭胡宗南,解放川、黔、滇、康四省。这个战役中刘邓部队、陈锡联兵团和杨勇兵团行程四千华里以上,陈赓兵团走得更远,约达八千华里。这种大迂回大包围,刘邓大军在渡江作战中已经作过一次大演习,他们已经熟悉这种打法了。

解放大西南之战,既是斗力,又是斗智。蒋介石们估计解放军进川,最大可能是从北面进军。因为北面川陕边境邻近老解放区,而且有陇海路相通。而四川东部,地势险峻,不便于大兵团行动。从蒋介石的部署和演变看来,他们根本没有想到解放军会从四川南部进军。因为绕道贵州,那条路太长,太艰险了。那一带既有蒋系部队,特别是还有各地的地方军。那些地方军阀岂能不保卫自己的地盘?就常情而论,"蒋介石们"这种估计应该说是合情合理的。但是,共产党领导的解放军远非寻常可比,毛泽东以至刘邓是何等样的人物,蒋介石却始终计算不到。解放军又制造种种假象以加深蒋介石这种错觉。"蒋介石们"又一次"庙算"①不胜,这一仗未打之前就输定了。

战役开始之前,刘伯承亲率陈锡联兵团,由浦口乘津浦路经徐州转陇海路到郑州,刘伯承在郑州的群众大会上出现,公开扬言解放军将进军四川,解放大西南。刘伯承早年是川中名将,由他入川,又由他来透露这个信息,可谓先声夺人,影响之大,可以想见,造成这种声势之后,部队由平汉路秘密南下,刘伯承也再不露面。与此同时,中原地方部队在湖北四川交界地区积极活动,做出进军川东的姿态。特别是在四川北面,贺龙指挥一野和华北部分部队,向川陕边境的胡宗南部队发起进攻,大张旗鼓,极力做出由北面入川的姿态。他们表面上积极突击,实际上突而不破,千方百计要把胡宗南拖住。

二野向大西南开进的时机,也是经过精心安排的。陈赓兵团随第四野战军浩浩荡荡经湖南夺广州。杨勇兵团在开进途中,也以四野的名义出现。随二野总部行动的陈锡联兵团秘密集结于湘鄂西地区。李达在他《进军大西南》一文中说:"这时,二、四两个野战军的情形是,向华南进军的四野浩浩荡荡,锣鼓喧天,向西南进军的二野是偃旗息鼓,不显踪迹。在武汉,刘伯承司令员和邓小平政委都说:毛主席就是要这种气氛。这很好。在武汉我们还可以和四野的同志们在解放电影院那样小的场所联欢,等到过了长沙,就连这点都要避免,越秘密越好。

---

① 《孙子·计篇》中说:"夫未战而庙算胜者,得算多也;未战而庙算不胜者,得算少也。多算胜,少算不胜,而况无算乎!吾以此观之,胜负见矣。"

我们正是在四野行动的掩护下，实现出奇制胜的意图。"（李达文，见《刘邓大军征战记》第三卷）

6. 川康滇黔——一张大网

10月14日广州解放，国民党政府逃到重庆。刘邓正在等待这个时机。现在，二野主力出动的时机到了。刘邓将主力分为两路，命左路一刀子插到贵阳，接着直取毕节、遵义，截断白崇禧与胡宗南的联系，并阻止白、胡两敌逃入滇黔。右路由湘鄂边向四川东南进击，割歼和吸引宋希濂集团。各部队轻装疾驰，每日以百里以上的速度前进。左路军于11月15日攻占贵阳。沿着当年红军走过的道路，21日攻占遵义，然后马不停蹄向川南兜击。14年前，刘伯承走过这条路，那时他以红军总参谋长的身份指挥部队抢渡乌江，智取遵义。本书前文曾经说到，他对这一带的地形和道路了如指掌，哪里有渡口，哪里有船只，14年后依然记忆犹新。

11月30日，右路军包围了重庆，蒋介石发觉重庆被围，爬上飞机逃到成都，重庆于当日解放。从贵州向川南兜击的左路军，于12月初占领了四川南部的重镇泸州等地，随即进军成都西南的邛崃、大邑一线，阻止蒋军逃窜西康。

胡宗南这个人志大才疏，是在抗日战争时期奉蒋介石之命包围和攻击陕甘宁边区而逐渐起家的。解放军进军大西南的时候，他还自以为了不起，说他以三个兵团防守秦岭防线，万无一失；说共军多次攻击秦岭，无一处被突破。他不知道，这是时辰未到，不让他过早南撤，以便南线各部队把川南、川西、川东的大小门户一扇一扇关好。直到解放军对成都盆地从东南西三面包围上来，他才知道上了大当，连忙放弃他把守了将近半年的秦岭大巴山防线，向成都地区撤退。

这时屯兵秦岭北麓的华北十八兵团等部队，在贺龙统帅下，越过秦岭,揪住胡宗南的尾巴穷追猛打。至此,四川北面的门也关上了。解放军从四面八方把胡宗南集团及川境残敌数十万人全部关死在成都盆地。

刘邓于11月21日向川、康、滇、黔的国民党军政人员发出四项忠告,号召他们停止抵抗,投向光明。12月初,四省军政首脑纷纷宣布起义。蒋介石本来准备在成都进行一次最后的决战,或者由西昌退向云南,现在连最后的一线希望也破灭了。12月13日,他把这副烂摊子交给胡宗南,登上飞机,逃往台湾去了。

胡宗南于12月22日在成都西南的新津,召开了一个军以上的紧急会议,说他本人"抱定为党国牺牲的决心",号召他们团结一致,抵抗到底。他还做了向雅安、西昌突围的布置。但是第二天,这位抱定牺牲决心的胡宗南,也学蒋介石的榜样,扔下他的部队,爬上飞机逃走了。

刘邓指挥各部,逐步缩小包围圈,发起了成都战役。刘邓进军大西南,是在川康滇黔四省撒下了一张大网,成都战役是收网,于1949年12月27日结束。胡宗南集团39万人,以及退集在成都地区的其他几十万残敌,除起义的以外,一网打尽。

1950年10月8日,刘邓命令进藏部队发起西昌战役,然后和平解放西藏,把红旗插到喜马拉雅山上。

三十二、昼夜不息

1. 从辛亥到解放

刘伯承从1911年武昌起义以后投军开始,参与了中国人民革命战争的全过程。最初打袁世凯,最后打蒋介石,中间打日本侵略军。单就解放战争来说,第一个大歼灭战是1945年的上党战役,最后是进军西藏,都是他和邓小平指挥的。他由士兵而统帅,打了一辈子仗。现在仗打完了,他干什么呢?

他早就想好了,他去办军事学校。

他青少年时代矢志仗剑拯民于水火,反袁战争中写了"手执青锋卫共和"的诗句。现在中华人民共和国成立了,他关心的是保卫国防,是解放军的现代化。治军必先治校。现在需要办学校来培养建设和指挥现代化国防军的人才。翻开他的文集,我们可以看到他多年来多次讲到这一点。而治校这件事,从中共中央到刘伯承本人,都深知他刘伯承是最适合的人选。

1950年7月,他得知中央军委决定创办陆军大学,他立即上书,请求辞去二野司令员和在西南的一切职务,去创办这所学校。中央欣然批准。他在这年10月离开西南,离开二野,前往北京,朱德总司令在机场迎接。

2. 几番心血一堂课

这所学校定名为"军事学院",暂设南京。刘伯承办这所学院长达七个年头。从选择校址,物色教师到编写和翻译教材,组织教学和大规模的演习,他费尽了心血。他说,教材是院校建设的"重工业",翻译是学术研究的"水龙头"。他靠剩下的一只眼睛,一字一句审定的教材和军事著作达几百万字之多。

他特别强调训练高级干部。他说,高级干部是"国家的栋梁之材,安危所系的人物","在国家遭受帝国主义侵略的时候,要靠他们来掌握局面,掌握指挥。培养和训练高级干部太重要了。"杨得志、杨勇、张震、秦基伟等一批高级将领,都曾进这个学院深造。

他多次亲自讲课。1952年5月,他给高级速成系讲授《集团军进攻战役》,用了18天时间备课,写成了3万多字的讲授提纲。他讲了整整6个小时,条分缕析,深入浅出,深得广大师生钦佩。

他这次讲课讲得这样精彩,震动了整个学院。有一位教员向他请教讲课的诀窍,他说:"有什么诀窍呢。我号召你们学习,我自己就要带头学习。我这是几番心血一堂课。18天准备,6小时讲完。如果有什么诀窍的话,那就是四个字:'昼夜不息'。"

他去世以后,国防大学校长张震、政委李德生写了一篇长文悼念他,题目就叫做《我军院校建设的奠基人》。文章论述了这位奠基人的功绩,写道:"我军现代化进程愈是曲折,培养现代化军事人才的意义愈见其重要,他的伟大的战略眼光、决心和魄力,愈益清晰显现。他的赤子之心和超凡目光,永远值得我们学习。"(见《解放军报》1986年10月28日专版副刊)

刘伯承办军事学院七年之久,他对解放军现代化的建树和见解,我认为值得专题加以研究,十分盼望能有人就此写一本书。

3. 萧克

天有不测风云。1958年,刘伯承在一场所谓对军事教条主义的斗争中，离开了他苦心经营的军事学院。这场斗争的矛头是指向他的。这年5月下旬到7月下旬，中央军委召开扩大会议。他本已请了病假，仍被召到北京会场接受批判、做检讨。毛泽东亲临大会讲话，对刘伯承从苏联回国以来的一生算了一笔总账。我不是目击者，又找不到公开发表的文字以资引述，所以只得从略。但是如果要研究毛泽东本人的心态和思想，那倒可能是一份很有价值的资料。

不知由于什么原因，刘伯承没有受到加重的处分。但是在全军展开的这样一场大斗争，总得树一个靶子。于是萧克被作为代表人物，李达也受到株连。后来，萧、李两人被调离了有关军事教育和训练的岗位，两人都被免去了国防部副部长职务。萧克调任农垦部副部长，李达调任国家体委副主任。1959年庐山会议上斗争彭德怀，8月16日闭幕会上毛泽东作了长篇讲话，他对着彭，历数了他们两人共事以来彼此的关系，其中说："斗争萧克，支持你。"无疑就是指的这件事。（见李锐：《庐山会议实录》，349页）

据《中国人民解放军大事记》：中央军委那次扩大会议有高级干部一千多人参加，开了将近两个月。《大事记》中写道："会议对训练工作中的所谓'教条主义倾向'进行了不适当的过火批判，致使后来的正规化训练和现代化建设受到严重的影响。"（见所引书356页、358页。这本书是中国人民解放军军事科学院编的）这本书出版于刘伯承去世之前的1983年，那时中共中央还没有公开正式和完全否定那场斗争。

关于军事学院的所谓教条主义，早在这次风暴之前一年，1957年3月上旬，刘伯承坦率讲了他的观点。四十五师在抗美援朝的上甘岭战役中立了大功，师长崔建功应邀到上海作报告。他去看望正在上海养病的刘伯承，刘伯承对他说：

"你们在上甘岭打得好。军事学院并没有教给你怎么打上甘岭战役，只教给你一些基本原则。到了战场上，就靠你结合当时当地的情况灵活运用这些原则。所以教条不教条,主要在用而不在教。"又说:"同一孙子兵法,马谡的用法是教条主义,孔明就不是。庞涓、孙膑同师鬼谷子,可是一个是教条主义,一个不是教条主义。王明和毛主席读的同是马克思列宁主义的经典著作,一个是教条主义,一个不是。关键在理论联系实际,灵活运用。"

刘伯承还说了一段很真诚的话,他那位学生称之为"推心置腹的教诲":

"军事原则,不论资本主义国家,还是社会主义国家;不论过去,还是现在,古今中外,百分之七八十是基本相同的,一致的。哪一本军事书不讲争取主动,但是到时候则因内外各种因素的干扰,有些人却陷于被动。如进攻时要集中优势兵力,各个歼灭敌人,但到时候有些人却做不到。防御要重点防御,控制强有力的预备队,有些人往往感到这里重要,那里也重要,形成分兵把口,这就叫不能灵活运用原则。"

这次谈话给这位学生的印象如此深刻,31年之后,他写了一篇《难忘的教诲》,发表在1989年12月出版的《刘伯承元帅研究》第二期上面。

刘帅的夫人汪荣华在《送伯承远行》的悼念文章中讲到刘伯承被召到北京做检讨以后的情形:

"此后,有人还想给你加上'资产阶级军事路线总代表'的帽子,不过没有做到。那些日子,我看得出,你的心里是不平静的,常常一个人沉思默想。是啊,这样的冤屈,对一般人说来是难以承受的。可是你承受住了,坚强地承受住了,从来不发一句牢骚,不说一句怨言。越是这样,我越着急。当我想劝慰你时,你反而对我说:'路遥知马力,日久见人心嘛,我刘伯承是个什么样的人,历史会作出公正的评价。'"

历史果然作出了公正的评价。他去世以后,中共中央正式否定了那次批判,悼词中写道:"1980年邓小平同志明确指出:那次反教条主义是错误的。这也是中央一致的意见。"

4. 巨人打不倒

他夫人说，刘伯承对这次打击，坚强地承受住了。确实如此。这位巨人没有倒。他是打不倒的。从1959年到1962年，他连续写了三篇大文章：《回顾长征》、《我们在太行山上》、《千里跃进大别山》。大帅谈兵，果然不同凡响。对这三段战史，他从战略的高度，以简洁的文字加以概括，如数家珍，叫人豁然开朗。

1959年，中央军委成立战略研究小组。刘伯承担任组长。他是个勇于负责并负责到底的人。他对世界战略格局，我国保卫国土的战略方针，战场准备，战役战术，以至一种武器的试制，一条交通线的选定，一个士兵的负荷，都认真加以研究，提出意见。1962年在对印反击作战中，从战役战术、交通运输到后勤保障，他多次及时献策出主意，对作战的胜利起了大作用。

他不远千里，到沿海和东北国防前线实地考察。1964年，由于中苏关系紧张，他前往东北边疆，7月间，他到内蒙古自治区海拉尔市郊北山，查看当年日本关东军的地下工事。他钻进霉臭扑鼻的坑道，仔细观察它的内部结构，进出口通道，射击设备，射击范围，离地高度，抗击能力，以及容量、厚度、生活卫生设施等等，一边查看，一边提出了一连串的问题。他叮嘱当地军分区负责人弄清楚苏军是怎样占领这些工事的，日军是怎样失败的，要他们向中央军委写个详细的报告。

他一直关注着这个问题。1965年1月，福州军区副司令皮定钧去探望他的病情，刘伯承说：

"1960年我到福建厦门时，看到你们的坑道打得太长，气眼（指坑道口）打得太少，不便机动，有事时走不上来。日本在东北的关东军在黑河地区防御时，被苏军淹死了好多，主要也是路少了，走不上来。日本自称的远东马其诺防线就这样被突破了。日本投降得这样快，主要是日本关东军没有起到战略上抗击苏军的作用。"

他说："防御是被动的,不管你采取什么积极的手段,防御总是被动的。单纯依靠工事来防御是不能持久的,只是时间长短的关系,时间长了,攻击的办法也就多了,终究是要被突破的。不管什么样的防御工事,都只能在敌人炮火准备时和远距离时起到作用。真正的决战是在外边打,不是在坑道里面打,等到敌人靠拢来,真正的决战就是几分钟解决问题。我看你们的坑道虽多,但外面的作战工事还少了一点。仗主要在外面打。"

他还说："什么防御都要有预备队,防御是不能持久的。没有预备队就没有决战的条件。抗美援朝战争时期,志愿军是劣势装备,但有强大的战略、战役、战术预备队,所以能抗住'国际联军'的攻势。红军在江西苏区时,前几次反'围剿'都有大预备队,结果都粉碎了敌人的'围剿',但第五次反'围剿'时,'左'倾路线主张分兵把口,两个拳头打人,我们天天和外国人(指李德)吵嘴,就是没有预备队,结果反'围剿'失败了,害得我们走了二万五千里。"

他还讲了一段故事。"解放战争末期,我军进军大西南时,国民党残余部队躲在四川的悬崖陡壁的半山腰石洞里顽抗,开始我们没办法整掉他,因为只有一条路,敌人用机关枪封锁,就没法上去。后来想到个办法,一面派人在山顶上用绳子往下吊炸药,一面在对面的山上指挥,喊'左点、右点、上点、下点',等炸药正好吊到敌人的洞口时,一声爆炸,就叫敌人都'坐飞机'去了。这样时间长了,慢慢就被消灭光了。所以,没有什么绝对的突不破的坚固的防御工事,只是时间长短而已,时间长了,终究是要被突破的,要被整掉的。只有保持强大的预备队,才能避免这个危险。"

当谈到福建沿海一线的支撑点阵地建设和每个守备连配一个民兵连担任阵地防御时,刘伯承说："这些方面你们现在已经注意了,并采取了措施,这很好。毛主席的人民战争思想,就是突不破的防线。人民武装（民兵）这个强大的预备队，是任何敌人都不可比拟的。"

刘伯承是个严谨的人，最后，他对皮定钧说："今天所讲的问题是同志间见面随便谈谈的，一切工作安排都要按军委的正式指示去办。"（见《刘帅同皮定钧同志一次谈话纪要》，载《刘伯承元帅研究》，第二期。这是皮定钧本人的记录）

5."刘学"

1964年东北之行是他最后一次出京考察。东北的夏天虽然不太热，但他已届72岁高龄，跑了一个多月，特别是钻坑道，太劳累了。他病了，确诊为青光眼急性发作，不得不赶回北京治疗。就在1964年这一年，剩下的一只眼睛也逐渐完全失明。他的夫人简述了他最后13年的生活。她写道："进一步摧垮你身体的，是1973年的那次治疗。你被错误诊断，错误用药；明知错了，还坚持不改，延续十三个月之久，致使你丧失思维，长期卧床，健康状况日渐下降，最后终因肺炎离开我们而去。"（见汪荣华《送伯承远行》，载《解放军报》，1986年10月28日专版副刊）

刘伯承于1986年10月17日下午5时30分辞世。再过一个多月，到12月4日，他该满九十四岁了。

他不仅是一位大军统帅，一位常胜将军，还是一位大军事理论家。陈毅曾写了"论兵新孙吴，守土古范韩"的诗句赞颂他。据说，他在军事学院期间，他的一位部下建议他写书。他说："唉，你们年轻人，不懂事啊！……"他不写书是件大憾事。但是他写了大量的文章，还有许多没有公开发表，包括许多讲稿和电报、信函。林彪垮台以后，叶剑英主持中央军委，曾经批示将刘伯承1960年以来向军委所作的一系列建议，作为绝密件印发给各有关部门参考执行。

已经公开出版的他的文集有两种：即《刘伯承军事文选》和《刘伯

承元帅大军指挥手记》,还有一本《刘伯承军事译文序跋集》。此外,人们回忆他和研究他的文章很多。读他本人的和别人的那些文章,我感到兴味无穷。萧克说:"历来的军事评论家认为,一个好军事家,应具有带兵、练兵和用兵的才能,伯承同志就是这种全才。"我太不懂军事了,写这本书,如牛负重,只是就他怎样用兵画了一些速写,算不得研究。

我相信,研究刘伯承,将成为一门"刘学"而越来越引起人们的兴趣。人们将研究他的军事思想,研究他的谋略和智慧、品德和风格,研究他怎样治学、怎样做人处事、怎样致力于现代化、怎样成就一番大事业。

图书在版编目（CIP）数据

记刘帅／李普著.-上海：上海文艺出版社.1992.11(2011.12 重印)
ISBN 978-7-5321-1041-4
Ⅰ.①记… Ⅱ.①李… Ⅲ.①刘伯承(1892~1986)-传记
Ⅳ.①K825.2
中国版本图书馆 CIP 数据核字（2011）第 146839 号

责任编辑：陈　蕾
美术编辑：袁银昌

记　刘　帅
李　普著
上海文艺出版社出版、发行
上海绍兴路 74 号
新华书店经销　上海文艺大一印刷有限公司印刷
开本 890×1240　1/32　印张 15　插页 2　字数 376,000
1992 年 11 月第 1 版　2011 年 7 月第 2 版
2011 年 12 月第 4 次印刷
ISBN 978-7-5321-1041-4/I·772　定价：31.00 元

告读者　如发现本书有质量问题请与印刷厂质量科联系
T：021-57780459